Jennifer Wolf

Feensturm

Die Nymphe und der Prinz des Feuers

Impressum:

Jennifer Lieske (alias Jennifer Wolf)
Rheinstr. 87
50389 Wesseling

jennifer.wolf.autorin@gmail.com

www.jennifer-wolf-autorin.de

Cover- und Innendesign:

Creative Fabrica
Jennifer Wolf
Alice Marie Lieske (Illustration)
Inkarnate (Landkarte)

ISBN: 9798336943313

Für alle, die immer anders waren.

Prolog

Noch etwas verschlafen trete ich nach draußen und entdecke meine Mutter vor dem Haus. Ihre Flügel funkeln silbern in der Morgensonne, als sie sich streckt und herzhaft gähnt. Ihr Haar hat sie schon für die Arbeit geflochten und unter einem Tuch hochgesteckt, während sie leise summend ihren Proviantbeutel an ihrem Gürtel befestigt. Ich presse die Lippen zusammen und schaue verstohlen über meine Schultern, wo mich die gewohnte Leere erwartet. Mutter bemerkt meinen Blick und kommt auf mich zu.

»Es kann jeden Tag so weit sein«, sagt sie und sieht mich eindringlich an. Sanft streicht sie mir über die Oberarme. Ich nicke und schaue in den Himmel. Coraline und Sirena fliegen über unsere Köpfe und kichern, als sie mich sehen.

»Kopf hoch, Naida«, raunt Mutter und schaut den beiden mit verengten Augen hinterher. Schließlich gibt sie mir einen Kuss auf die Stirn. »Ich war auch schon dreizehn, als meine Flügel erschienen.«

Ja, ich weiß, möchte ich motzend von mir geben, doch ich reiße mich zusammen.

»Hab einen schönen Tag«, sage ich stattdessen und erspare mir die Diskussion, dass ich immerhin schon vierzehn bin und Coraline erst zwölf war, als sie ihre Flügel bekam. Es nutzt ohnehin nichts. Mutter lächelt mich an, wirkt dann aber einen kleinen Moment gehetzt.

»Du auch, Liebling«, sagt sie, bevor ich nachfragen kann.

»Lyrina, Naida!« Narissa schwebt über uns und ihr Lächeln strahlt heller als die noch recht fahle Morgensonne. »Guten Morgen!«

»Guten Morgen«, rufe ich und winke ihr kurz zu. Mutters Flügel summen und sie erhebt sich in die Luft.

»Bis heute Abend«, sagt sie und fliegt zu ihrer besten Freundin. Als sie sich mit Wangenküssen begrüßen, drehe ich mich herum und gehe zurück ins Haus. Die Muschelketten klirren leise und vertraut, als ich hindurchtrete und zum Esstisch gehe, um die leeren Reisschalen zum Spülbecken zu tragen. Ich gebe etwas Wasser hinein und betrachte in der Reflexion des Fensters, wie einige Strähnen meines blonden Haars sich hellblau verfärben. Ich lächele und bemerke eine freche Libelle, die gegen das Glas stupst.

»Hier drin gibt es nichts für dich, kleine Schwester. Flieg weiter«, spreche ich mit ihr, doch das interessiert sie nicht. Erst als eine Gruppe Kinder am Haus vorbeiläuft, verschwindet sie und ich mache mich daran, das Geschirr zu reinigen. Ich stelle Schalen, Becher und Löffel zum Trocknen hin und entscheide mich, meine Bücher zu schnappen und draußen zu lernen. Ich binde sie in einem Tuch zusammen und packe auch meine Stifte und mein Zeichenpapier ein. Erst als ich schon den schmalen Weg, der zu unserem Haus führt, verlassen habe, fällt mir auf, dass ich das Wasser im Spülbecken vergessen habe. Ich werde später daran denken müssen, es zu entsorgen. Hoffentlich muffelt es bis dahin nicht.

Am Wegkreuz bleibe ich stehen. Kurzerhand entscheide ich mich, in Richtung Sumpf zu gehen. Im Osten Quellblütes dürfte es jetzt schön ruhig sein. Die meisten Nymphen machen sich gerade fertig, um auf die Reisfelder zu fliegen.

»Da kommt die Tochter des Elfs«, höre ich eine ältere Frau sagen. Sie schnaubt abfällig. »Hab gehört, ihre Mutter hat sich mit ihm am Spitzberg getroffen.«

»Denkst du? Also ich habe gehört, sie hat sich mit einem Elb aus Ignis in den Sümpfen eingelassen«, sagt eine männliche Stimme. »Vielleicht geht sie gerade zu ihm.«

Am liebsten würde ich den älteren Herrschaften zurufen, dass meine Ohren ausgezeichnet sind und ich sie hören kann, aber ich erspare es mir. Das Summen von Flügeln nähert sich und Fornax landet plötzlich neben mir. Ich zucke zusammen, was ihn zum Lachen bringt.

»Schreckhaft, liebe Naida?«, fragt er und nimmt mir ohne zu fragen mein Bündel mit den Büchern ab. »Willst du im Sumpf lernen?«

»Ja ... und danke.« Ich lächele ihn an, was ihn wiederum schelmisch grinsen lässt. »Noch vier Tage bis zur Prüfung, bist du bereit?«

»Ich denke schon.« Fornax sieht aus, als zweifele er an seinen eigenen Worten.

Ich ziehe die Augenbrauen hoch. »Du denkst?«

Er seufzt theatralisch. »Es geht nichts mehr in meinen Schädel rein, wirklich nicht. Heimatkunde, Geschichte, Schreiben und Lesen ... kein Problem. Aber das Rechnen macht mich fertig.« Seine Laune hat es ihm jedoch nicht verdorben. »Ich freue mich so darauf, die großen Wasserspiele von Wellenruh zu sehen, du auch?«

Ich nicke, auch wenn ich mit gemischten Gefühlen an die Hauptstadt denke. Allein der Weg dorthin. Er ist nicht für Nymphen ohne Flügel angelegt. Mutter und ich müssen uns mindestens einen Tag früher als alle anderen auf den Weg machen, weil mein Körper versagt hat. Ich hatte so gehofft, dass ich bis zur Prüfung fliegen könnte.

»Wollen wir uns abfragen?« Fornax flattert etwas, um vor mir zu schweben. Ich lächele und schaue zu den Ruinen einer alten Mauer. Mit dem Finger deute ich darauf und mein Freund versteht. Wir lassen uns dort nieder und ich öffne mein Heimatkundebuch.

»Das Einfachste zuerst«, sage ich und betrachte Fornax, der sich auf den Boden gesetzt hat, um sich gegen die Steinmauer zu lehnen. Ein Teil seines Flügels stößt dabei gegen mein Bein. Ich muss an die alten Nymphen von eben denken.

»Wo liegt der Spitzberg?«, frage ich.

»Zwischen Aqua und Terra«, antwortet Fornax richtig. »Schon seit über zweihundert Jahren streiten sich die Nymphen aus Aqua mit den Elfen aus Terra um den Berg.«

»Was ist der Grund dafür?«

»Die gute Aussicht auf den Weltenbaum?« Fornax und ich lachen gemeinsam. »Nein, es geht natürlich um die simple Frage des Landes. Bis zu welchem Grashalm gehört wem was.« Er schaut zu mir hoch. »Hast du zufällig die Karte Pandoreas dabei? Ich würde sie mir gerne ein wenig anschauen.«

Ich nicke und krame in meinen Unterlagen. Schnell habe ich sie gefunden und reiche sie Fornax.

Mein Freund seufzt. »Wie gerne würde ich die anderen drei Länder einmal sehen. Das riesige Gebirge in Terra, die Windbaumstadt Ätheria in Air ... oder am allerliebsten die Vulkane in Ignis. Vielleicht hätte ich Glück und die Göttin tritt aus ihnen hervor.« Fornax' Flügel zittern ganz leicht. Aufgeregt blickt er mich an. »Reizt dich der Gedanke gar nicht?«

»Doch, schon. Aber im Moment wäre ich schon dankbar, wenn endlich meine Flügel erscheinen würden.«

»Ich will dich nicht mit den blöden Sprüchen abfertigen, die jeder zu dir sagt.« Fornax lehnt den Kopf gegen die Mauer. »Wart ihr mal bei der Heilerin?«

»Sie hat mich schon hundertmal gesehen«, sage ich. »Weil ich doch das Oculifieber überstanden habe und immer wieder mit den Kranken helfen musste.«

Fornax runzelt die Stirn. »Hab gehört, dass es in der Hauptstadt neue Fälle davon gibt. Mein Oheim erzählte gestern Abend, dass es sogar im Königshaus ausgebrochen sei. Eine der Prinzessinnen soll erkrankt sein, man verrät aber nicht welche.«

Ich zische leise. »Das ist schlimm.«

»Jep. Bisher blieben sie immer verschont.«

»Die Glücklichen.« Mir hat die Krankheit den Vater genommen, als ich noch ein Baby gewesen bin. »Ich hoffe für die Majestäten, dass sie es schnell eingedämmt bekommen und selbst gesund bleiben.«

»Wie war das für dich damals? Bei der letzten Welle des Fiebers?«

»Furchtbar. Ich will nicht daran denken, um ehrlich zu sein.« Diese vielen kranken Nymphen. »Mutter und der alte Zephyr kamen nicht mehr hinterher, also habe ich freiwillig angeboten, wenigstens beim Trinken und Essen reichen zu helfen.« Mit sieben Jahren habe ich dutzende Nymphen sterben sehen.

»Schlimm«, befindet mein Freund und tippt auf mein Heimatkundebuch. Ich ziehe meinen Zettel mit Stichpunkten heraus und halte ihn so hin, dass wir beide draufschauen können. Die Sonne steigt höher und ein paar Libellen gesellen sich zu uns. Sie setzen sich auf Fornax' Flügel, die den ihren gleichen. Ich konzentriere mich auf meinen Zettel und studiere die wichtigsten Fakten.

Pandorea besteht aus dem Weltenbaum in der Mitte und vier Ländern, die von unterschiedlichen Fae bewirtschaftet werden.

Aqua:

Wasserfeen, genannt Nymphen.

Libellenflügel, anfällig für Trockenheit

Regiert von: Königin Sylvaine und König Veridian

Hauptstadt: Wellenruh

Ernährung: Vegetarisch, hauptsächlich Fisch und Reis

Nahrungsversorger: Quellblüte

Weltenbaum: Versorgung mit Wasser

Terra:

Erdfeen, genannt Elfen

Erdrunen, Stärke und Langlebigkeit

Regiert von: König Erdor

Hauptstadt: Steinthal

Ernährung: Omnivoren, Landwirtschaft, Fischfang und Viehhaltung

Nahrungsversorger: Waidenhain

Weltenbaum: Düngen der Erde

Air:

Luftfeen, genannt Pixie

Schmetterlingsflügel, anfällig für Feuchtigkeit

Regiert von: Truchsess Yohann, Onkel von Prinzessin Elara (Krönung in vier Jahren)

Hauptstadt: Ätheria

Ernährung: Vegan, hauptsächlich Pilze und Beeren

Nahrungsversorger: Blattwisper

Weltenbaum: Reinigung der Luft

Ignis:

Feuerfeen, genannt Elben

Feuerrunen, Hitzebeständig und Schnelligkeit

Regiert von: König Volcador und Königin Ignatia

Hauptstadt: Incendia

Ernährung: Karnivoren, Viehhaltung und Fischerei

Nahrungsversorger: Glutwacht

Weltenbaum: Hüter der Erschafferin, der Mutter Göttin

Das sollte ich mir merken können, nur bei den Namen der Monarchen werde ich mir noch die Schreibweise einbläuen müssen. Einerseits ist es gut, dass das Königshaus wünscht, dass wir Nymphen alle eine gute Bildung genießen, aber andererseits: wofür? Wir dürfen ja doch nicht nach Terra, Air oder Ignis. In Anbetracht dessen kommt mir das Lernen dieser Dinge etwas nutzlos vor. Ich werde eines Tages mal, genau wie Mutter und Narissa, auf den Reisfeldern arbeiten.

Kapitel 1

»Elfe, Elfe, Naida ist eine Elfe«, singen die Kinder abfällig, werden von ihren Eltern jedoch sofort zum Schweigen gebracht. Entschuldigend schaut mich der Vater an und nickt mir zu. Leise schimpft er mit den Kleinen und scheucht sie ins Haus.

»Tut mir leid, Naida«, ruft er mir zu. »Sie kennen keine erwachsene Nymphe ohne …«

Flügel … er spricht das Wort nicht mal aus.

»Schon gut«, sage ich und balle die Faust fester um den Beutel voll Fisch.

»Danke, dass du meine Frau letztes Jahr gepflegt hast.«

»Wie geht es ihr?«, frage ich und zwinge mich zu einem Lächeln.

»Sie gewöhnt sich nur schwer daran, kaum noch etwas sehen zu können. Aber immerhin hat das Fieber sie uns nicht genommen. Dafür sind wir dankbar.«

Ich schlucke. »Das stimmt.« Blindheit ist ein Preis, den viele Überlebenden bezahlen müssen. Ob ich vielleicht deswegen keine Flügel ausbilde? Das Fieber hat mich verschont und vermeintlich völlig gesund gelassen. Ich sollte den Heilern in Wellenruh schreiben, sicher könnte man das irgendwie untersuchen oder zumindest als mögliche Nebenwirkung notieren und beobachten. Ich biege in den kleinen Weg ein, der mich geradezu nach Hause führt. Mutter schaut von einem Brief auf, als sie das Klirren der Muscheln hört.

»Wer hat dir geschrieben?«, frage ich verwirrt. Alle, die wir kennen, leben in Quellblüte. Mutter faltet das Papier und steckt es in den Ausschnitt ihres Oberteils. Ich runzele die Stirn, als sie auf mich zukommt und mir den Beutel mit den Fischen abnimmt.

»Was würdest du morgen gerne essen?«, fragt sie.

»Ich weiß nicht«, gestehe ich, immer noch irritiert von ihrem Verhalten.

»Die Epidemie zeigt immer noch ihre Nachwirkung. Viel mehr als Reis und Fisch gibt es nicht«, sagt Mutter und wirkt sichtlich frustriert. »Dabei wird mein einziges Kind achtzehn! Ich würde gerne etwas Besonderes für dich machen.«

Ich lächele sie an. »Ich mag deine Reis und Fischpfanne sehr gerne.«

Mutter rollt mit den Augen. »Langsam hängt sie mir zum Hals heraus.«

»Die Nymphen verarbeiten immer noch die Trauer um die vielen Fiebertoten«, sage ich. »Wir sollten dankbar sein, dass wir gesund sind.«

»Ich habe heute Morgen gehört, dass es nun in Ignis ausgebrochen sei.«

»Wirklich?«, frage ich erstaunt.

»Ja, die Elben wurden davon komplett überrascht. Das Fieber hat es vorher noch nie in ihr Land geschafft.«

Nachdenklich lasse ich mich auf einem Stuhl nieder. »Ihre Runen machen sie hitzebeständig, oder?«

»Nach außen, ja. Ich weiß nicht, wie das bei Fieber ist. Wenn die Runen sie auch innen schützen, können sie vielleicht nicht daran sterben.«

»Aber vielleicht erblinden«, denke ich laut nach und Mutter nickt. »Was ist mit der Göttin? Wer opfert ihr Fleisch und hält sie bei Laune, wenn die Elben es nicht mehr können?« Beim heiligen Baum, der Drache könnte seine Vulkane verlassen ...

»Lass uns hoffen, dass es nicht so weit kommt.« Mutter lächelt mich aufmunternd an. »Also ... Fischpfanne?«

Ich grinse. »Ja. Lecker.«

Mutter und ich lachen gemeinsam und sie stellt den Beutel ab, um mich zu umarmen. In stiller Übereinkunft schweigen wir und halten uns aneinander fest.

»Mama?«

»Hmh?«, brummt sie.

»Erlaubst du mir eine Frage?«

Sie löst sich von mir und schaut mich ängstlich an. Ich denke, sie ahnt, was jetzt kommt.

»War mein Vater wirklich kein Elf oder Elb? Ich bin jetzt alt genug, du kannst es mir sagen.«

Sie streicht mir gedankenverloren eine Strähne hinter das Ohr. Dass sie so lange schweigt, bringt mein Herz dazu, schneller zu schlagen. Wird sie wirklich endlich mit mir über meinen Vater sprechen? Oh nein ...

»Er war wirklich kein Nymph«, flüstere ich geschockt. Mutter legt einen Finger an die Lippen und mahnt mich, leise zu sein. Sie sieht zur Tür und zieht mich mit in ihr Zimmer. Meine Finger zittern, als wir uns auf ihrem Bett niederlassen.

»Dein Vater ...« Ihre Augen röten sich, aber auf ihren Lippen liegt ein trauriges Lächeln. Noch nie zuvor hat sie mehr über den Mann gesprochen, der dabei geholfen hat, mir das Leben zu schenken, als dass er am Oculifieber gestorben ist. Ich kann kaum fassen, dass es jetzt wirklich passieren soll. Sie wird mir endlich mehr über ihn sagen. Mutter schluckt und spielt mit ihren Fingern an meinen. Sanft streicht sie mit dem Daumen über den Nagel meines rechten Zeigefingers.

»Dein Vater war ein Pixie.«

Meine Augen weiten sich. »Ein Pixie?«

Mir bleibt die Luft fast weg.

Vater kam aus ... Air!?

Mutter nickt. »Sein Name war Galeus. Er war so schön und stark wie du. Du hast sein blondes Haar geerbt.«

»Wie? Ich meine, ... wo hast du ihn kennengelernt? Mama, es ist verboten, die Grenze zu übertreten!«

Bei der Göttin ... ich dürfte gar nicht existieren.

»Am Weltenbaum. Ich war neugierig.« Sie lächelt, als sie sich zurückerinnert. »Ich flog viel zu hoch und auch dein Vater bewegte sich in einem Gebiet, in dem er nichts zu suchen hatte.« Sie presst die Lippen und Lider zusammen, dann entspannen sich ihre Gesichtszüge wieder. »Ich stieß gegen ihn, oben ist das Blattwerk des Baums gefährlich dicht. Er fing mich auf ...« Ihr Blick scheint in weite Ferne zu schweifen. »Er war so ... atemberaubend schön. Diese großen gelb-weißen Flügel, strahlend wie die Sonne. Blaue Augen starrten mich fassungslos an und es war um mich geschehen.«

Ein Pixie ...

Mutter schluckt. »Bei den Pixie ist es durchaus üblich, die Flügel erst im erwachsenen Alter zu bekommen. Sie können viel höher und schneller fliegen als wir, Naida. Ihre Flügel sind um Welten schwerer.« Mutter stockt und zieht den Brief aus ihrem Kleid. »Der hier ist von deiner Großmutter Aria.«

Was?

Ich habe noch eine Großmutter?

Eine Pixie Großmutter.

»Wir haben einen Weg gefunden, uns Briefe zukommen zu lassen. Ich berichtete ihr, dass du immer noch keine Flügel hast und ich davon ausgehe, dass du ...« Mutter schluckt und ich ahne, was sie sagen will.

»Dass ich Pixieflügel bekomme«, beende ich ihren Satz, woraufhin sie nickt.

Aber wenn ich ...

Das bedeutet ...

»Ich kann nicht bei dir bleiben?« Es fühlt sich an, als falle ich gleich in Ohnmacht. Mein ganzer Körper zittert. Mutter streichelt mir über das Gesicht.

»Du bist ohnehin alt genug, um nun dein eigenes Leben zu beginnen. Schau dir Fornax an. Er ist den Bund schon eingegangen und du ...«

»Nein«, widerspreche ich. »Ohne Flügel will mich doch kein Nymph.«

Heiliger Weltenbaum, wenn ich Pixieflügel bekomme, muss ich nach ... Air. Mutter nimmt meine Hände und drückt sie.

»Aria hält sich bereit. Wir haben einen Plan … für den Fall der Fälle. Sie lebt in Ätheria und dient am Hofe der zukünftigen Königin, Prinzessin Elara.«

Ich schüttele ungläubig den Kopf. »Schön, dass ihr einen Plan für *mein* Leben gemacht habt.«

»Verzeih mir«, fleht Mutter. »Ich musste es vor dir geheim halten, es war einfach zu gefährlich. Wissen verleiht nicht nur große Macht. Es war besser, dich zu beschützen.«

In meinem Kopf rasen die Gedanken.

»Erinnerst du dich an Heimatkunde? Die Prophezeiungen?«

Ich schnaube, da gab es einige. Wenn die Drachengöttin sich äußert, dann anscheinend immer nur kryptisch. Ich könnte mich nicht daran entsinnen, etwas gelesen zu haben, das …

»Wenn Wasser und Luft das Feuer ersticken«, sagt Mutter und mir dämmert es. Wasser und Luft … so wie ich.

»Der Weltenbaum wird Dunkelheit erblicken«, rufe ich die Prophezeiung aus meiner Erinnerung hervor. »Die Erde bebt, die Elemente in Streit. Das Schicksal der Welt in Unruhe und Leid.«

Mama streichelt über die Gänsehaut an meinem Arm. »Sie werden denken, dass es um dich geht. Wasser und Luft darf es nicht geben, verstehst du Naida?«

Ich nicke und schlucke einen Kloß im Hals hinunter.

»Deshalb stehe ich seit Jahren jeden Morgen vor dir auf und betrachte dich im Schlaf, bevor irgendwer anders dich zu Gesicht bekommt. Aria schrieb mir, dass die Flügel der Pixie meistens in der Nacht erscheinen.«

Ich reibe mir über das Gesicht und Schweigen breitet sich aus. Mutter reicht mir den Brief meiner Pixie-Großmutter und ich wende ihn in meinen Fingern.

»Aria würde dich irgendwann gerne kennenlernen«, sagt sie leise.

»Hat mein Vater das? Mich kennengelernt?«, frage ich.

»Ja, er hielt dich im Arm.«

Eine einzelne Träne findet den Weg aus meinem linken Augen hinaus. Sie rollt still und einsam über meine Wange.

»Habe ich ihn getötet? Hat er das Fieber durch mich bekommen?«

»Oder du von ihm, das wissen wir nicht. Galeus und Aria haben sich zu der Zeit genauso von allen ferngehalten wie ich. Es ist auch möglich, dass wir es jeweils woanders bekommen haben.«

Ich versuche, mir verzweifelt meinen Vater vorzustellen, doch ich scheitere an seinem Gesicht. Er bleibt eine vage Gestalt mit blondem Haar und großen gelb-weißen Flügeln.

»Wenn du nach Air musst«, unterbricht Mutter meine Gedanken, »dann wirst du dich stets vor Wasser in Acht nehmen müssen.« Sie schaut auf mein Haar und ich spüre weitere Ängste in mir aufkeimen. »Niemand darf wissen, dass du von einer Nymphe abstammst.«

Ich würde am liebsten schreien, aber ich halte den Frust in mir gefangen und versuche verzweifelt, einen klaren Kopf zu bewahren. Das alles kommt mir wie ein Albtraum vor, aus dem ich sicher gleich aufwachen werde.

»Und du musst dich von den Elben fernhalten. Dein Leben lang.«

»Das sollte ich hinbekommen«, sage ich. Wenigstens wird das keine Herausforderung. Ich habe nicht vor, nach Ignis zu gehen. Mit geschlossenen Augen atme ich tief durch und horche in mich hinein. Ich finde das totale Chaos vor. Mutter hat sich mit einem Pixie eingelassen. Mal abgesehen davon, dass es verboten ist, ... bin ich dabei entstanden. Eine junge Nymphe ohne Flügel. Ein Verbrechen gegen die Natur ... und die Gesetze von Aqua. Ich sollte nicht sein und Mutter könnte dafür eingesperrt werden. Der Gedanke würgt mir fast die Luft ab.

»Tut mir leid, ich muss hier raus«, sage ich, reiße die Augen auf und springe vom Bett auf. Mit einer Hand vor dem Bauch renne ich zur Tür und schiebe die klirrenden Muschelketten beiseite. Draußen bleibe ich stehen und versuche, meinen rasenden Herzschlag zu beruhigen. Etwas fällt auf meinen Kopf. Zu meinen Füßen liegen Reiskörner und vermutlich hängen sie jetzt auch überall in meinen Haaren.

»Hups, entschuldige«, höre ich Coraline über mir sagen. Ich zwinge mich zu einem Lächeln.

»Es ist doch nichts passiert«, sage ich über die Maßen freundlich. Die Nymphe prustet und bricht in Gelächter aus, während sie davonfliegt. In meinen Gedanken verfluche ich sie, doch die Worte würden meine Lippen nicht verlassen. So bin ich nicht. Ich lehne mich vor und schüttele mir die Reiskörner aus den Haaren. Nahrung so zu verschwenden ist etwas, das mir nie in den Sinn käme. Ich knie mich hin und sammele so viel davon auf, wie ich kann. Irgendwann ist der Platz in meiner Hand aufgebraucht und kurzerhand hebe ich mein Kleid an, um es wie einen Beutel zu benutzen. Ich werfe den Reis hinein und lese die Reste auf. Mutter scheint mich beobachtet zu haben, denn sie kommt mit einem Besen und hilft mir, die Körner zusammenzukehren.

»Coraline? Oder ein Unfall?«, fragt sie irgendwann.

»Ersteres.«

»Das ist meine Schuld. Ich war schon immer der störende Stein im ruhigen Flussverlauf ihrer Mutter. Das Kind wurde in blindem Hass auf unsere Familie großgezogen.«

Ich erhebe mich und trage den Reis herüber zu unserer Waschschüssel.

»Lass, ich mache das nachher«, sagt Mutter und zieht mich sanft in ihre Arme. Ich lege meinen Kopf auf ihrer Schulter ab und genieße ihren Duft nach Wasserrosen und Flusshyanzinthen. Die feinen dunkelbraunen Haare in ihrem Nacken wirken im Licht, das durch das Fenster in der Küche hineinscheint, fast golden. Ich lasse mich in ihre Umarmung sinken und lenke den Blick nach draußen. Jolanda kommt aus ihrem Haus und es scheint, als habe sie vor, ihren Garten zu bewässern. Alles wirkt so friedlich und ganz anders als in mir.

»Es tut mir so leid, Liebling«, flüstert Mutter. »Ich wünschte, Galeus würde noch leben und könnte dich heute sehen. Er wäre so stolz auf dich.«

Ich will sie fragen, was sie genau meint, aber mir fehlt die Kraft dazu. All die Jahre diese Fragen in meinem Kopf und nun habe ich meine Antwort. Mutter löst sich von mir.

»Warte kurz. Ich hole uns alles, was wir zum Baden brauchen.« Sie lächelt mich an. »Hast du Lust?«

Ich lächele erschöpft und nicke. Vielleicht beruhigt es mich ein wenig, meinen Körper dem Wasser zu übergeben. Ich setze mich an den Tisch und warte geduldig, bis Mutter zurück ist. Gemeinsam machen wir uns auf den Weg flussabwärts zu dem kleinen Seitenarm, dessen Strömung viel schwächer ist. Im Abendrot haben sich dort einige Nymphen eingefunden. Ich sehe auch Fornax' Frau, die sich mit ein paar Freundinnen mit getrockneter Sumpferde abreibt. Sie entdeckt mich ebenfalls und nickt mir freundlich zu, auch wenn sie danach unsicher zu den anderen jungen Nymphen schaut. Ich erwidere, halte aber Abstand. Kayla war immer nett zu mir, aber ich möchte sie nicht in Verlegenheit bringen. Mutter entledigt sich neben mir ihrer Kleidung und ich mache es ihr nach. Sie öffnet sogar ihr Haar und schüttelt es mit einem erleichterten Seufzen aus. Um nicht in der schlammigen Hautpflege der anderen zu schwimmen, gehen wir etwas flussaufwärts und steigen in das Wasser. Sofort färben sich einige Strähnen meiner Mutter dunkelblau. Ich schaue auf meine Schulter. Das Blau meiner blonden Haare ist so hell wie der wolkenlose Himmel zur Mittagszeit. Oder wie meine Augen. Unmöglich, dass die Pixie das übersehen könnten, sollte ich zu ihnen müssen. Nein, daran will ich jetzt nicht denken. Ich möchte gerade auch nicht entscheiden, was mir lieber wäre: keine Flügel oder das unbekannte Leben einer Pixie. Ich lehne mich zurück und konzentriere mich auf das Wasser, das meinen Körper umfließt. Auch Mutter hat ihren Kopf in den Nacken gelegt. Etwas ist heute anders. Normalerweise konnte ich mich immer voll auf das Wasser einlassen, doch es ist, als hätte das Wissen um meinen Vater etwas in mir grundlegend verändert. Ich mag als Nymphe aufgewachsen sein, aber da ist plötzlich dieser fremde Teil in mir. Mein Pixieblut. Ich erinnere mich an einen Tag, an dem es ziemlich gestürmt hat. Ganz Quellblüte ist in den Hütten geblieben, aber ich weiß noch genau, wie ich mit einer merkwürdigen Sehnsucht in der Brust hinausgestarrt habe. Der Wind faszinierte mich. Ich stellte mir vor, wie es sein muss, von ihm getragen und umher gerissen zu werden. War das nur der Wunsch zu fliegen oder das Erbe meines Vaters?

»Mama?« Ich nähere mich ihr und ziehe sie gegen den Strom mit mir.

»Was möchtest du wissen?«, fragt sie und schaut mich liebevoll an.

»Die Flügel der Pixie wachsen später, richtig? Das heißt, dass ich dort im Moment nicht auffallen würde, oder? Es ist nicht ungewöhnlich, dass eine Pixie in meinem Alter noch keine Flügel hat?«

Sie nickt und Sorge breitet sich in ihrem Gesicht aus.

»Ich will Air sehen. Meine Großmutter kennenlernen. Solange ich das noch kann.« Immerhin könnte ich zwar zum Zeitpunkt einer Pixie erst Flügel bekommen, diese könnten aber durchaus wie die der Nymphen aussehen. Mutter atmet tief durch und … nickt. Wenn ich wieder zu Hause bin, muss ich unbedingt den Brief lesen. Ich glaube, ich habe ihn auf Mutters Bett liegen lassen.

»Auch wenn es mir Angst macht, es steht dir zu. Air ist genauso ein Teil von dir wie Aqua.« Mutter greift unter Wasser nach meinen Händen und drückt sie. »Lass uns heute Abend gemeinsam den Brief deiner Großmutter lesen und ihr antworten. Wir sollten sie vorwarnen und einen Tag vereinbaren, an dem wir uns nachts beim Weltenbaum treffen.«

Aufregung treibt mein Herz an. Mutter lächelt mich wissend an. Sie wird mir fehlen. Ihr Blick wird traurig und ich ahne, dass sie an Vater denkt. Nach all den Jahren ist da immer noch so viel Schmerz in ihren Augen. Ich bekomme Gänsehaut, als mir bewusst wird, wie sehr sie ihn geliebt haben muss. Sie ist die große Gefahr eingegangen, eingesperrt zu werden, nur um bei ihm zu sein. Ein Schluchzen dringt aus meiner Kehle und ich falle meiner Mutter in die Arme. Das Beben in ihrer Brust sagt mir, dass auch sie weint. Das Abendrot verschwimmt vor meinen Augen und endlich wird es in mir ruhig.

Meine Haut duftet nach Reismilch und Wasserrosenöl, als ich mich mit Mutter erneut auf ihrem Bett niederlasse. Sie setzt sich hinter mich und macht sich daran, mit dem Korallenkamm meine Haare zu entwirren, während ich Großmutters Brief in der Hand halte.

Liebe Lyrina,

wie immer freue ich mich, von dir zu hören. Deine Worte zaubern ein Bild meiner Enkeltochter vor meine Augen, das mich Sehnsucht spüren lässt. Ich weiß, du machst dir große Sorgen und wünschst dir, dass es nicht so kommen wird, aber du musst dich mit dem Gedanken anfreunden, dass sie eine der Unseren sein könnte. Sie ist jetzt in dem Alter, in dem wir unsere Flügel bekommen. Ich würde Naida gerne zumindest einmal sehen. Als du geschrieben hast, dass sie Galeus immer ähnlicher sieht, musste ich lange weinen. Er fehlt mir so sehr und mein Herz bricht am Tag seiner Geburt und seines Todes jedes Mal so sehr, dass es sich noch lange Zeit danach schwer anfühlt. Bitte, lass mich Naida kennenlernen. Ich will nur einmal sehen, ob deine Worte wahr sind. Ihr Haar, ihr Lachen … ich muss wissen, ob auch ich meinen Sohn in ihr erkenne. Er hat sie unendlich geliebt … du hättest ihn sehen sollen, als er mir damals von ihr erzählte. Du und eure Tochter habt ihn so glücklich gemacht, dafür werde ich euch ewig dankbar sein. Der Gedanke, dass Naida ihn nicht kennenlernen konnte, tut so weh. Er wäre ein wunderbarer Vater gewesen. Ich würde ihr so gerne von ihm erzählen. Ihr zeigen, wo er aufgewachsen ist. Sie hat ein Anrecht darauf, zu erfahren, wer er war. Du musst es ihr bald sagen, Lyrina. Bevor das arme Kind noch mit Pixieflügeln aufwacht und nicht weiß, wie ihr geschieht.

Ich muss eine Pause machen und mir Tränen aus den Augen wischen. Mutter streicht mir über den Rücken. Ich hätte ihn so gerne kennengelernt und die Zeilen meiner Großmutter bestärken mich nur in dem Wunsch, dem Wasser für einige Zeit den Rücken zu kehren und mich dem Wind hinzugeben.

Du hast natürlich recht, wenn du schreibst, dass sie genauso gar keine Flügel bekommen könnte. Oder eben die einer Nymphe, nur so spät wie eine Pixie. Trotzdem möchte ich dich eindringlich bitten, mit Naida zu reden.
In der Hoffnung, bald einen Brief von dir in unserem Versteck vorzufinden,
deine Aria

Ich ziehe unfein die Nase hoch und schlucke kräftig gegen einen Kloß im Hals an. Mutter beendet ihre Arbeit an meinen Haaren. Sie hat sie mir zu einem Zopf geflochten. Ich drehe mich zu ihr um und höre sie seufzen.

»Ich wollte dich nur beschützen«, sagt sie erneut.

»Ich weiß und das hast du auch.«

Mutter kratzt sich an der Stirn. »Arias Drängen hat mich zuerst wütend gemacht, aber ich ... ich verstehe es jetzt.« Sie sieht mich mit geröteten Augen an. »Du bist mein Ein und Alles. Dich ziehen zu lassen, wird nicht leicht. Aber Aria hat recht, du könntest die Flügel einer Pixie bekommen und musst dich vorbereiten.« Sie wischt sich über die Augen. »Und du sollst von deiner Großmutter so viel wie nur irgendwie möglich von deinem Vater erfahren. Anders als ich kannst du sehen, wie und wo er gelebt hat. Du kannst dich an seine Lieblingsplätze setzen und ...« Mutter schluchzt und hält sich eine Hand vor den Mund. »Tut mir leid«, wimmert sie und ich lehne meine Stirn an ihre. Nach fast achtzehn Jahren ist ihr Herz immer noch gebrochen. Wie sehr es für meinen Vater geklopft haben muss, vermag ich nicht mal zu erahnen. Trotzdem meine ich, einen kleinen Teil davon in mir zu spüren. Kein Gesetz von Pandorea hätte sie auseinanderbringen können. Vielleicht bin ich ein Sonderling und dürfte eigentlich nicht existieren, aber in dem Moment fühle ich etwas ganz Neues in meiner Brust. Was es ist, weiß ich nicht genau, aber es fühlt sich gut an. Zu wissen, dass ich das Ergebnis dieser Liebe bin, lässt es ganz warm in mir werden.

Ich weiß nicht, wie lange Mutter und ich so beieinandersitzen. Irgendwann geht sie, um uns etwas Fischsuppe im Becher zu holen. Wir trinken sie und ich beobachte den aufsteigenden Dampf, puste ihn gelegentlich von der Tasse, bevor ich einen weiteren Schluck nehme. Ein lauer Wind lässt die Muschelketten vorne am Eingang klimpern, als wir uns nebeneinander hinlegen. Mutter nimmt meine Hand und ich schließe die Augen.

In der Nacht träume ich vom Wind. Er reißt mich mit sich und ich lasse es wehrlos geschehen. Große gelbe Pixieflügel begleiten mich und ohne ihn zu sehen, weiß ich, dass es mein Vater ist, der meinen Flug begleitet und über mich wacht. Der Wind streift über meinen Körper, ähnlich wie das Wasser. Ich kann viele Gemeinsamkeiten entdecken. Er trägt mich, wenn ich ihm vertraue. Er streichelt meine Haut. Doch plötzlich zerrt der Wind an meinen Haaren und peitscht sie auf meine nackte Haut. Schmerz breitet sich von dort über meinen gesamten Rücken aus. Er lässt nach, doch die Irritation weckt meinen Verstand und es dauert eine Weile, bis ich begreife, dass ich geträumt habe. Ich reibe meine Augen und höre ein dumpfes Geräusch. Meine Mutter ist hier irgendwo und es klang, als hätte sie sich erschrocken. Etwas zieht mich nach unten, als ich mich aufsetzen will. Mit gerunzelter Stirn sehe ich im Licht einer Öllampe das Gesicht meiner Mutter. Tränen laufen über ihre Wangen, als sie hinter mich blickt.

»Was ist los?«, murmele ich verschlafen und schaue über meine Schulter.

Der Atem versagt mir.

Ich muss noch träumen.

Das kann nicht sein.

Da … da sind … Pixieflügel auf meinem Rücken.

Gelb schimmert dort im schwachen Licht, aber ich kann auch etwas Blau am oberen Rand erkennen. Hastig wende ich den Kopf und betrachte die andere Seite. Dicke schwarze Konturen trennen die einzelnen Flügelteile. Vorsichtig versuche ich, sie zu bewegen und als sie machen, was ich mir vorstelle, schlage ich mir eine Hand vor den Mund. Das hier ist kein Traum, oder? Ich sehe zu meiner Mutter, der zwar immer noch Tränen über die Wangen laufen, aber ein verzweifeltes Lächeln hat sich auf ihren Lippen ausgebreitet.

»Sie sind wunderschön, Liebling«, sagt sie. »Wie die deines Vaters ... nur wurden deine vom Wasser geküsst.« Sie deutet auf die blauen Abschnitte. Ich folge ihrem Blick und bewege erneut vorsichtig meine Flügel.

Meine Flügel.

Ich habe Flügel.

Zu meinem Erstaunen wandert das Blau je nach Lichteinfall über das Gelb. Plötzlich wirken sie mehr Blau als Gelb und auch Mutter gibt einen erstaunten Laut von sich.

»Du musst dich heute versteckt halten«, sagt sie und springt vom Bett auf. »Beim Weltenbaum, du hast Geburtstag! Es werden Leute gratulieren kommen. Was sage ich ihnen nur? Göttin, ich muss dich nach Air schaffen!« Mutter rennt im Zimmer auf und ab, ihre Flügel zittern leicht und geben ein leise flatterndes Geräusch von sich. »Ich werde mir einfach vorstellen, du würdest in Wellenruh leben. Wir können uns ab und an nachts am Baum treffen. Ja. So wie damals mit deinem Vater. Das wird schon gehen. Ich werde dich nicht verlieren.« Sie greift in ihre Haare und ich komme vom Bett hoch. Ich will etwas sagen, sie trösten, aber mir fehlen die Worte. Aus meinem Ausflug nach Air ist wohl gerade etwas Dauerhaftes geworden.

»Bleib in diesem Raum, niemand darf dich sehen.« Mutter atmet ein paar Mal tief ein und wieder aus. »Für heute werde ich den Leuten sagen, dass du in den Sumpf gegangen bist, um den Tag in Stille zu verbringen.« Sie fährt sich über das Haar. »Ich muss nachdenken«, sagt sie schließlich und geht aus dem Schlafzimmer. Kurz glaube ich, dass sie mich wirklich allein lassen will, doch schon nach kurzer Zeit kommt sie zurück und reicht mir eine Schüssel Reis, die sie mit essbaren Blumen verziert hat.

»Alles Gute zum Geburtstag, mein Liebling«, flüstert sie fast und ich ziehe sie vorsichtig, um den Reis nicht umzustoßen, in meine Arme.

»Danke«, murmele ich an ihre Schulter. Die neuen Flügel sind ungewohnt und schwer. Zu gerne würde ich sie testen, auch wenn ich nicht weiß, ob ich es gerade überhaupt zustande brächte, selbst wenn meine Existenz nicht verboten wäre.

»Hallo?«, ruft Fornax und ich höre die Muschelketten. »Schlaft ihr noch? Ich möchte dem Geburtstagskind gratulieren, bevor ich zum Angeln aufbreche.«

Mutter und ich tauschen schnell einen Blick aus. Sie drückt mir die Schüssel in die Hand und eilt in unsere Küche. Ich lasse mich auf ihrem Bett nieder und nehme den Löffel, der im Reis steckt.

»Hallo Fornax, das ist aber lieb. Gib mir die Sumpfschwertlilien, ich stelle sie gleich ins Wasser.«

»Ist Naida gar nicht da?«

»Nein, du hast sie leider verpasst. Sie ist schon ganz früh in Richtung Sumpf aufgebrochen. Der Tag ist heute nicht leicht für sie wegen … nun ja.«

»Der fehlenden Flügel«, errät mein Freund und brummt verständnisvoll. »Dann komme ich heute Abend noch mal vorbei.«

»Komm besser morgen, ich werde, denke ich, später zu ihr stoßen. Vielleicht übernachten wir dort. Als sie noch klein war, haben wir das öfter gemacht.«

Fornax lacht leise. »Dann wünsche ich euch viel Spaß. Grüßt mir die Kröten.«

»Das machen wir. Die Blumen sind wirklich schön. Naida liebt Gelb.«

»Ich weiß. Einen schönen Tag, Lyrina.«

»Dir auch.«

Erneut klimpern die Muscheln und ich nehme seufzend einen Löffel voll Reis. Ich habe jedoch gar keinen Hunger und das Kauen fällt mir fast so schwer wie das Schlucken. Mutter kommt mit der Vase und den Blumen von Fornax herein und stellt sie neben mich auf den kleinen wackeligen Nachttisch aus zusammengebundenem Treibholz, den ich mal als Kind für sie gebaut habe.

»Ich habe keine Ahnung, was ich jetzt machen soll«, gesteht Mutter und setzt sich zu mir auf das Bett. Sie sieht so verzweifelt aus, dass ich meine eigene Angst zusammen mit etwas Reis hinunterschlucke. »Ich muss dich entweder hier verstecken, bis ich davon ausgehen kann, dass Aria meinen Brief bekommen hat ... oder wir warten am Weltenbaum auf sie.«

»Wäre es dort nicht sicherer für mich?«, frage ich, auch wenn mir der Gedanke missfällt, mich eventuell für einige Tage dort in der Baumkrone zu verstecken.

»Wenn du dich auf die Seite von Air begibst, auf jeden Fall.« Mutter nickt, vermutlich stimmt sie sich damit selbst gedanklich zu. »Ich schreibe einen Brief. Wir fliegen heute Nacht und wir schmuggeln dich auf die andere Seite, wo du auf Aria wartest. Ich zeige dir, wo unser Versteck ist. Wenn du bemerkst, dass eine ältere Pixie dorthin fliegt, sprichst du sie an und fragst, ob sie die Mutter von Galeus sei.«

»In Ordnung«, sage ich und glaube kurz, dass sie gleich die Nerven verlieren wird, da höre ich erneut die Muscheln. Mutter rennt fast aus dem Raum und begrüßt Narissa, die sich ebenfalls nach mir erkundigt. Doch anders als Fornax, kennt Narissa ihre beste Freundin.

»Was ist los? Du bist ja ganz aufgelöst.«

»Komm mit«, sagt Mutter und mir bleibt fast das Herz stehen, als sie Narissa mit in ihr Schlafzimmer bringt.

»Gütige Mutter Göttin.« Narissa schlägt sich die Hände vors Gesicht. Ihr rotes Haar hat sie sich in einem langen Zopf über die Schulter geflochten. »Lyrina, sie ... ihre Flügel ... wie ihr Vater. Die gleiche Form ...«

Gibt es unterschiedliche Pixieflügel-Formen?

Mutter nickt und wischt sich schnell eine Träne von der Wange. »Ich muss sie nach Air bringen.« Ihre Stimme bricht und als sie laut schluchzt, kann auch ich mich kaum noch halten. In meiner Brust blutet mein Herz und ich hasse es, dass ich meiner Mutter solch ein Leid beschere. Ich drücke mich an sie und spüre, dass

Narissa vorsichtig über meine Flügel streicht. Das ist ein merkwürdig fremdes Gefühl.

»Du schaffst das, Lyrina«, sagt sie schließlich und ich löse mich von Mutter, damit ihre beste Freundin sie aufbauen kann. Narissa nimmt ihre Hände und sieht sie ernst an. »Die Person, die du am meisten liebst, hat schon mal in Air gelebt, erinnerst du dich? Wenn du es mit ihm geschafft hast, kannst du das auch mit Naida. Deine Tochter ist klug und erwachsen, sie wird klarkommen.« Narissa schaut mich eindringlich an. »Sie hat Familie in Air, sie ist nicht allein. Der Wind liegt ihr im Blut und er ruft sie. Das ist ganz offensichtlich. Ihre Wurzeln mögen im Wasser liegen, aber ihre Zukunft gehört der Luft.«

Meine Flügel schlagen ein paar Mal, als ich ihre Worte begreife. Ein Teil von mir weiß, dass sie recht hat. Narissa legt je einen Arm um mich und Mutter.

»In den vergangenen Jahren haben viele Fae ihre Liebsten an das Fieber verloren. Ich weiß, das klingt jetzt dumm, aber ihr lebt und seid gesund.«

Mutter schließt einen Moment die Augen, bevor sie Narissa entschuldigend ansieht. »Es tut mir leid, du hast gerade erst deine Schwester dem Fluss übergeben. Jetzt komme ich mir lächerlich vor.«

»Nein, nein, so meinte ich das nicht«, sagt Narissa hastig. »Ich denke nur, dass es keinen Grund zur Trauer gibt. Deine Tochter ist nur erwachsen geworden und muss jetzt ihre eigenen Wege gehen. So schön wie sie ist, wird sie sicher in Air einige Herzen brechen.« Die beste Freundin meiner Mutter widmet sich ganz mir und legt ihre Hände um meine Wangen. »Ein ganz neuer Morgen ist für dich angebrochen, Kind. Denk daran, wie traurig du in den letzten Jahren warst, weil du dich nicht wie eine Nymphe gefühlt hast.« Sie lächelt. »Und jetzt sieh dich an. Ich bin mir sicher, dass der Geist deines Vaters in Air auf dich wartet. Er wird dich beschützen. Er war genauso stark und intelligent wie du.«

Bis heute wusste ich nicht mal, dass Narissa ihn kennengelernt hat. Sie kichert.

»Er war unfassbar lustig. Als Kind warst du auch so und jetzt, wo dir deine Bestimmung offenbart wurde, bin ich sicher, dass du das Lachen wiederfindest.«

»Wo … Wie konntest du ihn kennenlernen?«, frage ich und Mutter zieht die Nase hoch, bevor sie antwortet.

»Ich war so verliebt und voller Glück, dass ich meine Gefühle jemandem mitteilen musste. Du kennst doch Narissa, sie hat beharrlich auf mich eingedrängt, bis ich sie eines Nachts mitgenommen habe. Ab da kam sie öfter mit mir.«

»Wir haben so manche Nacht im Blattwerk des Weltenbaums durch gelacht«, fügt Narissa hinzu. »Wenn Galeus' Mutter nur halb so freundlich wie dein Vater ist, erwartet dich dort ein gutes Herz. Um deine Mama brauchst du dir jedenfalls keine Sorgen zu machen, ich werde mich gut um sie kümmern.«

Ich umarme Narissa, dankbar für ihre aufmunternden Worte.

»Alles Gute zum Geburtstag«, sagt sie und löst sich wieder von mir, um nach Mutter zu sehen. Sie scheint sich etwas gefangen zu haben. Zumindest wirkt sie nicht mehr ganz so zerstreut wie eben noch. Narissas Anwesenheit tut ihr gut.

»Ein bisschen beneide ich dich«, sagt die beste Freundin meiner Mutter, als wir uns alle auf dem Bett niederlassen. In der Küche könnte man mich viel zu schnell sehen. »Ich meine, du wirst Air sehen. Ein anderes Land. Andere Leute, als immer nur die ganzen Sumpfhexen hier.«

Mutter lacht leise und ich muss etwas grinsen. Ich freue mich auf Air und auf meine Großmutter, aber ich bin auch furchtbar aufgeregt. Die Angst fließt durch meine Adern und bereitet mir ein mulmiges Gefühl im Bauch. Sicher geht es mir erst besser, wenn ich Aria sehe. Ob sie so nett ist, wie sie im Brief klingt?

»Kannst du nicht bei ihr bleiben?«, fragt Narissa und mir fällt auf, dass ich den Anfang der Unterhaltung gar nicht mitbekommen habe.

»Das würde doch auffallen, oder? Was sage ich denn, wo ich war und warum Naida nicht mit zurückgekommen ist?«

»Was willst du überhaupt sagen? Wirst du sie … sterben lassen?«

Mutters Kiefer mahlen einen Moment. »Sie ist nicht aus dem Sumpf zurückgekehrt. Ich habe Fornax schon erzählt, dass sie heute Morgen dorthin aufgebrochen ist.«

Narissa nickt nachdenklich. »Ich werde für einige Zeit zu dir ziehen. Dann kann ich dich ablenken, bis der erste Brief von Naida da ist. Nach außen hin wirkt das dann auch echter.«

»Danke.« Mutter greift nach der Hand ihrer besten Freundin.

»Nicht dafür. Vielleicht fällt uns ja noch etwas Plausibles ein, was wir erzählen könnten, damit du die Gelegenheit hast, sie selbst an Aria zu übergeben.«

»Wir haben den ganzen Tag Zeit, uns etwas zu überlegen«, seufze ich und zu meiner Angst mischt sich noch ein Gedanke, der mir kurz jeden Mut raubt.

Ich werde das alles hier nie wieder sehen.

Kapitel 2

Die Dunkelheit bricht heran, doch noch kann ich Nymphen draußen hören. Jolanda ist ebenfalls im Garten, berichtet Mutter, als sie mir das letzte Mal ihre Fischsuppe serviert. Eigentlich wäre mir danach, die Schüssel mit meinen Tränen zu füllen, aber ich will nicht, dass Mutter sich Sorgen macht.

»Wir sollten uns draußen zeigen und Richtung Sumpf fliegen«, grübelt Narissa und ihre Augen weiten sich. »Genau, wir sagen, dass wir Naida suchen, weil sie längst zurück sein müsste. Wenn wir zurück sind, komme ich mit euch und wir warten gemeinsam auf Galeus' Mutter. Später sagen wir, dass wir Naida verzweifelt gesucht haben und sie verschwunden sei.«

Mutter scheint zu überlegen und ich hoffe, dass sie zustimmt. Ich würde mich deutlich wohler fühlen, wenn beide bei mir wären.

»Ja, das könnte gehen.«

Erleichtert atme ich aus.

»Naida, wir kommen dich holen, sobald überall die Lichter erloschen sind.« Damit steht Mutter auf und es wirkt, als sei sie froh, endlich mehr tun zu können, als nur auf ihrem Hintern zu sitzen. Vielleicht kommt es mir auch nur so vor, weil es mir so geht. Hoffentlich bekomme ich das mit dem Fliegen überhaupt hin. Mein Leben lang hat man mir gesagt, dass es ganz von selbst gelingt und ich erinnere mich daran, dass Fornax es auch direkt konnte. Trotzdem nagen die Zweifel an mir. Mein erster Flug wird die Flucht aus meiner Heimat sein. Mutter gibt mir einen Kuss und macht sich dann mit Narissa auf den Weg. Ich kann hören, wie sie draußen mit jemandem sprechen, vermutlich Jolanda. Im Haus sind alle Lichter aus, weswegen ich mich traue, schnell in mein Zimmer zu huschen. Ich möchte mir ein paar Dinge einpacken. Ein paar Kleider, etwas von meinem Schmuck ... Aber was ist, wenn mich diese Dinge verraten? Hat man in Air überhaupt Perlen und Muscheln? Was für Kleidung tragen sie? Mein Blick fällt auf meinen Zeichenblock. Den nehme ich auf alle Fälle mit. Dort drin sind Bilder von Fornax und Mutter. Sogar eins von ihr mit Narissa. Tränen brennen in meinen Augen, als mir klar wird, dass ich mich nicht bei meinem Freund werde verabschieden können. Ich werde ihn jedoch niemals vergessen und meine Zeichnungen von ihm werden mir dabei helfen. Aria kann mir sicher sagen, was ich von den anderen Sachen mitnehmen kann und was nicht, also schnüre ich alles zu einem Bündel zusammen und setze mich dann auf mein Bett. Mit einem Brennen in Kehle und Augen streiche ich über das Laken. Vorsichtig bewege ich den linken Flügel und bringe ihn nach vorn, wo ich ihn besser betrachten kann. Sie sind weit von dem entfernt, was ich mir immer vorgestellt habe. Trotzdem sind sie wunderschön. Sie gehören jetzt zu mir. Ich nehme mir einen Moment, um einfach nur still meinem Herzschlag zu lauschen. Er ist viel zu schnell, aber alles andere hätte mich auch gewundert.

»Hallo?«, höre ich Fornax' Stimme von draußen. »Seid ihr da?«

Ich kneife die Augen zusammen und halte die Luft an. Mein Herz will nach ihm rufen, aber mein Verstand warnt mich. Fornax würde mich nie verraten, oder? Soll er etwa glauben, dass ich gestorben sei? Das bringe ich nicht fertig.

»Fornax?«, frage ich gerade so laut, dass er es hoffentlich hören kann.

»Du bist ja doch da.« Die Muschelkette klimpert.

»Warte. Bleib, wo du bist.« Ich hebe die Hände, obwohl er mich nicht sieht. »Du kannst zu mir ins Zimmer kommen, aber vorher musst du mir schwören, dass du das, was du dann sehen wirst, für den Rest deines Lebens für dich behalten wirst.« Ich höre ihn amüsiert schnauben.

»Du bist aber nicht nackt?«

Ich rolle mit den Augen. »Nein, du Wasserspringer.«

»Was kann denn schon so …« Er betritt mein Zimmer und so wie er guckt, hat es ihm Sprache und Atem verschlagen. Mit riesigen Augen und offenem Mund starrt er mich an. »Bei der Mutter Göttin und dem Weltenbaum!«

»Psst!«, ermahne ich ihn und hebe einen Finger an meinen Mund. Hoffentlich hat Jolanda von all dem nichts mitbekommen. »Hast du draußen jemanden gesehen?«

Fornax schüttelt den Kopf und kommt näher an mich heran. Mit ungläubigem Blick mustert er meinen Pixieflügel.

»Ich weiß jetzt, wer mein Vater war.«

»Und ich ahne es«, sagt er und schluckt.

»Fornax? War jemand draußen?«

»Nein, niemand.«

»Auch nicht Jolanda?«

»Nein, wieso? Du kannst so nicht rausgehen!«

Ich atme tief durch und ziehe ihn zu meinem Bett. Gemeinsam setzen wir uns hin und ich berichte ihm von Mutters und Narissas Plan.

»Was?«, fragt er viel zu laut und ich muss ihn erneut ermahnen, ruhig zu sein. »Nein, du kannst doch nicht nach Air!«

»Hier kann ich auch nicht bleiben«, erinnere ich ihn. »Ich sehe aus wie eine Pixie.«

»Ja und? Nein, ich lasse meine beste Freundin nicht einfach gehen.«

Der Schmerz in meiner Brust wird sekündlich stärker. »Wir können uns treffen. Mutter kennt eine Möglichkeit. Aber ich kann nicht hierbleiben, Fornax. Ich dürfte gar nicht existieren. Irgendwer wird dem König und der Königin von mir erzählen. Dann nimmt man mich gefangen.«

»Wieso sollte man das? Du hast doch nichts getan. Deine Mutter … oh, sie würden sie sicher bestrafen.«

»Ja … und erinnerst du dich an die Elemente Prophezeiung? Ich könnte Luft und Wasser sein, die das Feuer ersticken.«

Fornax schnaubt. »Wir lassen einfach keinen Elb in deine Nähe und du hältst dich von der Grenze fern. Das dürfte nicht allzu schwer sein.« Er lässt den Kopf hängen. »Aber du hast recht. Niemand weiß, was sie mit deiner lieben Mutter tun würden.« Fornax hebt die Hand und berührt zaghaft meine Flügel. »Ich habe noch nie eine Pixie gesehen.« Er schluckt und scheint einen Moment zu benötigen. Wir sitzen eine ganze Weile nur so da, als er mich anlächelt. »Jetzt habe ich dir noch gar nicht gratuliert. Dabei brauchst du jetzt mehr denn je alle guten Wünsche für dein neues Lebensjahr.« Er sieht mich traurig an. »Du wirst mir fehlen, Sumpfnase.«

»Du mir auch, Wasserspringer.«

Fornax sinkt ein wenig in sich zusammen und reibt sich mit einem erschöpften Laut über das Gesicht.

»Das kommt mir wie ein schlechter Traum vor«, sagt er und schaut mich an. »Ich habe Kayla gesagt, dass ich sofort zurück bin. Hätte ich gewusst, dass ich dich vielleicht zum letzten Mal sehe, ich …«

»Nein«, widerspreche ich. »Du wirst mich gelegentlich sehen können. Sprich mit Mutter, sie weiß wie.« Ich zucke mit den Schultern und reibe mir über den rechten Arm. »Leider können wir uns nur nicht mehr so oft treffen. Aber du hast Kayla und die Göttin wird euch bestimmt bald mit kleinen Nymphen segnen.«

»Ich hoffe, es wird dir in Air gut gehen. Der Gedanke, dass ich das nicht kontrollieren kann, macht mich wahnsinnig.« Er zieht mich in seine Arme und drückt etwas zu fest zu. Ich ertrage es jedoch ohne ein Jammern und schließe die Augen, bis er mich wieder loslässt.

»Ich hoffe, du findest in Air eine neue Heimat und dein Glück, Naida. Versprich mir eins: sollte das nicht so sein, komm nach Hause. Wir finden einen Weg. Halte es nicht für unmöglich, ja?«

Ich nicke und seine Worte beruhigen mich ein kleines bisschen. Fornax erhebt sich und wirkt aufgewühlt.

»Ich gehe jetzt besser«, sagt er und ich kann sehen, dass er kräftig schluckt. Als sich seine Augen röten, dreht er den Kopf weg und ich spüre eine Träne über meine Wange laufen. Ich stelle mich zu ihm und angele nach einer seiner Hände. Fest drücke ich sie, als er Worte findet.

»Wir sehen uns«, sagt er. »Jeden anderen Abschied ertrage ich nicht.« Hastig drückt er mir einen Kuss auf die Wange und stürmt dann fast aus meinem Zimmer. So weh es auch tut, ich danke der Göttin, dass ich die Gelegenheit bekommen habe, mich bei ihm zu verabschieden. Jetzt bleibt mir nichts anderes, als zu warten. Ich schaue zu meinen Flügeln und runzele die Stirn. Die Ränder kräuseln sich leicht und mir kommt ein Gedanke: Es ist hier zu feucht. Die Luft in Aqua tut Pixieflügeln nicht gut. Verdammt, was soll ich jetzt tun? Es kann noch Stunden dauern, bis Mutter und Narissa zurückkehren. Wie soll ich sie trocken halten? Werde ich so fliegen können? Kurzerhand mache ich das Einzige, was mir einfällt, und lege mich so in mein Bett, dass meine Decke die Flügel verdeckt. Ich weiß nicht, wie ich sie sonst vor der feuchten Luft schützen soll. Nach einiger Zeit schließe ich die Augen und hoffe, dass Mutter und Narissa bald zurückkehren.

»Naida? Liebes, du musst aufstehen«, höre ich die Stimme meiner Mutter. »Wir müssen vor dem Sonnenaufgang am Weltenbaum sein.«

»Meine Flügel«, murmele ich und spüre, wie die Decke angehoben wird. »Sind sie noch wellig?«

»Nein, sie sehen gut aus. Hat die Luft ihnen zugesetzt?«, errät Mutter richtig. Sie lächelt mich traurig an. »Ein Grund mehr, uns zu beeilen.«

Ich setze mich auf und sehe zu dem gepackten Bündel. »Darf ich etwas mitnehmen?«

»Natürlich, ich werde es für dich tragen. Du solltest die Hände bei deinem ersten Flug freihaben.«

In der Küche wartet Narissa bereits auf uns und isst etwas von der mittlerweile eiskalten Fischsuppe. Sie hält mir ihre Schale hin und auch ich nehme noch einmal einen kräftigen Schluck davon.

»Lasst uns los, gerade waren überall die Lichter aus. Wir haben nicht eins gesehen«, sagt Narissa und tauscht einen Blick mit meiner Mutter. Wir treten hinaus und ich bewege meine Flügel.

»Schneller«, flüstert mir Mutter zu und hebt selbst vom Boden ab. »Narissa und ich können nicht so hoch fliegen wie du. Wenn du es austesten willst, bleib bitte in Sichtweite, okay?«

Ich nicke und lache leise. Sie ist gut, ich muss erst mal abheben. Mutter und Narissa nehmen je eine meiner Hände und ich all meinen Mut zusammen. Mit einem kleinen Sprung löse ich mich vom Boden und schlage kräftig mit den Flügeln. Mutter und Narissa ziehen mich mit sich in die Lüfte und ich habe das Gefühl, plötzlich nur noch aus Herzschlag zu bestehen. Ich fühle ihn überall. Im Hals, im Bauch, in meinen Beinen.

»Nicht so hastig«, ruft mir Mutter in der Luft zu, während sie und ihre beste Freundin mich immer noch hinter sich herziehen. Wir bewegen uns langsam über Quellblüte hinweg und als Mutter meine Hand loslässt, löst sich auch Narissa von mir. Kurz bekomme ich Panik, doch sie legt sich und hinterlässt ein Gefühl der absoluten Ruhe.

Ich fliege.

Meine Flügel tragen mich.

Mutter lächelt mir mit Rührung in den Augen zu. Ich erwidere und lege mich in den Wind. Sanft streicht er über meinen Körper, genau wie in meinem Traum. Wir lassen Quellblüte und die großen Reisfelder hinter uns und es zieht mich wie von einer magischen Leine geführt weiter nach oben. Ich schlage einmal kräftig mit den Flügeln und mache mich in Richtung Wolken auf. Mein Herz klopft noch kräftiger, aber dieses Mal vor Freude. Es fällt mir richtig schwer, mein Versprechen einzuhalten und der Blick nach oben wird immer verführerischer.

»Naida! Nicht so hoch!«, höre ich Narissa rufen. Ich kippe meinen Oberkörper nach vorn, als würde ich schwimmen und abtauchen wollen. Im Sturzflug verringere ich meine Höhe und drehe mich vor Wonne kurz einmal, als ich wieder bei Mutter und ihrer Freundin bin. Die Frauen lachen, bei Mama klingt es aber ein wenig verzweifelt.

»Das ist der Wahnsinn«, rufe ich ihnen zu.

»Wie eine frisch geschlüpfte Libelle«, ruft Narissa amüsiert.

»Nein«, antwortet Mutter. »Wie ihr Vater.«

Es kommt mir vor, als wären wir eben erst losgeflogen, als wir schon am Dreifall ankommen. In der Morgensonne sieht er besonders majestätisch aus. Wegen meiner Flügel müssen wir jedoch viel Abstand zu dem Berg mit den drei glitzernden Wasserfällen halten. Das letzte Mal habe ich ihn vor rund fünf Jahren gesehen. Zu Fuß war der Weg hierher sehr beschwerlich. Wir nähern uns den Wurzeln des Weltenbaums, der sich schon riesig vor uns aufbaut. Wenngleich ich meinen Kopf in den Nacken lege, kann ich die Baumspitze nicht sehen. Sie steckt irgendwo jenseits der Wolken.

»Das wird für uns beide etwas anstrengend«, sagt Mutter und schaut zu Narissa. »Bist du sicher, dass du mit willst? Wir sind keine achtzehn mehr.«

»Nichts kann mich davon abhalten.«

Mutter nickt und ich freue mich darauf, höher in die Luft zu steigen. Sie ruft nach mir, als wolle sie mit mir spielen und mich umarmen. Aus Quellblüte kann man bei klarem Himmel den Weltenbaum am Horizont ein wenig sehen, aber jetzt, so nah vor ihm zu stehen, lässt mich vor Ehrfurcht erschauern. Mutter und Narissa tun sich sichtbar schwer bei unserem Aufstieg, sodass ich ihnen meine Hand reiche. Dieses Mal ziehe ich sie höher und schließlich deutet meine Mutter eine neue Richtung an und ich muss die beiden wieder loslassen. Das Geäst ist hier zu dicht, als dass wir alle nebeneinander bleiben könnten. Nach kurzer Zeit erreichen wir eine kleine Astgabelung, auf der locker genug Platz wäre, um einen

Empfang bei Hofe zu halten. Mutter und Narissa japsen, als ihre Füße das Holz berühren.

»Gib mir einen Moment«, sagt Mama zu mir und ich nicke lächelnd, als auch ich lande und mich umsehe.

»Hier hast du dich immer mit Vater getroffen?«, frage ich und Mutter nickt. Sie schaut sich voller Sehnsucht in den Augen um.

»Hier bist du entstanden.« Narissa lacht und ich verziehe das Gesicht. Mutter kommt mit einem Schnauben auf die Beine und nimmt meine Hand.

»Komm, ich zeige dir das Briefversteck. Du kannst es in Zukunft nutzen, um mir zu schreiben.«

Ich nicke und folge ihr zu einer Stelle, die auch nicht anders aussieht als alles andere hier. Erst bei genauem Hinschauen sehe ich etwas, das jemand ins Holz geritzt hat. Es sind ... Initialen. L und G. Lyrina und Galeus. Mutter legt einen Arm um meine Taille.

»Das hat dein Vater gemacht«, sagt sie und ihre Worte treffen mich tief in meinem Herzen. Ich gehe auf die Knie und streiche darüber. Nein, ich will jetzt nicht weinen. Das habe ich schon genügend getan und brauche noch ein paar Tränen für den Abschied, der mir bevorsteht. Trotzdem ... etwas zu berühren und zu sehen, das mein Vater aus Liebe zu meiner Mutter geschaffen hat, geht nicht spurlos an mir vorbei. Ich atme durch die Nase ein und langsam durch den Mund aus, um mich wieder zu fangen.

»Drei Schritte von hier auf diesen Ast zu«, erklärt Mutter und ich folge mit Blicken ihrem Weg. »Dann drehst du dich nach links, zur Seite des Herzens.« Sie beugt sich herunter und winkt mich zu sich. Ich folge ihr und beobachte genau, wohin sie greift, um etwas Holz hochzuziehen. Ein kleiner Schacht ist zu sehen. Gerade groß genug für einen Brief.

»Aria hinterlässt mir hier ihre Briefe. Sie kann dir helfen, solltest du dich nicht mehr erinnern. Ich werde herkommen, immer wenn alle drei Monde voll sind.«

Ich nicke und presse die Lippen zusammen.

»Wenn du mich sehen willst, dann warte hier auf mich.«

»Das werde ich.«

»Falls du es nicht schaffst, hoffe ich, dass Aria oder du mir zumindest schreibt.«

»Du hast mein Wort, Mama.«

Mutter atmet tief durch und gibt mir einen Kuss. »Nun gut«, sagt sie und schaut sich um. »Dann warten wir jetzt.« Sie drückt kurz meine rechte Hand und macht es sich dann bequem. Narissa kommt zu uns und ich lasse meinen Blick schweifen. Die riesigen Blätter, von denen selbst die Kleinsten größer als ich sind, verdecken jedoch die Sicht nach draußen. Ein leichter Muskelschmerz breitet sich auf meinem Rücken aus, doch ich erinnere mich daran, dass es Fornax tagelang nach seinem ersten Flug so ging. Sicher ist er nicht so weit und viel geflogen wie ich heute. Mein Rücken muss sich zusätzlich noch an das Gewicht gewöhnen. Ich betrachte die Flügel meiner Mutter, die ganz zart und leicht im Vergleich zu meinen sind.

Ich werde Aqua verlassen.

Für immer.

Ich muss alles, was mir vertraut und lieb ist, zurücklassen.

Vor lauter Aufregung hatte ich bisher kaum Zeit, diese Tatsache zu verarbeiten. Da waren zu viele Gedanken in meinem Kopf, die alle durcheinander schrien. Aber jetzt ... hier in der Stille des Weltenbaums ...

Narissa öffnet die kleine Tasche, die um ihre Schulter hängt, und zieht sie schließlich ganz aus. Sie reicht Mutter und mir jeweils etwas Reis, der in Algenblätter eingerollt ist. Ich halte ihn in den Händen und betrachte ihn mit einem Drücken in der Brust. In Air isst man keinen Reis. Es gibt ihn schlichtweg nicht. Ich beiße ab und würge den Bissen hinunter, weil ich bei Kräften bleiben muss. Trotzdem wünsche ich mir, dass ich ihn mehr würdigen könnte. Ich bin vorhin über Aqua geflogen, ohne es mir noch einmal einzuprägen. Vor lauter Aufregung über meinen ersten Flug habe ich nicht mal meinem Zuhause einen letzten bewussten Blick gegönnt. Es fühlt sich an, als hätte ich alles falsch gemacht und am liebsten würde ich aufstehen und zurückfliegen. Fornax meinte, dass es immer einen Weg geben würde und ich nach Hause kommen könnte. Ich schlucke und schaue zu Mutter.

»Fornax war da, als ihr weg wart. Er weiß Bescheid«, erzähle ich ihr und Mutters Augen weiten sich. »Keine Sorge, ich vertraue ihm und du kannst es auch. Vielleicht kannst du ihn ab und an mitnehmen?«

Sie atmet tief durch. »Ja, das kann ich tun.« Es passt ihr nicht, dass ich meinen besten Freund eingeweiht habe, aber ich glaube, sie ahnt warum. Immerhin hat sie damals dasselbe mit Narissa gemacht. »Ich schreibe dir, wenn ich ihn das nächste Mal mitbringe. Dann weißt du, dass du persönlich da sein musst.«

Ich nicke und versuche, mir mein neues Leben in Air vorzustellen. Da sind entschieden zu viele unbekannte Dinge, die in meiner Fantasie blanke Stellen ergeben.

Es ist Mittag und Mutter spricht mit Narissa darüber, wie wir die Nacht hier verbringen werden. Ich starre jedoch ins Nichts und fühle mich wie gelähmt. Obwohl es hier so friedlich und ruhig erscheint, sieht es in mir ganz anders aus.

»Wir haben uns mit Blättern zugedeckt, allerdings hat Galeus sie immer abgerissen. Es hat ihn alle Kraft gekostet.«

»Und wenn wir es zu zweit versuchen?«, fragt Narissa und stemmt die Hände in die Hüften. Ihre Flügel surren leicht. Ich seufze und erhebe mich von dem Platz neben den eingeritzten Initialen meiner Eltern. Langsam strecke ich mich und verziehe das Gesicht aufgrund der leichten Schmerzen in meinem Rücken. Ich schließe die Augen und versuche, die Übelkeit in meinem Magen wegzuatmen.

»Was ist das denn?«, fragt Narissa und ich drehe mich, um nachzuschauen, was sie meint.

Mutter lacht leise. »Hast du das damals nie gesehen?«

Narissa schüttelt den Kopf und Mutter winkt mich zu sich. Ich laufe zu ihr und schone meinen Rücken noch etwas. Narissa hält die Spitze eines Blattes in ihren Händen, darunter ist ...

»Was im Namen der großen Mutter?!«, staune ich. Da hängt ... eine Frucht? Sie ist rund wie ein Ball, doch sehr viel größer. Ich nutze meine Flügel und schwebe zu ihr herüber. Sie funkelt irgendwie ... und da sind Lichtpunkte in dieser faszinierenden Schwärze, die mich magisch anziehen.

»Ist das eine Galaxus?«, frage ich.

»Ja«, höre ich Mutter sagen. Ich habe gelernt, dass der Weltenbaum Leben beherbergt, aber ich habe mir das ganz anders vorgestellt. Nicht so ... lebendig und pulsierend. Es ist, als gebe die Galaxusfrucht Energie ab.

»Fass sie nicht an, Liebes«, warnt mich Mutter und ich fliege zu ihr zurück, ansonsten könnte ich für nichts garantieren. »Schon verrückt, oder?«, sagt sie und greift nach meiner Hand. »Es heißt, dass jede Frucht gleich mehrere Welten in sich trägt. Welten voller fremder Wesen.«

»Das hatte ich alles völlig vergessen«, murmelt Narissa ehrfürchtig neben mir. »Aber ich habe damals auch nie wirklich aufgepasst. Zum Glück mussten wir keine Prüfung in Wellenruh ablegen.« Sie lacht und auch Mutter stimmt leise mit ein. »Wie viele gibt es von diesen Früchten?«

»Fünfundzwanzig«, antworte ich. »Ich habe aufmerksam aufgepasst.«

Narissa stupst mich grinsend mit der Schulter an.

»Das hier ist die Einzige, die ich bisher gesehen habe«, sagt Mutter. »Galeus meinte, dass die anderen viel weiter oben hängen.«

»Verrückt«, befindet Narissa und lässt das Blatt los. Es fällt vor die Frucht und nimmt uns die Sicht. »Wir sollten aufhören, wie die Blöden zu starren und uns lieber Gedanken darüber machen, wie wir uns heute Nacht vor Kälte schützen.«

»Dieses Blatt reißen wir jedenfalls nicht ab. Es schützt die Galaxusfrucht. Wie wäre es mit dem da oben?« Mutter deutet in die andere Richtung der Astgabelung. »Wenn wir es nach unten ziehen, könnten wir es einfacher haben, oder?«

Die beiden fliegen zu besagtem Blatt und greifen es je an einer Seite.

»Soll ich euch helfen?«, rufe ich, doch Mutter gibt mir mit einer Geste zu verstehen, dass ich bleiben soll, wo ich bin. Ich kann mir das gar nicht mitansehen und drehe mich um.

Mein Herz setzt aus.

Es stolpert.

Dann schlägt es in doppelter Geschwindigkeit weiter.

Eine Pixie.

Ihr graues Haar hat sie hochgesteckt.

Ihre gelben Flügel sind etwas verblasst, haben aber goldene Punkte, die im Licht leicht glitzern.

Mit geöffnetem Mund starrt sie mich fassungslos an.

Ohne dass es mir jemand sagen muss, weiß ich, dass vor mir Aria in der Luft schwebt. Ich fange mich und lächele sie an, woraufhin sie sich schluchzend eine Hand vor den Mund schlägt. Sie flattert auf mich zu und landet wenige Schritte entfernt.

»Naida?«

Ich nicke und halte vor Aufregung die Luft an.

»Ich habe es so gehofft«, sagt sie und kommt noch einen Schritt näher. Als Mutter und Narissa an meiner Seite landen, erinnere ich mich, wieder zu atmen.

»Aria«, sagt Mutter zu meiner Rechten. »So früh habe ich nicht mit dir gerechnet.«

Großmutter scheint den Blick nicht von mir lösen zu können und auch an Worten fehlt es ihr. Sie lässt die Hand vor ihrem Mund fallen und ich entdecke ein freundliches Lächeln darunter. Tränen laufen ihr über die Wangen.

»Galeus hat sie auch an seinem achtzehnten Geburtstag bekommen«, sagt sie und das erklärt, warum sie hier ist. Wie sie eben meinte … sie hat gehofft. Mutter drückt sich näher an mich und ergreift meine Hand.

»Wie du siehst, muss ich sie dir anvertrauen.« Mama zerdrückt fast meine Hand, doch ich packe sicherlich genauso stark zu. »Bitte«, fleht sie, »gib immer gut auf sie acht. Sie ist alles, was ich habe.«

Aria löst ihren Blick von mir und geht auf Mutter zu. Sie legt ihr beide Hände auf die Wangen und geht auf Zehenspitzen, um ihre Stirn zu küssen.

»Ich schwöre, bei der Luft, bei der Seele meines Sohnes und allem, was heilig ist, ich werde immer gut auf Naida aufpassen.« Aria streicht Mutter eine Träne weg. »Weine nicht, Lyrina.« Sie sieht zu mir. »Du hast eine wunderschöne junge Nymphe großgezogen und nun ist es an der Zeit, dass sie den Wind kennenlernt, der durch ihre Seele weht. Ihre Flügel bezeugen, dass sich die Pixie in ihr danach sehnt.« Aria löst sich von meiner Mutter und reicht mir beide Hände. Ich lege meine hinein und schaue sie neugierig an. Kommt jetzt der Moment, in dem ich Mutter und Narissa Lebewohl sagen muss?

»Ich habe mir diesen Moment schon so oft vorgestellt«, sagt meine Großmutter. »Ich bin Aria, die Mutter deines Vaters.« Sie schluchzt leise und braucht einen Moment. »Du hast so unglaublich viel von ihm.«

Ich muss schlucken. »Ich freue mich auch, dich kennenzulernen«, sage ich. »Mama und ich planten bereits, dich zu besuchen, als sie mir vorgestern deinen Brief zu lesen gab. Die Flügel haben die Sache wohl etwas beschleunigt.«

Aria lächelt. »Das muss sehr schwierig für dich sein.« Sie blickt mich einfühlend an. »Möchtest du noch eine Nacht mit deiner Mutter hier verbringen?«

»Nein«, fällt mir Mama ins Wort. »Bitte, nimm sie mit dir. Wir treffen uns hier, wenn die Monde voll sind.« Mutter schaut mich an und ich lasse Aria los, um ihr in die Arme zu fallen. »Lass uns den Abschied nicht noch in die Länge ziehen«, flüstert sie in meinen Nacken und ich muss ihr zustimmen. Das macht es nicht einfacher. Mutter schiebt mich sanft von sich weg.

»Sei folgsam und freundlich«, sagt sie und atmet bebend durch. »Hör auf deine Großmutter und denk an all das, was ich dir beigebracht habe.«

Ich nicke, unfähig zu sprechen. Wenn ich jetzt den Mund öffne, kommt nur ein Schluchzen heraus. Mutter küsst meine Wangen und lächelt mich merkwürdig an. Als ihre Flügel kurz darauf schlagen und sie davonfliegt, weiß ich warum. Es war ihr Abschied. Narissa drückt mich hastig an sich und wünscht mir alles Gute, bevor sie Mutter folgt. Zitternd bleibe ich zurück und weiß gar nicht, wohin mit mir. Eine warme Hand legt sich auf meinen unteren Rücken, direkt unter meine Flügel.

»Das ist nicht leicht für sie. Für keinen von euch beiden«, sagt Aria. »Lass uns zu mir fliegen und erst einmal zur Ruhe kommen.« Sie deutet auf das Bündel mit meinen Sachen. »Nimmst du das mit oder hat Lyrina das vergessen?«

Ich schüttele den Kopf und trockne schnell meine Tränen mit den Händen. »Das sind meine Sachen«, sage ich schniefend. Aria geht hinüber und hebt das Bündel auf. Schnell eile ich zu ihr und biete ihr an, es selbst zu tragen.

»Schon gut«, sagt sie und lächelt mich mitfühlend an. »Dein Herz wiegt gerade schon schwer genug.« Ihre Augen funkeln auf. »Komm Kind ... es wird Zeit, dass deine Flügel Heimat spüren.«

Ich nicke und atme gegen die Aufregung in meinem Bauch an. Aria führt mich natürlich einen ganz anderen Weg durch die Baumkrone und ich befürchte, dass sie ihn mir noch ein paar Mal zeigen muss, bevor ich ihn selbst finden kann. Als wir das Blattwerk verlassen, weiten sich meine Augen. Wissend strahlt Aria mich an. Ich halte in der Luft an und betrachte das erste Mal ... Air. Zwar habe ich diese großen Bäume auf meiner Karte gesehen, aber ich habe sie mir ganz anders vorgestellt. Ihre Kronen sind hellgrün, viel heller als die Bäume in Aqua. Sie sind höher, als eine Nymphe zu fliegen pflegt. Aus dem Unterricht weiß ich, dass die Pixie in ihnen wohnen. An den Stämmen, aber auch in den Kronen. In einiger Entfernung sehe ich ein junges Pixie-Paar fliegen. Der junge Mann hat blutrote Flügel, während die der Frau eher grünlich sind. Sie fliegen und drehen sich umeinander, als sie aufsteigen und in den Wolken verschwinden. Staunend sehe ich ihnen nach.

»Ist das da hinten Ätheria?«, frage ich. Ich meine, in der Ferne einen noch größeren Baum auszumachen.

»Ja, da müssen wir aber heute nicht hin«, sagt Aria und kommt, so nah es unsere Flügel erlauben, an mich heran. »Schade, dass du nicht zur Blütezeit hergekommen bist. Dann wäre zu unseren Füßen ein rosafarbenes Meer.«

»Ich habe es auf der Karte gesehen«, sage ich. »Und ich habe mal versucht, es zu zeichnen.«

»Du malst?« Aria scheint das sehr zu erfreuen und ich nicke. »Das hat dein Vater auch getan. Er ... Nein, ich will es dir zeigen. Lass uns los. Wir fliegen nach Blattwisper, wo dein Vater und ich ursprünglich herkommen.« Sie lächelt mich an und ich nehme ihre Verfolgung auf. Airs Luft umfließt meinen Körper und mir fällt auf, dass sie sich ganz anders anfühlt. Sicher, weil sie nicht so feucht ist. Fast schon wirkt sie rau, aber ich spüre, wie meine Flügel das willkommen heißen. Aria schaut sich zu mir um.

»Höher?«, ruft sie und muss mir die Antwort im Gesicht abgelesen haben. Mein Herz klopft aufgeregt und vergessen sind die Schmerzen in meinem Rücken.

»Achtung!«, ruft sie als Warnung nach oben, kurz bevor wir durch die Wolken stoßen. Ich höre einen erschrockenen Ruf. Ein Pixie mit fliederfarbenen Flügeln grinst mich an.

»Tut mir leid«, entschuldigt er sich laut gegen den Wind anrufend. Er mustert kurz meine Aufmachung und ich bin mir sicher, dass ich für Air unpassend gekleidet bin.

»Nein, mir tut es leid, ich bin hier einfach so durchgeschossen.«

»Nie direkt über der Wolkendecke fliegen«, sagt er und zwinkert mir zu, bevor er mit einer Art Hechtsprung in die Wolken abtaucht. Aria lächelt mich an.

»Das ist eins der ersten Dinge, die wir unseren Jungflüglern beibringen«, bestätigt sie und gibt mir zu verstehen, dass ich ihr folgen soll. Die Luft hier oben ist viel dünner und kurz wird mir etwas schwummrig. Ich möchte Aria schon zurufen, dass etwas nicht stimmt, als mein Körper sich plötzlich anpasst.

Die Erkenntnis, dass er hierfür gemacht ist, läuft mir wie ein Schauer über den Rücken.

»Aria?«

»Ja?«

»Seid ihr hier eigentlich alle immer so … halb nackt?« Der Mann gerade hatte nicht mal ein Oberteil an. Aria lacht, auch sie trägt nur so etwas wie einen Einteiler, der ihren gesamten Rumpf bedeckt.

»Wir vermeiden alles, was beim Fliegen behindert«, antwortet sie und betrachtet mein zotteliges Kleid. »Ich werde dir passende Kleidung besorgen, so lange kannst du meine tragen. Sicher habe ich noch etwas aus der Zeit, als ich jünger war.«

»Danke«, sage ich und wir fliegen weiter. Ich verspüre den Drang, mit dem Wind zu spielen, mich zu drehen und fallen zu lassen, doch Erschöpfung macht sich breit. Wenn ich in der Ferne Ätheria sehe, bin ich froh, dass wir nicht dorthin müssen. Ich kann es nur schwach erkennen, meine aber die Wolkenringe zu erspähen, die sich um den großen Lebensbaum der Pixie wickeln. Als Aria mir andeutet, dass wir in den Sinkflug gehen müssen, bin ich zwischen Müdigkeit und Aufregung gefangen.

»Achtung!«, warnt meine Großmutter wieder eventuelle Pixies in und unter den Wolken. Was ich dann sehe, raubt mir fast den Atem. Unter mir erstrecken sich die großen Bäume, die in ganz Air verteilt sein sollen. Sie sind beleuchtet und ich frage mich, was das für Lichtquellen sind?! Das können doch keine Kerzen sein. Pixies schwirren umher und tragen Kinder, Nahrung oder sogar beides in ihre Häuser. Einige flattern in der Luft und unterhalten sich. Ich sehe einen jungen Pixie ohne Flügel, der an einer Art Leiter aus Leinen und Holz nach oben klettert. Aria führt mich zu einem Haus ganz oben in der Krone eines Baumes. Ein aus Holz gebauter Weg führt um den Stamm geschlungen nach unten und verbindet die Häuser der dort lebenden Fae. Meine Füße berühren Boden und ich greife nach dem kleinen Geländer, das man bestimmt als Sicherung für Pixie-Kinder gebaut hat. Es sind … Glühwürmchen, die sie in kleinen Glasgefäßen an den Bäumen hängen haben. Sie scharren sich um etwas, das nach Nahrung für mich aussieht. Vielleicht eine Art Paste, die sie gerne mögen. Die Insekten sind nicht gefangen, sie können unten heraus, doch sie sammeln sich anscheinend gerne um die klebrige Masse. Sie sind deutlich größer als die, die ich aus Aqua kenne.

»N'abend Aria, schön dich mal wieder hier zu ...«, sagt ein älterer Pixiemann, bleibt dann in der Luft stehen und seine Augen weiten sich. »Ist sie das? Deine Enkeltochter aus Ätheria?«

Aria räuspert sich. »Hallo Feval. Ja, das ist meine Naida.«

Der alte Mann lächelt mich rührselig an. »Willkommen in Blattwisper, Naida. Schön, dass du endlich geflügelt hast und deine Wurzeln besuchen kannst. Du bist deinem Vater wie aus dem Gesicht geschnitten. Die große Mutter sei seiner Seele gnädig.«

»Danke«, sage ich, weil mir sonst nicht viel einfällt.

»Einen schönen Abend, die Damen.«

»Gleichfalls«, wünscht Aria und nimmt meine Hand. »Bereit, das Haus zu sehen, in dem dein Vater aufgewachsen ist?«

Ich nicke und meine Augen fangen an zu brennen. Aria greift in die Muschelkette und das vertraute Geräusch streichelt meine Seele. Ich bin froh, dass anscheinend nicht alles anders ist.

»Nach dir«, sagt Oma und ich schlucke gegen die Enge in meiner Kehle an. Ich betrete einen großen Raum. Die Möbel sind mit Laken abgedeckt, aber mein Blick wandert auf die große freie Wand zu meiner Linken. Dort hat jemand etwas gemalt. Ein Familienporträt ... und ohne dass man es mir sagen muss, weiß ich, dass mich mein Vater anlächelt. Ich schlage mir eine Hand vor den Mund und mein Blick verschwimmt. Großmutter legt mir einen Arm um die Taille und schluchzt leise.

Das ist mein Vater ... er steht zwischen einer deutlich jüngeren Aria und meinem Großvater, wie ich vermute.

»Er hat seinen Papa auch kaum gekannt«, sagt Aria und sieht zu ihrem verstorbenen Mann. »Das Schicksal teilen Galeus und du.« Sie seufzt. »Lean verunglückte in den Bergen. Bitte versprich mir, dass du nie allein zu den Bergen fliegst, die uns von Ignis trennen. Dort herrschen gnadenlose Winde. Ich kann verstehen, wenn du eins der ewigen Feuer sehen möchtest. Gerne begleite ich dich.«

Ich nicke. »Vom Sumpf aus habe ich in Aqua schon eins gesehen.«

»Ach stimmt, sie haben im Süden ein Drittes.«

Ich kann meinen Blick von dem blonden Mann kaum lösen, der mich von der Wand aus anlächelt. Meine Arme sind mit Gänsehaut überzogen, weil ich mich in ihm wiedererkenne. Ich trockne meine Tränen und schniefe unfein. Großmutter löst sich von mir und sieht sich um.

»Es tut mir leid, ich bin länger nicht hier gewesen. Ich werde dir helfen, Ordnung zu schaffen und alles vom Staub zu befreien. Morgen früh fliege ich zeitig nach Ätheria und unterrichte Ihre königliche Hoheit, dass ich ein paar Tage für einen Familiennotfall brauche. Wenn du magst, dann schenke ich dir das Haus, Naida. Du bist erwachsen und sollst dein eigenes Zuhause haben. Ich bleibe bei dir, so lange du mich brauchst. Ausgeruht ist Ätheria auch nur halb so weit, wie es sich heute vielleicht für dich angefühlt hat.« Sie zwinkert mir wissend zu. »Ich reibe dir nachher deinen Rücken mit einer Zwickbeerensalbe ein. Das wird helfen.«

»Danke«, sage ich und weiß gar nicht, wohin mit mir. Vermutlich werde ich die ganze Nacht hier sitzen und meinen Vater anschauen. Niemals bekomme ich heute ein Auge zu.

Kapitel 3

Ich schrecke aus dem Schlaf auf und schaue mich in dem fremden Haus um. Nur langsam holen die Geschehnisse der letzten Stunden meinen Verstand ein und ich setze mich mit schmerzendem Kopf und Rücken auf. Mein Blick trifft das Bild meines Vaters. Ich lächele ihn an und spüre, wie Traurigkeit mein Herz ergreift. Schnell schüttele ich sie ab. Draußen scheinen die Pixies schon geschäftig ihrem Tagewerk nachzugehen. Stimmen, Gelächter, aber auch der Protest eines Kindes dringen zu mir herein. Ich erhebe mich und entdecke ein liebevoll angerichtetes Frühstück aus verschiedenen Sorten Obst auf dem Tisch. Ein Brief meiner Oma liegt daneben.

Liebe Naida,
ich bin gegen Mittag zurück.
Lass es dir schmecken und scheu nicht davor zurück, dir Blattwisper anzusehen. Im Schlafzimmer habe ich etwas hingelegt, das du heute tragen kannst.
In ewiger Liebe,
deine Großmutter

Dass sie für die zukünftige Pixie-Königin arbeitet, ist eine große Ehre. Kurz denke ich darüber nach, ob ich nicht in ihre Fußstapfen treten könnte, doch dann wird mir bewusst, dass ich mich wohl besser vom Königshaus weit entfernt halte.

»Nein! Nein! Nein!«, schreit vor dem Fenster ein Kind wütend.

»Doch! Doch! Doch!«, antwortet eine junge weibliche Stimme. Sie könnte die Mutter sein, aber auch eine Tante oder Schwester.

»Du bist blöd, du kannst mich nicht zwingen!«

»Ich kann dich vom Baum schubsen.«

Ein kleines Schnauben. »Das darfst du nicht. Mama würde dir die Flügel ausreißen.«

»Sie würde mir danken, dass ich dich kleine Plage losgeworden bin«, antwortet wahrscheinlich die große Schwester. Ich gehe zum Fenster und erspähe eine braunhaarige Pixie. Sie hat zart rosafarbene Flügel mit weißen Streifen. Ich sehe sie nur von hinten, doch als sie sich leicht dreht, entdecke ich die Jüngere. Sie hat zwei geflochtene Zöpfe und schaut schlecht gelaunt drein, die Arme patzig vor der Brust verschränkt. Als sie mich jedoch sieht, entspannen sich ihre Züge. Sie deutet auf mich und ihre große Schwester dreht sich um. Jetzt bin ich mir sicher, dass sie Geschwister sind. Sie haben die gleiche Nasen- und Mundpartie. Ich winke ihnen mit einem Lächeln zu und trete dann ertappt zurück. Bevor mich jemand sieht, sollte ich mich umziehen. Ich eile gerade ins Schlafzimmer, da höre ich schon die Muscheln am Eingang.

»Hallo?«

»Hallo! Ich ... ziehe mich eben um«, sage ich schnell und schaue zu diesem kurzen Anzug, den mir Großmutter hingelegt hat. Er bedeckt absolut nichts von meinen Beinen, aber meinen kompletten Rumpf. Das Blau des leicht spannenden Stoffes passt hervorragend zu meinen Augen und Flügeln.

»Mein Name ist Luna, meine Familie und ich wohnen neben dir. Bist du Arias Enkelin?«

»Ja, die bin ich. Ich heiße Naida.«

»Schön, dich mal kennenzulernen! Entschuldige, dass die kleine Ratte und ich uns vor deinem Fenster gestritten haben. Unsere Eichhörnchen haben Nachwuchs und deshalb will sie nicht beim Beeren sammeln helfen, das faule Stück.«

Ich muss lächeln, während ich mit diesem … Ding … kämpfe. Mit Gewalt ziehe ich es über meine Schultern, damit es an mir hält. Zuerst hatte ich Sorge, dass es nicht passt, doch dann sitzt es wie eine zweite Haut. Mein Haar ist sicher noch zerzaust, weshalb ich meinen Zopf löse und ihn kurzerhand einfach mit den Fingern auskämme. Ich verlasse das Schlafzimmer und sehe die junge Pixie mit den rosafarbenen Flügeln in der Stube stehen. Sie passen unfassbar gut zu ihr. Freundlich lächelt sie mich an.

»Bleibst du länger in Blattwisper?«, fragt sie und legt neugierig den Kopf schief. Sie strahlt etwas so unbeschreiblich Liebevolles aus, dass ich sie auf Anhieb gerne habe. Da ist keine Skepsis, keine Ablehnung, wie ich es ansonsten gewohnt bin.

»Oma hat mir das Haus geschenkt, ich denke also ja«, antworte ich und versuche, meine Aufregung im Zaum zu halten. Ich sehe aus wie eine Pixie. Sie hat mich als eine der Ihren erkannt, sonst würde sie mir sicher anders begegnen. Sie scheint sich jedenfalls aufrichtig über meine Antwort zu freuen.

»Hey, das ist toll! Weißt du schon, was du tun willst? Was hast du in Ätheria gemacht?«

»Ich muss mich noch erkundigen, wo Hilfe benötigt wird. In … Ätheria habe ich viel über die Pflege von Kranken gelernt und ich habe das Oculifieber schon überstanden.«

»In Ordnung, du darfst nicht mehr weg.« Luna grinst. »Meine Mutter ist die Heilerin des Orts und die Göttin weiß, sie kann Hilfe dringend gebrauchen.« Sie legt den Kopf schief. »Deine Flügel sind wunderschön. Wann hast du sie bekommen?«

»Danke, erst gestern. Ich habe deine auch schon heimlich bewundert. Ihre Farbe ist traumhaft. So zart.«

Luna pustet sich eine Strähne aus der Stirn. »Alle Mädchen im Dorf waren neidisch, als ich sie bekam. Ich wollte lieber rote, wie mein Vater haben.« Ihr Blick wandert zu dem Tisch mit dem unangerührten Frühstück. »Ich lasse dich erst mal was essen. Wir wohnen direkt den Weg da hoch, das letzte Haus im Wipfel.«

Es geht hier noch höher? Ich dachte schon, dass dieses Heim ganz oben ist.

»Gerne stelle ich dich meiner Mutter vor, wenn du dich der Heilung widmen möchtest. Sie würde sich unfassbar freuen. Besonders, da du das Fieber schon hattest.«

Ich nicke. »Danke, Luna. Ich rede heute Mittag mit meiner Großmutter darüber.«

»Falls was ist, komm gerne vorbei. Irgendwer von uns ist immer daheim.« Sie zwinkert mir zu und ich freue mich sehr, eine anscheinend sehr freundliche, größere Familie in der Nähe zu haben.

»Luna?« Die Stimme eines jungen Pixies erklingt von draußen und meine Nachbarin rollt mit den Augen.

»Mein großer Bruder«, sagt sie. »Das Fieber hat ihn blind gemacht, seitdem ist er noch nerviger als zuvor.«

»Ich bin bei Aria. Ihre Enkelin Naida ist hier eingezogen. Komm rein und sag Hallo«, ruft sie, woraufhin ein braunhaariger Pixie mit nacktem Oberkörper hereinkommt. Seine Augen sind charakteristisch weiß-milchig. Ich habe das schon oft gesehen. Viel zu oft. Er tastet sich durch den Türrahmen und Luna reicht ihm eine Hand, die er ergreift und sich daran ausrichtet. Er ist ein recht hübscher Mann mit wuscheligem Lockenkopf und moosgrünen Flügeln.

»Hallo Naida, willkommen in Blattwisper. Ich bin Fejan.«

»Danke, Fejan. Ich freue mich, dich kennenzulernen.«

»Mutter sucht nach dir, Luna. Du sollst helfen, die Zwillinge fertigzumachen. Sie sind heute wieder nicht zu bremsen, laufen mir ständig weg und verstecken sich.«

»Die Kröte war eben noch bei mir«, sagt sie seufzend. »Wo ihr Zwilling ist, weiß ich nicht. Aber ich suche sie, du kannst Mutter sagen, dass ich an der Sache dran bin.«

»Danke.« Fejans Lachen ist unfassbar sympathisch. Luna löst sich von ihm und verabschiedet sich. Ihr Bruder bleibt jedoch noch einen Moment stehen.

»Es ist schön, dass hier wieder jemand lebt«, sagt er. »Noch mal willkommen, Naida. Wenn du Gesellschaft willst, besuche uns gerne. Einen mehr bekommen wir immer satt.«

»Das ist wirklich sehr freundlich und ich komme der Einladung bestimmt bald mal nach.«

»Das würde mich freuen. Ich höre gerne Geschichten und deine Stimme ist sehr angenehm.«

Ich presse kurz die Lippen zusammen und runzele die Stirn.

»Danke, Fejan. Ich weiß gar nicht, was ich sagen soll. Ein Kompliment für meine Stimme habe ich noch nie bekommen.«

»Weil die Wenigsten hinhören«, sagt er. »Seit einem Jahr bleibt mir nichts anderes übrig.«

»Darf ich dich etwas fragen?«

»Natürlich.«

»Wie kommst du klar? Hier in der Höhe … ich meine, ja, du kannst dich mit deinen Flügeln versuchen abzufangen, aber das kann trotzdem gefährlich werden.«

»Sehr, sehr, sehr viel Übung. Ich weiß gar nicht mehr, wie oft Mutter mit mir jeden Zentimeter dieses Baumes abgegangen ist. Es hilft, dass ich das alles auch noch vor Augen habe.«

Ich nicke verstehend, auch wenn er es nicht sieht. »Du hast meinen großen Respekt, Fejan.«

Er lächelt den Boden an. »Ich wünsche dir einen schönen Tag, Naida. Hoffentlich fühlst du dich bei uns wohl.«

Das Herz in meiner Brust wird schwer, als ich an Aqua, meine Mutter und Fornax denke. Doch mein Blick geht zu dem Bild meines Vaters. Ich muss einfach mehr darüber erfahren, wie er gelebt hat. Vielleicht bin ich noch neu hier, aber sein Erbe und dieser Ort fließen in meinem Blut.

»Ich freue mich sehr darüber, hier zu sein.«

Fejan lächelt und als er nach dem Ausgang tastet, will ich ihm zur Hilfe eilen, doch er schafft es ganz allein hinaus. Ich kratze mich am Hals und schaue mich erneut um. Großmutter und ich haben gestern Abend noch ganze Arbeit geleistet. Bis auf eigene, passende Kleidung ist alles hier, was man zum Leben braucht. Ich setze mich an den Tisch und probiere eine der gelblichen Beeren. So eine habe ich noch nie gesehen. Sie schmeckt leicht säuerlich, hat aber gleichzeitig auch eine angenehme Süße. Ich brumme überrascht darüber, wie gut sie mir schmeckt. In meinem Bauch rumort es trotzdem. Er ist immer noch nervös und verängstigt von all den neuen Dingen, die auf mich einprasseln. Zum Glück scheinen die meisten Pixies sehr nett zu sein. Trotzdem fehlt mir meine Mutter und ich muss eine weitere Beere regelrecht herunterwürgen und mich daran erinnern, dass ich sie ab und an sehen kann. Wenn ich nach Wellenruh gezogen wäre, um dort einen Beruf zu erlernen, hätte ich sie auch nicht öfter gesehen. Wenn ich mir das Bild meines Vaters ansehe, läuft mir immer noch ein Schauer über den Rücken. In meinem Herz wird es warm, als ich mich daran erinnere, dass ich das Ergebnis grenzüberschreitender Liebe bin. Dieser junge Pixie und meine Mutter waren unfassbar mutig und ich werde mir Mühe geben, um ihrem Erbe gerecht zu werden. Ich erhebe mich und gehe zu dem großen Wandgemälde. Zärtlich streiche ich über die Farbe und stelle mir vor, wie mein Vater hier gestanden und gemalt hat. Vielleicht könnte ich ... mich dazu malen? Und Mutter ... mit anderen Flügeln. Dann wären wir zumindest auf dieser Wand endlich einmal vereint. Ich werde Großmutter fragen. Auch wenn sie mir das Haus geschenkt hat, will ich diese Wand nicht ohne ihr Einverständnis verändern. Ich lehne meinen Kopf an die Schulter meines Vaters und verharre eine ganze Weile in dieser Position.

»Wenn du nur noch leben würdest …«, flüstere ich, als ich mich wieder von der Wand löse. »Ich hätte dich so gerne kennengelernt.«

»Naida?«, ruft mich von draußen eine fremde Stimme. Sie gehört zu einer Pixie mit braunen Locken und ich weiß sofort, wer sie ist. Ihr Sohn hat das Haar eindeutig von ihr geerbt. Sie hält mit einer Hand die Muschelketten beiseite und in der anderen einen Strauß bunter Wildblumen. Ich lächele sie freudig an.

»Tut mir leid, ich habe dich gestört.« Sie schaut zu Vaters Gemälde. »Er war ein wundervoller Mann. Als junges Mädchen war ich ganz lange in ihn verliebt gewesen.« Sie lächelt. »Ich bin Carlotta, die Mutter von Luna und Fejan. Meine Kinder haben mir erzählt, dass du hier bist und ich … ich musste dich einfach sehen.«

»Komm doch bitte herein«, sage ich und gehe ihr entgegen. Sie reicht mir die Blumen und mustert mich dabei mit großen grünen Augen. Ihre zum größten Teil weißen Flügel mit grünlich schimmernden Punkten flattern ein wenig.

»Luna hat dir sicher auch erzählt, dass ich mir vorstellen könnte, Heilerin zu werden?«, frage ich schmunzelnd, weil ich es in ihrem Gesicht lese.

»Oh ja, das hat sie. Die letzte Oculi Epidemie hat die Jugend völlig abgeschreckt. Nicht mal eines meiner Kinder möchte in meine Fußstapfen treten und ich mache mir Gedanken um die Versorgung von Blattwisper. Du bist ein Geschenk der Göttin, Naida.« Sie seufzt. »Junge, lernbereite Pixies verlassen Blattwisper, um ihr Glück in Ätheria zu suchen. Ich war kurz davor, den Truchsess um Hilfe zu bitten.« Sie legt den Kopf schief. »In Ätheria gäbe es bessere Möglichkeiten für dich, das Heilen zu erlernen.«

Ich zucke mit den Schultern. »Großmutter hat mir dieses Haus geschenkt und ich …« Mein Blick wandert zu dem Bild. »Es ist schön, dort zu sein, wo Vater groß geworden ist.« Ich sehe zum Tisch und deute darauf. »Magst du dich mit mir setzen?«

»Gerne, ich habe kurz Zeit.«

Ich biete Carlotta etwas Obst an, doch sie lehnt dankend ab. Dann bleibt mehr für mich. Ich nehme mir eine bläuliche Beere und stecke sie mir in den Mund.

»Blattwisper ist eine Stadt voller Arbeiter, hauptsächlich in der Landwirtschaft, aber wir haben hier auch Pixies, die unter anderem Möbel herstellen. Das heißt, es gibt gelegentlich auch mal tiefere Schnittwunden und Knochenbrüche. Das Oculifieber hat viele Blinde hinterlassen und ich habe es mir zur Aufgabe gemacht, dafür zu sorgen, dass sie mit ihrer neuen Situation klarkommen.«

Ich nicke verstehend. »Die letzten zwei Jahre habe ich fast nichts anderes getan, als den Fiebernden zu helfen.«

Carlotta schaut zum Fenster und ihre Gedanken scheinen in die Ferne zu schweifen.

»Ich habe letztens von einem unserer Händler, die Tauschgeschäft mit Ignis in den Bergen betreiben, gehört, dass dort zum ersten Mal das Fieber ausgebrochen ist. Die armen Elben wissen gar nicht, wie ihnen geschieht. Das Fieber hat es zum ersten Mal ins Land des Feuers geschafft. Ihr König gibt uns und den Händlern die Schuld. Doch statt uns helfen zu lassen, weist Seine Majestät uns ab.« Sie schnaubt. »Ich bezweifele ohnehin, dass der Truchsess uns gehen lassen würde.«

»Warum?«, frage ich und runzele die Stirn. Sie handeln mit Ignis? Das ist mir gänzlich neu. Sicher ist das kein Wissen, das Wellenruh besitzt ... oder sie wollen nicht, dass die Nymphen davon erfahren.

»Weil Yohann herzlos ist. Er ist ein Monster«, sagt Carlotta und ich muss meine Angst hinunterschlucken. Wenn das wirklich so ist, sollte ich einen großen Bogen um Ätheria machen.

»Ich habe mich nie sonderlich für ihn interessiert«, sage ich, weil mir bewusst wird, dass ich ja angeblich aus der Hauptstadt der Pixies stamme. Carlotta lächelt mich liebevoll an.

»Deine Oma dient ja auch der Prinzessin. Ich kann ihren Krönungstag kaum abwarten.«

»Ihr Geburtstag ist zum Glück bald«, sage ich und Carlotta nickt nachdenklich. Es wirkt, als glaube sie nicht, dass der Truchsess einfach so den

Thron an Prinzessin Elara abgibt. Ich werde Großmutter nach ihrer Meinung dazu fragen müssen.

»Was machst du, wenn doch Hilferufe aus Ignis hier angelangen?«, frage ich, weil mir bewusst wird, dass sie mich dann mitnehmen wollen würde. Ich darf nicht nach Ignis ... die Prophezeiung ...

»Ich werde die Elben nicht im Stich lassen. Die Herrscher mögen es anders sehen, aber Pixies, Elben, Elfen und Nymphen ... wir sind alle Fae.« Carlotta malt kleine Kreise mit ihrem Finger auf dem Holz des Tisches. »Vermutlich wird das Fieber die Elben nicht umbringen können. Ihre Körper sind gegen Hitze gewappnet. Aber man sagte mir, dass sie trotzdem schwach sind und gepflegt werden müssen. Vor Glutwacht hat man wohl eine Zeltstadt errichtet, in der die Kranken versuchen, sich irgendwie selbst zu helfen. Der König hat gedroht, sie zu töten, wenn sie auch nur in die Nähe eines Gesunden kommen. Seine ohnehin schon zerstrittenen Söhne sollen sich in aller Öffentlichkeit geprügelt haben. Als unser Händler im Gebirge zum Tausch war, erzählten die Elben, dass der jüngere Prinz mit seinen Soldaten Incendia verlassen habe. Man munkelt, um Glutwacht zu helfen. Hoffentlich rennt der junge Fyrion da nicht in sein Verderben.«

Ich staune über Carlotta, doch dann wird mir bewusst, dass man als Heilerin sicher eine Menge von den Leuten erzählt bekommt. Sie vertrauen der Frau ihr Leben an, warum dann nicht auch die ein oder andere Geschichte?

»Im Gebirge findet ein Tausch mit den Elben statt?«, frage ich neugierig.

»Ja, hast du nie davon gehört?«

Ich schüttele den Kopf.

»Es gibt dort eine große Höhle, die Pixies und Elben Schutz vor Wind und Wetter bietet. Dort werden Waren getauscht und gelagert. Hauptsächlich Stoffe für Kleidung und Baumaterial wie Holz und Stein.«

»Das würde ich gerne mal sehen«, sage ich. »Aria hat gesagt, dass sie mit mir mal hinfliegt, um die ewigen Feuer zu sehen.«

»Die sind wahrlich ein Anblick.« Carlotta lächelt. »Sie wird dich gewarnt haben, nicht allein hinzufliegen? Die Winde dort sind nicht ohne. Je nach Wetterlagen peitschen sie einem sogar Wüstensand entgegen.«

Mir kommt plötzlich ein Gedanke. »Darf ich dich fragen, wie lange Fejan das Fieber hatte? Meine ...« Fast hätte ich Mutter gesagt, aber ich weiß nicht, was Aria über sie erzählt hat. »Meine Freundin, die mit mir gemeinsam den Heilern geholfen hat, die Kranken zu pflegen, und ich haben die Theorie, dass es die Augen angreift, wenn es länger als vier Monate dauert.«

»Tatsächlich habe ich das auch schon gedacht, allerdings war ich bei drei Monaten als Grenze. Fejan hat fast ein halbes Jahr gefiebert.« Sie schließt für einen kurzen Moment die Augen. »Ich hatte solche Angst, dass er mir wegstirbt.«

»Bei mir waren es wohl sieben Wochen«, sage ich. »Ich war noch ein Baby.«

»Bei mir zwei Monate.« Sie legt den Kopf in den Nacken. »Die Tatsache, dass König Volcador die Kranken einfach sich selbst überlässt, macht mich wahnsinnig.« Carlotta ist eine Heilerin mit Leib und Seele. Ich bewundere sie dafür und weiß schon jetzt, dass ich von der Besten weit und breit lernen werde. Sie wuschelt durch ihre Lockenpracht und erhebt sich mit einem Lächeln.

»Ich muss jetzt weiter und ein paar Hausbesuche machen. Melde dich bei mir, Naida. Wir können jederzeit loslegen.«

Ich grinse sie an. »Morgen? Heute habe ich Pläne mit Großmutter.«

Carlotta macht große Augen. »Ja ... ja ... natürlich! Sehr gerne!«

Großmutter hat schwer zu tragen, als sie gegen Mittag das Haus betritt. Sie schleift ein Bündel mit sich, das nicht leicht zu sein scheint. Ich komme ihr sofort zu Hilfe und sie zieht mich glücklich in ihre Arme.

»Kurz hatte ich Angst, dass alles nur ein Traum war. Aber du bist hier.« Lächelnd schiebt sie mich von sich und streicht mir über den Kopf. »Was hast du den Vormittag gemacht?«

»Die Nachbarn kennengelernt. Erst Luna, dann Fejan und schließlich Carlotta. Sie hat angeboten, mich zur Heilerin auszubilden. Darüber habe ich schon seit einiger Zeit nachgedacht.«

»Wie schön!«, freut sich Aria aufrichtig. »Das sind doch wunderbare Neuigkeiten. Carlotta ist die beste Seele hier im Ort. Sie wird dir eine wunderbare Lehrerin sein.«

Erleichtert blicke ich Großmutter an. Ich weiß nicht warum, aber kurz habe ich mir Sorgen gemacht, dass ihr meine Pläne nicht gefallen könnten. Immerhin besteht ständig die Gefahr, dass ich nass werde. Manchmal müssen Kranke gebadet werden. Ich werde mein Haar einfach unter einem Tuch verstecken und nach Möglichkeit Handschuhe tragen. Vielleicht könnte ich Carlotta auch eines Tages einweihen? Großmutter öffnet das Bündel und zieht meine Aufmerksamkeit auf sich.

»Schau, ich habe dir Kleidung mitgebracht. Die Prinzessin hat sie mir für dich mitgegeben. Frag nicht, ich habe ihr die wildeste Geschichte erzählt, die mir eingefallen ist. Ein Brand und dass du deine Mutter verloren hast. Jedenfalls wollte sie helfen und hat dir alte Kleidung von sich mitgegeben. Ihr habt in etwa die gleiche Figur. Schau dir das an, Naida, feinste Stoffe, Stickereien ...« Sie senkt die Stimme. »Damit nimmt dir jeder das feine Mädchen aus Ätheria ab.« Aria zwinkert mir zu und ich lächele sie verschwörerisch an. Das ist komplett verrückt, ich halte Kleidung einer Prinzessin in der Hand und die soll für mich sein? Ich muss daran denken, was Mutter dazu sagen würde und Traurigkeit ergreift mich. Aria scheint mir meine Gedanken im Gesicht abzulesen.

»Es ist in Ordnung«, versichert sie mir. »Du darfst traurig sein. Für mich musst du nicht lächeln, Liebes. Du hast einen tiefen Einschnitt in deinem Leben durchgemacht. Alles hier ist dir fremd. Das Land, die Stadt, das Haus ... ich. Selbst das Bild deines Vaters an der Wand.« Tränen steigen in die Augen meiner

Großmutter. »Er hat dich so abgöttisch geliebt und es brennt mir ein Loch ins Herz, dass er das hier nicht miterlebt.« Dass sie auch so zwischen Freude und Trauer schwankt, geht nicht spurlos an mir vorbei. Ich mache ein paar Schritte auf sie zu und lasse mich in ihre Arme ziehen.

»Du brauchst Zeit«, sagt sie. »Eines Tages wird Blattwisper zu deinem neuen Zuhause. Ich werde alles in meiner Macht Stehende dafür tun. Deine Mutter ist nicht aus der Welt, du wirst sie regelmäßig am Baum treffen können.« Sie schiebt mich sanft von sich, um mich anzusehen. In ihren Augen funkelt es verspielt. »Vielleicht findet sich ja schon bald ein junger Pixie, der dir dabei hilft, dass sich das hier nach Heimat anfühlt.« Sie zwinkert mir zu und kichert, wobei ihr eine graue Strähne ins Gesicht fällt. Sie streicht sie sich hinter das Ohr und deutet mit ihrem Blick und einem Stupsen ihrer Nase auf die neuen Kleider.

»Wie nennt ihr diese ... Einteiler eigentlich?«, frage ich und hebe einen Blauen hoch, dessen Säume mit goldenem Faden verziert sind. Ich liebe diese Farbe einfach, es zieht mich immer wieder magisch zu ihr. Spontan entscheide ich, dieses Ding morgen anzuziehen.

»Tatsächlich sagen wir Kleid dazu, auch wenn du etwas anderes darunter verstehst. Wir Frauen bedecken selten unsere Beine. Die Männer hingegen so gut wie nie ihre Oberkörper. Dafür muss es schon sehr kalt sein.«

»Ist mir aufgefallen«, sage ich mit einem Schmunzeln und Großmutter stupst mich an.

»Fejan? Gefällt er dir?«

»Er ist schon hübsch und scheint sehr lieb zu sein, aber es hat nicht gefunkt, wenn es das ist, wonach du fragen willst.«

»Ist vielleicht auch besser. Sein Herz ist noch nicht frei und wenn man mich fragt, wird das auch noch etwas dauern. Das Fieber hat ihm letztes Jahr nicht nur das Augenlicht geraubt, sondern auch die Verlobte.«

»Was?«, frage ich überrascht. »Das ist ja furchtbar!«

»Ja«, seufzt Aria. »Er braucht noch Zeit, um das alles zu verarbeiten. Das war zu viel. Selbst einem Pixie vergeht da jedwedes Lachen.«

»Verständlich.« Ich runzele die Stirn und überlege, ob ich ihm irgendwie helfen kann. Wenn er Freude an Geschichten hat, dann soll er welche hören. Ich könnte behaupten, in Ätheria ein Buch mit Sagen und Legenden aus Aqua gelesen zu haben. Ich presse die Lippen zusammen. Es ist bewundernswert, dass manche Fae nach solch schweren Schicksalsschlägen noch aufrecht gehen können.

»Hey Liebes, du brauchst nicht traurig zu sein. Er hat eine liebevolle Familie, die ihn aufgefangen hat.«

Ich nicke, der Gedanke ist in der Tat tröstlich.

Am nächsten Morgen helfe ich Großmutter, frisches Wasser für den Tag aus dem Brunnen zu holen und stelle die beiden Eimer in das Waschzimmer. Aria platziert einen neben der Spülschüssel in der Küche. Wenn man das überhaupt so nennen darf. Pixies kochen kaum, so viel habe ich schon gelernt. Ich nutze gleich das frische Wasser und reinige mein Gesicht und meine Hände. Mein Blick geht zu dem Abort, der direkt in den Baum führt und muss schmunzeln. Laut Großmutter sind die Bäume in Air deshalb so groß gewachsen. Aber ich muss sagen, dass es schon eine angenehme Art und Weise der Entsorgung ist. Besser als das Plumpsklo daheim. Nun ... das hier ist jetzt mein Zuhause und ich sollte anfangen, daran als solches zu denken. Ich habe kaum das blaue Kleid angezogen und meine Haare geflochten, da höre ich Carlotta nach mir rufen.

»Naida? Liebes?«

»Ja?« Schnell überprüfe ich meine Haare. Sie sind einfach nur blond. Sehr gut. Ich eile zum Eingang, durch den die Heilerin soeben das Haus betritt. Großmutter hält ihr schon die Muschelkette beiseite.

»Es gab einen Unfall in den Bergen. Ein junger Händler war unvorsichtig und wurde vom Wind gegen den Berg geworfen. Angeblich ist der heute sehr stark. Der Mann hat wohl Verletzungen an Kopf und Flügeln. Ich muss mit einer Bahre dorthin. Hast du Lust, mich zu begleiten und gleich ins kalte Wasser zu springen?«

»Ja, natürlich!«, sage ich sofort, ohne nachzudenken. Mein Blick geht zu Großmutter. Sie scheint gemischte Gefühle zu haben. Sie schaut Carlotta an und ich sehe in ihrem Gesicht, dass sie ihr vertraut.

»Ihr seid vorsichtig?«, fragt Oma meine neue Lehrerin.

»Natürlich, Aria. Du kennst mich doch.«

Großmutter nickt und lacht dann etwas verzweifelt. »Wer hätte gedacht, dass ich nach all den Jahren noch mal das Loslassen lernen muss.«

»Ich verspreche, gut auf Carlotta zu hören«, sage ich und Aria drückt mich kurz an sich. Wir brechen auf und flattern vom Steg nach unten. Zwei männliche Pixies warten dort auf uns. Carlotta reicht mir eine Tasche und nimmt sich selbst ebenfalls eine. Ich hänge mir meine so um, dass ich ungestört fliegen kann.

»Carlotta?«

»Ja?«

»Ich habe meine Flügel erst wenige Tage«, sage ich, weil mich plötzlich etwas Nervosität packt.

Sie drückt kurz meine Hand. »Halt dich an mir fest, wenn du Angst bekommst. Ich bleibe in deiner Nähe.«

Ich nicke und spüre das Herz in meinem Hals schlagen.

»Vertrau dem Wind, er wird dich tragen«, sagt Carlotta und schlägt mit den Flügeln. Gemeinsam heben wir ab, doch mir läuft ein Schauer über den Rücken.

Vertrau dem Wasser, es wird dich tragen.

Wie oft habe ich das gehört.

»Notfalls tun wir das«, höre ich eine halbwegs vertraute Stimme und als ich mich umschaue, erkenne ich, dass einer der männlichen Pixies Fejan ist. Ich hatte ihn zuerst gar nicht erkannt, weil er heute seine Haare komplett zurückgebunden trägt. Er fliegt am hinteren Ende der Bahre und lächelt grob in meine Richtung.

»Ich behalte das Angebot im Kopf«, rufe ich ihm zu, woraufhin er prustend lacht. Dass er das wieder kann, geht mir nah. Der Wind ist heute wirklich sehr stark und er wird wärmer, je mehr wir uns den Bergen nähern. So viel dazu, dass ich mich von Ignis fernhalten sollte.

»Wir gehen runter!«, ruft Carlotta und zieht sanft an mir. Ich lande neben ihr und den Männern. »Den Rest müssen wir laufen. Das wird sonst zu gefährlich.«

»Der Wüstenwind ist heute echt böse«, findet auch Fejan. Carlotta führt uns zu etwas, das ich in Blattwisper bisher kaum gesehen habe: einem Weg. Er ist zwar nur grob angelegt, aber doch gegen den Waldboden deutlich als solches zu erkennen. Sicher fahren die Händler hierüber größere und schwerere Waren, die sie nicht tragen können. Der Weg ist mit Sand geebnet und vor uns bauen sich die Berge auf. Bisher konnte ich sie nur aus der Ferne betrachten, aber sie werden imposanter, desto näher wir ihnen kommen. Es sind im Grunde zwei große Bergmassive und dazwischen ist so etwas wie eine Steinschlucht. Plötzlich taucht ein Pixie auf. Er wirkt, als erwarte er uns schon und gestikuliert wild herum. Schnellen Schrittes eilt er auf uns zu und Carlotta läuft ihm entgegen. Aus Angst um Fejan bleibe ich in seiner Nähe und suche den Boden nach Unebenheiten ab. Als dieser unter unseren Füßen zu Stein wird, lächelt der Pixie in meine Richtung.

»Fast da«, sagt Fejan und ich muss über den Umstand, dass er sich blind hier besser zurechtfindet als ich, ein wenig lächeln. Wir kommen vor einem riesigen Höhleneingang an. Kurz staune ich mit offenem Mund über das große Loch im Berg, doch da ist ein verletzter Mann, der Hilfe benötigt.

»Wir haben Flachs gebracht und in der Höhle für die Elben abgestellt«, berichtet der Pixie, der uns hergeführt hat. »Idan und ich wollten schnell zurück … und haben gewagt, zu fliegen. Es ging alles so schnell. Eine kräftige Böe packte uns, er knallte gegen den Stein. Ich konnte mich noch so gerade mit den Füßen dagegenstemmen.«

Ich schaue mich um und zu dem spitzen Stein, der überall bedrohlich neben uns aufragt. Das muss wehgetan haben. Ich gehe zu dem brünetten Pixie, der aus der Schläfe blutet und ziehe mir die Tasche von den Schultern. Carlotta greift sofort nach ihr und holt eine Flasche heraus, die sicher eine Tinktur zur Reinigung der Wunde enthält. Die Heilerin zieht Handschuhe über, was ich erleichtert zur Kenntnis nehme. Der Flügel von Idan ist abgeknickt, was wirklich schmerzhaft und schlimm aussieht, aber ich verstehe, warum Carlotta sich erst um die blutende Wunde kümmert. Der Pixie beißt die Zähne zusammen und hat beide Hände zu Fäusten geballt. Da ich nur aufpassen und lernen kann, bis mir Carlotta eine Aufgabe gibt, knie ich mich neben Idan und nehme eine seiner Fäuste zwischen meine Hände.

»Ich bin Naida und noch ganz neu in Blattwisper«, sage ich ihm. »Bist du hier geboren, Idan?«

Er nickt und ich bemerke im Augenwinkel, dass Carlotta mich wissend anlächelt. Sie weiß, dass ich versuche, ihn etwas abzulenken.

»Wie alt bist du?«

»23«, antwortet der Verletzte.

»Glaub jetzt nicht, dass ich flirten will«, sage ich und schenke ihm ein Grinsen, »aber bist du mit jemandem zusammen?«

Er lacht tatsächlich. »Ja und sie wird mir den gesunden Flügel abreißen, wenn sie hört, dass ich so unvorsichtig war.«

»Mit Recht?!«

»Vielleicht.« Er verzieht das Gesicht, als Carlotta ihm mit einem sauberen Tuch und der Tinktur über die Wunde tupft.

»Wir sagen ihr, dass sie zumindest heute noch nett zu dir sein muss. Die Schellte muss bis morgen warten.« Ich grinse ihn an.

»Zu gütig«, gluckst Idan.

»So bin ich.«

Fejan lacht leise hinter mir. Ich drehe mich um und sehe, dass er neben der Bahre auf dem Boden sitzt. Der andere Pixie steht am anderen Ende und hat die Arme vor der Brust verschränkt. Doch etwas irritiert mich. Es dauert einen Moment, bis ich verstehe, dass es ein Klecks Farbe im hellgrauen Hintergrund ist. Hinter einem größeren Stein, neben dem Eingang zur Höhle, guckt etwas Stoff hervor. Ein tiefdunkles Rot. Ich wende mich wieder dem Verletzten zu. Sicher hat da jemand Ware abgestellt. Aber warum nicht in die Höhle? Wenn es nun regnet oder der Wind es davonträgt?

»Kannst du mal hier halten?«, bittet mich Carlotta und ich helfe ihr, dem Verletzten einen Verband anzulegen. Ich achte ganz genau darauf, wie sie das macht und versuche, mir jeden Handgriff einzuprägen. Als sie damit fertig ist, heben die Männer Idan auf die Bahre.

»Er ist stabil, kein Grund zur Eile«, sagt Carlotta. »Geht mit ihm weit genug in den Wald, bevor ihr abhebt. Lieber zu viel als zu wenig. Nicht, dass der Wind ihn uns erneut zerdellt.«

Fejan und der andere Pixie nicken.

»Den Flügel muss ich mir in Blattwisper anschauen. Eventuell muss ich ihn schienen.«

»Oh nein«, seufzt Idan, doch es hilft alles nichts. Fejan und die beiden anderen Männer machen sich auf den Weg, während Carlotta zur Höhle schaut. »Der Wahnsinn, oder? Du hast sie bisher nicht gesehen?«

»Nein.«

»Willst du mal hineingehen?«

»Ist denn Zeit genug?«, frage ich.

»Natürlich. Die Männer werden eine ganze Weile zu Fuß gehen müssen, bevor sie mit dem Patienten sicher abheben können. Wir können uns ruhig die Höhle anschauen.«

Ich sehe ihnen nach. »Hast du keine Angst um Fejan?«

»Nein. Er ist ein erwachsener Mann und nicht allein unterwegs. Vielleicht sieht er nichts, aber das muss er nicht. Milan führt und er braucht nur zu folgen. Fejan ist stark. In Körper und Geist. Es wäre Verschwendung, ihn nur im Haus zu halten.«

»Du hast vollkommen recht, verzeih meine dumme Frage.«

»Es gibt keine dummen Fragen, nur dumme Antworten, Naida.«

Ich nicke lächelnd und sehe zu der Höhle.

»Wenn wir ein paar Schritte in Richtung Ignis gehen, kannst du Incendia und eins der Feuer in der Ferne sehen.«

»Wirklich?«

Carlottas Augen weiten sich. »Da kommen zwei Elben«, sagt sie und ich drehe mich fast schon erschrocken um. Tatsächlich, da sind zwei Männer ... ohne Flügel. Verrückterweise sehen sie genauso aus, wie auf den Zeichnungen in meinen Büchern. Ich wünschte, ich könnte ihre Runen sehen, aber die zeigen sich, anders als bei den Elben aus Terra, wohl nur bei Kontakt mit Hitze. Die aktuellen Temperaturen sind sie sicher gewohnt. Vielleicht ist es ihnen hier sogar etwas zu kalt. Sie haben, genau wie ich es in Erinnerung habe, lange Hosen an und ihre Oberkörper werden von großen Tüchern, die sie um die Schultern tragen, zum Teil bedeckt. Sie sind verdammt schnell, werden aber langsamer, als sie sich uns nähern. Ihre Haare sind länger als meine eigenen und gehen hinunter bis zum Gesäß.

»Welch seltener Anblick, zwei weibliche Schmetterlinge«, sagt der Linke. Er hat pechschwarzes Haar und dunkle Augen. Der neben ihm ist optisch das komplette Gegenteil. Er ist blond und hat himmelblaue Iriden, deren Blick einem durch Mark und Bein gehen. Aus einem mir noch unbekannten Grund macht er mir Angst. Er strahlt etwas Grausames aus, das ich nicht an einer bestimmten Sache festzumachen vermag. Es umgibt ihn wie eine Aura.

»Ich bin Carlotta, das ist Naida. Wir sind die Heilerinnen von Blattwisper. Wir haben soeben einen verletzten Pixie abtransportieren lassen. Naida hat die Höhle noch nie gesehen, weshalb wir noch einen Moment bleiben, um sie zu bestaunen.«

Die Elben sind größer als jeder Pixie oder Nymph, den ich je gesehen habe. Erst jetzt fällt mir auf, dass der Dunkelhaarige ein Schwert trägt. Nein, ich glaube, man nennt sie in Ignis Säbel.

»Dabei habt ihr nicht zufällig einen der Unseren gesehen? Braunes Haar, etwas kleiner als wir.« Der Elb legt eine Hand an seinen Säbel. Es kommt mir wie eine Drohgebärde vor, weshalb ich mich kaum merklich näher an Carlotta drücke. Ein heißer Wind weht zwischen den Bergmassiven hindurch und peitscht mir etwas Sand in den Mund. Die Elben lachen wissend, als ich mir daraufhin mit einer Hand über das Gesicht wische.

»Nein«, antwortet Carlotta. »Ihr seid die ersten Elben, die wir heute zu Gesicht bekommen. Für Naida seid ihr sicher die Ersten überhaupt.«

Der Blonde zieht fast schon anzüglich die Augenbrauen hoch.

»Was hat der Elb verbrochen, den ihr sucht?«, fragt Carlotta. »Müssen wir uns in Acht nehmen?«

»Das solltet ihr. Er ist aus dem Krankenlager ausgebrochen und ist eine Gefahr für jeden, den er trifft.«

Ich spüre, dass ein Ruck durch den Körper meiner Lehrerin geht, doch sie hält sich zurück. Aus einem Impuls heraus sehe ich zu dem Stein mit dem dunkelroten Stück Stoff. Es ist nicht mehr da! Meine Augen weiten sich und ich versuche, die Ahnung herunter zu kämpfen. War das der Elb …? Oder hat nur der Wind den Stoff weggeweht?

»Wie ist die Lage dort?«, fragt Carlotta und räuspert sich. »Ich würde gerne helfen, aber ich bezweifle, dass Euer König und unser Truchsess das erlauben.«

Die Elben schnauben amüsiert.

»Wir haben das unter Kontrolle. Nun ja, bis auf unseren kleinen Ausreißer.« Der Blonde schaut mich auf eine Art an, die sich ganz widerlich anfühlt. Erst jetzt fällt mir auf, dass er eine Art Schmuck im Haar trägt. Ob das etwas zu bedeuten hat?

»Mich verlangt es nach der Kleinen«, sagt er plötzlich zu dem Schwarzhaarigen. Carlotta stellt sich sofort vor mich, doch der Elb hat sie binnen weniger Sekunden beiseitegestoßen. Mit einem Grinsen baut er sich vor mir auf. Ich gehe rückwärts, während mir meine Knie vor Angst fast versagen. Der Mann folgt mir und dass ich in Panik gerate, scheint ihm offensichtlich zu gefallen. Er hebt die Hände, will mich packen, da liegt plötzlich ein Säbel an seinem Hals.

»Keinen Schritt weiter«, droht eine fremde Stimme zu meiner Linken. Ich folge dem Säbel mit meinem Blick und sehe erneut den dunkelroten Stoff, der einem vermummten Mann vom Arm herunterhängt. Mein Angreifer lacht selbstgefällig und vor lauter Angst bekomme ich gar nicht richtig mit, was genau passiert, nur dass er sich bewegt und ihm plötzlich ein Säbel von hinten im Hals steckt. Der Elb reißt fast schon überrascht die Augen auf und Blut quillt aus seinem Mund.

»Ich hatte mich deutlich ausgedrückt, oder?«, sagt der vermummte Mann. Ich weiche zurück, als mein Angreifer vorn überkippt. Carlottas zitternde Arme ziehen mich an sich. Sie hält sich den Bauch, sicher hat der Kerl sie dort vorhin getroffen.

»Weg hier, schnell«, sagt sie, doch etwas hält mich an Ort und Stelle fest. Carlotta zupft an mir. »Naida, komm!«

Der vermummte Mann dreht sich zu uns um. Hellbraune ... fiebrige ... Augen sehen mich an. Ich kenne den Ausdruck ... den feinen Schweißfilm auf der Haut. Was ich jedoch noch nie gesehen habe, sind die brennenden Runen, die unter dem Stoff an Stirn, Schläfen und unter den Augen verschwinden. Ich kann nicht anders, als den Elb fassungslos anzustarren. Erst als mich etwas am Fuß packt, löst sich ein Schrei aus meiner Kehle. Der blutende, dunkelhaarige Elb versucht selbst im Todeskampf noch seine Pflicht dem Blonden gegenüber zu erfüllen. Ich trete panisch nach ihm und ... hebe instinktiv ab. Carlotta ruft noch nach mir, da reißt mich auch schon der sandige Wind mit sich. Ich kneife in Panik die Augen zusammen und versuche, mich auf einen Aufprall vorzubereiten. Doch dann spüre ich plötzlich die Nähe eines anderen. Arme greifen beherzt um meine Taille und ziehen mich mit sich nach unten. Ich stoße gegen einen Körper, der einen erstickten Laut von sich gibt. Mein Ellenbogen hat seine Brust getroffen.

»Schnell, weg von mir«, sagt mein Retter kurzatmig und schon werde ich von Carlotta auf die Beine gezogen.

»Komm«, sagt sie und zieht mich mit sich.

Dieses Mal laufe ich.

So schnell ich kann.

Bei einem bin ich mir jedoch sicher: Wenn der Blonde uns folgen wollte, könnte er uns ganz einfach einholen.

Mein Retter muss ihn davon abhalten.

Kapitel 4

»Um der Göttin willen«, sagt Großmutter und schiebt ihren Teller mit Salat von sich. Mein Bericht hat ihr den Appetit verdorben. Ich hatte schon vorher keinen. Seit wir zurück sind, kann ich an nichts anderes denken, als an meinen Retter und die fiebrigen Augen, die mich fast schon verzweifelt angesehen haben.

»Als er mich aus der Luft geholt hat«, denke ich laut nach, »da ist mein Ellenbogen gegen seinen Brustkorb gestoßen. Er hat um Atem gerungen. Aria, was, wenn ich ihn verletzt habe?« Angst drückt mir den Hals zu. »Ihn … erstickt?«

Großmutter starrt mich scheinbar sprachlos an. Sie weiß, worauf ich hinaus will.

»Er hat das Fieber und offensichtlich sind die anderen Elben hinter ihm her …« Flehend sehe ich sie an. Wir können das doch nicht ignorieren, er hat mir gleich zweimal das Leben gerettet.

»Nun, es ist ihr Gesetz, dass die Kranken sich in diesem Lager aufhalten müssen. Da können wir uns nicht einmischen.«

»Wieso sollte er dann flüchten? Etwas stimmt da doch nicht.«

Vielleicht nehme ich die Prophezeiung zu Wortgenau? Was ist, wenn mit *Ersticken* nicht unbedingt genau das gemeint ist, sondern das Ganze allgemeiner betrachtet werden muss. Wenn ich meinem Retter nicht helfe, stirbt er da draußen vielleicht. Habe ich ihn dann auf dem Gewissen? Aber was sollte ich schon tun? Er ist ein Elb und dazu trägt er das gefährliche Fieber in sich. Sicher wimmelt es an der Höhle jetzt nur so vor Feuergeborenen, die nach ihm suchen. Er hat diesen Dunkelhaarigen getötet. Vielleicht auch den Blonden. Sie müssen sich gekannt haben. Oder mein Angreifer war dumm und hat einen Wildfremden völlig unterschätzt. Nein, ich bin mir sicher, dass er meinen Retter kannte und der festen Überzeugung war, dass dieser nur blufft.

»Hey«, höre ich Carlottas Stimme und dann die Muscheln. »Ich habe Idans Flügel versorgt und wollte nach dir sehen.« Sie setzt sich zu Aria und schaut sie traurig an. »Es tut mir leid, ich hätte besser auf Naida achtgeben müssen. Wir hätten uns nicht von unseren Männern trennen dürfen.«

»Schon gut, du wolltest ihr nur die Höhle zeigen. Das hätte mir genauso passieren können«, sagt Großmutter und tätschelt Carlottas Hand. »Zum Glück ist es gut ausgegangen.«

»Dank des flüchtigen Elben.« Carlotta sieht aus, als studiere sie die Maserung des Holztisches. »Er hat Naida gerettet und unser Entkommen ermöglicht. Wir hätten dem blonden Elb niemals weglaufen können, nicht mal wegfliegen. Diese Feuerkerle können verdammt hoch springen, ich habe es heute mit eigenen Augen gesehen. Wenn ein Elb mit Oculifieber eine Pixie aus der Luft greifen kann, dann ein gesunder erst recht. Mit einem einzigen Satz war er bei Naida.«

»Sie müssen flink sein, wenn sie sich über die Lava der Göttin bewegen. Ihr Runenschutz ist sicher nicht unendlich.« Großmutter atmet tief durch und brummt dann nachdenklich.

»Wir sollten etwas tun«, spricht mir Carlotta aus der Seele.

»Wir könnten ihm Wasser und Nahrung bringen«, schlage ich vor. »In den Bergen findet er doch nichts.«

»Das Problem ist, *ihn* zu finden.« Carlotta kratzt sich am Kopf. »Sicher sind wir nicht die Einzigen, die ihn suchen. Wenn er den Blonden hat leben lassen ... Sicher weiß auch irgendwer, dass er und dein Angreifer dort nach dem Vermummten gesucht haben. In absehbarer Zeit wird halb Incendia dort herumlaufen.«

»Aber sie haben Angst vor dem Fieber«, sagt Aria. »So sehr, dass sie …«

Oma lässt die Schultern hängen. »Versprecht niemandem etwas zu sagen, hört ihr? Ich muss es eigentlich für mich behalten und …«, sie sieht mich an, »… ich wollte Naida nicht aufregen. Der kranke Elb ist seinem Tod entkommen. Ihrer königlichen Hoheit wurde berichtet, dass König Volcador sämtliche Kranken hat abschlachten lassen.« Aria schaut mich an. »Deswegen ist er geflüchtet, dein Gefühl war richtig. Volcador hat alle einfach töten lassen. Männer, Frauen, Kinder … und sein jüngster Sohn soll ebenfalls unter den Opfern sein. Die Prinzessin will nicht, dass man in Blattwisper davon erfährt, aus Angst, dass Panik ausbricht. Immerhin sind wir nah an der Grenze zu Ignis.«

Mein Atem geht schneller … ich habe das Gefühl, zu ersticken, wenn ich nicht sofort aufstehe. Ich springe fast vom Stuhl hoch und durchquere das Zimmer, nur um wieder umzudrehen und den gleichen Weg zurückzulaufen. Dass die Elben kriegerisch veranlagt sind, habe ich damals gelernt. Aber die Tat des Königs geht über all das weit hinaus, was ich mir je hätte vorstellen können. Er hat einfach wehrlose Kranke ermordet. Kein Wunder, dass mein Retter versucht, sich in den Bergen zu verstecken. Das Fieber scheint ihn nicht so lahmzulegen wie einen Pixie oder einen Nymph, aber da war Erschöpfung in seinem Blick.

Diese braunen Augen …

Sie gehen mir nicht mehr aus dem Kopf.

»Ich möchte nach ihm suchen«, sage ich und Carlotta nickt, während Großmutter eine steile Sorgenfalte auf der Stirn bekommt und in sich zusammensinkt.

»Er wird nicht in den Bergen geblieben sein, Liebes«, sagt Carlotta. »Sollte der Blonde ihn nicht überwältigt haben, wird er sich ein neues Versteck gesucht haben.«

»Der Blonde wird das Weite gesucht haben«, grübelt Großmutter. »Wenn er sich ansteckt, ist er des Todes. Dieser Mann ist feige. Er hat den anderen losgeschickt, um sich selbst nicht die Hände schmutzig zu machen. Der wird weggerannt sein, da bin ich mir sicher.«

»Mein Retter hat sein Versteck für mich verraten«, sage ich und reibe mir über die Gänsehaut an meinen Armen. »Er … er hat für mich getötet. Sicher, weil er krank keine Chance in einem Kampf gehabt hätte, aber er hat es getan. Der Dunkelhaarige hat noch kurz vor seinem Tod nach mir gegriffen. Mein Retter wusste, dass der Kerl niemals aufgeben würde. Er hätte auch einfach versteckt bleiben können.«

»Nachts sind die Winde in den Bergen noch gefährlicher«, seufzt Großmutter. »Wir werden sehr vorsichtig sein müssen.«

Carlotta nickt ihr zu. »Ich werde etwas zur Notversorgung einpacken. Aber was machen wir dann mit ihm?«

Aria sieht zu mir und ich weiß, dass sie jetzt ganz auf meiner Seite steht. Das muss sie. Sie hat auch toleriert, dass ihr Sohn die Gesetze bricht und sich mit einer Nymphe trifft.

»Wir verstecken ihn hier«, sagt sie. »Wenn er gesund ist, kann er zurück nach Ignis.« Ihr eigener Plan scheint ihr nicht zu gefallen und in meiner Brust breitet sich ein eigenartiges Gefühl aus.

»Das schulden wir ihm«, sagt Großmutter und versucht es erneut mit ihrem Salat. »Möchtest du auch etwas, Carlotta?«

»Nein, danke. Mir hat es den Appetit verdorben.«

»Also suchen wir heute Nacht nach ihm?«, frage ich, um mich noch mal zu versichern. Die beiden Frauen nicken und ich lese in ihren Gesichtern, dass sie noch keine Ahnung haben, wie wir die Sache angehen sollen.

»Die Lampe ist nicht hell genug«, zischt Carlotta leise, hält sie aber gleichzeitig höher. »Ich weiß nicht, ob es klug wäre, nach ihm zu rufen.«

»Ich auch nicht.« Großmutter hält meine Hand und schaut sich verzweifelt um. Wir erkennen nichts, das weiter als vielleicht eine durchschnittliche Körperlänge von uns entfernt ist.

»Schätze, wir müssen darauf hoffen, dass er uns findet«, sagt Carlotta.

»Und niemand anderes«, füge ich mit einem Schlucken hinzu und drücke mich näher an Oma heran. Unsere Flügel stoßen aneinander, was sich merkwürdig anfühlt. Irgendwie so, als würde man sich den Ellenbogen anstoßen. Auf dem Rücken ist mir dieses Gefühl noch nicht so vertraut.

»Junger Elb?!«, ruft Carlotta unsicher. »Bist du hier?«

»Entweder er ist hier, im unbewohnten Wald von Air, direkt am Fuß der Berge oder er ist doch zurück nach Ignis.« Großmutter seufzt. »Es ist das Einzige, das Sinn ergibt.«

»Er wird auf keinen Fall in der Nähe der Höhle geblieben sein«, sage ich. Nicht mal das Fieber wird ihn so leichtsinnig gemacht haben. Es vermag zwar das Denken einzuschränken, aber sicher nicht so sehr.

»Er könnte auch höher auf einen der Gipfel geklettert sein.« Carlotta versucht den Schein der Lampe zu unserer rechten Seite zu lenken. »Junger Elb?!«

»Woher weißt du, dass er jung war?«, fragt Aria. »Ihr habt doch nur seine Augen gesehen?!«

»Die sahen jung aus«, sage ich und denke an das Hellbraun zurück, das mich fiebrig angeschaut hat. In meiner Brust macht mein Herz einen Hüpfer, der keinen Sinn ergibt. Sicher bin ich zu aufgeregt.

»Außerdem war er kleiner als die anderen. Elben wachsen bis Mitte zwanzig.« Carlottas Worte merke ich mir. Das ist etwas, das ich noch nicht gewusst habe. In meinen Gedanken erscheint erneut sein Bild. Seine Augenbrauen waren braun gewesen. Das fällt mir erst jetzt, im Nachhinein auf. Sicher ist er also nicht blond oder rothaarig. Sprachen die anderen nicht auch von einem brünetten Elb? Ich presse die Lippen zusammen, als mir bewusst wird, dass diese Augen mir sehr gut gefielen. Sie waren so … intensiv. Ich lege mir eine Hand auf den Bauch und versuche, mich wieder auf die Schwärze zu konzentrieren, die mich umgibt.

»Bist du hier?«, rufe ich. »Ich bin's, Naida. Du hast mich heute gleich mehrfach gerettet. Wir wollen dir gerne helfen!«

Schnell, weg von mir, höre ich ihn in meinen Gedanken erneut sagen.

»Wir hatten das Fieber schon. Du bist keine Gefahr für uns!«, rufe ich. »Du kannst dich ohne Sorge nähern.«

Großmutter bleibt stehen. »Ich weiß nicht, ich habe ein schlechtes Gefühl. Wenn die anderen Elben noch hier sind, werden wir nicht nur ihn, sondern auch uns in Gefahr bringen.«

»Wir waren uns des Risikos bewusst«, erinnert sie Carlotta und kommt mit der Lampe zu uns zurück. »Der junge Mann braucht Hilfe, Aria. Er benötigt einen sicheren Ort, um gesund zu werden. Schlaf und Nahrung.« Im Schein der Lampe wirkt sie unglücklich. »Es tut mir leid, ich kann nicht anders.«

»Ich auch nicht«, komme ich ihr zu Hilfe. »Er hat sein Leben für mich riskiert. Ich schulde ihm etwas.« Mit meinem Blick versuche ich, Oma an die Prophezeiung zu erinnern, doch ich weiß nicht, ob sie mir gedanklich gerade folgen kann. Es ist auch einfach viel zu finster und sie scheint Angst zu haben.

»Wir können dich verstecken«, rufe ich. »Niemand wird dich dort finden. Du kannst gesund werden und dann zurück nach Ignis. Bitte, das Fieber kann Monate anhalten. Du kannst hier nicht so lange bleiben.«

Ich betrachte den Weg unter meinen Füßen. Vielleicht hat er sich abseits davon versteckt. In einem der Bäume … oder an der Küste. Wenn er hier ist, könnte er einfach überall sein.

»Monate?«, fragt plötzlich eine dunkle Stimme aus der Dunkelheit.

»Der Göttin sei Dank«, sagt Carlotta und versucht, in die Richtung zu leuchten, aus der die Stimme kam. »Ja, nicht wenige leiden mehrere Monate darunter. Mein Sohn sogar ein halbes Jahr.«

Er darf nicht weglaufen … »Natürlich wissen wir nicht, wie es sich bei einem Elb äußert. Immerhin seid ihr gegen Hitze gefeit. Aber ich kann mir vorstellen, dass du schneller gesund wirst, wenn du in Sicherheit bist. In einem warmen Bett, mit genügend Essen und Trinken im Bauch. Du benötigst viel Wasser. Sicher schwitzt du.« Ich habe es gesehen, ein feiner Film lag um seine Augen.

»Man kann es nur einmal bekommen?«, fragt die Stimme und klingt jetzt etwas näher.

»Ja«, antwortet Großmutter. »Ich hatte es vor achtzehn Jahren und habe erst letztes Jahr Kranken geholfen und mich nicht angesteckt.«

»Bitte«, flehe ich. »Du hast mir geholfen und jetzt möchte ich das für dich tun. Ich hatte den ganzen Tag keine Ruhe, weil ich mir Sorgen gemacht habe.«

Ein Geräusch erklingt ... als würde etwas auf Gras fallen und mir wird klar, dass er von einem Baum gesprungen ist. Schritte kommen auf uns zu und plötzlich erscheint eine vermummte Gestalt im Schein der Lampe. Er stützt sich auf einen großen Stock. Ist das meine Schuld oder ist es das Fieber?

»Hast du dich verletzt?«, frage ich und eile auf ihn zu. Er weicht zurück und ich wünschte, es wäre nicht zu dunkel, um seine Augen zu erkennen. In dem Moment kommt Carlotta mit dem Licht näher.

»Nein, ... ich ... ich bin am Ende meiner Kräfte«, gesteht er und ich nicke verstehend. Das Braun seiner Augen wirkt bei Nacht viel dunkler als am Tag.

»Als Erstes kommt der Stoff vom Kopf«, sagt Carlotta. »Du bist kurzatmig und brauchst Luft.« Sie sieht mich an und ich nicke ihr zu. Mutig hebe ich die Hände und helfe ihm, das Tuch loszuwerden. Langes Haar kommt zum Vorschein und ein unfassbar erschöpftes Gesicht ... voller Feuerrunen. Sie leuchten zart in der Dunkelheit. Vorn, an jeder Seite seines Kopfes, hat er je einen geflochtenen Zopf. Sicher, damit ihm die Haare nicht ins Gesicht fallen. Schon bei den anderen beiden Elben war mir aufgefallen, dass sie ihre Haare länger tragen als Nymphen oder Pixies. Ich kann nicht anders, sein Gesicht zieht mich wie magisch an ... Ich hebe den Arm und streiche darüber. Seine Haut glüht mit den Runen um die Wette.

»Lasst uns keine Zeit vergeuden und ihn nach Hause bringen.« Carlotta wackelt mit der Lampe und das Licht tanzt zwischen uns herum, was dem Kranken Probleme zu bereiten scheint. Er schließt kurz die Augen.

»Wo ist das?«, fragt der Elb.

»Blattwisper«, antworte ich. »Es ist nicht allzu weit.«

»Zu Fuß und mit Fieber schon«, gibt Oma zu bedenken. »Können wir ihn irgendwie tragen?«

»Nein.« Der Elb schüttelt den Kopf. »Bitte nicht.«

»Den Baum hoch werden wir es machen müssen, ... Elb. Wie heißt du eigentlich?« Carlotta mustert unseren Patienten.

»Raze.«

»In Ordnung, lass uns losgehen.« Carlotta geht mit dem Licht voran. Großmutter und ich wechseln je an eine Seite von Raze, der nichts mehr von der Schnelligkeit von heute Vormittag besitzt. Das dunkelrote Tuch hält er mit einer Hand fest um sich geschlungen, während er sich mit der anderen an den Stock klammert.

»Wir könnten dich tragen«, flüstere ich zu. »Das wäre kein Problem.«

Er sieht mich von der Seite an und ich meine, in der Dunkelheit ein Schmunzeln auf seinen Lippen zu erkennen.

»Ich fürchte, dann muss ich mich übergeben. Es dreht sich alles.«

»Das ist normal«, sage ich. »Leider.« Diese Runen sind einfach der Wahnsinn. »Verzeih, wenn ich dich anstarre, aber deine Haut ist ... faszinierend.«

»Schon gut. Mir geht es so mit euren Flügeln.«

»Kommst du aus Glutwacht oder Incendia?«, fragt Großmutter.

»Incendia.«

»Wie bist du der Abschlachtung entkommen?«

Raze bleibt stehen und sieht Oma fassungslos an. »In Air weiß man davon?«

Sie nickt. »Ich diene Ihrer königlichen Hoheit, Prinzessin Elara.«

Seine Augen weiten sich und er versucht, tief Luft zu holen. Ich kenne das Geräusch und weiß, dass es nicht so gut klappt, wie erhofft.

»Nur sie, der Truchsess und einige Eingeweihte wissen von dem Massaker, das dein König angerichtet hat.«

»Plant der Truchsess zu helfen?« Da ist Hoffnung in seiner Stimme und mein Magen verknotet sich, als Großmutter diese sofort zerschlägt.

»Nein. Die Prinzessin versucht etwas, aber sie erwähnte nicht was. Dem Truchsess sind Elben, Elfen und Nymphen völlig egal.«

»Hatte die Prinzessin das Fieber schon? Ich muss mit ihr reden.«

»Nein, leider nicht, Raze. Aber ich … vielleicht kann ich ihr einen Brief überbringen? Ich müsste ihn für dich schreiben, Ihre königliche Hoheit darf nichts anfassen, das mit dem Fieber in Berührung kam.«

»Ja, danke …?«

»Aria.«

Er schluckt und japst leise nach Luft. »Danke, Aria.«

»Wie bist du nun entkommen?«

Raze bleibt stehen. Laufen und Reden scheint zu viel zu sein.

»Der Soldat, der mir den Säbel an die Kehle hielt, kannte mich. Er brachte es nicht über das Herz und half mir, zu entkommen.«

Beim Gedanken an das, was er dabei gesehen haben muss, steigen mir Tränen der Wut in die Augen.

»Wie kann man nur …? Wehrlose Kranke, … das ist barbarisch«, presse ich hervor.

»Ich kenne den König nicht anders. Man munkelt, dass sein Herz verbrannt sei, als seine geliebte Tochter starb. Seitdem ist es nur noch ein Stück Kohle.«

»Aber er hat doch noch Söhne«, sagt Carlotta und wir gehen langsam weiter.

»Bis aufs Blut zerstritten und in seinen Augen nutzlos. Der Ältere zu dumm und der Jüngere will alles anders machen.«

»Lebt Prinz Fyrion noch?«, fragt Aria besorgt. »Wir hörten, dass er den Kranken zu Hilfe eilen wollte?«

»Das stimmt.« Ein merkwürdiger Ruck geht durch den Elb. »Er führte seine Freunde in den Tod.«

»Und der Prinz?«

»Lebt.«

Aria atmet erleichtert durch. »Bist du dir da sicher?«

»Ja, bin ich. Aber die Schuld lastet schwer auf ihm und die Trauer um seine Freunde zersetzt sein Herz. Das Einzige, das ihn aufrecht hält, ist die Verpflichtung, seinem Volk zu helfen.«

»Du kennst ihn«, stelle ich fest und Raze nickt. »Warst du unter den Soldaten, die er zu dem Krankenlager führte?«

»Ja.«

»Hat er dich hierher geschickt?«, fragt Aria.

»Ja«, japst Raze irgendwie erstickt. Erst jetzt fällt mir auf, dass er ganz leicht zittert. Wir hätten eine Decke mitnehmen sollen.

»Ist seine königliche Hoheit ebenfalls erkrankt?«, fragt Carlotta und Raze brummt zustimmend. »Hat er einen sicheren Ort zum Genesen?«

»Das hoffe ich sehr.« Erneut höre ich schweres Atmen. »Es tut mir leid, meine Damen. Aber das Reden strengt mich an.«

»Verzeih uns«, sage ich schnell. »Wir werden in den kommenden Wochen noch ausreichend Zeit dazu haben.«

Sein Blick fällt auf mich und geht mir durch Mark und Bein. Selbst in stockfinsterer Nacht. Er nickt und scheint sich dann wieder auf das Laufen zu konzentrieren. Als die Glühwurmlichter von Blattwisper in Sichtweite kommen, hebt er den Kopf und schaut sich neugierig um.

»Wir sollten uns jetzt schnell bewegen«, sagt Carlotta und sieht Großmutter an. »Es darf ihn niemand sehen.« Sie reicht ihr die Lampe. »Naida und ich werden ihn tragen.« Damit geht sie zu Raze und legt sich seinen rechten Arm um die Schulter. Ich mache dasselbe auf der anderen Seite.

»Wenn du es schaffst, hebe die Beine etwas an, sobald wir abheben. Dann können wir dich leichter tragen.«

Dem Elb scheint unser Plan überhaupt nicht recht zu sein.

»Hey«, sage ich und lächele ihn an. »Du bist nicht der Erste und wirst auch nicht der Letzte sein, den wir spucken sehen.« Damit zwinkere ich ihm zu und es scheint ein kleines Lächeln auf seine Lippen zu zaubern.

»Bei drei«, sagt Carlotta und schaut mich an. »Eins, zwei, drei.« Damit heben wir ab und ich greife nach einem Bein. Raze hat die Augen geschlossen, während wir mit ihm schnell zu unserem Baum fliegen und ihn nach oben in mein Haus schaffen. Erst, als wir ihn drinnen herunterlassen, öffnet er sie wieder und sieht sich besorgt um.

»In Ordnung, schaffen wir ihn für heute ins Bett«, sagt Carlotta und schaut zu mir. »Komm mich holen, sobald er morgen wach wird. Dann baden wir ihn mit einem Extrakt aus Sprinklerklee und Milmawurzel. Das hilft gegen die Schmerzen in den Gliedern und er wird den alten Schweiß auf seiner Haut los.«

»In Ordnung. Oma und ich können das Bad dann schon mal vorbereiten.« Dann sind meine Haare wieder normal, bis Carlotta kommt. Die Heilerin mustert ihren Patienten im schwachen Schein der Lampe.

»Für jetzt verordne ich ihm zunächst ein warmes Bett und viel Ruhe.«

»Danke«, sagt Raze und ich höre, wie schwer ihm das Reden fällt. »Vielen Dank. Euch allen.«

»Wir danken dir. Du hast dein Leben für unsere Naida riskiert. Das werden wir dir nie vergessen.« Carlotta sieht zu mir. »Meine Schülerin kennt sich sehr gut mit dem Oculifieber aus. Du bist bei ihr in den besten Händen.«

Ich biete Raze meinen Arm an, doch er deutet mir nur an, dass er mir folgen wird. Mit einem unsicheren Lächeln führe ich ihn in mein Zimmer. Das Bett habe ich heute Nachmittag frisch bezogen.

»Hier wirst du schlafen«, sage ich und Raze lässt sich auf dem Bett nieder. Er stützt sich vorn über und wirkt ganz erschöpft. Ich berühre ihn an der Schulter, damit er sich nicht erschreckt, und ziehe ihm dann das dunkelrote Tuch vom Oberkörper.

»Das wasche ich für dich. Benötigst du Hilfe bei den Schuhen und der Hose?«

»Nein. Danke, Naida.«

»Ich bringe dir gleich etwas zu essen und zu trinken. Hier durch die Tür geht es zum Abort. Bitte verlasse dieses Zimmer nicht. Unsere Häuser sind nicht blickdicht verschlossen. Außerhalb dieses Raumes könnte dich jemand sehen. Deine Runen verraten dich.« Ansonsten könnte er auch ein junger Pixie sein, der noch nicht geflügelt hat. Seine Ohren sind nicht ganz so spitz wie die der Nymphen und Pixies, aber das könnte man mit den Haaren verdecken. Ich lasse ihn einen Moment allein, um ihm etwas Obst und Wasser zu holen. Als mein Blick auf die Waschschüssel fällt, entscheide ich, sie auch mitzunehmen. Nur für den Fall, dass ihm übel wird. Als ich das Zimmer wieder betrete, liegt er bereits unter der Decke und … schläft. Das ging schnell. Ich stelle ihm alles auf den Nachttisch und die Schüssel auf den Boden, neben das Bett. Leise öffne ich den Schrank und hole eine weitere Decke heraus. Den Fiebernden ist mal heiß und mal kalt. Er schien zuletzt zu frieren, also breite ich sie über ihm aus. Damit lasse ich ihn zurück und schließe die Tür hinter mir. Großmutter steht am Hauseingang und schaut durch die Muschelkette hinaus.

»Er ist schon eingeschlafen«, sage ich.

»Das war zu erwarten.« Aria dreht sich zu mir um und streckt eine Hand nach mir aus. Ich ergreife sie und schaue Großmutter abwartend an.

»Davon kein Wort zu deiner Mutter, Kind. Es ist besser, wenn sie so wenig wie möglich davon weiß. Sie würde sich nur unnötig Sorgen machen.«

»Ja, da stimme ich dir zu. Meine Lippen sind versiegelt.«

»Du kannst ihr von dem Angriff erzählen, aber …«

»Nein«, unterbreche ich sie. »Ich lebe, es geht mir gut. Kein Grund, sie zu verunsichern.«

Aria lacht leise. »Sehr vernünftig.« Dann wird sie plötzlich ernst. »Naida?«

»Ja?«

»Tu mir einen Gefallen … verliebe dich nicht in ihn.«

Ich muss husten. »Oma!«

»Er ist ein bildschöner Mann und scheint mir das zu haben, was wir hier in Air ein goldenes Herz nennen. Selbstlos und loyal. Er kämpft sich todkrank bis in ein fremdes Land vor, um Hilfe für andere zu holen. Sicher dachte er, dass er das Fieber ein paar Tage in den Bergen auskuriert und sich dann auf den Weg nach Ätheria machen kann. Die Dauer der Krankheit schien ihm nicht bekannt zu sein. Dann rettet er auch noch dich aus der Not ... das alles kann ein Frauenherz in Aufruhr bringen. Wenn er jetzt noch Humor hat, droht es gebrochen zu werden.« Aria lächelt mich etwas schmerzvoll an.

»Keine Sorge. Die Prophezeiung wird schon dafür sorgen, dass ich mich zurückhalte.«

»Das Herz gehorcht nicht der Logik, Liebes. Im Gegenteil, es verspottet den Verstand und hat immer die besten Argumente. Deshalb warne ich dich. Dieser junge Diener der Göttin hat ein sehr reizvolles Antlitz.«

»Ich werde aufpassen«, verspreche ich und lehne meinen Kopf an ihre Schulter. Gemeinsam stehen wir noch eine ganze Weile da und schauen hinaus auf das friedlich schlafende Blattwisper.

Kapitel 5

Als ich am nächsten Morgen wach werde, liegt Großmutter nicht mehr neben mir. Ich erhebe mich, strecke meine Glieder und Flügel. Die Neugierde treibt mich ungewöhnlich schnell aus dem Bett. Großmutter sitzt am Tisch und näht an einem Kleidungsstück. Sie lächelt mich an, nachdem mein erster Blick von der Tür meines Schlafzimmers zu ihr führt.

»Er ist noch nicht wach. Setz dich zu mir, Kind«, sagt sie und deutete auf den Stuhl ihr gegenüber. Etwas Obst liegt griffbereit in einer Schale. Ich nehme mir eine Nandao und beiße hinein. Ihre Säure weckt auch die letzten Lebensgeister in mir.

»Er hat etwas von dem gegessen, was du ihm hingestellt hast. Auch das Wasser ist nur noch halb voll. Danach ist er wohl wieder eingeschlafen.«

»Das ist gut«, sage ich. Sicher hat der Hunger oder der Durst ihn geweckt. Vielleicht auch beide zusammen. »Hoffentlich verträgt er Obst. Ich könnte ihm ja etwas angeln und eine Fischsuppe kochen, aber das müsste ich irgendwo anders tun. Das würde sofort die ganze Nachbarschaft riechen.«

»Nun, die Schale steht ja bereit, sollte es ihm nicht bekommen«, gluckst Großmutter. »Wir handeln aber auch mit Obst mit ihnen. Ich weiß, es heißt immer, sie würden nur Fleisch essen. Tun sie bestimmt auch viel, aber ich bin mir sicher, dass das nicht mehr ausschließlich so ist. Das meiste Fleisch opfern sie ohnehin der Göttin.«

»Verstehe«, sage ich und mein Blick geht nach draußen. In mir macht sich plötzlich eine Sehnsucht breit. »Oma?«

»Ja, Kind?«

»Gibt es hier irgendwo eine Möglichkeit, ungestört zu baden?« Das Wasser fehlt mir und ich würde meinen Körper gerne hineintauchen und in mir nach etwas Ruhe suchen.

»Nur im Norden, Kind. Dort ist nie jemand. Allerdings dauert der Flug. Das müssen wir planen. Natürlich baden viele am Fluss und lassen danach die Flügel in der Sonne trocknen, aber du bist ... auffällig.« Sie betrachtet mein Haar. »Oder du gehst ans Meer, aber das ist gefährlich und nicht jederzeit möglich.«

Wir hören Schritte im Haus und schauen zur Schlafzimmertür. Ich möchte schon aufstehen, da hält Aria mich auf.

»einen Moment, sich in aller Ruhe zu erleichtern, bevor du hineinstürmst.« Sie grinst mich wissend an und ich rufe mich innerlich zur Ordnung. Sie hat natürlich recht. Aria erhebt sich und legt ihre Näharbeiten nieder. »Schau gleich mal nach ihm, ich gehe Carlotta Bescheid geben und hole die ersten Eimer Wasser für sein Bad.« Sie prustet leise. »Dass wir hier kalt baden, wird sicherlich ein Erlebnis für ihn.«

»Für das Fieber ist das gut«, sage ich. »Vielleicht sollten wir warten, bis er eine Phase der Hitze hat. Dann ist es keine Tortur.«

Großmutter scheint nachzudenken und nickt dann. »Carlotta soll ihn sich auf jeden Fall erst mal ansehen, bevor sie ihrem Tagewerk nachgeht.« Damit verlässt sie das Haus und ich lausche dem Rascheln der Muscheln, bis ich weitere Schritte höre. Ich gehe zur Tür und klopfe leise an.

»Ja?«

Ich trete ein und beeile mich, hinter mir wieder alles zu verschließen. Raze sitzt im fahlen Morgenlicht, das durch die halbwegs blickdichten Gardinen hineinfällt, im Schaukelstuhl. Er hat sich jedoch vornüber gebeugt und scheint bis gerade seinen Kopf in die Hände gestützt zu haben.

»Guten Morgen«, sage ich und gehe auf ihn zu. Seine Haut ist etwas dunkler als meine, das war mir in der Nacht nicht aufgefallen. Die Runen haben ganz andere Formen angenommen als noch vor einigen Stunden.

»Guten Morgen, Naida.«

»Dein Atem klingt freier«, sage ich. »Bekommst du besser Luft?«

»Ja, wenn ich ruhig sitze.«

»Das ist gut«, sage ich und sehe ihm prüfend ins Gesicht. Sein Blick nimmt mich jedoch gefangen. Großmutter hat recht. Er ist ... bildschön. Als wäre er selbst ein junger Gott. Oder zumindest ein Prinz. Seine Haut zeigt keinerlei Makel und ... ich muss aufhören, ihn so anzustarren.

»Verträgst du Obst? Ich habe mir Sorgen gemacht«, sage ich schnell und schaue zu dem Teller.

»Ja. Danke.«

Verzweifelt versuche ich mich an all das zu erinnern, was ich gelernt habe, aber mein Kopf ist wie leer gefegt.

»Ist Aria da? Wegen des Briefes.« Er will also keine Zeit verlieren.

»Sie holt Carlotta, damit sie dich untersuchen kann. Außerdem beabsichtigen wir, dir ein Bad anzurichten. Sicher hast du Kopf- und Gliederschmerzen, oder?«

Er seufzt. »Um ehrlich zu sein, wäre es einfacher zu benennen, was mir nicht wehtut.«

Ich lächele ihn aufmunternd an. »Was denn?«

Er ... grinst und mein Herz poltert durch meinen Brustkorb. »Nun, ich habe erleichtert festgestellt, dass meine Zähne noch schmerzfrei ihren Dienst leisten.«

»Freut mich für dich«, sage ich und spüre, wie meine Wangen warm werden.

»Ja, es war schön, zur Abwechslung mal etwas zu tun, das sich nicht anfühlt wie das Laufen über Glassplitter.« Er fasst sich an den Kopf. »Reden hingegen.« Seine Augen verengen sich und ich falle fast aus allen Wolken, als mir klar wird, dass er mich dabei erwischt hat, seinen Oberkörper anzustarren.

»Die Runen«, sage ich schnell. »Tut mir leid.« Ob sie überall an seinem Körper sind? Ich meine … wirklich an jeder Stelle?

»Schon gut, deine Flügel lenken mich auch etwas ab. Wechseln sie die Farbe?«

Ich drehe mich für ihn um. »Ja, je nach Lichteinfall.« Dankbar, mein Gesicht einen Moment so zu verbergen, bleibe ich mit dem Rücken zu ihm stehen.

»Unglaublich«, befindet er und ich weiß nicht, wie er das meint. Ich kann ihn auch nicht fragen, da in dem Moment Carlotta an der Tür klopft. Sie schlüpft hinein und lächelt.

»Da ist ja mein bisher außergewöhnlichster Patient. Geht es dir heute etwas besser? Ich habe tausend Fragen, die mir bei der Erforschung der Krankheit sicher helfen werden.«

»Ich werde dir alle beantworten«, sagt Raze. »Aber erst würde ich gerne mit Aria wegen des Briefes reden. In meinem Land sterben jeden Tag Elben, ich darf keine Zeit verlieren.« Er erhebt sich vom Schaukelstuhl und wird ganz weiß im Gesicht, trotzdem hält er die Balance. »Ich muss mich spätestens morgen auf den Weg zurück nach Ignis machen. Hier bin ich niemandem von Nutzen.«

»Dort auch nicht«, erinnere ich ihn. »Du könntest andere krank machen, die dann ebenfalls von deinem König abgeschlachtet werden. So schnell wird sicher keine Hilfe kommen.«

»Erst recht nicht aus Air.« Carlotta schüttelt den Kopf. »Es tut mir leid, aber du wirst dich in Geduld üben müssen.«

»Hast du eine Ahnung, wie barbarisch das in meiner Situation klingt?«, fragt Raze und da ist das erste Mal so etwas wie Wut in seinen warmen Augen. »Ich soll hier sitzen und mich umsorgen lassen, während anderen die Kehle durchtrennt wird.«

»Dein Prinz hat dich beauftragt, Hilfe zu holen. Dafür bist du hier. Zumindest Prinzessin Elaras Antwort wirst du doch abwarten wollen.« Carlotta verschränkt die Arme vor der Brust und sieht ihren fremdartigen Patienten abwartend an. »Was ist, wenn sie dir nicht gefällt? Wenn du weg bist, wirst du nichts dagegen ausrichten können.«

Raze schaut zu Boden und japst ein wenig nach Luft. Leicht taumelnd geht er zum Bett und ich muss meine Hände im Zaum halten, nicht sofort stützend nach ihm zu greifen. Gleichzeitig frage ich mich aber, warum ich mich zurückhalte? Bei jedem anderen hätte ich das sofort getan. Sind es die Feuerrunen, die mich abschrecken? Oder die Tatsache, dass seine Nähe etwas mit mir macht, das ich bisher nicht einordnen kann?

»Ihr habt recht, aber es fällt mir schwer, nur die Hände in den Schoß zu legen.«

Carlotta nickt. »Ich hole Aria, damit sie deinen Brief aufnehmen kann.« Damit dreht sie um und lässt mich mit Raze allein. Ich muss kurz mit mir ringen, dann erinnere ich mich daran, was zu tun ist.

»Ist dir gerade eher heiß oder kalt?«, frage ich.

Raze hebt den Blick und runzelt mit einem Schmunzeln auf den Lippen die Stirn. »Was für eine Frage«, sagt er und sein Blick lässt mich kurz meine Haltung verlieren. Wie meint er das denn jetzt? Er lacht und der Klang fährt mir in jede Faser meines Körpers. Mein Herz flattert, genau wie meine Flügel, bis ich sie wieder unter Kontrolle gebracht habe. Raze ist das jedoch aufgefallen.

»Verzeih, ich wollte dich nicht in Verlegenheit bringen.«

Ich schlucke und entscheide mich für Ehrlichkeit. »Ich weiß nicht mal, wie du das gemeint hast.«

»Allein in einem Schlafzimmer mit einer schönen Frau, da sollte es einem Mann eher heiß sein, oder?«

»Gestern hast du gefroren«, plappere ich, bevor seine Worte ganz in meinen Verstand dringen. »Oh.«

Raze lacht erneut leise und wieder fährt es wie ein Blitz in mich. Seine Stimme ist wie Musik für … mein Herz. Es tanzt regelrecht dazu. Ich balle die Hände zu Fäusten. Das ist nicht gut, gar nicht gut.

»Es tut mir leid, ich habe es schon wieder getan«, sagt er. »Ab jetzt antworte ich dir ehrlich. Mir ist wirklich kalt, ich weiß aber nicht, ob das am Fieber liegt oder vielmehr an Air. In Ignis ist es deutlich wärmer.«

Ich gehe auf ihn zu und versuche, mich bewusst zu entspannen. Er sitzt noch immer auf dem Bett, weshalb ich meinen Arm nicht weit heben muss, um die Wärme seiner Stirn zu überprüfen. Sein Blick verlässt mich dabei für keinen Moment.

»Du bist sehr heiß, deine Runen müssen dich wirklich gut beschützen.«

Ein freches Grinsen breitet sich in seinem Gesicht aus. Was habe ich denn jetzt wieder ... oh!

»Danke.« Er zieht die linke Augenbraue hoch, doch dann versucht er, tief Luft zu holen und die Beklemmung in seiner Brust nimmt ihm jedweden Humor. Zumindest macht es den Eindruck. »Verzeih mir ein letztes Mal. In einem fremden Land gefangen zu sein, macht mich nervös.«

Das verstehe ich nur zu gut und plötzlich verspüre ich den Wunsch, ihm mein Geheimnis anzuvertrauen. Schließlich hüte ich ja auch seins. Vielleicht wäre es sogar gut, wenn er wegen der Prophezeiung vorgewarnt wäre? Oder er versteht besser, warum ich dafür sorgen muss, dass er mich gesund und wohlbehalten wieder verlässt. Aber würde es wirklich einen Krieg zwischen allen Ländern auslösen, wenn er am Fieber sterben würde? Großmutter kommt zur Tür hinein, unter dem Arm hat sie ein Stück Holz, das sie sich, nachdem sie auf dem Schaukelstuhl Platz genommen hat, auf den Schoß legt. Papier, Tinte und Feder bereit, schaut sie Raze an, während Carlotta sich ebenfalls wieder ins Zimmer drängt.

»Du kannst loslegen«, sagt Oma und schaut Raze abwartend an. Der Elb nickt und hat schon den Mund geöffnet, da lenkt ihn ein Geigenspiel ab, dessen Melodie bis zu uns ins Haus dringt.

»Mein Jüngster«, sagt Carlotta. »Seine Zwillingsschwester hat ihn wohl geärgert, dann greift er immer zur Geige.« Sie lächelt und ich mache es ihr nach.

»Wie schön«, seufze ich. »Er hat unglaubliches Talent. Ich hätte jetzt gedacht, dass ein Erwachsener spielt.«

»Ja, er ist richtig gut«, stimmt Aria zu und schaut dann zu Raze. »Bitte, junger Elb. Sag mir, was du meiner Herrin mitzuteilen gedenkst.«

»Hochverehrte königliche Hoheit, Prinzessin Elara«, beginnt Raze und Großmutter schreibt so schnell mit, dass ich nur staunen kann. Ich halte mich an einem Bettpfosten fest, während ich den Worten aus dem Mund des Mannes lausche. Er berichtet von dem Krankenlager und wie des Nachts Soldaten eingefallen sind, um jeden Einzelnen kaltblütig zu ermorden. Er bittet die Prinzessin, die Königshäuser der anderen beiden Länder für ihn zu kontaktieren, um einen gemeinsamen Protest nach Incendia zu schicken. Der König soll umgehend das Töten stoppen.

»Es ist mir bewusst, dass Euch die Hände gebunden sind, aber ich hoffe, dass Terra und Aqua Euren Truchsess umstimmen können, sich dem Protest anzuschließen. Im Namen meines Volkes flehe ich Euch an. Eile ist geboten. Verzeiht mir, dass ich Euch nicht persönlich aufsuchen kann, aber bei meinem Versuch, den Kranken zu helfen, habe ich mich selbst infiziert. Hochachtungsvoll …« Raze stoppt und scheint etwas Luft zu benötigen. »Seine königliche Hoheit, Prinz Fyrion von Ignis.«

Meine Augen weiten sich und Carlotta gibt einen erstaunten Laut von sich. Meine Großmutter verengt die Augen.

»Im Namen des Prinzen oder …?«, fragt sie und starrt den jungen Elb auf dem Bett an.

»Verzeiht mir bitte, ich habe euch drei gestern Abend belogen. Ich war mir unsicher, ob ihr mir noch helfen würdet, wenn ihr wüsstet, wer ich wirklich bin.«

Ich schlucke und da mir nichts anderes einfällt, knickse ich vor dem Elbenprinz und senke den Blick.

»Hoheit, das …« Oma scheint es für einen Moment die Sprache verschlagen zu haben. »Natürlich hätten wir Euch geholfen.«

Bei einem toten Soldaten hätte König Volcador sicher keinen Krieg ausgelöst … bei einem toten Sohn hingegen … Mir wird übel.

»Er kann hier nicht bleiben«, sage ich und blicke Großmutter panisch an. »Das geht nicht. Er muss so weit von mir weg wie irgend möglich.«

»Kind, du hast doch selbst gesagt, dass du … *es* … so verstehst, dass du helfen musst.«

»Ich komme nicht mehr mit«, sagt Carlotta und auch Prinz Fyrion wirkt etwas durcheinander. Mein Blick fällt auf das restliche Trinkwasser auf dem Nachttisch und eine Idee formt sich in meinem Kopf.

»Ich vertraue Carlotta und dem Prinzen«, sage ich zu Großmutter, nehme das Glas und schütte es mir über den Kopf. Ohne es sehen zu müssen, weiß ich, dass sich einzelne Strähne jetzt blau verfärben. Ich sehe es an Carlottas Blick, die ich als Erstes wage anzusehen.

»Mein Vater liebte eine Nymphe. Ich wuchs achtzehn Jahre lang in Aqua auf. Bis mir plötzlich diese Flügel wuchsen und Mutter mich an Aria übergeben musste.« Ich sehe zum Prinzen, der mich auf eine Art betrachtet, die ich nicht zu deuten vermag. »Hoheit, Ihr seid das Feuer, das nicht von Luft und Wasser, mir, erstickt werden darf.«

Erkenntnis taucht in seinem Blick auf und ich bin mir sicher, dass er sich gerade die Prophezeiung in Erinnerung ruft.

»Ich dachte, dass ich Euch helfen muss. Euch nicht sterben lassen darf. Aber was ist, wenn Ihr das Fieber nicht überlebt? Oder Euch etwas anderes passiert? Dann hat Air einen toten Prinzen aus Ignis … Euer Vater wird …«

»Mein Vater hat versucht, mich umzubringen«, sagt er. »Es war einer seiner Soldaten, der es nicht über das Herz brachte, einen Prinzen zu töten und mir half, zu entkommen. Wenn er sich dabei angesteckt hat, hat er das bereits mit dem Leben bezahlt.« Er japst nach Luft und wirkt kurz unendlich erschöpft. »Der blonde Elb, der dich entehren wollte, ist mein älterer Bruder Hyan, der Kronprinz. Die Flamme seines Verstandes glimmt im besten Fall wie eine winzige Kerze. Ich habe ihm gesagt, dass er Vater ruhig berichten soll, er habe mich zur Strecke gebracht und ich niemals nach Ignis zurückkehren werde. Er hat mir geglaubt und ist glücklich grinsend von Dannen gezogen. Dieser Idiot.«

»Der König denkt also, dass Ihr ohnehin tot seid?«, fragt Carlotta und ich lege mir eine Hand auf den Bauch.

»Ja, was Ignis angeht, bin ich gestorben.«

Ich sinke an Ort und Stelle zusammen und setze mich auf den Boden. Mit einem tiefen Atemzug streiche ich mir mit beiden Händen über das Gesicht.

»Wärt ihr so freundlich, mich mit Naida unter vier Augen reden zu lassen?«, fragt der Prinz und ich höre ein zustimmendes Brummen von Carlotta. Die folgenden Schritte sind wohl ihre. Oma folgt ihr und ich bin mir sicher, dass die beiden über meine Herkunft reden werden.

»Ich mache mich gleich auf den Weg nach Ätheria«, sagt sie und es klingt, als stände sie schon an der Tür. »Spätestens gegen Abend bin ich zurück.«

Ich nicke, auch wenn ich nicht weiß, ob sie das sehen kann. Die Tür wird geschlossen und der Prinz nimmt mir gegenüber auf dem Boden Platz.

»Bitte Hoheit«, sage ich. »Legt Euch ins Bett.« Ich hebe den Kopf und schaue ihn an. Er mustert mich mit leicht angewinkeltem Kopf.

»Das Wissen um deine Herkunft muss schwer auf dir lasten.«

Ich nicke und lache verzweifelt. »Eigentlich wollte ich es keiner weiteren Person anvertrauen.«

»Dein Geheimnis ist bei mir in sicheren Händen, das schwöre ich dir, Naida.« Der Prinz wirkt plötzlich fast … verträumt. »Du verkörperst all das, was ich mir nicht nur für Ignis, sondern für ganz Pandorea wünsche.«

Überrascht runzele ich die Stirn.

»Offene Grenzen, zum Beispiel. Wieso dürfen nur wir Elben die Göttin sehen und verehren? Wo steht das geschrieben? Warum muss ich mich ausschließlich von Fleisch ernähren, nur weil sie das tut? Warum durften deine Mutter und dein Vater nicht zusammenleben? Wem hätten sie damit geschadet?«

»Aber die Prophezeiung. Eine Vermischung zwischen Aqua und Air ist streng untersagt.«

Der Prinz lacht und mein Herz singt mit ihm. »Du hast mich nicht erstickt. Wer weiß schon, was die Göttin damit meint? Es könnte auch eine Naturkatastrophe sein. Nenn mich eingebildet, aber ich werde mich nicht von einer zwar wunderschönen und starken, aber gleichzeitig auch sehr zierlichen

Pixie ersticken lassen. Das würdest du nicht mal in meinem jetzigen Zustand schaffen.«

Ich presse schmunzelnd die Lippen zusammen. »Das ist wirklich ganz schön eingebildet«, sage ich. Er zuckt mit den Schultern und grinst ein wenig. Dann wirkt er nachdenklich.

»Deine Eltern sind wahrhaftig Pioniere. Ich bewundere sie für ihren Mut und ihren Freigeist. Wo ist dein Vater? Er lebt in Air?«

»Er starb am Fieber, als ich noch ein Baby war. Ich bin erst seit wenigen Tagen hier, kann mir also sehr gut vorstellen, wie du … verzeiht, königliche Hoheit … wie Ihr Euch fühlt. Hier ist auch noch alles fremd für mich.«

»Bitte Naida, bleib beim Du. Wir haben uns gegenseitig das Leben gerettet, ich denke, da ist eine vertrauliche Ansprache angebracht.«

»Du hast es mir mehrfach gerettet, aber ich dir … das wird sich noch zeigen.«

Prinz Fyrion schließt die Augen und kämpft um Luft. Das zu hören, bricht mir das Herz. Ich wünschte, ich hätte ein Mittel, das es ihm etwas erleichtert. In Aqua hatten wir eine Lungensalbe, deren Wirksamkeit mir jedoch sehr unzuverlässig vorkam.

»Ich bin in Sicherheit. Es ist trocken und warm. Ich habe Trinken und Nahrung. Niemand wird mich hier suchen. Das ist umso vieles besser als die letzten Tage.« Er lächelt. »Außerdem ist die Gesellschaft eine Wohltat für die Augen.«

Meine Wangen brennen und sicher starre ich ihn wie ein Fisch an.

»Wie oft habe ich dir jetzt schon versprochen, dich nicht mehr in Verlegenheit zu bringen und mich dann doch wieder entschuldigt?«, fragt er und lacht leise. Jedoch hört er damit sofort wieder auf und scheint sich auf das Atmen zu konzentrieren.

»Leg dich auf den Bauch«, sage ich. »Das hilft dir, besser Luft zu bekommen.«

»Auf den Bauch?« Er wirkt, als glaube er mir nicht.

»Ja, teste es.« Ich erhebe mich und biete ihm meine Hilfe an. Tatsächlich lässt er es zu. »Mit dem Bad warten wir, bis es dir heiß ist. In Air kocht man so gut wie gar nicht, weshalb man auch kaum Möglichkeit hat, Wasser zu erhitzen. Jedenfalls nicht im großen Stil.«

»In Aqua ist das anders?«, fragt der Prinz, während ich ihn zum Bett begleite.

»Ja.« Ich ziehe die Decke beiseite und breite sie über ihm aus, als er sich auf den Bauch legt. Den Kopf zu mir gedreht, atmet er tief ein.

»Du hast recht, es hilft.«

»Ja, es entlastet die Lunge etwas. Wir wissen nicht genau, warum. Oder wieso sie sich überhaupt wegen des Fiebers zusammenzieht. Noch nie hatte jemand Husten, woher man das ansonsten kennt.«

»Das ging mir auch durch den Kopf.« Er sortiert das Kissen weg, ohne scheint es bequemer zu sein. »Wir haben schon vor Jahren angefangen, die Göttin nach dem Sinn dieser Plage zu fragen, aber sie hüllt sich in Schweigen. Man muss sehr vorsichtig bei ihr sein und aufpassen, dass man nicht zu forsch wird.«

»Ich würde sie nur zu gerne mal sehen«, gestehe ich.

»Sollte ich es auf den Thron schaffen, werde ich das gerne für dich möglich machen.« Er schnaubt. »In meinen Ohren klingt das alles im Moment jedoch sehr utopisch.« Da ist plötzlich eine unfassbar tiefe Traurigkeit in seinem Blick und ich erinnere mich an das, was er gestern Abend über den Prinzen gesagt hat.

Aber die Schuld lastet schwer auf ihm und die Trauer um seine Freunde zersetzt sein Herz. Das Einzige, das ihn aufrecht hält, ist die Verpflichtung, seinem Volk zu helfen.

Er hat viele, wenn nicht alle, verloren, die ihm treu ergeben waren. Die er als Freunde bezeichnete. Trotzdem hat er nur das Wohlergehen der Elben im Kopf. Sein Lachen, so schön es auch klingt, ist falsch und nur ein Mittel, ihn am Laufen zu halten. Ich setze mich vorsichtig an den Bettrand, was der Prinz genau beobachtet. Instinktiv streiche ich über sein verschwitztes Haar. Diese Berührung scheint uns beide kurz zu erschrecken.

»Brauchst du etwas? Durst? Hunger? Eine weitere Decke?«

»Nein«, sagt er und es klingt eigenartig.

»Wenn du wieder gesund bist und du vielleicht noch etwas Zeit hast, weil dein Plan aufgegangen ist, kann ich dir meine Mutter vorstellen«, sage ich und weiß nicht mal, warum ich das gerade vorschlage. »Wir treffen uns einmal im Monat an einem geheimen Ort auf dem Weltenbaum.« Ob er dort hochklettern könnte? Ansonsten müssten Aria und ich ihn tragen.

»Wie ist das für dich, die Sitten und Bräuche der Nymphen hinter dir zu lassen und jetzt hier zu sein?«, fragt er, statt auf meine Worte einzugehen.

»Es ist alles noch fremd und ungewohnt, aber die Pixies sind sehr freundlich zu mir. Mir fehlt jedoch der Reis ... und Mutters Fischsuppe.«

Fyrion lächelt. »Reis habe ich noch nie probiert.«

»Wenn Mutter mir welchen mitbringt, darfst du kosten«, verspreche ich.

»Was, außer dem Essen, fehlt dir am meisten?«

»Das gemeinsame Baden im Mondenschein«, sage ich sofort. »Also abgesehen von meiner Mutter und meinem besten Freund. Aber du hattest ja nach Sitten und Bräuchen gefragt.«

»Als Junge habe ich mal Glutwacht besucht und mich dort abends davongestohlen, um den Dreifall zu sehen.«

Meine Augen weiten sich. »Wunderschön, nicht wahr?«

»Oh ja ... auch die Nymphe, die zu seinen Füßen nackt badete.«

»Eure Hoheit«, schellte ich ihn lachend. »Hast du etwa heimlich zugeschaut?«

»Zu meiner Schande muss ich das gestehen, ja.« Sein Blick wandert höher. »Das Blau ist schon fast verblasst.«

Ich nicke nachdenklich.

»Schade.«

Ein Räuspern entkommt mir. »Du solltest versuchen, noch etwas zu schlafen«, sage ich. »Sofern du das bei der Musik von nebenan kannst.«

»Das Fieber hilft da sehr.« Er lacht leise. »Neben mir könnte die Göttin eine Kuh verspeisen und vermutlich hätte ich keine Probleme, dabei zu schlafen.«

»Ist das so laut?«

»Nun, wenn große Knochen knacken …«

»Danke«, sage ich eilig, »ich glaube, ich male mir den Rest lieber nicht aus.« Ich erhebe mich und lächele den Prinzen an. »Ruh dich aus, Fyrion. Ich werde regelmäßig nach dir sehen.«

»Danke, Naida. Für alles.«

Ich schüttele den Kopf und entferne mich von ihm. In meiner Brust schlägt mein Herz Saltos und mir wird bewusst, dass er mich beruhigt hat. Meine Angst wegen der Prophezeiung ist auf magische Art und Weise verschwunden. Ob es an ihm liegt oder an der Tatsache, dass er ein Diener der Göttin ist, weiß ich nicht. Wie fast schon erwartet, sitzt Carlotta am Esstisch und schaut mich an. Ihr Blick ist sanft, aber auch voller Neugier.

»Du musst mir alles erzählen«, sagt sie. »Über Aqua und darüber, wie sich das Fieber bei Nymphen ausgewirkt hat.«

»Das mache ich. Wollen wir dabei einen Tee trinken?«

»Ja, gute Idee.«

So gern ich Carlotta auch gewonnen habe, im Nachhinein bereue ich, was ich getan habe. Ich habe eine große Schwäche, ich vertraue viel zu schnell. Besonders Raze … Prinz Fyrion. Aber er musste doch wissen, in was für einer Gefahr er in meiner Nähe schwebt. Zumindest kann ich mir später nicht vorwerfen, ihn nicht gewarnt zu haben.

Kapitel 6

Ich sitze auf dem Holzsteg vor dem Haus und lasse meine Beine baumeln. Der Sonnenuntergang in Blattwisper ist wirklich wunderschön. Es ist fast schon gespenstisch, wie das Licht durch die Bäume fällt und riesige Schatten malt, während ihre Kronen feuerrot zu glühen scheinen. Ich höre Schritte auf dem Holz, dann setzt sich Luna neben mich. Mit beiden Händen hält sie sich an dem Geländer über ihrem Kopf fest und lehnt sich etwas vor. Ich schmunzele wegen der Verrenkungen, die sie da anstellt und blicke sie abwartend an.

»Guten Abend, Luna«, sage ich, als sie nur grinsend nach unten sieht. Ich schaue über den Rand und entdecke ein paar junge Männer, die teilweise noch keine Flügel haben. Ob sie sich für einen von ihnen interessiert?

»Hallo, Naida.« Sie setzt sich wieder gerade hin und nimmt die Hände runter. Dafür baumelt sie jetzt übertrieben heftig mit den Beinen. Ich kann den Steg unter meinem Po leicht wackeln spüren. »Wie geht es dir? Nimmt Mutter dich nicht zu sehr in Anspruch? Immer wenn ich sie nach dir frage, sagt sie, dass du lernen musst.«

Ich versuche, Carlottas kleine Notlüge mit einem Lachen zu überspielen. »Ja, das stimmt. Aber ich möchte das alles ja lernen, also ist es in Ordnung.« Außerdem ist es gar nicht so unwahr. Neben mir liegt eins von Carlottas Büchern, in dem ich lesen soll, während ich meinen Patienten bewache. Allgemeine

Pixie-Anatomie. Ich hebe es an und zeige es Luna. Zum Glück scheint sie die Farbe an meinen Fingern nicht zu bemerken. Sie zeugt von meinem Versuch, Vaters Bild für Mutter abzumalen. Ich lächele Luna an und nehme das Buch wieder herunter. »Die Grundlagen zuerst.«

»Gefällt es dir denn in Blattwisper?«

»Es ist sehr friedlich und die Pixies hier sind sehr nett.« Ich deute mit der Nasenspitze auf das Lichtspektakel vor uns. »Und die Sonnenuntergänge sind atemberaubend.«

»Ja, besonders zu dieser Zeit. Pandorea dreht uns gerade zu einer schönen Seite des großen Wirbels.«

Ich nicke nachdenklich. Luna positioniert sich neu und wendet sich mir zu. Ein Bein angewinkelt schaut sie mich mit zur Seite geneigtem Kopf an.

»Wir müssen dir jemanden suchen«, sagt sie. »Nur die Liebe erfüllt einen vollends mit Glück.«

Ich lache. »Das glaube ich nicht. Man kann in so vielen Dingen Freude finden.«

»Aber offen dafür wärst du?« Sie grinst schelmisch, was mich erneut amüsiert.

»Im Moment vielleicht nicht. Ich möchte hier erst richtig ankommen.« Und einen Elbenprinzen gesund pflegen.

»Hmh«, brummt Luna nachdenklich. »Da magst du recht haben.« Ihre Flügel flattern kurz. »Hättest du Lust, mit mir mal zu den schwebenden Inseln im Nordosten zu fliegen? Dort gibt es Aetherkatzen. Ich streichele sie so gerne.«

Meine Augen weiten sich. »Die würde ich gerne mal sehen«, gebe ich zu.

»Ich dachte, in Ätheria halten sie viele als Haustier?«

»Doch, doch, aber ich meinte in freier Wildbahn«, sage ich schnell und versuche, ruhig zu bleiben. Luna scheint meine Ausrede zu schlucken.

»Stimmt, das ist etwas gänzlich anderes. Ich rede nachher mit Mutter, dass sie dir dafür mal einen Tag freigeben muss.«

Nickend stimme ich ihr zu. Vielleicht kann Großmutter mal bei dem Prinzen bleiben, damit Luna nicht misstrauisch wird.

»Ich finde es schön, dass du hier bist«, seufzt sie. »Hoffentlich werden wir gute Freundinnen.«

Ich greife nach ihrer Hand und drücke sie. »Das werden wir bestimmt.« Es ist so schön, mal von jemandem einfach angenommen zu werden.

Eine männliche Stimme stört den Moment. Er ruft nach seinen Kindern, sicher ist das Abendessen fertig. Luna grinst, dann steht sie auf.

»Das ist Vater«, erklärt sie. »Magst du mitkommen?«

»Heute nicht, ich warte auf Großmutter. Aber vielen Dank.«

»In Ordnung. Gute Nacht, Naida.«

»Gute Nacht, Luna.«

Sie wirft noch einen Blick nach unten und verschwindet dann den Steg weiter nach oben. Ich komme wieder auf die Beine und strecke meinen Körper und die Flügel ordentlich aus, bevor ich herzhaft gähne und wieder ins Haus gehe. Ich greife mir etwas von dem Obst und verspüre Heißhunger auf warme Fischsuppe.

»Da könnt ihr nicht mithalten«, sage ich zu den Beeren und stecke sie mir in den Mund. Was würde ich jetzt für eine Schale Reis geben? Dabei bin ich erst wenige Tage hier. Nun, ich sollte mich daran gewöhnen. Etwas anderes bleibt mir nicht übrig. Ich muss an Fornax denken, der hier gnadenlos verhungern würde. Ein trauriges Lächeln breitet sich auf meinen Lippen aus und ich hoffe, dass er Mutter ganz bald mal begleiten wird. Ich entscheide, noch mal nach Fyrion zu sehen. Beim letzten Mal hat er tief und fest geschlafen. In meinem Bauch rumort es und das liegt nicht an den Beeren. Seine Nähe stellt mich vor ein großes Rätsel. Irgendetwas hat dieser Elb an sich, das mich dazu bringt, mich ganz schwach und doch wunderbar zu fühlen. Diese seltsame Mischung bereitet mir Kopfzerbrechen, doch ich schiebe alles gedanklich beiseite und komme meiner Aufgabe nach. Er ist offensichtlich wach. Fyrion kniet auf dem Boden und murmelt mit geschlossenen Augen leise, unverständliche Worte. Er betet. Ich habe davon gelesen, aber es jetzt live zu sehen, weckt die Neugier in mir. Ganz ruhig verharre ich und beobachte ihn. Was er sagt, vermag ich nicht zu verstehen, aber er hebt immer mal wieder die Hände gen Himmel oder faltet sie vor seiner Brust. Seine Feuerrunen sind in Bewegung. Auf ihrem Weg über seinen Körper glühen sie sanft im schwachen Licht der Abenddämmerung. Ich knie mich ebenfalls auf den Boden und mache es mir bequem. Als er erneut die Arme in die Luft streckt, betrachte ich seinen Oberkörper. Noch nie hat mich der Anblick eines Mannes so fasziniert. Ich rede mir ein, dass es an den Runen liegt, doch in Wahrheit sind es gerade die Muskeln, die meinen Blick gefangennehmen. Ein Zucken geht durch meine Hände, weshalb ich sie flach auf meine Oberschenkel lege. Ob die Göttin seine Worte hören kann? Ich bezweifele es, denn dann würden alle Fae zu ihr beten, oder? Fyrion scheint zum Ende zu kommen, denn er verstummt und öffnet die Augen.

»Hallo Naida«, sagt er und ich lächele ihn an.

»Kann sie dich hören?«, frage ich ohne Umschweife.

»Ich weiß es offen gesagt nicht.« Er kommt auf die Beine und hält sich dabei am Bettpfosten fest. Erst jetzt scheint er sein dunkelrotes Tuch zu bemerken, das ich für ihn gewaschen und getrocknet habe. Er nimmt es und wirft es sich um. »Vielen Dank.«

»Keine Ursache«, sage ich und muss daran denken, wie der Stoff vor meinen Augen erschienen ist, als der andere Elb mich packen wollte. »Wo ist eigentlich dein Säbel?«, frage ich.

»Mein Bruder brauchte einen Beweis für mein Ableben.« Fyrion seufzt. »Ein Soldat stirbt mit seiner Waffe in der Hand, er würde sie nie freiwillig hergeben.« Er zwinkert mir zu und ich nicke verstehend. Fyrion betrachtet das Tuch. »Mir war so kalt, dass ich ihm tatsächlich lieber den Säbel als das hier gab.« Er schnaubt leise.

»Frierst du immer noch?«

»Ja, aber ich käme trotzdem gerne bald auf das Angebot mit dem Bad zurück.«

»Das Wasser wartet auf dich. Ich muss nur die Medizin von Carlotta hinzugießen. Mittlerweile sollte es auch nicht mehr so eisig wie frisch aus dem Brunnen sein.« Aber immer noch zu kalt für jemanden, der wegen des Fiebers schlottert. »Komm, ich führe dich ins Bad. Dort liegt eine Hose, die du dabei tragen kannst.«

»Beim Baden? Machen Pixies das so? Nymphen definitiv nicht.«

Hitze breitet sich auf meinen Wangen aus. »Nun, ich dachte ... es könnte dir unangenehm sein und deshalb bat ich Großmutter darum, eine Hose meines Vaters herauszulegen.«

Er hat recht, ich bin eine Nymphe. Seine Nacktheit sollte mir egal sein. Ich habe unzählbar viele Männer unbekleidet gesehen. Aber bei ihm ... da ist wieder dieses atemberaubende Gefühl. Ich ...

»Ich folge dir«, erinnert mich Fyrion daran, dass wir etwas vorhatten. Er grinst, weshalb ich mich schnell umdrehe und in der großen Wohnstube nachschaue, ob die Luft rein ist.

»Komm, schnell«, sage ich und breite meine Flügel aus, in deren Schutz er am Eingang und den Fenstern vorbeilaufen kann. Er ist für einen Fiebernden ziemlich sicher auf den Füßen und wir schaffen es zügig ins Waschzimmer. Ich deute auf den Zuber und gehe zu dem Regal an der Wand, in das Carlotta die Flasche mit dem Extrakt gestellt hat. Ich entkorke sie und muss husten. Der Geruch schlägt mir scharf entgegen.

»So schlimm?«, höre ich Fyrion amüsiert fragen. Uff, da sind viele kleine Käfer in meinem Bauch. Sie krabbeln wild herum.

»Schlimmer«, antworte ich und es brennt selbst in meinen Augen. Ich halte die Flasche von mir weg, als ich auch schon das Plätschern von Wasser höre. Gütige Göttin, er hat sich schon entkleidet und in die Wanne gesetzt? Ich dachte, ich bereite ihm das Bad und verlasse ihn dann. Nun gut. Ich reiße mich innerlich zusammen und drehe mich um. Fyrion sitzt mit schlotterndem Kiefer im Zuber und hat die Beine angezogen.

»K-kalt«, stellt er fest und ich gehe mit einem Schmunzeln zu ihm.

»Einen guten Schluck«, wiederhole ich Carlottas Worte und kippe die Medizin in das Wasser. Es verdünnt den beißenden Geruch und riecht jetzt eigentlich relativ gut. Ich verschließe die Flasche und stelle sie zurück ins Regal.

Als ich mich gerade auf den Weg machen will, um Fyrion etwas Privatsphäre zu gönnen, sehe ich, wie er mit zitternden Händen versucht, einen der geflochtenen Zöpfe zu lösen. Ich eile an seine Seite und nehme ihm die Aufgabe ab.

»D-danke.«

»Gerne«, sage ich, aber mein Herz rast. Einem Mann die Haare zu waschen, gilt in Aqua als höchster Liebesbeweis. Doch ich helfe ihm nur, die Zöpfe zu lösen.

»Erinnere m-mich das n-nächste Mal d-daran auf dich zu h-hören«, schlottert er und ich schnaube amüsiert. »V-viel zu kalt.«

»Dafür wirst du sauber und laut Carlotta soll es dir auch etwas die Schmerzen nehmen.«

Er klappert mit den Zähnen.

»Jetzt übertreibst du aber«, sage ich glucksend.

»Nein. Das m-mache ich nie!« Er wendet mir den Blick zu und kurz vergesse ich, wie ich meine Finger zu bewegen habe, um die Haare zu entwirren. »H-hat dir schon mal jemand gesagt, dass du unfassbar s-sinnliche Lippen hast?«

Meine Stirn runzelt sich, während in meiner Brust das Chaos ausbricht. »Du redest im Fieberwahn«, sage ich mit einem verwirrten Lächeln.

»N-nein, ich bin n-nur sehr ehrlich und spreche o-oft Sachen aus, d-die mir durch den Kopf gehen.«

»Einem Prinzen lässt man das wohl durchgehen.«

Er legt leicht den Kopf schief. »D-da ist etwas Wahres dran. Vermutlich hätte ich s-sonst öfter mal ein b-blaues Auge gehabt. V-verdienter Weise.«

Mit dem Kopf vor Lachen schüttelnd gehe ich auf die andere Seite und löse auch dort den Zopf, damit er sein Haar waschen kann. Jetzt hat er je eine kleine gelockte Strähne, die sein Gesicht umrahmen.

»Danke, Naida.«

»Du musst dich nicht immer bedanken«, sage ich. »Kommst du allein klar oder soll ich bleiben?«

»Bleib, bitte«, sagt er und ich balle meine Hände hinter dem Rücken angespannt zu Fäusten. »Erzähle mir von Aqua und den nackt badenden Nymphen, vielleicht wird mir dann warm.«

»Ihr seid ein Schuft, junger Prinz«, sage ich amüsiert und gehe zu dem Waschtisch, um mir dort den Hocker herauszuziehen. Ich lasse mich darauf nieder und bin froh, etwas Abstand zwischen dem Mann in der Wanne und mir gewonnen zu haben. Nicht, weil mir die Nähe unangenehm gewesen wäre. Nein, das Gegenteil ist der Fall.

»Nein, ich bin nur verzweifelt«, sagt er immer noch bibbernd. Es soll humorvoll klingen, doch da ist etwas in seinen Augen, das mir sagt, dass es die bittere Wahrheit ist.

»Wie kommt es, dass du davon träumst, die Länder Pandoreas zu vereinigen?«

Er seufzt, doch sein kranker Körper erlaubt ihm das nur bedingt. Ich kann förmlich hören, wie seine Lunge blockiert.

»Ich bin Feuergeboren. Aber heißt das, dass ich nicht den Wind auf meiner Haut genießen darf? Ich liebe es durch Sandstürme zu rennen und mich dabei vom Wind ein wenig tragen zu lassen. Gleichzeitig liebe ich Blumen. Meine Mutter hat einen kleinen Garten in Incendia, um den ich mich mit ihr seit Kindesbeinen gekümmert habe. Ich hatte immer gerne meine Hände in der Erde und bewundere ihre Kraft, Dinge wachsen zu lassen, genauso sehr, wie ich das Feuer der Göttin verehre. Als ich fünfzehn war, verführte mich eine Elbin am Strand. Wir liebten uns in der Brandung und zusammen mit dem Anblick der Nymphe am Dreifall verbinde ich Wasser nicht mehr nur mit Reinheit und Wohlgefühl, sondern auch mit …«, er nimmt eine Handvoll Badewasser und lässt es zwischen seinen Fingern zurück in den Zuber laufen, »… absoluter Sinnlichkeit.«

Ich presse die Lippen zusammen und schlage die Beine übereinander.

»Kurz gesagt, ich liebe jedes Element. Wieso muss ich ans Feuer gebunden bleiben? Wie ist das für dich? Fühlst du dich zerrissen zwischen Luft und Wasser?«

»Nein, ich verehre beide«, antworte ich ehrlich. »Und ich verstehe deine Liebe dazu, Dinge wachsen zu sehen.« Ich schlucke. »Genauso wie ich das Knistern und die Wärme des Feuers liebe. Ich habe so gerne abends mit Fornax dagesessen und die Flammen beobachtet.«

»Dein Partner?«

»Nein. Fornax ist mein bester Freund. Er ist ein Nymph und er fehlt mir. Genau wie meine Mutter.«

Der Prinz wirkt verärgert. »Das ist so unnötig. Diese geschlossenen Grenzen ... wenn es nur in meiner Macht stünde, sie einzureißen.«

»Als Erstes musst du dich darauf konzentrieren, das Fieber zu besiegen.« Ich habe schon entschieden zu viele daran sterben sehen. Allerdings gehe ich davon aus, dass seine Runen ihn beschützen werden. Er ist im Vergleich zu dem, was ich bei anderen Kranken erlebt habe, ziemlich fit. Zugehört, scheint er mir jedoch nicht zu haben. Der Prinz wirkt mit den Gedanken fern. Sicher ist er in Ignis, bei seinem Volk. Sein Wesen mag noch etwas Junges und Verspieltes haben, aber ich kann förmlich sehen, wie seine Schultern die Verantwortung, die ihm in die Wiege gelegt wurde, tragen. Trotz des Fiebers und seines noch jungen Alters wirkt er, als wäre er bereit dafür.

»Darf ich dich fragen, wie alt du bist?«

»Neunzehn, denke ich.«

Ich lächele. »Weißt du es nicht genau?«

»Im Krankenlager und auf der Flucht habe ich die Zeit aus den Augen verloren. Ich könnte schon zwanzig sein.«

»Es ist der 14. Luan. Das Jahr weißt du hoffentlich?«

»4089?«

»Fast, ein Jahr weniger.«

Schmunzelnd zwinkert er mir zu. »Dann ... bin ich wohl schon zwanzig.«

Ich reiße die Augen auf. »Wann?«

Er sinkt im Zuber nach unten, taucht vermutlich zumindest mit den Haaren in das Wasser ab. »Vorgestern.«

»Dann war es dein Geburtstag, an dem du mich gerettet hast.«

»Wie alt bist du, Naida?«

»Achtzehn.« Ich räuspere mich. »Ich lasse dir jetzt ein wenig Freiraum. Auf dem Hocker neben der Wanne steht etwas, womit du mein Haar waschen kannst.«

Er taucht auf. »Dein Haar?«

Bei den Blättern des Weltenbaums habe ich das wirklich gesagt?

»Dein Haar. Verzeih! *Dein* Haar.« Ich eile aus dem Zimmer, um seinem leicht spöttischen Blick zu entgehen und ziehe die Tür hinter mir zu. Mit wild klopfendem Herzen bleibe ich eine Weile dahinter stehen, bevor ich meinen Körper straffe und ... irgendwas machen will. Aber was? Und wieso zieht es mich zurück ins Bad?

»Wartet einen Moment, bitte«, höre ich meine Oma in einem merkwürdigen Ton flehen. Ich gehe auf den Hauseingang zu, doch sie kommt mir zuvor. Mit aufgerissenen Augen sieht sie mich warnend an und zieht dann die Muscheln beiseite. Ich habe keine Ahnung, was gerade passiert, als eine junge hochgewachsene und wunderschöne Pixie eintritt. Ihr schwarzes Haar ist mit funkelnden Steinen verziert. Von dem, was die Luftgeborenen ein Kleid nennen, fällt ab der Hüfte eine Art Rock herunter. Nur dass er vorn offen ist und ihre langen Beine zu sehen sind. Dieser halbe Rock ist aus einem durchsichtigen, zarten Stoff, der mit denselben Steinen wie in ihrem Haar geschmückt ist. Ich verbeuge mich sofort und ahne, dass die Prinzessin vor mir steht.

»Wartet draußen, ich möchte ungestört sein«, höre ich ihre helle, freundliche Stimme. »Erhebe dich bitte, Naida. Ich freue mich, dich kennenzulernen und möchte dir gerne persönlich mein Beileid zu deinem Verlust bekunden.«

Bitte was? Ach ja, da war etwas mit einem Brand, wovon Großmutter ihr erzählt hat.

»Danke, Eure königliche Hoheit«, sage ich und stelle mich auf. Den Blick halte ich jedoch gesenkt. »Auch für die wunderschönen Kleider.« Es fällt mir immer noch schwer, diese Einteiler als solches zu bezeichnen.

»Dieses steht dir jedenfalls ausgezeichnet.«

Ich nicke mit einem Lächeln. »Es ist mir das liebste.«

»Es passt zu deinen wunderschönen Flügeln.«

»Eure werden bestimmt atemberaubend, Hoheit«, sagt meine Oma und ich schaue auf. An ihren Oberarmen trägt die Prinzessin wunderschöne Armreife, die sicherlich für jeden, der arbeiten muss, vollkommen unpraktisch wären. Auch einen Oberschenkel ziert solch eine silberne Spange.

»Wo ist er?«, fragt sie an Aria gerichtet, die natürlich die Antwort in meinem Gesicht sucht.

»Er badet«, sage ich.

Die Prinzessin wirkt plötzlich nervös. Ich kann sie schlucken sehen.

»Gebt Seiner königlichen Hoheit bitte Bescheid, dass ich hier auf ihn warte.«

Ich nicke und tausche einen Blick mit Großmutter, die daraufhin der Prinzessin einen Platz an unserem Esstisch anbietet. Flink haste ich zum Waschraum und klopfe an, bevor ich die Tür einen Spalt öffne.

»Kann ich eintreten?«

»Natürlich«, erklingt die Stimme des Prinzen. Ich falte meine Flügel zusammen und schlüpfe in den Raum.

»Ihre königliche Hoheit, Prinzessin Elara ist hier und möchte mit dir sprechen.«

Die Augen des Prinzen verengen sich und auf seiner Stirn entsteht eine steile Falte. »Sie ist hergekommen? Obwohl ich ansteckend bin?«

Aufgeregt nicke ich. »Soll ich dir etwas zum Abtrocknen reichen?«

»Bitte, Naida.« Damit steht er auf und ich drehe mich hastig zu den frischen Leinen um. Es scheint ihn sehr zu amüsieren, dass ich ihm eines davon im Rückwärtsgang reiche. Geduldig verharre ich so, bis er nach der Hose meines Vaters fragt. »Du kannst dich umdrehen«, sagt er, als er – der Göttin sei Dank – bekleidet ist.

»Gut«, befinde ich. »Warte kurz, ich muss klären, wie wir das jetzt machen. Du kannst nicht einfach dort draußen mit ihr am Tisch sitzen. Wegen der Gefahr, dass man dich sieht und ganz besonders der Ansteckung.«

»Dass sie sich überhaupt hier her traut«, wundert sich der Prinz und spricht meine Gedanken damit aus.

»Da sagst du was«, seufze ich und verschwinde wieder durch die Tür. »Er ist bekleidet, aber wie wollen wir das machen?«

»Die Wachen haben den Steg blockiert«, sagt Aria. »Bitte den Prinzen dort auf dem Sessel Platz zu nehmen. »Ihre königliche Hoheit bleibt hier.« Großmutter sieht rückversichernd zur Prinzessin, die daraufhin nickt. Allerdings erhebt sie sich, wahrscheinlich, um Fyrion zu begrüßen. Ich öffne die Tür und schaue hinein.

»Komm zu mir«, bitte ich ihn und als er in die Wohnstube tritt, verneigen sich die Hoheiten voreinander. »Setz dich her, das müsste genügend Abstand sein.«

»Danke, Naida.«

»Prinz Fyrion, ich freue mich sehr, Euch lebendig zu sehen«, ergreift die Prinzessin das Wort und lässt sich wieder am Esstisch nieder. »Ich musste mich einfach selbst von dem Umstand überzeugen.«

Weiß sie überhaupt, wie er aussieht? Dieser Elb könnte genauso ein Betrüger sein. Aber wieso sollte er dann so handeln? Das ergibt wenig Sinn. Wir hätten das alles auch für Raze getan. Die Prinzessin schaut zu Aria.

»Ich würde gerne mit Seiner königlichen Hoheit einen Moment unter vier Augen sprechen.«

Großmutter nickt mir zu.

»Nur einen Moment«, bitte ich und eile ins Schlafzimmer, um die Decke zu holen. Als ich zurückkomme, gehe ich zu Fyrion. »Zieh die Beine an.«

Er folgt meiner Aufforderung ohne Widerstand.

»Ich weiß, das geht gegen jedwede Etikette, aber du sollst nicht frieren. Besonders nicht nach dem kalten Bad.« Damit breite ich die Decke über ihm aus. Der Elb grinst mich belustigt an.

»Ist das eine Anweisung meiner Leibärztin?«

Ich stemme die Hände in die Hüfte. »Ja, das ist es«, sage ich drohend. »Halt dich warm!«

Fyrion streckt den Oberkörper durch. »Jawohl, Frau Generalin!«

Ich will schon mit dem Kopf schüttelnd weggehen, da hält er mich am Arm fest.

»Hättest du noch ein Glas Wasser für mich?«

»Natürlich.« Ich eile zu der kleinen Küchenzeile und höre, wie auch Großmutter die Prinzessin um ihre Wünsche bittet. Elara lehnt jedoch ab und so reiche ich nur meinem Patienten etwas zu trinken und verlasse dann mit Großmutter das Haus. Wir stellen uns an das Geländer am Steg, ein paar Schritte hinter den Wachen der Prinzessin. So sind wir definitiv außer Hörreichweite.

»Warum ist sie hier?«, frage ich.

»Ich weiß es nicht, Kind. Sie hat den Brief gelesen und wirkte für gut eine Stunde nachdenklich. Dann befahl sie ihren Wachen, die Sänfte zu holen und sie herzufliegen.« Sie atmet tief durch. »Wie geht es ihm?«

»Er wollte sich gerne säubern, auch wenn er nach wie vor gefroren hat.«

»Verständlich.«

Ich nicke gedankenverloren. Dass er da jetzt mit nassem Haar sitzt, stört mich. Die Prinzessin hat leider einen dummen Moment erwischt. Wenigstens konnte ich ihm noch die Decke aufzwingen. Hoffentlich strengt sie ihn nicht allzu sehr an.

»Du wirkst wütend?« Großmutter mustert mich mit kritischem Blick.

»Er hat nasse Haare und friert.«

Oma sagt nichts. Schaut mich nur an. »Bist du eifersüchtig, meine kleine Raupe?«

»Was? Nein! Nur verantwortungsbewusst.«

»Erinnere dich an meine Worte. Aber ich fürchte, es ist zu spät, er wird dir das Herz brechen. Als ich ihn das erste Mal gesehen habe, wusste ich es sofort. Er ist die Sorte Mann, die eine Spur aus zerbrochenen Träumen hinter sich herziehen.«

»So ist das nicht, Großmutter.«

Sie lächelt mich an. »Es ist schön, das zu hören.«

Ich bin mir nicht sicher, was sie meint. Dass ich nicht verliebt bin oder die Tatsache, dass sie Großmutter genannt wird. Etwas lässt mich letzteres vermuten. Es ist so ein Gefühl.

»Guten Abend, die Damen«, höre ich Fejans Stimme.

»Achtung, mein Lieber. Der Steg ist vorübergehend gesperrt«, sagt Aria, woraufhin Fejan irritiert stehenbleibt.

»Es wird etwas repariert«, kommt uns Carlotta zu Hilfe. Sie landet neben mir und deutet mit dem Kinn auf die Wachen. Pantomimisch stelle ich eine Krone dar, woraufhin sie große Augen macht.

»Du hast das Abendessen verpasst, Mutter. Mal wieder.« Fejan verschränkt mit einem Schmunzeln die Arme vor der Brust.

»Ich weiß, es tut mir leid. Es ging wieder alles drunter und drüber. Aber bald habe ich ja Naida an meiner Seite, nicht wahr?« Sie legt einen Arm um mich und drückt kurz zu, bevor sie sich wieder löst und ihren Sohn anschaut. »Komm, leiste deiner Mama Gesellschaft beim Essen«, sagt sie und schwebt zu Fejan herüber. »Erzähl mir, was die Geschwister Fürchterlich heute so getrieben haben.«

Fejan lacht und lässt sich von Carlotta umdrehen. Er schaut jedoch noch mal über die Schulter. Diese Angewohnheit wird wohl bleiben.

»Auf Wiedersehen.«

»Gute Nacht, Fejan«, sagt Großmutter.

»Einen schönen Abend«, rufe ich den beiden hinterher. Carlotta gibt mir mit einem Blick zu verstehen, dass sie später vorbeischaut.

»Der Junge hat kapiert, dass wir ihn angelogen haben«, sagt Großmutter. »Er ist blind, aber nicht dumm.«

»Carlotta wird ihm sicherlich irgendwas sagen.« Und wenn es nur ist, dass es etwas gibt, wovon er nichts wissen darf. Manchmal muss man das einfach akzeptieren. Ich reibe mir über den rechten Oberarm und sehe zum Haus.

Hoffentlich reden die jetzt nicht stundenlang. So schön der Ausblick mit den Glühwürmchenlaternen auch ist, selbst mich fröstelt es langsam ein wenig.

»Ich hätte nicht gedacht, dass deine ersten Tage in Blattwisper so aufregend werden«, grübelt Oma laut und ich stimme ihr lachend zu.

»Ich auch nicht.«

»Fühlst du dich denn wohl? Hast du sehr Heimweh?«

Ich denke über ihre Fragen einen Moment nach, denn ich würde ihr gerne die Wahrheit sagen.

»Ich bin im Moment viel zu abgelenkt, um mich dem groß hinzugeben. Mutter und mein bester Freund fehlen mir am meisten, aber es geht mir gut. Blattwisper ist wunderschön und besonders Carlotta und ihre Kinder habe ich, neben dir, ins Herz geschlossen. Auch wenn ich den kleinen Fiedler noch nie gesehen habe. Aber Luna möchte mit mir mal zu den Aetherkatzen fliegen.«

»Zu den schwebenden Inseln?«

»Ja. Ich würde das sehr gerne machen.«

Aria lächelt und streicht mir mit einer Hand über die linke Wange. »Sicher, wieso nicht?«

»Was?«, frage ich, weil da etwas in ihren Augen funkelt.

»Ich wette, du kommst mit einem dieser Himmelsjäger nach Hause.«

»Wer weiß?« Ich zucke mit den Schultern, woraufhin mich Oma mit ihrer sanft anstößt. »Könnte passieren.«

»Es sind wunderschöne Tiere, aber denk dran, sie müssen dich erwählen. Junge Pixies aus Ätheria fliegen andauernd herüber, in der Hoffnung, dass sich eine der Katzen ihnen zuwendet.«

»Wenn nicht, ist das auch nicht schlimm«, sage ich. »Ich bin vollauf zufrieden, mir die Inseln anzuschauen und die Tiere aus der Ferne zu beobachten.«

»Das ist die richtige Einstellung«, findet Großmutter. Ich will gerade etwas erwidern, da wird sie von einer der Wachen gerufen. Entschuldigend sieht sie mich an und folgt dann dem Befehl, an die Seite der Prinzessin zu eilen. Vor nicht mal einer Woche hat mein Leben noch ganz anders ausgesehen. Kaum zu glauben, was in wenigen Tagen alles geschehen kann.

»Die königlichen Hoheit wünscht zurückzureisen«, höre ich eine männliche Stimme sagen, da tritt die Prinzessin auch schon aus dem Haus. Ohne sich umzusehen, steigt sie in die Sänfte, die vier kräftige Männer tragen. Die Wachen heben ab und schon ist der royale Besuch vorüber. Ich atme einmal tief durch und betrete mit neugierigem Blick zum Sessel mein Heim. Fyrion sitzt dort noch immer in die Decke eingehüllt. Das Glas Wasser ist leer, genau wie sein Blick. Die Fragen, die mir vorher noch im Kopf schwirrten, stecken mir nun im Hals fest.

»Alles in Ordnung?«, frage ich stattdessen.

Er nickt. »Ja, es gibt nur viel, worüber ich nachdenken muss.«

Ich fürchte, das muss ich vorerst so akzeptieren. Er erweckt nicht den Eindruck, als wolle er darüber reden. Aria kaut auf ihrer Unterlippe, während sie den Prinzen betrachtet und bemerkt gar nicht, dass ich ihren Blick suche.

»Möchtest du noch etwas essen oder trinken?«, richte ich mich wieder an Fyrion, der einfach nur den Kopf schüttelt. »In Ordnung, aber ich muss dich jetzt wieder ins Schlafzimmer bringen.«

Fyrion erhebt sich und geht, die Decke unter dem Arm, herüber zu der Tür, hinter der er kommentarlos verschwindet. Ich lasse ihn gehen, will mich ihm nicht aufdrängen. Dann hole ich wohl mal seine lange Hose aus dem Bad, damit ich sie morgen mit den anderen Sachen wasche. Auch das Wasser aus dem Zuber muss entsorgt werden. Großmutter scheint zu ahnen, was ich vorhabe, denn sie folgt mir. Gemeinsam kippen wir das Wasser in einen dafür vorgesehenen Abfluss, der hinunter in den Baum führt. Ich bewundere die Pixies nach wie vor für dieses System. Nachdem der Zuber wieder an Ort und Stelle steht, greife ich nach der Hose, auf der Blutflecken zu sehen sind. Das war bei seinem dunkelroten Tuch nicht anders und kurz kommt mir wieder das Bild des schwarzhaarigen Elben vor Augen, den er mit einem einzigen Hieb seines Säbels getötet hat. Fyrion vermag freundlich zu sein, aber er ist auch ein versierter Krieger. Das sollte ich nie vergessen. Seine Feinde erst recht nicht.

Kapitel 7

»Sicher, dass du heute erneut zu Hause bleiben kannst?«, frage ich Großmutter leise, damit Luna nichts hört. Sie nickt und zwinkert mir zu.

»Ich habe alles im Griff, Naida. Genieße den Wind in den Flügeln!«

»Danke«, sage ich und löse mich von ihr, um mir den Beutel mit Proviant an meinem Kleid festzubinden. Luna wartet schon draußen und redet mit jemandem auf dem Steg unter ihr. Sie hängt über dem Geländer, als wolle sie sich kopfüber in die Tiefe stürzen. Ihr Po schwebt dabei in der Luft, was mich zum Lachen bringt. Als ich hinter sie trete, richtet sie sich auf. Ich ignoriere das unsichtbare Band, das mich zurück ins Haus zu ziehen scheint und blicke Luna aufgeregt an.

»Kann es losgehen?«, frage ich.

»Nervös?«

»Ich freue mich nur so auf diesen Ausflug.«

Luna grinst. »Mein Vater würde jetzt mit den Augen rollen und in so einem verspielt schnippischen Ton sagen: *Jungflügler.*«

Wir lachen zusammen, dann richtet Luna ihre Proviantasche und schaut nach oben.

»Das Wetter spielt mit. Lass uns in die Luft steigen!«

Ich nicke und schon stößt sich Luna vom Boden ab. Mit einem kleinen Satz hebe auch ich ab und folge ihr durch die Baumkrone nach oben. Der Ausblick über Blattwisper lässt mir das Herz aufgehen. Ätheria in der Ferne jedoch eher nicht.

»Rückenwind!«, freut sich Luna und ich strenge meine Flügel an, um ihr zu folgen. Doch dann finde ich den Luftstrom, der sie trägt und es wird ganz leicht. Der Wind hält mich so sicher wie die Arme einer Mutter und so brauche ich mich nicht im Geringsten anzustrengen. Auf halbem Weg machen wir eine kleine Pause. Die schwebenden Inseln sind schon zu erkennen, aber Luna möchte etwas trinken und so setzen wir uns auf den Ast eines unbewohnten Riesenbaums. Ich beiße von meinem Proviant ab, da ich heute Morgen kaum etwas herunterbekommen habe.

»Ich finde, du solltest Fejan heiraten, dann wären wir so etwas wie Schwestern«, meint Luna nachdenklich und schaut mich dann musternd von der Seite an. Sie reißt die Augen auf. »Du siehst aus, als fändest du das gar nicht so abwegig.«

Ich zucke mit den Schultern. »Fejan ist ein hübscher Mann«, gestehe ich. »Allerdings warte ich noch auf das, was Mutter und Vater verbunden hat. Ich weiß nur nicht, wie sich das anfühlt.«

»Liebe.« Luna nickt andächtig. »Ich bin mir da auch nicht so sicher.«

»Außerdem weiß ich nicht, ob ich Fejan oder seine Familie heiraten wollen würde.« Ich lächele meine neue Freundin an, die daraufhin einen Arm um meine Schultern legt und mir einen Kuss auf die Wange gibt. »Nach alldem, was dein Bruder durchgemacht hat, hat er nichts anderes als tiefe und innige Liebe verdient.«

»Stimmt wohl«, seufzt Luna. »Ich mache mir Sorgen, dass seine Blindheit ihm das verwehrt.«

Ich runzele kauend die Stirn. »Wie meinst du das?«, frage ich, nachdem ich einen weiteren Bissen hinuntergeschluckt habe.

»Nun ja, er ist schon eingeschränkt.«

»Aber wieso sollte ihm das die Liebe verwehren? Nach dem, was Mutter mir darüber erzählt hat, steht sie über allem.« Daran möchte ich gerne glauben. Vielleicht bin ich aber auch zu naiv.

»Das wäre schön, oder?«

Ich betrachte die Inseln in der Ferne. »Mutter hätte alles für Vater getan. Sogar ihr Leben riskiert. Er war ihr Licht und ihr Dunkel. Das wünsche ich mir auch.«

»Liebe bis zur völligen Selbstaufgabe?«, schnaubt Luna. »Ich weiß ja nicht.«

»Ich verstehe, dass du das so siehst. Aber ich würde es nicht so benennen.«

»Wie dann?« Luna nimmt einen Schluck aus ihrem Trinkschlauch.

»Hingabe.«

»Hmh«, brummt meine Freundin und lehnt ihren Kopf an meine Schulter. »Du bist eine Träumerin.«

»Ja«, gestehe ich lachend. Etwas anderes war mir bisher im Leben nicht übrig geblieben.

»Gab es da mal wen in Ätheria?«

Ich schüttele den Kopf und denke an meine alte Heimat. In Quellblüte haben mich die jungen Nymphen nicht mal angesehen. Ich war nur die seltsame Flügellose. Wie wäre mein Leben wohl gewesen, wenn ich bei Vater groß geworden wäre?

»Sämtliche Pixies in der Hauptstadt müssen blind gewesen sein. Hatten die alle das Fieber?«

Ich lehne mit einem Schmunzeln meinen Kopf auf ihren und genieße dieses neue Gefühl tief in meiner Brust. Es ist anders als mit Fornax, mit dem ich darüber nie geredet habe, auch wenn ich das sicher gekonnt hätte. Aber das war etwas, das ich für mich behalten habe. Ich entscheide mich, Luna etwas zu erzählen. Natürlich in abgewandelter Form.

»Hat deine Mutter dir gesagt, was in den Bergen vorgefallen ist? Als wir den Verletzten geholt haben?«

»Nein? Also nur, dass ihr da wart und die Höhle angeschaut habt.«

Ich nicke verstehend. »Sei ihr nicht böse, aber sie hat mir zuliebe etwas verschwiegen.«

»Was denn?« Luna richtet sich auf und schaut mich neugierig an.

»Es tauchten zunächst zwei Elben auf. Der eine davon sah mich anzüglich an und ... entschied dann, dass er mich haben will.«

»Was?«, kreischt Luna und greift nach meinen Händen. Ich drücke sie sanft.

»Er befahl dem anderen, mich zu fangen.«

»Göttin, nein ...«

»Keine Sorge, mir ist nichts passiert. Dank eines weiteren Elbs, der aus dem Nichts auftauchte und meinen Angreifer mit dem Säbel erstach.«

Luna scheint es die Sprache verschlagen zu haben und ich atme tief durch. Jetzt davon zu erzählen, wühlt mich mehr auf, als ich gedacht hätte.

»Ich bekam Angst und wollte wegfliegen, doch der Wind war an dem Tag sehr stark und voller Sand. Er packte mich und fast wäre ich ebenfalls gegen den Berg geknallt, doch mein Retter war wieder schneller und schnappte mich mit einem beherzten Sprung aus der Luft.« Ab jetzt muss ich lügen. »Er jagte den anderen Elb, der mich für sich haben wollte, davon.«

»Beim Wind ... deshalb hat Mutter mir neulich verboten, jemals wieder allein in die Berge zu fliegen.«

Ich nicke. »Seit dem Tag muss ich immer wieder an den braunhaarigen Elb mit den gütigen Augen denken.«

»Der Mann, der dich gerettet hat?«

»Ja. Ich weiß auch nicht ... es ist dumm. Er ist ein Elb und lebt in Ignis.«

Luna streicht mir über die Hände. »Das ist nicht dumm«, sagt sie sanft. »Er hat dich beschützt und offensichtlich sah er gut aus?« Sie grinst und ich nicke mit einem Schmunzeln auf den Lippen. »Wie soll man da beim Gedanken an ihn nicht Herzklopfen bekommen?« Sie löst sich von mir, nur um mich dann zweideutig anzugrinsen. »Jetzt träumst du davon, dich ihm hinzugeben?«

Der Gedanke explodiert förmlich in meinem Kopf und zieht von dort bis tief in meinen Bauch. Hitze steigt in mein Gesicht und ich räuspere mich.

»Das heißt Ja«, freut sich Luna und klatscht in die Hände. »Hach, schade, dass du ihn wahrscheinlich nie wieder sehen wirst.«

»Ja.« Göttin, fühle ich so für Fyrion? Das muss ich schnellstmöglich unterbinden.

»Willst du etwas hören, dass die Heldenverehrung beenden könnte?«

Gespannt und die Augenbrauen amüsiert hochgezogen, blicke ich sie an. »Unbedingt.«

»Er ist als großer Retter aufgetreten, aber soll ich dir etwas verraten? Auch er furzt und rülpst.«

Ich schlage mir eine Hand vor die Stirn. »Luna«, seufze ich verzweifelt ihren Namen, woraufhin sie so kichert, dass sie fast nach hintenüberfällt.

»Was denn? Ich habe zwei Brüder und gefühlt machen die den ganzen Tag nichts anderes als rülpsen und furzen.«

»Damit ist meine mögliche Heirat mit Fejan vom Tisch«, gluckse ich und Luna gackert erneut laut los. »Ich hätte gerne einen Mann, der zumindest die meiste Zeit die Luft in seinem Körper unter Kontrolle hat.«

Luna wischt sich eine Lachträne aus dem Gesicht. »Ich auch.«

»Gibt es da einen, den du toll findest?«

»Nicht wirklich. Nur einen, den ich hübsch finde. Er heißt Falbien und ist verlobt.«

»Uff, das ist schlecht.«

»Jep. Daher ist nur Gucken erlaubt.« Sie legt den Kopf in den Nacken und streckt sich ein wenig. »Er ist ohnehin diese Art Typ, der immer sehr verschlossen und abweisend wirkt. Das ist nicht so mein Ding. Ich wünsche mir einen offenherzigen Kerl mit Humor.«

»So wie du«, sage ich und stimme ihr im Herzen zu.

»Genau. Was soll jemand wie ich mit einem schweigenden Steinbrocken?«

»Manchmal ziehen Gegensätze sich an«, gebe ich zu Bedenken und wir erheben uns. Ich befestige wieder meinen Proviantbeutel, während Luna herzhaft gähnt.

»Nein. Ich will zum Lachen gebracht werden.«

Ein Gefühl sagt mir, dass genau das auch der Weg zu ihrem Herzen ist. Sicher hätte sie an Fyrion ihre Freude ... auch wenn mir der Gedanke unangenehm in die Brust sticht. Wir heben wieder ab und fliegen direkt auf die schwebenden Inseln zu. Mein Blick geht noch mal zu dem großen Baum, der in den Wolken verschwindet. Ätheria wirkt aus der Ferne irgendwie magisch. Als wäre es ein kleinerer Weltenbaum. Dennoch ... der Gedanke, dass er eine ganze Stadt beherbergt, ist schon faszinierend.

»Heimweh?«, ruft Luna gegen den Wind an und ich schüttele grinsend den Kopf. Den Blick nach vorn gerichtet, folge ich ihr und als wir an die Küste kommen, schlägt mir der salzige Duft des Meeres entgegen. Die Nymphe in mir regt sich und würde am liebsten in die Fluten eintauchen, doch der Ozean ist hier wild und rau. Selbst mit den Flügeln einer Nymphe würde ich ihm fernbleiben.

»Schau!« Luna deutet rechts von uns, wo eine bläulich schimmernde Aetherkatze an uns vorbeischießt.

»Wow«, staune ich. Wir fliegen auf die linke, zweitgrößte Insel zu. Ich folge Luna einfach, sie scheint einen Plan zu haben. Als wir dort landen, sehen wir einen grünlichen Himmelsjäger auf einem Stein sitzen. Sie leckt sich eine Vorderpfote und wischt sich damit über das Gesicht. Wir lassen uns auf dem Gras nieder und ich sehe, dass Luna jemandem zunickt. Ich drehe den Kopf und entdecke zwei junge Männer. Oh weh, die sind sicher aus Ätheria. Hoffentlich will Luna nicht mit ihnen plaudern. Zum Glück bleibt sie jedoch ruhig sitzen und löst ihren Proviantbeutel. Ich schaue nach oben in den Himmel, wo die Sonne mittig steht.

»Die meisten gehen auf die größte Insel«, sagt Luna. »Ich hatte gehofft, wir wären hier allein.«

»Wir müssen ja nicht mit ihnen reden.«

»Nein, wir wollen die Inseln und die Katzen sehen«, stimmt sie mir zu. »Hast du genügend Essen dabei? Ich habe mindestens für drei Leute gepackt.«

Ich lache und zeige ihr meinen Beutel. »Ich auch.«

»Prima«, gluckst sie und mein Blick geht zu den anderen schwebenden Inseln. Sie werfen große Schatten unter sich ins Meer. »Faszinierend, oder?«

»Ja, das Werk der Göttin erstaunt mich immer wieder.« Kurz erwische ich mich bei der Vorstellung, wie Fyrion mich mitnimmt, um sie zu sehen. Ein leises Miauen holt mich aus dieser Fantasie. Zwei Aetherkätzchen spielen vor unseren Augen miteinander. Sie rollen über die Wiese und jagen sich dann gegenseitig in einen Busch. Luna lacht und gibt einen verzückten Laut von sich.

»Die waren ja unfassbar niedlich«, sage ich. »Ihre Flügel erinnern mich ein wenig an die Zeichnungen der Göttin, die ich mal gesehen habe.«

»Ja, aber sie sind total unterschiedlich. Es gibt sie sogar mit gefiederten Flügeln.«

»Wirklich?«, staune ich, was Luna zu amüsieren scheint.

»Für jemanden aus Ätheria hast du echt wenig Ahnung von Aetherkatzen.«

»Ja, das muss ich wohl gestehen.« Ich versuche, unverfänglich zu lächeln.

»Auf der großen Insel wimmelt es wahrscheinlich nur so vor Ätherianern, die darauf hoffen, von einer der Katzen erwählt zu werden.«

»Ich schätze, mein Dunstkreis, in dem ich aufgewachsen bin, hatte da nicht viel Glück.«

»Dunstkreis?«

Oh weh, ist das eine Bezeichnung, die man nur in Aqua verwendet? Wasser verdunstet ...

»Meine Umgebung«, erkläre ich. Luna nickt jedenfalls zufrieden und legt sich dann auf die Wiese, die Flügel von sich gestreckt. Gegen die Sonne anblinzelnd, lächele ich sie an und schließe für einen Moment die Augen. Wie es Fyrion wohl geht? Ob er mir erzählen wird, was die Prinzessin gesagt hat? Er hat seitdem so gut wie nur geschlafen. In der Nacht habe ich ihn einmal sanft wachgerüttelt, weil seine Träume ihn zu quälen schienen. Er versuchte jedoch nur vergebens, tief Luft zu holen und drehte sich dann um. Wie Ignis wohl ist? Der viele helle Sand? Ob es sehr heiß ist? In meiner Vorstellung sehe ich mich mit Fyrion in der Wüste und ich trage die Kleidung, welche die Elbin in meinem Lehrbuch auf der Zeichnung trug. Ein breites Stoffband, das meinen Busen verdeckt und einen Rock, der in Streifen geschnitten ist, sodass bei jedem Schritt meine Beine hervorschauen. Das Meer und der für Ignis viel zu kühle Wind erinnern mich jedoch daran, wo ich wirklich bin. Was Fornax wohl sagen wird, wenn ich ihm erzähle, dass ich auf einer schwebenden Insel gesessen habe? Dass ihm dieses Erlebnis verwehrt bleibt, ärgert mich und ich muss an die Worte des Prinzen denken. Sein Kopf scheint mir voll von gefährlichen, rebellischen Gedanken zu sein.

»Denkst du an deinen Elb?«, raunt Luna und kichert leise.

»Tatsächlich, ja«, gestehe ich.

»Du hattest sicher große Angst.«

Kurz bin ich verwirrt und muss mich selbst daran erinnern, dass ich für sie ja nur an Fyrion in der Situation in den Bergen denken kann. Die hellbraunen Augen, die mich hinter der Vermummung angesehen haben …

»Nicht so sehr, wie man denken würde«, sage ich ehrlich. »Ich weiß nicht, wie ich es beschreiben soll. Der Elb griff sofort ein und seine Nähe beruhigte mich ein wenig.«

Luna seufzt übertrieben. »Ich würde ihn so gerne kennenlernen.«

Vielleicht kann sie das eines Tages. Das sollte ich aber mit Carlotta absprechen und das nicht über ihren Kopf hinweg entscheiden. Immerhin hat sie für mich ihre Tochter angelogen. Ich erwische mich bei dem Gedanken, nach Hause zu wollen.

»Entschuldigung, darf man sich zu den Damen setzen?«, fragt ein Pixie hinter uns und ich erschrecke richtig. Er lacht mich aus freundlichen grünen Augen an.

»Habe ich dich erschreckt? Das tut mir leid.«

»Nein, nein, alles gut. Ich war in Gedanken«, gestehe ich. Der Pixie und sein Freund nehmen, ohne eine Antwort auf ihre Frage abzuwarten, neben uns im Gras Platz. Luna richtet sich mit einem entschuldigenden Lächeln auf und auch ich setze mich anständig hin. Der Pixie mit den grünen Augen hat meerblaue Flügel, die in mir die Sehnsucht wecken, unter mir in den Ozean einzutauchen. Der andere Pixie sieht ihm ziemlich ähnlich.

»Seid ihr Brüder?«, fragt Luna, der das also auch aufgefallen zu sein scheint.

»Das sieht man, oder? Ich bin Aelio und der Schweigsame an meiner Seite ist mein Zwilling Neo.«

Neo räuspert sich. »Hallo«, bringt er schüchtern hervor.

»Mein Name ist Luna und das ist meine Freundin Naida.«

»Naida«, wiederholt Aelio meinen Namen und mustert mich. »Dein Kleid lässt vermuten, dass du von Oben kommst, was?«

»Von Oben?«, frage ich verwirrt.

»Oh? Kommst du nicht aus Ätheria?«

»Doch«, antwortet Luna für mich und mir wird plötzlich ganz übel. Mist, Mist, Mist.

»Du bist gekleidet wie jemand, der oben im Baum, in der Nähe des Palasts, lebt«, meint Aelio und Neo nickt zustimmend.

»Das liegt nur daran, dass meine Großmutter im Haushalt von Prinzessin Elara arbeitet. Sie schenkte mir dieses Kleid.«

Die Männer machen große Augen. »Das ist ja der Wahnsinn.«

»Wir kommen aus Blattwisper«, sage ich und hoffe, dass Luna den Nachdruck in meiner Stimme gehört hat.

»Ah, hier sieht man selten Leute von dort. Mein Bruder wünscht sich so sehr einen der bunten Himmelsjäger und als es hieß, dass die neuen Kitten groß genug sind, gab es kein Halten mehr.« Er sieht zu Neo, der ausschaut, als würde er sich am liebsten in Luft auflösen.

»Ich war noch nie hier«, sage ich. »Luna und ich wollten einen schönen Tag zusammen verbringen und da schlug sie die schwebenden Inseln vor.«

»Eine gute Idee.« Aelio grinst Luna an, die damit irgendwie überfordert zu sein scheint. Er will noch etwas sagen, da flitzen ein paar Kätzchen durch unser kleines Lager. Eins davon bleibt stehen. Sein Fell ist weiß mit schwarzen Tupfen. Es hat die Flügel der Göttin und auch sein Schweif ist geschuppt. Beide Körperteile sind feuerrot. Mutig bleibt es in unserer Mitte sitzen und putzt sich ein Pfötchen. Fasziniert starren wir schweigend das kleine Wesen an. Es miaut und kommt dann auf mich zu, um an mir zu schnuppern.

»Hallo«, sage ich und halte ihm meine Hand hin. Es riecht daran und stößt sein Köpfchen dagegen, als ein lautes Miauen erklingt. Es richtet die Ohren auf und lauscht. Das war sicher seine Mutter, denn es hopst in die Richtung, aus welcher der Ruf kam, davon.

»Wow«, staunt Neo. »So nah sind sie bisher noch nie gekommen.«

»Was für eine süße kleine Maus«, schwärmt Luna.

»Lass uns noch mal auf die große Insel.« Neo schaut seinen Bruder flehend an. »Bitte.«

Aelio legt ihm eine Hand auf die Schulter und sieht uns entschuldigend an. Als er sich erhebt und sich die beiden verabschieden, atme ich Luft aus, von der ich gar nicht wusste, dass ich sie angehalten habe.

Luna schaut mich musternd an. »Warum durften sie nicht wissen, dass du aus Ätheria kommst?«

»Weil ich wirklich von Oben bin und ich hasse es, dass Leute das ausnutzen wollen«, lüge ich und mir dreht sich dabei der Magen um.

»Verstehe.«

»Aber warum wurdest du plötzlich so schüchtern?«, drehe ich den Spieß um und funkele sie verspielt an. Luna stupst sanft gegen mein Bein und rollt mit den Augen, was uns beide zum Lachen bringt. Danach verfallen wir ins Schweigen und schauen hinüber zum Festland. Was in meiner Freundin vorgeht, vermag ich nicht zu sagen, aber meine Gedanken zieht es immer wieder nach Blattwisper und ich muss mir eingestehen, dass mir Prinz Fyrions Gesellschaft fehlt und ich ihn wohl ein bisschen gernhabe. Ob es daran liegt, dass mir Fornax so fehlt? Aber was hat dann dieses Kribbeln in meinem Bauch zu bedeuten?
Es macht mich ein wenig nervös, doch ich versuche, es mir nicht anmerken zu lassen. Irgendwann döst Luna im Gras ein und das kleine Kätzchen mit den roten Flügeln kehrt zu mir zurück. Es scheint mich zum Spiel auffordern zu wollen und so wackele ich mit meinen Fingern, die es freudig fängt. Lange dauert der Besuch

jedoch wieder nicht und seine Geschwister lenken es von mir ab. Mit einem Lächeln beobachte ich, wie sie sich jagen und miteinander das Kämpfen üben. Ich hole meinen Zeichenblock aus der Tasche und versuche hastig, das Kleine mit den schwarzen Punkten zu zeichnen. Bisher habe ich noch nie eine Aetherkatze gemalt. Eigentlich immer nur Fae. Doch mir bleibt nicht viel Zeit, also krakele ich hastig eine grobe Zeichnung auf das Papier, um sie später Mutter und Fornax zu zeigen. Als Luna irgendwann wieder wach wird, schreckt sie richtig auf. Sie schaut hoch, vermutlich, um den Stand der Sonne zu überprüfen.

»Verdammt«, sagt sie. »Wieso hast du mich nicht geweckt?«

»Du sahst so friedlich aus.«

»Eigentlich wollte ich dich noch zu einem Bad überreden, aber jetzt müssen wir die Flügel anstrengen, um noch vor der Dunkelheit daheim zu sein.«

»Oh«, sage ich. Da habe ich wohl unbewusst alles richtig gemacht. Schnell packen wir unsere Sachen zusammen und steigen in die Lüfte. In meiner Brust wird es warm, als mein Herz versteht, dass ich bald wieder Zuhause bin.

Als ich erschöpft die Muschelkette beiseiteschiebe und das Haus betrete, sitzt Großmutter auf dem Sessel und näht.

»Da bist du ja. Ich wurde langsam unruhig, als das Abendrot durch die Blätter fiel.«

»Es hat uns den Heimweg geleuchtet«, sage ich und schaue über meine Schulter. Bald ist es ganz verschwunden. »Wie geht es ihm?«

Großmutter lächelt wissend und ich kann Sorge im Schein der Öllampe in ihren Augen sehen. Sie legt das Nähzeug weg, es ist jetzt ohnehin zu dunkel dafür.

»Er schläft, tief und fest.«

»War irgendwas?«

»Er bekommt besser Luft.« Großmutter hebt abwehrend die Hände, weil mir sofort klar ist, was das bedeutet. »Seine Runen beschützen ihn, Liebes. Aber er ist sehr müde.«

Immer wenn der Druck auf die Lunge der Patienten verschwand, erhöhte sich ihre Temperatur. Das war der Zeitpunkt, an dem die meisten verstarben. Ich atme tief durch und gehe zu meinem Schlafzimmer. Vorsichtig öffne ich die Tür und schließe sie wieder hinter mir. Fyrion liegt auf der Seite und sein Atem geht wirklich viel befreiter. Die Runen auf seiner Haut glühen mit dem Fieber um die Wette. Seine Stirn ist mit Schweiß überzogen. Großmutter hat saubere Decken auf den kleinen Schreibtisch gelegt. Ich nehme mir eine davon und setze mich damit auf den Schaukelstuhl. Es dauert einen Moment, bis ich meine Flügel und Beine sortiert habe, dann decke ich mich zu und schließe die Augen.

Der dunkelhaarige Elb lacht mich an. Aus seinem Mund quillt Blut, doch das scheint ihn nicht aufzuhalten. Er greift nach mir, seine Finger sind plötzlich nur noch Krallen, fast wie die einer Aetherkatze. Sie bohren sich in meinen Rücken und ziehen mich näher an ihn heran. Er will seinen Körper an mich drücken, doch der Wind entreißt mich seiner Gewalt und ich fliege haltlos durch die Luft. Überall um mich herum ist spitzer Stein. Ich will schreien, doch es kommt kein Ton aus meinem Mund. Plötzlich sind da wieder die Krallen in meinem Rücken, sie wollen mich nach unten reißen.

»Naida.« Das ist Fyrions Stimme. Sie erklingt von über und unter mir. Von rechts und links. »Naida.«

Der aus dem Mund blutende Elb springt mich plötzlich an. Endlich löst sich der Knoten in meiner Kehle und ich schreie …

»Naida, komm zu dir! Du träumst nur.« Fyrions Stimme spricht aus der Dunkelheit mit mir und ich blinzele ein paar Mal bis ich die glühenden Runen auf seinem Körper vor mir ausmachen kann. Eine heiße Hand streicht über meinen Kopf.

»Es war nur ein Traum«, sagt er und ich schaue mich heftig atmend und mit wild pochendem Herzen um. Ich nicke und Fyrion entfernt sich von mir. Er setzt sich auf das Bett und gibt mir etwas Raum, zu mir zu kommen.

»Magst du erzählen, was du geträumt hast?«, fragt er.

»Von dem Elb, den du … erstochen hast.«

Ich höre Fyrion leise stöhnen. »Es tut mir leid, Naida. Ich habe dir diese grausamen Bilder in den Kopf gesetzt. Wäre ich gesund gewesen, hätte ich vielleicht einen anderen Weg gefunden. Aber so … ich war unfassbar erschöpft, am Ende meiner Kräfte. Ich wollte keine Zeit verlieren und sicherstellen, dass dir nichts passiert. Ich …«

»Hör auf«, unterbreche ich ihn. »Hör auf, dich dafür zu rechtfertigen, dass du Pandorea von einem Mann befreit hast, der glaubt, dass man sich eine Frau einfach nehmen kann und der dafür auch noch den Schutz seines Königshauses genießt.« Ich fühle Wut in mir aufkochen. »Niemand weint ihm nach.«

»Auch solche Kerle haben Familie.«

Er hat recht. Je wacher ich werde, desto mehr verraucht die Wut in meiner Brust.

»Ich habe ihn vor deinen Augen getötet. Das wirst du sicher nie vergessen. Ich weiß, wie es ist, von solchen Dingen verfolgt zu werden und deshalb tut es mir leid.«

»Wenn es dir hilft, vergebe ich dir.«

»Ja.« Seine Stimme klingt eigenartig. »Das tut es. Da sind zu viele, die das nicht mehr können.«

Ich warte ab, ob er noch mehr sagt, doch es breitet sich nur Stille zwischen uns aus.

»Willst du darüber reden?«, biete ich ihm an, voller Hoffnung, er würde es tun, doch ich höre nur ein leises Lachen.

»Nein. Das ist etwas, das ich ganz allein tragen muss.«

Ich erhebe mich und gehe zu ihm herüber. Tastend finde ich die Öllampe, die sich einfach nicht von mir entzünden lassen will. Fyrion nimmt sie mir ab und schon kurze Zeit später erhellt ihr Schein flackernd das Zimmer. Als ich dem Elb ins Gesicht schaue, erschrecke ich. Schnell versuche ich, meine Mimik unter Kontrolle zu bringen.

»Es tut mir so leid, Fyrion, aber dein linkes Auge trübt sich.« *Viel zu früh*, geht es mir durch den Kopf. Aber bei Elben wirkt sich das Fieber sicher ganz anders aus.

»Ich weiß. Schon seit gestern sehe ich darauf nicht mehr richtig.«

»Warum hast du nichts gesagt?«, frage ich.

»Und dann?« Er lächelt mich müde an und meine Schultern sacken nach unten.

»Nichts«, gestehe ich. »Man kann es nicht aufhalten.«

»Eben.«

»Dein anderes Auge …?«

»Ist noch in Ordnung«, versichert er mir.

»Dann hoffen wir das Beste.«

Er seufzt. »Verdient hätte ich es.«

»Verdient?« Mit gerunzelter Stirn schaue ich ihn ungläubig an.

»Ich habe gut zwanzig Männer und Frauen in den Tod geführt, Naida.« Seine Stimme hat kaum irgendwelche Farbe. »Sie vertrauten mir und ich war dumm und naiv, habe das Fieber und meinen Vater unterschätzt.«

Mein Herz krampft. »Du wolltest den Kranken helfen. Ich verstehe das sehr gut, deshalb habe ich mich immer um sie gekümmert.«

»Ja, aber du warst damit erfolgreich. Ich … habe versagt.« Er wendet den Blick ab und starrt in die Flamme der Öllampe.

»Nicht immer. Ich habe sehr viele Nymphen sterben sehen. Bei jedem habe ich mir den Vorwurf gemacht, dass ich mehr hätte tun müssen. Das Licht in den Augen des Elbs, den du erstochen hast, ist nicht das Erste, das ich habe schwinden sehen.«

»Du bist unfassbar mutig und stark, Naida. Wärst du eine Elbe, ich hätte alles dafür gegeben, dich in meinem Regiment zu haben.«

»Als Kriegerin?«, frage ich amüsiert.

»Ja. Und als Beraterin, Heilerin und Diplomatin.«

Ich lache leise. »So mutig bin ich nicht. Ich habe mir öfter von anderen Nymphen Reis über den Kopf kippen oder mich auslachen lassen.«

»Warum haben sie das getan?«

»Weil Nymphen ihre Flügel ungefähr mit zwölf Jahren bekommen und Pixies erst mit achtzehn.«

»Verstehe«, sagt der Prinz. »Du warst das wunderliche Mädchen ohne Flügel.«

»Exakt.«

»Das ist aber schon sehr oberflächlich, oder? Eine Fae nur auf ein Körperteil zu reduzieren?«

»Es waren nicht alle so. Viele haben sich nur gewundert, sagten aber nichts, weil sie dankbar für meine Arbeit mit den Kranken waren und …« Ich starre ihn an. »Deine Runen bewegen sich wieder.«

»Ja, ich habe das Gefühl, dass gerade eine Hitzewelle durch mich durchgefegt ist.«

»Soll ich dir Gesicht und Oberkörper mit einem kalten Tuch etwas abtupfen? Das kann ein wenig Erleichterung verschaffen«, biete ich an und hoffe, dass er Ja sagt.

»Nein, alles gut. Ich bin Hitze gewohnt.« Er grinst und ich schüttele lachend den Kopf.

»Von außen, ja. Von innen? Nein!«

Er verschränkt die Arme vor der Brust. »Ziemlich rechthaberisch, junge Pixie-Nymphe.«

»Ebenfalls, junger Feuerprinz.«

Seine Mimik vermag ich im schwachen Schein der Lampe nicht ganz zu lesen. Ich frage mich jedoch, wie es wirklich in ihm aussieht. Er hat mir eben einen flüchtigen Einblick gewährt. Da sind so viele Dinge, die ihn beschäftigen müssen. Die Männer und Frauen, von denen er meint, dass er sie auf dem Gewissen hat und nicht sein Vater. Die Erblindung, die er als Strafe hinnimmt. Ich bin mir sicher, dass es tief in ihm brodelt und er hinter seinem Lächeln blutende Wunden versteckt.

»Leg dich hin, ich hole einen nassen Lappen.«

Er zieht die Augenbrauen hoch, was ich dank seiner Runen erkennen kann. »Hatte ich nicht gerade Nein gesagt?«

»Nein, hast du nicht. Du hast Fieber, es raubt dir den Verstand.«

»Ist das so?«

»Ja, ich bin die Expertin.«

»Sag doch einfach, dass du meinen Körper anfassen willst. Ich habe nichts dagegen, wenn hübsche Frauen das tun.«

»Fyrion«, seufze ich, kann aber das Lachen in meiner Stimme nicht verbergen.

»Es gibt da nur ein Problem.«

»Das wäre?«

»In der Regel sorgt das nur für mehr Hitze und du gedenkst, mich zu erfrischen. Da solltest du mich lieber in den Fluss werfen, als mit deinen Händen über meine nackte Haut streichen.«

»Gut, dass ich das mit einem Tuch machen wollte.«

»In Ordnung. Ich stimme zu. Aber wenn du das wirklich machen willst, stelle ich mir dabei unanständige Dinge vor, also sei gewarnt.«

Bitte was? Ich räuspere mich und meine, kurz das Rauschen meines Blutes in meinen Ohren zu hören. Lächelnd verschränke ich die Arme vor der Brust.

»Du hast ganz schön viel Fantasie.«

»Ich versuche, dich nur davon abzuhalten, mich abzureiben. Am Ende des Tages bin ich auch nur ein armer Narr, der einer schönen Frau erliegt.«

»Ich hatte noch nie einen Patienten, dessen Triebe ihn gequält haben.«

Er grinst, doch sein Gesichtsausdruck verändert sich und er wirkt plötzlich ganz erschöpft.

»Ich ärgere dich doch nur. Habe ich deinen Kopf von dem abgelenkt, was er im Schlaf erlebt hat?«

Ich ... Er ... Ich seufze mit einem Schmunzeln auf den Lippen. »Das hast du.«

»Ein kalter Lappen wäre toll. Wirklich.« Dass er seine Worte von eben nicht ernst gemeint hat, ist ihm anzusehen. Er wirkt müde und ... nun ja ... krank.

»Habe verstanden«, sage ich und erhebe mich mit einem Lächeln.

Kapitel 8

Ich kippe sauberes Wasser über das dreckige Geschirr, als die ersten Strahlen der Sonne am Horizont erscheinen. Einen Moment schaue ich zum Fenster hinaus und nehme mir vor, in Zukunft immer so früh zum Brunnen zu gehen. Ich war dort ganz allein und es war angenehm, sorgenfrei das Wasser in meine Eimer zu kippen, ohne Angst, dabei nass zu werden. Auch wenn meine Haare unter einem Tuch zusammengeknotet sind, schaue ich mich um, bevor ich meine Hände in das Spülwasser tauche. In der Reflexion des Fensters erkenne ich nur meine Kopfbedeckung, vielleicht sollte ich aber trotzdem in Zukunft besser im Waschraum spülen? Seufzend greife ich nach dem Schwamm und gehe damit über den ersten Teller. Wirklich dreckig machen die Pixies ihr Geschirr nicht. Daheim in Aqua war das anders. Vor meinen Augen erscheint ein Bild von Mutter, die an der Küchenzeile steht und abwäscht. Dabei hat sie immer ein Lied gesummt. Ich schließe die Augen und ahme sie leise nach. Mit der Hüfte wackelnd, gehe ich in die Knie und bewege gleichzeitig meinen Kopf im Takt. Ich kann nicht anders und singe die Zeilen des Liedes, als ich mich wieder aufrichte.

In den Tiefen stiller Fluten,
wo der Mond das Wasser küsst,
flüstert er sanft alte Lieder,
in denen das Herz des Stromes fließt.

Hörst du das Rauschen, stetig und klar,
wenn die Wellen heimwärts ziehen?
In der Tiefe, nah und fern,
träumt das Wasser seinen Traum.

Tränen aus dem Meer geboren,
schimmernde Perlen, hell und rein.
In den Armen sanfter Wogen,
singt das Wasser »Du bist mein.«

Ich drehe mich zur Musik im Kreis, einen frisch gespülten Becher und den Schwamm in den Händen, als ich im Augenwinkel eine Bewegung wahrnehme. Es ist der Prinz, der mich an den Türrahmen gelehnt, beobachtet. Doch seine Anwesenheit ist es nicht, die mich irritiert, sondern das Fehlen seiner Runen. Schnell lege ich Schwamm und Becher beiseite und gehe auf ihn zu.

»Das Fieber ist schon weg?!«

»Schätze«, antwortet er und schaut an sich hinab. Sein blindes Auge sieht in dem fahlen Licht fast ganz weiß aus. Die Pupille ist nur noch zu erahnen. Ich lege ihm eine Hand auf die Stirn, als er wieder aufschaut.

»Darf ich nun das Zimmer verlassen? Ich könnte dein schrulliger Cousin aus fünfter Ehe deines angeheirateten Schwippschwagers sein.«

Ich schüttele lachend über ihn den Kopf, doch da krallt sich eine fremdartige Traurigkeit um mein Herz.

»Nein?«, fragt er und blickt mich auf eine Art an, die meinen ganzen Körper mit wohligen Schauern überzieht.

»Doch. Komm, setz dich zu mir.« Ein merkwürdiges Gefühl gesellt sich zu der Traurigkeit, doch ich verdränge es vorerst. »Wie geht es dir? Ist dir noch etwas schummrig?«

»Nein, mir geht es eigentlich relativ gut. Etwas müde vielleicht.«

»Du solltest noch ein paar Tage Ruhe halten, dann kannst du ...« Dieses Gefühl wird stärker »... gehen.« Ich räuspere mich. »Wie lautet eigentlich dein Plan?«

Fyrion setzt sich an den Esstisch und es wirkt, als betrachte er die Maserung des Holzes. »Wenn es nach Prinzessin Elara geht, töte ich den Truchsess.«

»Bitte was?« Geschockt starre ich ihn an. »Weiß Großmutter das? Wieso sagt die Prinzessin so etwas? Und warum ... wofür ... ich meine, sie wird doch bald Königin?!« Wie kann sie das von ihm verlangen? Und warum im Namen der Göttin und des heiligen Weltenbaumes?

»Elara hat Sorge, dass der Truchsess das verhindern wird. Ihre Spitzel haben ihr Hinweise in diese Richtung gegeben. In ihren Augen wäre ich perfekt, um ihr Problem aus der Welt zu schaffen. Ich lebe offiziell gar nicht mehr und als Elb bin ich schnell und geräuschlos.« Fyrion sieht mich an. »Wir sind die perfekten Attentäter.«

Ich atme tief durch und weiß gar nicht, was ich sagen soll. Das Geschirr muss vorerst warten. Ich gehe zum Esstisch und setze mich Fyrion gegenüber.

»Im Gegenzug verspricht mir die Prinzessin ihren Schutz als Königin von Air. Sie sagt, ich könnte unbehelligt an ihrem Hof leben, bis sich die Dinge in Ignis beruhigt oder verändert haben. Aber will ich das?«

»Hilft sie denn den Kranken?«, frage ich. »Ich meine, schreibt sie den anderen Königshäusern oder ist das ebenfalls an ... du weißt schon ... gebunden?« Ich kann das nicht mal aussprechen. Sie verlangt, dass Fyrion mordet. Andererseits hat er schon mal jemanden getötet. Ich sah es immerhin mit eigenen Augen.

»Das sollte sie erledigt haben. Zum Glück hat sie mein krankes Volk nicht an diese Bedingung geknüpft.«

»Was hätte sie getan, wenn du noch Monate krank gewesen wärst?«

»Damit hat sie gerechnet … und anscheinend auch, dass der Truchsess ihr nicht zum Geburtstag die Krone überreicht.« Fyrion schluckt. »Wenn ich nur wüsste, was gerade in Ignis geschieht. Alle meine Kontakte sind … tot.«

Ich kann nicht anders und greife über den Tisch, um meine Hände auf seine zu legen. Da ist diese tiefsitzende Trauer in seinem Blick, der nun durch das eine weiße Auge jetzt so anders wirkt als zuvor. Das ansonsten perfekte Gesicht hat vom Fieber einen Makel verpasst gekommen. Von seiner Anziehungskraft auf mich hat es dadurch jedoch rein gar nichts eingebüßt.

»Wenn du es nicht machst …?«, frage ich vorsichtig.

»Verrät sie mich an meinen Vater. Was dann passiert, weiß ich nicht. Es kann sein, dass er mir seine Soldaten über ganz Pandorea hinterherschickt.«

Warum ist die Prinzessin so herzlos? Fyrion wollte doch nur den Kranken helfen. Er ist kein Verbrecher. Sie will ihn jedoch zu einem machen …

»Das könnte Wellenruh und Steinthal nicht gefallen«, gebe ich zu bedenken. »Der König kann nicht einfach Elben über die Grenze schicken.«

»Mein Vater ist dem Wahnsinn verfallen und deshalb unberechenbar.« Fyrions Hände drehen sich und kurz darauf streichen Daumen über meine Handrücken. Diese kleinen Berührungen fahren mir durch Mark und Bein und bringen sogar die feinen Härchen auf meinen Armen dazu, sich aufzurichten. Es wirkt fast, als streben sie ihm entgegen. Fyrion legt den Kopf schief und betrachtet mich.

»Schade, dass du deine blauen Haare verstecken musst.«

Ich lächele ein wenig und entziehe ihm meine Hände, um mir damit das Tuch vom Kopf zu ziehen. Ich lege es auf einem kleinen Beistelltisch ab. Mein Herz hätte den Hautkontakt mit ihm ohnehin nicht mehr länger ausgehalten.

»Du fällst hier bei Wärme auf, ich bei der Berührung mit Wasser«, stelle ich fest. »Wir verstecken uns beide in Air.«

»Ja, das ging mir auch schon durch den Kopf. Das ist der Grund, warum ich noch hier bin und nicht gleich nach einer Nacht in einem Bett und etwas Nahrung wieder getürmt bin.«

Ich verenge die Augen und grinse. »Da bin ich ja froh, dass ich dir von mir erzählt habe.«

»Ich bewundere deine Eltern noch immer«, gesteht er und erst jetzt fällt mir auf, dass er sich die Haare an der Seite wieder geflochten hat. Nur sieht es heute ordentlicher aus als vor ein paar Tagen, als wir ihn an der Grenze aufgesammelt haben. Wer hätte gedacht, dass er so schnell das Fieber besiegt? Sollte das bei allen Elben so verlaufen, ist das nur ein Grund mehr, den König abzuhalten. Aber vermutlich wird ihn das Risiko des Erblindens schon weiter antreiben, seinen irren Befehl durchzusetzen.

»Wie sehr muss man lieben, ... wie tief kann dieses Gefühl gehen, wenn man bereit ist, alles dafür zu riskieren?«, grübelt Fyrion laut. »So schlimm die Umstände für sie gewesen sein müssen, eine solche Liebe erleben zu dürfen, ist ein Geschenk.«

Ich betrachte meine Hände, weil es mir die Sprache für einen Moment verschlagen hat.

»Für deine Eltern musst du aber das kostbarste Geschenk gewesen sein.«

Ich sehe zu Vaters Gemälde. »Leider hatte er nie wirklich etwas von mir.«

Fyrion folgt meinem Blick mit seinem. »Ich würde mein Leben dafür geben, um den Moment zu erleben, den er hatte, als man dich ihm das erste Mal in die Arme legte.«

Ich reibe mir mit der rechten Hand über den linken Oberarm, um die Gänsehaut loszuwerden.

»Du möchtest also mal Vater werden?«, frage ich, um das Thema zu ändern und die Spannung im Raum aufzulockern. Fyrion schnaubt ein wenig verzweifelt.

»Davon bin ich weit entfernt. Ich bin ein zum Tode verurteilter Prinz im Exil. Mehr, als am Leben zu bleiben, kann ich mir gerade nicht erhoffen. Mein einziger

Wunsch ist es, den Kranken in Ignis zu helfen. Wenn ich nur mehr tun könnte, als hier zu sitzen und abzuwarten.«

»Es muss doch noch mehr Feuergeborene geben, die mit deinem Vater als König nicht einverstanden sind«, grübele ich laut. »Was ist, wenn da Elben sind, die sich dir anschließen würden?«

»Du denkst also, ich sollte mich nicht auf das Angebot der Prinzessin einlassen?«

Ich atme schwer durch. »Keine Ahnung. Nach allem, was ich gehört habe, würdest du Air einen Gefallen damit tun. Ich höre immer nur wie furchtbar der Truchsess sei.« Trotzdem sind da Pixies, die ihm dienen und folgen. So muss es auch in Incendia sein. »Was ist mit Glutwacht? Die Elben dort sind dem Königshaus sicher fern und denken vielleicht wie du?!«

Fyrion mustert erneut den Tisch. »Als Junge mochten sie mich gerne, aber sie haben in meiner Gegenwart nie über Vater gesprochen.«

»Das ist ein gutes Zeichen dafür, dass sie ihn nicht mögen. Dann hält man nämlich lieber die Klappe.« Ich sehe über meine Schultern und versichere mich, dass niemand in der Nähe ist. »Wenn ich eine Vollblut-Nymphe wäre, könnte ich meine Flügel nach unten klappen und sie unter einem Kleid verstecken.«

Fyrion runzelt die Stirn. »Wieso sagst du das?«

»Dann hätte ich dich nach Glutwacht begleitet.«

Der Gedanke scheint ihn zu belustigen. »Du bist doch viel zu klein für eine Elbin.«

Ich zucke mit den Schultern. »Diese Dinger …«, ich deute hinter mich, »… kann man ohnehin nicht verstecken.«

»Hast du die Angst vor der Prophezeiung verloren?«, fragt er und das Licht der aufgehenden Sonne scheint ihn ein wenig zu blenden. Sicher ist sein gesundes Auge noch etwas empfindlich. Das habe ich mehrfach erlebt.

»Nein. In meinem Beispiel wäre ich ja eine Nymphe durch und durch.«

»Das wäre schade. Deine Flügel sind wunderschön.« Er grinst, als er mir ins Gesicht schaut. »Jetzt habe ich schon wieder vergessen, dass dich Komplimente immer erröten lassen.«

Ich ziehe die Augenbrauen hoch. »Dieses Mal keine Entschuldigung?«

»Nein, das wird langsam alt und im Grunde wäre es gelogen. Ich mag es, wenn deine Wangen heiß werden.«

»Sprach der Feuergeborene.« Damit drehe ich mich auf meinem Platz und stehe auf. Ich gehe zum Regal und hole uns etwas Obst aus den geflochtenen Körben. Zusammen mit einem Messer zum Schälen, stelle ich es auf den Tisch, bevor ich mich wieder setze.

»Ich würde gerne im Norden baden gehen«, sage ich. »Dort, wo es für gewöhnlich keine Pixies gibt. Hättest du Interesse, mich zu begleiten? Sobald wir Blattwisper verlassen haben, könntest du laufen und ich fliegen.« Habe ich das gerade wirklich gefragt? Unsicher schaue ich den jungen Elben gegenüber an.

»Ja, gerne. Ich muss ohnehin lernen, mich ab sofort nur noch auf ein Auge zu verlassen, wenn ich renne. Besser so, als wenn jemand hinter mir her ist.«

Daran hatte ich noch gar nicht gedacht. Die Elben sind so unfassbar flink, aber die Einschätzung von Abständen und der Sichtbereich sind jetzt ganz anders. Fyrion nimmt eine Nandaofrucht und das Messer. Er schneidet sie in zwei Teile und reicht mir eine Hälfte. Dass sich unsere Hände dabei nicht berühren, löst eine Welle von Sehnsucht in mir aus. Schnell bringe ich dieses Gefühl unter Kontrolle. Er gefällt mir, er ist ja auch ein unfassbar gut aussehender Mann. Alles, was darüber hinaus geht, muss ich mir verbieten. Fyrion beißt in die Frucht und ich frage mich, was wirklich in ihm vorgeht. Immer mal wieder blitzt etwas von dem Chaos in seiner Seele hervor, doch er ist gut darin, es hinter einer Maske der Sorglosigkeit und seinem Humor zu verbergen.

»Wenn wir es nach Aqua schaffen könnten, könnten wir durch die Wüste zur Göttin gelangen«, scheint Fyrion gerade seine Gedanken laut auszusprechen. »Wir könnten sie fragen, ob ihre Prophezeiung dich betrifft. Oder mich. Vielleicht weiß sie auch, was ich tun soll.«

»Aber … ist es nicht viel zu heiß für mich?«

»Ja. Du müsstest in der Wüste auf mich warten, bis ich sie gefunden und zum Opferaltar geholt habe. Wir sollten vorher in Glutwacht ein Schaf stehlen, um es ihr zu geben.« Er lehnt sich im Stuhl zurück und betrachtet das Obst in seinen Händen. »Leider kennt man mein Gesicht in Ignis und die Göttin zu kontaktieren, birgt immer ungeahnte Risiken.«

»Und ich würde die Blicke nur auf uns ziehen«, füge ich hinzu und flattere langsam mit meinen Flügeln. Fyrion beißt von der Nandao ab und nickt kauend.

»Der Gedanke, die Göttin zu sehen, ist sehr verführerisch«, gestehe ich und lächele ihn an. »Wie groß ist sie eigentlich?«

»Hmh, so hoch wie der Dreifall alle Male.«

»Wow«, staune ich, als ich draußen die ersten Stimmen höre. Es klingt wie Luna, die sich sicher mit ihren Geschwistern auf den Weg zum Brunnen macht. Ich stehe schnell auf und bin kurz unentschlossen. Fyrion verstecken oder tarnen. Spontan greife ich in sein Haar und schiebe vorsichtig seine für Pixies unüblich runden Ohren unter die Zöpfe. Es scheint ihn köstlich zu amüsieren. Die Haare sind noch immer viel zu lang, aber wir könnten behaupten, dass man das in Ätheria so trägt.

»Man merkt, dass du viel und oft Fae versorgen musstest«, sagt er. Seine Worte brauchen eine Weile, um in meinem Verstand Sinn zu geben. Während ich ihn rätselnd ansehe, grinst er mich auf eine Art an, die mir den Boden unter den Füßen wegzieht. Meine Flügel schlagen instinktiv und kurz schwebe ich, bevor mein Verstand die Reaktion verarbeiten kann und ich wieder zur Ruhe komme. Fyrion steht auf und legt eine Hand an mein Gesicht.

»Du musst aufpassen«, sagt er und streicht mir eine Strähne meines Haars hinter mein linkes Ohr. »Solch eine Güte, wie du sie im Herzen trägst, wird gerne ausgenutzt.«

Die letzten Jahre habe ich damit verbracht, mich anders und fehlerhaft zu fühlen. Aber jetzt, in diesem Moment, in dem mein Herz mir fast zum Hals herausschlägt, scheint das alles wie vergessen. Es ist die Art, wie der Prinz mich ansieht. Als flöße er mir eine kraftvolle Energie ein.

»Guten Morgen, Naida!«, ruft Luna von draußen und ich trete einen Schritt zurück, weiche von Fyrion weg.

»Guten Morgen, Luna.«

Die Muschelketten werden beiseitegeschoben und meine Freundin steckt ihren Kopf ins Haus. Als sie den vermeintlichen Pixie neben mir sieht, werden ihre Augen so groß wie die Monde.

»Du hast … Besuch?«

»Hallo«, sagt Fyrion. »Ich bin Raze. Der Großcousin zweiten Grades der angeheirateten Tante ihres Schwippschwagers aus dritter Ehe.«

»Ähm.« Luna runzelt die Stirn und kichert dann. Sie betritt das Haus und reicht ihm ihre Hand. »Mein Name ist Luna, ich bin Naidas neue beste Freundin und Nachbarin.«

Aha? Ich grinse in mich hinein und tausche einen Blick mit Fyrion, der seine Nandao nimmt und hineinbeißt.

»Ich störe euch beim Frühstück, oder?« Luna schaut Fyrion unter langen Wimpern an, was in mir den Impuls auslöst, sie davon abzuhalten. Ich unterdrücke ihn mit aller Gewalt.

»Nein, nimm dir gerne auch etwas«, sage ich und versuche, nicht allzu gestresst zu klingen.

»Danke.« Luna setzt sich auf den Stuhl, auf dem ich eben gesessen habe und Fyrion lässt sich ihr gegenüber nieder. Meine Freundin greift sich eine Handvoll Beeren und steckt sich eine davon in den Mund.

»Also«, sagt sie. »Wer bist du wirklich?«

»Er ist aus Ätheria, wir sind schon lange befreundet«, komme ich Fyrion zu Hilfe. Der lehnt sich zurück und scheint aufmerksam der Lügengeschichte seines Lebens zu lauschen.

»Eigentlich wollte er mich erst besuchen kommen, wenn er geflügelt hat.«

»Aber ich habe es nicht mehr ausgehalten«, steigt er unverhofft auf meine Lüge ein. »Also bin ich durch den Fluss geschwommen.« Er sieht mich an. »Warum haben wir eigentlich keine Brücken? Das ist Kindern und jungen Pixie gegenüber sehr diskriminierend.«

»Irgendwie schon«, stimme ich ihm zu.

»Und was ist mit Pixies, deren Flügel nicht mehr funktionieren?«, fragt Fyrion.

»Der Truchsess sieht es ungern, wenn Blattwisper und Ätheria sich vermischen«, sagt Luna und ihr Gesicht spricht Bände. Sie fragt sich, warum Pixies aus Ätheria das nicht wissen. »Naida hat Glück, dass ihre Oma für die Prinzessin arbeitet.«

»Ach der«, raunt Fyrion und rollt mit den Augen. »Wird Zeit, dass der endlich abdankt. Der hat nur Mist im Kopf.«

Luna stimmt ihm brummend zu und schluckt eine weitere Beere hinunter. Die Tür zum anderen Schlafzimmer öffnet sich und Großmutter kommt hinaus. Sie hat sich für die Arbeit im Palast herausgeputzt. Kurz schockt sie wohl die Szene, die sie sich ihr bietet, dann räuspert sie sich.

»Guten Morgen, ihr drei.«

»Ich hoffe, Raze und ich haben dich nicht geweckt?«, frage ich sie und gebe mein Bestes, ganz gelassen zu klingen.

»Nein, warum seid ihr denn schon so früh auf? Habt ihr schon Wasser geholt?«

»Ja, es ist genug für den Tag da.«

»Dankeschön«, sagt Aria und schaut zum Prinzen.

»Der gilt allein Naida«, sagt er. »Ich bin noch nicht so lange wach. Sie spülte schon das Geschirr, als ich aus dem Bett gekrochen bin.«

Großmutter nickt und schaut zum Waschraum. »Ich werde heute nach Ätheria fliegen. Es müssen ein paar Dinge geklärt werden. Ihr kommt ohne mich zurecht?«

»Ich passe auf, dass Naida nicht das Obst anbrennen lässt oder vom Baum fällt«, sagt Fyrion mit ernster Miene. Während ich ihn fassungslos anstarre, bricht Luna in Gelächter aus.

»Nicht, dass sie dir die Ohren langzieht«, gluckst Großmutter und verschwindet im Bad. Ich verschränke die Arme vor der Brust und mustere den Elben grübelnd.

»Ich muss mir was echt Fieses für dich überlegen.«

Fyrion hebt herausfordernd die Augenbrauen. »Du könntest nackt mit mir baden gehen. Ich hasse Wasser und Anzüglichkeiten.«

Luna prustet und verschluckt sich fast an einer Beere.

»Als ob«, gluckse ich.

»Das wäre gewiss übel für mich.«

»Ja, bestimmt.« Ich schüttele lächelnd den Kopf und sehe zu Luna. »Soll ich dir auf den Rücken schlagen?«

»Nein«, bringt sie hervor und scheint sich wieder beruhigt zu haben. Sie widmet sich Fyrion und richtet dabei ihren Ausschnitt.

»Deine Haut ist so braun gebrannt … was arbeitest du?«

Oh verdammt. Ich bin nicht im Bilde darüber, was man in Ätheria alles an frischer Luft machen kann.

»Stadtwache«, sagt Fyrion mit einer Überzeugung, die sogar ich ihm abkaufen würde, wenn ich es nicht besser wüsste.

»Ah, dann bist du viel in der Sonne.«

Fyrion isst das letzte Stück seiner Nandaofrucht und nickt kauend. Draußen höre ich Carlotta nach ihrer Tochter rufen. Luna erhebt sich mit einem entschuldigenden Blick und verabschiedet sich bei Fyrion für meinen Geschmack etwas zu lang. Sicher erzählt sie ihrer Mutter gleich von dem Besuch und ich muss mich darauf einstellen, dass bald Carlotta hier auftaucht.

»Ist sie die Tochter der Heilerin? Mit der du bei den schwebenden Inseln warst?«, fragt der Prinz, nachdem meine Freundin weit genug weg zu sein scheint. Interessiert sie ihn etwa?

»Ja, das ist sie.«

»Dachte ich mir, sie hat Ähnlichkeit mit Carlotta.«

Ich schlucke etwas, das irgendwie nach Galle schmeckt, herunter und gehe zu meinem Geschirr. Jetzt die Hände ins Wasser tauchen, sosehr ich mir das auch wünsche, wäre zu gefährlich. Luna könnte zusammen mit ihrer Mutter zurückkehren oder jemand anderes schaut durch das Fenster. Ich benötige Vorhänge. Unbedingt. Ich kann nicht den ganzen Tag mit diesem Tuch herumlaufen.

»Wolltest du heute in den Norden, um zu baden?«, fragt Fyrion und klingt irgendwie nicht sehr begeistert.

»Nein. Du solltest noch langsam machen«, sage ich.

»Ich wehre mich nicht dagegen. Es kommt mir vor, als wäre ich schon einen vollen Tag wach.«

Ich lächele. »Das ist normal. Das hört bald auf.«

Er ist plötzlich wieder so ernst. »Außerdem muss ich nachdenken, was ich jetzt mache.«

Der Stimmungswechsel schockt mich kurz, macht er mir doch abermals bewusst, wie gut Fyrion darin ist, sein wahres Ich zu verbergen. Ich würde mich nicht wundern, wenn er selbst jetzt nur einen kleinen Teil davon zeigt, wie es wirklich in ihm aussieht.

»Ich war Vaters bester Soldat«, grübelt er laut. »Vielleicht ist er ja froh, mich zurückzuhaben und vergisst, dass er mich zum Tode verurteilt hat.« Er lacht humorlos. »Sag nichts, ich höre es selbst. Einem Irren mit Logik zu kommen, ist, als würde man versuchen, mit feuchtem Holz ein Feuer zu entzünden.«

»Äußerst schwierig«, sage ich und Fyrion nickt. Er steht auf und schaut mich mit einem, wie ich jetzt bemerke, falschen Lächeln an.

»Ich ziehe mich zurück.« Er kommt auf mich zu und nimmt eine meiner Hände. Er hebt sie an und … küsst sie. »Hab einen schönen Tag, kleiner Schmetterling.«

»Du auch«, bringe ich leicht stammelnd hervor. »Zerbrich dir nur nicht den Kopf, du musst erst wieder ganz zu Kräften kommen. Wenn ich etwas tun kann, gib mir einfach Bescheid.«

Fyrion sagt nichts, schaut mich nur auf eine Art an, die mir wohlige Schauer über den Rücken jagt. Meine Flügel zittern leicht, was er mit einem vielsagenden Grinsen bemerkt. Er sagt jedoch nichts und verlässt mich. Es dauert einen Moment, bis ich mich wieder bewegen kann. Mit der anderen Hand streiche ich über die Haut, die seine Lippen berührt haben. Großmutter kommt aus dem Waschraum und nimmt sich etwas von dem Obst. Sie drückt mich und packt den Proviant in eine Gürteltasche, die sie sich umschnallt.

»Es wird sicher spät«, sagt sie. »Wenn ich zurück bin, reden wir über …«, sie sieht zu der Schlafzimmertür, durch die der Prinz verschwunden ist, »… die neuen Umstände.«

»Lass dir Zeit. Wenn es schon dunkel ist, schlaf in Ätheria.« Ich lächele sie an. »Mach dich meinetwegen nicht verrückt.«

»Du bist ein kluges Kind.« Aria schaut mich mit Stolz im Blick an. Da fällt mir etwas ein. Ich greife nach einer ihrer Hände und ziehe sie mit mir zum Haus hinaus. Schnell schaue ich mich um, wir sind halbwegs ungestört. Ich lehne mich an ihr Ohr.

»Die Prinzessin bietet Fyrion Schutz für den Rest seines Lebens an. Dafür soll er den Truchsess umbringen. Elara fürchtet wohl, dass dieser ihr nicht den Thron überlassen wird.«

Großmutter lehnt sich zurück und sieht mich entsetzt an. Sie scheint einen Moment zu brauchen, dann nickt sie mir zu.

»Letzteres wusste ich. Aber nicht, was sie von dem jungen Prinzen verlangt. Danke, dass du es mir gesagt hast. Ich halte Augen und Ohren in Ätheria offen.« Oma lehnt sich vor und küsst meine Stirn. »Vielleicht bis heute Abend.«

»Sei vorsichtig«, flehe ich sie an, was sie irgendwie zu rühren scheint. Sie hebt ab und verschwindet zwischen den Blättern des Baumes. Ich reibe mir über die Arme und lasse meinen Blick über Blattwisper streifen. Unten sehe ich Fejan mit einem anderen jungen Pixie reden. Es scheint ein amüsantes Gespräch zu sein. Sie gehen jedoch weiter in Richtung Fluss. Vielleicht wollen sie baden, denke ich, und die Nymphe in mir windet sich vor Sehnsucht danach, meinen Körper in der Strömung eines lebendigen Gewässers zu versenken. Ein Zuber ist einfach nicht dasselbe. Ich gehe hinein und schnappe mir die Schüssel mit dem dreckigen Geschirr, um es im Waschraum zu reinigen, doch in dem Moment höre ich jemanden nach mir rufen. Ein junger Pixie steht in der Tür und schiebt die Muschelketten beiseite.

»Bist du Naida?«

Ich nicke und stelle die Schüssel wieder ab, bevor ich mich noch mit Wasser bekleckere.

»Ja, das bin ich.«

»Ich habe gehört, dass Carlotta und du an der Grenze auf Elben getroffen seid. Mein Name ist Pedro, ich betreibe Handel mit Ignis. Die Heilerin hatte mich gewarnt, dass ihr dort neulich angegriffen wurdet.«

»Ja«, sage ich und schlucke, weil ich erneut in einer Situation bin, in der ich nicht weiß, was ich sagen darf und was nicht. Langsam fängt das an, sehr belastend zu werden.

»An der Grenze ist eine Elbin, die nach einem braunhaarigen jungen Elben fragt und ob ihn jemand gesehen hat. Ich kann Carlotta gerade nicht finden, weißt du, wie die Männer aussahen, die euch angegriffen haben?«

»Der eine war blond, der andere schwarzhaarig.« So viel kann ich sicher sagen.

»Das hatte ich befürchtet«, meint Pedro. »Sie beschrieb diese Männer als diejenigen, die den, den sie sucht, gejagt haben.« Er seufzt und ich versuche mir nichts anmerken zu lassen.

»Was will sie denn von dem anderen?«

»Er ist wohl ein Freund von ihr. In Ignis heißt es, er sei verstorben, aber es gibt wohl keine Leiche. Sie hat jetzt Sorge, dass er Hilfe brauchen könnte. Er ist wohl am Oculifieber erkrankt. Ich hatte ihr von dem Angriff erzählt und dann versprach ich ihr, nachfragen zu gehen.«

»Wartet sie jetzt in den Bergen auf dich?«, frage ich und schaue mich um. Fyrion ist noch in seinem Zimmer. Sicher wäre er hinausgekommen, wenn er etwas von dem Gespräch mitbekommen hätte.

»Ja. Sie wirkte verzweifelt.«

»Ich begleite dich«, entscheide ich kurzerhand. »Wer weiß, vielleicht fällt mir etwas ein, das hilfreich sein könnte.« Ich muss unbedingt mit dieser Elbin sprechen und es ist besser, wenn Fyrion davon noch nichts weiß. In seinem Kopf sind schon genug Sorgen. Später kann ich ihm immer noch davon erzählen. Pedro nickt mir mit einem freundlichen Lächeln zu und ich folge ihm hinaus. Wir heben ab und ich fliege mit ihm den Weg, den ich zuletzt zu Fuß mit dem fiebernden Prinzen zurückgelegt habe. Der Wind ist heute etwas schwächer, weshalb wir deutlich näher an das Gebirge heranfliegen können. Als wir landen, kann ich die Elbin schon in der Ferne sehen. Sie erhebt sich von einem Stein und ihr in Fetzen gerissener Rock verbirgt kaum etwas von ihren Beinen.

»Du hast dein Versprechen tatsächlich gehalten«, sagt sie, als wir nah genug dran sind. Die Frau bewegt sich keinen Schritt. Ich nehme mal an, dass die Grenzzone dort endet und sie keinen Fuß auf Air setzen möchte.

»Ja und ich habe dir die Pixie mitgebracht, die von deinen Leuten angegriffen wurde.«

»Danke«, sagt die Elbin aufrichtig. »Es tut mir leid, dass ich diese Erinnerung in dir wachrufen muss, aber ich bin auf der Suche nach einem jungen Elb, der meinem Mann und mir sehr wichtig ist. Die Kerle, die dich angegriffen haben, waren ebenfalls auf der Suche nach ihm. Sie wollen ihn töten, weil er krank ist. Angeblich haben sie das auch, aber mehr als seinen Säbel brachten sie nicht mit. Der Junge, den ich suche, ist einer der besten Krieger, den Ignis je gesehen hat. Er ist zwar krank, aber ich kann mir nicht vorstellen, dass sie ihn bekommen haben ... Er ist verdammt schnell und geschickt mit dem Säbel.«

»Sie fragten uns tatsächlich nach einem braunhaarigen, jüngeren und deshalb etwas kleineren Elben«, sage ich. »Bevor dein Kronprinz Lust bekam, über mich zu steigen.«

»Du weißt also, wer er war.« Die Elbin verengt die Augen. »Wieso hast du den Vorfall dann nicht dem Truchsess gemeldet?«

»Das hätte ich machen können, zumal meine Großmutter für Prinzessin Elara arbeitet.«

»Aber?«

»Er konnte sein Vorhaben nicht beenden. Es hätte keinen Sinn gehabt«, sage ich.

»Du entkamst ihm?«

Ich nicke und schaue an der Elbin vorbei. Dort stehen plötzlich weitere Fae ihrer Art. Pedro sieht mich an.

»Das sind meine Handelspartner. Ich bleibe in Sichtweite, in Ordnung?«

»Ja, danke«, sage ich und bin sogar froh, dass er mich mit der Frau allein lässt. In meinem Magen rumort es zwar vor Aufregung, aber ich trage Hoffnung im Herzen.

»Woher kennst du den Gesuchten?«

»Er ist der beste Freund meines Mannes. Er … er ist uns einfach wichtig.« Sie schluckt. »Sicher glaubt er, dass mein Raze tot sei und macht sich Vorwürfe.«

Raze! Fyrion nannte mir den Namen seines besten Freundes!

»Hör mir zu, er ist krank. Zwar schützen uns unsere Runen und ich bin mir sicher, dass Fyr … Dass er auf sich selbst aufpassen kann, aber er ist irgendwo allein da draußen und glaubt, dass alle, die ihm wichtig sind, den Tod gefunden haben.«

»Bevor mich der Schwarzhaarige zu fassen bekam, schob sich ein Säbel zwischen uns«, sage ich. »Der Arm, der dazu gehörte, war mit einem dunkelroten Tuch bedeckt.«

Die Elbin reißt die Augen auf. »Das ist er!« Sie zuckt, will auf mich zukommen, erinnert sich aber daran, dass sie keinen Schritt mehr gehen darf. »Wo ist er hin? Hat er etwas gesagt?«

»Er rettete mir das Leben. Zwei Mal, denn ich versuchte panisch wegzufliegen, wurde aber vom Wind gepackt und fast gegen den Berg geschleudert, wenn er mich nicht mit einem beherzten Sprung und einem Griff zurück auf den Boden gezogen hätte.«

Sie ... weint ...

»Er war komplett vermummt, aber ich sah an seiner Augenpartie, dass er fieberte. Der Elb warnte mich, dass ich mich fernhalten müsse. Carlotta und ich suchten das Weite.«

Die Elbin schließt einen Moment die Augen.

»Als ich zurück in Blattwisper war, fand ich keine Ruhe. Ich erzählte Großmutter von ihm und als es dunkel wurde, machten Carlotta, Oma und ich uns auf die Suche. Wir wollten uns revanchieren und ihn gesund pflegen. Da wir alle das Fieber schon überstanden haben, bestand keine Gefahr, was das anging.«

»Habt ihr ihn gefunden?« Die Elbin ist angespannt und hängt mir förmlich an den Lippen. Ich lächele sie an und werfe zur Sicherheit einen Blick zu der Gruppe Händlern. Sie sind weit genug weg.

»Der Prinz lebt«, sage ich ihr. »Er hat das Fieber besiegt.«

Die Elbin fällt auf die Knie und scheint ein Dankesgebet an die Göttin zu schicken.

»Er hält sich in Blattwisper versteckt. Jetzt, wo die Runen nicht mehr leuchten, fällt er dort nicht auf.« Ich betrachte die Ohren der Elbin. Sie sind an der Spitze ebenfalls runder als die der Nymphen und Pixie.

»Bitte«, fleht sie und wischt sich die Tränen mit einem Streifen ihres Rockes weg. »Bitte, sag ihm, dass Raze entkommen konnte. Er fiebert noch und ist auf beiden Augen erblindet, aber er lebt.«

»Ist er in Sicherheit?«

Sie nickt und schluckt. »Ja, aber ich könnte den Prinzen dort niemals hinbringen. Viel zu gefährlich.«

»In Ordnung. Er kann vorerst bei mir bleiben ... als Raze. So hat er sich mir zuerst vorgestellt und nun auch bei Pixies in Blattwisper.«

Die Frau lacht. »Mein Mann und er sind zwar zehn Jahre auseinander, aber unzertrennlich. Sie sind irgendwas zwischen beste Freunde und Vater und Sohn.«

»Verstehe.«

»Hat er das Fieber unbeschadet überstanden?«

Ich schüttele den Kopf. »Sein linkes Auge ist blind. Als ich mit ihm darüber sprach, sagte er, dass er das verdient habe.«

»Nein, das musst du ihm ausreden. Sag ihm, dass außer Raze noch andere entkommen sind. Wir versuchen, sie ausfindig zu machen und zusammenzuführen. So lange muss der Prinz in Sicherheit bleiben. Wie kann ich dich erreichen? Fyrion darf unter keinen Umständen an die Grenze kommen. Wenn ihn jemand sieht ... das ist zu gefährlich. Die Elben vergöttern Fyrion, jeder kennt sein Gesicht.«

»Bei ihm klang es so, als hätte er keine Freunde mehr.«

»Im normalen Volk lieben ihn alle. Jedoch sind die meisten Soldaten dem irren König verpflichtet. Sie leisten einen Schwur bei der Göttin, den sich kaum einer zu brechen wagt.«

Ich presse die Lippen zusammen. »Heute ist der zweite Mond genau bei der Hälfte«, grübele ich laut. »Schaffst du es beim nächsten Mal wieder hier zu sein? Vielleicht dieses Mal in der Abenddämmerung?«

Sie nickt. »Ja, danke! Wie heißt du?«

»Naida.«

»Ich bin Zahra.« Ihr Atem geht rasch und gehetzt. »Pass gut auf Fyrion auf und lass ihn nichts Dummes machen, ja? Er ist Ignis' einzige Hoffnung.«

»Ich gebe mir alle Mühe«, sage ich und lächele etwas ungläubig. Ich könnte Fyrion nicht davon abhalten. Die Elbin mustert mich amüsiert.

»Du bist genau sein Typ. Nimm dich vor ihm in Acht, er hat es perfektioniert, Frauen zu umgarnen.«

»Ist mir schon aufgefallen«, sage ich und schlucke, woraufhin Zahra herzlich lacht. Sie wirkt unfassbar erleichtert. Als hätte sie bis gerade noch das Gebirge hinter ihr auf ihren Schultern getragen.

»Bis in einem Monat, Naida.« Sie schaut über ihre Schulter. »Ich muss zu Raze und ihm die gute Nachricht überbringen. Das wird ihm seinen Lebenswillen zurückgeben.« Zahra betrachtet ihre Hände und wischt sich dann schnell eine weitere Träne damit hinfort. »Es war, als hätten wir den Sohn verloren, den wir nie gehabt haben.« Damit ist sie plötzlich verschwunden. Ich habe gesehen, wie schnell sich die Feuergeborenen bewegen können, aber es ist bisher nicht alt geworden und bringt mich erneut zum Staunen. In meiner Brust flattert mein Herz. Hoffentlich habe ich nichts Falsches getan ...

Kapitel 9

Ich schaue zum Himmel und sehe, dass die dicken Regenwolken, die sich dort bedrohlich vor mir aufbauen, mir entgegenkommen.

Verdammt.

Wenn ich nass werde, muss ich den Schauer irgendwo verborgen abwarten. Ich beschleunige, doch schon spüre ich die ersten Tropfen auf meinen Flügeln landen.

Nein.

Mist. Mist. Mist.

Ich lande, es wäre jetzt viel zu gefährlich, weiterzufliegen. Meine Flügel kräuseln sich schon von der Nässe und sicher taucht das erste Blau in meinen Haaren auf. Ich schaue mich um, versuche, Schutz zu finden. Die großen Bäume bieten ein wenig, trotzdem gelangt auch durch ihre Kronen Regen bis nach unten. Wichtig wäre erst mal außer Sichtweite zu kommen. In meiner Verzweiflung halte ich mir die bloßen Hände über den Kopf. Wenn Pedro mir folgt, wird er mich so sehen. Hoffentlich ist er noch mit Handeln beschäftigt und sitzt den Regen in der Höhle aus. Dass ausgerechnet jetzt jemand aus Blattwisper diesen Weg nimmt, ist eher unwahrscheinlich. Ich schaue über meine Schulter. Meine Flügel sehen nicht gut aus. Das wird bestimmt ewig dauern, bis sie sich wieder entfalten. Ich lasse die Schultern fallen und die Hände sinken. Jetzt ist es auch egal.

»Der Göttin sei Dank, da bist du.«

Fyrion? Ich schaue mich um und entdecke ihn, als er kurz vor mir seinen Lauf verlangsamt. Er ist klatschnass, sicher schüttet es in der Stadt schon wie aus dem Dreifall. Was zieht er denn da mit sich? Ich verenge die Augen. Ist das ein riesiges Blatt?

»Was machst du hier draußen?«, fragt Fyrion. Er grinst mich an. »Ist dir aufgefallen, dass es regnet, Tochter der Flüsse?«

Seine Bezeichnung trifft mich an einer Stelle, mitten in meinem Herzen, in der die Liebe zu meiner Mutter wohnt. Ich lächele zurück.

»Tut es das? Ich dachte, der Wind ist heute nur ungewohnt feucht.«

Er schüttelt den Kopf, während ihm Tropfen über das wunderschöne Gesicht laufen. Uff, jetzt ist es schon so weit, dass ich Regen beneide, weil er ungeniert an seinem Körper entlang rinnen darf. Fyrion hat in der Tat ein großes Blatt aus einem der hiesigen Bäume dabei. Er schüttelt es kurz und breitet es dann wie ein Tuch über mir aus. Ich passe mit meinen Flügeln darunter und trotzdem geht es noch bis zu meinen Füßen.

»Halt es eng über deinen Kopf«, sagt Fyrion und hilft mir dabei, dass ein Teil des Blattes mein Gesicht umrahmt. »Sehr gut, so sieht man deine Haare nicht.«

»Danke. Woher wusstest du, in welche Richtung ich gegangen bin?« Hat er Pedro und mich doch gehört?

»Carlotta kam, um nach mir zu sehen. Sie erzählte, dass sie dich mit einem der Händler in Richtung Berge habe fliegen sehen. Da habe ich mir Sorgen gemacht. Ich schwor ihr, dir nicht nachzugehen und verschwand in der Sekunde, in der sie das Haus verließ.« Er grinst und schaut nach oben. »Wollen wir reden, während wir uns, vorzugsweise in Richtung Blattwisper, bewegen?«

»Klingt nach einem Plan«, sage ich lachend.

»Geht es? Ist das Blatt zu schwer?«

»Alles gut. Vielen Dank, Fyrion.« Wie er halb blind auf einen Baum bis zur Krone geklettert ist, um es mir zu holen, mag ich mir gar nicht vorstellen. Vielleicht sollte ich mir Carlotta als Vorbild nehmen. Sie traut Fejan sehr viel zu und Fyrion ist nur auf einem Auge blind. Aber im Gegensatz zum Sohn der Heilerin kann er nicht fliegen, sollte er abstürzen.

»Ich habe vielleicht gute Nachrichten für dich.« Bitte, lass ihn Zahra kennen und sie eine wahre Freundin von ihm sein. Ich berichte ihm zuerst von Pedro und wie es dazu kam, dass ich mit ihm zu den Bergen geflogen bin.

»Wer war sie?«, fragt er und sieht alarmiert aus.

»Ihr Name ist Zahra und sie suchte nach dir«, sage ich. Als er mich mit gerunzelter Stirn ansieht, fällt alles in mir zusammen. Oh nein ... er weiß nicht, wer sie ist.

»Wie sah sie aus?«

Hmh ... »Ich stand in einiger Entfernung zu ihr. Sie hatte, denke ich, dunkelbraunes Haar. Ihre Augenfarbe konnte ich so nicht erkennen. Natürlich war sie größer als ich.«

»Zahra«, grübelt Fyrion, dann bleibt er plötzlich stehen. »Zahreba?!«

»Nein, sie sagte ziemlich sicher Zahra.«

»Ich nannte sie früher so. Als kleines Kind. Ich kürzte ihren Namen ab.« Fyrion ist sichtbar aufgewühlt. »Sie ist ... sie war ... Raze' Ehefrau.« Seine Hände ballen sich zu Fäusten und kurz habe ich das Gefühl, er würde am liebsten weglaufen oder laut schreien.

»Sie ist es immer noch«, sage ich. »Raze und noch ein paar andere konnten entkommen. Er ist noch immer am Fieber erkrankt und mittlerweile komplett erblindet. Aber er lebt.«

Fyrion erstarrt zu Stein. Fassungslos schaut er mich an, blinzelt nicht mal wegen der vielen Regentropfen, die ihm von den Wimpern hängen.

»Ich hoffe, ich habe nichts falsch gemacht, aber ich habe ihr verraten, dass du bei mir bist und sie weinte vor Glück über diese Nachricht. Sie sagte, dass Raze an nichts anderes mehr denken könnte, als daran, dass du nicht tot bist ... nicht tot sein darfst. Zahra … Zahreba sagte mir, dass sie einen Plan habe. Sie benötige aber Zeit. Dein Vater mag dich zum Tode verurteilt haben, aber in den Herzen der Elben ist sehr viel Liebe für dich entbrannt, Fyrion.«

Der Prinz sinkt auf die Knie und ich gebe einen erschrockenen Laut von mir. Ich hocke mich zu ihm und ziehe das Blatt über uns beide.

»Geht es dir gut?«

»Raze lebt?«

»Ja. Auch andere sollen es heraus geschafft haben. Sie nannte mir aber keine Namen. Raze ist an einem sicheren Ort, an den sie dich, zumindest noch nicht, schaffen kann. Sie bittet dich, bei mir zu bleiben und …«, ich grinse ihn an, »… keine Dummheiten zu machen.«

Er schluckt. »Wegen meines Geschicks und meiner Schnelligkeit heißt es in Ignis, dass ich der beste Soldat des Landes wäre. Aber wenn du mich fragst, dann ist es Zahreba. Vielleicht ist sie langsamer als ich und kämpft mit dem Säbel nicht mal halb so gut. Aber sie gehörte zu meiner Truppe, weil sie unfassbar klug ist. Wenn sie einen Weg sieht, dann bin ich bereit, ihn zu gehen.« Er schließt die Augen und schlägt sich mit einer Faust gegen die Brust. »Die Göttin hat mich doch nicht verlassen.«

Stille breitet sich aus, nur der Regen trommelt kräftig auf unser Blätterdach. Ich denke an die Elbin und muss Fyrion zustimmen. Sie hat mir diesen anderen Namen genannt, damit der Prinz sich sicher sein kann, dass ich wirklich mit ihr gesprochen habe … und nicht mit jemandem, der sich nur für sie ausgibt und ihn nach Ignis locken will. Meine Arme, welche das Blatt über uns halten, werden müde, also lasse ich es auf unsere Köpfe sinken. Fyrion erwacht daraufhin aus seiner Starre und will schon nach oben greifen, als ich näher an ihn heranrücke, um … ja, was will ich hier eigentlich? Unsere Knie berühren sich und vermutlich sehe ich ihn gänzlich planlos an. Sein blindes Auge ist vollkommen hinter dem weißen Schleier verschwunden, aber das Gesunde erwidert meinen Blick im grünlich-schummrigen Licht. Sein Atem geht etwas schneller als normal. Ich kann gerade noch sehen, wie etwas mir völlig Unbekanntes über seine

Gesichtszüge huscht, als ich auch schon gepackt und sanft, aber bestimmt, nach hinten gedrückt werde. Ich komme auf dem Rücken mit ausgebreiteten Flügeln zum Liegen. Ein Teil des Linken schaut aus dem Blätterdach hervor und wird nass, aber das nehme ich nur für den Bruchteil einer Sekunde wahr, denn im nächsten Moment spüre ich Fyrions Gewicht auf mir. Seine Lippen treffen auf meine und ein unfassbar mächtiges Gefühl spült wie ein Tsunami durch mein Herz. Es reißt alles mit sich, hinterlässt nichts, wie es vorher war, während ein Sturm in meinem Bauch und meinem Verstand umherwirbelt. Fyrions Lippen sind sanft und drängend zugleich. Als seine Zunge meine berührt, bin ich für immer verloren. Das Gewicht seines Beckens auf meinem löst eine süße Qual in mir aus, die mich wünschen lässt, dass das hier niemals endet. Doch Fyrion beendet den Kuss und schaut mich fast schon hungrig an. Ein kleines Lächeln umspielt seine Lippen.

»Das wollte ich schon die ganze Zeit tun«, sagt er und zum Glück beendet er die Unterbrechung und setzt genau dort fort, wo er zuvor aufgehört hat. Mein Haar, meine Flügel, mein Kleid, sicher ist alles durch den aufgeweichten Boden schon starr vor Dreck, trotzdem will ich nichts mehr, als dass der Prinz mich weiter so küsst. Doch der Regen lässt nach und das entgeht auch Fyrion nicht. Er hebt den Kopf und dreht ihn so, als würde er lauschen.

»Wir sollten hier weg«, sagt er und so sehr mein Herz auch protestiert, muss ich ihm trotzdem zustimmen. Er richtet sich etwas auf und nimmt dabei das Blatt mit sich. Leise lacht er, als er an sich herunterschaut. Die Runen leuchten in den wildesten Formationen.

»Verzeih«, sagt Fyrion mit seiner ihm eigenen Art, irgendwo zwischen Anzüglichkeit und Humor. »Du solltest mich in der Öffentlichkeit nicht anfassen.«

In meinen Fingern zuckt es, doch er weicht noch etwas von mir zurück, um sich hinzustellen und mir so mehr Platz unter unserem Blätterdach zu geben. Ich setze mich auf und kann nicht anders als ihn anzuschauen, bevor auch ich mich aufrichte. Fyrion reicht mir eine Hand und das Blatt streift etwas unangenehm über meine gekräuselten Flügel. Der Elb mustert sie ebenfalls und augenblicklich weicht jedweder Hunger aus seinen Augen. Seine Runen beginnen zu verblassen.

»Die sehen schlimm aus«, sagt er und ich folge seinem Blick über meine Schulter.

»Ja, ich muss ins Trockene.«

»Gib mir noch einen Moment.« Er schaut auf seinen nackten Oberkörper und grinst. »Sobald ich vorzeigbar bin, gehört das Blatt wieder dir allein.«

Ich hebe eine Hand und lege sie flach auf seinen Bauch, um damit über eine der letzten Runen, die mehr wie eine Kratzspur aussieht, zu streicheln. Die Berührung lässt das glimmende Feuer in ihr wieder mehr entfachen. Ein heiseres Lachen entkommt dem Prinzen.

»Das ist gerade keine gute Idee, mein wunderschöner Schmetterling.« Er schließt zu mir auf und lehnt seine Stirn an meine. »Glaube mir, nichts spüre ich lieber als deine Finger auf mir. Aber wenn wir nach Hause wollen, sollten wir das lassen.«

Ich nicke lächelnd. »Deine Haare kräuseln sich total«, stelle ich fest und presse meine Arme fest an meinen Körper, um meine Hände daran zu hindern, weiter nach ihm zu greifen. Fyrion grinst mich schief an.

»Schätze, die sind nicht unbedingt für Wasser gemacht.«

»Nein, eher nicht«, stimme ich leise lachend zu.

»Du hingegen …« Er greift mit einer Hand nach einer meiner blauen Strähnen und zieht sie vorsichtig hervor, sodass ich sie auch sehen kann. Er streicht mit dem Daumen darüber. »Du bist perfekt, Naida.«

Ich atme überrascht auf.

»Du hast die Schönheit und Anmut der Pixies, aber die Tiefe und Sinnlichkeit, die den Nymphen nachgesagt wird.« Er schaut an sich herab. »Es ist kein Wunder, dass ich für dich brenne.«

Was bedeutet das? Sagt er das nur so … oder ist das eine Elbensache?

Ein Grummeln am Himmel lässt uns aufhorchen. Folgt auf den Schauer ein Gewitter?

»Das ist noch nicht zu Ende«, stellt Fyrion richtig fest.

»Ich wusste nicht, dass es Gewitter in Air gibt«, sage ich. »So ein Blitz könnte in Blattwisper eine ganze Siedlung in Flammen stecken.«

»Dann war das Donner, den wir gehört haben?«

Ich nicke. In Ignis kennt man Gewitter wohl nur aus Erzählungen und Büchern. Fyrion hilft mir mit dem Blatt und richtet es wieder so aus, dass es meinen kompletten Rücken bedeckt und ich es mir über den Kopf halten kann. Es tropft nur noch, aber im Osten zucken plötzlich Blitze über den Himmel. Ich kann sie zwischen den Baumstämmen erkennen.

»Es hängt über dem Meer und an den Bergen fest«, sagt Fyrion und betrachtet das Schauspiel mit großen Augen. »So spannend das auch ist, lass uns gehen.« Seine Haut ist wieder normal und ich stimme ihm brummend zu.

Wie zu erwarten, ist in Blattwisper keine Fae-Seele anzutreffen. Alle sind in ihren Häusern und so kommen wir ohne großes Aufsehen zu unserem Baum und nehmen den Weg hinauf. Wenn jemand aus dem Fenster schauen sollte, wundert derjenige sich sicher nicht darüber, dass ich mich mit einem Blatt vor dem Regen schütze. Ich kann mir vorstellen, dass das hier schon der ein oder andere getan hat. Im Haus frage ich mich allerdings kurz, was ich jetzt mit dem Ding machen soll, da nimmt Fyrion es mir auch schon ab.

»Ich bringe es schnell nach unten«, sagt er und verschwindet. Ich eile in den Waschraum und binde mir ein sauberes Tuch um die Haare und betrachte im Spiegel meine eingeknickten Flügel. Ich flattere sie ein wenig aus, aber das hilft nicht wirklich. Sie brauchen jetzt einfach Zeit zum Trocknen. Als ich wieder in die Wohnstube trete, ist Fyrion zurück und tropft den Boden voll. Zum Glück habe ich schon ein Tuch dabei und reiche es ihm.

»Danke.« Er beginnt sofort damit, sich zuerst Gesicht und Oberkörper damit abzutrocknen. Donner erklingt und er hält inne, um zu einem der Fenster zu schauen.

»Das klingt wie das Grollen der Göttin.«

»Wirklich?«

Er nickt. »Wenn sie hungrig ist, neigt sie dazu, wütend zu werden. Wir versuchen, das so gut es geht, zu vermeiden.« Fyrion schaut wieder zu mir und grinst. Wahrscheinlich wegen des Tuchs über meinen Haaren.

»Hellhaarige Frauen in Ignis färben sich das Haar manchmal rötlich. Ich weiß grob, wie die Farbe hergestellt wird. Wenn man die rote Farbe mit blauer austauscht, könntest du es immer so tragen, dann würde es nicht auffallen, wenn du nass wirst. Vielleicht wird das dann Mode in Blattwisper?«

Die Idee ist gar nicht dumm. »Hmh, ein Versuch wäre es wert.«

»Wir könnten ein paar von diesen Beeren da trocknen und sehen, ob sie gemahlen als blaue Farbe taugen.«

Ich nicke und grinse. Warum weiß ich nicht mal genau. Vielleicht, weil mir gerade eingefallen ist, dass Fyrion noch eine Weile bleiben wird. Erneut schaut er zum Fenster hinaus.

»Soll ich uns etwas Fisch besorgen? Es ist jetzt kein Pixie draußen.«

Hunger meldet sich, doch ich habe da meine Bedenken. »Die Zubereitung wäre ein Problem. Das würden die Nachbarn riechen.«

Fyrion zwinkert mir zu. »Bin bald zurück.« Damit ist er auch schon verschwunden. Dieser Elb ist unfassbar schnell. In einem Moment steht er noch hier und im nächsten klirrt nur noch die Muschelkette. Ich seufze und gehe zum Fenster. Großmutter wird bei dem Wetter nicht fliegen können. Sicher bleibt sie in Ätheria. Ich schaue an mir hinab und stelle fest, dass ich die Kleidung loswerden muss. Meine Arme und Beine ... mein Haar ... alles ist starr vor Dreck. Aber bei den Wirbeln, diese Küsse waren es wert. Ich hole mir frische Kleidung und verschwinde im Waschraum, um mich zu reinigen. Mein Haar ist ohnehin noch blau und ich erwarte jetzt keinen Besuch. Nachdem ich sauber bin, schlüpfe ich in ein Kleid der Prinzessin, das ich bisher noch nicht getragen habe. Es sitzt etwas enger als die anderen und soll wohl am oberen Teil an Holz erinnern. Von oben schaut es fast so aus, als wäre mein Busen je von einer hölzernen Hand umschlossen. Nur dass der grün-braune Stoff zwar fest, aber trotzdem sehr weich ist. An den Rändern hat man mit goldenen Fäden florale Muster gestickt. Ich betrachte mich im Spiegel, während ich mir das noch feuchte Haar zu einem festen Zopf flechte. Fyrions Worte drehen sich dabei in meinem Kopf. Die Schönheit der Pixies und die Sinnlichkeit der Nymphen. Dass er mich so bewundert, fühlt sich irgendwie falsch an. Ich bin doch nur das schräge Mädchen ohne Flügel. Dass dies jetzt anders ist, ist anscheinend noch nicht richtig in meinem Kopf angekommen. Geigenspiel erklingt und ich muss lächeln. Um es besser genießen zu können, gehe ich ins Wohnzimmer und setze mich in den Sessel. Zur Sicherheit halte ich mein Haar noch mit einem Tuch bedeckt. Man weiß nie, ob nicht doch mal jemand der Nachbarn zu mir herübereilt. Ich schließe die Augen und muss wohl kurz eingenickt sein, denn ich setze mich erschrocken auf, als plötzlich die Muschelkette raschelt.

»Hey«, sagt Fyrion und hat etwas in das Tuch eingewickelt, das ich ihm bei unserer Heimkehr gereicht habe. Er legt es auf den Esstisch. »Ich trockne mich eben ab«, sagt er und tropft schon wieder den ganzen Boden voll. »An der Küste war es zum Glück trocken, der Regen hängt über Blattwisper fest.«

»Du warst am Meer?«, frage ich und verfolge seinen Weg zum Waschraum.

»Ja«, antwortet er, bevor er dort verschwindet. Er lässt die Tür aber geöffnet. »Hast du eine trockene Hose für mich?«

»Natürlich«, sage ich und verschwinde in Großmutters Schlafzimmer, wo sie noch Kleidung meines Vaters im Schrank hat. Ich bringe Fyrion eine Hose, doch als ich bei ihm ankomme, ist er bereits nackt. Mit aufgerissenen Augen drehe ich mich schnell weg und muss husten. Vor Schreck habe ich mich an meiner eigenen Spucke verschluckt. Der Prinz amüsiert sich königlich über meine Reaktion.

»Es ist wieder sicher«, sagt er und ich drehe mich mit einem letzten Räuspern zu ihm um. »Komm, lass uns essen, vielleicht ist es noch etwas warm.«

»Warm?«, frage ich verwirrt und folge ihm erst in die Wohnstube und dann in mein Schlafzimmer, wo er die Tür hinter uns schließt.

»Ich habe den Fisch für uns über dem Feuer gegrillt.«

Staunend beobachte ich, wie er das Bündel vorsichtig ausrollt. Tatsächlich ist der Fisch noch warm. Ich greife danach und beiße hinein. Ein sehnsüchtiges

Stöhnen entkommt mir. Das ist so unfassbar lecker. Gelächter von nebenan dringt an unsere Ohren und ein fröhliches Lied erklingt. Fyrion grinst in die Richtung, aus der die Geräusche kommen, und nimmt sich seinen Fisch.

»Danke«, sage ich. »Das hat mir sehr gefehlt.« Es ist, als hätte er mir ein Stück Zuhause gebracht. Der Elb schaut mich auf eine Art an, die mir durch Mark und Bein geht. Da fällt mir etwas ein.

»Zahreba hat mich vor dir gewarnt.«

Fyrion zieht fragend die Augenbrauen hoch.

»Sie meinte, ich sei genau dein Typ und du hättest es perfektioniert, Frauen zu umgarnen.« Wenn ich mich nicht irre, waren das genau ihre Worte. »Hast du viele Herzen in Ignis gebrochen?«

Fyrion ist ungewohnt still. »Vielleicht«, sagt er und lächelt auf eine merkwürdige Art und Weise. Es erreicht seine Augen nicht.

»Das ist nicht schlimm, ich … ich weiß auch nicht, warum ich dir das erzählt habe.«

Er selbst berichtete doch schon von seinem Erlebnis in den Wellen an Ignis' Küste.

»Ich weiß nicht, ob es Herzen sind, die ich gebrochen habe.«

Fragend schaue ich ihn nur an, da ich mir gerade etwas Fisch in den Mund geschoben habe.

»Wahrscheinlich habe ich eher Hoffnungen und Träume zerstört.«

Ich schlucke den Bissen herunter. »Wie meinst du das?«

»Ich bin ein Prinz, Naida. In Ignis weiß jeder, wie ich aussehe und wer ich bin. Es war niemals ich, den sie an ihr Herz gezogen und in ihren Schoß gelassen haben.«

»Es war die Krone«, stelle ich fest und nicke verstehend.

»Ich habe nie falsche Versprechungen gemacht. Aber sie hofften trotzdem darauf, mein Herz zu gewinnen und in der Zukunft in Incendia in Milch gebadet und schön eingekleidet zu werden.«

»Das tut mir leid«, sage ich aufrichtig, doch Fyrion lacht.

»Das muss es nicht. Wie gesagt, ich habe nie einer Frau etwas versprochen oder mich unmissverständlich ausgedrückt. Mein Gewissen ist, was das anbelangt, rein.« Er legt seinen Fisch hin und betrachtet nachdenklich einen unbestimmten Punkt. Jedenfalls wirkt es so. »Ich kann nicht einfach irgendeine Schönheit zu meiner Prinzessin machen. An meiner Seite zu leben bedeutet Ärger. Ich brauche eine Partnerin, die an das Gleiche wie ich glaubt und die bereit ist, mit mir dafür zu kämpfen. Sie muss nicht unbedingt den Säbel schwingen, verstehe mich nicht falsch, aber ich kann sie auch nicht im Palast bei meinem Vater lassen.«

»Sie muss auch in einem Lager voller Soldaten zufrieden sein. Weil du ihr Zuhause bist.«

Fyrion schaut auf und ich kann sehen, dass sich sein Adamsapfel kurz heftig bewegt, als er schluckt. »Ja«, antwortet er fast schon etwas heiser. Ob es noch Nachwirkungen des Fiebers sind oder ich ihm die Sprache verschlagen habe, kann ich nicht ganz sicher sagen. Er räuspert sich. »Nun, so geliebt zu werden, das wünscht sich doch jeder, oder? Mann wie Frau.«

»Du wirst eines Tages König von Ignis sein«, sage ich. »Da bin ich mir sicher. Die Göttin steht dir bei. Du allein bist das, was die Elben jetzt brauchen. Einen König, den sie verehren und der sie liebt. Der sein Leben für sie geben würde und der sich seiner Aufgabe bewusst ist.«

»Und wo siehst du dich in Zukunft?«

»Hier, in Blattwisper. Als Heilerin an Carlottas Seite.« Wieso fühlt sich der Gedanke nicht mehr so gut an wie noch vor ein paar Tagen? »Aber nichts steht in Stein gemeißelt. Es ist noch nicht lange her, da habe ich auf meine Nymphenflügel gewartet und dachte, dass ich auf den Reisfeldern in Quellblüte arbeiten würde.«

Fyrion nickt und wirkt dabei tief in Gedanken versunken.

»Würdest du heute Nacht bei mir bleiben?«, fragt er plötzlich und ich halte für einen kleinen Moment die Luft an, bevor ich nicke. Schweigend beenden wir unser Mahl und ich entsorge die Reste. Das Tuch lege ich zur dreckigen Wäsche. Ich befreie mein Haar und stelle fest, dass es nun getrocknet ist. Als ich zurück ins Schlafzimmer gehe, sitzt Fyrion breitbeinig auf dem Bett, den Rücken an das Kopfteil gelehnt. Er wirkt immer noch in Gedanken versunken. Ich setze mich auf die andere Seite und schaue ihn musternd an.

»Ist alles in Ordnung?«, frage ich.

»Ja … ich … ich bin nur etwas durcheinander. Das legt sich bald sicher wieder.« Er lächelt erneut, ohne dass es seine Augen erreicht. Ich rücke näher an ihn heran und drehe seinen Kopf so, dass ich mir das blinde Auge genauer anschauen kann. Mit einer Hand halte ich ihm das Gesunde zu.

»Siehst du gar nichts oder wenigstens ein paar Schemen?«, frage ich.

»Ich weiß nicht, wie ich es beschreiben soll. Es scheint schon irgendwie zu flackern. Wie hell und dunkel.«

»In Ordnung«, sage ich und gebe das hellbraune Auge wieder frei. Sofort versinke ich in dem Anblick und fühle mich, als wäre ich soeben in Flammen gesteckt worden.

»Mein Herz rast«, platzt es aus mir heraus und lächele sofort verlegen.

»Meins auch.« Fyrion grinst endlich wieder so schelmisch, wie ich es von ihm gewohnt bin. »Der Ausblick ist auch wirklich nett. Da beneide ich glatt den Stoff auf deiner Haut.«

Ich räuspere mich und versuche, mir ein Lachen zu verkneifen. Es gelingt nicht so ganz.

»Was ist das Naida?«, fragt er plötzlich wieder mit dieser Melancholie.

»Was meinst du?«

Er richtet sich etwas auf und kommt noch näher an mich heran, wobei mich jetzt seine Beine umrahmen. Ich balle und strecke meine Hände, weil ich sie fast auf seine Oberschenkel gelegt hätte.

»Das hier«, sagt er. »Dieses Gefühl. Als würde einem der Verstand schwinden. Spürst du es auch?«

Ich nicke, weil es mir die Sprache verschlagen hat.

»Komm her«, sagt er so sanft, dass es sich anfühlt, als würde seine Stimme wie eine große Hand über meinen ganzen Körper streicheln. Er zieht mich an sich und ich verliere auf dem weichen Untergrund das Gleichgewicht. Ich lande auf Fyrions Brust und er rutscht unter mir etwas herunter, sodass er mit dem Kopf auf dem Kissen liegt und ich … auf seiner Brust. Erst bin ich wie erstarrt, doch dann entspanne ich mich und schließe die Augen. Unter meinen Flügeln streicht er meinen Rücken langsam rauf und wieder runter, während sein Mund meinen Scheitel findet. Warmer Atem prickelt dort über meine Haut und jagt mir einen Schauer nach dem anderen durch den Körper. Eine Hand an meinem Rücken wandert weiter und streicht über meinen rechten Flügel.

»Sie sehen schon viel besser aus«, flüstert Fyrion. Ich kann weder nicken noch leise brummen. Seine Nähe und das warme Gefühl in meiner Brust haben mich völlig eingehüllt und in ihren Bann gezogen. Es ist so schön, seinen Atem an meiner Brust zu spüren. Ich wünschte, da wäre nicht dieser Stoff zwischen uns. Der Wunsch, ihn zu küssen, wird schier übermächtig. Ich hebe den Kopf und rutschte etwas an ihm hinauf, was er mit einem tiefen Atemzug quittiert. Hoffentlich habe ich ihm nicht wehgetan. Es wirkt jedenfalls nicht so. Zaghaft schaue ich ihn an. Sein Blick schenkt mir Zuversicht, er scheint mich ermuntern zu wollen, meinem Herzen zu folgen. Ich nehme all meinen Mut zusammen und meine Lippen landen vielleicht etwas ungestüm auf seinen. Er lässt sich jedoch nichts anmerken und schlingt seine Arme um meine Taille, drückt mich damit näher an sich. Dieses Gefühl … wie er mich so fest und sehnsüchtig an seinen Körper presst. Als wolle er uns zu einem verschmelzen. Meine Seele streckt sich ihm entgegen und ich spüre, dass die Seine sich an sie schmiegt. Wie oft habe ich darüber nachgedacht, wie es wohl ist, jemanden zu küssen und was ich dabei machen muss. Doch jetzt ist es so … einfach. So natürlich. So wundervoll. Ich blinzele kurz und sehe Fyrions Runen im Gesicht glühen. Besitzergreifend streiche ich über seine rechte Wange und halte seinen Kopf auf diese Art fest. Nicht, dass er auch nur die kleinste Anstalt gemacht hätte, mir entkommen zu wollen. Sein Mund spricht eine ganz andere Sprache, genau wie seine Haut, welche die Hitze in ihm widerspiegelt. Ich löse mich von ihm, um mir die Runen einen Moment anzuschauen. Der Gedanke, dass ich der Grund für ihr

Erscheinen bin, raubt mir für einen Moment den Atem. Etwas anderes kommt mir in den Sinn, das mich zum Lachen bringt.

»Was?«, fragt Fyrion und hebt den Kopf, um mit seiner Nase gegen meine zu stupsen.

»Als ich meine Flügel bekam und ich mit meiner Mutter über die Prophezeiung gesprochen habe, dachte ich noch, dass es ein Leichtes sein wird, mich von den Elben fernzuhalten. Nun schau mich an.«

Ein leises Lachen lässt seinen Oberkörper erbeben und rüttelt mich damit ein wenig durch.

»Jetzt liegt ein Feuergeborener unter dir und brennt vor Sehnsucht nach deiner Nähe.«

Nicht irgendeiner, geht es mir durch den Kopf. *Der Prinz und hoffentlich der nächste König der Elben.*

Seine Runen bewegen sich sachte. Sie bilden ganz andere Muster als damals beim Fieber. Sie sind grober … animalischer.

»Näher kann ich dir kaum noch sein«, sage ich, was Fyrion mit gerunzelter Stirn lächeln lässt.

»Du hast ja keine Ahnung«, flüstert er.

Oh … das …

»Hey, keine Angst. Ich würde eher meinen Verstand verlieren, als etwas zu tun, das du nicht möchtest.«

Ich will ihm sagen, dass ich das weiß, aber ich küsse ihn lieber. Damit werde ich kein Feuer ersticken.

Ganz im Gegenteil.

Kapitel 10

In der Nacht wache ich ein paar Mal auf, weil es ungewohnt ist, so nah umschlungen mit einem anderen Körper zu liegen. Es ist noch stockfinster, als ich mich neu ausrichte und Fyrion fast dabei wecke. Er atmet tief durch und zieht mich an meiner Taille enger an sich, öffnet aber nicht die Augen. Die Wärme seiner Haut macht mich süchtig und jetzt, wo das Fieber weg ist, scheint der Feuergeborene, in dessen Armen ich mich so sicher wie nie zuvor in meinem Leben fühle, einen leicht rauchig-würzigen Duft zu verströmen. Als hätte man irgendein gut duftendes Holz in die Flammen geworfen. Es ist nur sehr schwach, doch dieser Geruch bringt tief in mir etwas zum Klingen. Ich bin allerdings zu müde, um der Sache weiter nachzugehen. Als ich das nächste Mal die Augen aufschlage, sind die Wärme und der Duft verschwunden. Die Bettseite neben mir ist leer. Ich setze mich auf und kratze mich verschlafen am Kopf. Gähnend strecke ich Arme, Beine und Flügel aus. Wo Fyrion wohl hin ist? Ich erhebe mich und finde in der Wohnstube einen Zettel. Bevor meine Augen jedoch die Zeilen lesen, fällt mir die Handschrift auf. Sie ist mir fremd.

Guten Morgen, Schmetterling,
ich konnte nicht mehr schlafen und habe mich auf die Suche nach den Zutaten für die Farbe gemacht. Damit du auf deinem Kopf ein Stück Ätheria in Blattwisper tragen kannst.
Raze

Er war so klug, den Zettel für jedermanns Augen ungefährlich zu halten. Dennoch mache ich mir sofort Sorgen und hoffe, dass er schnell zurück ist. Es ist sehr zuvorkommend von ihm, dass er mir helfen will, aber ich wüsste ihn offen gesagt noch viel lieber in Sicherheit. Ich lege den Zettel wieder hin und streiche lächelnd über Fyrions Zeilen. Er hat wahrlich die Handschrift eines Mannes. Schnörkellos und schlicht. Ich runzele die Stirn. Schon die ganze Zeit, die ich hier stehe, vernehme ich im Hintergrund von draußen einen ungewöhnlichen Tumult. Etwas ist anders ... da sind mehr Stimmen als sonst und sie scheinen näherzukommen. Irritiert trete ich nach draußen und sehe drei Männer, die von anderen umringt sind. Einer schaut zu mir und deutet auf mich. Er trägt einen Eimer mit Wasser, während die anderen ... sie sehen aus wie Palastwachen. Ihre Uniformen sind denen der Männer in Wellenruh ganz ähnlich. Ich erinnere mich noch gut an den Tag meiner Prüfungen. Allerdings trugen die Pixies, welche die Prinzessin begleiteten, ganz andere Kleidung als diese Männer. Du meine Güte, ist etwas mit Großmutter passiert? Ich gehe zur Brüstung und klammere mich nervös daran fest.

»Das ist sie. Ich habe es genau gesehen«, sagt der Mann mit dem Eimer und ehe ich auch nur reagieren kann, holt er aus und schüttet mich mit Wasser voll. Es geschieht so schnell und ich lege instinktiv meine Hände über mein Haar, obwohl ich weiß, dass es nichts nutzt. Ich fühle mich entblößt und so sehr alles in mir schreit, ein Gedanke kristallisiert sich heraus: Ich wurde gesehen. Von diesem

Pixie da vorn. Hilfesuchend blicke ich mich um, doch es ist niemand da, der mir helfen könnte.

»Seht ihr!«, plärrt der Kerl. »Sie ist eine Nymphe! Wie kann sie unsere Flügel haben?!«

Panisch starre ich die beiden Wachen an, die aussehen, als könnten sie selbst ihren Augen nicht glauben. Sie fliegen über das Geländer und packen mich je an einer Seite. Schmerz explodiert in meiner linken Schulter, als sie mich ins Haus zerren. Ich stemme mich gegen ihren Griff, will nicht mit ihnen allein sein, doch sie sind stärker als ich und schaffen es ohne Probleme.

Fyrion, bitte komm zurück. Wo bist du?

Ich schaue die Männer panisch an.

»Sag, Wasserhexe. Mit welcher Art von Magie hast du dir unsere Flügel gezaubert?«, fordert mich einer zum Sprechen auf. Er hat kurz geschorenes Haar, was ich in Blattwisper noch nie zuvor gesehen habe.

»Was habt ihr mit mir vor?«, frage ich nervös. »Bringt ihr mich zur Prinzessin?« Dann könnte Großmutter mir vielleicht helfen … Der Kerl mit den kurzen Haaren holt aus und eine Backpfeife trifft mich mit voller Härte. Ein brutaler Schmerz breitet sich in meinem Kopf aus. Kurz dreht sich alles um mich und ich halte mir instinktiv die glühende Wange.

»Wir stellen hier die Fragen«, werde ich angeblafft. »Antworte gefälligst!«

»Ich bin halb Pixie, halb Nymphe«, sage ich und entscheide mich für die Wahrheit. Lügen hat jetzt keinen Sinn mehr. Wobei … »Da ich die Flügel einer Pixie bekommen habe, bin ich nach Air geflüchtet, wo ich Aria erzählte, ich sei ihre Enkelin aus Ätheria. Ihr Sohn starb unverheiratet und sie glaubte mir, dass er eine Affäre gehabt haben soll.« Aber woher soll ich das gewusst haben? Zum Glück scheinen die Wachen nicht die Klügsten zu sein. Der Kurzhaarige starrt mich abfällig an.

»Ich habe dich nicht nach deiner ganzen Lebensgeschichte gefragt«, fährt er mich an und schaut dann zu dem anderen. »Halt sie fest.«

Nein, nein, nein, was haben sie vor? Ich weiche zurück, doch sie packen mich und drücken mich schmerzhaft mit dem Gesicht voran auf den Boden. Mehr als ein Wimmern bringe ich nicht heraus. In Gedanken rufe ich nach Fyrion, hoffe, dass er von seiner Suche zurückkommt. Als ich schon davon ausgehe, dass die Männer sich gleich an mir vergehen werden, reißen sie an meinen Flügeln. Der mit den kurzen Haaren beugt sich zu mir herunter und lacht dreckig.

»Tut nur kurz weh, Mischlingsbrut«, sagt er und schon im nächsten Moment explodiert ein allumfassender Schmerz in meinem Oberkörper. Während ich mit einem verzweifelten Atemzug versuche, Luft in meine Lungen zu bekommen, landen vor meinen Augen meine blutigen Flügel auf dem Boden. Ich schreie vor Pein und meine Sicht verschwindet. Meine ganze Existenz scheint nur noch aus wütend tobendem Schmerz zu bestehen. Ich fühle mich einer Ohnmacht nahe.

»Und nun? Willst du sie?«

»Eine nach Sumpf stinkende Nymphe? Nein, danke. Wir machen, was der Truchsess gesagt hat. Die da holen wir später. Sicher will er sie sehen.«

Ich werde wieder an beiden Armen gepackt. Der Schmerz raubt mir zuerst den Verstand und dann schließlich das Bewusstsein.

Mein letzter Gedanke gilt Fyrion …

Ich wache auf, das Gesicht zur Hälfte auf sumpfigen Boden.

Wo bin ich?

In Aqua?

Kann das sein?

Gelähmt vor Schmerzen öffne ich die Augen und sehe die beiden Wachen über mir aufragen. Panik lässt mir das Blut in den Adern gefrieren.

»Du bist jetzt wieder in Aqua. Wage es dich nicht, auch nur einen Schritt zurück nach Air zu setzen.«

Ich schaue mich um. Da ist Blut auf meinen Armen, das sicher von meinem Rücken stammt. Jede Bewegung tut unfassbar weh und kostet mich fast all meine Kraft.

»Wir sollten sie nicht leben lassen«, sagt der mit den langen Haaren.

»Der Truchsess hat gesagt: Flügel ab und schickt sie dahin zurück, woher sie gekommen ist. Wir halten uns an seine Befehle.« Der Kurzhaarige lacht und fummelt an seiner Hose herum. »Aber wir könnten die Wassergeborene ja noch ein wenig gießen. Nicht, dass sie vertrocknet.«

Ich kann gerade noch die Augen schließen und den Kopf wegdrehen, als mich schon der erste stinkende, warme Strahl trifft. Ein Zweiter kommt dazu, er brennt wie Feuer auf meiner Rückenwunde. Die Männer lachen und stöhnen erleichtert auf. Ich kralle meine Hände in den Dreck und zwinge mich dazu, still zu sein. Noch bin ich ihnen schutzlos ausgeliefert und sie könnten jederzeit ihre Befehle vergessen. Tränen laufen aus meinen zusammengepressten Augen und ich kann ein Würgen nicht unterdrücken. Wut jagt durch mein Innerstes wie ein Sturm, doch ich muss die Energie, die er mir gibt, in mir behalten.

»Ah, das hat gutgetan«, befindet der Langhaarige. Seine Stimme klingt etwas dunkler als die des anderen. »Lass uns aufbrechen und die Flügel holen.«

»Die schafft das niemals bis Quellblüte, so wie die blutet.«

»Nicht unser Problem.« Eine Nase wird laut hochgezogen und ich öffne rechtzeitig die Augen, um etwas Spucke direkt neben meinem Gesicht landen zu sehen. Ich betrachte den weiß-gelben See und kralle meine Hände vor Wut in den Dreck.

»Lass uns losfliegen.« Damit entfernen sie sich, doch ich höre sie noch lachen. Ich lausche diesem Geräusch, bis es gänzlich verschwunden ist. Als ich mir sicher bin, dass sie fort sind, sehe ich mich um. Zu meiner Seite taucht eine der riesigen Wurzeln des Weltenbaumes in den Boden ein. Die Soldaten müssen mit mir aufseiten Terras an ihm vorbeigeflogen sein, denn wenn mich nicht alles täuscht, ist das da vorn die Rückseite des Dreifalls. Der Fluss neben mir müsste der Seitenarm des Ferlains sein, der kurz vor der Grenze zu Aqua in Terra abzweigt. Ich hieve mich auf alle viere und halte die Schmerzenslaute dieses Mal nicht mehr zurück. Es ist so nebelig, dass ich nicht sehr viel von meiner Umgebung ausmachen kann. Jedenfalls nicht in Richtung Terra. Aber es ergibt Sinn. Wenn sie über Ignis geflogen wären, hätten sie über die Berge gemusst. Sicher fürchteten sie den starken Wind dort und durch die Mitte finden laut Mutter nur wenige einen Weg. Das dichte Blattwerk des Weltenbaums hält die meisten fern. Ich muss in Richtung des Felsmassivs vor mir gehen, das mich an den Dreifall erinnert. Wenn er es ist, dann weiß ich, wie ich nach Quellblüte komme. Schon die ersten Krabbelschritte jagen Schmerzensblitze durch meinen Rücken, die mir erneut Tränen in die Augen treiben. Was passiert jetzt mit Großmutter? Und Fyrion? Wird Carlotta nach alldem den Mut haben und ihn bei sich aufnehmen? Der Prinz muss in Sicherheit bleiben. Die Zukunft eines ganzen Landes hängt davon ab, dass sein Herz weiterschlägt. Ich muss etwas tun ... Frustriert fasse ich in den feuchten Boden unter mir und schreie so laut es meine Lungen erlauben. Schluchzend lege ich mich hin. Ich weiß nicht, was ich tun soll und jeder Atemzug tut so unfassbar weh.

Meine Flügel sind für immer weg ...

Das Erbe meines Vaters ... einfach von mir genommen.

Anders als Nymphenflügel werden sie nicht nachwachsen können. Ich werde nie wieder fliegen, nie wieder durch die Wolken stoßen ... ich habe das alles nicht genug ausgekostet. Wie soll ich jetzt zu Großmutter kommen? Werde ich sie je wiedersehen? Vorausgesetzt, der Truchsess tut ihr nichts. Hoffentlich kann Elara sie beschützen. Ich betrachte den Fluss, als plötzlich ein leises Miauen erklingt. Halluziniere ich jetzt? Ich drehe mich um und ...

»Himmelsjäger«, flüstere ich und sehe die Aetherkatze, die ich auf den schwebenden Inseln gesehen und gezeichnet habe. Ihre roten Flügel spannen sich über ihr auf, als sie sich streckt und dann zu mir kommt. Sie setzt sich neben mich und legt ihren Kopf schief. Ich hebe zitternd die Hand und streiche über ihr schwarz-weißes Fell. Mit Tränen in den Augen lächele ich das Tier erschöpft an.

»Was machst du hier?«, frage ich die Katze, obwohl sie mir natürlich nicht antworten kann. Sie miaut jedoch, als habe sie verstanden. Der Himmelsjäger schnuppert an mir und lässt den Mund danach offenstehen.

»Du hast recht. Ich muss den Urin dieser Kerle von meiner Haut waschen.« Mein Blick geht zum Fluss. Ich mobilisiere alle Kräfte und krieche mehr oder weniger darauf zu. Erschöpft lasse ich meinen Körper ins Wasser gleiten, wo die Schmerzen an meinem Rücken etwas besser werden. Mein Geburtselement empfängt mich wie tröstende Arme.

Mama ...

Ich muss zu ihr zurück, auch wenn ich in Aqua als tot oder vermisst gelte. Die Katze fliegt zu einem Stück Treibholz, das auf der anderen Seite des Flusses am Ufer liegt. Sie schiebt, buddelt und drückt es mit ihren Pfoten tiefer ins Wasser. Staunend beobachte ich, wie sie es, unter Einsatz ihres ganzen Körpers, zu mir herüberbringt.

»Danke ... Himmelsjäger.« Sie braucht einen Namen, aber dafür habe ich gerade keinen Kopf. Ich klammere mich an dem Treibholz fest und in dem Moment wird mir klar, was das Tier von mir will. Miauend flattert sie vor mir auf und ab. Ich soll mich vom Fluss tragen lassen. Er wird, wenn ich richtig liege, mich mehr oder weniger direkt zum Dreifall bringen. Von dort aus könnte ich mit etwas Kraft zum Silberspiegel gelangen, wo so gut wie immer Nymphen sind und angeln. Teilweise sogar nachts. Einige schwören darauf, dass dann die Fische besser beißen. Narissas Haus befindet sich am anderen Ende, vielleicht schaffe ich es sogar bis zu ihr. Unter Schmerzen stoße ich mich vom Ufer ab und gleite in den Fluss. Ich bin unfassbar erschöpft und befürchte, dass das zum großen Teil an dem vielen Blut liegt, das ich verloren habe. Während das Wasser mich sanft trägt, lasse ich kurz etwas lockerer, um meinen Kopf einmal unterzutauchen. Nicht nur, um den Gestank endgültig loszuwerden, sondern auch, um mich mit der Kälte bei Bewusstsein zu halten. Schon am Dreifall könnten Nymphen sein, ich muss nur durchhalten. Die Katze bleibt bei mir und fliegt über meinem Kopf mit. Manchmal landet sie kurz am Ufer; einmal scheint sie dabei ein Beutetier gesehen zu haben. Sie verschwindet kurz im Schilf und leckt sich das Mäulchen, als sie daraus wieder auftaucht. Der Fluss macht eine Kurve, die mir erlaubt, sie etwas länger zu beobachten. Als ich jedoch an ihr vorbeikomme, hebt sie wieder ab und miaut schließlich alarmierend. Der Fluss mündet im Sirenensee, doch die Strömung trägt mich vom Dreifall fort. Ich bewege meine Beine und gelange so auf eine kleine Insel inmitten des Sees. Auch wenn ich das Gefühl habe, das Bewusstsein bald zu verlieren, bin ich doch froh, dass ich zumindest richtig lag. Zitternd vor Erschöpfung bleibe ich auf dem kleinen Grünstück sitzen. Ich muss meine Kräfte sammeln, um den See zu überqueren und in den Silberspiegel zu gelangen. Selbst ohne große Wunde und Blutverlust wäre das ein Kraftakt. Der Himmelsjäger landet neben mir und rollt sich dort ein, als wollte er mir sagen, dass ich mich ausruhen soll. Ich streichele sein weiches Fell. Es fühlt sich in diesem Strudel aus Schmerz und Angst, der mich gnadenlos in seine finstere Mitte zieht, tröstlich an. Die roten Flügel der Katze falten sich entspannt zusammen. Sie erinnern mich an die Göttin und ich sende ihr in Gedanken ein Stoßgebet zu. Möge sie Fyrion, Großmutter und mich beschützen. Hoffentlich ist der Prinz nicht auf die beiden Wachen gestoßen. Ich weiß nicht, ob er schon wieder so gut kämpfen kann? Er hat doch gerade erst das Fieber überstanden und ihm fehlt sein halbes Sehvermögen. Erneut schluchze ich auf, dabei sollte ich meine Kraft für das Weiterkommen aufsparen. Ich kann aber nicht anders. In meiner Brust brennt ein Schmerz, der größer und stärker ist, als der auf meinem Rücken. Es fühlt sich an, als wäre ein Teil von mir in Air geblieben.

Ist das Vaters Erbe, dessen man mich beraubt hat?

Oder ist es Fyrion, … den ich nie wiedersehen werde?

Sicher ist es beides, denn mir hat sich regelrecht die Kehle zugeschnürt.

»Ich schaffe das nicht«, erzähle ich schluchzend der Katze. Ich muss nach Hause … nur noch nach Hause. Zu Mutter. Nach Quellblüte. Ob der Truchsess

Wellenruh informiert? Was Königin Sylvaine und König Veridian dann mit mir machen, weiß nur die Göttin.

»Hey du!«, ruft da plötzlich jemand und ich atme erleichtert aus. »Beim großen Wirbel! Naida?! Wir dachten, du bist tot!«

Ich sehe zwei Nymphen auf mich zufliegen.

Rettung ist da … ich …

»Sie wacht auf.« Das ist Narissas Stimme. »Komm, schnell.«

»Kind? Beim Weltenbaum und allen Wassergeistern sag doch was!«

Ich öffne flatternd die Augen. Mein Gesicht wird in ein Kissen gedrückt, während ich auf dem Bauch in … meinem Bett … liege.

»Mama«, bringe ich heraus.

»Was ist passiert? Wer hat dir das angetan?«

»Truchsess.« Meine Stimme ist ganz rau. Wie lange bin ich weg gewesen? Großmutter, Fyrion, ich muss … Ich werde sanft zurück auf das Bett gedrückt.

»Ruhig, nicht bewegen«, ermahnt mich meine Mutter.

»Gütige Göttin. Sie haben herausgefunden, was sie ist.« Narissas Stimme klingt mehr als nur besorgt. »Was ist, wenn der Truchsess dem Königshaus von ihr berichtet?«

»Dann ist es so.«

»Lyrina …«

»Ich kann sie nicht bewegen. Sie muss ruhig liegen. Wenn Wellenruh vor unserer Tür steht, werde ich mich für mein Tun verantworten. Die Majestäten werden verstehen, dass ich nur mein Kind schützen wollte und Naida von allen am wenigsten dafür kann, wer und was sie ist.«

Narissa atmet hörbar aus. »Ich habe Angst.«

»Das brauchst du nicht«, versichert Mutter ihr. »Alles wird gut werden. Wenn ich ins Gefängnis gehe, dann ist es so.« Sie streichelt mir über den Kopf. »Ich bereue nichts.«

»Ich fliege dann jetzt los. Hoffentlich finde ich einen Brief von Aria.«

»Danke, Narissa.«

»Nicht dafür.«

»Hast du meinen Brief an sie dabei?«

Ein Klopfen auf Stoff erklingt. »Ja, sicher verstaut.«

»Findest du den Weg auch noch?«

»Hey, ich bin ihn doch letztens noch mal mit dir geflogen. So dumm bin ich nun auch nicht.«

Mutter lacht leise. »Du bist die Beste.«

Hoffentlich konnte ich Großmutter mit meiner Lüge beschützen, auch wenn in ihr eine große Lücke klafft, die mehr als unlogisch ist. Woher soll ich von ihrem Sohn gewusst haben? Bleibt nur zu hoffen, dass der Truchsess nicht weiter über mich nachdenkt und die Sache für ihn damit im tiefsten Meer versenkt und vergessen ist. Ich ziehe unter Schmerzen eine Hand an mein Gesicht und rieche den vertrauten Duft von Mutters Ölen. Sie hat mich gewaschen.

»Wie lange war ich weg?«, frage ich und hänge gedanklich in Air. Ob Fyrion mein Fehlen schon bemerkt hat?

»Fast einen ganzen Tag.« Mutter setzt sich so neben mich, dass ich sie sehen kann. Sie lächelt traurig. »Es tut mir leid, Liebling. Ich dachte wirklich, du wärst in Air sicher.«

»Ich wurde vom Regen überrascht.« Der Pixie muss mich gesehen haben, bevor Fyrion ... oh Göttin, ob er ihn und mich beobachtet hat?

»Hey!« Mutter streicht mir mit einem gehetzten Gesichtsausdruck über den Arm. »Ruhig liegen bleiben. Was ist mit dir?«

Ich kann ihr nicht von dem Prinzen erzählen. »Großmutter ... was ist, wenn der Truchsess sie ...« Ich will es nicht mal aussprechen.

»Warte ab, vielleicht kehrt Narissa mit einem Brief zurück. Wir können uns Sorgen machen, wenn wir mehrere Tage nichts von ihr hören.« Mutter küsst meine Schläfe. »Narissa und ich werden abwechselnd hinfliegen, in Ordnung?«

Ich nicke.

»Jetzt ruhe dich erst mal aus. In Quellblüte glaubt man, dass du dich im Sumpf verirrt hattest. Wir hielten dich für tot, doch stattdessen bist du zurückgekehrt. Anscheinend bist du jemandem begegnet, der dich deinen Flügeln beraubt hat. Die sind dir natürlich ausgerechnet in der Zeit im Sumpf gewachsen.« Mutter stöhnt, vermutlich weil sie die Geschichte selbst für dumm hält. Aber etwas Besseres würde mir auf Anhieb auch nicht einfallen. »Viele denken, dass du dir die Wunden selbst irgendwie zugefügt hast.«

Das wundert mich kein bisschen. »Sind wir hier sicher?«

»Vorerst, ja. Hast du lange auf der kleinen Insel im Sirenensee gelegen?«

Ich schüttele den Kopf und mir fällt der Himmelsjäger wieder ein. »Die Aetherkatze!«

Mutter lächelt liebevoll. »Liegt zusammengerollt am Ofen. Ich koche Fischsuppe für dich.«

»Danke«, murmele ich und schließe erneut die Lider. Ich spüre die Lippen meiner Mutter an meiner Schläfe und Tränen brennen in meinen Augen. Nicht zu wissen, was in Air passiert, macht mich schier wahnsinnig. Dennoch schaffe ich es, erneut einzuschlafen.

Als ich die Augen öffne, dämmert es bereits. Mein Rücken fühlt sich viel besser an, was sicher an der Moorpackung liegt, deren Geruch mir in der Nase steigt und deren Gewicht ich eindeutig auf mir spüre. Narissas Stimme ist in der Küche zu hören und ich will mich schon aufsetzen und zu ihnen gehen, da hält mich eine große Hand auf.

»Hey, wo willst du denn hin?«, fragt Fornax und grinst mich traurig an. »So habe ich mir unser erstes Wiedersehen nicht vorgestellt.«

»Fornax.« Ich lächele ihn an. »Hilf mir bitte auf. Ich kann nicht mehr so liegen.«

»In Ordnung, aber du wirst ruhig sitzen bleiben. Die hier stinkt ohnehin schon.« Er deutet vermutlich auf die Moorpackung, die kurz darauf von mir heruntergenommen und in einem Eimer entsorgt wird. Ich zische leise, als mein bester Freund mir hilft, mich hinzusetzen. Er reicht mir ein Tuch, um meine Brust damit zu bedecken. Ich sortiere es vor mich und klemme es mir unter die Arme.

»Was ist passiert? Deine Mutter sagt, man hat deine doppelte Natur entdeckt?«

Ich nicke. »Das war so dumm von mir. Ich habe mich und Großmutter in Gefahr gebracht.« Und Fyrion. Meine Hände ballen sich zu Fäusten. »Ich dachte, es wäre weit und breit niemand dort. Regen überraschte mich. Ich habe nicht auf das Wetter geachtet, als ich aufbrach. Dieser Pixie muss sich sofort auf den Weg nach Ätheria gemacht haben.« Noch während des Regens. Er wird es äußerst eilig gehabt haben, mich anzukreiden. Habe ich ihm solche Angst gemacht?

»Wie war es in Air? Erzähl«, fordert mich Fornax ruhig auf.

Hellbraune Augen ...

Feuerrunen ...

Mein Herz klopft mir wild gegen die Brust und ich lege eine Hand drauf, um es zu beruhigen. Fornax verengt die Augen.

»Beim Wirbel, du hast da jemanden kennengelernt, oder? Deine Pupillen sind gerade riesig geworden.«

Ich lächele. »Irgendwie schon ja.«

»Wie heißt er?«

»Raze«, lüge ich und fühle mich schlecht dabei. Es ist jedoch besser so.

»Muss ich dich demnächst dann den Weltenbaum hochschleppen, damit ihr ...« Er grinst mich zwinkernd an, doch ich kann nur mit dem Kopf schütteln. »Hey, ich bin dein bester Freund. Ich würde das für dich tun.«

»Danke. Das weiß ich zu schätzen.« Leider weiß ich nur nicht mal wo er ist.

»Erzähl mir von ihm.«

Fyrions Gesicht taucht in meinen Gedanken auf. »Er brachte mich andauernd zum Lachen.«

»Das ist gut.«

»Ja ... er ... war unfassbar von sich selbst überzeugt, aber nicht auf eine dumme Art, wenn du verstehst, was ich meine?«

»Das, was er behauptete zu können, konnte er auch?«, rät Fornax.

»Ja, so in etwa.«

Mein bester Freund lacht dreckig, woraufhin ich ihn gegen die Brust boxe. Ich bereue es sofort und zische leise.

»Autsch«, sagt auch er und reibt sich theatralisch über die getroffene Stelle. »Was denn? Da muss ich doch an so etwas denken.«

»Ja, ja.« Ich atme, so tief mir mein Rücken das erlaubt, durch. Wie soll ich ihm von Raze berichten, ohne von Fyrion zu erzählen? Dass wir uns als Fremde im Land von Anfang an nah waren.

»Da waren zwei Kerle, die dachten, dass sie mit mir machen könnten, was sie wollten. Raze ging dazwischen und half mir.«

»Guter Mann«, sagt Fornax ernst.

»Er ... verdrosch den Kerl, der mich gepackt hatte und als ich ihm danach danken wollte, bemerkte ich, dass er fieberte. Er sagte, ich müsste schnell Abstand zu ihm gewinnen.«

»Lass mich raten, du hast ihn gepflegt?«

Ich nicke. »Du kennst mich.«

»Alle Achtung. Er hat mit Oculifieber noch zwei andere Kerle in die Flucht geschlagen? Respekt. Als ich es hatte, habe ich mich teilweise eingepinkelt, weil ich mich null bewegen konnte.«

»Er hat meine Not gesehen und wahrscheinlich so etwas wie letzte Energiereserven dafür verbraucht.«

»Wie eine Mutter, die einen umgekippten Baum hochhebt, um ihr Kind zu retten«, grübelt Fornax glucksend.

Ich brumme zustimmend. »Es war großes Glück, dass ich in der Nähe seines Hauses gewesen bin.« Diese Lügerei bringt mich um und Fornax ist nicht dumm. Er bemerkt, dass etwas nicht stimmt.

»Du verschweigst mir was«, vermutet er.

»Ja, aber ich kann es dir hier und jetzt noch nicht sagen.« Ich schaue an ihm vorbei zur Tür, hinter der Mutter und Narissa sich aufhalten. »Es war kein Brief meiner Großmutter da, oder?«

Fornax schüttelt den Kopf.

»Ich verspreche dir, dir alles zu erzählen. Später.«

»Ist okay für mich.« Er lächelt mich an. »Ich bin froh, dass ich dich zurückhabe.« Sein Gesicht wird traurig. »Auch wenn der Preis dafür zu hoch war.« Er streicht über meine Seite und ich weiß, dass er meine Flügel meint. Es brennt sofort in meinen Augen.

»Ich bin es doch gewohnt, das Mädchen ohne Flügel zu sein«, sage ich und die Worte schmecken bitter in meinem Mund. Fornax schluckt, ich bin mir sicher, dass er den Schmerz mit mir gefühlt hat.

»Es tut mir so leid, Naida.«

»Nein, nicht ... es ist, wie es ist«, wiegele ich die Sache ab und will gar nicht weiter darüber reden. »Hoffentlich stehen demnächst keine Soldaten aus Wellenruh vor der Tür.«

Mein bester Freund räuspert sich. »Dafür hat deine Mutter einen Plan.«

»Ja, alle Schuld auf sich nehmen und ins Gefängnis gehen.« Ich schnaube. »Allerdings weiß ich auch keinen anderen Ausweg.« Wir könnten weder nach Ignis noch nach Terra. Auch in Aqua könnten wir uns nicht ewig verstecken.

»Fornax?« Ich muss ihm sagen, was mir so schwer auf der Seele liegt. Jemand muss es hören.

»Ja?«

»Ich fürchte, ich habe mich Hals über Kopf in Raze verliebt.«

Mein bester Freund nickt. »Ich weiß. Man sieht es dir an.«

»Das ist nicht gut.« Gar nicht gut ... das ist schlimm.

»Wie die Mutter, so die Tochter, was?«

Ja … und doch auch nicht. Ich bin eine Tochter der See und habe mich in den Sohn der Flammen verliebt. Kann das gut gehen? Wasser und Feuer können sich gegenseitig auslöschen. Trotzdem tobt da eine Sehnsucht in meiner Brust, in der ich mich zu verlieren drohe.

Da ist ein Ozean voller Gefühle, doch kein Land.

Kapitel 11

Sieben Tage ohne eine Nachricht von Großmutter. Auch heute gibt es keine Neuigkeiten, das sehe ich in Mutters Gesicht, als sie durch die Tür kommt. Es fällt mir von Tag zu Tag schwerer, ruhig zu bleiben.

»Kein Brief.« Selbst Mama sieht mittlerweile besorgt aus. Sie vermag es kaum noch vor mir zu verbergen. Ich schließe die Augen. Das ist alles meine Schuld, ich war unaufmerksam und unvorsichtig. Wenn Großmutter etwas geschehen ist, werde ich mir das nie vergeben können.

»Aber ich habe etwas anderes gehört«, sagt Mama und sie scheint bisher nicht zu wissen, was sie von den Neuigkeiten halten soll.

»Was?«, frage ich neugierig.

»Der Truchsess von Air wurde ermordet. Am selben Abend ist wohl die eigentlich noch zu junge Prinzessin gekrönt worden.«

Meine Augen weiten sich.

Fyrion!

Er muss es gewesen sein!

»WER? Ich meine … WIE?«

Mutter zuckt mit den Schultern. »Mehr haben die Leute nicht erzählt.«

In meinem Kopf rasen die Gedanken. »Wer weiß, vielleicht kommt jetzt in den nächsten Tagen ein Brief. Wenn Elara kürzlich gekrönt wurde, ist Aria sicher nur nicht aus Ätheria weggekommen. Sicher benötigt die junge Königin jetzt ihre Damen.« Vielleicht hat Fyrion sie gerettet?

Der Truchsess ist tot ...

Ermordet.

War es wirklich der Prinz?

Oh Göttin, was ist, wenn er gar nicht weiß, wohin ich gebracht wurde. Oder was mit mir geschehen ist. Vielleicht hat der Truchsess ihm und Oma ...

»Mama?«

»Ja?«

»Was ist, wenn Großmutter denkt, ich sei tot? Die Wachen haben meine Flügel mitgenommen. Sie könnten ihr Beweis genug gewesen sein.«

Würde Fyrion meinetwegen den Truchsess töten?

Ja ...

Er hat schon mal ein Leben genommen, als das Meine bedroht war und damals kannte er nicht mehr von mir als mein Antlitz.

Mutter schluckt. »Dann würde sie sicher zur Dreimondnacht persönlich am Baum erscheinen, um es mir von Angesicht zu Angesicht zu sagen.«

Mir laufen Tränen über die Wangen. Ob Fyrion dann noch da ist? Ob sie ihn erreichen kann? Glaubt er, ich sei getötet worden und ist daraufhin nach Ätheria, um mich zu rächen? Nein, nein, nein, er wird sich große Vorwürfe machen, weil er nicht dagewesen ist. Mutter zieht mich vorsichtig in ihre Arme, in denen ich bitterlich zu weinen anfange.

»Du gefällst mir gar nicht, seit du zurück bist.« Sie streichelt mir über das Haar. »Ist es das Gerede in Quellblüte? Sie werden aufhören. Eines Tages muss es ihnen doch langweilig werden, über dich zu lästern.«

»Sie werden darauf warten, dass ich neue Flügel bekomme«, sage ich schniefend.

»Vielleicht bekommst du welche. Wer weiß? Wenn die Nymphe in dir durchkommt und sich doch noch ihre Flügel zeigen?«

Unmöglich ist es nicht und ein wenig möchte ich mich tatsächlich an diesem Gedanken festhalten.

»Ansonsten ...« Mutter seufzt gestresst. »Sie haben auch akzeptiert, dass du keine hattest. Es tut mir so leid, aber dann bist du wieder der Sonderling.«

Es war so schön, zumindest äußerlich, in Air mal dazu gehört zu haben. Allerdings ist mir das jetzt egal. Ich habe nur einen Wunsch.

Ich muss ihn wiedersehen.

In diese Augen schauen ...

Seinen Duft inhalieren ...

Seine Haut berühren ...

Seine Lippen ...

Ich würde Mutter so gerne von Fyrion erzählen, aber sie würde es nicht verstehen. Sie wäre böse, weil ich einen Elben näher an mich herangelassen habe.

Zahreba!

Sie wird in nicht ganz zwei Wochen auf mich am Berg warten. Ich muss dorthin. Muss ihr sagen, was vorgefallen ist. Oder wird Fyrion vielleicht selbst dorthin gehen? Ich löse mich von Mutter.

»Gib mir einen Moment«, bitte ich sie und gehe in mein Zimmer. Doch statt mich zu sammeln, suche ich in meinem Regal nach dem Buch, das eine Karte von Pandorea enthält. Ich finde es nach kurzer Suche und fahre mit dem Finger auf der Landkarte den Sumpf hoch, an Glutwacht vorbei und in die Berge. Eine andere Möglichkeit habe ich ohne Flügel nicht und Mutter oder Fornax werde ich nicht bitten, mich zu tragen. Mal abgesehen davon, dass sie versuchen würden, mir das auszureden und ich sie dieser Gefahr niemals aussetzen könnte.

»So mache ich das«, entscheide ich. Wenn Großmutter am Baum erscheint und Fyrion noch bei ihr ist, dann kann sie ihm sagen, dass ich noch lebe und ihn gerne sehen würde. Dann fällt uns schon etwas ein. Wenn sie aber nicht kommt oder der Prinz das Weite gesucht hat, werde ich seine Freundin aufsuchen. Koste es, was es wolle. Sie wird ihn früher oder später finden. Da bin ich mir sicher. Ich balle die Hände zu Fäusten ... und wenn ich mit ihr suche? Da sind keine Flügel mehr auf meinem Rücken und wir behaupten einfach, dass ich jünger bin, als das tatsächlich der Fall ist. Ich muss Fyrion wenigstens noch einmal sehen. Nein, jetzt belüge ich mich selbst.

»Ich will bei dir sein«, flüstere ich dem Bild vor meinen inneren Augen zu und berühre mit den Kuppen der Finger meine Lippen. Hastig wische ich mir eine Träne weg. Ich habe schon zu viele von ihnen geweint. Wenn das Liebe ist, die das Herz in meiner Brust in ihren Strudel gerissen hat, dann kann ich Mutter gut verstehen. Ich fühle mit ihr, weiß jetzt, was sie immer wieder zum Weltenbaum gezogen hat. Die Frage ist nur, ob Fyrion ähnlich empfindet. Er ist ein Prinz. Seine Liebe gilt in erster Linie seinem Volk. Ich erhebe mich und verlasse mein Zimmer. Irgendwie muss ich mich beschäftigen.

»Was hast du vor?«, fragt Mutter, die in der Stube am Fenster steht und hinausschaut.

»Ich möchte einen kleinen Spaziergang machen«, sage ich. »Meinem Rücken geht es viel besser.«

Sie nickt. »Ja, in Ordnung. Ich werde morgen auch wieder aufs Feld gehen.«

Ich gehe zu ihr und gebe ihr einen Kuss auf die Wange. »Bin bald zurück«, verspreche ich und trete durch die Muschelkette nach draußen. In Quellblüte geht alles seinen Weg, als wäre ich nie weg gewesen. Während meine Welt aus den Angeln gehoben zu sein scheint, ist hier alles ganz normal. Es ist befremdend und tröstlich zugleich. Ich jammere leise, als ich meinen Kopf beim Umsehen etwas zu weit drehe. Das sollte ich lassen. Ich drehe eine kleine Runde, treffe jedoch niemanden, der mit mir reden möchte. Zum Glück ist auch nirgends eine Spur von Coraline oder Sirena zu sehen. Sicher sind sie die treibende Kraft der Lüge, dass ich mir selbst die Wunde zugefügt hätte, um Flügel vorzutäuschen. Die Leute gaffen mir nur stumm nach. Ich bin also immer noch das merkwürdige Mädchen. Selbst jetzt, nachdem mir doch offensichtlich Schlimmes widerfahren ist. Sofern sie es mir denn glauben. Ich bin wirklich nicht mehr in Air. Nymphen sind eher stille, zurückgezogene Zeitgenossen. So anders als die fröhlichen, lauten Pixies. Ich schaue hoch in den Himmel, wo die Sonne noch nicht ganz die Mitte erreicht hat. Fornax arbeitet, da möchte ich nicht stören. Für ein Bad oder einen Besuch im Sumpf fühle ich mich allein nicht sicher genug. Tief in mir drin ist diese Angst, noch mal schutzlos irgendwem ausgeliefert zu sein. Ich muss sie dringend besiegen. Ein Spaziergang ist sicher ein erster Schritt, auch wenn vertraute Nymphen über meinen Köpfen herumflattern. Ich atme tief durch, weil ich wieder glaube, den Gestank des Urins in der Nase zu haben. Vor drei Tagen musste ich mich nachts deshalb übergeben und die Erinnerung daran lässt mir den Magensaft nach oben steigen. Tatsächlich komme ich aber nur an einem Plumpsklo vorbei, in dem sich ein Nymph zu erleichtern versucht. Das muss Kalauk sein. Der alte Mann hat schon länger mit Nierensteinen zu tun. Er jault in dem Holzhäuschen, weil es sicher furchtbar brennt. Gedanklich wünsche ich den beiden Soldaten aus Air besonders große Nierensteine, auf dass sie sich nicht mehr ohne furchtbare Schmerzen erleichtern können.

»Kalauk? Alles in Ordnung?«, rufe ich.

»Naida?«

»Ja.«

»Ach, das alte Problem.«

Ich presse die Lippen zusammen. »Geh zu Siranne und lass dir helfen.«

»Aber ihr Tee schmeckt widerlich«, kommt es aus dem Holzhäuschen. Ich ziehe amüsiert die Augenbrauen hoch. Dann kann es nicht so schlimm sein.

»Entweder ein fieser Geschmack im Mund oder ein Brennen im … nun ja.« Ich weiß ganz genau, wie Fyrion mich jetzt ansehen würde. Sein Grinsen in meiner Erinnerung lässt mich nach Luft schnappen. Kalauk stößt die Tür auf und kommt aus dem Klo gewackelt. Sein Gang scheint in der kurzen Zeit, in der ich weg gewesen bin, noch unsicherer geworden zu sein. Er flattert auch sofort und verlässt sich lieber auf seine Flügel als auf seine Beine.

»Lass mich in Frieden, Mädchen«, sagt er und schwebt davon. Er sieht nicht gut aus und ich bin froh, dass er trotzdem auf mich hört. Ohne ein weiteres Wort fliegt er in Richtung Klinik. Ich gehe weiter, muss von dem Plumpsklo wegkommen. Was das angeht, haben die Pixies eindeutig ein besseres System.

In der Ferne sehe ich zwei Wachen, doch sie fliegen nicht in Richtung meines Hauses. Es ist nicht ungewöhnlich, sie hier zu sehen. Dennoch dreht sich mir der Magen um.

Der Truchsess ist tot.

Mit jedem Tag, den uns niemand aufsucht, schwindet die Wahrscheinlichkeit, dass er Wellenruh geschrieben hat. Ich weiß ja nicht, wie viel die Majestäten dort zu tun haben. Vielleicht liegt das Schreiben auch auf einem großen Stapel mit anderen Anliegen. Jedoch denke ich, dass eins von einem anderen Königshaus Vorzug finden würde.

Ich will zu meinem Prinzen.

Gütige Seegeister, ich werde wohl verrückt. In einigen Jahren kennt man mich in Quellblüte als die schrullige Nymphe, die zwar keine Flügel, dafür aber eine Aetherkatze hat. Zumindest hat mich diese gerade gefunden und flattert aufmerksam neben mir her. Ich hebe leise fluchend den schmerzenden Arm und kraule das Tier unter dem Köpfchen.

»Du benötigst wirklich einen Namen«, denke ich laut. »Hmh, was Lustiges oder etwas Schönes? Lass mich mal überlegen. Du bist ja ein Kater ...«

Der Himmelsjäger schaut mich von der Seite an.

»Ich könnte dich Fliegfried nennen.« Leise lachend, schüttele ich den Kopf. »Oder Skylar? Das wäre doch schön, oder?«

Die Katze landet auf meiner Schulter und hält sich mit ihren Krallen in meiner Haut fest.

»Krallbert wäre auch ein passender Name.«

»Miau.«

»Da hast du recht, du hast einen schönen Namen verdient. Dann eben Skylar.«

Die Katze stößt ihren Kopf sanft gegen meinen, was mir ein Lächeln auf die Lippen zaubert.

»Du würdest Fyrion sicher gefallen.«

Der Himmelsjäger breitet die Flügel aus und peitscht kurz seinen schuppigen Göttinnen-Schweif gegen meinen Arm. Er stößt sich von mir ab und schießt wie ein Pfeil davon. Der Kater verschwindet auf einem unbewohnten Grundstück im hohen Gras. Das Haus, das in der Mitte steht, ist schon seit vielen Jahren nicht mehr bewohnt. Der Sohn der Frau, die hier in meinen Kindheitstagen gewohnt hat, ist schon lange in Wellenruh und kümmert sich offensichtlich nicht darum. Abgeben will er es aber anscheinend auch nicht. Kurz bleibe ich stehen und stelle mir vor, wie ich dort mit ... Nein, das würde niemals passieren. Ich merke, dass es in meinem Rücken zu ziehen beginnt und schlage einen Weg ein, der mich im Bogen zurück nach Hause bringt. Mutter hockt auf allen vieren auf dem Boden und schrubbt ihn mit einer großen Bürste ab.

»Deine Katze hat einen Haarballen ausgespuckt, bevor sie abgehauen ist«, erklärt sie ihr Tun, ohne dass ich fragen muss.

»Oje, das tut mir leid. Lass mich das machen.«

»Nein, heute noch nicht.« Sie lächelt mich an. »Setz dich und gönn deinem Rücken eine kleine Pause.«

»Ich habe sie Skylar genannt. Die Katze.«

»Das klingt schön und passt zu dem Racker. Er hat uns heute Morgen schon zwei Fische vor die Tür gelegt.«

»Das macht das bisschen Haar und Spucke doch wieder wett, oder?«, frage ich leise lachend. Mutter grübelt spielerisch, dann nickt sie.

»Ich denke schon.«

Wie gerne würde ich ihr von Fyrion erzählen. Ihr sagen, wie es in mir aussieht und sie fragen, wie das damals für sie und Vater gewesen ist. Wie sie die Zeit überstanden hat, in der sie sich nicht sehen konnten. Mein Magen verknotet sich, als ich daran denke, wie sie sich gefühlt haben muss, als sie erfuhr, dass er das Fieber hat. Gefangen in einem anderen Land, ohne die Möglichkeit, bei ihm sein zu können. Oder als sie die Nachricht bekam, dass er ... allein ... ohne sie ... Nein! Großmutter ist sicher bei ihm gewesen, als sein Geist zurück zur Göttin entflohen ist.

Ich atme tief durch.

Fyrion hat das Fieber überstanden und sicher hat er sich nicht von ein paar Pixiewachen übermannen lassen. Dieser Kerl hat krank schon gut gekämpft. Pixies haben keine Chance gegen einen gesunden Elben. Mein Blick geht zu dem Kalender aus Holz, den Fornax mal für uns gemacht hat. Übermorgen weiß ich mehr …

Mein bester Freund pustet die Wangen auf, als er am Weltenbaum nach oben schaut.

»Ihr könnt mich auch erst hier unten lassen«, biete ich an. »Vielleicht kann Aria euch helfen. Ihre Flügel sind stärker.« Aber dafür müsste sie herunter nach Aqua fliegen … »Oder schaut zumindest vorher mal nach, ob es sich überhaupt lohnt, mich hinaufzuschleppen.«

»Quatsch«, meint Fornax. »Wir nehmen dich direkt mit. Zu dritt können wir uns abwechseln. Narissa und ich fangen an.«

Mutters Freundin stimmt nickend zu. Fornax und Mutter haben mich den Weg hierher getragen.

»Du hast ja keine Ahnung, wie hoch wir müssen«, gluckse ich. »Das war damals echt anstrengend, selbst mit den Flügeln einer Pixie.«

»Egal. Wir haben doch Zeit und können zwischendurch Rast machen.« Fornax schaut erneut im Licht des Sonnenaufgangs nach oben. »Auf geht's, Lyrina voran.«

Meine Mutter gluckst amüsiert und flattert los. Ich lege je einen Arm um Fornax' und Narissas Nacken und hüpfe, damit sie meine Beine packen können. Nach einiger Zeit machen wir eine Pause. Mutter und Narissa wechseln sich wieder ab und ich versichere mich mehrfach bei meinem besten Freund, dass er nicht zu müde ist. Er rollt nur mit den Augen, aber ich sehe den Schweiß auf seiner Stirn. Wir kommen nur langsam voran und als die schon fast am Himmel steht, schlägt Mutter einen kleinen Umweg vor, durch den ich einen Teil zu Fuß über einen Ast laufen kann.

»Wir kommen dann von einer anderen Seite auf die Plattform«, erzählt sie, während ich versuche, nicht nach unten zu schauen. Zum Glück ist der Ast breit genug, dass wir alle nebeneinander gehen könnten. Trotzdem laufen wir hintereinander über das Holz. Mutter schiebt ein riesiges Blatt beiseite. Fornax eilt an mir vorbei und kommt ihr zu Hilfe. Er hält es, bis alle es passiert haben. In mir brodelt die Aufregung. Das Warten auf den Abend wird nicht leicht werden. Was ist, wenn Aria nicht auftaucht? Nein, diesem Gedankenstrudel werde ich nicht zum hundertsten Mal folgen. Ich habe einen Plan und den werde ich durchziehen.

»Was zum …?« In der Mitte des Astes wächst ein weiterer nach oben. Mutter bleibt stehen und schaut daran vorbei. Ich schließe zu ihr auf und sehe die Gabelung. Dort sitzen drei Fae, den Rücken zu uns gewandt. Sie blicken in Richtung Aqua. Mein Atem beschleunigt sich und Tränen lassen meine Sicht verschwimmen. Da sitzen Großmutter und Carlotta. Sie tragen beide schwarze Kleidung. Ihre Flügel verdecken die dritte Person, die zwischen ihnen sitzt. Dort, wo Großmutter ihren Kopf auf seiner Schulter abgelegt hat, kann ich braunes, langes Haar erkennen. Carlottas Flügel klappen zusammen und ich sehe, wie sie über den schwarzen Stoff auf Fyrions Rücken streicht. Die Art, wie sie da sitzen und sich einander Trost spenden, raubt mir fast den Atem.

»Du meine Güte«, flüstert Narissa leise. »Wer ist das?«

»Aria, … Raze … und Carlotta«, antworte ich. »Sie sind hier, um Mutter zu berichten, dass ich den Tod gefunden habe.« Das bezeugt ihre Trauerkleidung. Carlotta streicht beruhigend über Fyrions Rücken. Diese Geste trifft mich tief im Herzen. Ich gehe an Mutter vorbei und muss mir hastig Tränen aus den Augen wischen, um einen klaren Blick zu behalten. Mutter und die anderen bleiben dicht hinter mir. Wir kommen auf der Gabelung an und ich bleibe einen Moment wie versteinert stehen, kann gar nicht glauben, dass er dort in einiger Entfernung vor mir sitzt.

Fyrion ...

Endlich ...

»Willst du sie rufen?«, fragt Mutter und lächelt. Ihre Augen sind gerötet, auch sie lässt der Anblick der trauernden Pixies anscheinend nicht kalt. Ich nicke und gehe ein paar Schritte auf sie zu. Carlotta hebt in dem Moment die Hand und streicht über Fyrions Haar. Diese Geste lässt meine Knie weich werden. Die Heilerin dreht ihren Kopf, vermutlich um den Prinzen oder Aria anzusehen, als sie stutzt und ... mich erblickt. Ihre Augen weiten sich.

»Gütige Göttin!«, ruft sie, woraufhin Aria und Fyrion ihrem Blick folgen. Ich sehe jedoch nur die Augen des Prinzen, die sich erstaunt weiten. Großmutter findet als Erstes den Weg zu mir und drückt mich an sich, während Fyrion sich zwar erhebt, aber mich nur fassungslos ansieht. Carlotta tritt neben Aria und klopft mir liebevoll auf die Schulter. Über ihre Wangen laufen Tränen. Ich lächele sie an, als Oma sich von mir löst und sich über das Gesicht reibt. Sie dreht sich um und schaut zu Fyrion. Einen Herzschlag später steht er direkt vor mir. Carlotta und Aria weichen zurück, während ich versuche, nicht in Ohnmacht zu fallen. Sein Duft schlägt mir entgegen und ich fühle, wie meine Beine schlottern. Er sieht so unendlich traurig und müde aus. Ich hebe eine Hand an seine Wange, als sich aus dem blinden Auge eine Träne löst.

»Nein, nicht«, flehe ich, obwohl ich selbst weine. »Bitte nicht meinetwegen. Ich lebe!« Ich greife nach einer seiner Hände und lege sie mir auf die Brust, dorthin, wo er mein Herz schlagen spüren kann. Das muss er, so kräftig wie es gegen meine Rippen pocht. Er ist es ... er steht vor mir ... ich kann ihn sehen ... anfassen ... hören ... wenn er doch nur etwas sagen würde.

»Naida?« Mutter ruft nach mir und ihre Stimme klingt fast schon besorgt.

»Nein, lass sie, Liebes.« Aria scheint Mama von irgendetwas abzuhalten. Ich weiß nicht wovon, sehe nur diese Augen, deren Anblick ich so schmerzlich vermisst habe. Fyrions Atem geht viel zu schnell und ehe ich mich versehe, werde ich in einen Kuss verwickelt, der sich verzweifelt anfühlt. Warme Hände legen sich um meine Wangen, halten mein Gesicht fest, als hätten sie Angst, dass ich mich in ihnen in Luft auflösen könnte. Seine Lippen scheinen mich anzuflehen, doch ich weiß nicht, was sie mir sagen wollen. In diesem Kuss liegt so viel mehr als nur das Berühren unserer Lippen.

»Wer ist das?«, höre ich Mutter durch das Rauschen meines Blutes in meinen Ohren fragen.

»Sie soll ihn dir selbst vorstellen. Beim Auge des Sturms, ich hatte so sehr gehofft, dass sie noch lebt.«

Fyrion löst sich von mir und schaut mich ungläubig an. Zwar kommen keine Tränen mehr aus seinen Augen, aber sie sind noch immer stark gerötet.

»Du lebst«, erklingt endlich seine Stimme. Ich nicke und fahre mit einem Daumen die Braue über seinem blinden Auge nach. Wie ich dieses Gesicht vermisst habe.

»Sie sagten, sie hätten deine Leiche in den Fluss geworfen«, erzählt er und ich muss einen Moment die Augen vor dem Schmerz verschließen, den ich in seinen Zügen erkenne. »Sie hatten deine Flügel ... Da war überall dein Blut ...« Seine Stimme bricht und dass ihm das passiert, fühlt sich wie ein Pfeil mitten ins Herz an.

»Scht, scht«, mache ich, doch mir fehlen die Worte. Zärtlich streiche ich erneut über seine Wange, den Hals hinunter und über den dunklen Stoff, mit dem er seinen nackten Oberkörper bedeckt. »Sie haben mich lebend neben den Fluss geworfen«, sage ich. »Ich schaffte es bis zum Dreifall, wo man mich fand und nach Hause brachte.«

Fyrion atmet tief durch. »Ich habe dich allein gelassen, Naida.« Seine Hände streichen über mein Haar. »Es tut mir so leid. Ich hätte bei dir sein müssen, ich ...«

»Fyrion«, unterbreche ich ihn.

»Häh?« Fornax gibt einen verwirrten Laut von sich und mir wird bewusst, was ich gerade getan habe. Er hat den Prinzen für Raze gehalten und ich habe die

Tarnung auffliegen lassen. Jetzt, in dem Moment, ist es mir egal. Bereuen kann ich später.

»Niemand konnte das ahnen, hörst du? Du bist nicht für mich verantwortlich. Ich war zu Hause. Dort, wo man eigentlich davon ausgehen kann, dass man in Sicherheit ist.« Ich fahre ihm mit der Hand über die Brust, schiebe den schwarzen Stoff etwas weg, um die Wärme seiner Haut und den Herzschlag darunter zu spüren. Fyrion schließt die Augen und eine Hand legt sich warm und beschützend über meine. Es ist, als würde nach langer Trockenheit ein Sommerregen auf meine Haut niederprasseln. Jede Faser meiner Existenz strebt ihm entgegen.

»Ich sagte schon zu Carlotta, dass es mir komisch vorkam, wie die Soldaten reagiert haben«, höre ich Oma sagen. »Ich war da, als sie Naidas Flügel brachten und der Truchsess die Kerle fragte, ob sie die Verräterin getötet haben. Der eine wirkte extrem irritiert, doch bevor der das Maul öffnen konnte, sagte der andere schon, dass sie Naida, wie befohlen, an Aqua zurückgegeben und in den Fluss geworfen haben. Dass man ihren leblosen Körper dort sicher bald finden würde. Ich sag's euch, die haben den Befehl des Truchsesses missverstanden.«

Fyrions Blick verlässt mich für keine Sekunde. Er wirkt immer noch, als würde er dem, was er sieht, nicht trauen können.

»Aria, was ist mit deinen Flügeln geschehen?«, höre ich Mutter fragen und ich löse mich vom Anblick des Prinzen, um nach Großmutter zu sehen. Da sind … winzige Löcher?! Man sieht sie nur, wenn man genau hinschaut.

»Der Truchsess hat mich zu den anderen Verbrechern, die auf eine Verurteilung warteten, an die Rinde Ätherias festnageln lassen.«

Hat dieses Schwein etwa Nägel durch sie hindurchtreiben lassen? Sie muss große Angst gehabt haben. Ich will mir gar nicht vorstellen, wie sie dort stand und versuchte, sich so wenig wie möglich zu bewegen. Jede Regung hätte ihre Flügel nachhaltig beschädigt.

»Fyrion fand mich dort, auf dem Weg in den Palast und holte mich herunter, bevor er …«

Ich sehe wieder zu dem Prinzen. »Du hast den Truchsess getötet?«

Er nickt und Wut flackert in seinem Gesicht auf.

»Wieso kommt mir der Name Fyrion so bekannt vor?«, höre ich Narissa grübeln.

»Dieser ekelhafte Bastard hatte es verdient«, sagt der Prinz. »Als ich mich in den Thronsaal schlich, ließ er sich gerade von seinen Männern bejubeln. Ich schnitt ihm mit einem der Messer aus deiner Küche die Kehle durch.«

»Elara hat offensichtlich ihr Versprechen gehalten?«, frage ich und betrachte seine Kleidung. Die Hose ist lang und aus einem guten, teuren Stoff gefertigt. Das schwarze Tuch ist ebenfalls neu und ähnelt dem Dunkelroten, das er aus Ignis mitgebracht hat. Es sieht so aus, als hätte sie ihm den Schutz von Air wirklich gewährt. Sein Haar ist sauber und ordentlich an den Seiten geflochten. Fyrion nickt und lehnt seine Stirn an meine. Etwas an seiner Mimik verändert sich und verursacht mir Gänsehaut.

»Als ich deine Flügel in einer Blutlache Zuhause vorfand, dachte ich, ich verliere den Verstand.«

»Göttin, zum Glück haben dich die Soldaten nicht angetroffen, als sie sie geholt haben.«

Er schnaubt. »Sie wären damit niemals bis Ätheria gekommen.«

»Luna erzählte Fyrion, dass man dich weggetragen hat«, berichtet Carlotta.

»Wir vermuteten allerdings nach Ätheria«, fügt Fyrion hinzu. »Deshalb suchte ich zuerst auch die Gefangenen und fand Aria. Sie sagte mir, was sie gehört hatte, und ich machte mich auf den Weg zum Herzstück eines jeden Palastes.« Fyrion verengt die Augen und streichelt mir fast schon verzweifelt über den Kopf. »Naida, ich habe so etwas noch nie erlebt. Mir war plötzlich alles egal. Ich wollte nur noch, dass Blut fließt. Das des Truchsesses und das der Männer, die dir, wie ich dachte, das Leben genommen haben.« Er schließt fast schon verzweifelt die Augen und schmiegt seine Wange einen Moment an meine, bevor er den Kopf wieder von mir entfernt und die Lider aufschlägt. »Du hast mir gefehlt, Tochter der Flüsse und Stürme.« Erneut rollen Tränen über seine Wangen, während ich das Gefühl habe, jeden Moment zitternd zusammenzubrechen. »Die letzten Tage waren ein Albtraum, der nicht enden wollte.« Er löst sich von mir und sinkt zu Boden. Ich will ihm hinterher, doch Großmutter hält mich fest.

»Gib ihm einen Moment, Kind. Vielleicht sollten wir uns alle etwas setzen.«

Ich schlucke und nicke, nehme aber direkt neben Fyrion Platz und schmiege mich an seine Seite. Kurzerhand zieht er ein Bein an und positioniert es hinter mir, sodass er mich seitlich an sich ziehen kann. Fyrion zupft an dem dunklen Tuch und breitet es um uns beide aus. Meine Beine legt er sich über den rechten Oberschenkel und atmet tief ein und aus. Der Duft, den seine Körperwärme mit sich trägt, schlägt mir entgegen. Ich inhaliere seine rauchig-holzige Note und fast muss ich beim Gedanken daran, dass ich befürchtet habe, dies nie wieder tun zu können, weinen.

»Es war sehr schlimm«, sagt Großmutter, die uns sorgenvoll betrachtet. »Er war wie im Blutrausch, blind vor Wut tötete er nicht nur den Truchsess, sondern fast alle von Elaras Feinden, die so dumm waren, sich ihm in den Weg zu stellen.«

»Wir dachten, er beruhigt sich nie wieder«, stimmt Carlotta zu und ich versuche, Fyrion anzuschauen, doch er hat sein Gesicht in meinen Haaren vergraben.

»Als die Wut verrauchte, blieben nur noch Verzweiflung und Trauer. Er sprach kaum, aß und trank noch viel weniger. Verzeih mir, dass ich Naida davon erzähle, aber ich weiß nicht, wann ich sie das nächste Mal werde sprechen können.« Aria streicht Fyrion über das linke Schienbein und ich bringe es über das Herz, mich so weit von ihm zu lösen, dass ich ihn ansehen kann. Sein gesundes Auge fleht mich um Vergebung an. Ich weiß jedoch nicht, wofür.

»Wenn die anderen seiner Art nur halb so gut kämpfen wie er, müssen wir einen Krieg auf alle Fälle vermeiden. Nymphen und Pixie hätten nicht den Hauch einer Chance.« Aria klingt besorgt. Es fühlt sich an, als stände vieles gerade auf Messers Schneide und ich halte den Mann in meinen Armen, der entscheidend für Pandoreas Zukunft sein wird.

»Es ist vorbei, Fyrion«, sage ich. »Es ist vorbei. Ich lebe … und ich hatte schon geplant, nach Ignis zu gehen und das Land nach Zahreba zu durchkämmen. Ich wusste ja nicht, ob du noch in Air bist. Ich hätte alles drangesetzt, dich zu finden. Notfalls hätte ich jedes Sandkorn in der Wüste nach Spuren untersucht.«

Das erste Mal taucht ein Lächeln auf seinen Lippen auf. »Da hättest du verdammt viel zu tun gehabt.«

»Ignis?!« Mutters Stimme durchbricht den Moment und ich atme tief durch. Ich löse mich von Fyrion und wende mich zwischen seinen Beinen ihr zu. Seine Hände landen ermutigend auf meiner Hüfte.

»Mama, Narissa, Fornax.« Ich sehe zu dem Elben neben mir. »Darf ich euch vorstellen? Seine königliche Hoheit, Prinz Fyrion von Ignis.«

Mutter reißt die Augen auf … Fornax und Narissa geht es ähnlich, doch es ist Mama, auf die ich mich konzentriere.

»E-er … ist ein E-elb? Ei-ein Prinz?«

Großmutter rutscht zu Mama und hakt sich bei ihr ein.

»Ich weiß, das klingt jetzt erst mal schlimm«, sagt Aria. »Ich war anfangs auch dagegen, Lyrina.« Sie lacht leise. »Ich warnte Naida sogar vor dem gut aussehenden Kerl. Aber vertrau mir, Fyrion und sie … Es war wie vorbestimmt.«

»Aber er ist ein Elb! Die Prophezeiung!«

»Die Prophezeiung war es, die mich dazu bewegt hat, ihm näherzukommen!«, rufe ich und nehme mir einen Moment Zeit, mich zu beruhigen. »Hör zu, ich erzähle euch, wie ich Fyrion kennengelernt habe.« Ich berichte von meinem Einsatz mit Carlotta, welche immer mal wieder zustimmend nickt oder brummt. Ich erzähle von den fremden Elben, wie sie mich fangen wollten und wie ich fast vom Wind gegen den Berg geworfen worden wäre, wenn Fyrion nicht eingegriffen hätte. Mama, Fornax und Narissa schauen ihn musternd an, doch der Blick des Prinzen gehört nur mir.

»Er gab sein Versteck auf, um mich zu retten«, erzähle ich. »Wir waren zurück in Blattwisper und ich musste an den Moment denken, als wir wieder auf dem Boden landeten. Mein Ellenbogen stieß unglücklich gegen Fyrions Brust.«

Er reibt sich darüber. »Ich erinnere mich.«

»Das Fieber hatte ihm das Atmen schon erschwert, aber in dem Moment kämpfte er darum, Luft zu bekommen.« Ich sehe Mutter an. »Verstehst du? Ich musste ihm helfen, Mama. Ich dachte daran, dass er sein Leben für mich riskiert hat und ich ihn fast erstickt hätte … und dass er Hilfe braucht. Er war da ganz allein in den Bergen, fieberte heftig und Soldaten waren hinter ihm her … was hätte ich tun sollen?«

»Ihre Vermutung stellt sich im Nachhinein als richtig heraus«, sagt Carlotta und schaut mich an. »In deiner Abwesenheit erreichten uns Neuigkeiten aus Ignis. Es heißt, der König hat nicht alle Kranken abschlachten lassen. Ein paar konnten sich versteckt halten. Über die Händler erfuhr ich, dass die Runen die Elben zwar vor dem körperlichen Verfall durch Hitze beschützen, aber sie können offensichtlich erblinden und … ersticken. Vorgestern erreichte Ätheria ein offizielles Hilfegesuch. Sicher bekamen auch Wellenruh und Steinthal einen Brief, denn … König Volcador ist erkrankt.«

Ich schaue Fyrion an, der zustimmend nickt. Doch dann sieht er zu meiner Mutter und richtet das Wort an sie.

»Lyrina, es ist mir bewusst, dass diese Sache zwischen Naida und mir alte Wunden, Ängste und Sorgen in dir aufreißt. Aber ich will, dass du weißt, wie dankbar ich für deine Tochter bin. Ich wurde gejagt, war in meinem Land aufgrund dessen, dass ich das Fieber hatte, zum Tode verurteilt. Ich entkam der Klinge eines Soldaten meines Vaters nur durch dessen Gutmütigkeit. Als Naida und Carlotta auf meinen Bruder Hyan trafen, versteckte ich mich gerade in den Bergen, ohne sicheren Zugang zu Trinkwasser oder Nahrung. Essen fand ich in der Höhle, aber kein Wasser. Ich war am Ende von so ziemlich allem, als die drei mich in der Nacht fanden. Wer weiß, was passiert wäre, wenn Naida nicht zurückgekehrt wäre, um mich zu holen.«

»Er hätte im Schlaf ersticken oder verdursten können«, bestätigt Carlotta.

»Ich liebe deine Tochter, Lyrina«, sagt Fyrion und ich bekomme Gänsehaut. Die Worte fahren direkt in meine Brust und rauben mir den Atem.

»Du weißt wie keine andere, was es bedeutet, eine Liebe im Herzen zu tragen, die keine Grenzen kennt.« Er schaut zu mir und streicht über mein Haar, wobei sein Tuch ein wenig rutscht und mir etwas an seinem Oberkörper auffällt. »Ich brauche Naida an meiner Seite. Wenn du sie mir anvertraust, schwöre ich dir, dass ich sie ehren und beschützen werde. Nie wieder wird jemand Hand an sie legen.«

Er hat Schrammen am unteren rechten Bauch. Sie verschwinden im Hosenbund.

»Ich fragte sie in Air, wie sie sich ihre Zukunft vorstellt«, spricht er weiter. »Sie sagte, dass sie gerne eine Heilerin werden würde. Ich hoffe, dass sie sich auch vorstellen kann, das in Ignis zu tun. Ich bin bereit, ihr nicht nur mein Herz in die Hände zu legen, sondern gleich das Leben meines ganzen Volkes. Nie war ich mir bei etwas sicherer, als dass es dort gut aufgehoben ist.« Er seufzt leise und spielt mit einer Strähne meines Haares, bevor er sich wieder ganz Mutter widmet. »Es wäre falsch, dich anzulügen. Wenn Naida sich ein Leben an meiner Seite vorstellen kann, würde sie zunächst das einer Rebellenprinzessin führen.« Er lächelt wieder mich an. »Aber eines Tages würde sie in Ignis neben mir auf dem Thron sitzen und die erste Königin eines neuen Zeitalters werden. Eines, das Grenzen auflöst und aus Fremden Nachbarn macht. Sofern sie dafür bereit ist.«

Ich erwidere das Lächeln. »Das Leben ohne dich war wie ein Kampf im dichten Nebel. Solange diese Zukunft an deiner Seite ist, bin ich für alles bereit.« Ich sehe Mutter flehend an. »Du weißt, dass ich mich immer fühlte, als würde ich nirgendwo so richtig hingehören.« Ich streichele Fyrions rechten Oberschenkel. »Bis er in mein Leben trat. Ich habe meinen Platz gefunden. An seiner Seite möchte ich mit ihm dafür kämpfen, dass sich etwas in Pandorea ändert. Dass Liebespaare wie du und Vater es wart, nie wieder als Verbrecher betitelt werden können.«

Mutter schaut uns lange an und es kommt mir vor, als würde sich die Luft immer mehr verdicken. Ihr Blick wechselt von Fyrion zu mir, als sie schließlich spricht.

»Dann werde ich versuchen, euch nicht im Weg zu stehen«, schluchzt sie und ich erhebe mich, um sie zu umarmen. Sie kommt mir entgegen und ich meine, noch immer etwas Widerwillen gegen ihre eigene Entscheidung an ihr zu spüren. Mutter löst sich schnell von mir und geht einen Schritt auf Fyrion zu, der sich ebenfalls aufgestellt hat.

»Ich vertraue Euch meine Tochter an, königliche Hoheit. Es fällt mir sehr schwer, aber ich sehe, dass Naida Euch sehr viel bedeutet.« Mutter schluchzt. »Ihr Vater hätte es so gewollt.«

Oma schnieft leise und ich sehe im Augenwinkel, dass sie nickt.

»Passt bitte gut auf sie auf, Hoheit. Sie ist alles, was ich noch habe.«

Statt einer Antwort nimmt der Prinz ihre Hand und drückt mit einer formvollendeten Verbeugung einen Kuss darauf. »Immer«, sagt er schließlich. »Ihr Schutz wird meine oberste Priorität sein.«

Da fällt mir etwas ein. »Was ist das da?«, frage ich und schiebe das Tuch beiseite, um auf die Schrammen zu deuten. »Was ist passiert, Fyrion?«

Er folgt meinem Blick. »Ach das. Ich musste mich auf dem Weg zum Palast von Ätheria durch einen ziemlich engen Spalt quetschen. Ich hatte die Wahl. Die Enge oder zehn unschuldigen Männern, die nur ihrer Arbeit nachgehen, das Leben nehmen.«

»Er riss sich den halben Oberschenkel dabei auf«, sagt Großmutter, woraufhin der Prinz sie fast schon maßregelnd ansieht. Wollte er mir das verheimlichen?

»In Zukunft sagst du mir, wenn du dich verletzt hast. Ich will das nicht durch Zufall herausfinden, weil du dich gerade ausziehst.«

»Das Ausziehen könntest ja auch einfach du übernehmen«, schlägt er vor und ich boxe ihn in den Bauch. »Aua, was denn?«

Ich rolle mit den Augen. »Als ob dir das wehgetan hat.« Mein Blick geht zu seinen Beinen.

»Das kannst du dir jetzt nicht ansehen«, sagt er.

»Warum?«

»Weil ich unter dieser Hose nichts weiter trage und es sind Damen anwesend«, sagt er trocken.

Carlotta prustet leise. »Ich habe es versorgt, keine Angst. Aber eine Moorpackung aus Aqua wäre sicher nicht verkehrt. Unsere Händler bekommen sie so selten und meist nur über Ignis.«

Ich schlucke, als sich mir eine alles entscheidende Frage aufdrängt. »Was machen wir jetzt?« Erschöpft und ratlos setze ich mich wieder hin und sehe, dass Fyrion und Mutter mir folgen. Ich werde erneut in die warmen Arme des Prinzen gezogen.

»Jetzt ist guter Rat teuer«, sagt Fyrion. »Wir können nicht zusammen nach Air. In Blattwisper hat man dich verraten und Ätheria gleicht einem Schlachtfeld, auf dem Elara noch immer die Glut von der Asche trennt.«

»Aber wo wollt ihr denn hin, Fyrion?«, fragt Großmutter. »Du bist nur in Air, unter Königin Elaras Schutz, sicher.«

Ich wende mich an den Prinzen. »Du wirst dich nicht für mich in Gefahr bringen, hörst du?«

»Vater ist krank und Hyan ist schwach.« Fyrion scheint laut nachzudenken. »Im Geiste und im Körper. Vielleicht ist es Zeit, heimzukehren.«

»Willst du nicht wenigstens auf Nachricht von Zahreba warten?«, frage ich besorgt.

Der Elb lächelt mich verstehend an. »Sie musste es dir nicht sagen, ich weiß, wo sie und Raze sind. Wir gehen zu ihnen. Vielleicht kannst du noch etwas für meinen Waffenbruder tun. Das Versteck ist sicher, nur der Weg dahin nicht. Jedenfalls von Air aus. Von Aqua hingegen ...«

»Du willst mit nach Aqua?«, frage ich überrascht.

»Nun, wenn ich schon mal hier oben bin, dann kann ich auch auf der anderen Seite wieder runter und von dort aus über einen kleinen Weg durch Aqua nach Ignis.«

»Wo ist das Versteck?«, frage ich.

»In der Nähe von Glutwacht. Durch den Sumpf erreichen wir es problemlos. Von Air aus wäre das unmöglich gewesen. Die Grenze wird wegen des Handels ständig bewacht und wir hätten an Incendia vorbeigemusst.« Traurig schaut er mich an. »Du hast jetzt auch keine auffallenden Flügel mehr.«

»Bei mir ist alles möglich. Vielleicht wachsen mir in ein paar Monaten Nymphenflügel.« Aus einem unbekannten Grund habe ich das Bedürfnis, ihm deshalb Hoffnung zu machen. Mutters Freundin brummt zustimmend.

»Das erste Flügeln geht schnell, weil sie unter der Haut schon fertig sind. Das Nachwachsen dauert seine Zeit. Monate mitunter. Es könnte passieren. Sie ist nun mal auch eine Nymphe«, erklärt Narissa und ich blicke in Fornax' Gesicht, der zwischen mir und Fyrion hin- und hersieht. Er wirkt besorgt und das liegt mir schwer im Magen. Seine Meinung ist mir wichtig und ich wünsche mir so sehr, dass er Fyrion mag.

»Gibt es irgendetwas, das hilft?«, fragt der Prinz anscheinend meine Mutter. »Kann ich etwas machen, damit das geschieht?«

»Öfter ein Bad nehmen. Vielleicht regt es die Nymphenkraft in ihr an, wenn sie viel im Wasser ist.«

»Gut, dass das Versteck direkt am Juevo liegt. Ich tunke sie dort gelegentlich einfach unter.«

Ich ramme Fyrion meinen Ellenbogen in die Seite, was er mit einem dumpfen Geräusch quittiert, während Fornax herzhaft lacht.

»Nicht, dass du die Sirene unterschätzt«, sagt er. »Sie könnte dich unter Wasser ziehen.«

»Jederzeit, wo ist der nächste Tümpel?« Fyrion sieht sich spielerisch um.

»Gütige Göttin«, stöhne ich, »worauf habe ich mich da eingelassen?«

»Es ist ja nicht so, als hättest du das nicht vorher gewusst«, belehrt mich der Prinz altklug.

»Gedächtnisschwund.«

»Ich helfe dir später auf die Sprünge.« Er sagt das so zweideutig, dass ich vermutlich hochrot anlaufe. Zumindest scheint sich mein bester Freund fürstlich zu amüsieren. Bevor ich mich jedoch vollends schämen kann, werde ich von Fyrion sanft in die Arme gezogen. »Hoffentlich ist das nicht nur ein Traum, aus dem ich gleich aufwache und alles ist wieder so … brutal schwer und trostlos.« Er lehnt sich zurück und legt seinen Oberkörper auf dem Boden ab. Er reibt sich mit beiden Händen über das Gesicht, während ich die roten Striemen auf seiner Haut betrachte. Ein aufgerissener Oberschenkel klingt nicht gut. Am liebsten würde ich mir das sofort anschauen. Stattdessen lasse ich meinen Blick über seinen Bauch und den Nabel streifen und verkneife mir mit brachialer Gewalt, ihn nicht hier vor allen anderen anzufassen und dort zu streicheln. Fyrion setzt sich wieder auf und zieht mich an sich. Erneut hüllt er mich mit in sein Tuch und legt seine Lippen an mein Ohr.

»Hör auf, mich hier so anzusehen«, flüstert er amüsiert und dreht dann, mit dem Zeigefinger an meinem Kinn, mein Gesicht zu sich. Seine Lippen liebkosen meinen Mund und entlocken mir damit ein erleichtertes Seufzen. Ich höre, wie meine Mutter sich räuspert.

»Ich weiß, der Anblick ist noch neu und für ein Mutterherz nicht einfach«, höre ich Aria mit einem Lächeln in der Stimme sagen. »Gütige Winde, ich habe ja etwas völlig vergessen. Warte kurz.« Es erklingen Schritte, die von uns weg führen, dann kehren sie wieder zurück. »Hier, das wollte ich dir geben.«

Als Mutter schluchzt, löst sich Fyrion von mir, bevor ich es kann. Benommen wende ich meiner Mama den Blick zu. Sie hält mein Zeichenbuch in den Händen. Ihre Finger gleiten über das Bild …

»Wie? Woher weiß Naida, wie er aussah?«, fragt sie fast tonlos.

»Galeus hat ein großes Familienbild in Blattwisper an die Wand des Hauses gemalt.« Aria schaut zu mir. »Sie hat es für dich abgemalt.«

Mutters Blick begegnet meinem. »Danke.«

»Fyrion und ich werden dafür sorgen, dass du es dir selbst ansehen können wirst«, sage ich und balle die Hände entschlossen zu Fäusten. Im Augenwinkel sehe ich, dass mein Prinz nickt. Mutter kann nichts mehr sagen. Vaters Antlitz nach all den Jahren wiederzusehen, trifft sie mehr, als ich gedacht hätte. Sie drückt das Bild an ihr Herz, während Narissa sie tröstend an sich zieht.

»Nach so langer Zeit«, flüstert Fyrion, »liebt sie ihn immer noch so sehr. Es ist eine Schande, dass er nicht in ihren Armen sterben durfte. Nur, weil seine Flügel anders aussahen als die ihren.«

Ich nicke und kämpfe mit meinen Tränen.

»Wenn ein Mann schon nicht durch den Säbel des Feindes sterben darf, dann doch wenigstens in den Armen seiner Geliebten.«

Ich sehe den Elb an. »Du wirst durch keine Waffe der Welt von mir gehen, hörst du? Versprich mir, dass du alt und faltig in meinen runzeligen Armen stirbst.«

Fyrion und ich müssen beide leise lachen.

»Ich will dich allein zurücklassen«, sagt er plötzlich ganz ernst.

»Unsere Kinder werden meine Hand halten, wenn ich dir folge.«

Er grinst schief und flüstert leise: »Ich freue mich schon darauf, sie dir zu machen.«

Wahrscheinlich rechnet er jetzt mit Empörung oder dass ich erröte. Stattdessen hebe ich die Nasenspitze, verenge wissend die Augen und antworte schmunzelnd: »Ich auch.«

Jemand legt eine Hand auf meinen Rücken und als ich den Kopf drehe, sehe ich, dass es Fornax ist, der sich näher zu uns setzt. Ich lächele ihn an und ziehe ihn kurz für eine kleine Umarmung an mich.

»Die beiden wichtigsten Männer in meinem Leben vereint«, sage ich. »Wie schön.«

Fornax grinst und seine Flügel flattern kurz ein wenig.

»Hat ja reibungslos funktioniert mit dem Fernhalten von Elben, was?«, zieht er mich amüsiert auf.

»Erstklassig. Aber immerhin habe ich mir nicht irgendeinen Elben gesucht.«

»Unter einem Prinzen würde ich auch gar nicht anfangen.« Ernst nickt Fornax, was uns beide zum Lachen bringt.

»Vielleicht sollte ich nicht nur die Gesetze ändern.« Fyrion schaut von mir zu meinem besten Freund. »Das Königshaus könnte in einigen Jahren auch nach Glutwacht ziehen, nah an Aquas Grenzen und den Sumpf.« Seine Aufmerksamkeit gilt wieder mir. »Damit seine Königin dort einfacher ihre Familie und Freunde treffen und auf ein Bad vorbeischauen kann.«

»Das wäre wunderbar«, antwortet Fornax für mich. »Sie hat mir gefehlt.«

»Du mir auch«, sage ich und bemerke, dass Fyrion das Gesicht verzieht. Verdammt, er hat Schmerzen. Ich muss es ihm abgewöhnen, dass er ständig alles verbirgt. Kurzerhand ziehe ich ihm das Tuch vom Oberkörper, was ihn mich verwirrt ansehen lässt.

»Hier, halt das vor deine privaten Teile«, sage ich und zerre an seiner Hose.

»Naida«, schimpft er kurz, lässt mich dann aber machen. Ich entdecke die Wunde und schlage mir die Hand vor den Mund. Sie ist riesig, knallrot und nicht verbunden. Man kann sehen, wie tief was auch immer in sein Fleisch eingeschnitten hat.

»Fyrion, wo ist der Verband?« Carlotta eilt zu mir.

»Er hat mich schon beim normalen Laufen gestört. Der Weg hierher war lang.«

Mutter schiebt mich liebevoll beiseite und begutachtet die Wunde. »Das ist entzündet.«

»Definitiv muss da eine Moorpackung drauf«, meint auch Narissa, die jetzt irgendwo hinter mir steht.

»Sie war voller Holzsplitter«, sagt Carlotta. »Ich habe sie ihm stundenlang aus der Haut gezogen und anschließend alles mit Salbe versorgt und jeden Tag … *sauber verbunden.*« Den letzten Teil sagt sie voller Vorwurf.

»Wie hätte ich so laufen oder klettern sollen?«

»Wir hätten dir helfen können!« Großmutters Stimme klingt anklagend.

»Mein Haus ist ganz am Rande von Quellblüte. In der Nähe des Silberspiegels. Wir verstecken ihn dort und versorgen die Wunde ein paar Tage mit Moorpackungen, bevor ihr nach Ignis aufbrecht.«

Mutter nickt. »Wir sollten zügig handeln, bevor die Entzündung sein Herz erreicht.«

»Besteht die Möglichkeit, dass einer von euch mir solche Packungen zukommen lässt? Über diese Gabelung hier vielleicht?« Carlotta schaut hoffnungsvoll in die Gesichter der Nymphen.

»Ja«, ergreift Fornax das Wort. »Allerdings muss die Erde nass gehalten werden. Ich bringe dir morgen zur selben Zeit welche. Bis dahin musst du Flusswasser bereithalten, um sie damit immer mal wieder zu befeuchten.«

»Ja, ich weiß. Danke, junger Nymph. Auch im Namen jedes verletzten Pixies, dem ich damit helfen werde.«

Ich begegne Fyrions Blick und lächele. Diese Grenzen müssen aufgehoben werden ... und wir werden dafür sorgen.

Kapitel 12

»Du musst jetzt ruhig liegen bleiben«, ermahne ich Fyrion und lege das dünne Stück Stoff über sein verletztes Bein, damit es die Wunde vor Dreck schützt. Mit den Händen greife ich in den Eimer voller Moorerde und verteile sie vorsichtig darüber. Kurz zuckt der Elb, ich weiß jedoch nicht, ob es ihm wehtut oder die Kälte ihn überrascht hat. Nachdem ich genügend Erde verteilt habe, falte ich den überstehenden Stoff darüber und wasche mir die Hände.

»Danke«, sagt er an mich und Narissa gerichtet, die mein Tun überwacht hat. »Euch beiden.«

»Gerne. Du gehörst doch jetzt zur Familie.« Sie geht zu Fyrion ans Bett und betrachtet erneut mein Werk. »Die Erde zieht die Entzündung aus der Wunde. Sobald sie trocken ist, können wir die Packung herunternehmen.« Sie greift nach dem Eimer. »Ich stelle den Rest nach draußen, wo es feuchter ist. So rot wie die Wunde ist, sollten wir danach besser direkt noch eine Packung machen.«

Ich nicke zustimmend und versuche, mir klarzumachen, dass Fyrion tatsächlich gerade hier in Aqua ist. Das kommt mir so irreal vor.

»Hast du Schmerzen?«, frage ich und setze mich zu ihm ans Bett. Zärtlich streiche ich über seinen Kopf. »Du hättest mich nicht tragen sollen«, schimpfe ich. So schnell wie er mich gepackt hatte und mit mir losgerannt ist, konnte ich gar nicht reagieren. Wir waren vor den anderen am Silberspiegel.

»Es geht mir gut«, versichert mir der Elb. »Nur etwas fehlt mir.«

»Was denn?«

»Du. In meinen Armen.«

Ich lächele und klettere über ihn, um mich neben ihn zu kuscheln. Er zieht mich an sich und seufzt zufrieden.

»Wie konnte das mit deinem Bein passieren?«, frage ich.

»Ich hatte die Wahl, mich durch eine enge Spalte zu quetschen oder Männer zu töten und zu riskieren, dass Alarm ausgelöst wird. Also wählte ich den scheinbar sichersten Weg. Es war dunkel, ich habe nicht viel gesehen und hatte nur eine dieser dünnen Pixiehosen an.«

»Blöde Pixiehosen«, sage ich, woraufhin er mir lachend zustimmt und ich das kurze Unterbeinkleid betrachte, das ich ihm gegeben habe, bevor ich mit der Moorpackung angefangen habe. Es sitzt verdammt eng, da es Narissa gehört. Eine größere hatte sie jedoch nicht. Besser als nichts, der Anblick seines nackten Hinterns gehört nämlich mir allein.

»Wenn dein Blick ein anderer wäre, hätte ich gedacht, dass du die Moorpackung betrachtest, aber so sieht es aus, als würdest du dir eher andere Teile meines Körpers ansehen. Hilf einem halb blinden Mann und sag die Wahrheit.«

Ich lache. »Tatsächlich habe ich gerade daran gedacht, dass ich froh bin, dass Narissa diese Hose gefunden hat. Was damit vor Blicken geschützt wird, ist ab sofort nur noch für meine Augen bestimmt.«

»Verdammt, ich muss blind pinkeln?«

Ich rolle mit den Augen. »Und für dich natürlich.«

»Danke. Ich weiß nämlich nicht, ob ich mit geschlossenen Augen gut zielen kann.« Sein Gesicht verändert sich plötzlich. Besorgt starrt er mich an. »Was ist los? Warum guckst du auf einmal so merkwürdig?«

»Diese Pixies, die mich nach Aqua getragen haben ...«

»Ja?«

»Sie haben gesagt, sie wollten mich feucht halten und ... haben mich angepinkelt.«

Ein Ruck geht durch Fyrion und ich muss ihn festhalten und daran erinnern, dass er ruhig liegen bleiben muss. In seinem gesunden Auge flammt Feuer auf und sein Atem beschleunigt. Die Muskeln in dem Arm, den ich gepackt habe, sind zum Zerreißen angespannt.

»Wenn ich diese widerlichen Ascheköpfe nicht längst getötet hätte, ich würde sie in die Lava der Göttin schmeißen und zusehen, wie die Hitze ihre Knochen zu Kohle schmilzt.« Er begegnet meinem Blick. »Kannst du mir verzeihen, Naida?«

»Was denn?«

»Dass ich nicht dagewesen bin.«

»Ja, ich vergebe dir«, sage ich, weil ich weiß, dass er das hören muss. »Auch wenn ich es nicht so empfinde, als müsste ich es. Ich war eigentlich in Sicherheit und du unterwegs, um mir zu helfen, mich besser zu tarnen.«

»Du hast meinetwegen deine wunderschönen Flügel verloren.«

»Vielleicht bekomme ich ja neue«, sage ich und ich spüre, wie vorsichtig eine Hand meinen Rücken abtastet. Sie findet jedoch nichts als Narben.

»Hoffentlich. Das würde meinen Fehler zu einem Teil wiedergutmachen.«

»Fyrion«, zische ich leise. »Bitte hör auf, dir immer die Schuld an allem zu geben.«

»So wurde ich erzogen, Naida. Ich bin ein Prinz. Meine Handlungen haben stets Auswirkung auf ein ganzes Land. Vielleicht bin ich flink und geschickt mit dem Säbel, aber ich bin nicht mit unfassbar großer Intelligenz gesegnet.« Er seufzt. »Es gibt Dinge, bei denen ich immer den Rat meiner Berater suchen werde. Einfach, weil ich nicht so klug wie Zahreba bin.«

Ich nicke und nehme sein Gesicht in meine Hände. »Weißt du, das zeugt von wahrer Größe und auch von Intelligenz. Nur wenige können sich eingestehen, dass andere es besser wissen als man selbst.«

Er zuckt mit den Schultern und ich lasse ihn wieder los.

»Ich bin auch nicht der tiefste See der Welt. Aber das ist in Ordnung, solange unsere Herzen so weit wie der Ozean sind.« Ich lächele ihn an. »Und deins ist so groß, dass es nicht nur Ignis, sondern ganz Pandorea einschließt.«

»Gerade habe ich eher das Problem, dass ich dort nur dich sehe und mein Volk dahinter Hilfe suchend schreit und winkt.«

»Das kommt dir nur so vor, weil du gerade warten musst. Das kann regelrecht Folter sein, aber denk dran: Du bist nicht untätig, auch wenn sich das so anfühlt. Zahreba hat einen Plan und den befolgen wir.«

Er lacht. »Nicht ganz, denn wir gehen ihr entgegen.«

»Ja, aber sie ging davon aus, dass du unmöglich von Aqua aus Ignis betreten kannst.« Ich stehle mir einen kleinen Kuss von ihm. Meinte Zahreba nicht auch, dass es in Ignis zu gefährlich sei? Ich muss nachher mal versuchen, mich in Ruhe an das Gespräch zu erinnern. »Du wirst dich besser fühlen, wenn du wieder den Boden deiner Heimat unter deinen Füßen spürst.«

Er verengt ein wenig die Augen. »Hast du das ernst gemeint?«

»Was denn?«

»Dass du dich, bevor du mich getroffen hast, nie irgendwo zugehörig gefühlt hast?«

»Ich kannte es nicht anders. Jetzt schon. An deiner Seite bin ich nicht falsch ... ich bin richtig. Gemeinsam mit dir kämpfe ich für das, was mich ausmacht.«

Fyrion legt eine Hand unter mein Kinn und streichelt gedankenverloren mit dem Daumen darüber.

»Wir kennen uns kaum und doch habe ich das Gefühl, als wärst du ein Teil von mir. Deine Großmutter hatte recht, was die Zeit nach deinem Verschwinden angeht. Auch, wenn ich dir das gerne verschwiegen hätte, aber ich war ... kopflos. Wütend. Unfassbar verletzt. Als hätte man mir einen Arm oder ein Bein abgerissen. Die Welt war finster.« Er lächelt. »Jetzt ist es wieder hell und warm. Was ist das, Naida? Wieso habe ich das Gefühl, nur noch bei dir ein vollständiges Wesen zu sein? Obwohl wir uns erst kurze Zeit kennen. Das ist doch verrückt.«

»Vielleicht ist es Schicksal?«, rate ich und male mit meinem Zeigefinger kleine Kreise auf seine Brust. »Aber ich weiß, was du meinst. Ich fühle genauso. Es ist mit Logik einfach nicht zu erklären.«

Er nickt. »Das hier kann man wohl nur mit dem Herzen verstehen. Nicht mit dem Kopf.« Fyrion sieht plötzlich aus, als gäbe er sich geschlagen und schon tauchen Runen auf seiner Haut auf.

»Tut mir leid«, sagt er und grinst mich ergeben an. »Deine Finger auf meiner Haut …«

Ich befeuchte meine Lippen, was er mit einem fiebrigen Ausdruck im Gesicht beobachtet.

»Schon gut«, sage ich und nehme die Hand weg. »Narissa kommt bestimmt bald zurück.«

Er nickt, schließt die Augen und stöhnt frustriert.

»Was hast du nur mit mir gemacht?«, fragt er und die Runen bewegen sich über seinen Körper.

»Du hast schon immer auf Nymphen gestanden und nun liegst du mit einer im Bett. Sogar in Aqua, wo deine heimliche Passion angefangen hat.« Ich grinse ihn an.

»Es ist hier so unfassbar heiß.«

Ich lache leise. »Eigentlich nicht. Aber die hohe Luftfeuchtigkeit vernebelt dir vielleicht den Verstand.«

»Bestimmt liegt es an der Luft«, sagt er ungläubig. »Es ist unwahrscheinlich, dass es daher kommt, dass sich der Busen der Frau, die ich mehr als alles andere auf dieser Welt begehre, an meine Brust drückt.«

»Nein, völliger Quatsch«, gehe ich auf das Spiel ein.

»Wie komme ich nur auf solch einen Unsinn?«

»Ich weiß es nicht. Da fällt mir absolut nichts zu ein.«

»Kinder?« Mutters Stimme erklingt aus dem Nebenzimmer und Fyrion holt tief Luft. Ich setze mich auf und weiche etwas von ihm zurück.

»Hier!«, rufe ich und muss lachen, weil der Elb nach der Decke hinter ihm greift und sie über sich auswirft. Ich helfe ihm ein wenig dabei, sie zu ordnen.

»Ich habe euch ...« Mutter bleibt neben dem Bett stehen. In den Händen hält sie einen Topf, der köstlich duftet. »... Fischsuppe gemacht. Wieso leuchten seine Runen?«

»Schätze, die Wunde ist heiß geworden und die Feuchtigkeit hier ist er auch nicht gewohnt«, sage ich und streichele ihm mit einem gespielt besorgten Gesichtsausdruck über die Wangen. Er schenkt mir einen wissenden Blick und der Ausdruck in seinen Augen sagt mehr als tausend Worte.

»Armer Kerl. Hoffentlich wirkt die Erde bald.« Mutter stellt den Topf auf dem Nachttisch ab. »Hast du alles richtig gemacht?«, fragt sie und will die Decke anheben.

»Ja, hat sie«, beeilt er sich zu sagen. »Narissa hat es überprüft. Ich ... ich bin nicht sonderlich bekleidet.«

»Oh«, sagt Mutter. »Verzeiht, königliche Hoheit.«

»Fyrion reicht völlig aus.«

Mama schluckt hörbar und nickt. »In Ordnung ... Fyrion.«

Ich würde am liebsten laut loslachen, muss es mir aber mit Gewalt verkneifen. Dass sein Körper so auf mich reagiert, gibt mir ein gänzlich neues Hochgefühl. Es ist mächtig und ... es zieht mich zu ihm. Näher an ihn heran. Es will, dass ich ihn berühre, ihn koste und ganz für mich vereinnahme. Das Nymphenblut in mir kocht und will ihn ins Wasser ziehen, während der Pixieteil am liebsten mit ihm durch die Wolken stoßen möchte. Zumindest das Erste wäre möglich, wenn auch nicht jetzt sofort.

»Kann ich dich kurz allein sprechen, Kind? Vielleicht sollte Fyrion jetzt besser ein wenig schlafen?«

»Ja«, stimmt der Elb zu und ich muss schmunzeln, weil er aus ganz anderen Gründen meine Mutter loswerden möchte. »Das ist keine schlechte Idee.«

Ich steige vorsichtig über ihn und klettere aus dem Bett. Allein dieser kleine Akt wühlt mein Inneres dermaßen auf, dass mir ein Seufzen entfährt. Unter Fyrions Blicken folge ich Mutter durch die Tür in die Wohnstube. Sie hat den Topf mit Suppe mitgenommen und reicht ihn ihrer besten Freundin. Ich lasse mich auf dem Sofa nieder und blicke meine Mutter abwartend an. Sie setzt sich zu mir und seufzt.

»Ich hätte das mit dir schon bereden müssen, bevor ich dich nach Air gebracht habe, aber es ging alles so schnell und ...« Sie mustert ihre Hände.

»Du hast mich aufgeklärt«, sage ich verwirrt. Sie sieht definitiv so aus, als wolle sie mit mir über dieses Thema sprechen. Ob sie meine Lüge vorhin durchschaut hat?

»Kind, ich bin nicht dumm. Ich ahne, warum dein Elb geglüht hat. Es ist nur ...«, sie schluckt, »bei einem Pixie hätte ich mir weniger Gedanken gemacht. Du wirst schon bemerkt haben, dass du eventuell den Drang verspürst, ihn ins Wasser zu ziehen?«

Ich nicke und meine Wangen werden heiß.

»Ich mache mir Sorgen, dass er dich vor lauter Leidenschaft ins Feuer wirft.«

Ich reiße die Augen auf. »Er ist doch kein unkontrolliertes Tier«, sage ich und schüttele den Kopf. »Ich will ihn auch nicht ersäufen oder aus großer Höhe nach unten schmeißen. Da ist auch die Pixie in mir, die am liebsten hoch in die Wolken möchte.«

Mutter lächelt. »Dein Vater ... nein, lassen wir das. Ich denke nicht, dass du das wissen willst.«

Ich sehe sie dankbar an, bis wir lachen. Mutter fängt sich als Erste und nimmt meine Hände.

»Das war das einzig Gute, das ich in deinem Umzug nach Air gesehen habe. Dass ich dich nicht eines Tages einem Mann überlassen muss. Ich kenne Fyrion nicht und kann nicht einschätzen, ob er gut zu dir sein wird.«

»Vertraust du mir?«, frage ich und sie nickt. »Er wird mich auf Händen tragen.«

Mutter atmet tief durch und wirkt etwas beruhigter.

»Vielleicht kannst du ihn etwas kennenlernen, während er hier ist?«

Sie nickt und streichelt mir dann mit einem Blick, der irgendwo, nur nicht hier bei mir ist, über die Wange.

»Dein Vater würde deine Wahl gutheißen«, sagt sie plötzlich. »Er hat die starren Grenzen gehasst. Ein Prinz, der gedenkt, etwas daran zu ändern und dich an seiner Seite … das hätte ihn gefreut, da bin ich mir sicher. Er war so mutig und rebellisch … das hast du von ihm.«

»Du bist auch nicht gerade ängstlich«, sage ich. »Du hast das Kind eines Pixies ausgetragen und großgezogen.«

Mutter lässt mich los und reibt sich über das Gesicht. »Du bist jetzt erwachsen. Eine Frau. Das muss ich mir vor Augen halten.«

»Ich werde aber auch immer dein Kind sein.«

Mutter zieht mich in ihre Arme und ich schlinge meine ebenfalls um ihre Taille.

»Und du willst wirklich nach Ignis?« Sie löst sich von mir und schaut mir in die Augen. »Ist das auch dein Wunsch?«

»Ja. Ich will Fyrion helfen, auf den Thron zu steigen und die Zukunft nicht nur für Elben, sondern für alle Fae besser zu machen.«

»In Ordnung. Das wollte ich hören und die Bestätigung in deinen Augen sehen.« Erneut seufzt sie und flattert dabei ein wenig mit den Flügeln. »Es musste ein Elbenprinz sein, oder?«

Ich schmunzele. »Fornax sagte etwas Ähnliches. Wenn du Fyrion kennenlernst, wirst du wissen, warum.«

»Also ich weiß es jetzt schon«, raunt Narissa mit dunkler Stimme und Blick Richtung Schlafzimmer. »Deine Mutter war viel zu abgelenkt, um zu sehen, wie heiß dieser Feuergeborene ist. Den musst du gut im Auge haben. In Ignis wollen sich sicher alle Frauen mit ihm in der Glut wälzen.«

»Dann lasse ich ihn nicht mehr aus dem Wasser«, sage ich und verschränke die Arme vor der Brust, was an meinem heilenden Rücken schmerzhaft zieht.

»Du solltest morgen mit ihm in den Sumpf, zum Fluss«, sagt Narissa. »Das Wasser dort ist gut für euch beide und der arme Kerl dachte lange, du seist tot. Lass ihn deine Liebe und das Leben spüren.«

Mutters Gesicht wirkt plötzlich so unendlich traurig.

»Was ist?«, frage ich sie und streiche sanft über ihren Arm.

»Das war schon verrückt zu sehen, wie die Drei da oben auf dem Baum saßen und um dich getrauert haben.«

Ich presse die Lippen zusammen, möchte gar nicht mehr darüber nachdenken.

»Der Prinz hat sogar geweint …« Mutters Pupillen weiten sich. »Er scheint dich aufrichtig zu lieben.«

Ich nicke und versuche, das Herz in meiner Brust zu beruhigen.

»Das ist alles noch so neu für mich«, gestehe ich. »Das tut er wirklich, oder?«

Narissa brummt bejahend. »Dieser Mann schaut dich an, als müsste Lyrina sich keine Sorgen um Enkelkinder machen.«

Ich schlage mir die Hände vor das Gesicht und Mutters Freundin lacht laut auf, während ich Mama stöhnen höre.

»Dem sieht man an, dass er fruchtbar ist. Ich beneide dich, Kind. Wenn ich bedenke, dass er noch jung ist und noch größer wird. Gütige Stromschnellen.«

»Könntest du aufhören, von Fyrion zu schwärmen?«, klage ich und nehme die Hände wieder herunter, um sie anzusehen. Narissa hat sich am Esstisch niedergelassen und fächert sich Luft zu.

»Ich brauche endlich einen Kerl«, jammert sie. »Guck nicht so, Lyrina. Du auch! Vielleicht können wir die Suche bald auf Glutwacht erweitern. Ich hätte nichts gegen einen großen Elben, der weiß, wie man Wasser zum Kochen bringt.«

»Du machst mich fertig«, sagt Mutter. »Naida sitzt hier bei uns.«

»Ja und?«, schnaubt Narissa als Antwort. »Naida ist jetzt erwachsen, das hast du selbst gesagt. Sie ist es doch, die diesen heißen Kerl in mein Haus geschleppt hat.«

Ich räuspere mich. »Ja und deshalb gehe ich jetzt auch nach ihm sehen.«

»Willst du nicht noch etwas essen?«

Mein Magen ist schon leer, aber ich … kann nicht.

»Die Sehnsucht ist größer«, sagt Narissa und wirkt dabei ganz verträumt. Seufzend legt sie den Kopf schief. »Ich will das auch noch mal erleben.«

»Geh«, meint Mutter. »Bevor sie wieder ausfallend wird.« Sie zwinkert mir zu. »Wir stören heute auch nicht mehr.«

Ich weiß nicht genau, was sie denkt, dass ich mit der letzten Information anfange. Sicher werde ich nichts mit Fyrion im Haus von Narissa anfangen. In ihrem Bett schon gar nicht, auch wenn sie später mit zu Mutter gehen und in meinem schlafen wird. Ich öffne die Tür und betrete das Schlafzimmer. Fyrion bleibt ruhig mit dem Rücken zu mir liegen. Sein Atem geht tief und entspannt. Er ist eingeschlafen und die Moorpackung scheint dabei von seinem Bein gerutscht zu sein. Ich ziehe vorsichtig die Decke weg und positioniere sie wieder über der Wunde. Fyrion wacht auf und blinzelt mich an.

»Tut mir leid«, flüstere ich. »Schlaf weiter.«

»Komm zu mir.« Seine Stimme klingt ganz rau. Ich erfülle ihm seinen Wunsch und klettere über seine Körpermitte, um mich anschließend in seine Arme zu kuscheln.

»Wenn ich deinen Duft in meiner Nase und deine Nähe auf meiner Haut spüre, bleiben vielleicht die Albträume fern«, sagt er und ich runzele besorgt die Stirn.

»Welche Albträume?«

Er sagt nichts, stattdessen finden seine Lippen meine und er verwickelt mich in einen trägen, aber nicht minder schönen Kuss.

»Hast du keine mehr?«, fragt er nach einer ganzen Weile und ich muss erst meine Gedanken sortieren, bis ich weiß, was er meint.

»Doch. Aber es sind nur Träume, Fyrion.«

»Da hast du recht. Solange das hier die Realität ist, bin ich zufrieden.«

»Ist es«, antworte ich lächelnd. »Und morgen führt uns die Realität in die Sümpfe«, flüstere ich und versuche, dabei verführerisch zu klingen. Irgendwie ist es mir ein wenig peinlich, aber ich denke, wenn das bei irgendwem nicht so sein sollte, dann bei Fyrion. Er ist der Meine und etwas sagt mir, dass er mich gerne so hört. Sehr sogar.

»Was machen wir denn da?«

»Unsere Wunden vom Wasser heilen lassen.« Ich gebe ihm einen ganz zarten, kurzen Kuss. »Du meintest zu mir, dass noch mehr Nähe möglich sei. Ich will, dass du es mir morgen zeigst.«

Eine Hand landet in meinem Nacken und zieht mich näher an ihn heran. Der Kuss, der daraufhin folgt, ist mehr als nur ein Versprechen.

Im Sumpf kann es sehr schwül sein. Mir steht der Schweiß auf der Stirn, als wir endlich weit genug von Quellblüte weg sind. Man merkt die Nähe zu Ignis hier sehr stark. Dazu die schwere, feuchte Luft … es ist perfekt. Wärme und Nässe. Fyrion betrachtet schon den ganzen Weg über unsere Umgebung mit den Augen eines Soldaten. Da ihm das Fieber eins davon genommen hat, muss er sich dafür bestimmt häufiger als üblich drehen und wenden. Er blickt nach oben und dann zu mir. Ein Grinsen ziert seine Lippen, als er näher auf mich zukommt.

»Hier können wir uns ausziehen«, sage ich und sehe, dass er mir zustimmen will, als er plötzlich hinter mir etwas zu bemerken scheint. Seine Elbenaugen verengen sich und mein Herz klopft nun aus einem ganz anderen Grund schneller.

»Da ist jemand, nicht allzu weit von uns entfernt.«

»Verdammt«, zische ich. »Die Nymphen laufen normalerweise nicht so weit raus.«

Fyrions Augen weiten sich, als ich meine, ein leises Weinen gehört zu haben.

»Warte hier«, sagen wir beide unisono.

»Das ist Aqua«, erinnere ich ihn. »Du solltest dich bedeckt halten.«

»Wir gehen einfach zusammen.«

Es gefällt mir nicht, aber ich stimme zu. Wir laufen ein paar Schritte, als zwischen den Bäumen die Gestalt einer Frau auftaucht. Eine … Elbin! Es sieht aus, als versuche sie einen anderen Elben in den Fluss zu schieben. Der Körper des Mannes glüht nur so vor lauter Runen. Das muss ein Kranker sein, den sie zu kühlen versucht und …

»Zahreba!«, ruft Fyrion. »Raze!«

Ich kann kaum glauben, was ich da höre. Der Prinz zerrt mich so schnell mit sich, dass ich das Gefühl habe, gleich wie ein Tuch im Wind abzuheben und hinter ihm her zu flattern. Vor lauter Aufregung scheint er vergessen zu haben, dass ich bei Weitem nicht so schnell wie er bin. Ich würde über den Umstand lachen, wenn es nicht tatsächlich Zahreba wäre, die den Kopf hebt und uns ungläubig anstarrt. Sie richtet sich auf, das Gesicht voller Tränen und fällt Fyrion in die Arme. Küsse landen auf den Wangen des Prinzen, weshalb ich den Blick schnell abwende und zu dem Mann schaue, der Raze sein muss.

»Der Göttin ein Dank«, schluchzt Zahreba. »Er bekommt kaum Luft! Fyrion, Raze erstickt!«

Ich knie mich zu dem offensichtlich blinden Elben hinunter, der schwer japsend auf dem Boden liegt. Nicht das Fieber hat Schuld an seiner Lage. Es ist die Angst, die sich selbst in seinen weißen Augen sehr gut ablesen lässt. Armer Tropf, er braucht sofort Ruhe. Dass seine Frau so in Panik ist, macht es ihm nicht einfacher.

»Ich wollte ihn kühlen … ich …«, plappert Zahreba und ist sichtlich am Zittern. »Es war ihm so heiß …«

»Scht«, macht Fyrion und zieht sie an seine Seite. »Lass Naida sich ihn anschauen.«

Ich nicke ihm zu und bin mir sicher, dass er verstanden hat, dass es wichtig ist, dass Zahreba den Kranken nicht noch mehr in Angst und Schrecken versetzt.

»Du bekommst Luft«, verspreche ich Raze und lege eine Hand sachte auf seinen doppelt glühenden Brustkorb. »Ich werde dir helfen, dass es etwas leichter wird. In Ordnung?«

Der blinde Elb wendet mir seinen Kopf zu und greift nach meiner Hand. Schwach drückt er sie und ich werte das als Zustimmung.

»Was machst du hier, Fyrion?« Die Elbin schluchzt herzzerreißend. »Wie bist du hierhergekommen?«

»Das könnte ich euch auch fragen.«

Mehr bekomme ich von dem Gespräch nicht mit.

»Hallo Raze, ich bin Naida«, stelle ich mich dem Kranken vor. Es ist wichtiger, als man glaubt, den Namen der Person zu kennen, die bei einem ist, wenn man sich hilflos und ausgeliefert fühlt. Das habe ich damals im Krankenlager gelernt.

Fyrion kniet sich plötzlich neben mich. »Hallo, Bruder.«

Raze hebt eine Hand und der Prinz ergreift sie.

»Naida wird dir helfen. Sie ist meine Braut und du darfst diese Welt nicht verlassen, ohne sie kennengelernt zu haben. Hörst du mich? Das erlaube ich dir schlichtweg einfach nicht. Es ist ein Befehl.«

Raze ringt fürchterlich herzzerreißend nach Luft. Er hat unfassbare Angst.

»Hilf mir bitte kurz, ihn ins Wasser zu bekommen«, sage ich. Es kann nicht schaden, ihn dort wirklich etwas zu kühlen. Seine Runen schützen ihn zwar, aber er scheint nicht zu frieren. Ihm wird heiß sein und die sanfte Strömung des kleinen Flusses kann ihn vielleicht etwas beruhigen. Fyrion nimmt den Kranken hoch und steigt mit mir ins Wasser. Wir gehen, bis es mir über die Brust geht. Vorsichtig überreicht der Prinz mir dort den fiebrigen Körper. Hier ist es mir ein Leichtes, ihn zu drehen. Ich lege Raze' Kopf von mir weggedreht auf meine Schulter, damit er leichter atmen kann. Ich gebe ihn soweit frei, dass die zarte Strömung den Rest von seinem Körper von mir weg und damit in eine bäuchlings liegende Position zieht. Kurz kämpfe ich mit diesen unfassbar langen Elbenhaaren, doch dann bin ich mir sicher, dass er bequem liegt.

»Schon besser«, sage ich und schlinge meine Arme unter seine Achseln, damit er mir nicht davon flutscht. Raze kämpft noch immer, aber mit jedem Atemzug scheint ihm aufzufallen, dass es jetzt deutlich leichter ist. Sein Haar hängt zum Teil noch in meinem Gesicht und es ist Fyrion, der neben mir auftaucht und es mir wegstreicht.

»Danke«, wispere ich ihm zu, als sich auch Zahreba zu uns gesellt. Sie beobachtet ihren Mann mit besorgtem Blick.

»Er scheint besser atmen zu können«, stellt sie fest. Ich spüre, dass Raze etwas sagen will, aber dafür viel zu erschöpft ist.

»Ruhig«, ermahne ich ihn mit sanfter Stimme. »Schließe einen Moment die Augen. Konzentriere dich auf das Wasser, das dich trägt und liebevoll umfließt. Versuche, seine Kraft zu spüren und lausche, ob du seine Worte verstehen kannst. Meine Mutter schwört, dass es zu uns spricht.« Ich streiche mit einer Hand über den Teil seines Rückens, an den ich in dieser Haltung herankomme und fange leise an zu singen. Er soll ruhig etwas schlafen.

Sanft fließt der Fluss, so still und klar,
Wiegt dich in Träumen, Jahr für Jahr.
Unter dem Mondlicht, silbern und rein,
Schlafe, mein Fischlein, schlaf selig ein.

Wie Wellen flüstern sanfte Lieder,
Die Sterne singen sie immer wieder.
Im Schilf, da wiegt der Wind dich sacht,
Behütet von der stillen Nacht.

Es ist das einzige Lied, das mir auf Anhieb einfällt. Mutter hat es für mich damals zum Einschlafen immer gesungen und es ist mir, als höre ich ihre Stimme in meinen Ohren. Vielleicht ist es aber auch das Wasser, das mit mir singt. Zahreba weint stille Tränen und Fyrion zieht sie erneut an sich.

»Braut?«, höre ich sie flüstern. »Deine Braut?«

»Ja, ich liebe sie, Zahreba.«

Sie antwortet darauf nichts und das Schweigen fühlt sich unangenehm an, weswegen ich noch mal mein Lied summe. Raze braucht jetzt gute Energien.

»Wieso habt ihr die Grenze überschritten?«, fragt Fyrion leise.

»Es wurde zu gefährlich. Wir mussten aus Ignis weg. Bevor der Drecksack selbst krank wurde, verschärfte er die Präsenz der Wachen in Glutwacht. Raze ging es gefühlt immer schlechter und ich hörte Gerüchte, dass … dass Elben erstickt seien. Ich wollte nach Quellblüte und um Hilfe flehen.« Sie hustet leise. »Ich werde ihn nicht kampflos aufgeben, Fyrion. Für Raze gehe ich bis ans Ende der Welt.«

Was Fyrion darauf erwidert, bekomme ich nicht genau mit, aber ich bin mir sicher, dass er sie verstehen kann.

»Wie kommst du nach Aqua?«, fragt Zahreba. »Verstehe mich nicht falsch, ich danke der Göttin, dich wieder bei mir zu haben, aber es ist gefährlich. Du warst doch sicher in Air, oder?«

»Ja und Nein. Es gab Probleme. Nymphen und Pixies haben mir geholfen, den Weltenbaum zu überqueren.«

»Bei den Flammen«, staunt Zahreba. »Wie hast du das hinbekommen?« Sie schnalzt mit der Zunge. »Was frage ich? Ich weiß doch, mit wem ich rede. Du hast es schon als kleines Kind geschafft, dass alle dir dabei geholfen haben, deinen Kopf durchzusetzen.«

»Ganz so war es nicht. Wir haben uns viel zu erzählen, Schwester«, sagt Fyrion. »Aber zunächst müssen wir Raze stabilisieren.«

»So friedlich habe ich ihn seit Wochen nicht mehr gesehen.«

»Die Kälte und das Liegen auf dem Bauch tun ihm gut«, flüstere ich säuselnd. »Wichtig ist auch, dass man ihm keine Angst macht. Das erschwert nur das Atmen.«

Zahreba streicht sich über die Stirn. »Nachricht angekommen.«

»Naida hat mich auch auf den Bauch gedreht, es war eine Wohltat.«

Ich lehne meine Wange auf den fiebrigen Kopf von Raze, um ihm weiter dabei zu helfen, sich zu beruhigen. Dadurch kann ich auch die beiden anderen Elben besser sehen. Zahreba schaut mich eindeutig mit gemischten Gefühlen an, bis ihr Blick wieder auf Fyrion fällt und fast schon mütterlich wird.

»Ich bin so froh, dass du gesund bist. Scheiß auf das eine Auge.«

Die beiden lachen leise.

»Ich hatte den Mist vielleicht fünf Tage«, berichtet Zahreba. »Aber meinen Liebling … ihn hat es wirklich schlimm erwischt.«

»Zum Glück haben wir euch gefunden«, sagt Fyrion. »Ruhe dich etwas aus und überlass ihn Naida für eine Weile. Sie weiß, was zu tun ist.«

Zahreba schnieft, woraufhin Fyrion sie erneut an sich drückt. Die Eifersucht sticht mir kurz in den Bauch, doch ich verdränge sie und versuche, meine Aura für den Kranken ruhig und friedlich zu halten. Er ist so am Ende seiner Kräfte, dass solche Kleinigkeiten wichtig werden.

»Das hier hat nichts mehr mit Glück zu tun, mein geliebter Prinz«, sagt Zahreba ernst. »Das muss der Wille der Göttin sein.« Sie sieht zu mir und lächelt mehr oder weniger wehmütig. »Ich habe es schon geahnt, als ich sie in den Bergen sah.« Zahreba löst sich von Fyrion und boxt ihn auf die Brust. Etwas an ihrem Tonfall lässt mich jedoch stutzig werden. Sie ist nicht glücklich mit Fyrions Wahl, scheint es aber für sich behalten zu wollen.

»Sag mir, dass eine Frau es endlich geschafft hat, *dein* Herz zu stehlen.«

Fyrion schnaubt. »Sie musste es mir nicht klauen. Ich habe es in der Dunkelheit verloren. Sie hat es aufgehoben und geheilt. Schätze, was das anging, war ich einfach nur ein Idiot mit einem Arsch voll Glück.«

Ich lache leise. Diese Wortwahl … In meiner Brust branden die Wellen der Liebe für ihn noch weiter in mein Herz hinein, als je zuvor.

»Mehr Glück als Verstand, oh ja. So kennen und lieben wir dich.« Zahreba gluckst. »Du weißt, dass das nicht einfach wird?«

Was meint sie?

»Hey«, schimpft Fyrion leise und wird dann ernst. »Ja, das weiß ich. Aber sag mir, wer hat noch überlebt?! Was habe ich in Ignis verpasst?«

»Aus dem engsten Kreis definitiv Cirus, Hella und Yadem. Letzterer trägt jetzt auch ein weißes Auge, so wie du.«

»Sind sie genesen?«

»Ja und Nein. Hella kämpfte das letzte Mal noch, als ich bei ihnen war. Cirus' Fieber war zwar vorbei, doch er konnte kaum fünf Schritte laufen, ohne sich festzuhalten. Die drei halten sich im Süden, bei den Ruinen, versteckt.«

»Dort gibt es doch kaum Nahrung.« Der Prinz klingt entsetzt.

»Ich sorge dafür, dass sie alles haben. Seit unter unseren Leuten das Gerücht herumgeht, dass du noch lebst, sind sie wie ausgewechselt. Da ist wieder Hoffnung in ihren Augen.«

»Beten wir, dass ich sie dieses Mal nicht enttäusche.«

»Das kannst du gar nicht, mein Lieber. Dafür müsstest du dein Wesen komplett verändern und wie dein Vater werden.« Zahreba schaut mich an, als wolle sie sagen: *Sie könnte jedoch ein Problem werden*. Ich schlucke und bemerke, dass Fyrion davon nichts mitbekommen hat. Er gibt nur ein abfälliges Geräusch von sich, das sicher der Erwähnung seines Vaters gilt.

»Verseuchen wir hier eigentlich gerade das ganze Wasser für Ignis?«, fragt die Elbin. »Das ist doch der Juevo, oder?«

»Das müsste er sein, ja.« Fyrion schaut um Rat suchend zu mir.

»Ja und Nein«, antworte ich. »Das hier ist jener Fluss, der bei euch zum Juevo wird. Ihr müsst euch allerdings keine Sorgen machen. Was auch immer das Fieber auslöst, es überlebt das Flusswasser nicht.«

»Hör auf diese wunderschöne Nymphe da vorn«, sagt Fyrion. »Sie weiß, wovon sie spricht. Raze kann froh sein, dass ich ihn so gern habe, sonst könnte er sich seinen Hintern ansehen.«

»Du wirst meinem Mann nicht den Nacken brechen, Freundchen«, gluckst Zahreba etwas verzweifelt. »Dass ich dich mal verliebt sehe. Unglaublich.« Die Elbin lacht leise und schnieft dann unfein.

»Weil ich zuvor noch nie eine Frau getroffen habe, die so wie Naida ist. Selbst Fremden gegenüber zeigt sich ihr kluges, mutiges und einfühlsames Wesen. Ich traf sie in wahrlich einer meiner dunkelsten Stunden. Mit ihr kam Licht und Hoffnung zurück in mein Leben. Sie ist perfekt. Ich bin mir sicher, die Göttin hat sie für mich und Ignis erschaffen.«

Mir kommen die Tränen. Das zu hören ist so ungewohnt, dass ich es nicht mehr schaffe, mich für Raze zusammenzureißen. Mein Leben lang war ich alles andere als perfekt. Das Kind ohne Vater, das Mädchen ohne Flügel ... die merkwürdige junge Frau, die so anders als alle anderen war. Tröstend weht mir der Duft der Flusshyanzinthen entgegen, welche auf der anderen Seite des Flusses wachsen und sich sachte im Wind wiegen. Raze niest und ich hebe meine Schulter vorsichtig etwas mehr aus dem Wasser, damit er dabei nicht aus Versehen welches verschluckt. Zum Glück, denn es folgen noch ein paar weitere Nieser.

»Geht es wieder?«, frage ich, als Ruhe in den Kranken einkehrt. Das hat ihn spürbar angestrengt, dennoch schafft er ein zaghaftes Nicken. Sein Haar sieht fast aus wie das von Fyrion und ist genauso kräftig und schön. Es breitet sich im Wasser vor mir aus und bedeckt fast meinen kompletten rechten Arm.

»Ich freue mich für dich, Hübscher«, höre ich Zahreba leise sagen. »Sie ist dir sehr wichtig, das sehe ich.«

»Ich hätte sie fast verloren ...« Die Art, wie Fyrion das sagt, bereitet mir Gänsehaut. Am liebsten würde ich durch das Wasser zu ihm waten und ihn fest an mein Herz drücken, so wie er vergangene Nacht, als ich schweißgebadet aus einem Traum aufgewacht bin, an den ich mich zum Glück nur noch sehr vage entsinne. Schnell verdränge ich die Erinnerung an Blut und Tränen aus meinem Kopf.

»Was ist passiert?«, fragt Zahreba.

»Sie ist halb Nymphe und halb Pixie«, will Fyrion anfangen zu erzählen, doch seine Freundin unterbricht ihn.

»Stimmt! Ich traf sie in Air! Wo sind ihre Flügel? ... Und wieso ist sie plötzlich eine Nymphe?« Da sieht man, wie angespannt und verzweifelt Zahreba wegen Raze gewesen sein muss. Etwas sagt mir, dass ihr das sonst nicht entgangen wäre.

»Langsam, ich komme gleich dazu.«

Ich lausche Fyrions Worten und mir dreht sich der Magen um, als er zu der Stelle kommt, wo er meine Flügel findet und wie ihn das in eine Spirale aus Wut, Hass und Mordlust versetzt hat.

»Das war das Feuer in dir«, sagt Zahreba. »Es flammt auf, wenn die Zeiten hart werden. Was denkst du, wie ich sonst Raze hierher bekommen hätte? Es fühlt sich gerade an, als tauche mein Verstand jetzt erst langsam hinter einem roten Schleier hervor.«

»Ja ... genauso. Nur erwartete mich dort eine brutale und grausame Wahrheit. Jedenfalls dachte ich, dass es sie wäre. Ich wollte lieber wieder zurück zu der blinden Wut.« Fyrion betrachtet das Wasser. »Die Realität war unerträglich.«

Mir kommen Tränen und da ich nicht zu Fyrion gehen kann, klammere ich mich ein wenig an Raze fest. Er scheint es zu bemerken und regt sich ganz leicht, ist aber zu schwach, um mehr zu tun. Fyrion erzählt weiter und kommt zu der Stelle, als er, Großmutter und Carlotta zum Weltenbaum aufbrechen wollten, um meine Mutter zu treffen.

»Ich bat sie, mich mitzunehmen, auch wenn ich echt Respekt vor dem Weg nach oben hatte. Teils konnte ich klettern, aber manche Stellen waren für mich nicht erreichbar und die Frauen trugen mich ein Stück. Es war anstrengend für uns alle, aber ich wollte Naidas Mutter begegnen. Ihr in die Augen sehen, wenn ich ihr beichte, dass ich versagt habe. Dass ich ihre Tochter im Stich gelassen habe ...«

»Dich trifft doch keine Schuld«, beeilt sich Zahreba zu sagen.

»Vielleicht glaubt er dir das«, mische ich mich ein. »Bei mir ist er auf dem Ohr taub.«

Hat Raze leise gelacht? Es klang so.

»Unwichtig«, befindet der Prinz. »Naida hat mir verziehen. Jetzt müssen es nur noch die Witwen und Witwer meiner verstorbenen Brüder und Schwestern. Und jene, die ihr Augenlicht verloren haben ...«

»Fyrion, sie gingen freiwillig mit dir. Wir alle taten das«, sagt Zahreba. »Weil wir auch nicht wegsehen wollten. Weil wir den Gedanken nicht ertrugen, dass sich niemand um die Kranken kümmert und man sie wie Vieh einsperrt. Wir wussten doch nicht, wie ansteckend der Mist ist. Wir haben alles getan, um uns zu schützen. Erst recht konnte niemand ahnen, dass dein Vater zu solchen Mitteln greift und er dabei nicht mal vor dir Halt macht. Du hast diesen kranken Fae so viel Zuversicht und Mut gegeben. Sie hatten große Angst, die wie weggeblasen war, als plötzlich ihr geliebter Prinz an ihren Betten stand.«

»Sie haben mir vertraut, das habe ich gesehen, Zahreba. Aber auch die Panik in ihren Augen, als die Soldaten des Nachts über uns herfielen. Sie waren der festen Überzeugung, dass ich sie retten könnte. Aber ich … konnte es nicht. Ich musste bei meiner Flucht über … ihre Leichen steigen.«

Ein Kloß steckt in meinem Hals, der mir einiges abverlangt, um ihn herunterzuwürgen.

»Du warst selbst krank.« Zahreba sieht ihn mit gerunzelter Stirn an. »Wir alle lagen erschöpft in unseren Betten. Es ging so schnell, was hättest du unternehmen sollen?«

»Ich weiß nicht. Irgendwas. Ich hätte es ahnen müssen. Vater ist dem Wahnsinn verfallen. Nichts ist unmöglich.«

Zahreba schüttelt mit der Zunge schnalzend den Kopf und seufzt. »Vielleicht erledigt das Fieber ja das Problem mit deinem Erzeuger. Ich will ihn nicht deinen Vater nennen. Raze war das mehr als jeder andere Mann. Ja, selbst ich als Frau war mehr dein Vater.«

Fyrion lacht leise und küsst dann die Stirn der Elbin. »Wie geht es Mutter?«, fragt er schließlich und klingt besorgt. Soweit ich mich zurückerinnern kann, sprach er nur einmal von ihr und dem kleinen Garten, den er in Incendia mit ihr gepflegt hat.

Zahreba gähnt. »Entschuldige, ich bin hinüber.« Sie atmet tief durch. »Wie soll es der Königin gehen? Sie glaubt, dass nach deiner Schwester nun auch du verstorben wärst. Das Fieber hat sie bisher, soweit ich weiß, verschont. Es heißt, sie habe sich völlig abgeschottet und bete Tag und Nacht für die Kranken und deine Seele. Es ist besser, dass sie ahnungslos bleibt. Du weißt, wie schwach sie ist. Besonders, was deinen Vater angeht. Ihre Loyalität wird immer ihm gehören. Das weißt du besser als jeder andere hier.«

Fyrion ist still und ich schiele zu ihm herüber. Er wirkt tief in Gedanken versunken.

»Hey, Kopf hoch, Prinzlein. Es kommen bald andere Zeiten. Deine einzige Sorge wird es dann sein, ein paar starke Nachkommen zu zeugen.«

Was sie mir nicht so richtig zutraut, das sehe ich in dem kurzen Blick, den sie mir schenkt. Fyrions und meine Kinder könnten nicht so schnell und stark wie ihr Vater werden. Söhne könnten sogar in Ignis als viel zu klein angesehen werden, weil sie nur die Größe eines Nymphen oder eines Pixies erreichen. Fyrion scheint das nicht zu sorgen. Er sieht zu mir und grinst.

»Ihr habt mich davon abgehalten, dafür schon mal ein wenig zu üben.«

»So?« Zahreba betrachtet Raze' Gesicht ... oder sie starrt ins Leere, das kann ich gerade nicht genau sagen. »Wolltest du dich hier im Sumpf von deiner Nymphen-Pixie verführen lassen, du alter Schlawiner?«

Mein Patient lacht leise, dieses Mal ganz eindeutig.

»So ... kennen wir ... ihn«, bringt er angestrengt hervor. Er hat eine dunkle und strenge Stimme, die aber bestimmt auch sehr freundlich klingen kann. Da bin ich mir sicher.

»Und so liebt ihr mich. Das hatten wir schon festgehalten«, antwortet Fyrion. »Außerdem muss sie mich nicht mehr verführen, darüber sind wir längst hinaus. Ein Wort von ihr und ich stehe ihr zur Verfügung. Immer und jederzeit.«

Zahreba schnalzt mit der Zunge und kommt dann näher an mich und Raze heran. Ich sehe, dass sie ihm über das Gesicht streicht.

»Geht es dir besser?«, fragt sie und scheint verstanden zu haben, dass sie Ruhe ausstrahlen muss. Das tut sie. Zuversicht und Ruhe.

»Atmen ... ist einfacher.«

»Möchtest du ihn etwas halten?«, frage ich. »Deine Nähe ist weitaus heilender als meine.«

»Ja ... sehr, sehr gerne sogar.«

»Schaffst du es, deinen Kopf einen Moment zu halten, Raze?«, frage ich und der Elb brummt zustimmend. So gestaltet sich die Übergabe deutlich leichter und ich habe die Gelegenheit, das Gesicht von Fyrions bestem Freund mir einmal in Ruhe anzusehen, als ich dafür sorge, dass er so auf der Schulter seiner Frau liegt, dass er ungestört atmen kann. Genauso würde ich mir einen Soldaten in seinem Alter vorstellen. Da ist eine gewisse Härte in seinen Gesichtszügen. Nur seine weißen Augen brechen mir das Herz. Diese Krankheit ist so unfair.

»Sie ... riecht gut«, sagt er, sicher an Fyrion gewandt. »Ich bin ... mir sicher ... sie ist schön.«

»Kennst ihn doch.« Zahreba lacht leise. »Sie ist genau sein Fall. Blondes ... wobei ... gerade eher blaues Nymphenhaar, eine zierliche Gestalt und ein offenes, freundliches Gesicht mit großen blauen Augen, die neugierig und klug ihre Welt erkunden. Genau Fyrions Beuteschema.« Zahreba schaut mich an. »Er hat schon immer nach einer Frau gesucht, deren Inneres das hält, was ihr Äußeres verspricht. Ich bin dankbar, dass er es in dir endlich gefunden zu haben scheint.« Sie seufzt. »Tut mir leid um deine schönen Flügel.«

»Danke«, sage ich und weiß nicht, wie ich mit ihren Worten umgehen soll. Was mich angeht, scheint die Elbin eindeutig zwiegespalten zu sein. Fyrion kommt zu mir und hebt sachte mein Oberteil an, damit er mich nicht vorn gleich mit entblößt. Er will nach meinem Rücken sehen, das ist mir sofort klar.

»Die Narben sehen gut aus. Tut es noch weh?«, fragt er.

»Ein wenig, ja«, gestehe ich.

»Hoffentlich bekommst du eines Tages Nymphenflügel. Ich werde dafür beten.«

»Seine ... Stimme ... ist ganz sanft ... wenn er ... mit ihr spricht.« Das scheint Raze zu rühren. Ich habe das Gefühl, sein Äußeres wirkt ganz anders, als er in Wirklichkeit ist. Es kann aber auch an der Lage liegen, in der er sich befindet. Er hat Fyrion ausgebildet, es ist also klar, dass er kein zahmes Fischlein ist. Er hat die strengen Züge eines Kommandanten und ich denke, die kommen nicht von ungefähr. Sie schließen ein gutes Herz aber nicht aus.

»Er ist verliebt«, sagt Zahreba und klingt erschöpft. »Bis über beide Horchlöffel.«

Fyrion lehnt seine Stirn an meine und lächelt mich vielsagend an. Die Art, wie er das macht, weckt Instinkte in mir. Ehe ich mich versehe, habe ich ihn an mich gezogen und meine Finger in seinen Rücken gekrallt. Wow … wo kam das jetzt her? Der Prinz wirkt einen Moment überrascht, doch dann grinst er.

»Ich weiß, ich bin in einem deiner Elemente, Tochter der Seen und Stürme.« Seine Lippen liebkosen die Meinen. »Ich gehöre nur dir.«

»Tut mir leid«, sage ich und schlucke. »Das war wie ein … Impuls.«

»Entschuldige dich nie wieder dafür«, warnt er mich grinsend und sein gesundes Auge mustert mich eingehend. Ich kann nicht anders, ich ziehe mich im Wasser an ihm hoch und er schließt die Lider, bevor ich einen Kuss auf seine Schläfe neben dem blinden Auge platziere.

»Ich liebe dich«, sage ich und hoffe, dass er erahnen kann, wie sehr. Es fehlen mir die Worte, um es zu beschreiben. Nichts würde dem Gefühl in meiner Brust gerecht werden.

»Ich wünschte, du könntest Fyrions Blick gerade sehen«, sagt Zahreba zu Raze. »Wie dieser hübsche Kopf verzweifelt versucht, Worte zu finden, die besser sind als: Ich dich auch.«

Fyrion verengt die Augen und blickt hinüber zu seinen Freunden. »Woher weißt du das?«

Die beiden älteren Elben lachen.

»Weil … wir dich … kennen«, antwortet Raze. Ich hebe lächelnd meine Hände und lege sie auf Fyrions Wangen. Wasser perlt meine Haut hinab, als ich ihn voller Liebe betrachte. So nass scheint er sogar noch verführerischer zu duften.

»Er muss nichts sagen … ich sehe es in seinen Augen«, teile ich allen mit. »Ich spüre es an jeder Stelle, an der seine Haut meine berührt.«

Fyrion atmet tief durch. »Lasst uns bitte darüber sprechen, was wir jetzt machen, sonst packe ich diese Frau und …«

»Fyrion«, erklingt Raze‘ Stimme. »Benehmen.«

Mein Elb räuspert sich und ich muss prustend lachen.

»Wäre außerdem nicht das erste Mal«, gluckst Zahreba, »dass wir überraschend zu der Ehre kommen, deinen nackten Arsch dabei zu beobachten.«

Fyrion rollt mit den Augen. »Komm schon, das war ein Anblick, der dir gefallen hat. Meine Kehrseite ist unfassbar attraktiv.«

»Die Göttin … helfe uns«, japst Raze.

»Aber Fyrion hat recht«, sage ich und reiße mich innerlich zusammen. Eifersucht durchspült mich und sie schmeckt so widerlich wie Galle.

»Dass ich einen hübschen Hintern habe? Danke!« Er grinst schelmisch. Verzweifelt schüttele ich mit einem Lächeln den Kopf.

»Nein … und ja, natürlich hast du den. Aber wir sollten wirklich überlegen, was wir jetzt tun. Ihr braucht eine sichere Bleibe.« Da kommt mir auch schon eine Idee.

Kapitel 13

»Das könnte klappen«, meint Mutter. »Niemand wird auch nur in die Nähe gehen, wenn man hört, dass dort jemand mit Oculifieber liegt.« Sie nickt. »Ich werde die Nachricht verbreiten.«

»Moment, noch einmal für mich«, meint Fornax. »Naida hat einen fiebernden Nymph im Sumpf gefunden, der vermutlich in Ignis gewesen ist und sich dort angesteckt hat. Sie kümmert sich um ihn im alten Krankenlager außerhalb der Stadt. Ich fliege angeblich nach Wellenruh, um von dem Grenzübertreter zu berichten, mache mir dort aber nur einen schönen Tag?«

»Ja, genau«, bestätige ich. »Mutter versorgt uns mit Nahrung und beruhigt alle, dass sonst keiner krank ist und wir das Lager erst wieder verlassen, wenn der Nymph genesen ist. Um sicher zu sein, weil wir nicht wissen, ob die Krankheit sich durch die Elben verändert hat. Wir müssen den Leuten leider ein bisschen Angst machen. Eine bessere Idee habe ich gerade nicht. Die Elben brauchen Zeit, um einen neuen Plan zu schmieden und Raze viel Ruhe. Niemand soll auch nur in die Nähe des Lagers gehen, um sicher zu sein, dass es keine nächste Welle gibt. Offiziell stellt uns Mutter das Essen auch nur vor die Tür.«

»Das wird den Leuten einleuchten«, sagt Fornax. »Ja, das wird gehen.«

»Es wird viel gelogen in letzter Zeit«, seufzt Mutter. »Aber ich schätze, wenn man Veränderung in die Welt bringen will, muss man Geburtsschmerzen ertragen.«

Ich nicke ihr mit Zuversicht im Blick zu.

»Gut, dann hole ich die Elben und ihr fliegt los und informiert die Leute. Fornax macht sich gleich morgen früh auf den Weg nach Wellenruh.«

Mein bester Freund brummt zustimmend. »Wird erledigt. Ich muss mir nur was für meine Frau überlegen. Sie war schon verwirrt, warum ich heute Abend wieder unterwegs bin.« Ach ja, er bringt Carlotta die Moorerde. »Am besten nehme ich sie mit nach Wellenruh und haue dann nur mal kurz ab, *um die Meldung zu machen*. Ein Spaziergang zwischen den Wasserspielen wird sie milde stimmen.«

»Wenn du ihr vertraust dann ...«

»Mache ich«, unterbricht mich Fornax, »... aber Nein. Manchmal ist Unwissenheit ein Segen ... und sicherer.«

Ich stimme ihm zu. Trotzdem entschuldige ich mich bei ihm für die Umstände, die ich ihm mache. Er winkt die Sache mit einem Schnalzen seiner Zunge ab.

»Gut, dann gehe ich zurück zu den Elben«, sage ich und schultere meine Tasche mit Kleidung. In die Hand der anderen Seite nehme ich den Beutel mit Essen.

»Ich bringe dir später noch etwas Moorerde für Fyrions Bein«, sagt Mutter.

»Danke. Euch beiden.«

Die Elben warten, wie von mir angeordnet, in der Nähe des Krankenlagers. Fyrion kommt mir entgegen und schaut mich besorgt an.

»Alles gut?«, fragt er und möchte mir beide Taschen abnehmen.

»Nein, schnapp dir Raze. Ich bringe euch in Sicherheit.«

»Verrätst du uns jetzt wohin?«, fragt Zahreba, die beobachtet, wie Fyrion meinem Wunsch nachkommt.

»Es ist nicht weit von hier. Die Nymphen haben es gebaut, nachdem das erste Mal das Oculifieber grassiert hat. Seitdem wird es als Krankenlager genutzt. Mutter erzählt gerade in der Stadt, dass ich einen Nymph im Sumpf gefunden habe, der sich in Ignis angesteckt hat. Da wir nicht wissen, ob sich die Krankheit dadurch verändert hat, sollen alle dem Lager fernbleiben. Ich kümmere mich um diesen ominösen Fremden und betrete erst wieder Quellblüte, wenn alles überstanden ist. Mutter versorgt uns mit Nahrung und Fornax tut so, als würde er nach Wellenruh fliegen, um von dem Grenzübertritt zu berichten und sich umzuhören, ob jemand den Mann kennt. Natürlich ist er nicht aus Quellblüte.«

»Das ist ein verdammt kluger Plan«, sagt Zahreba. »Ist das Lager weit genug von der Stadt weg?«

»Ja, das ist es. Wir sind dort sicher. Raze kann zur Ruhe kommen und niemand wird sich freiwillig in die Nähe begeben. Wir können reden und überlegen, was wir jetzt machen.«

»Danke, Naida. Für alles«, sagt Fyrion. Ich lächele ihn an und winke dann auffordernd, damit mir die Elben folgen. Wir stapfen eine Weile durch den Sumpf und überqueren den Fluss, wobei Zahreba die Taschen übernimmt. Sie ist mit einem Satz am anderen Ufer und hilft anschließend mir, während Fyrion den Kranken sicher herüberträgt. Der Anblick seines nassen Körpers lässt mich alles andere als kalt, aber ich konzentriere mich auf unsere Mission und so gelangen wir an das Krankenlager. Ich stoße die Tür auf und bitte die Elben hinein. Die Räumlichkeiten wurden, unter anderem auch von mir, immer einsatzbereit und sauber gehalten. Ich gehe zu einem der Betten und ziehe die Decke herunter, welche die Matratze staubfrei halten soll. Fyrion legt Raze darauf ab. Schnell hole ich eins der runden Kissen mit dem Loch in der Mitte, das man am Bett befestigen kann und was dafür sorgt, dass der Patient auf dem Bauch liegen und trotzdem gut atmen kann. Gemeinsam mit Zahreba drehe ich Raze und wische sein Haar auf die Seite.

»Ich hole die Lungensalbe«, sage ich. »Ihre Wirksamkeit ist nicht klar, aber wir wollen nichts unversucht lassen.«

Zahreba nickt mir zu. Zum Glück ist der Medizinschrank noch gut bestückt. Ich finde den Tiegel mit der Lungensalbe und eile zurück an das Bett des Kranken.

»Wir sollten ihn morgen im Zuber sauber schrubben«, sage ich. Raze hat das ein oder andere Mal im Dreck gesessen. »Aber für heute muss es gut sein. Er soll schlafen.« Damit reibe ich seinen Rücken auf Höhe der Lunge ein und tauche danach vor dem Bett unter dem Kissen ab, das seinen Kopf hält. Ich kontrolliere, dass es fest am Bett steckt. Es hat Träger aus Holz, die in den Rahmen hineinpassen und sie scheinen ordnungsgemäß festzusitzen.

»Alles super.« Ich lächele das Gesicht des Patienten über mir an. Seine müden weißen Augen können das zwar nicht sehen, wirken aber trotzdem aufmerksam. »Kannst du gut atmen?«

»Ja ... Danke ... Naida.«

»Schlaf jetzt. Du bist in Sicherheit. Ich hole dir noch eine Decke.«

Fyrion hat sich an die Wand gelehnt und beobachtet mich mit einem Ausdruck, den ich nicht deuten kann. Ich hole eine saubere Decke aus dem Schrank am Ende des Zimmers und breite sie über Raze aus.

»Wir sollten für heute alle zur Ruhe kommen. Es wird bald dunkel. Habt ihr Hunger?«

»Ich kümmere mich darum«, sagt Zahreba. »Bitte, lass mich etwas tun. Zeig mir nur die Küche. Ich zaubere uns ein Abendessen von dem, was deine Mutter mitgegeben hat.«

»Weißt du denn, wie man Reis zubereitet?«, frage ich.

»Reis?«

Ich lache. »Lass uns heute zusammen kochen«, schlage ich vor.

Zahreba sieht zu Fyrion. »Schaust du nach Raze?«

»Sicher.«

Wir verlassen den Raum und ich nehme mir einen Topf, um Wasser zu holen. Als ich zurück bin, kippe ich etwas in einen Kleineren, um darin den Reis zu kochen. Den Rest werde ich abkochen, damit wir es trinken können. Hier gibt es nur Flusswasser und ich weiß nicht, ob die Elben das einfach so trinken können. Ich möchte ihnen und damit auch mir gerne Erbrechen und Durchfall ersparen. Für die fiebernden Nymphen haben wir das auch immer getan, da ihre Körper geschwächt waren. Ich kann mich noch genau daran erinnern, als ich das letzte Mal hier stand und das kochende Wasser betrachtete. Damals war alles anders ...

»Danke abermals«, sagt Zahreba, die den Beutel mit Reis mustert, den Mutter eingepackt hat.

»Wofür?«, frage ich und gebe mit der Hilfe eines Bechers etwas davon in den kleinen Topf und stelle ihn auf den Herd. Die Elbin hat in meiner Abwesenheit schon das Feuer entzündet. Ich muss lächeln, als mir auffällt, dass die Nymphe sich um das Wasser und die Elbin um die Flammen gekümmert hat. Wie passend.

»Ich habe heute den Kopf verloren. Du hast mich beruhigt und Raze gerettet.«

»Nein, ich habe ihn nur im Wasser gehalten. Was diese Krankheit angeht kann man niemanden wirklich retten.«

»Und Fyrion?«

»Bei ihm war das anders. Er war allein und trotzdem bin ich mir, jetzt, wo ich ihn kenne, sicher, dass er es irgendwie geschafft hätte.«

Zahreba lacht. »Er war schon als Kind zäh. So oft wie sein Vater ihn grün und blau geschlagen hat, ist es ein Wunder, dass er noch alle Zähne hat.«

Erschrocken sehe ich sie an, doch die Elbin holt den Fisch hervor, den Mutter dazu gepackt hat. Sie greift nach einem Messer und nimmt ihn fachmännisch aus. Ich schlucke, weil mir die neue Information im Hals steckenbleibt.

»Tut mir leid, dass ich von seinen Liebeleien gesprochen habe. Mir ist aufgefallen, dass dir das unangenehm war.« Sie hat die Augen weiter auf den Fisch gerichtet. In Anbetracht des scharfen Messers in ihren Händen ist das sicher besser.

»Schon gut ... es ist nur ... ich bin so unerfahren. Fyrion war der erste Mann, den ich geküsst habe. Ich hoffe, ich enttäusche ihn nicht.« Ich presse kurz die Lippen zusammen. »Oder langweile ihn eines Tages.«

Die Elbin legt das Messer nieder und schaut mich an. Sie hat wunderschöne, dunkle Augen. Wie Kohlestücke. »Wie ist es für dich, wenn er dich berührt?«

Ich schüttele mich wohlig. »Es ... es kribbelt überall.«

Zahreba lächelt gütig. »Siehst du ... und das kommt nicht von seinem Können als Liebhaber, sondern von der Liebe. Du musst im Kopf behalten, dass es für ihn genauso ist. Er liebt dich und Mädchen, glaub mir, das tut er. Ich kenne ihn, seit er kaum übers Lagerfeuer gucken konnte und er betet dich an. Wenn du ihn anfasst, ist das für ihn wie ... ein Feuersturm. Tief in ihm drin. Du kannst nichts falsch machen. Außerdem ist jeder Fae anders, egal aus welchem Land. Was er mag, wo er besonders gerne berührt wird, das wird er dir zeigen müssen. Das weiß er auch nicht von dir. Auch er wird von dir lernen.«

Ich reibe mir über das Gesicht. »Danke, das beruhigt mich. Wirklich.«

»Es gibt ein paar Dinge, die alle Männer, mit denen ich zusammen war, ganz wild gemacht haben. Eines Tages, im Schein eines Lagerfeuers, erzähle ich dir davon. Vielleicht hast du sie bis dahin schon zum Teil selbst herausgefunden.« Sie zwinkert mir zu, wird dann wieder ernst. »Was das andere angeht ... Gibt es je eine Garantie? Du kannst einen unerfahrenen Mann in die Liebe einführen und er kommt auf den Geschmack und begattet dann alles, was ihm vor den Säbel läuft.« Sie nimmt eine meiner Hände. »Oder du nimmst dir einen, der nichts hat anbrennen lassen und der liebt dich so sehr, dass er nur noch dich will. Weil eure Verbundenheit ihm mehr gibt, als jeder andere Körper dieser Welt das je konnte. Beides kann passieren und niemand kann dir sagen, was die Zukunft bringt. Außer der Göttin vielleicht.« Zahreba prustet. »Die kleidet das aber in rätselhafte Worte, die dich mit mehr Fragen als Antworten zurücklassen. Natürlich erst, nachdem du ihr ein Opfer gebracht hast.«

Wir lachen zusammen. Sie klingt jedoch merkwürdig dabei.

»Fyrion hat sich nie anders als loyal gezeigt. Zwar kann ich es dir nicht versprechen, aber wenn ich raten müsste, würde ich sagen, dass er mit dir, wie in meinem zweiten Beispiel, zur Ruhe kommt.« Zahreba mustert den Boden und scheint sich selbst aus einer Erinnerung zu reißen. Sie greift nach dem Messer und widmet sich wieder dem Fisch.

»Du machst dir meinetwegen Gedanken, oder? Es … es ist mir aufgefallen.«

Sie schließt für einen Moment die Augen. »Ja, aber ich bin der festen Überzeugung, dass nichts umsonst geschieht. Du solltest auf Fyrion treffen, das ist euer Schicksal. Egal, was alle anderen davon halten. Er liebt dich und deshalb gibt es da nichts mehr zu diskutieren.«

Ich nicke verstehend. Sie hat Bedenken, aber vielleicht kann ich die mit der Zeit ausräumen. Dass sie mir trotzdem so offen begegnet, rechne ich ihr hoch an.

»Wie haben Raze und du euch kennengelernt?« Sie scheinen sich so sehr zu lieben …

»Wir kannten uns schon als Kinder. Ich weiß also gar nicht mehr, wann ich ihn das erste Mal gesehen habe. Aber dafür noch genau den Moment, als wir uns verliebten.« Sie hält inne und scheint sich zurückzuerinnern. »Einmal im Jahr gibt es bei Hofe den Feuerfunkenball. Zumindest früher. Immer am 12. Maalin. Drei lange Jahre hatte er nicht stattgefunden, da der König und die Königin um ihre Erstgeborene trauerten.« Zahreba stützt sich mit dem Messer in der Hand nachdenklich an der Arbeitsfläche ab. »Ich war … siebzehn, glaube ich. Ja, Fyrion war sechs oder sieben. Er rannte immerzu im Ballsaal umher und brachte alle zum Lachen. Raze und ich kannten uns, wir waren Freunde und er forderte mich, mehr aus Langeweile, wie er mir später erzählte, zum Tanz auf.« Sie lächelt auf einmal so verliebt, dass mir das Herz ganz weit wird. »Wir sahen uns in die Augen und … ich wusste, ich war zu Hause. Fast hätten wir uns geküsst, da donnerte die Stimme des Königs durch den Ballsaal. Er rief nach Fyrion und Raze und ich hielten den Atem an. Seine Majestät war rasend vor Wut, weil sein jüngerer Sohn so aufgedreht war.« Zahreba schaut mich fast schon entschuldigend an, als wolle sie diesen Teil nicht erzählen. »Er schlug den Prinzen vor den Augen seiner Mutter und des ganzen Hofes.«

»Wie bitte?«, platzt es aus mir heraus. »Hat denn niemand etwas getan? Was hat die Königin gemacht?«

»Sie stand da und senkte den Blick. Ihre Majestät hat sich stets herausgehalten und das, obwohl der Drecksack sie verehrt und bei ihr nie handgreiflich geworden ist. Jedenfalls soweit ich das von den Hofdamen Ihrer Majestät gehört habe. Sie wollte ihm einfach nur nie widersprechen.«

Was? Das war ihr Kind, das er da schlug! »Warum hat Seine Majestät das gemacht?«

»Weil er es nicht ertragen konnte, dass Fyrion gut gelaunt war. Der König weinte noch immer seiner Tochter nach und warf dem Kind vor, dass es das nicht tat. Fyrion hat wenig bis gar keine Erinnerung an seine Schwester. Er war noch so klein, als sie verstarb. Wieso sollte er also traurig sein? Statt sich zu freuen, dass sein Sohn solch einen Charme versprühte, dass der ganze Hof ihm verfiel, entschied er, Fyrion zu hassen.«

Ich lege eine Hand vor den Mund. »Beim großen Wirbel.«

Zahreba schnaubt. »In den hätte ich den König zu dem Zeitpunkt gerne geworfen.«

»Was ist dann passiert?«

»Raze platzte der Kragen. Er mischte sich ein ...« Sie seufzt. »Genau wie Fyrion kann auch mein Raze nicht wegsehen. Das hätte ihn fast den Kopf gekostet. Zum Glück war es dem König so peinlich, dass Raze es geschafft hatte, ihm den blutenden Prinzen abzunehmen, dass er ... ich erinnere mich, als wäre es gestern gewesen ... sich aufrecht hinstellte, das Kinn reckte und den Befehl bellte, dass Raze den Prinzen aus seinen Augen bringen soll.«

»Wurde er später dafür bestraft?«

»Ja, er wurde des Hofes verwiesen und durfte keinen Schritt mehr in den Palast setzen. Jede weitere Strafe hätte bedeutet, dass der König sich den Prinzen nicht wegnehmen lassen wollte. Dass sein Stolz so groß ist, hat Raze vor dem Tod bewahrt.« Zahreba deutet auf den Fisch. »Was machen wir damit? Grillen wir ihn?«

»Wir braten ihn«, sage ich und bereite die Pfanne dafür vor. »Wie ging es Fyrion?«

»Raze und ich versorgten ihn bei mir daheim. Ab da türmte der Prinz fast jeden Tag aus dem Palast und kam zu Raze und mir. Der kleine Racker war unser Geheimnis ... und Raze und ich verliebten uns ineinander.«

Ich muss lächeln. »Kluges Kind«, sage ich und lasse mir ihre Worte durch den Kopf gehen. »Raze hätte sein Leben für den kleinen Prinzen gegeben.«

»Es sah aus, als würde der König Fyrion totschlagen.« Zahrebas Gesicht spricht Bände. »Ich weiß noch, dass ich vor Angst geweint habe. Das war zuvor noch nie geschehen. Heute war es tatsächlich das zweite Mal.«

»Ich bin froh, dass er von so tollen Fae wie Raze und dir aufgefangen wurde«, sage ich. »Wer weiß, was sonst passiert wäre? Wenn ich da an seinen Bruder denke ...«

»Dieser selten dämliche Kerl ist zu dumm, um zwei Feuersteine aneinander zu schlagen.«

»Wie können die Brüder so verschieden sein?«, grübele ich laut, woraufhin Zahreba mit den Schultern zuckt.

»Wenn ich es nicht besser wüsste, würde ich sagen, dass die Königin einen Liebhaber hatte. Wie könnte Fyrion sonst von diesen beiden Elben abstammen? Aber das würde sie sich nie trauen und da meine Mutter damals zu ihren Hofdamen gehört hat, bin ich mir sicher, dass es nicht so war. Der König hat sie jede Nacht bestiegen, da blieb keine Zeit für einen Liebhaber. Sie liebt diesen widerlichen Kerl auf eine kranke Art und Weise.«

»Unglaublich«, sage ich.

»Die Königin ist schwach.« Das scheint etwas zu sein, das die Elbin nur schwer ertragen kann. Oder es hängt damit zusammen, dass sie ihr nicht verzeihen kann, dass sie Fyrion nicht geholfen hat. Ich bin noch keine Mutter, aber ich weiß, dass niemand mein Kind so behandeln dürfte. Auch Fyrion nicht.

»Wie war die Prinzessin? Wie hieß sie noch mal?«, grübele ich laut.

»Leara. Sie war sehr gerissen und wusste genau, mit ihrem Vater umzugehen. An viel mehr erinnere ich mich auch nicht, denn zu ihren Lebzeiten war ich noch nicht bei Hofe, sondern meistens bei meinem Vater in der Stadt.«

Ich schneide den Fisch in kleine Stücke und werfe sie in die nun heiße Pfanne. Der Reis müsste bald fertig sein.

»Was passiert, wenn der König stirbt?«

»Dann kommt Hyan auf den Thron. Er ist der älteste lebende Erbe. Zunächst ist aber Volcador das Problem. Er ist wie eine Würgeschlange, die alle um sich herum in Atem hält und jederzeit bereit ist, sie zu zerquetschen. Er hat seine Soldaten so darauf eingeschworen, dass er der von der Göttin erwählte Anführer ist und sie jeden töten würde, der sich ihm widersetzt, dass die Männer Angst haben. Ich würde mich nicht wundern, wenn sie glauben, dass Fyrion deshalb gestorben sei.«

Ich schlucke und ahne schon, dass das nicht einfach werden wird. Mit Sicherheit wird der König nicht am Fieber sterben. Die Runen beschützen ihn und es wurde schon Rat aus anderen Ländern eingeholt. Vielleicht erblindet er, aber ob das seine Macht mindert, ist fraglich. Zahreba lacht leise und ich sehe sie fragend an.

»Du schaust immer so zur Tür«, sagt sie. Tue ich das? Das ist mir gar nicht aufgefallen. Die Elbin öffnet Schränke, vermutlich auf der Suche nach Tellern.

»Ich kenne dieses Band, das sich um das Herz schlingt und ständig an einem zieht, wenn der Gegenpart nicht in Sichtweite ist.«

Ich lasse die Schultern sinken. Was soll ich sagen? Erwischt.

»Hört das je auf?«

»Irgendwann wird es nicht mehr so drängend. Aber aufhören sollte es nie. Wenn doch, musst du überlegen, ob etwas nicht stimmt.«

»Am liebsten würde ich den ganzen Tag in seinen Armen liegen«, gebe ich ehrlich zu und spüre, wie gut es tut, mit jemandem ganz offen darüber reden zu können. So lieb ich Fornax auch habe, mit einer Frau ist das doch irgendwie etwas anderes. Dazu kennt sie Fyrion besser als ich. Zahreba stöhnt verträumt.

»Das höre ich so gerne. Weißt du, ich hatte ein wenig das Grauen vor dem Moment, dass es mal bei ihm mit einer Frau ernst werden würde. Weil sie ... ja, sie heiratet meinen ... Sohn. Ja. Das tut sie. Und sie wird mal meine Königin.«

»Aber mich magst du?«, frage ich schmunzelnd.

»Du hast ein sehr gutes Herz. Nicht jeder wäre sofort mit einem wildfremden todkranken Fae so selbstverständlich ins Wasser gestiegen.« Da ist aber noch etwas, das sie nicht ausspricht. Wahrscheinlich so etwas wie: *Wärst du doch nur eine Elbin.*

Ich schiebe den Fisch in der Pfanne ein wenig umher. »Es ist das, was ich später machen möchte. Ich denke, ich würde gerne das Heilen erlernen. Selbst, wenn Fyrion König wird.« Ich fühle tief in mir, dass es meine Berufung ist.

»Dem steht nichts im Weg. Auch eine Königin darf sich nützlich machen. Das ist wahrlich ein schöner Lebenswunsch.«

Ich frage mich, warum ich so fühle? Vielleicht, weil es die Nymphen um mich herum milde gestimmt hat. Ich war zwar seltsam, aber ich war für die Kranken da und deshalb hat man mich größtenteils auch akzeptiert. Außerdem waren die Patienten niemals abfällig mir gegenüber. Da ist noch etwas ...

»Ich finde es beruhigend, zu wissen, was zu tun ist, wenn jemand verletzt oder krank ist. Es gibt nichts Schlimmeres, als sich hilflos zu fühlen.« Weil man einfach keine Flügel bekommt ... weil man nicht weiß, wer der Vater ist und alle um einen herum die wildesten Vermutungen anstellen. Jetzt verstehe ich Mutter und warum sie so gehandelt hat. Ich mache ihr keinen Vorwurf, aber es ändert nichts daran, dass es alles andere als einfach war.

»Wem sagst du das? Ich habe heute deshalb fast den Verstand verloren.«

Mit einem Lächeln nehme ich den Reis vom Feuer und stelle auch die Pfanne beiseite. Während ich alles auf drei Teller verteile und in eine Schüssel für Raze, lasse ich das Trinkwasser kurz aufkochen.

»Die Portion für Raze stelle ich weg«, sage ich. »Wenn er Hunger hat, können wir ihn füttern.«

»Der schläft jetzt sicher.«

»Denke ich auch. Nimmst du das Wasser vom Herd? Dann kann es abkühlen. Trinkt bitte nur davon. Das Flusswasser könnte euch krank machen.«

»Keine Sorge, so handhaben wir das auch in Ignis.« Zahreba stellt den Topf neben Raze' Schüssel. »Ich habe so Hunger und das riecht hervorragend.«

»Lass uns den kleinen Tisch und die Stühle herübertragen. Wir können alles ans andere Ende des Krankenzimmers stellen. So hat Raze Ruhe und wir haben ihn und den Eingang im Blick.«

»Guter Plan.« Wir packen den Tisch und auf halbem Weg kommt uns Fyrion entgegen. Er hilft uns anschließend auch mit den Stühlen. Zum Schluss tragen wir das Essen herüber. Wir setzen uns und Zahreba wirkt unentschlossen, was den Reis betrifft. Fyrion schmunzelt, als auch er ihren Blick bemerkt. Ich falle leise in sein anschließendes Lachen mit ein.

»Was? Es ist nun mal kein Fleisch. Entschuldige, Naida.«

»Aber es sättigt hervorragend«, sagt der Prinz. »Und du musst ihn zusammen mit etwas Fisch essen, nicht einfach so.«

»Ich liebe ihn«, sage ich seufzend und Fyrions Blick ruht voller Liebe auf mir. »Leb mal eine Weile in Air und esse hauptsächlich Obst.«

Zahreba verzieht angewidert das Gesicht, woraufhin wir uns alle Mühe geben, leise zu lachen.

»Wenn wir in Ignis sind, grille ich für dich, Naida. Danach willst du von Reis nichts mehr wissen.«

Ich schüttele kauend den Kopf. »Das glaube ich nicht, aber ich freue mich darauf, eines Besseren belehrt zu werden.«

»Es wird sicher nicht lange dauern, bis du hoffentlich einen Elben unter deinem Herzen trägst. Das Kind wird Fleisch brauchen.«

»Es ist dann aber zum Teil auch Nymph und Pixie«, erinnere ich sie und beobachte genau ihre Reaktion. »Vielleicht will es dann nur Nandao essen. Oder Reis.«

»Die Göttin helfe uns«, seufzt Zahreba gespielt theatralisch, aber in ihren Augen brandet Sorge auf, das sehe ich genau.

»Können wir aufhören, von meinen Kindern zu sprechen?«, sagt Fyrion, nachdem er geschluckt hat. »Das macht mich unkonzentriert, weil ich mir vorstelle, wie ich sie mache.«

»Ach du«, seufzt Zahreba mit vollem Mund. Da macht sich wohl die lange Zeit unter Soldaten bemerkbar. »Hoffen wir, dass ein starker Elb dabei herauskommt.« Damit spricht sie einen Teil ihrer wahren Gedanken aus und ich nicke ihr zu.

»Das wäre sicher das Beste«, sage ich. »Aber als die angedachte Mutter ist es mir herzlich egal, solange das Kind gesund ist und das Herz am rechten Fleck hat.«

Zahreba schaut mich wissend an. »Ich prophezeie hiermit, dass wir schon im nächsten Jahr einen kleinen Fyrion oder eine kleine Naida unter uns haben. Dazu gibt es eigentlich keine Diskussion. Wir brauchen schnellstmöglich einen Erben oder eine Erbin.« Sie schnaubt und schaut zum Prinzen. »Dein Bruder hat bestimmt schon einen weiteren Braten im Ofen. In ein paar Jahren ist sein ältester Sohn alt genug, um dir deinen Thron abstreiten zu wollen. Du willst ja sicher nicht die ganze Familie von Hyan auslöschen.«

Fyrion schaut sie nachdenklich und ernst an. »Nein. Das könnte ich nicht.«

»Geh davon aus, dass sie dich nicht leiden können. Du benötigst so schnell wie möglich einen eigenen Erben, sonst bist du angreifbar. Aber das muss ich dir nicht sagen, das weißt du selbst.« Zahreba zwinkert mir zu. »Sie ist alt genug, jung und stark. Aber sie ist keine Elbin und auch dein Vater und dein Bruder haben Anhänger. Es wird ihnen einfacher fallen, sie zu akzeptieren, wenn sie ihre Fruchtbarkeit unter Beweis stellt.«

Uff, okay … der Gedanke haut mich dann doch ein klein wenig um. Aber ich verstehe, was Zahreba uns sagen will. Fyrion ist ein Prinz und die brauchen nun mal Erben, um ihre Linie zu sichern. Daran ist nichts Verwerfliches. Ich habe nur noch nie darüber nachgedacht, ein Kind zu bekommen und nun soll die Zeit drängen? Vor Fyrion wollte mich ja nicht mal ein Mann küssen. Aber jetzt … Mutter war in meinem Alter, als sie mich bekam. Kann ich mir das vorstellen?

Ich weiß es nicht ... Mein Blick geht zu Fyrion, der mich auf eine Art mustert, die mir neu ist. Dennoch ahne ich, was er denkt. Er fragt sich, ob ich dafür bereit bin. Ich horche in mich hinein und rätsele, wie es wohl wäre, ein Kind unter dem Herzen zu tragen. Nein, nicht irgendeines ... meins ... und seins. Ein Teil von ihm in mir. Der Gedanke lässt mich vor Liebe und Furcht gleichermaßen erschauern. Ich räuspere mich, weil es mir fast den Atem raubt, als die Liebe die Oberhand gewinnt.

Es wäre ... ein Segen.

Eine große Aufgabe, denn ich würde einen Herrscher oder Herrscherin großziehen.

Ich lächele Fyrion an und fühle, wie eine unfassbare Macht in mir erwacht. Sie ist ... urtümlich und voller weiblicher Schöpfungskraft. Ausgerechnet ich ... dieser Körper, der von allen immer nur als makelhaft betrachtet wurde, soll die Macht besitzen, einem König oder einer Königin das Leben zu schenken?

»Vielleicht sollten wir das Thema wechseln«, sagt Fyrion und grinst mich an. »Ich übernehme die erste Wache heute Nacht«, er sieht zu der Elbin, »dann kannst du dich noch etwas ausruhen.«

Zahreba nickt und wir verfallen in Schweigen, bis alle Teller geleert sind. Selbst der der Elbin. Amüsiert nehmen ich ihn ihr ab.

»Jaaa«, knickt sie ein. »Mit dem Fisch und dem Fett aus der Pfanne schmeckt das Zeug doch einigermaßen gut.«

Fyrion erhebt sich und klopft ihr auf die Schulter. »Naida und ich waschen ab. Bleib bei Raze und halt das Fenster im Auge.«

»Ja, mein Prinz.« Man könnte meinen, dass sie das scherzhaft sagen würde, aber es klang ... ernst. So vertraut sie auch mit ihm sein mag, sie gehorcht ihm trotzdem. Wir tragen die Teller in die Küche, wo ich Fyrion das Trinkwasser zeige. Ich weiß nicht, wann er das letzte Mal etwas getrunken hat. Er nimmt sich einen Becher, aus dem es noch gut dampft. Ich will ihn schon warnen, da fällt mir ein, dass Hitze ihm nichts ausmacht. Als er ihn ansetzt, trete ich hinter ihn und lasse meine Hände über seinen flachen Bauch streichen. Unter seiner Haut reagieren die Muskeln auf meine Berührung und spannen sich an. Am liebsten würde ich meine Fingernägel darin versenken. Die Nymphe in mir ist sich des Flusses vor dem Fenster mehr als bewusst.

»Naida?«

»Ja?«

Er schluckt. »Ich halte das nicht länger aus.«

»Ich auch nicht«, raune ich, da wird auch schon das Fenster aufgestoßen und ich werde gepackt. Fyrion trägt mich hindurch und ehe ich mich versehe, wird mein Körper in die kühlen Fluten getragen.

»Kann man uns hier vom Krankenzimmer aus sehen?«, fragt er und ich schüttele den Kopf. Nur die Küche und ein kleines Schreibzimmer haben Fenster in diese Richtung. Meine Finger vergraben sich in seinen Haaren und ich schlinge meine Beine um seine Taille. Der Fluss trägt uns sanft vom Haus weg, als unsere Lippen sich finden. Große, starke Hände ruhen auf meinen Hüften und pressen mich fest an ihren Besitzer.

»Ich kann nicht mehr klar denken, Naida«, flüstert Fyrion, als er unseren Kuss unterbricht. »Bitte ... erhöre und befreie mich von diesem Sehnen.«

»Ich habe ein wenig Angst«, gestehe ich.

»Das brauchst du nicht.« Damit schiebt er mich sanft von sich und dreht meinen Körper so, dass ich mit dem Rücken gegen seine Brust vom Strom des Flusses umspült werde. Seine Hände streicheln über meinen Bauch, liebkosen meine Brüste und ich lehne meinen Kopf zurück auf seine Schulter. Fyrion zieht uns in flacheres Gefilde, wo wir an einem umgekippten Baum hängen bleiben. Hungrig drängende Küsse landen an meinem Hals, als mein Po durch den leichten Ruck beim Aufprall mit dem Baum fest gegen seine Körpermitte gedrückt wird. Ich verspüre den brennenden Wunsch, ihn dort zu berühren, doch er hält mich fest an sich gepresst. Kurz glaube ich wahnsinnig zu werden und würde ihn am liebsten unter Wasser ziehen, da findet eine Hand ihren Weg unter meinen Rock und genau zu dem Punkt, von dem dieses pochende Verlangen auszugehen scheint. Überrascht verkrampfe ich mich kurz, entspanne mich aber sofort wieder und greife nach hinten an seinen Kopf. Ein Stöhnen entkommt mir und ich glaube, meine Augen füllen sich mit Tränen.

Das fühlt sich so gut an.

Fyrions freie Hand umfasst warm und fest meine rechte Brust, während seine Lippen nach wie vor meinen Hals mit Küssen überdecken. Ich weiß gar nicht, wie mir geschieht, als mich plötzlich ein Gefühl überrollt, das die Welt, mit all ihren Farben, um mich mitzureißen scheint. Wie eine riesige Welle spült alles über mich hinweg. Ich presse die Beine zusammen und lege meine Hände noch zusätzlich auf Fyrions, damit er sie bloß nicht wegnehmen kann. Aus meiner Kehle dringt ein mir gänzlich fremdes Geräusch, das von wildem Atmen abgelöst wird. Das Herz klopft mir kräftig gegen die Rippen, während mein Unterleib nur langsam zur Ruhe kommt. Schauer durchlaufen mich, als Fyrion mich zum Ufer zieht.

»Kannst du auf dem Rücken liegen?«, fragt er. Noch ganz benommen betrachte ich den Boden. Die Erde wird meinem Rücken sogar guttun. Sie ist nicht ganz so heilsam wie im Sumpf, aber weich und kühlend.

»Ja«, keuche ich und als Fyrion mich dort ablegt, drücke ich noch fester die Beine zusammen. Ich will nicht, dass dieses Gefühl dort verschwindet, aber es wird schwächer. Als Fyrion eindeutig mit der Absicht, sich auf mich zu legen, über mir erscheint, breite ich sie jedoch aus. Der Sturm in meinem Körper scheint sich bei dem Gedanken, ihn genau dort zu haben, wo ich ihn haben will, erneut zu regen. Er legt sich auf mich und seine Erregung drückt an meine noch ganz empfindliche Stelle. Vorsichtig und ohne sein ganzes Gewicht auf mir abzulegen, stützt er sich seitlich neben mir ab.

»Ich werde ganz langsam machen«, verspricht er mir und küsst mich, um seine Worte vollends zu besiegeln. Er verschwindet, aber nur kurz, um meinen Rock und mein kurzes Beinkleid herunterzuziehen. Als er seine Hose öffnet, brüllt etwas in mir sehnsüchtig auf. Meine Hände graben sich in die Wiese neben mir, als ich den Druck zum ersten Mal spüre. Die Dehnung zwickt kurz und Fyrion hält einen Moment inne. Sein sehendes Auge hat mich genaustens im Blick, auch wenn sein Atem schnell geht und die Lust auf seiner Haut in Form seiner Runen brennt. Er schiebt sich ein Stück weiter in mich hinein und ich staune über dieses fremde, wunderschöne Gefühl. Als sein Unterleib schließlich auf meinem zum Liegen kommt, könnte ich weinen vor Glück. Ich fürchte, ich tue es.

»Hast du Schmerzen?«, fragt Fyrion besorgt.

»Nein. Das passiert vor Freude«, sage ich, völlig außer Atem. »Bring mich ins Wasser. Liebe mich dort.« Meine Stimme klingt flehend, weshalb mein Elb sicher keine Sekunde verschwendet. Ich werde gepackt und ohne unsere Verbindung zu verlieren, werde ich wieder in den Fluss getaucht. Mein Mund landet ungestüm auf Fyrions, was ihn dazu bringt, in unseren Kuss zu grinsen.

Na warte, geht es mir durch den Kopf und ich bewege meinen Unterleib. Kreise ihn sanft hin und her. Es klappt, der Elb stöhnt auf und seine Arme schlingen sich fester um meine Taille. Er zieht uns wieder zu dem umgekippten Baum, vermutlich damit wir nicht noch weiter davontreiben.

»Ich möchte dich nie wieder freigeben«, sage ich. »Können wir für immer so bleiben?«

»Verzeih mir, Geliebte. Das werde ich nicht aushalten.«

Ich umfasse sein Gesicht und genieße den Ausdruck von Lust und Verzückung, mit dem er mich ansieht. Vorsichtig bewege ich wieder mein Becken und dieses Mal traue ich mich schon mehr. Fyrion schließt die Augen, scheint sich kurzzeitig dem Gefühl hinzugeben und mir Zeit zu lassen, das Neue zu erkunden. Es fühlt sich so unglaublich gut an, ihn so in mir zu haben. Wie … Macht … nur hingebungsvoller. Er gehört mir … und ich bin mit Haut und Haaren die Seine. Eine von Fyrions Händen rutscht tiefer nach unten, streicht über meinen nackten Po. Kurz darauf wirkt er verzweifelt, scheint sich aber teilweise wieder zu fangen. Fyrion küsst mich und ich bemerke, dass sein Atem immer schneller geht. Ich löse mich von ihm, weil ich ihn ansehen will. Er schaut aus, als müsste er sich mit aller Kraft konzentrieren … als liefe es nicht so, wie er das kennt.

»Stimmt etwas nicht?«, frage ich besorgt.

»Alles gut«, sagt er. »Nur um so vieles intensiver.« Er atmet tief durch, scheint um Kontrolle zu kämpfen und findet sie in meinem Kuss. Er wird wieder ruhiger und seine Hände liebkosen meinen Rücken, werden an der Stelle, wo meine Flügel saßen, noch sanfter in ihren Berührungen. Irgendwann legen sie sich an meine Hüfte und geben mir zu verstehen, dass ich mich bewegen soll. Ich löse mich von ihm, um ihn ansehen zu können. Seine Augen schließen sich und ich betrachte die Runen, die über seine Haut huschen. Als er die Lider wieder öffnet, lächelt er mich an. Sein Atem scheint sich zu beschleunigen und ich sehe den Wunsch nach Erlösung in seinem Gesicht. Der Griff um mein Becken wird stärker. Ich schlinge meine Beine so fest ich kann um ihn und wiege mich leicht vor und zurück. Neugierig starre ich ihm ins Gesicht. Ich will ihn anschauen, wenn es passiert ... Mit aufgerissenen Augen betrachte ich jede seiner Regungen und die Art wie er sich unter diesen süßen Qualen windet, lässt etwas tief in mir förmlich aufbrüllen. Plötzlich werde ich jedoch gepackt und ehe ich protestieren kann, schiebt er mich von sich, nur um mich danach wieder fest an sich zu drücken. Ich spüre ihn an meinem Bauch zucken und reibe mich sanft dagegen. Mit einer Mischung aus Wohlgefallen und Verzweiflung lacht er und hält mich dann fest, gibt mir zu verstehen, dass ich aufhören muss. Mein Herz scheint sich so zu weiten, dass es ihn glatt in sich verschlingen könnte. Eine Mischung aus Stöhnen und Keuchen entkommt ihm, bevor er für einen Moment ganz ruhig wird und seinen Kopf an meiner Schulter vergräbt.

»Ich liebe dich so sehr«, flüstere ich in sein langes, braunes Haar, das der Strom leider von mir fortträgt. Ich schließe die Augen und inhaliere seinen leicht rauchigen Duft.

»Ich bin verloren, Naida«, sagt er und sein heißer Atem trifft auf die kühle nasse Haut an meiner Schulter. »Ich habe mich in dir verloren. Wie soll ich je wieder etwas anderes tun als das hier?«

»Müssen wir denn etwas anderes machen?«, frage ich und er hebt mit einem Grinsen den Kopf. Seine Stirn landet an meiner.

»Ich will für den Rest meines Lebens mit dir in diesem Fluss stehen.«

Wir schließen beide die Augen und ich weiß gar nicht, wie lange wir so verweilen. Seine Runen verschwinden und ich streiche träumerisch über die nackte Haut an seinen Schultern. Irgendwann packt Fyrion mich und hebt mich seitlich in seine Arme, als würde er mich an Land tragen wollen. Doch er hält mich nur und ich schmiege mich an ihn, genieße die Ruhe und Zweisamkeit mit ihm.

»Hat es wehgetan?«, fragt er mit belegter Stimme.

»Wenn überhaupt, dann nur kurz«, antworte ich ehrlich und fahre durch sein Haar, halte ihn besitzergreifend daran fest. Bilder, wie ich ihn daran unter Wasser ziehe, jagen kribbelnde Wellen durch mich hindurch.

»Du gehörst mir«, zische ich und erschrecke über mich selbst. Schnell gebe ich sein Haar wieder frei. »Wow …« Ich sehe mich nervös um. »Wir sollten aus dem Wasser.« Diese urtümliche Kraft macht mir Angst. Sie will diesen Mann in den Strom reißen und mit ihm abtauchen. Aber er ist kein Nymph, er wird das nicht so lange aushalten wie ich. Fyrions Augenbrauen heben sich und er sieht mich heftig atmend an.

»Verzeih«, sage ich und halte mir eine Hand vor den Mund.

»Schon gut … du wirst mich eines Tages sicher mal in den heißen Quellen erleben.« Er sieht aus, als erwache erneut der Hunger in ihm. »Allein der Gedanke, mit dir nackt auf den warmen Steinen zu liegen.«

»Ist das nicht zu heiß für mich?«

»Nein«, sagt er und lässt meine Beine hinuntergleiten. Sofort mache ich einen Satz und schlinge sie um seine Taille. Fyrion dreht uns im Wasser und legt seine Arme um mich, sodass mein Rücken nicht gegen den Baumstamm drückt. Der Fluss trägt sein Haar mit der Strömung zu mir. Es umspielt meine Hüften und ich summe verträumt. Fyrion küsst mich und seine Runen erscheinen, zuerst ganz blass, dann feurig glühend.

Kapitel 14

Am Morgen legt Fyrion sich nach einem kleinen Frühstück hin und schläft sofort ein. Ich helfe derweil Raze, sich aufzusetzen. Unter meinen wachsamen Augen isst er endlich etwas von dem Reis und dem gebratenen Fisch. Er schlabbert ein wenig herum, das Essen ohne Hilfe der Augen ist noch neu und ungewohnt. Ich kenne das und habe deshalb schon ein Tuch ausgebreitet, um nicht nachher das ganze Bett versaut zu haben. Eigentlich unnötig, es ist noch von gestern dreckig und es muss ohnehin nach einem Bad neu bezogen werden.

»Na«, raunt Zahreba und setzt sich auf die andere Seite des Bettes. »Wie war es?« Da ist wieder diese Unsicherheit in ihrem Blick.

»Was denn?«, frage ich, nachdem mir klar wird, dass sie mich und nicht Raze meint.

»Komm schon, ihr wart plötzlich sehr lange verschwunden.«

Raze lacht leise und angestrengt. »Haben Fyrion und sie …?«

»Sicher«, antwortet Zahreba mit einem vielsagenden Lächeln auf den Lippen.

»Gut für ihn. Nach den letzten Wochen sicher eine Wohltat.«

Ich gebe auf und lege schmunzelnd den Kopf in den Nacken. Mein Gesicht ist bestimmt feuerrot.

»Ja, ihr habt recht«, gestehe ich.

Zahreba zwinkert mir zu. »Wusste ich schon. Fyrion war es an der Nasenspitze anzusehen.«

»Sehr gut, der Junge benötigt schnellstmöglich einen Erben.« Raze braucht einen Moment, um genügend Luft zu bekommen. »Ansonsten wird ihm die Brut seines Bruders nach dem Leben trachten. Bis er ein eigenes Kind hat, wären Hyans Blagen seine Erben und Fyrion in großer Gefahr.«

Die letzten Worte fahren mir durch Mark und Bein.

»Habe ich den beiden gestern schon gesagt.« Zahreba schaut auf meinen Bauch. Ich glaube, sie hat heute Morgen beim Waschen am Fluss mitbekommen, dass ich meine Blutung bekommen habe. Mal abgesehen davon, dass Fyrion sich im entscheidenden Moment beide Male aus mir herausgezogen hat.

»Fyrion wird Hyans Kindern sicher nichts antun können.« Raze scheint das Sorgen zu bereiten. »Sie sind ein Risiko.«

Würde er wirklich ihren Tod wollen?

»Plant Fyrion seinen eigenen Bruder …?«, frage ich und fühle Unruhe in mir aufkeimen. Ich kann es nicht mal aussprechen und schlucke stattdessen gegen die Enge in meinem Hals an.

»Nein … weder diesen Dummkopf noch seinen Vater. Das Blut seiner Familie sollte nicht an seinen Händen kleben«, sagt Raze und deutet mit einer Geste an, dass er noch etwas sagen muss. Zunächst scheint er aber Luft zu benötigen. »Es gibt andere, die sich darum kümmern werden.«

»Ist bereits in Auftrag, aber stell dir das mal nicht so einfach vor.« Zahreba seufzt.

»Aber er hat den Truchsess von Air …«

»Der war ein Pixie.« Die Elbin schnaubt amüsiert. »Ein Luftgeborener hat keine Chance gegen einen Krieger aus Ignis. Die haben Fyrion nicht mal kommen sehen.«

Raze lacht leise und nickt zustimmend. »Viel zu einfach.«

»Incendia ist jedoch voller Elben. Das ist eine ganz andere Nummer.« Zahreba sieht zu Skylar und lacht. »Diese Aetherkatze …«

»Ich meine mitbekommen zu haben, dass er nachts am Fenster gekratzt hat«, sage ich und erinnere mich dunkel. »Fyrion hat ihn hereingelassen und sich offensichtlich mit ihm angefreundet.« Der Kater liegt langgestreckt quer über die Brust meines Prinzen. Hinter ihm, durch das Fenster, sehe ich Mama auf das Krankenlager zukommen.

»Deine Mutter?«, fragt Zahreba.

»Ja«, stimme ich zu und gehe zur Tür, um sie hereinzulassen. Ich ziehe sie zu mir und falle ihr in die Arme. Versichernd schaue ich Richtung Krankenzimmer und räuspere mich.

»Ich muss dir gleich etwas erzählen und dich etwas fragen.«

Mutter verengt die Augen und runzelt die Stirn, doch dann lächelt sie. »Sicher, Kind.« Sie hebt eine Tasche. »Ich bringe euch Proviant für heute und morgen früh. Fornax und seine Frau sind eben in Richtung Wellenruh abgeflogen.«

»Sehr gut. Magst du kurz mit hereinkommen?«

Sie nickt und lächelt verschwörerisch, während ich die Tür zur Küche öffne und die Tasche dort hineinstelle.

»Ich würde die anderen Elben gerne kennenlernen, aber wollen wir nicht jetzt schnell reden? Sonst mache ich mir Sorgen.«

»Ja«, sage ich nervös und nehme ihre Hand, um sie mit mir in die Küche zu ziehen. Dort bleibe ich vor ihr stehen und überlege, wie ich anfangen soll. Vielleicht so ... »Fyrion und ich waren gestern Abend zusammen im Fluss.«

Mutter presst sofort die Lippen zusammen. Ahnt sie schon, was ich ihr sagen will?

»Habt ihr?«

Ich nicke. »Er war in mir.«

Sie legt eine Hand vor den Mund. »Ich weiß, ihr könnt diesen Bund nicht in Wellenruh eintragen lassen, aber ich freue mich für dich, Liebling.« Ihre Augen sagen mir, dass dies der Wahrheit entspricht. Doch da ist noch etwas, wovon ich ihr erzählen möchte.

»Da war etwas ... in mir ... ich ...«

»Es war das Wasser«, sagt sie. »Es hat mit dir und durch dich gesprochen. Du bist vielleicht nur zur Hälfte Nymphe, aber du bist eine, was deine Haare beweisen. Hat es dir Angst gemacht?«

»Ein wenig«, gestehe ich.

»Du bist mit Luft und Wasser verbunden, mein Kind. Den Elfen aus Terra sagt man Beständigkeit nach. Sie sollen sehr simpel und robust sein. Die Pixies hingegen haben eine Leichtigkeit, sie sind oft verspielt oder nehmen Dinge lockerer, als wir das tun würden.«

Das kann ich bestätigen, wenn ich da an Carlotta denke und wie sie mit Fejans Blindheit umging. Ich wünschte, ich wüsste, wie es ihnen gerade geht. Hoffentlich bekomme ich die Gelegenheit, sie wiederzusehen und das versprochene Abendessen nachzuholen.

»Wir Nymphen besitzen eine stille Tiefe, genau wie der Ozean. In uns schlummert Wissen, aber auch Dunkelheit. Wobei du letzteres nicht als etwas Schlechtes sehen darfst. Das, was du und Fyrion gestern geteilt habt, gehört ebenfalls dazu. Manchmal taucht aus unseren Seelen etwas Altes auf, das uns mit unseren Urahnen verbindet. Bedenke immer, wer sie waren.« Sie sieht mich vielsagend an. Ich erinnere mich an die Schauermärchen der Wasserraubtiere, die man mir als Kind erzählt hat. Mutter blickt in Richtung des Krankenzimmers.

»Die Elben, so sagt man, sind leidenschaftlich, aber auch zerstörerisch. Ihr Blut kocht schneller als das unsere. Fyrion hielt dich für tot und vergoss aus Rache sofort das Blut von Luftgeborenen.« Mutter streicht mir über den Kopf. »Du wirst die Pixie und die Nymphe benötigen, um das Feuer deines Mannes unter Kontrolle zu halten. Mal kannst du ihm mit deiner Leichtigkeit Kraft geben, ein anderes Mal ziehst du ihn besser in deine kühle Tiefe, um dem Brennen seiner Seele Einhalt zu gebieten.«

Ich nicke voller Selbstvertrauen. »Das kann ich.«

Mutters Hand landet auf meinem Bauch. »Ist er in dir …?«

»Nein«, gebe ich zu. »Das Wasser kochte in meinen Adern und ich wollte ihn nicht freigeben, aber er zog sich trotzdem aus mir heraus. Es ist auch nicht von Belang, ich habe heute Morgen meine Blutungen bekommen.«

»Dann wäre sein Samen ohnehin auf unfruchtbaren Boden gefallen. Willst du denn ein Kind?«

»Ich weiß es nicht genau.« Aber er braucht eins. Raze' Worte verfolgen mich. Ohne einen Erben ist Fyrion in Gefahr.

Mutter löst sich von mir und atmet tief durch. »Dann bringe ich dir Hexenkraut.« Verschwörerisch schaut sie mich an. »Das kannst du aber nicht immer nehmen.«

»Ich weiß.«

»Gut.« Sie schaut sich um. »Ist Skylar bei dir? Ich habe ihn schon den ganzen Morgen gesucht«, wechselt sie das Thema und ich grinse.

»Ja, er schläft auf Fyrion, der die Nacht Wache gehalten und ihn wohl hereingelassen hat.«

Mama sieht erleichtert aus. »Zum Glück. Ich wollte dir nicht erklären müssen, dass das Tier weg ist.« Sie schaut zur Tür. »Komm, lass uns zu den anderen gehen. Ich habe Neuigkeiten aus Air von Carlotta. Fornax hat sie mir eben erzählt.«

Wir verlassen die Küche und ich führe Mutter in das Krankenzimmer, das sie selbst nur zu gut kennt. Erst vor wenigen Monaten haben wir hier noch gemeinsam den Heilern geholfen, fiebernde Nymphen zu pflegen. Zahreba kommt auf uns zu und betrachtet interessiert meine Mutter und ihre Flügel.

»Lyrina, nehme ich an?«, fragt sie. »Ich bin Zahreba. Das da ist mein Mann Raze ... und Seine verschlafene Hoheit kennst du ja bereits.«

Mutter lächelt, als sie zu Fyrion schaut. Mein Prinz ist aufgewacht und hat sich aufgesetzt. Skylar nutzt das aus und putzt ihm das Kinn, was er müde und stillschweigend hinnimmt.

»Ja, willkommen in Aqua«, sagt Mutter und geht zu Fyrion. Verwundert beobachte ich, was sie macht. Sie setzt sich zu ihm auf das Bett und krault den Himmelsjäger.

»Skylar, ich denke, dass Seine königliche Hoheit sich lieber selbst wäscht.«

Fyrion lacht leise. »Er macht das relativ gut. Sein Mund stinkt nur leider nach Fisch.«

»Ich habe alles dabei, damit Naida euch meine Suppe kochen kann.«

»Oh«, stöhnt Fyrion. »Danke, das ist eine gute Idee.«

»Was macht dein Bein? Darf ich es mir ansehen?«

»Bein?«, fragt Zahreba. Ich setze sie kurz davon in Kenntnis, was vorgefallen ist, während der Prinz sich nickend die Hose unter der Decke herunterzieht und Mutter dann die Wunde zeigt. Zahreba geht näher heran.

»Was ist da los?«, will auch Raze wissen. »Es ist doch hoffentlich nicht entzündet?«

»Nein«, antwortet Mutter. »Es sieht gut aus. Das Flusswasser und die Moorerde haben dafür gesorgt, dass die Entzündung deutlich zurückgegangen ist und die Wunde anfängt, sich zu schließen.« Sie atmet erleichtert durch. »Ich hatte mir schon überlegt, wie ich unsere Heilerin einweihe. Aber das sieht gut aus, ich denke, wir können davon ausgehen, dass es bald verheilt.«

Zu meinem Erstaunen hebt Mama die Hand und streicht Fyrion über den Kopf. Diese Geste bringt mein Herz zum Schmelzen.

»Naida soll dir, wenn du jetzt ohnehin etwas schläfst, noch eine Moorpackung machen.«

Fyrion nickt. »Danke, Lyrina.«

»Mutter«, korrigiert sie ihn. »Du hast mein Kind zu der Deinen gemacht. Sie erzählte mir eben davon. Daher seid ihr jetzt eins und in Aqua giltst du damit als mein Sohn.«

Fyrion schaut einen Moment verblüfft aus, doch dann lächelt er. »Danke, Mutter.«

Mama sieht mich an. »Hole Tücher und Moorerde, Schatz. Dann kann er noch etwas schlafen.«

Ich mache, was sie sagt und als ich zurückkomme, sitzt Mutter an Raze' Bett und unterhält sich mit den beiden Elben, während Fyrion mich abwartend ansieht.

»Muss ich mich auf die Seite drehen? Dann sieht deine Mutter meinen nackten Hintern«, flüstert er mir verschwörerisch zu. Ich schüttele lachend den Kopf. »Nein, hier gibt es genug Betten und Wäsche. Bleib auf dem Rücken, wir legen einfach nur ein Tuch darunter und dann presse ich die Erde seitlich an dich.«

»Danke.«

Ich beuge mich herunter und küsse ihn, was der Himmelsjäger mit einem Miauen kommentiert. »Alter Spanner«, schimpfe ich das Tier liebevoll. »Weg da jetzt, Skylar!«

»Er hat in der Nacht die Fischreste bekommen. Wir sind jetzt Freunde«, sagt Fyrion und krault den Kopf der Katze.

»Das freut mich«, sage ich und kann nicht anders, ich muss mir noch einen Kuss stehlen.

»Jetzt, wo alle da und noch wach sind«, ergreift Mutter das Wort, »muss ich euch etwas aus Air erzählen. Fornax hat gestern, wie besprochen, die Moorerde der Heilerin aus Blattwisper gebracht. Sie erzählte, dass plötzlich alle wussten, dass Prinz Fyrion aus Ignis bei ihnen gewesen ist. Die neue Königin hat überall verlauten lassen, dass er noch lebt und sich in Air aufhalten könnte.«

»Verdammt«, zischt Zahreba und kommt zu Fyrion und mir. »Ich dachte, sie schuldet dir was?«

Fyrion seufzt und schließt einen Moment die Augen. »Ich habe befürchtet, dass das passiert.«

»Das wird sich nach Ignis verbreiten. Zahreba hat nur mit vertrauten Personen in Glutwacht gesprochen. Jetzt wird es nach Incendia durchdringen«, höre ich Raze sagen.

»Elara wollte mich ehelichen«, sagt Fyrion und mir bleibt die Spucke weg. »Ich habe mich ihr nie versprochen, aber nachdem ich den Truchsess beiseite geräumt hatte, ging sie, glaube ich, davon aus, dass ich auch ihre zweite Bedingung für meinen sicheren Aufenthalt in Air erfülle. Als sie mich jedoch um Naida trauern sah, wurde sie komisch. Ich hatte kein gutes Gefühl. Sie kam zu mir und sagte, dass ich keinem Halbblut und Ignis nachweinen soll, wenn ich doch eine Königin und den Thron von Air haben könnte. Sie versuchte, mich zu verführen und ich …«

»Was hast du gemacht?«, seufzt Raze. »Hast du sie bestiegen?«

»Nein!« Fyrion sieht fast schon angewidert aus.

»Was ist dann passiert?« Raze wird eindeutig ungeduldig.

»Sie griff mir einfach in den Schritt!«, verteidigt sich Fyrion plötzlich wütend. Skylar springt fauchend vom Bett und ich spüre, wie mir die Galle in den Hals steigt.

»Bitte was?« Mutter ist mindestens so entsetzt wie ich.

Fyrion schnaubt. »Ich habe noch nie einen so tollpatschigen Versuch einer Verführung erlebt. Ein Mann, der mit verquollenen Augen wütend und brüllend mit einem Schwert auf die Rinde von Ätheria einprügelt will sicherlich nicht den Schritt massiert bekommen.« Fyrion reibt sich über das Gesicht. »Sie war entsetzt, dass ich nicht darauf einging und kehrte wütend auf dem Fuß um. Nicht mehr und nicht weniger. Aber ich ahnte trotz meines vernebelten Verstandes, dass ich sie ziemlich gekränkt hatte.«

»Prinzessinnen«, raunt Raze abfällig. »Sie kennt es nicht anders, als dass die Männer ihr sofort zu Füßen liegen. Das ist kein guter Start für die Beziehungen zum airischen Königshaus.«

»Du hättest sie besser nicht abgewiesen«, meint Zahreba mit überkreuzten Armen. »Jetzt haben wir die Scheiße.«

Fyrion sieht sie mit einem wilden Ausdruck im Gesicht an. »Entschuldige, dass ich dazu nicht in der Lage war.«

»Ich sehe das anders.« Mutter richtet sich auf. »Er hat sich entschieden, sein Herz nicht zu betrügen. Das ist viel mehr wert.«

»Dafür wissen bald auch die falschen Elben in Ignis, dass er noch lebt.« Zahreba stöhnt. »Sicher tun sie es jetzt schon. Ich breche besser gleich noch auf und treffe meine Kontaktleute. Wir brauchen jetzt jeden Mann und jede Frau, die wir bekommen können. Sie sollen sich möglichst unauffällig in Glutwacht sammeln. Ich würde nur Hella, Yadem und Cirus gerne herholen, bis die Stadt bereit ist.«

»Das dürfte kein Problem sein«, sagt Mutter. »In Quellblüte hat man solche Angst vor dem Fieber, dass man selbst mich meidet und gebeten hat, nicht mehr auf dem Feld zu arbeiten, bis die Sache überstanden ist. Jeder, der nur in die Himmelsrichtung des Krankenlagers guckt, wird skeptisch beäugt. Und wenn es doch herauskommt ... nun ... dann ist eben klar, dass der feuergeborene Prinz hier einen Teil seiner Soldaten sammelt. Vielleicht lässt Wellenruh ja sogar mit sich reden? Volcador ist wohl nirgendwo sonderlich beliebt.«

Ich sehe zu Fyrion, der stillschweigend nachdenkt. Er ist müde, das sehe ich ihm an, doch trotzdem wirken seine Augen konzentriert.

»Geh nach Ignis, Zahreba«, sagt er schließlich. »Hol die Truppe her. Sollten wir auffallen, werde ich mit den Majestäten sprechen.«

»Es werden noch nicht genug sein, Fyrion«, sagt Raze. »Der Glaube, dass Volcador und seine Soldaten unter dem Schutz der Göttin stehen, ist stark. Sie haben Angst vor ihrer Wut.«

»Vielleicht sind wir aber genug, um Glutwacht unter Kontrolle zu halten.«

»Du willst ...?« Zahreba unterbricht sich selbst und scheint einen Moment zu überlegen. »Das ist ... machbar.«

»Wenn es nicht so gefährlich wäre, ich würde die Göttin aufsuchen«, denkt Fyrion laut nach.

Raze nickt mit einem Grinsen. »Sie hat dich schon immer geliebt.« Er wird ernst. »Aber halt dich besser zurück. Du bist noch nie mit einer Forderung zu ihr gegangen. Sie könnte ihre Meinung von dir ändern. Verspiel bloß nicht den Funken, den du in ihrem Feuer hast.«

Zahreba lacht, sieht aber aus, als hätte sie Kopfschmerzen. »Er konnte gerade mal laufen, als er schon die Eier hatte, ihr seine kleine Hand entgegenzustrecken, um ihr etwas von seinem Flammbrot abzugeben.«

»Er war kleiner als eines ihrer Nasenlöcher«, gluckst Raze und schnappt nach Luft.

»Ich würde ihr gerne Naida vorstellen«, verkündet Fyrion, ohne auf das Gesagte seiner Freunde zu reagieren. »Ich hoffe, sie gibt uns ihren Segen, damit niemand es wagt, zu zweifeln. Naida ist meine rechtmäßige Braut und das Gerede von der Prophezeiung soll die Leute nicht verrückt machen.«

Zahreba holt Luft und sieht aus, als wolle sie ihm das ausreden, doch Mutter ist schneller.

»Es könnte bei der Prophezeiung auch um die aktuelle Situation gehen«, sagt Mama. »Königin Elara bringt Unruhe nach Ignis. Wenn Wellenruh mitbekommt, was hier vor sich geht, musst du das unbedingt anbringen, Fyrion. Sie dürfen dich nicht verjagen und sich auf Airs Seite stellen, wo man dich jetzt ebenfalls sucht und sicher gefangen nehmen würde. Das Wasser muss aufseiten des Feuers sein.«

»Wenn es darunter aber versteht, dass mein Vater das Feuer ist …«, gibt Fyrion zu bedenken und Mutter runzelt die Stirn. Ich sehe ihr an, dass sie seinen Einwand nicht bedacht hat.

»Ich sollte mich besser sofort auf den Weg machen«, sagt Zahreba und Raze stimmt ihr brummend zu. Sie geht zu ihrem Mann und küsst ihn so innig, dass ich wegschaue, um ihnen diesen Moment zu geben. Da ich nicht weiß, was ich sonst machen soll, kümmere ich mich um die Moorpackung. Fyrion schaut zweifelnd, ob das jetzt die richtige Idee ist.

»Du musst etwas schlafen«, sage ich. »Damit dein Kopf ausgeruht ist und deine Wunde schneller heilen kann.« Ich sehe ihm an, dass er am liebsten mit Zahreba gehen würde, aber ich bin dankbar, dass er klug genug ist, um einzusehen, dass das jetzt viel zu gefährlich wäre.

Ich bade mich im Fluss und reibe meine Haut mit einer bröseligen Masse aus Weibsfarn und Ulbstern ab. Vorsichtig verteile ich es auch zwischen meinen Beinen, um die letzten Reste meiner Blutungen damit abzureiben und vom Fluss wegspülen zu lassen. Es wäre zu schön, wenn Fyrion jetzt bei mir sein könnte, aber es muss immer jemand bei Raze sein und das Fenster im Auge haben. Außerdem wäre es gegen unsere Tradition. Bei der monatlichen rituellen Waschung mit Weibsfarn soll kein Mann anwesend sein. Dabei sehne ich mich gerade sehr nach seiner Nähe. Ob es das Wasser ist, welches das in mir auslöst? Ich tauche in den Fluss und lasse mich sanft umspülen. Leise summend steige ich danach hinaus und nehme auf einem Stein Platz. Ich strecke ein Bein und beginne dort, mich mit einem von Mutters Ölen einzureiben. Flusshyanzinthe und Rosenwasser, mein Lieblingsduft. Das Öl macht meine Haut wunderbar weich und ich hoffe, dass Fyrion sich an dem Aroma genauso erfreut wie ich.

Als ich mit dem Einölen fertig bin, versiegele ich den Tiegel, ziehe mir eine kurze Unterhose an und steige in mein Kleid. Ich habe es mir gerade an den Seiten über die Schultern gezogen, als eine vertraute Stimme nach mir ruft.

»Naida!« Es ist Zahreba, die aus dem Sumpf in einiger Entfernung tritt, an ihrer Seite zwei Männer und eine andere Frau. Ich lächele und winke ihr zu. Mein Blick fällt auf ihre Begleiter. Die Frau und einer der Männer haben blondes Haar. Aus der Entfernung könnte man meinen, sie wären Geschwistern. Anders als der rothaarige Elb, der bei ihnen ist, hat der Blonde ungefähr dieselbe Größe wie Fyrion. Er sieht nicht nur jünger als der andere Mann aus, er ist es anscheinend auch.

»Eine waschechte Nymphe, ich werde verrückt«, sagt eben jener Elb. »Schaut nur, sie hat blaue Haare!«

»Wir sind nicht blind, Funkenhirn.« Der rothaarige Kerl ist älter als Zahreba. Er könnte in Mutters Alter sein, wenn ich mich nicht vollkommen irre.

»Naida, das hier sind Hella, ihre Bruder Yadem und Cirus«, stellt Zahreba mir ihre Begleiter vor.

»Willkommen in Aqua«, sage ich. »Fyrion wird sich sicher freuen, euch zu sehen. Folgt mir.« Damit drehe ich mich um und hebe noch schnell den Tiegel mit dem Öl auf, bevor ich die Elben um das Haus herumführe. Zur Sicherheit bitte ich sie, kurz zu warten und teste zuerst, ob die Luft rein ist. »Kommt«, sage ich und winke sie heran, als ich niemanden in der Nähe der Tür sehe.

»Sie ist hübsch«, sagt wahrscheinlich Yadem. Auch seine Stimme klingt heller und jünger als die des anderen Elben.

»Behalt deine Finger bei dir, sonst schneidet der Prinz sie dir ab und grillt sie sich zum Abendessen.« Zahreba klingt, als meine sie das ernst.

»Für wie dumm haltet ihr mich eigentlich?«

»Willst du eine ehrliche Antwort?«

Das Lachen, das folgt, gehört wohl zu Hella. Schnell geleite ich die Feuergeborenen ins Haus, wo ich mich etwas zurückhalte, um das Wiedersehen nicht zu stören. Es gibt viel Getöse und Lärm, als sich die Soldaten gegenseitig in die Arme fallen. Yadem und Fyrion klopfen sich dabei gegenseitig so kräftig auf den Rücken, dass ich bei dem Anblick eine Augenbraue hochziehe.

»Hey, du rechts, ich links«, sagt Yadem und deutet auf Fyrions blindes Auge. »Beim Pissen muss ich jetzt immer links von dir stehen, sonst können wir uns nicht gegenseitig heimlich auf den Schwanz gucken.«

»Göttin«, stöhnt Hella und hält eine Hand vor ihr Gesicht.

»Das ... wäre ja ... furchtbar«, sagt Fyrion bitterernst, bevor beide in Gelächter ausbrechen. Ich rolle mit den Augen und ein Schmunzeln zuckt auf meinen Lippen, bevor ich zu Cirus und Raze schaue, die sich mit Zahreba über ein deutlich ernsteres Thema zu unterhalten scheinen. Vielleicht geht es um sein Augenlicht.

»Es tut so gut, euch wieder um mich zu haben«, sagt Fyrion und sie wenden ihm ihre Aufmerksamkeit zu. »Verzeiht mir, dass ich euch in dieses Unglück geführt habe.« Der Prinz geht auf die Knie und senkt mit einer Hand über seinem Herzen den Kopf. »Ich hätte ahnen müssen, dass Vater unseren Ungehorsam nicht stillschweigend hinnimmt.«

Hella geht auf ihn zu und kniet sich vor ihn. Sie legt ihm eine Hand unter das Kinn und hebt sein Gesicht an. In mir wütet daraufhin ein Sturm, der aus mir herauszubrechen droht.

»Wir sind dir freien Stückes gefolgt, mein Prinz. Du sagtest, dass es gefährlich werden könnte, aber niemand von uns wollte angesichts des Unrechts, das der König hat walten lassen, die Augen verschließen. Ich denke, ich spreche für alle hier, wenn ich sage, dass wir dir bis in den Tod folgen würden.«

»Danke, Hella.«

»Dem kann ich mich nur anschließen«, erklingt Cirus' dunkle Stimme.

Ich schlucke und fühle mich völlig fehl am Platz. Vielleicht sollte ich den Sturm und mich vorerst aus dem Krankenzimmer entfernen, bevor er noch um sich greift. Leise verschwinde ich hinaus und gehe in die Küche, um noch etwas von den Eimern voller Flusswasser, die Fyrion herein geschafft hat, abzukochen. Sicher haben die Elben nach dem Marsch durch Wüste und Sumpf Durst. Ich kippe etwas Wasser in einen Topf und will ihn gerade hochheben, da kommen mir Arme zu Hilfe. Fyrions Duft liegt mir in der Nase und ich schaue mich lächelnd zu ihm um. Er hebt den Topf auf den Ofen und zündet das Feuer darunter für mich an.

»Ich dachte, deine Freunde sind bestimmt durstig«, sage ich.

»Ja ... aber sie sollten ihre zukünftige Königin kennenlernen.« Wissend grinst er mich an. »Warst du eifersüchtig?« Er legt seine Hände an meine Hüften und zieht mich zu sich heran.

»Schon ... ein wenig«, gestehe ich.

»Hella hat ein sehr sanftes Wesen. Sie berührt die Fae immer, mit denen sie spricht. Das hat nichts zu bedeuten.«

»Oh«, entkommt es mir. »Es ... war auch dumm von mir. Tut mir leid.«

»Muss es nicht. Ich fühle mich geschmeichelt.« Fyrion gibt mir einen Kuss, der mehr als nur das ist. Er ist ein Versprechen. Etwas pulsiert durch meine Adern, das in meinem Herzen aufwallt und mich dazu bringt, mich gegen Fyrion zu lehnen und seine Lippen für mich zu erobern. Er kommt mir entgegen und seine Arme umschlingen mich auf eine Art und Weise, die mich dazu bringt, mich sicher und wertvoll zu fühlen. Räuspernd löse ich mich von ihm und schlucke kräftig.

»Verzeih. Da ist ein Teil in mir, der jetzt wirklich nicht zu deinen Freunden gehen möchte«, sage ich. »Er gedenkt, dich ins Wasser zu ziehen.«

Fyrions Augen weiten sich. »Du spürst es auch?«

»Diese fremde Kraft?«

Er nickt. »Sie brennt und das Feuer schlägt seine Zungen bis tief in mich hinein.« Der Prinz runzelt einen Moment die Stirn. »Das habe ich zuvor noch nie erlebt.«

»Mutter sagt, dass es die Elemente seien.«

Fyrion lehnt sich zurück gegen den Ofen. Ich will ihn schon vor der Hitze warnen, da erscheinen Runen auf seinen Armen, mit denen er sich dort abstützt. Er verzieht keine Miene.

»Raze sagte mir etwas Ähnliches. Er meinte, mit der Liebe verbinden wir uns auf eine ganz neue Art und Weise mit dem Feuer und dass ich in Ignis aufpassen muss. Deine Haut verträgt Hitze nicht so gut wie meine.« Er lächelt mich schief an und ich erwidere unbesorgt.

»Mutter warnte mich deshalb auch, was dich angeht. Ich vertraue dir, dass du dein Element unter Kontrolle hast. Die Nymphe wollte dich im Fluss unter Wasser ziehen, aber mir war, trotz des wilden Strudels, in dem sich mein Geist und mein Körper befanden, klar, dass du nicht so lange ohne Luft aushalten kannst, wie ich.« Ich schaue zum Fenster. »Hoch in die Wolken kann auch ich nur noch im Herzen fliegen.« Ob die Pixie in mir deshalb eines Tages völlig verkümmert?

»Das tut mir so leid, Naida.«

»Hör auf«, schellte ich ihn sanft. »Du kannst dir nicht ewig deshalb Vorwürfe machen. Du bist ein Prinz und musst viel Verantwortung tragen, aber wenn ich deine Prinzessin sein soll, musst du lernen, sie mit mir zu teilen.«

»Das willst du?« Er wirkt überrascht. »Ich kann das auch von dir fernhalten.«

»Nein«, beeile ich mich zu sagen und lege eine Hand auf seine Wange, der er sich augenblicklich entgegen schmiegt. »Ich möchte an deiner Seite stehen. Immer.«

Fyrion scheint meine Worte verdauen zu müssen. Mit seinem Blick fleht er mich um Geduld an.

»Darf ich dich jetzt zu den anderen bringen?«

Mein Blick geht zu dem Kessel Wasser, der mittlerweile fröhlich vor sich hin blubbert. Ich nehme ihn herunter und wende mich Fyrion zu, der mir seine Hand entgegenstreckt.

»Noch einmal wegen eben …«, sagt er plötzlich ganz ernst. »In Ignis wird es Frauen geben, die versuchen werden, an mich heranzukommen. Die mit dir an meiner Seite nicht einverstanden sind. Aber ich möchte, dass du weißt, dass nicht nur mein Herz, sondern auch mein Körper nur dir gehört.« Er wartet keine Antwort ab und zieht mich mit sich durch die kleine Diele zum Krankenzimmer. Die Elben haben es sich derweil gemütlich gemacht. Hella hat sich einen Stuhl geholt, während Zahreba neben Raze und Yadem am Fußende von dessen Bett sitzt. Nur Cirus steht, an die Wand gelehnt, mit verschränkten Armen da und starrt mich an. Sein Blick wandert zum Glück weiter zu Fyrion, dessen Hand meine fester drückt.

»Das ist nicht dein Ernst, oder?«, fragt der rothaarige Elb. »Du willst sie zu deiner Frau machen? Eine Nymphe?«

Ich schließe kurz die Augen.

Irgendwie hatte ich damit gerechnet.

Kapitel 15

Zahreba weicht schuldbewusst jedem Blick aus und starrt auf einen Punkt vor ihr auf den Boden.

»Tut mir leid«, sagt sie. »Sie haben gefragt und ich wollte sie nicht anlügen.«

»Schon gut.« Fyrions Stimme klingt bemüht ruhig. »Ich dachte, dass sie von dir auf dem Weg hier her schon viel mehr erfahren hätten.«

»Nein.« Yadem sieht so ... enttäuscht aus. Ich schlucke und fühle mich unwohl; am liebsten würde ich aus dem Zimmer rennen, aber ich kann Fyrion jetzt nicht allein lassen. Also reiße ich mich zusammen und bleibe an seiner Seite.

»Was denkst du, was dein Volk dazu sagen wird?«, fragt Cirus. »Wir sind gerade sehr auf ihr Wohlwollen und auf die Liebe angewiesen, welche sie für dich hegen. Du kannst sie doch nicht so vor den Kopf stoßen?!«

Das wollte ich nicht ...

Sie hassen mich ...

Nein ... sie mögen nur nicht ...

... was ich bin.

Das hat nichts mit mir als Person zu tun.

»Ich dachte, es wäre abgemacht, dass du meine Schwester heiratest?!« Yadem schaut zu Hella und ich blicke Fyrion fragend an, doch der mahlt nur mit den Kiefern und hält seinen Blick auf seine Freunde gerichtet. »Ich meine, du kannst die kleine Nymphe behalten. Als Geliebte. Dagegen hätte niemand etwas. Aber Fyrion, du brauchst eine Elbin, welche dir starke Nachkommen schenkt.«

»Sei doch kein Dummkopf, Fyrion. So hübsch die Wassergeborene auch ist, ihre Nachkommen werden schwach und ...« Weiter kommt Cirus nicht. Ein klatschendes Geräusch unterbricht ihn. Fyrion hat meine Seite verlassen und der ältere Elb hält sich die Wange. Es geschah so schnell, dass ich nur erschrocken einatmen kann.

»Dummkopf?«, erklingt endlich die geliebte Stimme. Sie hat jedoch nichts mehr von der Wärme, die ich so anziehend finde. »Du vergisst, mit wem du sprichst.«

Cirus verneigt sich. »Verzeiht, Hoheit. Es ist mir herausgerutscht.«

Fyrion baut sich vor dem älteren Elb auf und Cirus hält den Blick gesenkt. Die Stille drückt mir fast die Luft aus den Lungen, während sich die beiden anstarren.

»Das ist Majestätsbeleidigung, ... *alter Freund*.«

So ... eiskalt ... und beunruhigend ruhig.

»In Ignis steht darauf die Todesstrafe.«

Angst wallt in mir auf. Fyrions Feuer brennt zu heiß ... ich muss ihn irgendwie abkühlen ... aber wie?!

»Es war nicht meine Absicht, Euch ...«

»Sei froh, dass ich dir statt deines Kopfes nur einen Teil deiner Würde genommen habe«, fährt Fyrion ihn an und ich frage mich, wie viel von Cirus' offensichtlicher Angst von dem Fakt kommt, dass sein Prinz mit ihm spricht ... und wie viel der Tatsache geschuldet ist, dass er Fyrion im Kampf unterliegen würde.

»Ihr habt recht, verzeiht, Eure königliche Hoheit. Es stand mir nicht zu.« Cirus erhebt sich mit einem unsicheren Blick zu Fyrion, von dem ich nur den Hinterkopf sehe.

»Hältst du mich für deine Marionette, Cirus?«

Der Elb schüttelt den Kopf und sieht erneut auf den Boden.

»Warum glaubst du dann, dass du meine Fäden ziehen kannst? Ich bin keine Puppe, mit der man junge Fae auf dem Marktplatz in hübsch bemalten kleinen Holzbuden unterhält. Was ich mache ... wen ich heirate, das entscheide ich allein. Die Einzige, die dabei ein Mitspracherecht hat, ist die bezaubernde junge Frau hinter mir.« Seine Oberarme sind viel zu angespannt, als Fyrion zu Yadem und Hella schaut. »Die ihr alle verurteilt habt, ohne sie kennengelernt zu haben.«

»Darf ich sprechen?«, fragt Hella und Fyrion nickt, ohne ihr den Kopf zuzuwenden. Er scheint sich wieder Cirus gewidmet zu haben.

»Keiner von uns wollte Naida beleidigen, mein Prinz. Wie du gesagt hast, wir kennen sie nicht. Es geht nur darum, dass es mit ihr ... schwerer wird. Du musst die Elben von dir als starken Anführer überzeugen. Aber doch nicht mit einer Wassergeborenen an deiner Seite? Sie würden sich sorgen, dass deine Erben dem Thron von Ignis nicht gewachsen sind.«

Sie wäre die bessere Königin. Ein ekelhaftes Gefühl macht sich in mir breit. Ich fühle mich dermaßen fehl am Platz, dass es selbst mir in den Augen brennt. Aber ich reiße mich zusammen und zeige nicht, wie es in mir aussieht. Das würde Fyrion nur noch wütender auf seine Freunde machen.

»Die Elben werden diese Erben niemals akzeptieren«, wagt sich Cirus erneut vor. Das muss man ihm lassen, er bleibt seiner Meinung treu und das ringt mir ein wenige Anerkennung ab. »Zahreba erzählte uns von Naidas einzigartiger Herkunft. Wie stellt Ihr Euch das vor, Eure königliche Hoheit? Ein ... ja was? Nymph-Pixie-Elben Mischling als König von Ignis?« Cirus hat wirklich wieder den Mut gefunden, Fyrion die Stirn zu bieten.

»Mit Flügeln und blauen Haaren«, gluckst Yadem.

Ihre Ablehnung brennt schmerzhaft in meinem Herzen und ich weiß nicht, wie lange ich sie noch ertragen kann, ohne eine Regung zu zeigen. Fyrion wendet sich Yadem zu und auch er wirkt tief getroffen. Er schüttelt den Kopf und ich sehe, wie seine Hände sich zu Fäusten ballen.

»Seid ihr eigentlich von allen guten Geistern verlassen?« Es ist Raze, der ebenfalls sichtlich mit einem Sturm der Gefühle zu kämpfen hat. »Was fällt euch ein, so zu reden? Wofür …« Er braucht Luft. »Wofür kämpfen wir denn bitteschön? Naida verkörpert all das, wofür wir geblutet haben. Und ihr scheint ein wichtiges Detail zu übersehen.«

»Das wäre?« Cirus betrachtet mich wie eine lästige Fliege.

»Fyrion *liebt* sie.«

Hella schnaubt. »Liebe ist vergänglich und nicht für Könige gedacht.«

Der Prinz dreht sich zu mir um und kommt auf mich zu. Er bleibt ganz dicht vor mir stehen. Seine Augen glühen förmlich vor unterdrückter Wut.

»Ruhig«, flehe ich ihn an und lege ihm eine Hand auf die Brust. »Sie sind deine Freunde.«

Er lehnt seine Stirn an meine und ich bemerke, wie angespannt er ist. Es ist noch schlimmer als gedacht. Fyrion kämpft eindeutig mit dem Feuer in seinem Herzen. Ich erinnere mich an Mutters Worte. Er braucht jetzt die kühle Tiefe meines Wassers. Ich lächele ihn an und lege meine Hände an seine Wangen.

»Ich bin die Deine. Egal, was sie sagen«, flüstere ich so leise, dass hoffentlich nur er es hören kann. Fyrion nickt und richtet sich wieder auf. Er bleibt jedoch mit dem Rücken zu seinen Freunden stehen.

»Sie wird eure Königin. Ob euch das gefällt oder nicht. Wenn ihr noch denselben Traum mit mir träumt, dann bleibt und gesteht mir auch zu, ihn zu leben. Falls nicht, da vorn ist die Tür.« Sein Blick verhakt sich mit meinem. »Nur mit ihr an meiner Seite steige ich auf den Thron.«

Stille breitet sich aus und ich kann sehen, dass Fyrion sich etwas beruhigt. Dafür kann ich jetzt die Enttäuschung in ihm sehen. Er hatte sicher damit gerechnet, dass seine Freunde genauso offen anderen Fae gegenüber wären wie er. Zumindest stürmt niemand hinaus. Alle bleiben wie angewurzelt stehen oder sitzen. Nun, der arme Raze könnte nicht gehen, aber er hat sich für uns ausgesprochen, also hoffe ich, dass er seinem besten Freund den Rücken sichert.

»Ihr widert mich heute wirklich an«, sagt er wie bestellt.

»Liebling, sie haben doch irgendwie recht.«

»Haben sie das, Zahreba?«

Oh nein, bitte kein Streit zwischen den beiden.

Raze reibt sich über das Gesicht. »Wir wollen ein offenes Pandorea, aber wenn Fyrion den Elben das vorleben will, ist das plötzlich nicht gut?«

»Es denken nicht alle wie wir, Raze«, sagt Cirus. »Ich sage doch nur, dass es für diese Leute schwerer wird, die neue Ordnung zu akzeptieren, wenn ...«

»Habt ihr überhaupt mal hingesehen?« Raze' Stimme ist plötzlich so laut geworden, dass ich zusammengezuckt bin. »Wie kann es sein, dass ich mit blinden Augen mehr sehe, als ihr? Während ihr euer schickes Leben bei Hofe geführt habt, habe ich mehr als nur einmal seine Wunden geflickt, nachdem sein beschissener Vater mal wieder die Scheiße aus ihm geprügelt hat.«

Fyrion verschließt die Augen und dreht das Gesicht zur Seite. Mit vor Sorge gerunzelter Stirn betrachte ich sein schönes Gesicht und kämpfe mit den Tränen. Ich kann sie nicht mehr zurückhalten.

»Könnt ihr euch nicht einfach mal freuen, dass er eine Seele gefunden hat, bei der er sich endlich einmal Zuhause fühlt? Habt ihr eine Ahnung, wie wichtig das für ihn ist? Könnt ihr ihm, der für uns mehr als nur einmal geblutet hat, nicht das bisschen Glück gönnen?« Er scheint immer schwerer Luft zu bekommen, was ich mit Sorge wahrnehme. »Ja, verdammt. Es wird Elben geben, die gegen die Wahl seiner Frau sein werden. Ja, und? Seit wann geben wir auch nur einen Furz auf deren Meinung?« Raze japst so schwer, dass ich mich von Fyrion lösen muss und zu ihm eile.

»Leg dich auf den Bauch, schnell«, sage ich und helfe ihm, indem ich nicht nur an seiner Seite ziehe, sondern auch mit der anderen Hand seine Haare halte. »Ganz ruhig, Raze. Die Luft kommt gleich wieder.« Ich nehme eine seiner Hände, die er neben seinem Kopf abgelegt hat. Er drückt so fest zu, dass es wehtut.

»Keine Angst, die Luft ist da und sie strömt in deine Lunge«, sage ich. »Kannst du es spüren?«

Die Geräusche, die er von sich gibt, machen mir Angst. Ich schaue über die Schulter zu Fyrion.

»Schnell, die Lungensalbe«, sage ich. *Bitte, ersticke mir jetzt nicht.* Fyrion reicht mir den Tiegel und ich wische Raze' Haare von seinem Rücken. Großzügig verteile ich die Salbe mit dem scharfen Geruch, der mir immer in den Augen brennt. Zahreba steht sprachlos auf der anderen Seite des Bettes und schaut mich an, als wolle sie wissen, ob Panik angesagt ist.

»Fertig, gleich bekommst du besser Luft«, verspreche ich ihm, obwohl ich das nicht dürfte. Irgendwie muss ich ihn jedoch beruhigen. Zahreba ist unter dem Kissen, in dem sein Gesicht liegt, abgetaucht und schenkt ihm hoffentlich Zuversicht. Das Gerücht über die erstickten Elben hat es geschafft, auch mich zu verunsichern. Fyrion legt einen Arm um mich und sieht genauso fragend aus wie Zahreba. Raze' Lunge quietscht und pfeift, was mir Sorgen macht.

»Nimm seine Hand«, sage ich zu Fyrion. »Sei bei ihm.« Mit den Augen füge ich hinzu: *Egal, was jetzt passiert.* Er nickt mir zu und wir wechseln den Platz. Ich kann nichts mehr für den Elb tun. Erst als es nass auf meiner Wange wird, fällt mir auf, dass ich endlich richtig weine. Hastig trockne ich sie am Kleid an meiner Schulter ab. Raze holt plötzlich tief Luft und ich sinke an Ort und Stelle zusammen. Der Patient hustet und ... atmet frei. Panisch kommt er auf alle viere und ich raffe mich auf, um ihn mit festzuhalten.

»Das ist gut!«, rufe ich. »Beruhige dich, Raze. Deine Lunge ist wieder frei. Du hast es geschafft, hörst du?«

Der Elb dreht und setzt sich im Bett auf. Schweiß überzieht seine von Runen glühende Haut und er versucht, irgendwie Halt zu finden. Ich gebe ihm ihn gerne, indem ich seine Hand drücke.

»Deine Lunge ist wieder frei, bei euch Elben bedeutet das, dass ihr das Schlimmste hinter euch habt. Das Fieber wird steigen, du wirst viel schlafen und es wird dir sicher ein paar Tage nicht gut gehen, aber die Runen werden dich beschützen. Für Nymphen, Pixies und Elfen beginnt jetzt die kritische Zeit, in der mir so unfassbar viele unter den Händen weggestorben sind. Aber dir kann es nichts anhaben. Hast du verstanden?«

Er nickt, atmet auch schon etwas langsamer.

»Das Fieber hat dir das Augenlicht genommen, aber es wird dir nicht mehr das Leben nehmen.«

Zahreba schluchzt und zieht ihren Mann in ihre Arme. Ich fühle mich plötzlich sehr müde und sinke dankbar gegen Fyrion, der das bemerkt zu haben scheint. Sanft liebkosen seine Lippen meinen Scheitel. Stille kehrt erneut ein und ich höre nur Zahrebas leises Schniefen.

»Ich dachte, ich hätte schon wieder einen verloren«, sage ich.

»Nein, Raze ist hartnäckig.« Fyrion schiebt mich von sich, damit ich ihn ansehen kann. »Den haut doch kein olles Fieber um.«

Ich lächele und betrachte Raze, den Fyrions Worte ebenfalls zu amüsieren scheinen.

»Danke, Naida«, sagt er.

»Wofür dankt ihr mir immer? Diese Krankheit macht, was sie will.« Ich schüttele den Kopf und sehe, dass Raze widersprechen will, doch Zahreba schluchzt auf und er wendet sich ihr zu.

»Da kommt jemand. Eine Nymphe«, höre ich Hellas Stimme und Fyrion ist vor mir am Fenster.

»Mutter«, teilt er mit. Jetzt sehe ich sie auch auf das Haus zukommen. Sie braucht aber noch einen Moment, also schaue ich zu Fyrion, frage ihn mit meiner Mimik, ob er klarkommt. Hella lenkt mich jedoch ab. Sie steht plötzlich neben ihm und legt eine Hand auf Fyrions Arm.

»Fass. Mich. Nicht. An«, droht er ihr und da ist wieder diese eiskalte Stimme, die selbst mir einen Schauer über den Rücken jagt. Ich schlucke und lasse ihn nur ungern zurück, aber ich muss Mutter mit den Taschen helfen. Wie es aussieht, hat sie mit unserem Besuch gerechnet. Schnell eile ich ihr entgegen. Mein gehetzter Gesichtsausdruck scheint ihr sofort aufzufallen.

»Komm rein«, zische ich. »Sie sind da.«

Sie nickt.

»Es gibt Streit. Fyrion ist rasend vor Wut, weil die anderen die Idee von mir an seiner Seite nicht gut finden.«

Mutters Augen werden groß. »Bitte?« Oh nein, noch jemand, der wütend wird. Genau das kann ich jetzt nicht gebrauchen. Sie setzt die Taschen ab, ohne sie vorher mit mir zu verstauen und geht ins Krankenzimmer. Ich seufze und reibe mir über eine schmerzende Stelle an meiner Stirn. Dahinter scheint jemand mit einem Hammer gegen mein Gehirn zu schlagen.

»Fyrion, sag mir ... was haben diese Erdenkriecher über mein Kind gesagt?«, höre ich Mutter fragen und bin plötzlich wieder voller Energie. Ich stürme ihr nach und sehe, dass sie sich, die Flügel drohend ausgebreitet, neben Fyrion gestellt hat.

»Erdenkriecher?«, fragt der und klingt ... amüsiert. Ob er sich wegen Mutter zusammenreißt? Ich schaue mich um, aus Angst, dass jemand vielleicht gleich Mama angeht, doch die drei neu dazugekommenen Elben betrachten nur mit großen Augen die breit aufgefächerten Flügel. Selbst Cirus scheint den Anblick in sich aufzunehmen. Mutter wendet sich Fyrion zu.

»Geht es dir gut? Was macht dein Bein?«

»Alles gut. Verzeih mir, hier passierte gerade eine Sache nach der anderen.« Fyrion seufzt und wirkt anscheinend so aufgewühlt, dass Mutter ihn in ihre Arme zieht. Sein Blick begegnet zwischen ihren Flügeln dem Meinen und ich lächele ihn voller Liebe an.

»Mutter?« Es ist Yadem, der mit Skepsis die Situation beobachtet.

»Fyrion hat Naida, sofern ich das richtig verstanden habe, nach aquatischem Recht schon so gut wie geehelicht«, erklärt Zahreba.

»Bitte?! Wirklich?!« Yadem scheint es nicht fassen zu können, was die Kränkung in meiner Brust nur noch mehr anschwellen lässt.

Cirus gibt ein erschöpftes Geräusch von sich. »Was reden wir denn dann hier noch? Das Kind ist schon längst in den Flammen erstickt.«

Mutter löst sich von Fyrion und schaut mich mit hochgezogenen Augenbrauen an. »Lustig, bei uns fällt es in einen Brunnen.«

»In Air habe ich gehört, dass es vom Sturm weggetragen wurde.«

»Was ihm wohl in Terra geschieht?«, grübelt Mutter und lächelt. Ich verstehe, was sie vorhat. Sie versucht, die Stimmung zu lockern und Fyrion zu beruhigen. Ich lerne hier von der Meisterin.

»Vielleicht stürzt es in eine Erdspalte?«, frage ich.

»Das arme Ding.« Sie lacht und ich falle mit ein, konzentriere mich auf sie und nicht auf die Ablehnung, die mir von allen Seiten entgegenschlägt. Mutter zwinkert mir zu und schaut dann Fyrion an, der mich besorgt mustert. Mama hebt eine Hand und streicht ihm über den Kopf.

»Du solltest heute Nacht mit deinem Mann in den Fluss«, sagt sie. »Ich spüre, dass er deine Nähe braucht, Liebes.«

»Sehr gerne«, sage ich schmunzelnd.

»Bei der Gelegenheit kannst du sein langes Haar mit zermahlener Muschel und Alea Tova waschen.«

Die Nymphe in mir kreischt mir förmlich in den Ohren, als ich auf Fyrion zugehe und eine Strähne seiner braunen Mähne hinter seinem Rücken hervorhole. Der Prinz scheint nicht so recht zu wissen, was gerade mit ihm geschieht. Eben war er noch wütend über seine Freunde und jetzt sieht er sich zwei Nymphen gegenüber, die planen sein Haar zu waschen. Ich muss schmunzeln, als ich daran denke, wie merkwürdig ihm das vorkommen muss.

»In Aqua gilt es als höchster Liebesbeweis einer Frau an ihren Mann, wenn sie ihm ausgiebig und mit unterschiedlichen Kräuterpasten das Haar wäscht«, erkläre ich.

»Und was muss er ihr waschen?« Seine Stimme klingt noch immer nicht normal, aber deutlich entspannter. Ich wickele die Strähne um meine Hand und ziehe ihn damit zärtlich an mich heran. Ich stelle mich auf die Zehen, um an sein Ohr heranzukommen.

»Das zeige ich dir dann«, flüstere ich, woraufhin der Prinz tief Luft holt.

Er grinst. »Verstehe.« Für einen kleinen Moment schließt er die Augen und schmiegt seine Wange an meine. »Du duftest heute besonders gut.« Er kann es gerade noch sagen, da dreht er sein Gesicht weg und muss niesen.

Die Flusshyanzinthe, geht es mir durch den Kopf. Sie wuchsen auch in der Nähe, als ich Raze im Fluss gehalten habe. Ich werde hellhörig. Ob alle Elben mit Niesen darauf reagieren? Das muss ich bei Gelegenheit testen. Das wäre ja ... verrückt. Die flinken, kräftigen Elben müssen wegen eines Blümchens niesen. Fyrion zieht die Nase hoch und schaut mich wieder an. Ich nehme sein Gesicht in meine Hände und küsse erst seine Stirn, dann seine Nasenspitze und schließlich seine Lippen.

»Das Wasser segne dich«, wispere ich und lächele ihn an, bevor ich zu Mutter schaue. »Könntest du mir etwas Flusshyanzinthe besorgen? Am besten eine ganze Blume und auch Pulver. Ich muss etwas testen.«

»Natürlich.« Mutter legt fragend den Kopf schief und auch Fyrion verengt die Augen.

»Erkläre ich dir später.« Ich schaue zu den anderen Elben. »Deine Freunde warten darauf, dass du mit ihnen sprichst.«

»Nach allem, was du durchmachen musstest«, sagt er. »Tut es mir furchtbar leid, dass du jetzt auch von ihnen diese Ablehnung erleben musst.«

»Ich würde lügen, wenn ich sagen würde, dass es mich nicht verletzt hat. Aber ich bin es trotzdem irgendwie gewohnt.« Ich lächele ihn an und stehle mir einen Kuss. »Mach dir um mich keine Sorgen. Ich bin die Tochter der See und der Stürme, ein paar Flammen machen mir keine Angst.«

Mutter ist plötzlich nah bei uns. »Die Liebe einer Nymphe ist so tief und weit wie der Ozean. Sei dir versichert, dass Naida stets an deiner Seite sein wird.« Sie schaut Fyrion mit Schmerz in den Augen an. »Wir fühlen dein Leid, sehen die Flammen in deiner Seele hochschlagen. Aber das sind deine Freunde, mein Sohn. Lass mich dir den Rat geben, sie nicht zu vergraulen und darauf zu vertrauen, dass sie eines Tages verstehen werden, was du in Naida siehst. Was euch verbindet.«

Fyrion schluckt und scheint Mutters Worte in seinen Gedanken kreisen zu lassen.

»Ich habe den Sturm in meiner Seele bisher nicht ganz erkunden können. Aber eines Tages wird er dir helfen können, das Feuer in dir höher denn je brennen zu lassen. Solange biete ich dir mein Wasser an. Seine tröstende Kälte und seine tragende Kraft.«

Fyrion zieht mich an sich und drückt sein Gesicht an meine Halsbeuge. Ich spüre seinen warmen Atem auf meiner nackten Haut und … ein wenig Feuchtigkeit. Mein Herz zerspringt in tausend Scherben und ich kralle mich an ihn. Die Welt verschwimmt vor meinen Augen und ich spüre, dass Mutter sich etwas zurückzieht. Fyrion hebt seinen Kopf und ich sehe, dass seine Augen noch immer leicht gerötet sind. Ich reibe ihm sanft darüber und er schließt sie für diesen Moment für mich.

»Ich bin in der Nähe«, verspreche ich ihm.

»Bleib im Haus oder in Reichweite«, fleht er. Es ist kein Befehl, nur ein dringender Wunsch. Ich nicke. Damit lassen Mutter und ich die Feuergeborenen unter sich und ich hoffe wirklich, dass Fyrion jetzt nicht mehr so wütend ist und sich mit den Bedenken seiner Freunde auseinandersetzen kann.

Es wird schon dunkel, als ich zum Haus sehe. Mutter ergreift meine Hand und im Augenwinkel erkenne ich, dass sie meinem Blick mit ihrem gefolgt ist.

»Ich weiß nicht, wie ich ihnen jetzt begegnen soll«, sage ich.

»Schau vielleicht erst einmal nach Raze. Bei ihm dürftest du keine Probleme haben.«

Ich nicke und schnuppere zum hundertsten Mal an meiner Haut. Das Öl ist herunter gewaschen. Sosehr ich das auch bedauere, aber ich will nicht, dass Fyrion meinetwegen niesen muss, wenn wir heute Abend seit Langem wieder gemeinsam in einem Bett schlafen können. Jedenfalls hoffe ich, dass er nicht schon wieder eine Nachtwache übernimmt. Dass wir heute noch zusammen in den Fluss gehen, wage ich zu bezweifeln. Ich denke nicht, dass die Elben schon fertig mit ihrem Krisenrat sind, sonst hätte Fyrion nach mir gesucht. Ein Blick aus dem Küchenfenster und er hätte Mutter und mich am Fluss sitzen sehen. Ich betrachte sie, während sie hoch zu den Monden schaut. Ihre Flügel funkeln jetzt ganz silbrig und ich fühle kurz den Schmerz des Verlusts.

»Wie konnte sie nichts tun?«, grübelt Mutter. Sie ist anscheinend immer noch bei den Geschichten über Fyrions Kindheit, die ich einfach mit ihr teilen musste. »Ich habe schon die Fassung verloren, wenn dir jemand mit Worten blöd kam.«

»Ich glaube, die Elben sind da anders als wir«, sage ich. »Ich weiß nicht … aufbrausender. Zerstörerischer.«

»Aber doch nicht ihren Kindern gegenüber.«

»Nein, das sicher nicht.« Die anderen scheinen solche Dinge nicht erlebt zu haben.

»Du solltest langsam hineingehen«, spricht Mutter aus, was mir auch durch den Kopf geht. Wir erheben uns und sie küsst meine Stirn, während ihre Hände über meine Wange streicheln. »Vergiss nicht, wie sehr du geliebt wirst.«

Ich nicke und sie lächelt.

»Und lass die Blume nicht liegen.«

Ach ja, mein Testobjekt. Vielleicht können die Elben sie irgendwie nutzen, sollte sich mein Verdacht bestätigen. Ein Niesanfall ist etwas, das einen Feind hilflos außer Gefecht setzt. Die Natur lässt uns dabei nicht viel anderes machen. Ich hebe die Flusshyanzinthe auf und rieche an ihr. Ihr Duft ist so wundervoll, es wäre eine Schande, wenn er wirklich dafür sorgt, dass die Elben ihn nicht genießen dürfen. Mutter hebt ab und wirft mir einen Handkuss zu. Ich winke ihr hinterher und klettere durch das offene Küchenfenster wieder ins Haus. Es hat sich noch niemand um das Abendessen gekümmert, allerdings liegt hier plötzlich eine Menge Fleisch herum, das die Elben in ihren Taschen mitgebracht haben müssen. Ich schätze, ich sollte mit ihnen reden, bevor ich koche und es nachher lange Gesichter gibt, weil man sich auf Fleisch gefreut hat. Als ich mit einem nervösen Grummeln im Bauch das Krankenzimmer betrete, herrscht dort unangenehmes Schweigen. Fyrion sitzt auf seinem Bett und schaut von seinen Fingern auf.

»Hey ... ich wollte nur fragen, ob ich kochen soll oder lieber einer von euch sich um das Fleisch in der Küche kümmert? Ich habe keine Ahnung, wie man es zubereitet.«

»Ich mache das gleich«, sagt Zahreba, die neben Raze auf dem Bett sitzt. Der fiebernde Elb scheint zu schlafen, weshalb Mutters Plan, dass ich nach ihm sehe, hinfällig ist. Ich möchte ihn nicht wecken.

»Was ist das für eine Blume?«, fragt Fyrion und er klingt fast schon ein wenig heiser. Haben sie so viel diskutiert?

»Ich will damit etwas an euch testen«, gestehe ich und Yadem brummt fragend. »Es könnte Zufall sein, aber es besteht die Möglichkeit, dass ihr mit Niesen auf ihren Duft reagiert. Ich dachte, das könnte hilfreich sein. Wenn ihr irgendwo einfallt ... oder was auch immer ihr so macht ...«

Yadem lacht tatsächlich leise.

»Na ja, wenn ihr euch mit Tüchern über Mund und Nase schützt und eure Feinde nichts außer Niesen tun können, dann könnte das hilfreich sein, oder?«

Fyrion mustert die Blume. »Schon ... denke ich.«

»Mutter bringt mir morgen Pulver. Das wäre einfacher zu benutzen.« Ich gluckse. »Ihr könnt die Leute schlecht mit Blumen bewerfen. Die Frage ist nur, ob eure Augen vielleicht auch reagieren. Ich kenne einen Nymph, der sofort im Gesicht komplett zu schwillt, wenn er Banjomerade isst.« Armer Tropf, es ist mein absoluter Lieblingsfisch.

»Komm her«, bittet Fyrion und richtet sich ein wenig auf. »Gib sie mir.«

»Sicher?« Ich grinse. »Du opferst dich für die Gruppe?«

»Ich soll doch nur an einer Blume riechen, oder?«

»Ja ... schon.« Ich reiche ihm die Flusshyanzinthe. Ungläubig betrachtet er die weiße Blüte und hebt sie an seine Nase, um einen tiefen Atemzug zu nehmen. Als er daraufhin erst hustet und dann sofort niesen muss, nehme ich sie ihm ab.

»Oje«, sage ich. »Volltreffer.« Ich streiche ihm über den Rücken, während Fyrion niest und niest und niest. Er benötigt einen Moment und hustet noch ein paar Mal, bis er mich überrascht anschaut.

»Ich brauche weitere Freiwillige«, sage ich. »Raze hat im Fluss in ihrer Nähe geniest, aber ihn will ich damit jetzt wirklich nicht quälen.«

»Gib her«, meint Yadem und sieht aus, als glaube er nicht im Ansatz, dass ihm diese Blume etwas anhaben könnte.

»Ich will das auch testen«, meint Zahreba. Yadem brüllt bei seinem Niesanfall so laut, dass Raze ganz verwirrt wach wird. Während seine Frau ebenfalls nichts außer Niesen machen kann, scheint Hella den blinden Elb wispernd aufzuklären.

»Seht ihr«, sage ich und nehme die Blume an mich. »Jetzt müssen wir nur noch herausfinden, ob ihr das in irgendeiner Form verwenden könnt.«

Zahreba scheint sich wieder gefangen zu haben und schüttelt sich. »Was ist das für eine gottlose Pflanze?«

Ich lache. »Eine Flusshyanzinthe.« Ich rieche an ihr und lächele ein klein wenig, weil es mir teuflische Freude bereitet, dass ich einen Schwachpunkt bei den Elben gefunden habe.

»Wuuuhuuu«, ruft Yadem, dem die Augen vom Niesen tränen. »Das war der Wahnsinn.«

»Du bist komisch«, meint Hella und verzieht das Gesicht. Ich denke, sie hat entschieden, der Blume nicht nahezukommen.

»Es würde den Feind hilflos machen«, grübelt Cirus laut. »Wir müssen morgen das Pulver aus dieser Pflanze testen.«

»Ich bestimmt nicht«, meint Fyrion, den die Nase immer noch zu jucken scheint. Er reibt sie sich und sein Körper versucht, mit Husten den Angreifer loszuwerden. Zahreba geht es ähnlich, nur hat sie sich einen Becher Wasser geschnappt und stürzt ihn geräuschvoll herunter. Yadem hebt die Hand, als wolle er etwas sagen, niest dann aber nur dreimal kräftig, bevor er sich schüttelt. Ich kann nicht anders, ich muss lachen.

»Gut beobachtet, Naida«, sagt Raze. Er klingt unfassbar müde und ich kann es ihm nicht verübeln.

»Ihr Duft lag mir in der Nase, als ich dich im Wasser hielt«, erkläre ich. »Und heute Morgen habe ich mich mit einem Öl eingerieben, das nur ganz wenig davon enthielt und trotzdem musste Fyrion ...« Bevor ich das Wort aussprechen kann, macht er genau das: niesen. »Ja, sage ich ja.«

»Der Wahnsinn ... das rüttelt einen komplett durch«, meint Yadem.

Ich betrachte die Blume in meiner Hand. »Vielleicht bringe ich sie besser weg«, entscheide ich schmunzelnd. »Sie sollte nicht länger mit euch in einem Raum sein.«

»So scheint sie ungefährlich«, meint Cirus. »Weder Hella noch Raze oder ich haben ein Problem.«

»Sie muss nah genug an euch heran«, stimme ich zu.

»Pulver verteilt sich eher im Raum«, meint Zahreba schniefend. »Die Frage ist, ob es dann stark genug ist.«

»Das gilt es herauszufinden«, sage ich. »Mutter bringt ja morgen welches vorbei.«

»Gibt es das Gewächs auch in Ignis?«, fragt Raze. »Ich habe mich nie so für Flora interessiert.«

Hella schüttelt den Kopf. »Nein, noch nie gesehen.«

»N-neih-n«, bringt Fyrion hervor und fast schafft er es zu niesen, doch der Duftstoff trickst ihn wohl nur aus. Ich hole aus einem der Schränke ein sauberes Tuch und reiche es ihm.

»Hier, versuch mal das Zeug aus deiner Nase zu bekommen«, sage ich mit einem Lachen in der Stimme, das ihm nicht entgangen zu sein scheint. Sein Blick sagt alles und ich muss grinsen. Zum Glück scheint es ihm nach dem Schnäuzen und einem Schluck Wasser endlich besser zu gehen.

»Widerlich«, hält er fest, während Yadem es auch mit Trinken probiert. Ich betrachte ihn genauer und er schaut mich fragend an.

»Keinem von euch sind aber die Augen zugeschwollen, oder?«

»Bisher nicht«, meint mein Prinz.

»Das ist gut. Das würde den Einsatz des Pulvers verhindern. Ihr könnt schlecht eure Augen verhüllen.«

»Wäre mir egal«, meint Raze und die Elben lachen. Da er es selbst auch tut, erlaube ich mir, mit einzufallen. Zahreba küsst ihn und atmet tief durch.

»Ich werde uns etwas zum Abendessen zubereiten.« Sie sieht zu der anderen Elbin. »Hilfst du mir, Hella?«

»Sicher.« Damit verschwinden die Frauen und ich bleibe mit den Männern und der Blume zurück. Ich lege sie kurzerhand ans andere Ende des Raumes und als ich mich umdrehe, steht Fyrion schon hinter mir.

»Alles gut?«, frage ich ihn leise.

»Es geht«, antwortet er ehrlich. Jedenfalls geben seine Augen keine Lüge preis. Ich schmiege mich an ihn und hebe meine Arme, um sie um seinen Hals zu legen. Warme Hände landen auf meiner Hüfte und drücken mich dort sanft gegen den geliebten Körper.

»Konntet ihr die Sache zumindest in Teilen aus der Welt schaffen?«

Er zieht die Nase hoch und räuspert sich. »Sie verstehen es nicht, aber sie wollen versuchen, es zu tun. Dich kennenlernen und sich an den Gedanken gewöhnen.«

Ich runzele die Stirn und betrachte ganz genau jede Regung in seinem Gesicht.

»Das verletzt dich«, stelle ich fest.

»Ja … ich …« Er schließt einen Moment die Augen. »Ich dachte einfach, dass sie so wie ich denken würden. Mit ihrer Gegenwehr habe ich absolut nicht gerechnet. Raze ist der Einzige, der wirklich in der Sache uneingeschränkt bei mir ist.«

In meinem Herz brandet so viel Liebe für ihn hoch, dass ich kurz das Gefühl habe, darin zu ertrinken.

»Komm mit mir in den Fluss«, flüstere ich in sein Elbenohr, was ihn einen tiefen Atemzug nehmen lässt.

»Nichts lieber als das«, antwortet er. »Aber ich möchte mir Zeit nehmen. Wir stehlen uns nach dem Essen davon.«

»Unter einer Bedingung«, sage ich und hebe das Kinn.

»Die wäre?«

»Heute Nacht gibst du mir alles von dir.«

Feuerrunen klettern seinen Hals hinauf und erreichen schließlich sein Gesicht.

»Alles«, verspricht er mir.

Kapitel 16

Ich überprüfe den Atem und die Temperatur des schlafenden Raze, doch bisher hat sich nichts verändert. Seine Runen schirmen ihn von der Hitze ab, aber sein Körper ist dennoch geschwächt. Skylar miaut mich an, als wolle er mir sagen: *Du kannst gehen, ich habe hier alles im Griff*. Ich kraule sein Köpfchen und streiche seinen Körper entlang. Er erhebt sich kurz von Raze' Seite, streckt und rollt sich aber nur erneut zusammen. Ich wringe ein Tuch über einem Eimer mit kaltem Wasser aus und lege es dem Kranken auf die Stirn. Leise seufzt er, wacht aber zumindest nicht vollständig auf. Seine Augen bleiben geschlossen. Anders als die von Hella, welche dazu abgestellt wurde, die Frontseite des Hauses durch die Fenster zu bewachen. Die anderen sind am Fluss und testen mit Fornax das Pulver, das er heute Morgen gebracht hat. Gelegentlich höre ich durch das offene Fenster in der Küche nebenan jemanden niesen oder Gelächter. Soweit ich weiß, testen sie, wie nah sie heranmüssen und wie sie es im Kampf am besten anwenden können. Ich seufze und beschließe, genug aufgeräumt und geputzt zu haben. Alles ist sauber, Raze geht es den Umständen entsprechend gut und mich zieht es an den Fluss. Es wartet ohnehin noch ein Korb voll Wäsche darauf, gereinigt zu werden. Ich schnappe ihn mir und sehe zu Hella.

»Ich gehe nach draußen«, sage ich. »Wenn etwas mit Raze sein sollte, ruf mich bitte, ja?«

»Du machst dir Sorgen um ihn«, stellt sie fest. »Das sieht man. Dabei kennst du ihn gar nicht.«

»Jemanden nicht zu kennen bedeutet, dass er einem egal sein sollte?«, frage ich. »Jedes Leben ist wertvoll.« Mein Blick fällt auf Raze. »Er wird wieder. Sobald das Fieber weg ist, werden wir hier Regeln einführen müssen. Nichts darf mehr liegengelassen werden. Raze muss sich unfallfrei hier bewegen können, solange wir hier sind.« Damit verlasse ich das Krankenzimmer und hole mir aus der Kammer die Lauge, bevor ich durch das Küchenfenster hinausklettere. Was ich dort sehe, lässt mich einen Moment innehalten. Fyrion hat sein langes Haar zu einem dicken Zopf geflochten und seinen Mund sowie seine Nase hinter einem Tuch versteckt. Er scheint mit Cirus einen Kampf nachzustellen und dreht sich nach einem kräftigen Sprung in der Luft. Das scheint auch Fornax zu beeindrucken, der staunend neben Yadem steht. Ich muss lächeln ... der blonde Elb hat richtig schmale Arme gegen meinen angeblich so schwachen, geflügelten Nymphen-Freund. Fyrions Blick fällt auf mich und er gebietet Cirus mit einer Geste Einhalt. Der Prinz nimmt das Tuch herunter und kommt mit einem Lächeln auf mich zu. Ich lasse eine Hand von seinem Bauch hoch zu seiner Brust wandern, als er vor mir stehenbleibt. Er schaut mit einem hungrigen Blick auf mich herab, während ich den feinen Schweißfilm auf seiner Haut bemerke.

»Ich muss ständig an letzte Nacht denken«, raunt er mir zu.

»Ich auch. Den ganzen Morgen habe ich mit einem Lächeln auf den Lippen das Lager aufgeräumt.«

Er runzelt die Stirn. »Du bist meine Braut. Das ist nicht deine Aufgabe.«

Ich lache und gebe ihm einen Kuss. »Deine Braut wird jetzt auch die Wäsche im Fluss waschen.«

»Skandal.«

»Ja. Aber sie ist halb Nymphe und sie liebt jedwede Arbeit, die sich im oder am Wasser ausführen lässt.« Ich greife nach dem langen Zopf, um ihn über seine Schulter nach vorn zu holen. »Steht dir«, sage ich. Damit löse ich mich von ihm und spüre, dass er mir hinterherschaut. Ich schwinge absichtlich meine Hüfte ein klein wenig mehr, was auch den anderen Elben nicht zu entgehen scheint. Nur Fornax, der Gute, winkt mir freundlich zu. Zahreba sitzt bereits am Wasser und ich geselle mich einfach zu ihr. Sie nimmt sich, ohne dass ich sie bitten muss, ein Laken und das Waschbrett aus dem Korb.

»Lass mich das machen«, sagt sie. »Streng genommen bist du schon so etwas wie unsere Prinzessin. Es käme mir falsch vor, wenn du die durchgeschwitzten Laken meines Mannes säuberst.«

Ich zucke mit den Schultern. »Das macht mir nichts aus.« Mein Blick geht zu Fyrion, der wieder das Tuch trägt und sich mit den anderen Männern berät. Fornax sagt etwas und Cirus nickt nachdenklich.

»Gibt es schon neue Erkenntnisse?«, frage ich.

»Nun, es scheint die Augen nicht zu beeinträchtigen. Höchstens ein paar Tränen durch einen Niesanfall, aber die Tücher bewahren uns davor. Was Probleme bereiten könnte, ist die Reichweite. Es fliegt nicht sonderlich weit und verteilt sich ungünstig. Dein Nymphen-Freund bringt uns morgen ein Pulver mit gröberer Körnung. So müssten wir doch sehr nah an den Feind. Ansonsten ist es wahrlich ein Geschenk. Fyrion will es jedoch nicht gegen Glutwacht einsetzen.«

»Warum?«, frage ich.

»Weil ihm dort die meisten ohnehin treu ergeben sein werden und wenn wir das Pulver benutzen, wird Incendia gewarnt sein.«

Stimmt … die Elben in der Hauptstadt wären dann auch vermummt.

»Du hast uns wirklich sehr geholfen, Naida«, sagt Zahreba und schrubbt mit Kraft das Tuch über das Waschbrett. »Das Pulver ermöglicht uns, viele Leben zu verschonen. Die niesenden Elben können dingfest gemacht werden und eine Chance bekommen, nach der Übernahme dem neuen König die Treue zu schwören. Sie sind keine schlechten Fae, Naida. Nur loyal.«

Ich brumme verstehend. »Das ist ein guter Plan.« Mein Rücken schickt mir einen schmerzhaften Blitz durch den ganzen Körper und ich keuche leicht auf.

»Was ist?« Die Elbin hält besorgt inne.

Ich lache peinlich berührt. »Es mag verrückt klingen, aber seit der Nacht im Fluss mit Fyrion habe ich Rückenschmerzen. Sie kommen und gehen schon den ganzen Tag.«

»Hmh.« Zahreba verengt die Augen. »Dreh dich mal, haben sich vielleicht die Wunden entzündet?«

»Nein, die Narben sind verschlossen.« Trotzdem komme ich ihrem Wunsch nach und hebe das dünne Oberteil an, das ich mir heute zu dem Rock angezogen habe.

»Naida, das sieht … geschwollen aus?!«

»Wie bitte?«

»Fornax?«, ruft Zahreba. »Ich bräuchte hier mal einen Nymph.«

Ich schaue besorgt über die Schulter und sehe, dass sich mir nicht nur mein bester Freund nähert. Fyrion, Yadem und Cirus folgen ihm.

»Was ist los?«

»Schau mal. Sie sagt, sie habe seit der Nacht immer mal wieder Schmerzen.«

Fornax kniet sich hinter mich und ich spüre seine Hand über die Narben fahren. Es fühlt sich etwas komisch an. Grinsend erscheint sein Gesicht in meinem Augenwinkel.

»Das könnten Flügel sein, Naida«, sagt er und ich erstarre.

»Was?«

»Ja.« Er tastet mich erneut ab. »Da ist etwas Weiches drin. Soll ich fliegen und deine Mutter holen? Ich meine, zur Heilerin kannst du gerade ja schlecht gehen.«

»Ja. Ja, bitte!«, beeile ich mich zu sagen und merke, dass meine Sicht verschwimmt. Mein bester Freund küsst meine Stirn und schon höre ich das leichte Surren seiner Flügel und wie es sich von mir entfernt. Warme Arme heben mich hoch und stellen mich schließlich ab. Ich umschlinge Fyrions Taille, während er mich an sich drückt.

»Bitte, Göttin«, höre ich ihn leise sagen. »Bitte, schenke ihr neue Flügel.« Er zieht mich langsam mit sich herunter, bis wir uns gegenüber knien. Fyrion hat die Augen geschlossen und seine Stirn an meine gelehnt. Unsere Hände liegen ineinander an seiner Brust, als er leise Worte flüstert. Ein Gebet zur Göttin, dessen bin ich mir sicher. Ich verstehe nicht, was er sagt, aber ich spüre, wie Wärme meinen Körper flutet. Die Liebe zu dem Wesen vor mir lässt mich erzittern. Ich hätte nie gedacht, dass man so empfinden kann. Dass mir die Göttin diese Ehre zukommen lässt, macht mich demütig. Sie hat mir einen ihrer Prinzen geschenkt und ich muss an Zahrebas Worte denken. Das ist alles kein Zufall. Es ist Schicksal.

Fornax ist noch nicht lange weg, da kehrt er schon mit Mutter zurück. Wir verlieren keine Zeit und ich fiebere ihrem Urteil entgegen. Fyrion wirkt ebenfalls nervös, während Mutter meinen Rücken abtastet. Als sie leise schluchzt, kenne ich die Antwort und falle meinem Prinzen um den Hals. Er packt mich und dreht mich im Kreis. Meine Füße verlieren den Halt auf dem Boden, während er mich herumwirbelt. Seine Lippen treffen auf meine und ich spüre, dass er genauso aufgewühlt ist.

»Danke, gütige Göttin«, sagt er, als er mich wieder abstellt.

»Das kann noch Wochen dauern. Sogar Monate, aber da wachsen eindeutig Flügel.« Mutter wischt sich ebenfalls eine Träne weg. Ich küsse Fyrion und gehe dann zu ihr, um sie zu umarmen. Als ich sie wieder freigebe und zum Prinzen schaue, steht Yadem neben ihm und klopft auf seine Schulter. Vielleicht ist unter den Freunden noch nicht alles wieder gut, aber er jagt ihn nicht weg und das pflanzt noch mehr Glück in mein Herz.

Zahreba und ich schaffen es gerade noch, die getrockneten Tücher wieder einzusammeln, bevor die grummelnden Wolken sich direkt über uns ergießen. Yadem steht staunend am Fenster und zuckt zusammen, als er einen Blitz sieht. Der darauffolgende Donner lässt ihn kurz einen Schritt vom Fenster zurückweichen. Ich habe das Gefühl, dass er noch jünger als Fyrion ist.

Zumindest unerfahrener. Yadem bemerkt wohl, dass ich ihn beobachte und grinst fast schon etwas peinlich berührt.

»Das erste Mal?«, frage ich.

»Aus der Nähe, ja.«

»Es ist direkt über uns«, sage ich und der Elb schaut besorgt durch das Fenster in den Himmel. Ein weiterer Blitz erhellt sein Gesicht und obwohl dieser im Gegensatz zum Donner gefährlich ist, ist es das Grollen der Wolken, das dem Elb die Gesichtsfarbe entweichen lässt. Ich lache leise und gehe zu ihm.

»Keine Angst«, flüstere ich, damit die anderen nicht auf ihn aufmerksam werden. Sie räumen gerade den Tisch ab und wenn ich Hellas Gesicht richtig deute, ist ihr das Wetter auch nicht geheuer.

»Der Donner ist einfach nur laut. Ein Blitz hingegen …«

Der Raum wird wie bestellt erleuchtet.

»Was ist mit denen?«

»Trifft er dich, bist du ziemlich sicher tot. Aber du bist in einem Haus. Das fängt höchstens Feuer und darüber muss nur ich mir Gedanken machen.«

Er lächelt, Mission erfüllt. »Nun ja, wir können am Rauch ersticken.«

»So lange hast du sicher nicht vor, drinnen abzuwarten.«

»Nein, eher nicht.«

»Siehst du.« Ich streiche ihm über die Schulter und nehme seinen leeren Teller von der Kommode. Er hat während der Wache am Fenster gegessen. Zahreba geht mit dreckigem Geschirr an mir vorbei und nimmt mir den Teller von Yadem ab. Ich bedanke mich bei ihr und entscheide dann, mich ebenfalls in der Küche nützlich zu machen. Das Fleisch der Elben liegt mir ohnehin wie Blei im Magen.

»Warte kurz«, bittet mich Fyrion, der aus der Küche kommt. Er sieht Zahreba hinterher und zieht mich kurzerhand mit sich. Leise lachend, folge ich ihm und wir landen gemeinsam in der dunklen Abstellkammer. Fyrion sagt kein Wort, zieht mich einfach nur an sich und es dauert nicht lange, bis seine Runen in der Dunkelheit brennen. Er rafft meinen Rock hoch und ich strampele mich mit seiner Hilfe aus der Unterkleidung. Ich frage mich schon, wie er in mich gelangen will, da taucht er unter meinem Rock ab. Überrascht kralle ich mich an einem Regal neben mir fest, als plötzlich seine warme Zunge einen unfassbar köstlichen Punkt trifft. Ich muss mich zwingen, leise zu sein, aber das Surren und Kribbeln in meinem Unterleib macht es mir unfassbar schwer. Die Sehnsucht wird schier unerträglich. Ich will alles … aber ganz besonders … mehr. Verzweifelt drücke ich mich Fyrion entgegen, doch er hält mich an den Hüften fest. Er brummt sehnsuchtsvoll, was mir den Rest gibt. Wie vom Blitz getroffen erschauere ich und mein ganzer Körper wird von einem bebenden Donner aus meinem Unterleib durchgeschüttelt. Ich kann mich nicht mehr zurückhalten und bin mir sicher, dass irgendwer mich hören muss. Fyrion erhebt sich und Stoff raschelt, kurz darauf packt er mich und vereint uns mit Leichtigkeit. Seine Lippen finden trotz der Dunkelheit mühelos meinen Mund. Er presst mich gegen die Wand und kurz schmerzt mein Rücken, was mich in unseren Kuss seufzen lässt, doch ich drücke ihn etwas durch und halte mich an dem Regal neben mir fest. Fyrion kennt in seiner Lust gerade ohnehin keine Gnade und treibt sich der Erlösung mit kräftigen Stößen entgegen. Als er kommt, habe ich das Gefühl, dass er sich nicht nah genug an mich pressen kann, weshalb ich meine Beine so fest ich kann um ihn schlinge. Fyrions Stöhnen ist wie Musik für meine Ohren. Es gibt nichts auf dieser Welt, das besser klingt. In meiner Brust wird es ganz warm, das Glühen aus meinem Unterleib scheint sich bis nach oben zu ziehen.

»Was hast du nur mit mir gemacht?«, flüstert er, noch immer heftig atmend.

»Was immer es sein mag«, antworte ich, »ich hoffe, es endet niemals.« Ich umfasse seinen Kopf, fahre mit meinen Fingern ein wenig durch sein Haar und betrachte die verblassenden Runen. Zärtliche Küsse landen auf meiner Schläfe und er setzt mich langsam auf meine Füße. Ohne seine Runen ist es ziemlich finster in der Kammer, aber ich schätze, dass er gerade seine Hose richtet, jedenfalls klingt es so.

»Hab es«, meint er und eine Hand fasst mich an meinen Fesseln an. »Heb den Fuß hoch, ich habe dein Beinkleid.«

»Oh, danke.« Ich schlüpfe hinein und Fyrion sortiert anschließend meinen Rock.

»Fertig. Wir müssten vorzeigbar sein.«

»Ich will da nicht raus«, klage ich flüsternd. »Jemand hat uns gehört, bestimmt.«

Fyrion hat sich auch nicht gerade zurückgehalten. Er öffnet die Tür und Licht fällt herein. Es ist nicht viel, im Flur hängt keine Öllampe, aber ich sehe Cirus an der Wand lehnen. Seine Miene gibt nichts von dem Preis, was er denkt. Oder es ist zu dunkel, um es zu erkennen.

»Ich habe aufgepasst, dass euch keiner stört«, sagt er, stößt sich von der Wand ab und verschwindet. Fyrion schaut zu mir und lacht.

»Lass uns zu den anderen gehen«, schlage ich vor, doch der Prinz zieht mich im Flur erneut an sich.

»Ich komme gleich nach.«

»Was hast du vor?«

Er grinst schief. »Ich habe nach dem Training viel getrunken, ich muss kurz raus zum Abort.«

»Nein! Fyrion, das Gewitter ist direkt über uns.«

Er schüttelt den Kopf und gibt mir einen Kuss. »Mir passiert nichts. Versprochen.«

»Warum nutzt du keinen Eimer, den kannst du später …«, kann ich nur sagen, da legt er einen Finger auf meinen Mund.

»Ich habe dein Gesicht gesehen, als du neulich Raze geholfen hast, Naida. Nenn mich verrückt, aber ich bin mir sicher, dass dir das früher nichts ausgemacht hat. Du hattest eine Mischung aus Ekel und Panik in den Augen. Nachts wälzt du dich unruhig im Schlaf und einmal hatte ich den Eindruck, dass du, kurz bevor du aufgewacht bist, deinen Kopf schützen wolltest.«

Meine Hände ballen sich zu Fäusten. »Ich … ich kann es nicht verhindern, immer wieder daran zu denken, was diese Kerle getan haben. Aber ich habe das unter Kontrolle. Nur nicht daran denken.«

Warme Hände legen sich auf meine Wangen. »Wenn ich könnte, ich würde sie noch einmal töten. Bitte glaube mir, mir wird nichts passieren. Weißt du, ich kann sehr schnell laufen.« Er grinst mich an, doch ich kann es nicht erwidern. Meine Hände landen auf seinem flachen Bauch und streichen darüber, als könnte ich so die Notdurft in ihm lindern.

»Nein, warte noch etwas, es ist zu gefährlich.« Ich sehe ihm tief in die Augen und atme erleichtert durch, als er nickt. Er nimmt meine Hand und wir gehen zurück ins Krankenzimmer, wo ich mich nervös umschaue. Yadem grinst uns wissend an, weshalb ich schnell wegsehe und mich mit Fyrion auf einem der Betten niederlasse. Wir setzen uns nebeneinander und machen die Beine lang. Ich lehne den Kopf an seine Schulter und lasse meine Finger erneut über seinen Bauch wandern. Irgendwann umkreise ich seinen Bauchnabel und er muss leise lachen.

»Es tut mir so leid, was du durchmachen musstest, Naida«, flüstert er mir zu. »Ich wünschte, ich könnte dir die Erinnerung nehmen.« Zärtlich streicht er mir über den Unterarm. »Oh nein«, sagt er plötzlich. »Habe ich dir eben am Rücken wehgetan?«

»Nur kurz«, antworte ich.

»Verzeih mir, ich habe wohl meinen Verstand außerhalb des Raums gelassen.«

Ich grinse an die nackte Haut seiner Schulter und ich weiß nicht, welcher Strom mich da mit sich zieht, aber ich beiße ihn sanft. »Du hast nicht mit deinem Kopf gedacht, das stimmt«, wispere ich.

»Wenn du mich beißt und deine Stimme so klingt, wie gerade, fällt es mir schwer, zu denken.«

»Also ehrlich«, sagt Cirus. »Du hast sie gerade erst gehabt. Reicht das nicht?«

Fyrion schnaubt und ignoriert ansonsten seinen Waffenbruder. Sachte hebt er mein Kinn an, um mir einen Kuss zu geben. Kurz danach steht er auf und geht zu Raze, doch Skylar schafft es, dass Fyrion ihm zuerst seine Aufmerksamkeit schenkt.

»Verdammt«, meint Yadem und hüpft auf der Stelle. »Hört das da bald auf?« Da hat wohl noch jemand nach dem Training eine Menge Wasser heruntergestürzt.

»Wenn du musst, pinkele einfach zum Fenster raus«, meint Zahreba.

»Zum Fenster raus?« Yadem wirkt geschockt. »Was ist, wenn der Blitz meinen Säbel trifft?«

»Von all den vielen Dingen, die er treffen könnte, soll es ausgerechnet der kleine Wurm sein?« Cirus zieht die Augenbrauen hoch. Yadem stöhnt und rollt mit den Augen. Er macht Anstalten auf die Kommode zu klettern und das Fenster zu öffnen.

»Nicht hier, du Aschehirn!« Fyrion schüttelt entsetzt den Kopf. »Es sind Damen anwesend.«

»Stört die sonst auch nicht.«

»Darunter ist auch meine Braut.«

Yadem schaut mich an. »Tut mir leid, Naida.« Er grinst. »Fyrion will wohl nicht, dass du siehst, was du bei mir verpass...« Weiter kommt er nicht, da hat der Prinz ihn an einem der langen Ohren gepackt und ihn von der Kommode gezerrt. Yadem strampelt hilflos herum, bis die beiden verschwunden sind. Cirus schaut ihnen kopfschüttelnd hinterher und nimmt Yadems Platz am Fenster ein. Er sieht fast schon etwas wehmütig hinaus. *Wie ein eingesperrtes Tier*, geht es mir durch den Kopf und ich schaue zu Skylar, der sich wieder an Raze gekuschelt hat. Dieser liebe Kater ist ein Segen. Raze tastet nach ihm und krault schließlich das Köpfchen.

»Fyrion hat erzählt, was mit deinen Flügeln passiert ist«, spricht Cirus plötzlich mit mir und ich blicke ihn überrascht an. »Und danach. Yadem scheint es vergessen zu haben. Sei ihm nicht böse, er ist nicht gerade der hellste Funke im Feuer. Fyrion wird ihm sicher noch einmal klarmachen, was Rücksichtnehmen bedeutet.« Der Elb knurrt wütend. »Dass ein Pixie ... ein Schmetterling ... so sein kann.«

Ich schlucke und ahne, worauf er hinaus will. »Um ehrlich zu sein, war ich froh, dass sie mich nicht vergewaltigt haben.« Nur bis in die Knochen gedemütigt und meiner Flügel beraubt.

»Trotzdem ... deren Glück, dass sie tot sind. Vielleicht bin ich nicht einverstanden mit Fyrions Wahl.« Er sieht mich ernst an. »Aber du wirst meine Königin ... und niemand pisst auf Ignis' Königin.«

»Es ... es war unbeschreiblich widerlich«, sage ich und muss mich räuspern. »Aber wenn ich als Heilerin tätig sein will, muss ich lernen, mit dem Geruch und dem Anblick wieder klarzukommen.« Früher war mir das egal. Ich habe Fäkalien und Erbrochenes weggewischt, ohne mit der Wimper zu zucken.

»Mach dir immer wieder bewusst, dass es etwas anderes ist, wenn ein kranker Fae nichts dafür kann ... als wenn man bewusst den Strahl auf eine blutende, am Boden liegende Frau richtet.« Er schnaubt. »Das würde ich nicht mal meinen Feinden antun. Das ist mehr als nur respektlos.«

»Nachdem sie mir die Flügel geraubt haben, hatte ich ohnehin nicht damit gerechnet, dass sie mich freundlich behandeln.«

Cirus brummt. »Es war ihr Befehl. Sie sind Soldaten und sind ihm gefolgt. Das andere haben sie selbst entschieden. Es waren ihre verkommenen Seelen, die an dieser Erniedrigung Freude gefunden haben.«

»Danke, Cirus«, sage ich.

»Wofür?«

»Deine Worte haben gutgetan.« Ich weiß nicht mal genau, warum.

»Darf ich etwas Persönliches fragen?« Der Donner hat die Hälfte seiner Worte fast verschluckt, so laut kracht er über unseren Köpfen. Ich nicke und sehe den rothaarigen Elben gespannt an.

»Ist er schon in dir gekommen?«

Ich nicke. »Das ist er.«

Cirus sieht mich merkwürdig an. »Gut.«

»Gut?« Das überrascht mich nun doch etwas.

»Er liebt dich. Aufrichtig. Das habe ich heute gesehen, als er betend mit dir auf die Knie fiel. So kenne ich ihn nicht. Du bist seine Erwählte ... und er benötigt Erben. Deshalb ... gut.«

Ich nicke verstehend und atme tief durch. »Ich bin im Bilde und werde versuchen, ihn und ganz Ignis mit einem gesunden Erben zu helfen. Das verspreche ich dir.«

»Du bist dir also der Tragweite bewusst?«

»Ja. Aber da ist mehr«, sage ich.

»Mehr?«

»Ich will es auch.« Der Gedanke brennt in mir wie eins der ewigen Feuer. »Es ist auch mein Wunsch, seine Frucht in mir wachsen zu lassen. Unter anderen Umständen hätte ich vielleicht noch etwas gewartet, aber wenn ich ihm und euch so helfen kann, dann lege ich mein Schicksal in die Hände der Göttin.«

»Dann liebst du ihn anscheinend mindestens genauso sehr wie er dich.« Cirus wirkt nun ... ruhiger. Weniger streng. »Wollen wir hoffen, dass ihr bis dahin die Krone tragt«, sagt er, nachdem ich genickt habe. »Sichere Verhältnisse sind für gesunde Kinder unerlässlich.«

Fyrion und Yadem kommen zurück und ... sind klatschnass. Ich öffne den Mund, will schon mit dem Prinzen schimpfen, doch Yadem ergreift das Wort.

»Das war ... verrückt«, teilt er allen mit. »Bei einem Donnerschlag habe ich mit dem kleinen Häuschen mit geschlottert. Die Wände haben genauso gezittert wie ich.«

Hella prustet leise und Zahreba gluckst, während Fyrion sich wieder neben mich setzt. Diese Truppe hat anscheinend schon sehr viel Zeit miteinander verbracht. Zwischen ihnen geht es ansonsten wohl sehr vertraut zu.

»Schimpf nicht mit mir«, bittet Fyrion mich.

»Weshalb? Weil du anscheinend draußen warst oder dich nass und tropfend auf ein Bett gesetzt hast?« Ich ziehe die Augenbrauen hoch und er lacht. Doch schnell wird er wieder ernst.

»Geht es dir gut?«

Ich nicke. »Ja, versprochen.«

Trotzdem sieht er mich skeptisch an.

»Was ist?«, frage ich und lege den Kopf schief.

»Du hast so oft Albträume.«

Ich lächele traurig. »Du aber auch.«

»Zum Glück erinnere ich mich nicht immer daran.«

»Ich auch nicht«, sage ich. Wir grinsen uns an und Fyrion lehnt seine Stirn an meine. »Müde?«, frage ich.

»Nein.« Er seufzt und sein Blick geht zu Raze. »Was mache ich nur mit ihm, wenn er gesund ist?«

Die Frage trifft mich unvorbereitet, auch wenn sie sicher schon die ganze Zeit präsent gewesen ist.

»Er kann nicht mehr kämpfen, aber ich brauche Zahreba, wenn wir Glutwacht einnehmen.«

Ich verfolge die Spur eines Regentropfens, der sich aus seinem Haar löst und seine Schläfe hinunterrinnt.

»Er bleibt bei mir«, sage ich. »Ich wäre dir dort nur im Weg und so sehr sich meine Seele dagegen stemmt, mich von dir zu verabschieden, sosehr weiß ich doch, dass es so das Beste wäre. Raze und ich werden klarkommen. Wenn ihr Glutwacht erobert habt, holt ihr uns zu euch. Du schätzt seinen Rat, oder?«

»Ja, sehr.«

»Dann mach ihn zu deinem Berater. Kämpfen kann er nicht mehr, aber er und sein Wissen sind noch da.«

»Danke, Naida.«

Ich lächele ihn an. »Es steht uns eine schwere Zeit bevor, aber wir schaffen das. Versprich es mir! Sag mir, dass du heil und gesund bist, wenn ich dir nach Glutwacht folge.«

»Das verspreche ich dir.« Er küsst mich und seine noch etwas feuchten Hände fahren über mein Haar hinunter zu meinem Rücken. »Um Glutwacht wirst du dir keine Gedanken machen müssen. Ernst wird es erst, wenn wir aufbrechen, um Incendia einzunehmen.« Die Sorge in seinem Gesicht macht mich nervös. »Cirus wird Vater und Hyan … töten. Ich werde mich dort beweisen und durchsetzen müssen.« Er sieht zu dem anderen Elb, der nah genug steht, um uns zugehört zu haben. Sie nicken sich zu. »Danach werden noch mehr Probleme auf mich einprasseln. Es ist fraglich, ob die anderen Länder diese Machtübernahme akzeptieren werden.« Er lacht humorlos. »Bei Air habe ich definitiv keinen Stein im Brett.«

»Und wenn wir die Göttin bitten …?«, frage ich. Die Elben schütteln beide die Köpfe.

»Man bittet die Göttin nicht um einen Gefallen. Erst recht nicht darum. Man kann ihr Fragen stellen. Aber eine Bitte vorzutragen, hat Elben schon das Leben gekostet. Das macht man besser nur im Gebet«, sagt Fyrion und seufzt, während Cirus brummend zustimmt. Ich runzele die Stirn und schlucke.

»Königin Elara ist eifersüchtig, oder?«, fragt Cirus, was Fyrion bejaht. Ich muss daran denken, dass sie versucht hat, ihn zu verführen, und kralle mich in seine regennassen Oberarme.

»Wenn sie dir zu nahe kommt, ersäufe ich sie im Ozean«, sage ich und höre Cirus leise lachen. »Ich ziehe sie dorthin, wo der Druck so stark ist, dass das Wasser ihre Lungen zerdrückt.«

»Ruhig, das Nymphenblut in deinen Adern kocht, Geliebte.« Fyrion schmunzelt trotzdem.

»Gütige Göttin«, ruft Cirus aus und alle Köpfe im Raum rucken zu ihm herum. »Da kommt Leothan!«

Fyrion erhebt sich und stellt sich zu Cirus.

»Öffne ihm, Zahreba«, sagt er.

»Wer ist das?«, frage ich nervös und klettere vom Bett.

»Der Verwalter von Glutwacht«, sagt Raze und ein Kloß bildet sich in meinem Hals.

Kapitel 17

Ich hole saubere Tücher, damit sich Leothan abtrocknen kann und verschwinde dann in die Küche, um ihm einen Tee zu machen. Er schien eindeutig zu frieren, was aber vielleicht nicht nur an den kühleren Temperaturen liegt, sondern auch am Regen. Das Gewitter ist weiter Richtung Quellblüte gezogen. Der Donner klingt nicht mehr ganz so bedrohlich und Blitze sind von der Küche aus gar nicht mehr zu sehen. Ich lasse meinen Blick über das Fleisch schweifen, das Zahreba zubereitet hat, und finde noch ein paar Reste, die ich ansehnlich auf einem Teller drapiere. Zusammen mit dem dampfenden Becher Tee bringe ich alles ins Krankenzimmer, wo sich Fyrion und Leothan, umringt von den anderen Elben, am Tisch niedergelassen haben. Sogar Raze hat sich aus dem Bett gequält. Ich hoffe, der fremde Elb hatte bereits das Fieber. Als ich auf die Gruppe zukomme, schaut Fyrion zu mir und schenkt mir ein aufmunterndes Lächeln.

»Vielen Dank«, sagt Leothan, als ich ihm Essen und Trinken hinstelle und greift auch gleich zu.

»Wie steht es um die Kranken?«, will Fyrion wissen.

»Das Fieber scheint größtenteils aus Glutwacht weiter nach Incendia gezogen zu sein. Diejenigen, die krank sind, sind es seit vielen Wochen.« Leothan schnaubt. »Ich dachte, man schickt uns weiter die Fiebernden aus der Hauptstadt, aber es waren wohl so viele, dass der König kurzerhand die Elben dort einsperrte. Ich hörte auch von Fällen, bei denen es wieder Tote gab. Die Angst ist groß, königliche Hoheit.« Er nimmt vorsichtig einen Schluck Tee. »Ihr könnt Euch nicht vorstellen, wie froh ich bin, Euch wohlauf zu sehen.«

»Bis auf das eine Auge«, sagt Fyrion und seufzt. Zum ersten Mal bemerke ich, dass ihn das wirklich stört. Er hatte die halbe Erblindung so gut weggesteckt ... habe ich mich geirrt?

»Im Kampf ist das sicher ungünstig«, stellt Leothan fest.

»Nicht nur da. Ich stoße mich auch andauernd, wenn ich nicht genau aufpasse. Aber ich hoffe, ich gewöhne mich eines Tages daran.«

Mein Herz verkrampft und ich frage mich, ob die Verletzung an seinem Bein auch daher rührt.

»Mit Sicherheit, königliche Hoheit. Meine Frau kommt jetzt auch schon besser zurecht. Allerdings kann sie auf ihrem weißen Auge noch ein klein wenig sehen.«

»Ich möchte nicht klagen. Es gibt Elben, die es schlimmer getroffen hat.« Er sieht zu Raze, der das natürlich nicht bemerkt, aber auch so keine Miene verzieht. »Immerhin leben wir noch.«

»Glutwacht ist bereit, Eure königliche Hoheit. Die Wachen aus Incendia haben in den letzten beiden Tagen abgenommen. Es gibt dort sicher zu viele Kranke. Es dürfte ein Leichtes sein, die Restlichen zu überwältigen. Die Bürger der Stadt erwarten sehnlichst Euer Eintreffen. Einige können noch gar nicht glauben, dass Ihr wirklich noch leben sollt.«

Fyrion nickt nachdenklich. »Wie steht es mit Glutwachts Soldaten?«

»Mehr als willig, Euch ihre Treue zu schwören. Meine Frau kümmert sich darum, dass Euer Heim bereit ist. Das ist nicht ganz so einfach, die Soldaten Eures Vaters dürfen nicht mitbekommen, dass das Anwesen entstaubt wird.«

Der Prinz sieht mich an. »Wir brechen morgen auf«, entscheidet er und ich kann sehen, dass Zahreba Einspruch erheben will und er wendet ihr seinen Blick zu. »Naida bleibt bei Raze, bis die Stadt gesichert ist. Wir holen beide schnellstmöglich nach.«

Ich gehe zu Raze und lege ihm eine Hand auf die Schulter. Er ergreift sie und drückt sanft zu.

»Wir passen aufeinander auf«, verspreche ich Zahreba, die für einen Moment die Augen schließt und dann nickt.

»In Ordnung«, sagt sie.

»Wir müssen handeln, bevor die Elben in Incendia genesen. Glutwacht ist jetzt angreifbar wie nie zuvor.« Fyrion schaut zu dem Stadtverwalter, der zustimmend nickt.

»Können wir ihm denn trauen?«, frage ich laut in die Runde und betrachte Leothan. Ich musste das einfach tun.

»Sicher, Naida«, sagt Raze. »Leothan war schon immer unser Verbündeter.«

Ich betrachte den alten Mann und sehe ihm tief in die Augen. »Das rate ich ihm, wenn er nicht als Wasserleiche im Sirenensee enden will.« Woher kommt schon wieder dieses Aufbrausende in mir? Ich bin fast schon erschrocken über mich selbst.

»Wooow, was war das gerade in ihren Augen?«, fragt Yadem und Fyrion lacht leise.

»Das Wasser. Es spricht manchmal aus ihr.«

Kann Fyrion es sehen? So wie ich das Feuer in seinen Augen?

Leothan mustert mich. »Ihr habt Euch Freunde in Aqua gemacht?«, fragt er schließlich und schaut dann hinter mich. Sicher sucht er meine Flügel und fragt sich nun, was oder wer ich bin.

»Leothan, darf ich dir die Frau vorstellen, dank der ich noch lebe?« Fyrion erhebt sich und stellt sich zu mir. Einen Arm um meine Hüfte zieht er mich näher an sich heran. »Dieses wunderschöne Wesen trägt Wasser und Wind in den Adern und hört auf den Namen Naida. Sie ist eine Tochter der Seen und Stürme. Ihr Mut sucht seinesgleichen. Sie pflegte mich mitten in Blattwisper gesund. Doch sie gab mir nicht nur ein weiches, warmes Bett ... Sicherheit und Nahrung. Sie fing auch mein Herz auf, als ich glaubte, alles verloren zu haben.«

Ich hebe meine Hand und streichele über seine rechte Wange. Er schließt die Augen und schmiegt sich kurz ihr entgegen.

»Naida verlor ihre Flügel, als sie versuchte, uns zu helfen und dennoch ist sie hier, an meiner Seite.« Fyrion atmet tief durch und sieht zu Leothan. »Sie ist meine Braut und mit etwas Glück, trägt sie vielleicht schon mein Kind.«

Der Verwalter reißt die Augen auf. »Hoheit ... das ... ich ...« Er scheint seine Worte genau zu überlegen. »Ich hoffe, ich erfahre schnell, wenn man gratulieren darf?«

»Sicher, alter Freund.« Fyrion sieht den Zweifel in den Augen des alten Elbs. Das ist nicht zu übersehen. »Ich werde mit ihr zur Göttin gehen.«

»Das ist eine hervorragende Idee, Hoheit. So räumt ihr jeden Zweifel aus der Welt. Seid nur sicher, dass Ihr keine Bitte an sie formuliert.« Seine Bedenken würden wir damit auch beseitigen. Und die von Cirus, Yadem, Hella und Zahreba. Ich werde mich wohl daran gewöhnen müssen. Es scheint mir, als müsse nicht nur Fyrion sich erst in einer neuen Rolle behaupten. Aber das ist in Ordnung. Wie Mutter neulich sagte: Wenn man etwas Neues auf die Welt bringt, gehören Geburtsschmerzen dazu. Die Dinge, für die es sich zu leben lohnt, bekommt man nun mal meistens nicht geschenkt.

»Wenn die Göttin ihren Segen gibt, öffnet das Tür und Tor für eine neue Weltordnung«, grübelt Leothan laut.

»Ich werde mich höchstpersönlich darum kümmern, dass in Zukunft kein Elb, Pixie oder Elf mehr sterben muss, weil sie keinen Zugriff auf Aquas heilendes Moor haben«, sage ich. »Kein Nymph, Elb oder Elf muss mehr Schmerzen ertragen, wenn wir an das Kraut aus Air kommen. Ja, wir dienen jeder unserem Element, aber das, was Pandorea uns bietet, sollte uns allen gehören.«

Leothan lächelt und schaut zu Fyrion. »Ihr habt wahrlich eine Frau gefunden, die so denkt wie Ihr.« Er wirkt plötzlich sehr erschöpft. »Nun, wir müssen darüber reden, wie wir mit denen in Glutwacht verfahren, die sich widersetzen.«

»Sie beugen sich dem Prinzen oder sie müssen nach Incendia«, sagt Raze. »Wer sich weigert, wird vorerst eingesperrt.«

»Ich werde kein Bürgerblut vergießen, wenn es sich verhindern lässt.« Fyrion betrachtet nachdenklich den Tisch.

»Es werden ohnehin nur wenige sein«, sagt Leothan. »Die Liebe für Euch brennt in Glutwacht lichterloh. Selbst der härteste Verfechter Eures Vaters knickte ein, als der seine Männer schickte, um die Kranken abzuschlachten. Ich sah Fernando weinen.« Der Mann schnaubt und ein Raunen geht durch den Raum. »Ja, das war ein Anblick.«

»Seine Tochter war unter den Kranken.« Fyrions Hand an meiner Hüfte drückt zu. »Ich sah, wie das Licht ihre Augen verließ.«

Stille breitet sich aus und es scheint, als fiele es allen schwerer, zu atmen.

»Sie war gerade mal dreizehn Jahre alt. Ich hielt eine Nacht lang ihre Hand, weil sie ohne Eltern in diesem Lager festgehalten wurde.« Fyrion schließt die Augen, als wolle er die Bilder in seiner Erinnerung nicht mehr sehen.

»Dass Ihr da wart, hat die Leute getröstet, königliche Hoheit. Selbst Fernando habt Ihr überzeugt, als Ihr gegen die Anweisung Eures Vaters mit Euren Soldaten in das Lager hineingegangen seid, um zu helfen.« Leothan wischt sich mit einer Hand über die Stirn. »Ich war zu feige und vollauf damit beschäftigt, meine fiebernde Frau zu verstecken. Kurz nach der unheilvollen Nacht erkrankte ich selbst und zog mich unter dem Vorwand zurück, die Verstorbenen zu betrauern. Ich sprach mit den Leuten nur noch durch eine Tür, bis das Fieber abgeklungen war.«

»Ich führte meine Brüder und Schwestern ins Verderben. Vielleicht habt Ihr gut daran getan, Euch zu verstecken.«

»Es hat mir sicherlich die Haut gerettet, aber Hoheit ... nichts geschieht umsonst. Die Leben, die in dieser Nacht genommen wurden, führten dazu, dass man um Euch, den Helden von Glutwacht, trauerte. Diese Liebe ist noch immer da und sie wird Euch den Weg zum Thron ebnen.«

»Es war nie in meinem Sinn, diesen mit Leichen zu säumen.« Fyrion löst sich von mir und stellt sich an eins der Fenster. Es ist dunkel geworden und daran ist nicht mehr nur das Wetter schuld.

»Das warst nicht du, der sie dort hingelegt hat, mein Prinz«, sagt Cirus. »Das war Volcador.«

»Und Euer Bruder Hyan«, fügt Leothan hinzu. »Es war sein Regiment, das den Befehl ausführte. Er hätte sich widersetzen können. Hat er aber nicht.«

Fyrion verschränkt die Arme vor der Brust und seine Miene wird hart. Er hasst seinen Bruder wirklich ...

»Dieser Widerling hat, während seine Männer die Kranken abschlachten mussten, in der Stadt gefeiert. Man fand ihn am Morgen auf einer schreienden Frau, die sich mit Händen und Füßen wehrte, während der Kerl sie schamlos auf der Straße schändete. Zwei seiner Männer mussten das arme Weib festhalten. Niemand hat es gewagt, den Prinzen von ihr herunterzuholen. Sie trägt nun sein Kind.«

Ich wusste, dass Ignis Hilfe benötigt. Aber es ist dringender, als ich dachte.

»Ich könnte kotzen«, spuckt Hella mit angewidert gekräuselten Lippen aus und ihr Bruder erhebt sich, um zu ihr zu gehen. Er streichelt ihr liebevoll über die Arme, während er hinter ihr steht und ernsthaft besorgt aussieht.

»Hyan besteigt alles, was ihm vor den Säbel läuft«, knurrt Raze und ich frage mich, ob Hella das ertragen musste. So wie sie gerade ausschaut, habe ich keinen Zweifel daran.

»Bringt die Frau zu mir, sobald wir in Glutwacht sind«, sagt Fyrion mit ruhiger Stimme. »Ich werde ihr helfen, so gut ich kann.«

Leothan schaut den Prinzen deutlich gerührt an. »Das ist sehr großzügig von Euch, königliche Hoheit. Ich bin mir sicher, dass ihr schon die Ehre, einmal mit Euch reden zu können und die Tatsache, dass ihr anerkennt, was ihr angetan wurde, sehr guttun wird.«

»Sie trägt meine Nichte oder meinen Neffen. Mein Blut. Es soll ihr und dem Kind an nichts fehlen. Wenn sie es nicht behalten möchte, sorge ich dafür, dass es in eine liebende Familie kommt.«

Leothan nickt. »Das wird Jamala sicher wieder etwas Freude in ihr Leben bringen. Meine Frau sagt, sie weint seit dieser Nacht nur noch.«

Diese arme Elbin. Ich wische mir schnell über das Gesicht und schaue Fyrion an, dessen Blick im Flackern der Öllampen immer noch der Dunkelheit draußen gilt. Er muss dem Treiben seiner Familie in Ignis schnellstmöglich ein Ende setzen.

»Diese Wirkung hat Hyan auf Frauen«, schnaubt Hella.

»Hmh«, brummt Zahreba stimmend und bemerkt, dass ich sie ansehe. Sie lächelt mich traurig an. »Nur gut, dass Fyrion da war, als er dich ins Auge gefasst hat.«

Ich schlucke, will etwas sagen, doch der Prinz kommt mir zuvor.

»Das war unser beider Glück.« Er schaut mich kurz an und da ist so viel Liebe in seinem Blick. Fyrion atmet tief durch. »Wir sollten uns hinlegen. Morgen wird ein anstrengender Tag.«

»Ich halte Wache«, sage ich. »Jeder einzelne von euch sollte ausgeruht sein. Ich dulde keine Widerrede.«

Yadem grinst. »Ja, Eure königliche Hoheit. Ich bin Euer treuer Diener.«

»Du bist ein toter Diener, wenn du meine Braut noch einmal mit dieser Zweideutigkeit ansprichst.« Fyrion kommt zu mir, während die Männer lachen und küsst meine Stirn. »Es tut mir schon jetzt in der Seele weh, dich morgen zurückzulassen.«

»Ich bin daheim. In Aqua«, erinnere ich ihn. »Ich habe Mutter, Narissa, Fornax ... und Raze. Mir wird nichts passieren. Ich mache mir eher Sorgen um dich.«

»Das musst du nicht. Ich habe es dir doch versprochen.«

Das hat er.

Hoffentlich behält er recht.

Sie weggehen zu sehen, schnürt mir fast die Kehle zu. Ich spüre noch die Wärme von Fyrions Kuss auf meinen Lippen und der Gedanke, ihn nun für Wochen nicht mehr zu sehen, gräbt sich schmerzhaft in meinen Bauch. Mir bleibt nur die Hoffnung, dass Glutwacht schon bald sicher unter der Kontrolle von Fyrions Soldaten ist. Ein furchtbarer Gedanke formt sich in meinem Kopf: Was ist, wenn er seine Meinung ändert? Die anderen ihn beeinflussen ... oder er eine Elbin in Glutwacht findet und entscheidet, dass es mit ihr an seiner Seite deutlich leichter werden würde? Ich schlucke und gehe um das Haus. Mein Blick geht zu dem Weg, der nach Quellblüte führt. Hoffentlich kommt Mutter bald vorbei, ich würde so gerne mit jemandem reden. Raze schläft tief und fest. Nicht mal Zahreba hat es über das Herz gebracht, ihn zu wecken. Der arme Tropf weiß noch gar nicht, dass seine Frau aufgebrochen ist. Ich betrete das Haus und höre Raze‘ Stimme.

»Naida?«

»Ja?« Ich gehe ins Krankenzimmer. »Sie sind schon weg ...«

»Ich weiß«, unterbricht er mich. »Könntest du mir etwas zu schreiben bringen? Haben wir Papier und Tinte hier?«

Er will versuchen, einen Brief zu schreiben? Warum?

»Sicher, ich schaue mal nach.« In der Tat finde ich im Vorratsschrank ein paar Blätter Papier und auch eine Feder samt Tinte. Raze hat sich selbst bis zum Tisch vorgearbeitet und dort Platz genommen. Ich lege ihm alles hin und er tastet nach den Utensilien.

»Soll ich dir helfen?«, frage ich, will aber nicht zu neugierig sein.

»Nein, ich wäre gerne allein. Ich muss ein paar Gedanken notieren.«

Ich runzele die Stirn. »In Ordnung.« Aus einem unbekannten Grund habe ich kein gutes Gefühl bei der Sache. Wem schreibt er und wie soll denjenigen der Brief erreichen? Nur noch ich bin hier und ich werde meine Familie und Freunde nicht in Gefahr bringen und nach Ignis schicken. Zahreba hätte es doch mitnehmen können. Ich zucke mit den Schultern und gehe in die Küche, um das Chaos zu beseitigen, das beim Aufbruch entstanden ist. Die Elben haben sämtliches Fleisch mitgenommen. Dem Kranken tut etwas Reis und Fisch ohnehin besser, habe ich den Eindruck. Ich räume zuerst die dreckigen Teller und Becher vom Frühstück in die große Wanne und gebe Wasser hinein. Nachdem ich alles gesäubert und getrocknet habe, räume ich das Geschirr wieder sorgfältig in die Schränke. Ich nehme mir einen Lappen und wische die Arbeitsfläche ab, als ich meine, ein merkwürdiges Geräusch gehört zu haben. Es klang, als hätte Raze sich gestoßen. Sicher ist er zurück ins Bett und vielleicht habe ich gleich die Gelegenheit zu lesen, was er da niedergeschrieben hat. Ich hänge den Lappen zum Trocknen auf, nachdem ich ihn ordentlich ausgewrungen habe, und kippe das dreckige Spülwasser aus dem Fenster auf die Wiese. Eigentlich müsste ich hier jetzt noch durchfegen, doch das verschiebe ich auf später. Ich werde erst schnell nach Raze sehen. Er sitzt zu meiner Überraschung noch immer am Tisch auf der anderen Seite des Raumes. Doch ... seine Runen sind weg.

»Raze!« Ich lächele erleichtert. »Raze, das Fieber ist abgeklungen!«

Ich halte inne.

Er reagiert nicht.

Ist er etwa auf dem Tisch eingeschlafen?

Langsam gehe ich auf ihn zu und eine furchtbare Vorahnung umschlingt meinen Hals und drückt kräftig zu. Zitternd strecke ich meine Hand aus und streiche über seinen Rücken, kehre noch ein paar seiner Haare beiseite, um ungestört darüber streichen zu können.

»Raze?«

Nichts.

Keine Antwort.

Kein ... Atem.

Ich gehe näher heran. Aus seinen aufgerissenen weißen Augen tropft eine letzte Träne.

Sie sind leer.

Er ist ...

… weg.

Hastig suche ich die Gegend ab, als etwas Schaum aus seinem Mund quillt.

»Wieso?«, frage ich und schluchze. »Wieso hast du das gemacht?«, brülle ich ihn an und rüttele an ihm. »Wieso, verdammt?«

Mein Blick fällt auf das Papier neben seinem Kopf. Eine Hand vor den Mund gepresst, versuche ich die Tränen wegzublinzeln, um zu erkennen, was er geschrieben hat. Die Schrift ist krakelig, doch ich kann sie entziffern.

Naida
Vergib mir.
Sei für Fyrion da.
Bitte übergib meinen Körper dem Feuer.

»Nein.« Zitternd hebe ich das Papier auf. »Nein, Raze. Bitte, nein.« Darunter kommt ein zweiter Brief zum Vorschein.

Geliebte
Ich gebe dich frei.
Ich konnte dir schon keine Kinder geben. Du bist noch jung und hast ein besseres Leben verdient, als für einen blinden Mann zu sorgen.
Lass mich in Frieden gehen und verzeih mir.

Da ist noch so viel, das du ohne mich erleben kannst.
Du warst der Sinn meines Lebens.

In unendlicher Liebe,
Raze

Ich setze mich auf den Stuhl neben den toten Elben und habe das Gefühl, dass es keinen Muskel in meinem Körper gibt, der nicht zittert. Auf dem Brief an Zahreba sind noch immer feuchte Spuren seiner Tränen zu sehen.

Er hat doch gerade noch gelebt.

Ich habe eben erst mit ihm gesprochen.

Mit der Faust schlage ich auf den Tisch und schreie meinen Frust heraus. Es ist eine Sache, einen Fae einer Krankheit erliegen zu sehen. Raze hingegen ist freiwillig in den Tod gegangen. Der Gedanke sticht mit scharfen Klingen immer und immer wieder in mein Herz und kurz habe ich das Gefühl, vor Schmerz selbst zu vergehen. Ich weiß nicht, wie lange ich wie angewurzelt neben ihm sitze. Es müssen Stunden vergangen sein, als Mutter neben mir auftaucht. Ich bin so leer, dass ich mich nicht mal erschrecke. Sie erfasst die Situation sofort und nimmt kurz die Briefe in ihre Hände.

»Ich bin gleich zurück, Liebling«, sagt sie und ich bekomme nur am Rand mit, dass sie mit Fornax und Narissa zurückkehrt. Sie tragen Raze weg, in den Raum, den ich nie freiwillig betrete. Ein paar Mal bin ich drin gewesen, weil ich es musste, aber jetzt bleibe ich ihm fern. Sie kehren ohne ihn zurück und machen sich daran, das Krankenzimmer aufzuräumen, zu putzen und alles abzudecken. Sie tragen sogar den Tisch und die Stühle zurück in die Küche. Ich erhebe mich und helfe ihnen. Es ist schon dunkel, als Mutter zu mir kommt. Narissa steht neben ihr. Sie hält die Briefe gefaltet in ihren Händen und … das, was von Raze übrig ist. Ich schluchze laut auf, als ich das Behältnis seiner Asche sehe.

»Komm, Liebling«, sagt Mutter. »Gehen wir nach Hause.«

»Was machen wir mit der Asche? Wir werden ihn nicht dem Meer zuführen, oder?« Narissas Stimme klingt so unbeschreiblich traurig.

»Nein.« Mutter schüttelt den Kopf. »Wir heben sie für seine Frau auf.«

Fornax hat gerötete Augen, als er mich betrachtet. Er hebt mich in seine Arme. »Ich fliege dich heim, ja?«

Ich nicke.

Nach Hause. Das klingt gut.

Das Herz in meiner Brust fühlt sich selbst nach einer Woche noch immer zentnerschwer an. Wie ist Raze nur an das Valdopan gekommen? Ich meine, es hat einen starken Eigengeruch, aber es stand im Medizinschrank, gut versiegelt. Diese Gedanken kreisen in meinem Kopf und ich finde einfach keine Antwort darauf. Der Schaum war ein eindeutiges Zeichen dafür, dass er es genommen hat. Mutter bestätigte, dass etwas davon fehlte. Ich müsste zum Krankenlager gehen und sehen, ob eine Nachricht für mich hinterlegt wurde oder ob Elben dort auf mich warten, aber ich will nicht raus. Die Nymphen aus Quellblüte schauen mich skeptischer an als je zuvor. Dabei ist, was sie angeht, der kranke Nymph am Fieber verstorben und vorschriftsmäßig verbrannt. Ich bin noch gesund und habe mich nicht angesteckt, trotzdem behandelt man mich, als würde man sich in meiner Nähe den Tod holen. Nicht mal Fornax kommt vorbei, ich bin mir sicher, dass seine Frau Angst hat. Es ist in Ordnung, ich verstehe sie ja. Aber diese enorme Ausgrenzung macht mich fertig. Ich ziehe die Nase hoch und greife nach der Tasche mit Raze' Asche und seinen Briefen. Sollte jemand da sein, will ich ihn auf seine letzte Reise nach Hause schicken können. Ich trete nach draußen und atme tief durch. Über meinem Kopf schwebt Coraline mit einem mir unbekannten jungen Nymph. Sie verzieht sofort das Gesicht.

»Geh doch nach Ignis und pflege die Elben«, ruft sie mir zu.

Jetzt reicht es mir.

»Was hätte ich deiner Meinung nach denn machen sollen? Den Mann elendig verrecken lassen?«

Sie spuckt aus und ihr Speichel landet nur knapp neben mir. Wie gerufen kommt ihre Freundin Sirena herbeigeeilt, doch auch sie schwirrt nur über meinem Kopf, statt mir auf Augenhöhe zu begegnen.

»Du hättest ihn nach Ignis schicken sollen. Wenn er sich das Fieber bei den Elben holt, hätte er auch dableiben sollen. Was hatte er da überhaupt zu suchen?«

»Er wollte helfen«, rufe ich nach oben. »Er hatte Mitgefühl. Etwas, das ihr anscheinend nicht kennt.«

»Das haben wir«, zischt Sirena. »Aber der Nymph anscheinend nicht, sonst hätte er nicht seine Leute so in Gefahr gebracht. Genau wie du! Es hätten noch mehr sterben können.«

»Wie denn? Ich habe mich mit ihm isoliert. Es ist niemandem, außer ihm etwas geschehen.«

Sie schnauben und rufen mir noch etwas Abfälliges zu, das ich geflissentlich überhöre, bevor sie davonfliegen. Es ist schwer, nicht so etwas wie Hass zu empfinden. Ich will das nicht, aber er glüht angesichts dieser Dummheit in meiner Brust. Die Augen der anderen Nymphen auf meinem Weg betrachten mich misstrauisch. Ich habe gehört, dass sogar schon welche nachsehen geflogen sind, ob ich nicht doch noch den Fiebernden dort verstecke und nur keine Lust mehr auf Isolation hatte. Zum Glück fanden sie nur das saubere und verlassene Krankenlager vor. Anders als ich heute. Mein Herzschlag beschleunigt sich, als ich ein bekanntes Gesicht am Fenster sehe. Yadem winkt mir freudig zu und scheint mit jemandem im Raum zu sprechen. Ich beschleunige meinen Schritt, hoffe, in Fyrions Arme zu fallen, doch es ist ein wildfremder Elb, der mit Yadem drinnen auf mich wartet. Ich stelle die Tasche ab und obwohl ich dachte, dass ich keine Tränen mehr hätte, schlucke ich kräftig gegen sie an.

»Naida?« Yadem schaut sofort alarmiert aus. Als ich nichts sage, deutet er auf den Elb neben sich. »Das ist Valerian. Wir sind hier, um Raze abzuholen. Im Sumpf wartet eine Sänfte, mit der wir ihn tragen können ... Fyrion hat mir diesen Brief mitgegeben ...« Er hält mir ein mit Wachs versiegeltes Schreiben hin, dessen Emblem das Antlitz der Göttin trägt. Ich presse ihn an meine Brust.

»Was ist ... mit Raze?«, fragt Yadem.

»Er fragte nach Papier und Tinte, kurz nachdem ihr weg wart. Er wolle Gedanken notieren, sagte er mir. Ich ging in die Küche, um ihm etwas Zeit für sich zu geben und um dort aufzuräumen. Als ich … als ich zurückkam …« Mein Kinn bebt so sehr, dass ich kaum sprechen kann. »Als ich zurückkam, war er … tot.«

»Nein!« Yadem schüttelt den Kopf. »Nein … niemals.«

Ich schniefe und hole die Briefe hervor. »Er hat es geschafft, an das Valdopan aus dem Medizinschrank zu kommen.«

»Er wird es gerochen haben«, sagt Valerian, während Yadem die Briefe entgegennimmt. »Ich rieche es auch.«

Dann sind die Nasen der Elben deutlich besser als die der Nymphen. Ich nehme hier gar keinen Geruch wahr. Schluckend blickt Yadem auf das gefaltete Papier und öffnet es. Der Brief an mich liegt oben auf und als er blättert und kurz darauf die Augen schließt, mache ich es ihm nach. Es tut zu weh, seine Trauer zu sehen.

»Sind das seine Überreste?«, fragt Valerian. Seine Stimme ist dunkel und warm, ein wenig erinnert sie mich an die von Fyrion. Ich öffne die Lider und sehe, dass er auf meine Tasche zeigt. Nickend überreiche ich sie ihm und stecke mir Fyrions Brief in mein Oberteil, direkt an mein Herz. Ich werde ihn daheim in Ruhe lesen. Ein wenig ärgere ich mich, dass ich keine Zeilen an ihn vorbereitet habe. Wenn er jedoch erfährt, was geschehen ist, wird er sicher Verständnis haben.

»Ich weiß, dass der Zeitpunkt gerade sehr ungünstig ist«, sagt Valerian. »Trotzdem möchte ich meiner zukünftigen Königin meine Aufwartung machen. Ich bin Fyrions Cousin. Seine Mutter und mein Vater sind Geschwister.«

Ich zwinge mich zu einem Lächeln. »Danke, Valerian. Richte Fyrion bitte aus, dass ich ihn mehr als alles andere auf dieser Welt liebe.«

Der Elb grinst und zwinkert mir zu. »Das werde ich, mit Sicherheit.«

»Wisst ihr schon, wann ich nachkommen darf?«, frage ich. Yadem starrt noch immer wortlos auf Raze‘ letzte Worte. Ich kann das sehr gut nachempfinden, so ging es mir die letzten Tage auch.

»Fyrion wird es dir bestimmt im Brief erklärt haben«, sagt Valerian. »Er holt dich, sobald er sich sicher ist, dass du in Glutwacht mit Freuden empfangen wirst.«

»Die Stadt gehört also ihm?«

»Ja.« Valerian lächelt aufmunternd. »Es hat zwei Tage gedauert, sie einzunehmen und die Verteidigung aufzustellen. Allerdings erwarten wir zumindest einen Versuch von Incendia, das zu ändern. Fyrion wird warten wollen, bis zumindest Schutzräume eingerichtet sind, bevor er dich zu uns holt.«

»Das verstehe ich«, sage ich aufrichtig. »Ich werde warten.«

»Deine Geduld wird ihn darüber hinwegtrösten, dich nicht im Arm halten zu können.«

Ich sehe zu Boden und halte eine Hand über meinen Bauch. »Nur kann ich seine Tränen nicht trocknen, wenn er vom Tod seines besten Freundes erfährt.«

»Er wird in diesem Schmerz nicht allein sein. Das verspreche ich dir.« Valerian sieht zu Yadem. »Wir sollten jetzt gehen.«

»Wie erreichen wir dich jetzt?«, findet der blonde Elb endlich wieder Worte.

»Ich bin in Quellblüte, bei meiner Mutter. Aber ich kann täglich hier vorbeischauen.«

»Rechne nicht vor mindestens zwei Wochen mit uns.« Valerian atmet tief durch. »Ich denke nicht, dass Fyrion auch nur einen Mann die nächste Zeit freigibt. Er wollte nur ...« Nun wirkt auch er zum ersten Mal unglaublich traurig. Sicher kannte er Raze nicht so gut wie Yadem. »Er wollte Raze' Rat suchen.«

Ich schluchze leise, als plötzlich ein Finger meine Tränen auf der Wange auffängt.

»Es gibt für einen toten Soldaten keine größere Ehre als die Tränen einer Königin.« Valerian verneigt sich leicht vor mir und zieht sich dann zurück. »Pass gut auf dich auf, Naida.« Damit verlässt er den Raum, doch Yadem kommt noch einmal auf mich zu. Er hält mir den Brief hin, der an mich gerichtet ist.

»Möchtest du ihn behalten?«

»Nein, nimm ihn mit, damit Zahreba und Fyrion ihn sehen können. Gib ihn mir zurück, wenn ich bei euch in Ignis bin.«

Yadem lächelt traurig. »Ich freue mich auf den Tag.«

Ein wenig überrascht mich das. Er war nicht gerade von mir als zukünftige Königin begeistert.

»Du fehlst ihm, weißt du?« Der Elb zieht unfein und laut die Nase hoch. »Er versucht, es sich nicht anmerken zu lassen, aber ich kenne ihn.«

Ich presse kurz die Lippen aufeinander, überlege, was ich sagen soll.

»Wenn er wieder so aussieht, als vermisse er mich, richte ihm von mir aus, dass es mir genauso geht. Jeden Tag. Mit jedem Atemzug.«

Yadem verneigt sich. »Bis bald, meine Königin.« Damit verlässt auch er mich und ich bleibe noch eine Weile im Krankenzimmer stehen. Es ist fast so, als wäre Raze' Geist noch zum Teil hier. Wie ein Rest verbleibender Energie.

»Jetzt kommst du endlich nach Hause«, flüstere ich … und die Aura des Raums verändert sich. Ich lächele traurig. »Möge das Feuer dir heimleuchten.«

Kapitel 18

Mutters Gesicht gefällt mir gar nicht, als sie viel zu früh vom Feld zurückkehrt.

»Ist etwas geschehen?«, frage ich und sehe von den Näharbeiten auf meinem Schoß auf. »Du schaust so merkwürdig.«

»Die Neuigkeit, dass Fyrion Glutwacht übernommen hat, macht die Runde in Quellblüte.«

Nun, ... das war zu erwarten. Fragend schaue ich sie an. Sie atmet tief durch.

»Ich weiß nicht, ob du hierbleiben solltest, Kind.«

»Warum?«, frage ich völlig perplex.

»König Volcador beschuldigt Aqua, dem rebellischen Prinzen Unterschlupf gewährt zu haben. Was ist, wenn das jemand mit dem mysteriösen Kranken in Verbindung bringt?«

Ich schlucke. Oje, da hat sie nicht Unrecht.

»Wir sagen einfach, dass wir es für möglich halten, dass er damit zu tun hatte und ich ihn deshalb im Sumpf gefunden habe. Wir sollten vorgeben, als kämen wir nicht mal auf die Idee, dass wir die Rebellen versteckt haben könnten.«

Mutter nickt nachdenklich. Glücklich ist sie damit aber nicht.

»Wo sollte ich auch hin?«, frage ich. »Ich kann zu diesem Zeitpunkt weder nach Air noch nach Ignis.«

»Nach Terra«, gluckst Mutter. »Da hast du noch keine Feinde.« Ihr Galgenhumor lässt mich amüsiert den Kopf schütteln.

»Narissa und ich könnten dich im Weltenbaum verstecken.«

»Nein, ich bleibe hier«, entscheide ich. »Wenn Wellenruh nach mir sucht und mich mitnimmt, wird Fyrion davon erfahren.« Ich bin es so leid, mich zu verstecken und wegzulaufen. Es reicht, ich bin dessen unfassbar müde geworden. Ich nehme wieder meine Näharbeiten und bekomme mit, dass Mutter sich waschen geht. Da kommt mir Fyrions Brief in den Sinn. Schnell lege ich alles weg und stehe auf, um ihn zu holen. Ein letztes Mal öffne ich ihn und lese seine Zeilen.

Geliebte Naida,

mein Herz und meine Gedanken sind bei dir in Aqua. Ich hoffe, dass es Raze und dir gut geht und du mir nicht böse bist, dass ich ihn heim holen lasse und du noch warten musst. Glutwacht gehört nun mir, aber es gibt noch sehr viel zu tun, bis du zu mir kommen kannst. Die Stadt zu sichern kostet Zeit und ich weiß nicht, wie viel wir davon haben.
Dennoch kann ich den Tag kaum erwarten, an dem ich dich hier begrüßen kann. Es hat die Runde gemacht, dass ich dich zur Braut genommen habe und ich muss gestehen, dass die Elben es besser aufnehmen als gedacht. Sicher wirst du letzte Vorbehalte ausräumen. Sie werden gar nicht anders können, als dich zu lieben. Nutze die Zeit mit deinen Lieben, denn niemand kann sagen, wann Wellenruh die Grenze für uns öffnen wird und du sie wieder in deine Arme schließen kannst.

Auf ewig der Deine,
Fyrion

Ich küsse das Papier und schmeiße es in den Ofen. Schnell zünde ich ihn an und beobachte, wie das Papier vom Feuer aufgefressen wird. Ob es ihm schon besser geht? Es ist jetzt über einen Monat her, dass ich Yadem und Valerian die Asche seines besten Freundes mitgegeben habe. Noch mehr Sorgen mache ich mir allerdings um Zahreba. Es muss so unbeschreiblich grausam für sie gewesen sein, dass ich es mir gar nicht vorzustellen vermag. Mir reicht das Zittern und Bangen um Fyrion völlig aus.

»Heute Abend ist das Stadtfest«, sagt Mutter und ich schlage mir innerlich vor die Stirn. Natürlich, deshalb ist sie heute so früh daheim. »Willst du überhaupt hingehen?«

»Gute Frage«, sage ich und überlege.

»Diese Leute sind so undankbar. Jeder kennt zumindest irgendwen, den du gepflegt hast und trotzdem, obwohl niemandem etwas geschehen ist, sind sie jetzt so unfair zu dir.«

»Sie hatten Angst und es war meine Schuld«, sage ich und zucke mit den Schultern. »Eigentlich wollte ich mich fernhalten, aber vielleicht sollte ich gerade deswegen gehen? Damit sie sehen, dass es mir gut geht und der Schreck vorbei ist. Außerdem ... die Elben könnten jeden Tag kommen, um mich abzuholen. Es ist vielleicht für lange Zeit das letzte Mal, dass ich ihre Gesichter sehe.« Wenn Fyrion und ich scheitern sollten ... nein, daran will ich nicht denken. Das kommt gar nicht infrage.

»Du bist unfassbar mutig«, stellt Mutter fest und lächelt mich an. Ich lache jedoch nur ungläubig und löse mich vom Feuer des Ofens. Die schwere, schmiedeeiserne Tür quietscht, als ich die Hitze dahinter einsperre.

»Vielleicht möchte ich ja schon mal für Glutwacht üben, wo mich dann Elbengesichter missmutig anstarren?«, sage ich und gluckse amüsiert.

»Ich hoffe, dass Fyrion und du das schnell in den Griff bekommt.«

»Ich auch.« Seufzend blicke ich Mutter an. »Machen wir uns hübsch.«

Sie nickt und verschwindet in ihr Schlafzimmer. Es wird Zeit für mein gutes blaues Kleid mit den Perlenstickereien. Heute bin ich froh, dass ich es damals nicht mit nach Air genommen habe. So finde ich es unversehrt in meinem Kleiderschrank vor. Der Rücken ist sehr tief und lässt genug Platz, sodass die Nymphen meine Narben sehen können. Ich seufze und rolle dann mit den Augen. Das wird wieder Gerede geben ...

Die Laternen leuchten im schummrigen Licht des Sonnenuntergangs und auf dem großen Festplatz im Stadtinneren ist schon eine Menge los. Musik spielt und die Nymphen flattern sich drehend und lachend über meinem Kopf herum. Ich versuche, Fornax auszumachen, doch noch kann ich sein Gesicht nirgends erkennen. Unter den tanzenden Nymphen laufen Kinder umher und tollen laut lachend herum. Nur wenige Erwachsene sind auf den Füßen und als eine Frau mich erkennt, flattert sie sofort nach oben. Es sollte nicht mehr wehtun, trotzdem wird mir ganz flau im Magen. Ich gehe zu dem Tisch, auf dem die fleißigen Nymphen lauter Köstlichkeiten aufgetischt haben und ich nehme mir etwas von dem in Fett frittierten Fisch. Da habe ich gerade totalen Heißhunger drauf.

»Na prima, jetzt können wir das alles wegschmeißen«, höre ich irgendwo eine männliche Stimme sagen. Ich stopfe mir ein Stück in den Mund und nehme mir zwei weitere, als Mutter und Narissa zu mir kommen.

»Du siehst bildhübsch aus«, sagt Mamas Freundin und ich grinse sie kauend an. »Frustfressen?«

»Ja, etwas muss man ja machen, wenn man gemieden wird wie ein Seeigel.«

Narissa lacht und greift ebenfalls zu. »Du trägst die Haare heute sehr schön. Halb offen und mit Locken steht dir richtig gut.«

»Danke«, sagt Mutter. »Hat mich viel Mühe gekostet.«

»Nur das Kleid ist ein wenig enger geworden«, sage ich. »Ich habe die letzten Wochen zu viel herumgesessen.«

»Das wird sich sicher bald ändern«, tröstet mich Narissa und senkt die Stimme. »Dein Zukünftiger wird schon für Bewegung sorgen.«

»Es irritiert mich immer noch, welche Stimmlage du bekommst, wenn du von Fyrion sprichst«, flüstere ich ihr zu.

»Er ist ein Prinz. Und heiß. Ganz besonders heiß.«

Ich räuspere mich und zucke ergeben mit den Schultern, bevor ich mir das letzte Stück Fisch in den Mund stecke. Wem sagt sie das? Mein ganzer Körper summt vor Sehnsucht danach, sich an seinen zu schmiegen. Eins mit ihm zu werden.

»Da sind Wachen aus Wellenruh«, sagt Mutter und klingt beunruhigt. Ich sehe mich um und entdecke die Männer, wie sie über das Fest fliegen. Sie scheinen etwas zu suchen. Oder jemanden.

»Ob die nach mir Ausschau halten?«, frage ich, da sehe ich, wie eine Nymphe, welche sie angesprochen haben, auf mich deutet. »Es geht los«, sage ich und spüre, dass Mutter und Narissa mich umrahmen. »Wir wissen von nichts«, erinnere ich sie schnell, bevor die Wachen vor mir landen. Anders als die beiden Männer in Air, die Bluthunde des Truchsesses, haben diese freundliche Augen.

»Bist du Naida, die einen Nymph gepflegt hat, der in Ignis gewesen sein soll?«, fragt der Rechte.

»Ja, das bin ich. Kommt ihr wegen der Sache in Glutwacht?« Ich entscheide, in die Offensive zu gehen. »Mutter hat mir heute davon erzählt, als sie vom Feld kam. Es ist gut, euch hier zu sehen; ich hätte mich sonst morgen auf den Weg nach Wellenruh gemacht. Ich frage mich, ob mein Patient vielleicht im Sumpf irgendwo den Rebellen geholfen und sich so angesteckt hat.«

Die Wachen schauen sich an. »Das ging uns in der Tat auch durch den Kopf.« Der linke Mann holt Luft. »Allerdings hätten wir da noch mehr Fragen. Uns wurde nämlich gesagt, dass man in Wellenruh Meldung über den Fall gemacht hätte. Davon ist uns aber nichts bekannt.«

Oh nein, Fornax …

Er landet neben mir und schaut mich eindringlich an.

»Da ist er ja.« Die Wache winkt ihn zu sich. »Wir haben ihn lange befragt und er gibt an, Meldung gemacht zu haben.«

»Ja, wir haben ihn geschickt«, stimme ich zu.

»Ich sagte doch schon, der Nymph, dem ich davon erzählt habe, hat mich nicht ernst genommen und gesagt, dass ich das schriftlich aufsetzen soll.«

»Wir konnten diesen Brief aber nicht finden«, sagt die linke Wache.

»Tut mir leid, wie kann ich denn da weiterhelfen? Ich war mit dem Kranken im Lager für Wochen eingesperrt«, sage ich und schaue unschuldig.

»Hatte er Besuch?« Die freundlichen Augen des Mannes verändern sich vollends. »Vielleicht von Elben? Wir haben Meldung über Sichtungen von Feuergeborenen in den Sümpfen bekommen.«

»Nein, das hätte ich sofort gemeldet«, sage ich und versuche, aufrichtig zu wirken. »Aber er hat mir von den Elben erzählt und wie sehr sie unsere Hilfe gebraucht hätten, nachdem ihr König den Befehl gegeben hatte, alle Kranken einfach abzuschlachten.« Ich sehe Fyrions braune, fiebrige Augen vor mir, als er mich bei unserem ersten Aufeinandertreffen ansah ... »Wenn ich ehrlich bin, könnte ich verstehen, wenn mein Patient auf der Seite des Rebellenpinzen gewesen sein sollte. Was wäre Fyrion für ein Prinz, wenn er die Hände in den Schoß legt, während Unschuldige abgeschlachtet werden? Wir haben Glück ... unsere Monarchen sind gütig und weise. König Volcador ist nichts von alledem.«

Es ist still geworden. Die Musik hat aufgehört zu spielen und alle wollen das Gespräch zwischen den Wachen und mir mitanhören.

»Da gebe ich dir recht, Naida«, sagt die rechte Wache und auch der andere Mann brummt zustimmend. »Trotzdem müssen wir Incendia etwas sagen. Sie werfen uns vor, dem Prinzen Unterschlupf gegeben zu haben.«

»Oh, ich hoffe, das haben wir. Dann hätten wir auf der richtigen Seite der Geschichte gestanden. Leider war ich jedoch nicht an diesem Kampf beteiligt.«

Die linke Wache kann sich ein Lächeln nicht verkneifen.

»In schlechten Zeiten schlagen die Herzen der Mutigen immer lauter«, sagt er und schaut dann zu dem anderen Mann. Sie nicken einander zu. »Quellblüte weiß nichts und hat nichts bemerkt. Incendia muss von dem mysteriösen Kranken nichts erfahren. Er war ein Nymph und damit nicht ihr Problem.«

Die rechte Wache nickt und blickt mich dann mitleidig an.

»Darf ich fragen, was mit deinen Flügeln geschehen ist?«

Ich schaue auf meine Füße. »Das hat nichts damit zu tun und ich wäre euch dankbar, wenn ihr mich die Sache vergessen ließt.«

Ein unzufriedenes Brummen erklingt. »Vielleicht ein anderes Mal. Nicht hier. Zu viele Ohren, die neugierig zuhören.«

Ich nicke.

»Danke, Naida. Wir wünschen einen schönen Abend.«

»Ebenfalls«, sage ich und schaue wieder auf.

»Der König von Ignis hat doch sicher im Moment ganz andere Sorgen, als ...« Mehr kann ich von dem Gespräch der beiden nicht mehr hören. Geistig stimme ich ihnen zu. An welchem Ort Fyrion seine Truppe versammelt hat, kann jetzt auch egal sein, wo er doch schon in Glutwacht Hof hält.

»Ich denke, sie wissen es«, flüstert mir Mutter ins Ohr, als Getuschel um uns erklingt. »Den Wachen war klar, dass du gelogen hast.«

Ich nicke. »Ja, möglich. Sie machten mir einen klugen Eindruck, deshalb erwähnte ich noch einmal den Grund für Fyrions Rebellion. Niemand, der bei Verstand ist, wäre gegen seine Mission.«

»Es war die Art, wie der eine Kerl meinte, dass der Kranke ein Nymph gewesen sei«, sagt Narissa und steckt mit Mutter und mir die Köpfe zusammen. »Der wusste, dass es keiner war.«

Das war mir gar nicht aufgefallen. Mein Blick ruht ohnehin auf Fornax, der mich entschuldigend anschaut. Doch bevor wir reden können, ist seine Frau an seiner Seite und zieht ihn weg. Ich lächele ihn an und zeige ihm, dass ich verstehe. Bald bin ich hier weg, dann muss er nicht mehr hin- und hergerissen sein. Ich habe seine Gutmütigkeit zu sehr beansprucht und ihn in Gefahr gebracht. Es ist richtig, dass er sich jetzt seiner Familie zuwendet und Gras über die Sache wachsen lässt. Schließlich plant er, hier sein Leben zu verbringen, während meine Zukunft viel weiter östlich auf mich wartet. Ich schließe die Augen und spüre Sehnsucht in mir aufwallen. Wie ein unerbittlicher Strom schleudert sie mein Herz umher und hinterlässt mich fast atemlos.

Ein Schrei lässt uns alle auseinanderfahren. Panisch sehe ich mich um, doch im Schein der Laternen kann ich nicht erkennen, was geschehen ist.

»Hat sich jemand verletzt?«, fragt Mutter. Sie und Narissa rahmen mich schützend ein. Die Nymphen weichen beiseite und ich sehe den Grund für die Aufregung. Cirus' Gesicht ist das erste Bekannte aus der Gruppe von Elben, die eine große, verschleierte Sänfte trägt. Fackeln säumen den Zug aus mindestens zwanzig Männern.

Sie kommen mich holen ...

In meiner Brust tobt ein Sturm.

Vor Glück.

Vor Erleichterung.

Vor Wehmut.

Ich eile auf die Gruppe zu und falle Cirus in die Arme. Er trägt eine der Fackeln, erwidert aber mit der freien Hand meine stürmische Begrüßung. Die Elben um ihn herum verbeugen sich und auch er verneigt seinen Kopf. Über seine Schultern hinweg sehe ich die Wachen aus Wellenruh. Regungslos betrachten sie das Spektakel. Ich meine, ein Lächeln auf dem Gesicht des einen zu sehen. Aber das schummrige Licht vermag mich zu täuschen.

»Eure Majestät«, sagt er so laut, dass alle es mitbekommen. »König Fyrion schickt uns, Euch heimzuholen.« Er lacht leise und schiebt mich sanft von sich.

»Geht es ihm gut?«, frage ich. »Sag mir, Cirus. Geht es Fyrion gut?«

»Der König erfreut sich bester Gesundheit, Eure Majestät.«

»Und wegen ... Raze?«

Cirus schluckt und schaut zu Boden. »Sein Herz ist schwer, der Verlust seines besten Freundes hat ihn tief getroffen. Aber sein Volk braucht ihn jetzt ... und er braucht Euch. Deshalb sind wir hier.«

»Werde ich nicht begrüßt?«, erklingt eine vertraute Stimme und aus den Schatten löst sich Yadem.

»Ich habe dich nicht gesehen«, sage ich lachend und bis tief in mein Herz gerührt. Nur zu gerne drücke ich auch den blonden Elb an mein Herz. Ich bin so überglücklich, sie hier zu sehen, dass er sogar einen Kuss auf die Wange bekommt.

»Das werde ich so was von Fyrion sagen«, gluckst er und ich wische mit meinem Daumen über die Stelle.

»Das wirst du schön lassen, sonst ertränke ich dich im Juevo.«

Ein paar der Elben lachen leise. Ich schaue mich um und in ihre fremden Gesichter.

»Von ganzem Herzen«, sage ich. »Danke, dass ihr hier seid. Ich freue mich darauf, jeden einzelnen von euch kennenzulernen.«

»Das werdet Ihr, Majestät«, sagt Cirus. »Aber nun müssen wir aufbrechen. Wir haben den Befehl, auch die Königin Mutter für die Hochzeitsfeierlichkeiten mitzunehmen.«

Ich schaue zu Mama, welche mit Tränen in den Augen Narissas Hand hält.

»Dürfte ich einen Wunsch äußern?«, frage ich und Cirus nickt.

»Es gibt da noch eine Nymphe, die dabei sein muss.« Eigentlich zwei, aber ich kann das Fornax nicht antun. Er bekäme nur Ärger mit seiner Frau. Cirus folgt meinem Blick. Er hat Narissa schon mal flüchtig kennengelernt.

»Natürlich, Eure Majestät. Allerdings müsste sie fliegen. Die Sänfte reicht so gerade für zwei.«

»Das nehme ich in Kauf«, sagt Narissa und ist sichtlich gerührt. Mit den Augen suche ich nach Fornax. Ich finde ihn nicht, aber ich werde ihn wiedersehen. Ob heimlich oder offiziell. Da bin ich mir sicher. Cirus tritt an mich heran und senkt die Stimme.

»Habt Ihr mehr von dem Pulver?«

»Ja«, flüstere ich. »Bei mir daheim. Wir müssen ohnehin noch Skylar holen.«

Cirus prustet leise. »Den hatte ich glatt vergessen.«

»Aber Cirus?«

»Ja?«

»Ich bin Naida. Einfach nur Naida.«

Er verneigt sich. »Gerne. Aber gönn es mir, dich noch das ein oder andere Mal als meine Königin zu bezeichnen. Es erfüllt mich mit Stolz.«

Perplex sehe ich ihn an. Mir hat es glatt die Sprache verschlagen und ich kann nicht mehr tun, als zu nicken.

»Folgt mir«, bringe ich schließlich heraus und schlucke.

»Mutter des Feuers?« Eine fremde Stimme, sie klingt verzweifelt. »Wollt Ihr nicht hier Platznehmen, Eure Majestät?« Der Elb deutet auf die Sänfte.

Mutter des Feuers ... ist das mein neuer Titel?

Ich lächele den fremden Mann an. »Nein, ihr müsst mich schon weit genug schleppen.« Ich nehme an, dass sie rennen werden und deshalb diese Sänfte dabeihaben. Da könnte ich niemals mithalten. »Den Weg nach Hause gehe ich selbst.«

»Wie Ihr wünscht, Mutter des Feuers.«

Mama und Narissa gehen voran. Cirus bleibt an meiner Seite und während ich den Blicken auszuweichen versuche, scheint er bewusst die Nymphen anzustarren. Dass Coraline zwei Schritte rückwärts vor Angst geht, erfüllt mich mit einer selten dagewesenen Schadenfreude.

»Mutter des Feuers?«, frage ich an Cirus gerichtet. »Ist das eine Ansprache für die Königin?«

»Nein. In Glutwacht wird bereits viel über dich gesprochen, Naida. Es ist eine Bezeichnung, die aus dem Volk kommt.«

Bei den Stromschnellen, wieso und warum?

»Du bist keine Feuergeborene. Aber deine Liebe und dein Mut, der so viel für unser Volk getan hat, hat sich herumgesprochen. Auch, dass der Prinz dich körperlich schon zu der Seinen gemacht hat. Du bist also keine Frau des Feuers, sondern dessen zukünftige Mutter. Weil du immer sanft und gütig mit uns warst und eines Tages Feuer in die Welt bringen wirst.«

»Die Elben schätzen deinen Mut«, sagt Yadem hinter mir. »Du hast den fiebernden Prinzen in einem dir ebenfalls fremden Land versteckt und gepflegt. Dann warst du bis zum bitteren Ende an Raze' Seite. Er war in Ignis sehr beliebt. Du hast dir ihren Respekt verdient, Naida.«

»Nur wenige hätten den Mut gehabt, zurückzukehren und nach einem Fremden zu suchen«, sagt Cirus.

»Fyrion sah mir an dem Tag, als er mich gerettet hat, tief in die Augen«, erzähle ich und bekomme Gänsehaut. »Ich glaube, dass es in dem Moment schon um mich geschehen war.«

»Wir sollen dir übrigens sein Bedauern ausdrücken, dass er nicht mitkommen konnte.« Cirus seufzt. »Glaub mir, es hat ihn schier verrückt gemacht.«

Ich grinse. »Schon gut, er sollte seine Stellung jetzt unter keinen Umständen verlassen. Er muss in Glutwacht sein.«

»Der König ist ungeduldig.« Yadem scheint das ebenfalls zu amüsieren. Er schließt zu uns auf und geht an meiner anderen Seite. »Verständlich, er will seine Königin bei sich haben und ich glaube, ihn juckt der Säbel ... AUA!«

Cirus hat um mich herum gegriffen und Yadem einen Schlag auf den Hinterkopf gegeben. Dieser reibt sich über das Haar und guckt grimmig.

»Was denn? Welchem Mann ginge es denn nicht so, wenn er eine so schöne Frau hat?«

»Lass gut sein«, gehe ich lächelnd dazwischen und sehe Cirus an. »Um Yadems Bild zu benutzen, bin ich froh, dass Fyrion der Säbel juckt, denn alles andere würde bedeuten, dass er ihn woanders ... poliert hat.«

»Das hat er nicht. Darauf gebe ich dir mein Wort«, sagt Cirus und die Art, wie er das sagt, lässt keinen Zweifel daran, dass er die Wahrheit spricht. »Wir haben unseren jungen König nicht aus den Augen gelassen.«

»Warum nennt ihr ihn schon König, wenn ich fragen darf?«

»Volcador ist dem Fieber erlegen«, sagt Yadem. »Wir erkennen Hyan nicht an. Gegenwärtig sieht es so aus, dass jeweils Incendia und Glutwacht einen König haben.«

»Gütige Göttin«, staune ich und rufe Mutter zu: »Hast du das gehört?«

»Ja«, antwortet sie. »Wenn du mich fragst, war es der Wille der Göttin.«

Ich reibe mir über die Stirn. »Wenn ich Fyrion nicht bald in meine Arme bekomme, verliere ich den Verstand.«

Hinter mir wird gelacht. Die Elben scheinen sich über meine Sehnsucht zu amüsieren, aber ich kann auch nicht anders und grinse die Männer kurz an.

»Wir holen nur das Pulver und den Flohsack, dann sind wir schon auf dem Weg«, sagt Cirus und ich atme tief durch. Das Warten hat mich die letzten Wochen mürbe gemacht. Dass es endlich losgeht, fühlt sich … unglaublich gut an.

Mutter lacht, als die Elben Quellblüte hinter sich lassen und spürbar beschleunigen. Skylar faucht und sucht einen Weg durch die Tücher, welche das Innere der Sänfte vor Blicken von außen beschützen. Ich helfe ihm und er schießt hinaus in die Luft. Narissa ruft über uns nach ihm; sicher hat er sich lieber zu ihr gesellt.

»Das rüttelt ganz schön«, sage ich und spüre, dass mir flau wird. Zum Glück werden wir immer mal wieder langsamer, wenn der Weg durch den Sumpf unwegsam wird. Als Cirus mir, nachdem alles verstaut war, berichtete, dass wir aus Sicherheitsgründen nicht den direkten Weg nach Glutwacht nehmen, sondern zunächst schnellstmöglich die Grenze überqueren, war mir das noch fast egal. Hauptsache, wir waren endlich unterwegs, jetzt bereue ich es, zugestimmt zu haben. Wenn ich doch nur meine neuen Flügel schon hätte, ich würde gerne mit Narissa tauschen. Ich schließe die Augen und versuche, meine angespannten Muskeln zu entspannen. Die Sänfte ist mit weichen Kissen und

Decken ausgestattet. Eine Weile funktioniert das auch, doch irgendwann merke ich, dass ich den Kampf verliere.

»Stopp, bitte«, flehe ich und wir halten an. Ich stolpere aus der Sänfte und übergebe mich schwallartig auf ein Stück Wiese. Jemand tritt neben Mutter an meine Seite und leuchtet mir, als ob ich ausgerechnet das sehen wollen würde.

»Tut mir leid«, sage ich zu Cirus, der mir einen Schlauch mit Wasser bringt. Mutter nimmt ihn für mich entgegen und streichelt mir über den Rücken.

»Sag mir bitte, dass wir noch in Aqua sind.« Ich schaue den Elb unglücklich an.

»Sind wir, warum?« Er verengt die Augen.

»Weil ich nicht mein neues Heimatland damit begrüßen möchte, dass ich mich darauf erbreche.«

Die Elben lachen, ich denke, sie hätten es mir nicht übel genommen. Trotz der Nacht ist es hier warm, es kann also nicht mehr lange dauern, bis wir an der Grenze sind. Cirus hockt sich neben mich und deutet in die Ferne.

»Siehst du den Fluss da hinten?«

Ich nicke. Er schimmert im Mondlicht und übt eine magische Anziehung auf mich aus.

»Das ist der Juevo. Du kannst Ignis also schon sehen.« Er prustet leise amüsiert aus. »Du hast es knapp verfehlt.«

Mutter reicht mir den Trinkschlauch und ich nehme einen Schluck. Mit tief empfundener Ehrfurcht schaue ich auf das Land, das vor meinen Augen von der Dunkelheit verschluckt wird.

Ignis.

Ich weiß nicht warum, aber ich bin plötzlich ganz aufgeregt.

»Wäre es in Ordnung, wenn ich Ignis auf meinen eigenen Füßen betrete? Nur bis über die Grenze, dann könnt ihr mich wieder durchschütteln.«

Gelächter. Hoffentlich denken die Elben jetzt nicht, dass ihre neue Königin ein totaler Schwächling ist. Aber so, wie sie mich bisher angesehen und behandelt haben, hat mir Fyrion nur treue Seelen geschickt. Den Zweiflern werde ich sicher noch früh genug begegnen.

Cirus lächelt. »Natürlich, meine Königin.«

Ich ziehe mir die Schuhe aus und verfrachte sie in die Sänfte.

»Die Königin wünscht Ignis ganz bewusst zu betreten«, verkündet Cirus den Männern und ich gehe, Mutter und Narissa an meiner Seite, auf den Fluss zu. Ein warmer Wind erfasst mein Kleid und mein Haar. Er trägt Hitze und Sand in sich, ähnlich wie damals an der Grenze zu Air. Ich atme tief ein und setze mit wild klopfendem Herzen einen Schritt vor den anderen. Es mag verrückt klingen, aber ich spüre genau den Moment, in dem mein Fuß fremden Boden berührt.

»Willkommen in Ignis, Mutter des Feuers«, höre ich eine tiefe fremde Stimme sagen. Ich bin nicht fähig, zu sprechen. Es ist zu dunkel, um weit sehen zu können, aber ich meine die Wüste auf der anderen Seite des Flusses zu erkennen. Ich raffe mein Kleid und steige bis zu den Waden in das Wasser.

»Ihr Haar!«, höre ich einen der Elben erstaunt ausrufen, doch statt mich zu ihm umzudrehen, schmunzele ich nur in mich hinein und genieße den Moment, in dem ich das Land der Feuergeborenen ... meines Volkes ... betrete.

»Cirus?« Mein Blick bleibt in die Ferne gerichtet.

»Ja?« Der Schein einer Flamme nähert sich mir.

»Glaubst du an Liebe auf den ersten Blick?«

Er grinst wissend. »Ich schätze, das tue ich ab heute.«

»Mein Herz klopft ganz wild«, gestehe ich mit einem Lächeln auf den Lippen. »Ich würde am liebsten alles sofort sehen.«

»Wir werden euch alles zeigen, Majestät«, sagt der Elb, der mich willkommen geheißen hat. »Sobald es sicher für Euch ist.«

Mutter legt mir eine Hand auf den unteren Rücken und lächelt mich wehmütig an. »Du siehst aus, als hättest du endlich ein Zuhause gefunden.«

»Das ist total verrückt, oder?«, frage ich fast atemlos und drücke Narissas Hand, die nach meiner angelt. »Ich hoffe, ich werde die Elben nicht enttäuschen.«

Mutter streicht mir eine Strähne aus dem Gesicht. »Das kann ich mir nicht vorstellen.«

Moment? War das ein Magenknurren, das ich da gehört habe?

»Cirus? Lass die Männer einen Moment rasten. Sie sollen essen und trinken.«

»Sicher? Wir können auch sofort weiter ...«

»Nein«, unterbreche ich ihn. »Ich werde ein Bad in meinem neuen Lieblingsgewässer nehmen.«

»Nicht, dass du sonderlich viel Auswahl hättest.« Cirus lacht und dreht sich von mir. »Ihr habt die Königin gehört. Macht ein Lagerfeuer und holt euren Proviant raus.«

Ich bin froh, ein Unterkleid angezogen zu haben, so kann ich mein Blaues abstreifen und mich in den Fluss begeben. Mutter und Narissa folgen mir kurz darauf.

»Das Wasser ist ganz warm«, sagt Letztere überrascht.

»In Aqua wäre das kein gutes Zeichen«, sage ich und Mutter prustet laut los. Ich tauche meinen Oberkörper ins Wasser und spüre den Strom sachte an mir ziehen. Er trägt jedoch nur mein Haar davon.

»Wo ist Skylar?«, will Narissa wissen.

»Der kommt und geht, wie er möchte«, sage ich. »Irgendwann taucht er wieder auf.« So hat der Kater das schon immer gehandhabt. Allerdings ... autsch ... was ist das? Ich beuge mich vor und sehe zu den anderen.

»Mama, mein Rücken«, keuche ich.

»Was ist damit?«

»Er tut furchtbar weh.«

Autsch ... was passiert da?

Der Schmerz wird immer schlimmer.

Als würde mir einer den Rücken aufschlitzen.

»Deine Flügel kommen«, sagt Mutter, doch es tut zu weh, als dass ich mich freuen könnte. Narissa und Mama halten mich fest, damit mich der Fluss nicht wegtragen kann. Ich höre Cirus' besorgte Stimme fragen, was mit mir sei; da gibt es ein furchtbares Geräusch und die Schmerzen verschwinden. Erleichtert lehne ich mich an Mutter, doch sie ... zittert?

Wieso sind denn alle so still?

Ich ... blicke über meine Schulter ...

... Beim Weltenbaum.

Sind das ... meine?

Vorsichtig bewege ich meine neuen Flügel, um zu sehen, ob sie darauf reagieren.

Das tun sie.

Mutter streckt die Hand nach ihnen aus und tastet vorsichtig darüber. Am Flussufer haben sich die Elben versammelt und starren mich an. Als der Erste auf die Knie fällt, wage ich mich erneut nachzuschauen. Die Flügel sind stark und geformt wie die der Pixie, doch sie sehen aus wie die einer Nymphe.

Mit einem großen Unterschied.

Anders als bei Mutter und Narissa funkeln sie golden im Mondlicht und in ihnen ...

... brennt Feuer.

Wie ... wie kommt es da hinein?

Mutter hat ihre Hand darauf liegen, es kann also nicht heiß sein und dennoch ... es flackert und brennt. Ich flattere und hebe aus dem Fluss ab, um zu sehen, ob es dadurch gelöscht wird, doch es scheint das Feuer nicht zu stören. Mein Unterkleid ist klatschnass und schwer. Es tropft zu meinen Füßen in den Fluss. Ich fliege auf die Elben zu und lande vor Cirus, der mich mit großen Augen voller Ehrfurcht ansieht. Er fängt sich schnell und reicht mir mein blaues Kleid. Ich schlüpfe sofort hinein, denn mein Unterkleid wird nass nicht mehr viel von mir verbergen. Zum Glück aber die Nacht.

Da wird mir plötzlich bewusst, woher das Feuer kommt.

Kommen muss.

Ich schaue an mir hinunter und lege mir beide Hände auf den Unterleib. Schluckend blicke ich wieder auf.

»Ich trage Feuer in mir«, sage ich, woraufhin die Männer einen Moment brauchen und dann in Jubel ausbrechen. Cirus bleibt hingegen ganz still, doch dass ihn diese Erkenntnis nicht kaltlässt, erkenne ich an seinem Blick. Er verneigt sich vor mir und atmet tief durch, nachdem er sich wieder aufgerichtet hat.

»Lang lebe die Königin«, ruft er und die Männer erwidern brüllend. Ich schaue mich nach Mutter um, sie und Narissa haben ebenfalls den Fluss verlassen. Ich lasse mich in ihre liebenden Arme ziehen. Ihre Nähe gibt mir Ruhe und Kraft. Ich verberge mein Gesicht an Mutters Schulter und genieße es, von ihr einen Moment gehalten zu werden.

»Wenn Fyrion es erlaubt, bleiben wir bei dir, bis das Kind gesund auf der Welt ist«, sagt sie und ich bin mir sicher, dass sie mit *wir* Narissa und sich meint.

»Ich werde ihn darum bitten.«

»Kommandant?« Die Stimme des fremden Elben klingt mehr als nur besorgt, weshalb ich mich von Mutter löse und den dunkelhaarigen Mann mustere. »Verzeiht mir … ich war … dumm.«

»Was ist Ayed?«

»Auf halbem Weg nach Glutwacht wartet Hyan mit ungefähr fünfzig Männern auf unseren Trupp.«

Was?

Ich starre den Elb an, der vor Cirus und mir im Dreck kniet. Er schaut auf und ihm läuft eine Träne über die Wange, während er wie verzaubert meine brennenden Flügel mustert.

»Verzeiht mir, Mutter des Feuers. Ich war blind und habe es nicht sehen können. Aber jetzt sind meine Augen weit offen und ich bin bereit, jederzeit Euch und König Fyrion die Treue zu schwören. Wahrhaftig.«

»Gefangennehmen«, knurrt Cirus. »Spar dir deine Worte für den König auf.«

Sofort kommen zwei Männer und schnappen sich den Verräter.

»Lauft mit ihm vor, nehmt einen anderen Weg und bringt ihn zu Seiner Majestät. Versichert ihm, dass ich die Königin wohlbehalten nach Glutwacht

bringe. Sagt ihm, dass sein Bruder wahrscheinlich bei den Wegelagerern ist.«
Cirus lacht gefährlich. »Vielleicht ist das die Gelegenheit.«

Kapitel 19

Die Sonne geht über der Wüste auf und der Sand unter meinen Füßen wird immer heißer. Das spüre ich selbst durch meine Schuhe, die hierfür nicht gemacht sind. Die Runen der Elben leuchten und ich beneide sie um diesen Schutz. Mein Blick streift immer wieder über die Sandberge, doch die Hitze raubt mir meine Kräfte. Mutter und Narissa scheint es ähnlich zu gehen.

»Verzeiht, Majestät«, sagt einer der Männer. »Diesen Weg haben wir nicht für Euch geplant. Geht es Euch gut?«

»Sieht man es mir so an?«, frage ich mit einem Lächeln. »Ich war noch nie solch einer Hitze und Trockenheit ausgesetzt.«

»Wollt Ihr doch wieder in die Sänfte?«

»Nein, wenn ihr schneller vorankommen wollt, fliege ich einfach.«

Er schüttelt den Kopf. »Wir müssen langsam machen, damit die Späher genug Zeit haben, unseren Weg zu sichern.« Damit meint er wohl die Männer, welche vorgelaufen sind.

»Hier ist es heißer als daheim in meinem Ofen«, stöhnt Narissa und ich muss lachen. »Ich glaube, ich habe schon Halluzinationen.«

»Das wäre nicht ungewöhnlich«, sagt der junge Soldat. Er hat ein größeres Muttermal am Hals, es deckt fast seinen ganzen Adamsapfel ab.

»Wie heißt du?«, frage ich und sinke mit einem Fuß unglücklich in den Sand ein. Der Elb fängt mich auf, bevor ich fallen kann.

»Nahjem, Majestät.«

»Danke, Nahjem.«

»Fast wie im Sumpf«, meint Mutter. »Nur elendig heiß und trocken.«

»Ich sterbe«, klagt Narissa. »Bis wir da sind, bin ich nur noch ein laufendes Stück Kohle.«

Nahjem lacht und ich muss einstimmen, auch wenn ich Narissas Leid teile.

»Hast du in Aqua nicht noch davon gesprochen, dir einen heißen Elben zu suchen, der dich im Sand begattet?«

Perplex starre ich Mutter an. Das bin ich von ihr gar nicht gewohnt. Die Hitze setzt ihr wohl mehr zu, als ich dachte. Während die Männer nicht zu wissen scheinen, ob sie lachen oder grölen sollen, sieht sie mich entschuldigend an.

»Die Sonne brennt mir den Verstand weg«, erklärt sie ihren Ausrutscher. Ich versuche wirklich, nicht zu grinsen, aber ich kann nicht anders.

»Vielleicht verlegen wir das doch lieber an den Juevo«, meint Narissa.

»Halt«, rufe ich, als sie noch mehr sagen will. »Bitte, es gibt Dinge, die ich mir nicht vorstellen will.« Ich wische mir Schweiß von der Stirn. Bei einigen der Soldaten um mich herum bin ich mir sicher, dass es nur meine Anwesenheit ist, die sie davon abhält, auf Narissas Avancen einzugehen.

»Du hast gut reden, Kind. Auf dich wartet eine Nacht voller Leidenschaft.«

»Narissa«, zischt Mutter. »Ich zitiere Naida: *Es gibt Dinge, die ich mir nicht vorstellen will.*«

»Die Hitze raubt uns allen den Verstand«, stelle ich fest. »Meiner schmilzt auch.« Dennoch hoffe ich, dass Narissa recht hat, denn das würde bedeuten, dass Fyrion den Kampf mit Hyan überstanden hat.

»Meine Flügel sind tot«, jault Mamas beste Freundin. »Ich glaube nicht, dass ich damit noch fliegen kann.«

»Was wird Fyrion mit dem Mann machen, der uns gewarnt hat?«, frage ich Nahjem. »Er wird ihn hoffentlich nicht töten?«

Der Elb schnaubt. »Der alte König hätte das ohne mit der Wimper zu zucken getan. Bei König Fyrion … das weiß ich nicht, Eure Majestät. Immerhin ging es um Euch. Andererseits hat Ayed Euch nicht nur verraten, sondern auch gerettet. Ich für meinen Teil hoffe, dass der König Gnade walten lässt.«

»Ich auch. Ayed hat gezweifelt. Es sind verwirrende Zeiten und ich könnte keinem Elb böse sein, der sich noch unsicher ist, für welche Seite er kämpfen soll. Mir wäre es lieber, wir überzeugen jeden Zweifler von uns, als ihnen mit dem Tod zu drohen.«

Nahjem lächelt vor sich hin. »Ihr seid genauso wie man es in Glutwacht erzählt.«

»Was sagt man denn? Sicher auch, dass ich nur schwache Nachkommen produziere.« Ich lege eine Hand auf meinen Bauch.

»Leider das auch, ja. Verzeiht, Majestät, ich wünsche Euch nicht anzulügen.«

»Schon gut. Das erste Mal habe ich das von Cirus gehört.« Ich grinse bei der Erinnerung, auch wenn es damals schmerzhaft war.

»Wirklich? Der Kommandant war selbst ein Zweifler?«

»Nur von mir. Fyrion war er, seit ich ihn kenne, immer treu ergeben.«

Nahjem atmet tief durch. »Cirus war damals schon an seiner Seite.« Er sieht mich an. »Verzeiht, Majestät. Ich meinte, als Fyrion als Kind in Glutwacht war.« Es scheint eine schöne Erinnerung zu sein, so wie der Elb ausschaut. »Cirus hatte ein Auge auf ihn, während Fyrion und ich uns zwischen die Schafe gestohlen und Hirten gespielt haben.«

»Wie süß.« In meinem Kopf malt sich ganz von selbst ein Bild der beiden Elbenkinder.

»Ja, schon.« Nahjem zuckt mit den Schultern. »Ich bin es dann auch geworden.«

»Was? Du bist kein Soldat?«

Er schüttelt den Kopf. »Ich kann kämpfen, Majestät. Jeder junge Elb lernt es. Das ist ein großer Teil unserer Kultur. Aber abseits dessen bin ich tatsächlich ein Schäfer.« Nahjem schaut mich mit einem freundlichen Blick an. »Fyrion hat

Euch nur Männer geschickt, denen er bedingungslos vertraut.« Sein Gesicht wird traurig. »Ayeds Verrat wird ihn tief treffen.«

»Ich bin so froh, wenn ich Fyrion endlich in meine Arme schließen kann.«

Nahjem gibt eine Mischung aus Schnauben und Grunzen von sich. »Hat er Euch erzählt, dass er sich mal nach Aqua geschlichen hat?«

»Ja.« Ich grinse. »Und von der Nymphe, die am Dreifall gebadet hat.«

»Das also auch.« In seinen Augen spiegelt sich der Schalk. »Seitdem war er wie besessen von Nymphen. Auch wenn Ihr wie eine Pixie aussaht, als Ihr ihn kennengelernt habt, hat er bestimmt das Wasser in Euch gespürt. Das Feuer, das sich nach Wasser sehnt, das ist …« Nahjem bleibt plötzlich stehen und hält mich mit einem ausgestreckten Arm davon ab, weiterzugehen. Ich folge seinem Blick, die Späher kommen zurück.

»Der Weg ist frei. Die Königin sollte mit der Königin Mutter und Narissa das letzte Stück fliegen.«

»Unsere Flügel sind ganz ausgetrocknet«, sage ich, wobei ich das Gefühl habe, dass es bei mir nicht ganz so schlimm ist wie bei Mutter. Ihre schauen ganz eingetrocknet aus.

»Wir haben noch Wasser, reicht es, wenn wir sie befeuchten?«, fragt Nahjem und ich nicke. Das müsste gehen. Die Männer helfen uns dabei, unsere Flügel flugfähig zu machen, doch ich bekomme außer meinem wild klopfenden Herzen nicht viel mit. Gleich werde ich abheben und etwas sagt mir, dass ich hinter der Sanddüne vor uns Glutwacht schon sehen werde. Meine Hände ballen sich zu Fäusten.

»Kind?« Mutter sucht meine Aufmerksamkeit. »Du wirst höher als Narissa und ich fliegen, in Ordnung?« Sie betrachtet meine Flügel. »In ihnen steckt die Kraft deines Vaters und sie werden dich beschützen. Flieg so hoch, dass kein Elb dich aus der Luft pflücken kann.«

Ich nicke. »Das mache ich.«

Mutter schaut sich zu Narissa um. »Hör auf, dem Elb schöne Augen zu machen und komm!«

Ich schüttele den Kopf und sehe zu Nahjem. »Bis bald«, sage ich und mein Körper überzieht sich trotz der Hitze mit Gänsehaut.

»Bis bald, meine Königin.«

Ich schaue hoch in den blauen, wolkenlosen Himmel. Luft wirbelt in mir auf und ich spüre, wie das Blut meines Vaters mich ruft. Ich stoße mich vom Boden ab und steige in die Lüfte. Mit nur einem kräftigen Schlag bin ich schon deutlich höher als Mutter und Narissa. Wind packt mich und ich flattere, um ihm zu begegnen. Er umspielt meinen Körper, heißt mich willkommen und liebkost mich so, wie ich es zuletzt in Air gespürt habe. Vor mir, hinter einer deutlich verbreiteten Stelle des Juevos, liegt ... Glutwacht. Einen Moment betrachte ich es ehrfürchtig, dann mache ich mich auf den Weg. Mit jedem Flügelschlag wird die Pixie in mir stärker und sie zwingt mich förmlich dazu, mit dem Wind zu spielen. Ich bin dem Element für einen Moment völlig ausgeliefert, bevor ich mich wieder fangen kann und mein Ziel im Auge behalte.

Bitte, lass Fyrion da sein, ist mein einziger Gedanke. Ich kenne mich in dieser Stadt nicht aus, weiß nicht mal, wo ich landen soll. Sicher lebt der König im größten und prächtigsten Haus, oder? Ich überquere den Juevo und komme an den Stadtmauern an. Vorsichtig gehe ich in den Sinkflug und warte, bis Narissa und Mutter zu mir aufschließen. Unter mir zeigen die ersten Elben nach oben und ich höre freudige Rufe.

»DIE KÖNIGIN IST DA!«, erklingt es plötzlich von überall, als Mutter und Narissa sichtlich erschöpft bei mir ankommen.

»Gütige Stromschnellen«, japst Mutter. »Du bist verdammt schnell, Kind.«

»Man erwartet dich schon.« Narissa winkt ein paar Elbenkindern, welche, die Hände in die Luft gestreckt, herumhüpfen.

»Ich habe das Gefühl, vor Aufregung kaum atmen zu können«, sage ich. Mutter nimmt meine Hand und zieht mich sanft mit sich.

»Du bist die Königin, flieg voran«, sagt sie, als wir die Stadtmauer passiert haben. »Narissa und ich sind immer hinter dir.«

Ich schaue mich um, als eine Elbin auf ein Dach springt.

»Fliegt nördlich, Eure Majestät«, ruft sie. »Ihr könnt es nicht verfehlen, es ist das große Haus mit dem Palmengarten.«

Ich habe noch nie einen solchen Baum gesehen, nur in Büchern. Wobei … da hinten stehen tatsächlich welche. Sie umrahmen ein kleines, weiß getünchtes Haus.

»Danke«, rufe ich. »Hab vielen Dank!«

Sie verneigt sich und lächelt mich glücklich an. Ich atme tief durch, bevor ich die Richtung einschlage, in die sie gedeutet hat.

»DIE KÖNIGIN, DIE KÖNIGIN!«, erklingt es von überall und ich sehe, wie Elben in dieselbe Richtung huschen, in die ich fliege. Sie sind jedoch selbst am Boden deutlich schneller, weil gerade so viele Eindrücke auf mich einprasseln, dass ich nur langsam vorankomme. Außerdem will ich unter keinen Umständen Mutter und Narissa verlieren. Wenn Fyrion in Glutwacht geblieben ist, dann wird er sicher vorgewarnt sein. Zu meinem Erstaunen kann ich Cirus am Boden ausmachen. Er begleitet unseren Weg und gibt mir zu verstehen, dass ich ihm folgen soll. Wir fliegen über einen großen Marktplatz, auf dem eine Statue der Göttin steht. Ich kann nicht anders, als anzuhalten.

»Wow«, staunt auch Narissa neben mir, als ich plötzlich gepackt werde. Erst erschrecke ich mich, doch dann muss ich grinsen, als mir der vertraute Duft in die Nase steigt. Ich presse mein Gesicht an Fyrions warme Schulter und vertraue mich ihm an. Wir landen inmitten der Feuergeborenen auf dem Platz. Warme Lippen, nach denen ich mich so lange verzehrt habe, landen auf meinem Mund. Ich schließe die Augen und schmiege mich an Fyrion, während um uns herum Jubel aufbrandet. Meine Füße verlieren die Bodenhaftung, als er sich von mir löst und mich einmal im Kreis wirbelt. Ich öffne die Augen und könnte vor Glück schreien, als mir sein Blick begegnet.

»Du glaubst gar nicht, wie sehr ich dich vermisst habe«, sage ich und meine Augen weiten sich, als ich sehe, wie kunstvoll sein Haar an den Seiten zurück geflochten ist. Da sind goldene Ketten mit eingearbeitet und seine Stirn ziert ein Geflecht aus demselben Metall. Ich kann nicht anders, als ihn erneut zu küssen, doch Fyrion hält mich ab. Erst jetzt fällt mir sein geschockter Gesichtsausdruck auf. Um uns herum ist es andächtig still geworden.

»Naida ...« Er tastet nach meinen Flügeln. Oh ja, da war ja was. Ich lächele ihn wissend an.

»Deine ... Sie brennen!« Er löst sich leicht von mir, um meine Flügel besser betrachten zu können. »Wie kann das sein?«

»Das müssen wir die Göttin fragen«, sage ich. Meine Vermutung möchte ich ihm nicht hier vor halb Glutwacht verkünden. Ich betrachte ihn und entdecke, dass er ein schwarzes Tuch trägt. Anders als damals am Baum ist es mit goldenen Runen bestickt. Ich hege keinen Zweifel daran, dass er es wegen Raze trägt. Fyrion zieht mich wieder an sich und blickt mir in die Augen.

»Endlich bist du da. Es kam mir wie eine Ewigkeit vor.«

Ich küsse ihn und könnte vor Wonne zusammenbrechen. Jetzt, wo ich ihn wieder sehen, riechen und anfassen kann, wird mir erst so richtig bewusst, wie brutal seine Abwesenheit gewesen ist. Viel zu schnell löst er sich erneut von mir und sein Blick geht zu meiner Begleitung.

»Mutter.« Fyrion lächelt traurig. Mama scheint das auch zu bemerken und hebt die Hand an sein Gesicht. Sie streichelt ihm über die Wange und in ihren Augen liegt sicher die gleiche Frage, die auch ich mir stelle.

»Schön, dich gesund und munter wiederzusehen, Kind. Geht es dir gut?«

»Ja, ich fühle mich wahrhaftig demütig vor Dankbarkeit, dass ihr heil hier angekommen seid.« Er nimmt einen tiefen Atemzug. »Darf ich dir beibringen, wie ein Sohn seine Mutter in Ignis begrüßt?«

»Unbedingt.« Mama schaut kurz aufgeregt zu mir.

»Ich küsse dich hier, wo dein Herz schlägt. Du erwiderst es auf meiner Stirn.«

Mama lacht leise. »In Ordnung.«

Fyrion beugt sich vor und küsst Mutter an besagter Stelle und sie stellt sich auf Zehenspitzen, obwohl Fyrion ihr entgegenkommt, hebt vorsichtig das goldene Geschmeide an und liebkost seine Stirn. Das Bild rührt mich so sehr, dass ich mir eine Hand vor den Mund lege. Gütige Göttin, ich bin in letzter Zeit nah am Wasser gebaut.

»Hallo, Hübscher«, sagt Narissa. »Oder soll ich jetzt Eure Majestät sagen?«

Fyrion grinst schief. »Ich finde Hübscher eigentlich ganz nett.«

Ich boxe ihn sanft auf den Oberarm, was ihn lachen lässt. Etwas daran, wie er das macht, sagt mir, dass es länger her ist, dass er es zuletzt getan hat.

»Was ist mit Hyan und den Wegelagerern?«, frage ich.

»Er war nicht bei ihnen.« Fyrion wirkt nicht überrascht. »Der Trupp wird von meinen Spähern beobachtet.«

»Und Ayed? Sag mir, dass du gnädig mit ihm warst«, flehe ich und greife an sein Tuch, um ihn daran an mich zu ziehen. »Er hat uns gewarnt ... er war nur unsicher und alles ist so ...«

»Ruhig, Geliebte. Es geht ihm gut. Er ist zwar hinter Gittern, aber er lebt. Ich weiß bislang nicht, was ich mit ihm machen soll. Meine Gedanken waren viel zu abgelenkt.« Sein Blick fügt hinzu: *deinetwegen*. Erneut betrachtet er meine Flügel. »Unglaublich, wie schön sie sind«, sagt er und streckt die Hand danach aus. Zärtlich streicht er über den Linken.

»Sie haben in der Wüste sehr gelitten. Besteht die Möglichkeit, dass Mutter, Narissa und ich irgendwo ungestört baden?«

»Natürlich, verzeiht mir. Ich bringe Euch in unser Haus.«

Unzählbar viele Augenpaare verfolgen jeden unserer Schritte, doch meine Sinne sind voll auf Fyrion ausgerichtet. Er hält meine Hand und drückt sie dabei vielleicht etwas zu fest. Mir fällt auf, dass er aufgewühlt wirkt. Er versteckt es jedoch ziemlich gut.

»Du siehst so anders aus«, sage ich mit einem Lächeln und er grinst zu mir herüber. »Eure Majestät.«

»Meine Berater hielten es für falsch, wenn ich weiter wie ein Straßenräuber herumrenne.«

Ich würde gerne wissen, wie es ihm wirklich geht. Wie er mit Raze' Tod klarkommt. Wie es Zahreba geht. Aber das ist hier nicht der richtige Ort.

»Ich will die Flügel anfassen!«, ruft ein kleines Mädchen und reißt sich von der Hand ihrer Mutter los.

»Theara! Komm zurück ... oh Göttin!« Die Mutter verbeugt sich und versucht das kleine Mädchen aus meinem Weg zu ziehen, das mich mit Kulleraugen anschaut.

»Schon gut, halte ein«, bitte ich sie und gehe in die Knie. »Du darfst sie anfassen. Aber verbrenn dich nicht.« Ich zwinkere der kleinen Elbin zu.

Sie kichert. »Das kann ich doch gar nicht.« Damit streckt sie ihre Hände aus und tastet mit erstaunten Lauten darüber.

»Bist du eine richtige Nymphe?«, fragt sie und ihre Mutter zischt, weil ihr die Frage ihrer Tochter sichtlich unangenehm ist.

»Siehst du die Nymphe da hinter mir?«

Die Kleine nickt.

»Das ist meine Mutter. Sie und ihre Freundin daneben sind richtige Nymphen. Mein Vater war ein Pixie. Er hatte genauso blondes Haar wie ich. Ich bin also nur eine halbe Nymphe.«

»Warum brennen deine Flügel?«

»Ich denke, dass es ein Geschenk der Göttin ist. Sicher können wir uns aber erst sein, wenn wir mit ihr gesprochen haben.«

Die Kleine guckt mich mit großen Augen an. »Du bist die Mutter des Feuers, deshalb brennen sie. Für uns.«

Ich streichele über ihre Wange. »Ja, bestimmt. Das muss es sein.«

»Theara, komm her. Lass die Königin in Ruhe. Verzeiht, Majestät.«

Ich stupse dem Mädchen mit meinem Finger auf die Nase. »Geh zu deiner Mama und versprich mir eins, ja?«

»Ja?«

»Bleib immer neugierig. Wissen ist stärker als jede Waffe.«

Theara grinst. »Versprochen.« Damit läuft sie zurück zu ihrer Mutter, die sichtlich erleichtert ist. Fyrion hilft mir auf und legt seine Hand an meinen unteren Rücken. Wir setzen unseren Weg fort. Unter den neugierigen Gesichtern entdecke ich auch immer wieder skeptische Blicke, jedoch erhellen sie sich oft, wenn sie meine Flügel bemerken. Dass diese Feuer in sich tragen, scheint die Elben sehr zu beeindrucken. Der Mann neben mir strahlt hingegen eine Energie aus, die Luft und Wasser in mir aufwirbeln.

»Dein Herz ist so schwer, ich kann es förmlich spüren«, wispere ich, weil Traurigkeit von ihm ausgeht.

»Jetzt bist du da und das Licht ist zurückgekehrt«, sagt er genauso leise. Die Hand an meinem Rücken ergreift meine linke und drückt sie erneut so fest, als müsse er sich ein Stück weit an mir festhalten.

»Vaters letzter Befehl war es, dass Mutter mit ihm geht.«

»Bitte?«, frage ich und sehe über die Schulter zu meiner. Sie geht neben Narissa und die beiden schauen sich aufgeregt um, deuten immer wieder zu den Seiten, wenn sie etwas Neues entdecken.

»Sie haben sie mit Gift betäubt und dann mit seiner Leiche verbrannt. So wurde es mir jedenfalls berichtet. Hyan hat nichts dagegen unternommen, nichts ... sie war verdammt noch mal auch seine Mutter und sie war immer liebevoll und sanft zu ihm, ich ...« Die Hand an meiner drückt schmerzhaft zu, doch ich ertrage es, will auf diese Weise einen Teil seiner Wut und seiner Pein mit ihm teilen. Er atmet tief durch und lässt wieder etwas locker. Das schwarze Tuch gilt also nicht nur Raze ...

Er hat seine Mutter verloren.

»Verzeih mir, Naida.«

»Soll ich dir vergeben, dass du ein Herz hast und es auch benutzt?«

Es muss unfassbar wehgetan haben, meine Mutter auf elbische Art zu begrüßen ... und dennoch wollte er es. Ich bleibe stehen und Fyrion sieht mich fragend an.

»Wenn Hyan sich nicht mal die Mühe macht, die Frau zu beschützen, die ihm das Leben geschenkt hat. Wie will er dann ein ganzes Volk beschützen?«, frage ich und Gemurmel erklingt um uns herum. Fyrion weicht meinem Blick aus. Ich verstehe, dass er jetzt nicht darüber reden will.

»Habt ihr an das Blütenpulver gedacht?«, wechselt er das Thema.

»Ja, auch in einer gröberen Körnung. Hoffentlich reicht es.«

»Das Problem ist, dass wir nicht genug Soldaten haben, die immun sind und das Oculifieber gerade in Incendia grassiert. Einerseits ist die Stadt dadurch enorm geschwächt, aber ich kann die Männer nicht diesem Risiko aussetzen.«

»Verstehe«, sage ich. »Außerdem würden Zweifler dir immer vorwerfen, dass du eine Stadt voller Kranker angegriffen hast.«

»Oder?« Fyrion sieht mich fast schon erleichtert an. »Ich bin froh, dass du das auch so siehst. Zahreba ist die Einzige im Rat, die mir in dem Punkt zustimmt.«

»Es kommt halt darauf an, ob die Kranken für dich oder Hyan kämpfen würden. Man könnte sagen, dass du sie befreist ... oder überrennst. Eine Sache der Perspektive.«

»Das kann mir niemand sagen«, seufzt Fyrion und wir nehmen unseren Weg wieder auf.

»Dein Kopf ist voller Sorgen, du wirkst, als würde dich eine enorme Last zu Boden drücken«, flüstere ich ihm zu. »Du solltest mit mir ins Wasser gehen. Es ist dafür bekannt, zu tragen, wenn man es zulässt. Vielleicht fühlst du dich dann etwas leichter.«

Da ist ein Lächeln auf seinen Lippen. »Nichts lieber als das.«

Wir passieren eine Allee aus Palmen und gehen auf ein Anwesen zu, das selbst die prunkvollen Häuser in Wellenruh in den Schatten stellt. Es hat eine leicht rötliche Farbe und riesige Fenster. Als wir auf den Eingang zugehen, eilen lauter Elben hinaus und stellen sich links und rechts daneben auf. Sie verneigen sich, als Fyrion mit mir stehenbleibt.

»Naida, willkommen in Glutwacht«, sagt er und lächelt mich an. Warmer Wind trägt mir seinen Duft und ein paar seiner Haare entgegen. Sie kitzeln kurz an meinen Flügeln. »Zu deiner Linken steht die leitende Dienerschaft. Ich werde dir jeden einzelnen davon beizeiten vorstellen.«

Ich verneige meinen Kopf ein wenig, doch die Elben blicken mich nur neugierig an und warten sicher auf ein Zeichen, dass sie sich erheben können. Muss ich es ihnen geben?

»Zu deiner Rechten steht der königliche Rat, der dir und mir jederzeit zur Seite steht. Ein Gesicht sollte dir bekannt vorkommen.«

Da steht … Zahreba.

Ganz in Schwarz gekleidet.

Sie hat sich verbeugt, schaut aber auf und begegnet meinem Blick. Als ihr Kinn zittert, verbirgt sie schnell wieder ihr Gesicht vor mir und sieht auf ihre Füße.

Ich … ich kann das nicht.

Ich löse mich von Fyrion und flattere knapp über dem Boden, um schneller zu ihr zu kommen. Zahreba bemerkt es und erhebt sich. Ich falle ihr um den Hals und sie schluchzt laut auf. Auch sie vermag nicht mehr die Haltung zu wahren.

»Es tut mir so unendlich leid«, bringe ich unter Tränen heraus.

»Danke«, sagt die Elbin. »Danke, dass du ihn dem Feuer übergeben und zu mir heimgeschickt hast.«

»Das waren Mutter und Narissa. Ich konnte nur weinen.«

Die Elbin kämpft sichtbar um Fassung, löst sich aber mit einem verbissenen Ausdruck von mir. Tränen laufen aus ihren dunklen Augen, als sie mich versichernd ansieht.

»Geh zu Fyrion«, sagt sie. »Wir reden später.«

Ich nicke und Zahreba hebt die Hand, um mir eine Träne von der Wange zu wischen. In meinem Hals steckt ein dicker Kloß, an dem ich kräftig zu schlucken habe.

»Ich wünschte, ich könnte den Schmerz von dir nehmen und ihn für dich tragen«, sage ich und meine es bitterernst. Ich trete von ihr zurück. Sie so zu sehen, raubt mir fast den Atem. Als ich mich zu Fyrion umdrehe, hat er eine eiserne Miene aufgesetzt, doch ich kann sehen, dass sein Atem schneller geht. Eine der Dienerinnen wischt sich klammheimlich eine Träne an ihrer Schürze ab.

Fyrion macht ein kleines Zeichen mit seiner Hand, das selbst ich verstehe. Die Dienerschaft und die restlichen Berater erheben sich.

»Die Königin hat eine beschwerliche Reise hinter sich«, erhebt er die Stimme. »Jeder von euch soll die Ehre bekommen, ihr vorgestellt zu werden. Aber die Nymphen mussten wegen der Wegelagerer den Weg durch die Wüste nehmen und brauchen nun dringend Wasser.«

»Ich danke euch, dass ihr mich hier begrüßt habt«, sage ich mit einem Lächeln. »Ihr könnt euch gar nicht vorstellen, wie glücklich ich bin, endlich bei euch zu sein.«

»Ihre Majestät hat es sich nicht nehmen lassen, die Grenze auf eigenen Beinen und mit nackten Füßen zu übertreten.« Cirus steht plötzlich neben Fyrion und grinst. Mein Prinz ... mein König ... lächelt mich mit einer fragend hochgezogenen Augenbraue an.

»Ich wollte den Moment mit allen Sinnen erleben«, sage ich und spüre Hitze auf meinen Wangen. »Schließlich habe ich nicht irgendeine Grenze übertreten, sondern die in ein neues Leben mit dir.«

Fyrion streicht mir über mein sicherlich völlig zerzaustes Haar. »Ein Tag länger ohne dich und ich hätte den Kopf verloren«, flüstert er und wirkt ganz in Gedanken versunken. Ich habe das Gefühl, dass ich nicht viel länger damit warten sollte, ihm zu sagen, warum ich glaube, dass meine Flügel brennen. Der Verlust von Raze und seiner Mutter scheint ihm härter zugesetzt zu haben, als er es sich anmerken lässt.

Ob es mir vor Wochen in Aqua aufgefallen wäre?

Liegt es an der Verbindung zwischen ihm und mir, die ich vermutlich in mir trage, dass ich ihn plötzlich so viel intensiver wahrnehme? Mein Herz quillt über, während ich mich in seinem Blick verliere.

»Wenn du mich weiter so ansiehst, verliere ich meinen«, wispere ich ihm mit einem kleinen Grinsen zu. Er erwidert, doch es erreicht seine Augen nicht.

»Lass uns hereingehen«, schlägt er vor und führt mich in eine riesige Eingangshalle. Sie ist bestimmt doppelt so hoch wie ein normaler Raum. An der rechten Seite führt eine Treppe ins obere Stockwerk. Die Wände sind mit Runen und Waffen verziert, was mich lächeln lässt. Die Elben und ihre Liebe zum Kampf … daran sollte ich mich wohl gewöhnen. Wie Nahjem schon sagte, es ist tief in ihrer Kultur verwurzelt. Es fließt durch ihre Adern, pulsiert in ihrem Blut.

»Willkommen in Glutwacht, Eure Majestät«, erklingt eine vertraute Stimme neben mir.

»Valerian!« Ich freue mich, ein weiteres bekanntes Gesicht zu sehen. Er verneigt sich vor mir und sein Blick fällt hinter mich. Ich folge ihm und sehe, wie Narissa sich eine Strähne ihres roten Haares auf dem Finger aufdreht, während sie den Elb einer genauen Musterung unterzieht. Fyrion räuspert sich, was Valerian zur Ordnung ruft.

»Späher aus Incendia berichten, dass Hyan dort in der Stadt gesichtet wurde.« Valerian schaut kurz zu mir. »Es heißt, dass sein jüngster Bastard am Fieber verstorben sei.«

Fyrion senkt den Blick und legt eine Hand auf sein Herz. »Ruhe im Feuer, kleine Seele«, sagt er und hebt wieder den Kopf. »Also stimmt die Beobachtung von Gribald und er ist nicht bei den Wegelagerern.«

»Ja, Majestät«, erwidert Valerian.

Fyrion atmet tief durch. »Das war zu erwarten. Er ist genauso ein Gefangener seiner Stadt wie ich.« Der König hebt die Hand und winkt eine Dienerin herbei. »Danke, Valerian. Ich komme später noch mal auf dich zu.«

Der Elb verneigt sich vor Fyrion und dann vor mir, bevor er sich wieder entfernt. Die Dienerin schaut meine Flügel mit großen Augen an, bevor sie sich daran zu erinnern scheint, dass der König sie hergebeten hat.

»Maria, wärst du so nett und würdest das große Bad für die Königin und mich vorbereiten?«

»Soll ich es anheizen, Eure Majestät?«

»Nein, die Königin liebt kaltes Wasser.«

»In Ordnung«, damit knickst sie und eilt davon. Fyrion schaut sich um und widmet Mutter seine Aufmerksamkeit.

»Lyrina, bevor ich dich und Narissa diesen beiden Damen da hinten übergebe, möchte ich dir noch einen Gedanken mitgeben.« Er winkt die Elbinnen heran, die eindeutig auf andere Art gekleidet sind, als die Dienerin. Sie tragen Schmuck im Haar, um den Hals und an den Handgelenken. Es klimpert richtig, als sie sich vor Fyrion und mir verbeugen. Dieser holt tief Luft und ich ahne, dass ihm die folgenden Worte schwerfallen werden.

»Da ist etwas, das ich Ignis unbedingt wieder schenken möchte. Etwas, das in unserer Tradition verankert, aber vor fünfzehn Jahren eingeschlafen ist.« Er schließt die Augen ... die Worte tun ihm weh. Die Erkenntnis lässt mein Herz schneller schlagen, doch ich reiße mich zusammen.

»In Ignis ist es immer so gewesen, dass die Königin Mutter für das kulturelle Leben des Landes zuständig gewesen ist. Sie plante Feste, förderte die Kunst und ganz besonders die Musik. Seit meine Großmutter vor fünfzehn Jahren starb, ist es sehr still geworden.« Fyrion geht zu meiner Mama und nimmt ihre Hände. »Den Titel Königin Mutter trägt immer die Frau, die den oder die Erbin der Krone vorgebracht hat. Meine wurde jedoch vor ungefähr einer Woche getötet.«

Mutter reißt die Augen auf und ich lege eine Hand schützend auf meinen Bauch. Ich weiß nicht mal warum und nehme sie schnell wieder weg.

»In Aqua sagtest du mir, dass mit der Vereinigung zweier Nymphen der Partner zum Kind des jeweils anderen Elternteils wird.«

Mutter nickt, sie ahnt wahrscheinlich genau wie ich, was er sie gleich fragen wird.

»Du musst jetzt nicht antworten. Ich wünsche mir, dass du dir das in Ruhe und ohne Druck überlegst, aber ich möchte gerne, dass du in Ignis bleibst. Als Königin Mutter.« Fyrion schaut zu Narissa. »Für deine liebste Freundin wird sich, wenn ihr zwei das möchtet, sicher auch ein Platz bei Hofe finden.« Fyrion wendet sich den geschmückten Elbinnen zu. »Die Königin sucht sich ihre Hofdame gemäß unserer Tradition selbst aus. Zumindest, wenn der König kein kranker Bastard ist.«

Mir bleibt aufgrund der plötzlichen Wut in seiner Stimme kurz die Luft weg. Doch Fyrion fängt sich wieder.

»Ihrer Majestät, der Königin Mutter, wird immer die Ehefrau des Kommandanten zur Seite gestellt.« Fyrion schaut zu der rechten Dame mit feuerroten Haaren. »Cirus hat jedoch noch nicht die Frau fürs Leben gefunden, deshalb nimmt seine Schwester Delaria den Platz ein.«

Die Elbin lächelt und verneigt sich vor meiner Mutter. »Es ist mir eine Ehre, Eure Majestät.«

»Als zweite Hofdame wird dir Zenna dienen. Sie ist eine Priesterin der Göttin. Für gewöhnlich sollte es die Oberste sein, aber die ist in Incendia. Zenna können wir vertrauen, sie ist die Mutter meiner Freunde Hella und Yadem.«

»Willkommen in Glutwacht, Königin Mutter«, sagt die Priesterin. Ich hätte tausend Fragen an sie und über das, was sie tut. Sicher werde ich dafür irgendwann Zeit finden.

»Eine dritte Hofdame, darfst du dir, genau wie die Königin, aussuchen.«

»Oh, die werde natürlich ich.« Narissa schmunzelt. »Wenn Lyrina hierbleiben sollte, werde ich sie nicht alleinlassen.«

Fyrion nickt und lächelt sie traurig an. »Das wäre sie nicht, aber ich verstehe, was du sagen willst.« Er lässt Mutters Hände los. »Überlege es dir bitte mit Ruhe. Diese Entscheidung solltest du aus Überzeugung treffen.«

»Da muss ich nicht überlegen, Kind«, sagt Mutter und schüttelt lachend den Kopf. »Wenn ihr mich hier benötigt, bleibe ich bei euch. Da gibt es gar keine Frage.« Mutter schaut zu den Elbinnen. »Auch wenn ich mich an ziemlich viel gewöhnen muss.«

»Dafür sind wir da, Majestät«, sagt Zenna und Cirus' Schwester nickt mit einem freundlichen Lächeln im Gesicht. Mama geht auf Fyrion zu und legt ihm die Hände auf die Oberarme.

»Dein Verlust tut mir leid.«

»Danke.«

»Geht es dir gut?«

Er nickt. »Meine Mutter und ich hatten eine komplizierte Beziehung.«

»Verstehe.« Mama presst kurz die Lippen zusammen und mustert ihn. »Du bist in meinem Herzen, Kind. Solange es schlägt, hast du eine Mutter.«

Fyrion schluckt sichtbar. »Danke ... Mama.« Er holt tief Luft und sieht zu den Elbinnen. »Sorgt bitte dafür, dass die beiden Nymphen ein Bad angerichtet bekommen ... oder führt sie an den Juevo, wenn sie lieber direkt in den Fluss möchten.«

Sie nicken und Fyrion ergreift meine Hand. »Ich werde mich mit der Königin einen Moment zurückziehen.« Er schaut zur Treppe und dann zu mir. »Treffen wir uns oben oder nehmen wir gemeinsam die Stufen?«

»Heute werde ich dir nicht freiwillig von der Seite weichen«, sage ich.

»Nicht mal, um zu fliegen?«

»Nein.«

Er lehnt sich näher an mich heran. »Danke.« Dieses eine Wort trägt so viel Inhalt mit sich, dass ich die Schultern straffe. Ich bin bereit, die Krone mit ihm zu tragen.

Kapitel 20

Fyrion führt mich durch eine von zwei Männern bewachte Tür in einen riesigen Raum. Ein wunderbarer Duft empfängt mich, den ich absolut nicht zuordnen kann. Es riecht frisch und ein klein bisschen würzig. Ist das unser Schlafzimmer? Es ist hell und freundlich. Noch nie im Leben habe ich so kostbare Möbel gesehen. Doch etwas zieht meinen Blick auf sich. Eine Wand besteht überwiegend nur aus Fenstern. In der Mitte stehen sie offen und geben den Weg auf einen Balkon frei. Hinter der Abzäunung aus hellem Stein ist, über die Kronen von Palmen hinweg, die Stadt zu sehen.

»Wow«, staune ich.

»Das sind meine Gemächer. Ich habe dir die Seite mit dem Blick Richtung Aqua gelassen.«

Moment … ich sehe zu dem riesigen Bett, dessen Stoff des Betthimmels sich sanft im Wind bewegt.

»Ich schlafe nicht bei dir?«, frage ich und Fyrion lacht.

»Doch, wenn du das wünschst.«

»Natürlich! Ich will nicht gefühlt am anderen Ende der Stadt schlafen.«

Er lacht und schüttelt den Kopf. »So groß ist das Haus auch nicht. Im Palast in Incendia … da könnte es hinkommen. Die Gemächer der Königin liegen tatsächlich in einem anderen Flügel als die des Königs.«

»Kommt gar nicht infrage«, schimpfe ich und verschränke die Arme vor der Brust. »Ich schlafe in deinen Armen und sonst nirgendwo. Es ist mir vollkommen egal, in welchen Gemächern, welchem Trakt oder welcher Stadt. Aber ich will bei dir sein.«

Fyrion steht plötzlich vor mir und lehnt seine Stirn an meine. »Erzähle es mir«, fordert er mich heiser auf. »Wie ist es genau geschehen? Bitte ... ich muss es wissen. Aus deinem Mund hören.«

Raze ... Ich weiß genau, wovon er spricht.

»Ihr wart gerade erst weg«, erzähle ich. »Er wollte Papier und Tinte haben, um ein paar Gedanken zu notieren. Ich ließ ihn allein, damit er das in Ruhe tun konnte, und ging in die Küche. Irgendwann hörte ich einen dumpfen Aufprall und ich war mir sicher, dass er sich gestoßen hat. Ich beendete meine Arbeit und ging nachschauen ... da saß er am Esstisch ... den Kopf darauf abgelegt.« Ich schließe die Augen und wende den Blick ab. »Zuerst dachte ich, er wäre eingeschlafen. Dann fiel mir auf, dass seine Runen nicht mehr leuchteten. Ich rief ihn, dass er es geschafft hätte ... aber er ... antwortete nicht mehr.«

Fyrion löst sich wild atmend von mir. »Warum?«, fragt er und ich bin mir sicher, dass diese Frage nicht mir gilt. »Warum hat er das gemacht? Ausgerechnet jetzt?« Fyrion ballt die Hände zu Fäusten. »Er war immer für mich da und jetzt, wo man mir eine verdammte Krone auf den Kopf setzt, haut er ab? Ich brauche ihn, Naida. Ich brauche seinen Rat ... wie soll ich ... ohne ihn?« Fyrion stößt einen kleinen Tisch um, auf dem eine Art Schmuckschatulle steht. Sie überlebt den Sturz, öffnet sich aber und getrocknete Kräuter verteilen sich auf dem Boden. Zumindest vermute ich, dass es sich darum handelt.

»Das kann er nicht machen, Naida«, sagt Fyrion und seine Augen füllen sich mit Tränen. Er geht auf die Knie und lässt den Kopf hängen. Ich eile zu ihm und kehre schnell ein paar Kräuter beiseite, bevor ich mich neben ihm niederlasse.

»Warum?«, fragt er, als ich seinen Kopf an meinen ziehe.

»Er dachte, er sei eine Last«, flüstere ich.

»Ich hatte schon alles für ihn vorbereitet. Er sollte zu meinem Rat gehören ...«

»Ich weiß«, sage ich und kämpfe die Sturmflut in meiner Seele nach unten. Ich muss jetzt für Fyrion einen kühlen Kopf bewahren. »Ich weiß, Liebling. Ich weiß.«

»Er war immer der Einzige, bei dem ich das Gefühl hatte, dass er bedingungslos auf meiner Seite stand.«

Ich schließe die Augen und erinnere mich daran, wie Raze damals für mich Partei ergriffen hat und verstehe, was Fyrion meint. Raze nahm die Rolle in Fyrions Leben ein, die eigentlich ein Elternteil hätte erfüllen müssen. Er hatte nicht nur die Umstände, sondern auch immer Fyrions Wohl im Blick.

»Tut mir leid«, sagt mein Elb und räuspert sich. »Das hätte nicht passieren dürfen.«

»Was denn?«

»Dass ich vor dir die Haltung verliere. Nicht vor meiner Frau.« Er sieht mich traurig an und streichelt über meine Wange. »Vergib mir, bitte.«

»Vor wem denn sonst, wenn nicht vor deiner Frau?«, frage ich perplex.

»In Ignis gehört sich das nicht.«

»Das ist schade, denn wenn es diese, wahrscheinlich unausgesprochene, Regel nicht gäbe, wäre Raze jetzt hier und würde mir zustimmen.«

Fyrion schaut mich fragend an.

»Wahrscheinlich hat genau dieser Mist ihn davon abgehalten, seine zermürbenden Gedanken mit Zahreba zu teilen. Hätte er es ihr anvertraut, hätte sie alles dafür getan, dass er sich nicht mehr wie eine Zumutung gefühlt hätte. Dann wäre er jetzt hier, hätte mich mit den anderen Männern und Frauen des Rates begrüßt und weder du noch Zahreba müsstet eine Träne seinetwegen vergießen.« Ich schlucke. »Fyrion, ich flehe dich an, teile auch deine schlechten Gedanken mit mir. Auch das, was dunkel und hässlich erscheint.«

Er zieht mich in seine Arme und presst mich fest an sich. Es tut unbeschreiblich gut, so gehalten zu werden. Ich fühle mich augenblicklich sicher und beschützt.

»Du hast recht. Die Göttin hat mich mit einer klugen Frau gesegnet.«

»Kannst du mich kurz etwas loslassen, ich würde dir gerne ins Gesicht sehen.«

Fyrion kommt meinem Wunsch nach und ich atme tief durch, als ich ihn betrachte. Lächelnd fahre ich mit meinen Fingern über seine Wangen.

»Ich kann Raze nicht ersetzen, aber ich werde mein Bestes tun, um an deiner Seite zu kämpfen. Das verspreche ich dir bei allem, was mir heilig ist.«

Er führt meine Hand an seine Lippen und küsst sie sanft. »Danke, Naida.«

»Da ist noch etwas, Fyrion.«

»Was denn?« Er sieht unfassbar besorgt aus. In letzter Zeit hat er zu viele schlechte Nachrichten bekommen, weshalb ich ihn direkt anlächele und die Erleichterung in seinen Gesichtszügen lässt nicht lange auf sich warten.

»Ich denke, ich weiß, warum meine Flügel brennen.«

»Warum?« Und da ist sie wieder ... die Furche auf seiner Stirn. Grinsend stupse ich mit meinem Finger darauf und glätte sie, bevor ich nach seiner Hand greife und sie an meinen Unterleib führe.

»Weil ich mir ziemlich sicher bin, dass ich Feuer in mir trage.«

Er scheint einen Moment zu benötigen, um zu verstehen, was ich ihm da gerade mitteilen will. Ich kann genau erkennen, wann das Wasser auf seine Mühle fließt.

»Was?« Fyrion starrt mich an, als könne er es gar nicht glauben. Ich zucke mit den Schultern.

»Ich habe seit dem letzten Mal, als du in Aqua warst, nicht mehr geblutet.« Ich verziehe den Mund. »Und ich musste mich übergeben ...«

Die Hand an meinem Unterleib scheint Hitze in meinen Körper auszustrahlen, während mich ihr Besitzer immer noch scheinbar fassungslos mustert.

»Du bekommst ... mein Kind?«

»Ja, ich denke schon.« Moment, ich sehe ganz genau, wie er sich verschließt. »Hey«, raune ich liebevoll. »Was haben wir eben abgemacht? Das ist der falsche Augenblick, um dich zu verstecken. Ich habe dir gerade gesagt, dass in meinem Leib deine Frucht heranwächst und sie ist schon jetzt so stark, dass ihr Feuer in meinen Flügeln brennt.«

Er lacht ... so gelöst, wie ich das zuletzt in Aqua gehört habe. Gleichzeitig läuft ihm eine Träne über die Wange. Seine Lippen finden meine, doch er beendet unseren Kuss erneut viel zu schnell, um sein Gesicht an meinem Hals zu vergraben. Als er endlich bitterlich zu weinen anfängt, arrangiere ich uns neu und schaffe es, mich rittlings auf ihn zu setzen, sodass ich ihn fest an mich drücken kann. Er muss nichts sagen ... ich weiß, dass er um Raze weint ... um seine Mutter ... darum, dass sie nie seine Kinder kennenlernen werden. Aber da ist auch Glück ... und ganz viel Liebe, das spüre ich an der Art, wie er mich hält. Ich vergrabe meine Nase in seinem duftenden Haar und schließe die Augen, begleite ihn im Herzen über diese tosende See.

Die Elben haben sich wirklich etwas überlegt, um mich, trotz meiner Flügel, in die klassische Kleidung ihres Landes zu quetschen.

»Geht das, Majestät?«, fragt die Zofe. »Könnt Ihr Eure Flügel noch bewegen?«

Ich teste es. »Ja, erstaunlich gut.«

Das Tuch, das die Frauen sich in Ignis um die Brust binden, haben sie kurzerhand an beiden Seiten eingeschnitten, um es um die Wurzeln der Flügel herumzubinden. Der Stoff sieht aus, als gehöre er zu Fyrions Tuch. Schwarz, mit goldenen eingestickten Runen. Ich mustere es nachdenklich. Anscheinend soll auch ich Trauer um die verstorbene Königin tragen. Der Rock hat, wie ich das von Zahreba kenne, lauter Schlitze, sodass meine Beine wie in Air fast nackt sind. Ich gehe ein paar Schritte und beobachte das Kleidungsstück, wie es mich dabei umspielt. Zum Glück zieht man noch etwas darunter. Allerdings habe ich so kurze Unterkleider noch nie gesehen. Ich beobachte genau, ob es hervorblitzt, aber dafür sind die Schlitze nicht hoch genug.

»Ist der Erbe gut verpackt oder drückt es am Bauch?«, fragt die Zofe und ich schaue sie erstaunt an.

»Gute Nachrichten sprechen sich schnell herum, was?« Ich lächele und sie errötet.

»Der König hat es allen verkündet, als ihr aus dem Bad kamt. Es ist eine große Freude für ganz Glutwacht, Mutter des Feuers. Heute Nacht wird man überall feiern.«

»Oh ... jetzt schon? Aber es ist noch viel zu früh, um sicher zu sein.«

Sie wirkt plötzlich ernst. »Das Volk hat nach so einer Neuigkeit gehungert, Majestät. Der König hat gut daran getan, den Fae einen Grund zum Feiern zu geben. Die Stadt hat lange Zeit nur geweint.«

Ich atme tief durch. »Da hast du recht. Wie war noch mal dein Name?«

»Bellina, Majestät.«

»Bellina, ich hoffe, ich lerne ganz schnell alle Namen.«

»Niemand erwartet das von euch, Majestät.«

»Das ist eine Frage des Respekts«, sage ich. »Meine Mutter hat mir beigebracht, dass es wichtig ist, Fae korrekt anzusprechen.«

Sie nickt. »Darf ich mich jetzt um Euer Haar kümmern, damit ich Euch pünktlich zum Abendessen geleiten kann?«

»Ja, natürlich.« Ich lasse mich auf dem Stuhl nieder, den sie dafür ein Stück vom Frisiertisch weggezogen hat. Mit geschickten Griffen macht sie sich daran, mir das Haar an den Seiten zu flechten und wie bei Fyrion arbeitet sie goldenes Geschmeide mit ein. Als sie fertig ist, bekomme auch ich einen Stirnschmuck aufgesetzt, den sie unter geflochtenen Strähnen befestigt. Anders als Fyrions Kopfschmuck ist meiner jedoch nur ganz zart und mit einer Perle verziert, die an einer kleinen Kette zwischen meinen Augenbrauen baumelt. Daran muss ich mich erst einmal gewöhnen. Zufrieden grinst mich Bellina im Spiegel an.

»Jetzt seht Ihr wie eine Königin aus«, sagt sie und ich erwidere ihr Lächeln.

»Danke, Bellina. Das ist noch so neu und ungewohnt.« Dieser Tag war einfach nur verrückt.

»Das wird ganz schnell normal sein«, winkt sie die Sache ab. »Wenn es Euch gefällt, bringe ich Euch jetzt zum König.«

»Ja, bitte. Gefühlt habe ich ihn schon viel zu lange nicht mehr gesehen«, scherze ich. Es tut mir so leid, dass ich ein paar gemeinsame Stunden einfach verschlafen habe, aber nach dem Bad hat mich die Müdigkeit übermannt.

Bellina wirkt plötzlich ernst. »Schön zu wissen, dass Ihr ihn so sehr liebt.«

Ich lächele sie im Spiegel an.

Bin ich wirklich endlich in Ignis?

Oder träume ich das hier alles nur?

Warmer Wind weht in das Zimmer und trägt die würzigen, fremden Gerüche der Stadt mit sich herein. Die Vorhänge heben sich ein wenig und fallen dann wieder sanft zu Boden. Etwas Sand liegt dort verteilt, ich denke, das lässt sich hier kaum vermeiden. Meine neue Heimat ist so anders, aber bisher liebe ich alles daran. Ich erhebe mich und der Spiegel zeigt mir meinen Bauch. Es wird Einbildung sein, aber ich meine eine winzig kleine Wölbung schon zu erkennen. Dafür ist es zu früh, aber ich möchte es mir einbilden. Ich streichele zärtlich darüber.

»Fyrion wird ein guter Vater«, spreche ich meinen Gedanken laut aus.

»Da bin ich mir sicher, Majestät. Der König liebt Kinder. Er hat sich sogar um eine Elbin gekümmert, die eins von seinem Bruder erwartet.«

Ich erinnere mich an die Frau, von welcher der Verwalter der Stadt damals gesprochen hat.

»Wie geht es ihr?«, frage ich und Bellina seufzt leise.

»Ich kenne sie nicht so gut, Majestät. Aber sie wirkt, als hätte man ihr die Seele geraubt. Hyan hat das Unmögliche geschafft und sie verbrannt.« Der Blick der Zofe wird verschwörerisch. »Ich glaube, sie mochte unseren jungen König ein wenig zu sehr.«

Oha?

»Wie alle Frauen in Glutwacht. Ihr werdet sehr beneidet, Majestät.«

Meine Gedanken wandern zu den leidenschaftlichen Küssen in dem großen Baderaum, der sich zu den vielen Eindrücken des heutigen Tages gesellt. Ob ich demnächst die Gelegenheit bekomme, sie zu verarbeiten? War ich wirklich in der Wüste? Wie gerne wäre ich mit Fyrion allein im Bad gewesen … Da waren eindeutig zu viele Diener. Ich erröte bei der Erinnerung daran, wie sie verzweifelt versucht haben, wegzuschauen, als ich Fyrion das lange Haar gewaschen habe. Auch wenn sie keine Nymphen sind, haben sie wohl die Intimität des Moments gespürt.

»Ich kann ihnen nicht böse sein«, sage ich ehrlich, was Bellina zu überraschen scheint. »Von allen Frauen Pandoreas sollte ich das wohl am besten verstehen.«

Die Elbin schmunzelt kurz, doch da ist Sorge in ihren Augen.

»Was hast du?«, frage ich.

»Darf ich …?«

»Sprich mit mir, Bellina«, fordere ich sie auf und die Zofe rückt näher an mich heran.

»Seine Majestät hat seit er hier ist, ein paar Mal mit Zahreba das Schlafzimmer geteilt.«

Ich runzele die Stirn, doch dann zwinge ich mir ein Lächeln auf. »Fyrion ist für sie so etwas wie ein Sohn. Zahreba hat ihren Mann und der König seinen besten Freund verloren. Sie haben sich nur gegenseitig Halt gegeben.«

»Die Diener sagen, dass der König und Zahreba zusammen im Bett gelegen haben. Seine Majestät hielt sie im Arm.«

Ich werde Fyrion darauf ansprechen, aber so merkwürdig diese Nachricht sich auch in mir anfühlt, ich glaube nicht, dass in dieser oder irgendeiner anderen Nacht etwas passiert ist.

»Wir sollten aufbrechen«, sage ich und betrachte ein letztes Mal meine ungewohnte Kleidung im Spiegel.

»Natürlich. Folgt mir, Majestät«, sagt Bellina und knickst. Im Flur wurden die großen Fenster weit geöffnet. Sicher möchte man etwas der kühleren Abendluft hineinlassen. Auf mich wirkt diese immer noch warm und drückend. Ich betrachte die Waffen an den Wänden und lausche dem Klimpern der goldenen Fußkettchen an meinen Fesseln. Ich blicke nach unten auf das Schuhwerk, das ausschließlich durch eine dünne Schnur und einem Steg zwischen meinen Zehen am Fuß hält. Es ist noch etwas gewöhnungsbedürftig.

Wir betreten die Eingangshalle und Bellina bleibt stehen. Sie verneigt sich und weicht dann zurück. Der Grund dafür ist Fyrion, der mit Valerian, Cirus und anderen Elben dort steht und leise zu diskutieren scheint. Ich muss lächeln, als ich Skylars süßes Gesicht von der Schulter des Königs zu mir herüberschauen sehe. Er sitzt auf Fyrion, als sei er die Majestät im Raum. Ich habe großen Respekt vor diesem Tier, das uns einfach überall auf Pandorea zu finden scheint. Einige der Männer wirken durch seine Anwesenheit etwas abgelenkt und betrachten fasziniert Skylars Flügel. Der Himmelsjäger hebt die Schwingen und streckt sie, bevor er sie lang ausgestreckt um Fyrion legt. Der König lässt sich davon nicht irritieren und nickt Valerian ernst zu. Eine Hand legt sich auf meinen Unterarm. Es ist Zahreba, die mich beiseite zieht. Sie mustert mich mit geröteten Augen.

»Du siehst wunderschön aus, Naida.«

»Danke.« Ich lächele sie an. Sie will mir eindeutig etwas sagen. Ihr Blick geht zu Fyrion.

»Es geht ihm besser«, stellt sie fest. »Du tust ihm so gut.«

Ich weiß gar nicht, was ich darauf sagen soll. Außer: »Er mir auch.«

»Hör zu, ich möchte dir etwas erzählen, bevor du in das Gerede des Hofes hineingezogen wirst.«

Jetzt bin ich wirklich gespannt.

»Als Raze' Asche und die Briefe hier ankamen, dachte ich, ich müsste sterben.« Ihre dunklen Augen füllen sich mit Tränen. »Mir blieb die Luft weg ... die Welt hielt an ... alles war ... so leer.«

Ich schlucke und schließe einen Moment die Augen, bevor ich sie wieder ansehen kann.

»Fyrion hatte so viel um die Ohren. Du wirst es bald sicher selbst bemerken, jeder hier buhlt um die Aufmerksamkeit unseres jungen Königs. Viele brauchen ihn wirklich, manche wollen sich nur eine Position sichern. Obwohl er an vielen Tagen kaum dazu kam, sich mal in Ruhe zu erleichtern, war er für mich da. Fyrion hielt nächtelang meine Hand. Ich weiß nicht, was ich ohne ihn getan hätte. Nur diese biestigen Weiber der Dienerschaft zerrissen sich sofort das Maul. Es wird nicht lange dauern bis dir eine von ihnen erzählt, dass man uns morgens nebeneinander schlafend vorgefunden hat.«

»Schon passiert«, sage ich und Zahreba sieht aus, als hätte ich sie geschlagen.

»Oh nein, verzeih mir, Naida. Du weißt, dass ich den König liebe, aber auf eine ganz andere Art und Weise. Es ist absolut nichts geschehen, außer dass ich geweint habe und er mich hielt. Bitte glaube das Gerede nicht. Fyrion war der beste Freund meines Mannes und ich denke, er hat sich verantwortlich gefühlt, für mich da zu sein.«

Ich nehme eine ihrer Hände und drücke sie. »Nicht nur wegen Raze. Er liebt dich ebenso auf diese ganz besondere Art und Weise.«

Zahreba rollt eine Träne über die Wange. »Raze hat uns beide im Stich gelassen.«

Ich nicke. »Ja, das hat er. Fyrion ist deshalb so unendlich traurig und wütend.«

»Hat er mit dir über ihn gesprochen?«

Ich nicke und Zahreba seufzt erleichtert.

»Der Göttin sei Dank. Deshalb wirkt er jetzt um so vieles entspannter.« Sie wischt sich eine Träne weg und grinst ein klein wenig. »Nun ja und sicher wegen anderen Dingen.«

»Dazu sind wir noch nicht gekommen.« Ich presse die Lippen zusammen und sehe zu Fyrion, doch nur Skylar erwidert meinen Blick. »Es waren einfach überall Diener in diesem Bad und als wir danach in meine Gemächer gingen, bin ich eingeschlafen.«

»Du hast sicher die Nacht kein Auge zugemacht und bist als Wassergeborene durch die Wüste gegangen. Kein Wunder.« Sie sieht mich ernst an. »Du bist nicht böse?«

»Weshalb? Weil Fyrion für die Fae da ist, die er liebt?«

»Weil es sich nicht gehört, dass der Mann einer Frau im Bett einer anderen schläft. An allen anderen Tagen ist er gegangen, nachdem ich zur Ruhe gekommen bin. Aber in dieser einen Nacht war er wohl selbst zu erschöpft.« Sie sieht sich leicht genervt um. »Wenn man diese Leute lassen würde, würde manch einer Fyrion noch sein Anliegen vortragen, während der auf dem Abort hockt.«

Das Bild amüsiert mich und selbst Zahreba lächelt ein wenig.

»Noch grinst du, warte ab, bis deine Zofen und Diener das machen.« Sie atmet tief durch. »Mit Fyrions Hand nimmst du nicht nur ihn an, du gibst auch viel von dir auf. Das Leben als Königin ist nicht immer einfach.«

»Das habe ich mir gedacht und ich hoffe, dass du und die anderen mir helfen werdet.«

Sie drückt meine Hand. »Natürlich. Jederzeit.« Ihr Blick wandert auf meinen Bauch und dann zu meinen Flügeln. »Mutter des Feuers.«

»Ich wünschte, er hätte es noch nicht dem Volk erzählt«, sage ich. »Was, wenn ich nur aufgrund der Aufregung spät dran bin?«

Mit dem Daumen reibt sie mir beruhigend über den Handrücken. »Ich hätte ihn auch gezwungen, noch etwas zu schweigen. Allerdings hast du es wohl den Soldaten erzählt?«

»Oh ... stimmt. Ich habe laut gedacht«, gebe ich zu.

»Es hätte sich ohnehin herumgesprochen. Ich denke, Fyrion wollte es sich nicht nehmen lassen, das seinem Volk selbst zu verkünden.« Sie schnaubt. »Jetzt wird die Rangelei um einen Platz bei deinen Hofdamen losgehen.«

»Du kannst nicht zufällig eine werden?«

Entschuldigend blickt sie mich an und schüttelt den Kopf. »Ich bin im Rat, Liebes. Aber ich weiß, dass Hella sich freuen würde. Sie ist sehr still, aber sie hat ein liebevolles Wesen.«

»Ich werde mal mit ihr reden«, sage ich, weil ich mehr nicht versprechen will. Aus einem unbekannten Grund hatte ich nie einen Draht zu der blonden Elbin.

»Einen schönen Abend, Eure Majestät«, sagt Zahreba plötzlich, während ich kurz meinen Gedanken nachgehangen habe. Ich wende mich Fyrion zu, der mich auf eine Art ansieht, die mir Gänsehaut bereitet. So … stolz. Er kommt auf mich zu und legt seine Lippen auf meine, während eine seiner Hände sich in meinen Nacken legt und mich dort zärtlich streichelt.

Jedoch schrubbt auch eine kleine raue Zunge über meine Wange.

»Skylar«, jammere ich in unseren Kuss und Fyrion lacht. Die Elben um uns herum stimmen mit ein, während sich der König von mir löst und die Aetherkatze auf seiner Schulter anschaut.

»Das ist meine Frau, Himmelsjäger. Aber ich denke, du bist der einzig andere Mann, dem ich erlauben werde, sie abzulecken.«

»Na vielen Dank auch«, grummele ich lachend und reibe mir über die nasse Wange.

»Du siehst atemberaubend schön aus.« Ein Hauch von Lust schwingt in Fyrions Stimme mit und löst ein Summen tief in meinem Unterleib aus. Ich lächele ihn an und drehe mich um mich selbst, wobei ich Zahreba fast mit meinen Flügeln treffe.

»Oje, verzeih«, sage ich schnell. »Ich muss mich erst wieder daran gewöhnen.«

Die Elbin lächelt mich gütig an und verneigt sich. »Alles in Ordnung, Mutter des Feuers.«

»Ich muss mit Cirus noch mal zum Gefängnis«, sagt Fyrion. »Ein paar der Wegelagerer sind offensichtlich aus Glutwacht und jetzt heimgekehrt. Die Späher haben sie beobachtet und festgesetzt. Ich würde sie gerne noch befragen.«

»Ist Ayed auch dort?«, frage ich und Fyrion nickt.

»Ja, wieso?«

»Pass auf, dass sie nicht zusammen in einer Zelle sitzen. Er ist jetzt auch in ihren Augen ein Verräter. Dank ihm ist alles gut ausgegangen, Fyrion. Bitte beschütze ihn. Er hat einen Fehler gemacht, aber er ist nur seinem Herzen gefolgt.«

Der König sieht mich eindringlich an. »Ich werde ihn freilassen, wenn er mir vor Zeugen die Treue schwört.«

Ich atme erleichtert durch. »Danke.«

»Ich werde ihm sagen, dass die Königin um sein Leben gefleht hat. Hoffentlich lässt ihn das etwas Demut und Dankbarkeit empfinden.«

Ich umfasse Fyrions Gesicht und küsse ihn erneut, was Skylar als Anlass dazu nimmt, wegzufliegen. Der König grinst mich an und führt meine Hände herunter.

»Ich habe Gäste zum Abendessen eingeladen, aber du wirst sie ohne mich empfangen müssen.«

»Gäste?«, frage ich erstaunt.

»Ja, ein neues Ratsmitglied und eine junge Frau, die ich dir als mögliche Hofdame ans Herz lege.«

»Jetzt bin ich neugierig«, gebe ich zu. »Und auch etwas nervös.«

Er grinst schief. »Keine Angst. Sie lieben dich jetzt schon.«

Ich gluckse ungläubig.

»Die Königin Mutter und Narissa sind schon dort, du wirst nicht allein sein und ich komme so schnell wie möglich nach.« Er hebt den Blick und die Stimme. »Lasst alle wissen, dass ich denjenigen, der es heute Nacht wagt, uns zu stören, mit meinen bloßen Händen erwürge. Ich gedenke, die Nacht zwischen Wind und Wasser zu verbringen.« Die letzten Worte sind so anzüglich und seine Stimme klang dabei so verführerisch, dass mir das Herz zum Hals herausklopft. Die Männer grölen und auch ich muss schmunzeln.

»Pass auf, Feuergeborener«, sage ich. »Der Sturm und die Wellen könnten dich umreißen und weit hinaustragen.« Ich lasse meine Finger unter sein Tuch auf seine nackte Brust wandern.

»Oh, das hoffe ich.« Damit hält er mir mit einem Wackeln seiner Augenbrauen den Arm hin. »Ich geleite die Königin noch zu unseren Gästen«, sagt er zu den grinsenden Männern. »Ich bin sofort zurück.« Er führt mich durch einen Gang auf eine Tür zu, hinter der laut gelacht wird. »Dich in diesen Sachen zu sehen ... das lässt mich nicht kalt«, gesteht er und ich schaue zu den Wachen, die keine Miene verziehen.

»Schwarz wegen deiner Mutter?«

»Ja, verzeih. Ich weiß, du kanntest sie nicht, aber es gehört sich so.«

»Schon gut, ich habe nichts dagegen.«

»Ich würde dich auch lieber in Blau oder Gelb sehen.«

Lachend lege ich den Kopf schief und schaue ihn an. »Warum wohl?«

»Ich weiß nicht.« Verschwörerisch sieht er mich an und wir bleiben vor einer breiten Tür stehen. Er gibt den Wachen ein Zeichen, dass sie kurz warten sollen. »Ich habe ein kleines Willkommensgeschenk für dich«, sagt er und ich mache große Augen. Fyrion nickt den Wachen zu und die Tür wird geöffnet.

Rosafarbene Flügel mit weißen Streifen.

Gelbe Flügel mit goldenen Punkten.

Mutter, die mich anlächelt ...

Als Aria und Luna sich zu mir umdrehen, verschwimmt mir längst die Sicht. Fyrion löst sich von mir, sodass ich die beiden Pixies nacheinander an mein Herz drücken kann. Großmutter fängt ebenfalls an zu weinen und küsst dann mein ganzes Gesicht ab.

»Mein Kind, ich bin so glücklich«, sagt sie und ich will zu Fyrion schauen, mich bedanken, doch er ist schon verschwunden.

»Was machst du hier?«, frage ich Großmutter.

»Fyrion hat Elara geschrieben. Er muss sehr überzeugend gewesen sein, denn sie erlaubte mir, als Botschafterin ihres Hofes hier nach Ignis zu ziehen.«

»Was?« Das sind ja ... wunderbare Neuigkeiten!

»Ja.« Sie wischt sich eine Träne weg. »Ich werde in Fyrions Rat für Air sprechen. Er hat das Schreiben mit einem bildhübschen Elben an Elara geschickt, der dasselbe nun in Ätheria macht.« Sie rollt mit den Augen. »Elara war sofort von dem Elb angetan. Dein Mann ist gewieft, Kind. Die Königin hat ihm nach der Lektüre seines Briefes sofort verziehen.«

»Die Idee ist gar nicht dumm«, meint Narissa. »Also ich meine jetzt das mit den Botgeschaften oder so.«

»Botschaftern«, verbessert Mutter sie grinsend. Ich sehe zu Luna, die ich erneut an mein Herz drücken muss. Sie lässt es nur zu gerne geschehen und lehnt ihren Kopf kurz an meinen.

»Und du? Was machst du hier?«

Sie zuckt mit den Schultern. »Wir bekamen auch einen Brief. Es hieß, du könntest hier Freunde gebrauchen.«

»Bist du dir sicher?«, frage ich sie. »Ich meine ... das hier ist ein ganz anderes Land?!«

Sie nickt mit vor Abenteuerlust funkelnden Augen. »Mutter war nicht ganz so begeistert, aber das hier ... Ja! Wenn du mich gerne als deine Hofdame hättest, würde ich bei dir bleiben.«

»Ja ... solange du willst«, sage ich und umarme sie erneut.

»Wir sollten langsam die toten Tiere hier essen«, meint Narissa. »Kalt sollen sie nicht mehr so gut sein.«

»Ich bin echt gespannt«, meint Mutter und nimmt als erstes Platz. Wir folgen ihr und ich setze mich zwischen Großmutter und Luna, ihr gegenüber. Mama sieht von Luna zu mir.

»Du solltest zeitnah auch eine Elbin erwählen, Liebling.«

Aria brummt zustimmend. Sie schaut skeptisch das Fleisch an, das vor uns aufgetischt wurde. Zum Glück steht dort auch ein Korb mit Obst. Ob sie und Luna das mitgebracht haben?

»Die Elben dürfen sich nicht zurückgestellt fühlen.«

Ich nicke. »Da hast du recht, Mama. Mir wurde von Zahreba schon eine ans Herz gelegt. Ich werde morgen mal mit ihr sprechen.«

»Sehr gut. Meine Damen sind gerade auf dem Weg zum Schneider. Offensichtlich sind meine Sachen unpassend.« Mutter gluckst amüsiert.

»Was muss man als Hofdame eigentlich machen?«, grübelt Luna.

»Du hilfst, den Haushalt der Königin zu organisieren«, erklärt Aria.

»Also gewissermaßen, als würde ich meinen kleinen Geschwistern hinterherräumen?«

Wir lachen und Oma nickt, bevor sie mit dem Kopf schüttelt.

»Das bekomme ich hin. Naida ist so ordentlich, da habe ich ja fast nichts zu tun.«

»Wie geht es Fejan?«, frage ich. »Und den anderen?«

»Mutter hat einen neuen Lehrling. Er ist echt lieb und versteht sich sehr gut mit Fejan. Manchmal habe ich das Gefühl, mein Bruder hat Herzklopfen in seiner Nähe.« Luna kichert verschwörerisch. »Meine Familie lässt übrigens ausrichten, dass du ihnen noch ein Abendessen und ein paar Geschichten schuldest.«

»Das stimmt. Sobald die Grenzen offen sind, wird das als allererstes gemacht. Bis dahin habe ich auch ein paar interessante Dinge zu erzählen.«

Luna grinst mich kauend an. Sie hat sich lieber an das Obst gehalten, während Oma auf etwas Fleisch herumkaut und ich denke, sie empfindet es als nicht so schlimm wie erwartet.

»Wir hätten auch Reis einpacken sollen und nicht nur das Flusshyanzinthenpulver«, meint Narissa und greift zum gegrillten Fisch. Davon lade ich mir auch etwas auf den Teller und muss gestehen, dass er so rauchig vom Feuer noch besser schmeckt als gekocht.

»Fyrion sagte, er werde sich darum kümmern, dass schnellstmöglich Handel mit Aqua stattfindet. Nicht nur wegen des Reises, sondern auch wegen der Moorerde.« Mutter scheint das Fleisch relativ gut zu schmecken. »Er hat wohl auch Wellenruh und Steinthal wegen Botschaftern geschrieben, aber bisher noch keine Antwort bekommen.«

»Elara kämpft immer noch damit, sich mit Freunden und Getreuen zu umgeben«, berichtet Aria. »Fyrions ausgestreckte Hand hat sie deshalb schnell ergriffen. In Air heißt es schon überall, dass sie es bald möglich machen würde, dass Pixies die Göttin sehen können. Sie schreibt sich das ganz selbst zu.« Oma schnaubt. »Zum Glück ist Fyrion kein Mann wie der Truchsess, der sich dadurch gekränkt fühlt. Es war ihm egal, solange das Ergebnis stimmt.«

»Wie geht es ihm?«, fragt Mutter ernst.

»Jetzt etwas besser.« Versichernd schaue ich sie an. »Der Tod von Raze und seiner Mutter sind schwer zu ertragen, aber er hält sich gut.« Wenn ich bedenke, dass er trotz der Trauer in seinem Herzen so viel bewegt hat. Ich kann ihn nur bewundern.

»Er wirkte recht gefasst«, sagt Aria und sieht mich an. »Nicht so wie damals, als er dich tot geglaubt hat. Ich dachte, der Junge verliert den Verstand.« Sie hält ihren Arm hoch. »Schau, ich bekomme immer noch Gänsehaut, wenn ich daran denke.« In der Tat haben sich die feinen Härchen auf ihrem Arm aufgestellt. »Er war so verzweifelt.«

Ich würge einen Bissen herunter und spüle ihn mit einem Schluck Wasser nach. »Das will ich mir gar nicht vorstellen.«

»Besser nicht.«

Narissa lehnt sich stöhnend im Stuhl zurück und spielt mit einer Strähne ihres Haares. Sie sieht zu Mutter. »Wir sollten uns auch einen heißen Elben suchen.«

»Sprich nur für dich.«

Oma stellt ihr Glas ab. »Du kannst meinem Sohn nicht ewig nachtrauern, Liebes. Deine Freundin hat recht. Er hätte nicht gewollt, dass du den Rest deines Lebens allein bleibst.«

»Themenwechsel oder ich verlasse den Raum«, sagt Mutter in dieser Stimme, die mir nur zu vertraut vorkommt. Sie duldet keine Widerrede. Wie sehr ich mir in diesem Moment wünschte, ich könnte ihr Vater irgendwie wiedergeben. Verdammt, ich hätte ihn ja selbst gerne kennengelernt. Alles, was mir von ihm bleibt, sitzt neben mir und lächelt mich an. Großmutter scheint nun doch zu Obst übergegangen zu sein. Die Tür öffnet sich und Zahreba tritt ein.

»Ich habe gehört, man darf sich hier dazugesellen?«, fragt sie und ich winke sie mit vollem Mund heran. Sie setzt sich, nachdem sie sich verbeugt hat, zu Mutter und ich bemerke, dass Luna sie neugierig mustert. Die Feuergeborenen sind für sie noch immer ein neuer Anblick. Ich weiß noch gar nicht, wie lange sie und Großmutter schon hier sind.

»Ich dachte, du gehst mit zu der Befragung, sonst hätte ich dich gleich gebeten, mitzukommen«, sage ich, nachdem ich geschluckt habe.

»Fyrion hat es mir angeboten, aber Cirus und Valerian sind schon dabei und da habe ich mich entschlossen, lieber hierzubleiben.« Zahreba nimmt sich etwas von dem Fleisch und beißt in eine Keule hinein. Nachdem sie geschluckt hat, fügt sie hinzu: »Immerhin gilt es nun auch, der Königin beiseitezustehen.« Sie zwinkert mir zu. »Nicht, dass du mich hier gebraucht hättest.«

»Ich bin froh, dass du da bist«, sagt Mama. »Es ist wichtig, dass es nicht so wirkt, als würde Naida sich nur mit ihresgleichen umgeben.«

»Erwischt«, meint Zahreba. »Genau das ist der Grund, warum ich hier bin. Es wird immer zu viel geredet.«

Nachdenklich trinke ich noch einen Schluck.

»Ich kenne noch nicht viele Elbinnen, hast du vielleicht noch einen Ratschlag, wen ich als Hofdame nehmen sollte?« Da formt sich noch eine Frage in meinem Kopf. »Wie viele hat die Königin eigentlich?«

»Fünf«, antwortet Zahreba und beißt erneut in die Keule. Nachdenklich kaut sie auf dem Stück herum und schluckt. »Mit Hella wolltest du reden …«

Ich nicke und da kommt mir eine Idee. »Was ist mit der Frau, die ein Kind von Hyan erwartet?«

»Jamala?«, fragt Zahreba entsetzt.

»Ja, genau. Ich hatte ihren Namen vergessen. Immerhin erwartet sie Fyrions Neffen oder Nichte. Der Cousin oder die Cousine meiner Kinder.« Sie könnten zusammen aufwachsen. »Meine Zofe meinte zwar, dass sie sich etwas in den König verguckt hätte, aber sie hat solche Dinge auch über dich behauptet.«

Zahreba schnaubt. »Welche Frau in Glutwacht ist nicht in Fyrion verliebt? Wenn wir danach gehen, müsstest du deinen Hofstaat mit alten Schachteln füllen.«

»Führe mich morgen zu ihr«, sage ich. »Oder lass sie zu mir bringen. Ich möchte mit ihr reden.«

Zahreba sieht mich eine Weile nachdenklich an, dann nickt sie. »Die Leute in Glutwacht würden dich dafür lieben.«

»Wäre Fyrion nicht dagewesen, hätte mich das gleiche Schicksal wie sie ereilt.« Sie hat etwas Glück verdient.

Kapitel 21

»Dauert die Vernehmung immer noch an?«, frage ich am nächsten Morgen und Bellina nickt, während sie letzte Handgriffe an meinen Haaren verrichtet.

»Der König und die anderen sind meines Wissens nach bisher nicht zurückgekehrt. Sicher hat einer der Männer geredet.«

»Hoffentlich geht es Fyrion gut.«

»Sicher, Majestät. Ich habe heute Morgen kurz den Kommandanten gesehen. Er hätte Alarm geschlagen, wenn etwas passiert wäre.«

Das beruhigt mich tatsächlich. »Danke, Bellina.«

»Soll ich Euch das Frühstück bringen? Es ist üblich, dass die Königin in ihren Gemächern frühstückt.«

»Ja, gerne. Vielen Dank.«

Die Elbin lächelt. »Ihr müsst mir nicht immer danken, Majestät. Das ist meine Aufgabe und es ist eine große Ehre, dass der König mich dafür ausgesucht hat.«

»Nur weil man mir eine Krone aufgesetzt hat, werde ich nicht meine Höflichkeit vergessen«, sage ich lächelnd und Bellina knickst, bevor sie aus dem Zimmer eilt. Ich erhebe mich vom Frisiertisch und gehe durch die geöffneten bodentiefen Fenster nach draußen. Tatsächlich kann ich von hier aus in der Ferne die Sümpfe erkennen. Es dauert nicht lange und ich bin nicht mehr allein. Luna gesellt sich zu mir und unsere Flügel berühren sich sanft.

»Das ist Aqua, oder?«

»Ja«, stimme ich zu.

»Eines Tages besuchen wir es.«

»Das werden wir«, verspreche ich ihr. »Dann stelle ich dir Fornax vor.«

Sie atmet tief die doch recht frische Morgenluft ein und wirkt ... glücklich. Es ist so ansteckend, dass auch ich ein Lächeln auf den Lippen trage und kurz vergesse, dass vielleicht ein Kampf mit Incendia bevorsteht.

»Einen Nymphen könnte ich mir auch vorstellen«, überlegt Luna laut und ich pruste leise los.

»Am Ende des Tages ist es doch egal, ob Nymph, Elf, Pixie oder Elb. Solange ihr beide euch liebt.«

»In Air dachte ich immer, dass du ein bisschen komisch bist«, gesteht Luna grinsend. »Aber jetzt weiß ich, dass es nur die Tiefe des Wassers war, die dich so anders hat wirken lassen.«

»Und du bist durch und durch eine Pixie«, sage ich. »Eure Herzen erscheinen so leicht ...«

»Wir werden vom Wind getragen.« Ihre Flügel flattern leicht.

»Ich freue mich so sehr, dass du hier bist, Luna. Wirklich.«

Ihr Blick schweift in die Ferne. »Ich bin auch froh, hier zu sein. Was für ein Abenteuer!«

»Wollen wir nach dem Frühstück etwas fliegen?«, frage ich. »Wenn wir hoch genug sind, kann uns nichts passieren.«

»Au ja! Das machen wir!« Sie strahlt mich glücklich an und hängt sich an die Brüstung des Balkons. Wobei das hier viel mehr wie eine große Terrasse aussieht. Dort steht sogar ein gepolstertes Möbelstück, bei dem man sich in Aqua Sorgen machen müsste, dass der Regen es ruiniert. Wahrscheinlich würde die Luftfeuchtigkeit dafür schon reichen.

»Wir sind in Ignis ... ist das nicht ... komplett verrückt?« Lunas Blick geht zur Seite, wo man eins der ewigen Feuer in der Ferne erkennt.

»Ja«, stimme ich lachend zu. »Mir fehlt nur noch Terra auf der Liste.«

Luna stellt sich wieder gerade auf und legt eine Hand an ihr Kinn. »Ihr könntet den Hof von Steinthal besuchen, um euch als neues Königspaar von Ignis vorzustellen. Ganz offiziell und so.«

Oh, darauf hätte ich Lust. »Das klingt wundervoll, aber dazu sollte die Sache mit Hyan ... geklärt sein.«

Ein Klopfen lenkt unsere Aufmerksamkeit nach drinnen. Ich betrete das Schlafgemach und bitte die wartende Person herein. Es ist Zahreba, in der Begleitung einer mir fremden Elbin mit gelocktem Haar. Beide verbeugen sich. Ich hoffe, dass mir das in der Zukunft nicht mehr so unangenehm sein wird.

»Eure Majestät, ich bringe Euch Jamala.«

Meine Augen weiten sich. »Danke, Zahreba.« Ich deute auf den Tisch, der schon zum Teil für das Frühstück vorbereitet wurde. Es fehlt nur noch das Essen. »Setz dich doch zu Luna und mir, ich würde dir gerne etwas vorschlagen.« Mein Blick geht zu Zahreba. »Bleib auch gerne zum Essen. Hast du schon etwas zu dir genommen?«

»Nein, vielen Dank, Eure Majestät.«

»Luna?«

»Ja, meine Königin?« Sie grinst verschmitzt und ich erwidere mit verengten Augen. Diese Anrede ... von ihr!

»Würdest du Bescheid geben gehen, dass wir mehr Essen benötigen? Besonders, was das Fleisch angeht.«

Sie nickt und wirkt fast schon glücklich, eine Aufgabe zu haben. Ihre Flügel flattern und sie schwebt zur Tür und verschwindet dahinter.

»Wir sollten uns setzen«, sage ich und die Elbinnen folgen mir zum Esstisch. Ich nehme die Karaffe mit Wasser und gieße zuerst Jamala etwas davon ein.

Zahreba räuspert sich. »Liebes, das solltest du nicht tun.«

»Oh«, entkommt es mir und ich lächele die Elbinnen entschuldigend an. »Tut mir leid.«

Zahreba lacht leise. »Auch das solltest du nicht mehr tun.« Sie nimmt mir die Karaffe ab und gießt allen etwas ein, während ich es mir gegenüber von Jamala bequem mache.

»Ich wusste nicht, dass du noch nicht mal gegessen hast«, sagt Zahreba und wirkt unglücklich.

»Man hat mich länger schlafen lassen, als ich das eigentlich wollte.« Sicher hat sich herumgesprochen, dass ich auf Fyrion gewartet habe.

»Tut mir leid, dass Jamala und ich jetzt stören.«

»Nein, gar nicht.« Ich greife über den Tisch nach ihrer Hand und drücke sie. »Es ist nicht so, als hätte ich etwas gegen Gesellschaft beim Essen.« Wahrscheinlich sieht man mir die Besorgnis im Gesicht an, als ich eine Frage loswerde, die mich die ganze Zeit beschäftigt. »Weißt du, ob Fyrion noch immer bei den Gefangenen ist?«

»Nein, der König kam in der Nacht nach Hause. Er schläft und ich habe verboten, dass man ihn weckt. Fyrion braucht einen klaren Kopf, er kann nicht drei Nächte am Stück wach bleiben und dann fundierte Entscheidungen treffen. Er ist aus Fleisch und Blut.«

»Oje. Nein, das geht nicht.«

Zahreba lächelt mich liebevoll an. »Er hat sich noch gewaschen, wollte wohl zu dir. Man fand ihn im Sitzen schlafend vor.«

Ich schüttele den Kopf und atme tief durch. »Er hätte auch ungewaschen in meinen Armen die Augen schließen dürfen.«

Zahreba trinkt einen Schluck Wasser. »Ich glaube, es treibt ihn um, dass du dich hier so wohl wie möglich fühlst und nicht morgen zurück nach Aqua fliegst.«

Ich schnaube. »Als ob, ich bin doch froh, dass ich hier bin.« Mein Blick geht zu Jamala. »Verzeih, wir reden hier und lassen dich außen vor.«

»Kein Problem«, sagt die Elbin und weicht mir mit ihrem Blick aus.

»Man sagte mir, dass ich mir Hofdamen aussuchen muss und da kamst du mir in den Sinn.« Ich nehme einen Schluck Wasser. »Meine Kinder werden

Cousinen und Cousins deines Kindes sein. Ich dachte, es wäre vielleicht schön, wenn wir uns anfreunden. Du könntest im Palast mit uns leben und dein Kind hätte seinen Onkel immer in greifbarer Nähe.«

Jamala hebt den Blick und sieht mich an. Ich kann absolut nicht einschätzen, was in ihr vorgeht.

»Hättest du Lust, meine Hofdame zu werden?«, frage ich deshalb. Sie scheint zu überlegen, blickt von Zahreba zu mir und wieder zurück. Als sie spricht, vermeidet sie es, mich dabei anzuschauen.

»Nein, danke.«

»Nein, danke, Eure Majestät«, sagt Zahreba mit scharfem Ton. Ich glaube, die Elbin ist entsetzt, dass Jamala ablehnt. Wahrscheinlich ahnt sie, genau wie ich, den Grund dafür. Jamala hält nichts von mir, doch während Zahreba fast schon verletzt aussieht, bin ich es gewohnt.

»Schon gut«, sage ich zu ihr und sehe sie ernst an. »Ich werde niemanden zwingen.«

»Sie hat dich aber korrekt anzusprechen.«

Ich schnaube. »Halb so wild. In Quellblüte gibt es Leute, denen ich während des letzten Oculifieber den Hintern abgewischt habe und die sehen mich nicht mal mehr mit Selbigem an. Jamala schuldet mir gar nichts.« Ich schaue die fremde Elbin an. »Es tut mir von Herzen leid, was dir geschehen ist. Wäre Fyrion nicht zufällig vor Ort gewesen, hätte mich das gleiche Schicksal ereilt. Wenn ich dir in Zukunft irgendwie helfen kann, stehen dir meine Türen immer offen.«

Jamala blickt mich mit gerunzelter Stirn an.

»Ich halte dir den Platz bei meinen Damen noch eine Weile frei, falls du deine Meinung änderst. Fühl dich aber nicht gezwungen.« Ich lege eine Hand auf meinen Bauch. »Es wäre schön, eine Elbenmutter an meiner Seite zu haben, die mir elbische Wiegenlieder beibringt.« Lächelnd sehe ich wieder auf und etwas in Jamalas Gesicht hat sich verändert, es ist jedoch immer noch hart und verschlossen.

»Meine Familie würde das nie erlauben«, sagt sie schließlich. »Sie lehnen Euch an der Seite unseres geliebten Königs vehement ab.«

Ich atme tief durch. »Verständlich. Ich bin keine Feuergeborene. Aber ich liebe Fyrion und gedenke, ihn glücklich zu machen. Was den Rest angeht ... nun, ich hoffe, dass ich es auch schaffe, dem Volk eine liebende und gute Königin zu sein. Die Elben liegen mir sehr am Herzen.« Ich sehe zu Zahreba. »Auch wenn anfangs Zweifel da waren ... so habe ich hier doch schon gute Freunde gefunden.«

Die Türen werden einfach geöffnet und ich vermute, dass man uns das Essen bringt, doch statt einer Bediensteten trägt Luna das Tablett.

»Einmal Frühstück und«, sie sieht über ihre Schulter, »gut aussehender König der Feuergeborenen.«

Ein vertrautes Schnauben erklingt und ein vom Schlaf zerzauster Fyrion betritt den Raum. Zahreba und Jamala erheben sich, um sich zu verbeugen, doch während Luna das Tablett abstellt, gehe ich zu Fyrion und er zieht mich in seine Arme.

»Ich bin einfach eingeschlafen«, erklärt er. »Hast du lange auf mich gewartet?«

»Ja, aber das ist egal.«

»Tut mir leid, mein Wüstenfalter.«

Ich muss an die wunderschönen Tiere denken, die ich bisher nur von Bildern kenne.

»Hauptsache, du konntest etwas schlafen«, sage ich und fahre von seiner Wange hoch über sein Haar. Er lehnt seine Stirn an meine und ich frage mich schmunzelnd, was er macht, wenn er ausgewachsen ist. Dann wird er dafür viel zu groß sein.

»Es gibt Neuigkeiten«, sagt er und löst sich wieder von mir. Sein Blick geht zu Zahreba. Dann runzelt er die Stirn. »Jamala?«

»Ich habe ihr angeboten, meine Hofdame zu werden«, erkläre ich die Anwesenheit der Elbin, die sich jetzt wieder erhebt und dabei irgendwie besorgt aussieht. »Sie muss darüber aber noch nachdenken.« Ich zwinkere ihr zu und tatsächlich huscht so etwas wie Dankbarkeit über ihre Gesichtszüge, als ich sie nicht, wie wahrscheinlich erwartet, vor dem König bloßstelle.

»Das wäre schön, so hätte ich meine Nichte oder Neffen in der Nähe. Aber mein Wunsch sollte nur zweitrangig sein. Dein Leben wurde schon zu viel von Männern bestimmt. Entscheide frei, wisse aber, dass ich den Wunsch meiner Königin teile.« Er lächelt mich an und ich kann sehen, dass er sich eigentlich zurückhalten möchte, doch ... er verliert und küsst mich. Innig und sanft legen sich seine Lippen auf meine. Zahreba räuspert sich, doch davon lässt Fyrion sich nicht abhalten.

»Ich denke, es ist alles besprochen, Jamala. Greif gerne zu, wenn du Hunger hast und nimm dir etwas mit. Ich bringe dich zur Tür.«

Eine Antwort höre ich nicht, nur die Tür und ein leises »Bis später«, von Luna, dann sind wir allein. Fyrion brummt zufrieden und der Kuss wird intensiver. Seine Arme legen sich um meine Mitte und drücken mich an ihn.

»Ich habe den Rat gebeten, sich zu versammeln«, raunt er und küsst sich einen Weg hinunter zu meinem Hals. »Es gibt Neuigkeiten.«

»Aber?« Da schwang eindeutig eins mit. Statt einer Antwort bekomme ich ein Knurren, was wohl so viel heißen soll wie: *Ich brauche dich. Jetzt.* Er muss die Worte nicht sagen, sie vibrieren in jeder Faser meiner Existenz. Der Elb scheint sie in heiß pulsierenden Wellen auszusenden, die mir direkt in Mark und Bein fahren, um tief in mir eine Sturmflut auszulösen.

»Verstehe«, raune ich, während er mich zärtlich in die Schulter beißt. Ich greife nach unten zwischen uns und streichele über den Teil, der sich mir sehnsüchtig entgegenstreckt. »Das hier ist dringender.«

Fyrion keucht, packt meine Hand und nimmt sie wieder hoch. Er drängt mich rückwärts zum Bett und ich breite meine Flügel aus, um mich darauf fallenzulassen. Fyrion bleibt stehen und betrachtet mich mit hungrigen Augen. Ich hebe ein Bein und fahre ihm mit dem Fuß über den Bauch. Er umfasst meine Fessel mit den klirrenden Kettchen und küsst meine Wade, bevor er nach meinem Rock und der Unterkleidung greift und mich entkleidet. Während er aus seiner

Hose steigt und das Tuch abstreift, setze ich mich etwas auf und befreie auch meinen Oberkörper.

»Endlich«, raunt er und legt sich auf mich. Nackte Haut trifft auf nackte Haut und ich könnte schreien vor Glück. »Die ganzen Wochen habe ich genau hiervon geträumt.«

»Willst du wissen, wovon ich geträumt habe?«

Er nickt und ich meine, das Feuer in seinem braunen Auge aufflammen zu sehen.

»Leg dich auf das Bett«, bitte ich und er kommt meinem Wunsch nach. Ich betrachte den schlanken, muskulösen Körper und würde ihn am liebsten überall auf einmal anfassen. Doch ich klettere über ihn und lasse mich ganz langsam auf ihm nieder. Ich vereine uns und der Sturm der Gefühle in meinem Bauch breitet sich bis in meine Flügelspitzen aus. Sie fangen sofort an zu zittern und ein wenig zu flattern. Fyrion beobachtet es und ihm entkommt ein tiefes, dunkles Stöhnen, das bis in mich hinein zu vibrieren scheint. Seine Hände landen an meiner Hüfte und drücken sanft zu, als wollen sie mich an Ort und Stelle halten. Ich gebe ihm einen Moment, schließlich möchte ich das hier eine Weile genießen. Der Griff wird lockerer und ich fange an, mich sanft auf ihm zu wiegen. Fyrions Hände wandern auf meinen Bauch, bleiben dort eine Weile liegen. Etwas wie Ehrfurcht liegt in seinem Blick, als er über die Stelle streicht, hinter der vermutlich sein Kind in mir wächst. Ich beuge mich hinunter und küsse ihn. Der Winkel tut unfassbar gut und deshalb bleibe ich eine Weile so, lausche seinem Atem, genieße den Duft, der von ihm ausgeht. Ich beobachte die Runen, die auf seinem Gesicht glühen, während seine Hände über meinen Rücken streicheln.

»Ich liebe dich«, wispert er voller Sehnsucht und ich küsse ihn erneut. Er stöhnt so herrlich in unseren Kuss, dass auch ich mich nicht mehr zurückhalten kann.

»Ich dich auch«, sage ich und richte mich wieder auf. Wieder mehr Gewicht auf seinem Schoß zu spüren, scheint ihm den Verstand zu rauben und ich genieße es, ihn für einen Moment so herrlich entrückt zu sehen. Eine seiner Hände bahnt sich einen Weg nach ganz unten und als da plötzlich ein Daumen gegen meine empfindliche Stelle reibt, kann ich nicht mehr an mich halten. Ich stöhne überrascht auf und drücke mich dagegen. Die Berührung ... dort ... und ihn in mir ... das ist zu viel. Zu gut. Zu ... alles. Mehr ... mehr ... mehr ... Mein Körper bebt und meine Flügel zittern, als eine Welle auf mich zurollt, die mich umzureißen droht. Ich drücke mich auf Fyrion, gegen seine Hand und ... löse mich in tausend Teile auf. Schauer über Schauer durchfahren mich und lassen mich auf ihm erbeben. Da ist so viel ... Liebe und Lust ... sie wirbeln mich in einer Spirale umher, bis sie mich ermattet und zufrieden zurücklassen. Nach Luft schnappend, sehe ich meinen Elb an, der mich packt und herumwirbelt. Ehe ich mich versehe, liege ich auf dem Rücken und Fyrion baut sich über mir auf.

»Ich möchte dir und dem Kind nicht wehtun«, sagt er und führt meine Hand. »Bitte. Schnell. Fest.« Mehr Anweisungen brauche ich nicht. Ich komme seinem Wunsch nach und ergreife den Teil seines Körpers, dem sie galten. Schon nach kurzer Zeit stöhnt Fyrion und rutscht dabei neben mich. Mit einer Hand fängt er den größten Teil des Ergebnisses seiner Lust auf. Ich kann nicht anders, als es fasziniert zu beobachten. Dabei komme ich mir dumm vor, aber ... ich habe das zuvor noch nie gesehen. Fyrions flacher Bauch hebt und senkt sich verzweifelt, während er die Wonnen seines Höhepunkts durchlebt. Immer mal wieder spannt er sich an, bis er mich schließlich erlöst anlächelt.

»Göttin«, flüstert er.

Ich lache leise und blicke nach unten. Es ist ... zu verführerisch. Ich setze mich auf, greife nach seiner Hand und sehe mir die weiße Flüssigkeit genau an.

Er grinst. »Hätte ich gewusst, dass du es untersuchen möchtest, hätte ich dir schon eher etwas davon gegeben.«

»Ich habe es zuvor noch nie wirklich gesehen.« Es ist faszinierend, dass daraus Leben entstehen kann. Faekörper sind schon ein faszinierendes Machwerk der Göttin.

Leider klopft es an der Tür.

»Eure Majestät? Der Rat ist jetzt versammelt.«

Fyrion rollt mit den Augen. »Danke, wir werden gleich da sein.« Damit steigt er aus dem Bett und ich sehe ihm nach. Sein Po ist ein Anblick, den ich mir nicht entgehen lasse. Fyrion reinigt seine Hände und befeuchtet anschließend einen Lappen, der neben der Waschschüssel liegt. Die Runen haben seine Haut verlassen, als er sich wieder zu mir setzt und mir das Tuch reicht. Ich danke ihm und erfrische zunächst mein Gesicht, bevor ich mir die Hände gründlich damit abwische. Als ich fertig bin, nimmt Fyrion eine blaue Strähne meines Haares in seine Finger.

»Wunderschön«, befindet er und ich lächele. Er sieht mich mit seinem gesunden Auge an. »Komm, mein Wüstenfalter. Ich helfe dir mit deinem Brusttuch.«

Ich nicke und steige zunächst in meinen Rock und meine Unterkleider, während Fyrion dasselbe mit seiner Hose macht.

»Ich habe deine schöne Frisur ruiniert«, sagt er, als er mir das Tuch am Rücken zubindet.

»Dann löse sie, ich gehe einfach mit offenen Haaren.«

»Nein, so schlimm ist es nicht.« Er macht etwas an meinem Hinterkopf. »So wird es gehen. Bellina soll sich an mich wenden, wenn sie schimpft.«

Ich drehe mich zu ihm um und werde in seine warmen Arme gezogen.

»Danke, Geliebte. Das habe ich so sehr gebraucht.«

»Ich auch«, seufze ich. »Ich auch, Liebling.« Ich schmunzele an den Stoff seines Tuches, auf dem mein Gesicht an seiner Schulter ruht. »Mein Herz klopft wie verrückt.«

Er lacht leise. »Meins auch.« Fyrion legt einen Zeigefinger unter mein Kinn und führt es hoch, sodass ich ihn ansehe. »Ich will, dass du es vor dem Rat schon erfährst. Cirus hat heute Morgen eine Nachricht aus Incendia bekommen. Sie ist widersprüchlich, aber es gibt Gerüchte, dass mein Vater noch leben könnte.«

Ich runzele die Stirn.

»Hyan soll ihn gefangenhalten.«

»Aber ... eure Mutter?«

Fyrions Miene wird hart. »Eventuell wurde sie mit einem Fremden verbrannt.«

»Was?« Ich weiche von ihm zurück.

»Dass sie mit ihm stirbt, war von Vater tatsächlich mal so veranlasst worden.« Wut entbrennt in Fyrions Seele. Man kann es in seinem braunen Auge gut erkennen. »Ich kann mir vorstellen, dass mein dummer Bruder das nicht im Kopf hatte, als er sich den Plan ausdachte, Vater einzusperren und seinen Tod zu verkünden. Sofern an den Gerüchten etwas Wahres dran ist.«

»Aber er hätte es noch verhindern können ...«

Fyrion schaut mich eindringlich an. »Und dann seine Lüge gestehen? Wenn das alles stimmt, hat er sich des Hochverrats schuldig gemacht.«

»Aber wie hat der Informant davon erfahren?«

»Angeblich hat er Vater im Gefängnis gesehen und mit ihm gesprochen. Er bietet mir ... angeblich ... an, mich zu seinem rechtmäßigen Erben zu machen und Hyan ... nun, er würde hingerichtet werden. Das Ganze könnte eine Falle sein.«

Ich starre Fyrion ungläubig an. »Volcador darf nie wieder König werden.«

»Ja«, stimmt er zu und nimmt meine Hand. »Gehen wir zum Rat und besprechen das mit ihnen.« Er schaut zu dem Frühstück und ich höre leise seinen Magen knurren. »Das soll man uns nach unten bringen.«

Ich nicke und fasse unter das Tuch, um über die Stelle zu streicheln, wo sein Magen nach Nahrung ruft.

Fyrions Hand ruht unter dem Tisch auf meinem Bein. Mit dem Daumen streichelt er über meinen Oberschenkel, während er dem Ratsmitglied ... Kayne ... zuhört. Ich kämpfe immer noch mit den Namen. Zum Glück sitzt Zahreba neben mir, sie ist mir wenigstens vertraut.

»Ich denke auch«, sagt Fyrion und schaut zu mir. »Wie siehst du das?«

Ich nicke. »Bevor wir nicht wissen, ob das nur eine dumme Falle ist, sollten wir gar nichts tun.«

Fyrion sieht mich nachdenklich an. »Die Königin hat recht. Es ist dumm. Als ob ich nur an der Thronfolge interessiert wäre. Das trägt für mich die Handschrift meines Bruders.«

Zahreba brummt zustimmend. »Wir hätten nichts davon, wenn Hyan stirbt und Volcador wieder auf dem Thron sitzt.«

Ich nehme einen von diesen Fleischkuchen und drücke ihn Fyrion in die Hand, während Oliah, die mir gegenübersitzt, über die Möglichkeit spricht, das Gefängnis in Incendia auszuspionieren.

»Wenn wir die Stadt unter Kontrolle bekommen und Hyan stirbt, dann wäre es wichtig zu wissen, ob da noch ein anderer Rivale um die Krone hinter Gittern sitzt«, sagt sie und Fyrion nickt kauend. Ein Mann, ich glaube, sein Name war Thyron oder so ähnlich, hat mein Tun beobachtet und schmunzelt amüsiert. Ich lächele ihn entschuldigend an … anders bekomme ich in den Mann zu meiner Rechten nichts hinein.

»Was ist so amüsant, Thyan?«, fragt Oliah ein wenig pikiert.

Oh … so war der Name. Thyan. Ich muss es mir einbläuen.

»Das hatte nichts mit dir zu tun, meine Gute. Verzeih mir.«

»Thyan hielt es für lustig, meine Frau dabei zu beobachten, wie sie mich förmlich füttert«, sagt Fyrion und greift nach einem weiteren Fleischkuchen.

»Ich bin ein Verehrer der Liebe«, verteidigt sich Thyan. »Wenn ich sie in so kleinen Gesten entdecke, kann ich nicht anders, als den Anblick zu genießen.«

Fyrion lächelt mich an und leckt sich die Lippen, nachdem er geschluckt hat.

»Verehrer der Liebe«, schnaubt Zahreba. »Du bist ein Hallodri.«

Thyan hebt abwehrend die Hände. »Hey, ich bin, wie ich bin.«

Ich sehe zu Großmutter, die bisher nur aufmerksam zugehört hat und mich jetzt anlächelt. Ob sie zu solchen Themen überhaupt etwas zu sagen hat, weiß ich gar nicht. Immerhin vertritt sie Air in diesem Rat und das hier geht das

Land meines Vaters nicht sonderlich viel an. Ich bin mir aber sicher, dass sie ebenfalls dieses Treffen dazu genutzt hat, sich Namen und erste Charakterzüge einzuprägen.

»Gut, dann löse ich die Versammlung auf. Wir machen erst mal nichts und du, Oliah, sprichst bitte mit unseren Spitzeln, wie sie die Lage einschätzen, was das Gefängnis angeht. Ich will nicht riskieren, dass einer von ihnen gefangengenommen und gefoltert wird. Nicht wegen meines Vaters.«

»Natürlich, da bin ich Eurer Meinung, Majestät. Ich kümmere mich sofort darum.«

»Danke, Oliah. Danke euch allen.«

Ich sehe zu Fyrion. »Luna und ich würden gerne die Winde von Ignis testen«, sage ich.

Der König lächelt. »Sie rufen euch, was?«

Ich nicke und streichele über seine Wange. »Geht das in Ordnung oder brauchst du mich gerade?«

»Nein, ... geh ... nur bleibt bitte weit oben.«

»Da macht es ohnehin am meisten Spaß«, sagt Großmutter und lächelt mich verstehend an. »Am besten, ihr steigt über dem Haus in die Luft und landet auch nur hier, dann kann euch nichts geschehen.«

»Heute Nachmittag kommt ein Elb namens Yanik zu dir«, sagt Fyrion. »Er ist einer der besten Heiler von Glutwacht und ich habe ihn gebeten, dein Lehrer zu werden. Die Zahl der Kranken im Lager ist so geschrumpft, dass sie ihn jetzt entbehren können.«

Ich mache große Augen und küsse Fyrion. »Danke! Aber wenn er einer der Besten ist, sollte er sich lieber noch um die Kranken kümmern.«

»Wenn du willst, kannst du ihn dorthin begleiten. Ich gebe dir Valerian mit. Vielleicht kannst du unseren Heilern noch ein paar hilfreiche Hinweise geben.«

»Ich denke nicht, diese Krankheit scheißt auf alles.«

Ein paar Ratsmitglieder husten leise, während Fyrion lächelt. Doch dann verändert sich seine Miene. Jemand kommt durch die mittlerweile geöffnete Tür gestürmt.

»Majestät«, sagt die Wache und tritt beiseite. »Die Königin Mutter.«

Ich drehe mich um, in Erwartung meine Mama zu sehen, doch da steht eine zierliche Elbin in verdreckter weißer Kleidung und dunklem Haar.

»Mutter ...«, sagt Fyrion und mich durchfährt eine Art Schock. Das ist ... seine ... Mutter? Die Frau fängt an zu weinen und Fyrion löst sich von meiner Seite, um zu ihr zu gehen. Ich gehe zu Großmutter und lehne mich näher an ihr Ohr.

»Sag Luna bitte, dass wir unseren Ausflug verschieben müssen.«

Sie nickt verstehend. »Ich richte es ihr aus.« Damit löst sie sich von mir und geht an Fyrion und seiner Mutter vorbei. Er hält die schluchzende Frau in seinen Armen.

»Sie war ganz allein. Wir fanden sie bei einer Schafherde, wo sie sich zitternd versteckt hat«, sagt der Mann, der die Königin Mutter hierher begleitet hat.

»Hyan hat deinen Vater getötet«, sagt sie und ihre Stimme klingt rau. »Es war nicht das Fieber. Er war es! Fyrion ... ich bin mir sicher. Dein Vater war der geliebte Sohn der Göttin. Er wäre niemals am Fieber gestorben! Hyan muss es gewesen sein, er war bei ihm als es geschah.«

Ich greife nach einem sauberen Glas auf dem Tisch und gieße etwas Wasser hinein. Mit einem mulmigen Gefühl im Bauch bringe ich es zu Fyrion, dem ich eine Hand auf die Schulter lege. Als er mir seine Aufmerksamkeit schenkt, nimmt er mir das Glas mit einem dankenden Blick ab und reicht es seiner Mutter. Sie trinkt gierig daraus und hält sich dabei an ihrem Sohn fest. Um ehrlich zu sein, weiß ich gerade nicht, was das Richtige wäre. Hierzubleiben oder den beiden etwas Zeit für sich zu geben. Ratlos stelle ich mich zu Zahreba, welche die Königin Mutter mit gerunzelter Stirn und verschränkten Armen beobachtet. Ich erinnere mich, dass sie kein Freund von ihr gewesen ist. Sie hat dieser Elbin immer vorgeworfen, sich nicht um den jüngsten Prinzen gekümmert zu haben.

Vielleicht spielt auch eine gewisse Rivalität mit, … Zahreba wirkt jedenfalls wie eine Mutter, die ihren Sohn dabei beobachtet, den Feind zu umarmen.

»Ruhig, du bist jetzt in Sicherheit«, höre ich Fyrion sagen und meine, Zahreba leise schnauben zu hören. Wie ich dieser so fragilen Elbin gegenübertreten soll, weiß ich noch nicht. Ich kann in einer Sache nicht aus mir heraus und muss Zahreba zustimmen: Sie hat weggesehen, wenn der alte König Fyrion verdroschen hat. Ich straffe meine Schultern, weil mir bewusst wird, dass ich als Königin niemals so schwach wie sie wirken darf.

»Es hieß, du wärst verbrannt worden«, sagt Fyrion und löst sich von der Frau. Sie reibt sich über das Gesicht.

»Ich bin direkt nach seinem Tod geflohen und habe mich erst in Incendia versteckt. Die Frau eines Wachmanns half mir. Ich habe ihnen gesagt, dass der König noch leben würde und sein Tod sei eine Lüge. Sonst hätte man mich doch gefangengenommen.«

»Daher kommt das Gerücht, er würde noch leben«, höre ich einen der Berater sagen und Fyrion brummt zustimmend.

Wieso macht mich der Anblick der alten Königin so wütend?

Ist es das Feuer, das aus meinem Bauch bis in meine Flügel hoch züngelt? Hat es mein Herz ergriffen? Immer mehr Elben scheinen sich in der Halle hinter der Königin Mutter zu versammeln. Die Nachricht hat sich wohl herumgesprochen, dass sie hier ist. Was geschieht nun mit meiner Mutter? Ich bin mir sicher, dass sie trotzdem bleiben darf, aber was ist mit der Aufgabe, die Fyrion ihr zugedacht hat? Nun, das wird sich später klären lassen. Der König sucht meinen Blick und ich begegne ihm mit einem kleinen Lächeln. Er streckt die Hand nach mir aus und erst als ich neben ihm stehe, sehe ich, wie viele Elben sich hinter der Tür versammelt haben.

»Mutter, darf ich dir meine geliebte Königin Naida vorstellen?«

Ich sehe die verweinte Frau an. Sie verneigt den Kopf.

»Naida, das ist meine Mutter Ignatia.«

Auch ich verneige mich, fühle aber diese hässliche Wut unter meiner Haut brodeln. Vielleicht ist es an der Zeit, was die Sache zwischen Fyrion und seiner Mutter angeht, endlich einmal offen Stellung zu beziehen.

»Ich hoffe, dass wir ganz bald Freunde werden«, sagt die alte Königin und ich schnappe nach Luft. Ich muss mein Gesicht kontrollieren und versuchen, es neutral zu halten.

»Das denke ich nicht«, platzt es trotzdem ruhig aus mir heraus. »Ich weiß nicht, wie ich die Freundin einer Frau werden soll, die feige weggesehen hat, als ihr Mann die Liebe meines Lebens mehrmals halb totgeschlagen hat.« Mein Herz schlägt mir zum Hals heraus, als um mich herum die Menge erstaunt murmelt. Ich löse mich von Fyrion, will weggehen, bleibe aber Schulter an Schulter mit Ignatia stehen.

»Ich werde ab sofort freundlich zu dir sein. Du hast nichts von mir zu befürchten«, sage ich. »Erwartet aber weder meinen Respekt noch mein Wohlwollen. Du bist für mich nicht mehr als das Beispiel dafür, wie ich als Mutter und Königin niemals sein möchte. Ich freue mich für Fyrion, dass er dich nicht mehr betrauern muss, auch wenn du das nicht verdient hattest. Etwas halte ich dir zugute: Du hast ihn geboren. Dafür werde ich dir immer dankbar sein.«

Ich spüre eine Hand in meinem Rücken, die mich sanft wegführt. Es ist Zahreba, die an meiner Seite erstaunte Gesichter und heftiges Gemurmel passiert. Mein Herz überschlägt sich fast, als ich an einem Arm gepackt werde. Ich sehe über meine Schulter in Fyrions Augen. Er zieht mich vor den ganzen Fae um uns herum an sich und drückt seine Lippen auf meine. Die Wut weicht aus meinem Körper und ich schmiege mich an ihn. Er löst sich von mir und geht zu Zahreba. Mir kommen fast die Tränen, als er sie dort küsst, wo ihr Herz schlägt und sie dies auf seiner Stirn erwidert. Fyrion weiß, wie sie sich gerade gefühlt hat ...

»Ich muss mit ihr reden, hören, was sie weiß«, sagt er und sieht uns abwechselnd an. Zahreba nickt verstehend und ich streichele ihm über die Wange.

»Es ist besser, du machst das unter vier Augen«, sagt die Elbin. »Sie war schon immer furchtbar ängstlich. Aber vergiss niemals, dass ihre Loyalität stets deinem

Vater galt und er hat immer Hyan präferiert. Lass sie niemals unbewacht. Wir können ihr nicht trauen.«

Fyrion nickt ernst und schaut zu mir. Sein Blick wird sanft. »Raze wäre gerade unfassbar stolz auf dich gewesen.« Er atmet tief durch. »Bis nachher, mein geliebter Wüstenfalter.«

»Bis nachher.« Ich schaue zu Zahreba, deren Augen aufgerissen und mit Tränen gefüllt sind.

»Er hat recht«, haucht sie. »Genau das hat Raze sich immer gewünscht. Dass jemand mal laut ausspricht, wie unfähig und schwach Ignatia ist. Dass du es warst, macht es für Fyrion ... und für mich umso wertvoller.«

»Es war das Feuer in mir«, sage ich leise. »Ich konnte spüren, wie seine Flammen mir die Hitze in die Brust trieben.«

»Vielleicht schlägt da ein kräftiges Elbenherz in deinem Bauch.« Zahreba schaut mich mit Stolz im Blick an. »Komm, Mutter des Feuers. Lass uns deine Hofdame suchen.«

Kapitel 22

Mittags wird es fast unerträglich warm, weshalb ich mir vornehme, nach dem Essen, meinen Körper unten im großen Bad abzukühlen. Laut Fyrion wird es immer mit frischem Flusswasser gespeist und ich müsste nur Bescheid geben, wenn es erhitzt werden soll. Das will ich nun wirklich nicht. Mutter summt ein Lied über die Sonne während sie versucht, eine Nandaofrucht zu schälen. Ich stimme leise mit ein und singe die Zeilen, während Luna und Aria sich lächelnd zurücklehnen. Narissa wiegt sich kauend im Takt der Musik.

»Sie hat eine bezaubernde Stimme«, sagt Großmutter zu Luna, die sofort mit dem Kopf nickt.

»*Die Sonnenstrahlen tanzen und sie lacht, in Wogen über Seen und Flüssen sacht. Sie wärmt das Wasser, still und klar. Wir Nymphen danken ihr, Jahr für Jahr*«, singe ich und schließlich stimmt auch Narissa mit ein. Mutter schaut hinter mich und lächelt, weshalb ich schon ahne, wer sich da nähert. Fyrion beugt sich über mich und küsst zärtlich meinen Scheitel. Wir beenden das Lied, während Luna an meiner Seite für ihn Platz macht. Erst jetzt bemerke ich, dass Hella ihm gefolgt ist.

»Sie hat draußen gewartet«, erklärt Fyrion ihre Anwesenheit und ich sehe die Elbin geschockt an.

»Warum bist du nicht hereingekommen?«, frage ich.

»Ich wollte Euch nicht stören, Majestät. Aber Zahreba sagte, dass Ihr mich sprechen wollt.«

»Für dich bin ich bitte einfach nur Naida und ja, da hat sie recht. Ich wollte dich fragen, ob du daran Interesse hättest, eine meiner Hofdamen zu werden.«

Hella wirkt einen Moment sprachlos, doch dann nickt sie. »Das ist eine große Ehre, vielen Dank. Das ... das würde ich sehr gerne.«

Ich breite die Arme aus. »Dann willkommen in der Runde.«

Sie lächelt noch etwas unsicher und scheint sich bei Fyrion rückzuversichern, dass es in Ordnung ist. Er schafft es, ihr mit einem einzigen Blick diesen Halt zu geben und sie lässt sich von Luna zu sich ziehen.

»Hab keine Angst, Kind. Nymphen und Pixies sind nicht dafür bekannt, zu beißen«, sagt Mutter zu ihr, was die Elbin schmunzeln lässt. Fyrion spielt mit meinen Haaren und ich wende ihm meinen Blick zu.

»Wie war der Wind in Ignis?«, fragt er.

»Heiß, sandig und trocken. Aber wir haben die Statue der Göttin aus der Ferne gesehen! Das war ... atemberaubend! Wir wollten jedoch nicht näher heran. Nicht ohne einen Elben und nicht ohne vorher im Fluss gebadet zu haben. Ich wollte nicht weit vom Juevo weg, auch wenn meine Flügel nicht so anfällig waren wie die von Narissa und Mama.«

Fyrion nickt verstehend und ich frage mich, ob ich ihn hier und jetzt wegen seiner Mutter ... Nein, besser nicht.

»Wie geht es dir?«, flüstere ich leise. So kann er entscheiden, was er mir sagen will und was nicht. Fyrion atmet tief durch.

»Bin etwas neben mir, wenn ich ehrlich bin. Aber es geht mir gut.« Er spielt mit dem Stoff meines Oberteils und lächelt versonnen. »Schön, dich in Gelb und Blau zu sehen.«

»Wie Seine Majestät wünscht.« Ich zwinkere ihm zu und schiebe mir etwas Fleisch in den Mund. Das wird mir wieder schwer im Magen liegen, aber ich plane, mich langsam an die Nahrung meiner neuen Heimat zu gewöhnen. Er zieht die Augenbrauen hoch und schaut über den Tisch zu Mama.

»Mutter?«

Sie schluckt hastig herunter. »Ja, Kind?«

»Würdest du dich unwohl fühlen, wenn ich an unserer Abmachung festhalte? Ich meine, jetzt, wo meine Mutter wieder hier ist. Aber sie ist denkbar ungeeignet. Ich wünsche, dass man dich weiterhin mit Königin Mutter anspricht und sie … sie wird ab sofort ihren bürgerlichen Namen führen. Sie ist damit einverstanden.«

Mama macht große Augen, während sie kurz nachzudenken scheint. »Das wird sicher für alle etwas seltsam am Anfang sein, aber ich bin für dich da, Kind. Gerne komme ich deinem Wunsch nach.«

Fyrion wirkt erleichtert. »Danke, Mama.«

Mutter stützt ihr Kinn auf ihre Hand am Tisch auf. »Das klingt toll … noch mal.«

»Danke, Mama?« Fyrion grinst.

»Der letzte Teil hätte gereicht. Aber ich nehme auch einen zweiten Dank entgegen.«

»Wird das die Elben nicht verärgern?«, frage ich besorgt. Fyrion nimmt meine Hand und drückt sie.

»Mutter tritt freiwillig zurück und das wird auch öffentlich bekannt gemacht. Die Elben sind froh, wenn es wieder Kultur und Feste in diesem Land geben wird.«

»Narissa und ich haben uns da auch schon ein paar Gedanken gemacht«, sagt Mama. »Aber das besprechen wir, wenn kein Krieg mehr am Horizont droht.«

»Gerne«, sagt Fyrion und grinst Hella noch einmal versichernd an. Unter lauter geflügelten Frauen muss sie sich fremd im eigenen Land vorkommen. Das möchte ich nicht und nehme mir vor, mich ihrer etwas anzunehmen.

»Kannst du mir vielleicht ein paar Lieder aus Ignis beibringen?«, frage ich an sie gerichtet. »Ich sollte das hiesige Liedgut kennen.«

Hella pustet die Wangen auf. »Uff, ich kenne keines wirklich auswendig, aber ich besorge uns ein Buch. Ich spiele die Baleia und kann dich beim Lernen begleiten, wenn du magst.«

»Das ist dieses Zupfinstrument, oder?«, frage ich. »Das würde ich unheimlich gerne mal hören.«

»Ja, genau.«

»Prima. Ich muss ganz besonders die Kinder- und Schlaflieder lernen.«

Hella lacht. »Ich kümmere mich darum.«

In einem ruhigen Moment muss ich sie mal auf die Sache ansprechen, dass man sie mal als Königin angedacht hatte. Sie scheint deshalb nicht wütend zu sein. Wollte sie das vielleicht gar nicht? War sie nur eine Notlösung, um schnellstmöglich Fyrions Blutlinie zu sichern? Das könnte ich mir sehr gut vorstellen.

»Wie geht es deinem verrückten Bruder?«, frage ich grinsend und Hella verdreht mit einem Seufzen die Augen.

»Ich weiß nicht, was unsere Eltern bei dem falsch gemacht haben.«

»Dem geht es hervorragend«, raunt Luna vielsagend und Hella und ich starren sie wohl beide perplex an. »Was? Ich habe eben mit ihm ein wenig herumgeknutscht. Wir reden doch von dem blonden Typ namens Yadem, oder?«

»Das tun wir wohl«, sagt Hella und lehnt sich im Stuhl zurück, während ich versuche, nicht den Schluck Wasser, den ich dummerweise gerade getrunken habe, über den Tisch zu spucken. Fyrion dreht sich von mir weg und niest zweimal herzhaft. Mit großen Augen sehe ich ihn an.

»Hatsi-Spatzi«, sagt Aria lachend, was sich so falsch anfühlt. Als würde sie mit einem Kind reden, aber ich muss trotzdem schmunzeln. Auch Fyrion lacht und zieht die Nase hoch.

»Die Göttin segne dich.« Ich fahre ihm über das Haar.

»Tut mir leid. Ich habe Cirus und Zahreba kurz mit den Soldaten geholfen, die gerade das Pulver testen. Hab wohl etwas abbekommen.«

»Lernen nicht alle damit umzugehen?«, frage ich und Fyrion schüttelt den Kopf.

»Nein, nur die, die an vorderster Front Incendia stürmen werden und das sind auch die, denen wir am meisten vertrauen, dass nichts durchsickert. Das Pulver funktioniert ja nur, wenn wir die Überraschung auf unserer Seite haben.«

»Ich finde das immer noch schade, dass ihr davon niesen müsst«, meint Narissa. »Es ist so ein schöner, verführerischer Duft. Aber es nutzt nichts, ich habe mein Öl gar nicht erst mitgenommen. Ich will von einem Elben nicht vollgerotzt werden beim …«

»Liebe machen«, unterbricht Mutter sie und Hella bricht in Gelächter aus. Ich mag den Klang und bin froh, dass sie schnell warmzuwerden scheint.

»Obwohl er dann ganz hilflos und mir ausgeliefert wäre«, raunt Narissa und lehnt sich im Stuhl zurück. »Aber nein, ich wahre das Geheimnis, keine Sorge.«

Fyrion schüttelt den Kopf und greift sich ein Stück von dem Obst auf meinem Teller, das ich geschält und geviertelt habe.

»Wenn ihr noch mehr von dem Pulver benötigt, können Narissa und ich nach Aqua fliegen und Blumen pflücken«, schlägt Mama vor und Fyrion nickt kauend.

»Gar keine schlechte Idee«, meint er, nachdem er geschluckt hat.

»Oh ja, dann binde ich mir einen Kerl am Bett fest und halte den feurigen Bullen nur mit einer Blume unter Kontrolle.« Narissa reibt sich die Handflächen und Fyrion verschluckt sich fast. Ich schlage mir die Hände vors Gesicht, während Hella und Luna gackern. Ich schaue durch zwei Finger zu Großmutter, der es ähnlich wie mir geht. Narissa lehnt sich vor, als ich die Hände herunternehme.

»Soll ich dir eine mitbringen, Fischlein?«, fragt sie mich und zieht mit einem Seitenblick zu Fyrion die Augenbrauen hoch. Der niest in diesem unpassenden Moment, was mich dann auch zum Lachen bringt.

»Ich denke, das heißt ja«, gluckst Narissa.

»Nein«, widerspreche ich schnell. »Ich will ihm doch keine Qualen bereiten.«

»Danke.« Fyrion lächelt mich an, während Narissa unbeeindruckt einen Vortrag darüber hält, dass diese Dinge Hand in Hand gehen können. Mutter stoppt sie zum Glück.

»Du bringst alle in Verlegenheit«, schimpft sie liebevoll mit ihrer Freundin.

»Sagt die Frau, die sich von einem Pixie dabei hat durch die Luft tragen lassen.«

Am liebsten würde ich mir wie ein Kind die Finger in die Ohren stecken und laut *La la la* singen.

»Wie hat das denn funktioniert?«, fragt ausgerechnet Hella, als alle aufgehört haben zu lachen.

»Er war jung und stark«, sagt Mutter und zuckt mit den Schultern. Dass sie zur Abwechslung mal lächelt, wenn jemand Vater erwähnt, gefällt mir sehr gut und tröstet mich über das Gesprächsthema hinweg.

»Ein Traummann«, seufzt Narissa. »Den hast du gut hinbekommen, Aria.«

»Danke«, sagt Großmutter schmunzelnd, doch es erreicht ihre Augen nicht. »Es ist schön zu hören, dass er trotz seines kurzen Lebens, wenigstens seine Jugend ausgekostet hat.«

»Oh ja«, raunt Mama und schlägt sich eine Hand vor den Mund. Entschuldigend sieht sie mich an.

»Fyrion?« Meine Stimme klingt leidend.

»Ja, Geliebte?« Seine hingegen amüsiert.

»Magst du mich von diesem Haufen läufiger Frauen wegbringen?«

Er lacht leise. »Ich wollte ohnehin mit dir reden.«

»Reden.« Narissa rammt Hella ihren Ellenbogen in die Seite, welche daraufhin leise kichert. Im Gesicht der Nymphe lese ich, dass es ihr Ziel war, die junge Elbin aufzulockern. Das scheint ihr gelungen zu sein. Ich erhebe mich und Fyrion legt mir eine Hand in den Rücken.

»Hoffentlich war es okay, dass ich mit Luna geflogen bin«, sage ich. »Ich hatte es zuerst absagen wollen …«

»Nein, das war in Ordnung.« Fyrion wirkt etwas zermürbt. »Mutter hätte ohnehin nicht so offen gesprochen, wenn du dabei gewesen wärst. Erst recht nicht, nach deiner Ansage vorhin.« Die ihn immer noch zu freuen scheint. Das ist wirklich erleichternd. Das hätte auch komplett den Bach hinuntergehen können. Ich muss dringend lernen, diesen merkwürdigen Feuerimpuls in mir besser zu kontrollieren. Fyrion reicht mir die Hand und ich ergreife sie. Unter den amüsierten Blicken meiner Familie und Freunde verlassen wir das Speisezimmer.

»Ich wollte gerne ein kühles Bad nehmen«, sage ich draußen. »Können wir im Wasser reden?«

»Das wird schwer, denn ich wollte mit dir tanzen.«

»Tanzen?« Ich bleibe stehen und sehe ihn ungläubig an.

Er grinst frech. »Ja. Du musst unsere Tänze lernen und ich muss sie an eine Frau mit Flügeln anpassen.« Fyrion atmet tief durch und schaut zu den Türen, hinter denen sich so etwas wie ein Ballsaal befindet. Ich habe ihn nur mal kurz im Vorbeigehen gesehen, als jemand hinaustrat. »Man wird von uns erwarten, bei Festen den Tanz zu eröffnen.«

»Findet bald eins statt?«

Fyrions Augenbrauen gehen nach oben und er sieht mich ungläubig an. »Unsere Hochzeit?«

»Oh. Stimmt.« Hitze steigt in mein Gesicht. »Da wird hier getanzt?«

»Ja, sehr viel sogar.«

Das klingt wundervoll. »Dann freue ich mich noch mehr auf den Tag. Wann ist sie denn geplant?«

Fyrion tritt an mich heran. »Wir werden heute Nacht getraut. Die Feier wird stattfinden, sobald wir das Reich geeint und mit der Göttin gesprochen haben.«

»Was? Heute Nacht?« Er will nicht erst mit der Göttin reden? Erstaunt starre ich ihn an, doch er legt mir nur einen Finger auf die Lippen. Er will es geheim halten. Hat er Angst, dass jemand versucht, es zu verhindern? Schmunzelnd nickt er.

»Gehen wir dich etwas abkühlen, dann würde ich gerne mit dir tanzen.«

»Vielleicht sollte ich dann besser danach …«

»Dann gehörst du mir«, unterbricht er mich mit dunkler Stimme und einem so intensiven Blick, dass ich Gänsehaut vor Wonne bekomme. Ein Gedanke beschäftigt mich jedoch … warum will er dann jetzt tanzen? Er hat so viel anderes zu tun …

Hat er Angst, ich könnte mich vernachlässigt fühlen?

»Fyrion?«

»Hmh?«

»Ich möchte, dass du weißt, dass ich mich hier wohlfühle und glücklich bin. Außerdem sollst du im Kopf behalten, dass ich weiß, dass du der König bist und es in Ordnung ist, wenn du mal keine Zeit für mich hast.«

Er atmet tief durch. »Ich liebe dich mehr als Worte ausdrücken können, mein wunderschöner Wüstenfalter.« Vielleicht vermögen sie das nicht. Aber seine Augen können es.

Schulter an Schulter schauen wir uns an, während wir einander umkreisen. Fyrion fasst mich an der Hüfte und ich spanne meinen Körper an, damit er mich anheben kann. Ein Bein angewinkelt, das andere ausgestreckt, fliege ich so um ihn herum, ohne meine Flügel nutzen zu müssen. So langsam habe ich die Schritte für diesen Tanz verinnerlicht und es gibt nur zwei Stellen, an denen wir etwas anderes machen müssen. Meine Flügel sind einfach zu groß, als dass es schön aussähe, wenn ich mich an Fyrions Hand um mich selbst drehe. Sie stoßen gegen seinen Arm und ihn. Das wirkt selbst für mich nicht ästhetisch, von außen dann erst recht nicht. Wenn ich eine Beschreibung für diesen Tanz der Feuergeborenen finden müsste, dann wäre es: leidenschaftlich. Wir legen einander je eine Hand an den Hinterkopf und bewegen uns zu der Musik, die ein junger Elb für uns spielt. Fast trete ich Fyrion auf die Füße und er lächelt mich wissend an, obwohl ich so gerade wieder in den Takt finde. Er legt mir einen Arm um den unteren Rücken und ich lehne mich zurück in seinen Griff hinein. So dreht er mich sanft und hebt mich wieder an. Die Musik verklingt leise, während wir uns tief in die Augen schauen. Für den Bruchteil einer Sekunde taucht aus meiner Erinnerung ein Bild auf. Ich sehe seine braunen, fiebernden Augen, wie sie mich das erste Mal so nah angesehen haben. Doch schon einen Herzschlag später ist das eine wieder weiß und es sind keine Spuren von Schweiß mehr zu sehen.

»Was denkst du gerade?«, fragt Fyrion.

»Dass ich heute keinen Zweifel mehr daran hege, dass ich mich damals auf den ersten Blick in diese Augen verliebt habe.«

»Ich habe dich schon aus der Ferne gesehen«, sagt er und ich hänge förmlich an seinen Lippen. »Dein Anblick hat mich aus meinem Versteck herausgelockt.«

»Habe ich deshalb dein rotes Tuch neben einem Stein gesehen? Zuerst dachte ich noch, es sei irgendeine Ware, die jemand dort abgestellt hat. Dann war es jedoch plötzlich weg.«

Fyrion schluckt. »Das Fieber hat mich unkonzentriert gemacht. Das hätte nicht passieren dürfen.« Er lächelt und streicht mir über den Kopf. »Oder vielleicht war es auch die junge Frau, die mich magisch angezogen hat. Sie strahlte ein Licht aus, das so ... wärmend und heilsam wirkte. Es schien mir, als würde nur ihr Anblick schon dafür sorgen, dass es mir bessergeht. Das hat mich irritiert und ich musste dich mir näher ansehen.«

Ich umarme ihn und drücke mich fest an ihn heran.

»Danke, Rhyn«, sagt Fyrion zu dem Musiker. »Du kannst dich jetzt zurückziehen.«

Kurz darauf höre ich eine Tür und wir sind allein in dem großen Ballsaal. Nun ja, bis auf die Wachen.

»Es ist immer noch so«, flüsternd Fyrion und streichelt mir mit einer Hand über die Stelle zwischen meinen Flügeln, die dadurch wohlig erbeben.

»Was denn?«

»Du bist mein Licht, Naida. Ich würde mich am liebsten den ganzen Tag darin sonnen.«

»Dein Glück, dass ich dich gerne um mich habe«, sage ich und lehne mich in der Umarmung etwas zurück, um ihn anzusehen. Seine Lippen kräuseln sich amüsiert und er zieht kurz die Augenbrauen nach oben.

»Ist das so?«

»Ja, ... du bist ganz unterhaltsam und hübsch anzusehen.«

Als Antwort lacht er und küsst mich anschließend. Es beginnt spielerisch, wird dann aber ganz sanft. Als er seine Lippen von meinen nimmt, vergräbt er seinen Kopf an meinem Hals und ich schließe die Augen und genieße diese so unbeschreiblich wohltuende Nähe. Ein Klopfen an der Tür stört jedoch den Moment. Anders als in unseren Gemächern wird sie danach direkt geöffnet, ohne dass Fyrion den Störenfried hereinbitten muss. Es ist Valerian, der grinst, als er uns so eng umschlungen sieht.

»Ich hoffe, es ist wichtig«, sagt Fyrion und wirkt ein wenig genervt.

»Der Heiler, den du für Naida herbestellt hast, ist schon da. Hab ihn durchsucht, er ist sauber.«

»Ist es schon so spät?« Fyrion löst sich mit einem frustrierten Seufzen von mir, das ich bis tief in meine Seele nachempfinden kann. Wir haben zu viel Zeit im Bad verbracht. Ich hätte so gerne noch etwas in Fyrions Armen gelegen. Ihn loszulassen, fällt mir nicht leicht. Ich betrachte meinen Elben, der gerade die Schultern strafft und seinen Nacken ein wenig streckt.

»Wo kann ich Yanik empfangen?«, frage ich. »Gibt es da einen speziellen Ort?«

»Im Palast hast du in der Tat ein Empfangszimmer, aber hier ... nun, da müssen wir improvisieren. Es gibt nur das eine und da herrscht Chaos. Geh gerne in den Speisesaal. Von mir aus auch hier, nur nicht in deine Gemächer. Es sei denn, deine Damen sind dabei.« Fyrion lächelt mich an. »Ich vertraue dir, denk bitte nichts Falsches. Es geht nur um das Gerede der Leute.«

Valerian stellt sich zu Fyrion und klopft ihm auf die Schulter.

»Kopf hoch, mein Freund. Sie ist doch jetzt hier. Die Trockenzeit ist vorbei.«

Die Männer grinsen sich an und Fyrion schüttelt den Kopf. »Du hast auch nur das eine im Kopf, oder? Kannst du dir vorstellen, dass ich vielleicht einfach nur Zeit mit meiner Frau verbringen wollte?«

»Mit ihr, in ihr, ... ich verstehe das schon.«

»Armer Funke, der nicht zündet«, sagt der König. »Du weißt bisher nicht, wie sich das anfühlt, die Person, die du liebst, im Arm zu halten. Eines Tages wirst du die Erfahrung machen und dann reden wir.«

»Die Göttin bewahre mich noch eine Weile vor dem Rauch der Liebe, der meinen Verstand vernebelt.«

Fyrion stößt seinen Cousin freundschaftlich an, der sich daraufhin den Arm reibt.

»Aua, nicht so brutal.«

Fyrion schnaubt und sieht zu mir. »Wo soll der Aschekopf deinen Gast hinführen?«

Valerian versucht, ein Gähnen zu unterdrücken und schaut mich abwartend an. Ich muss daran denken, was mir Bellina heute Morgen erzählt hat. Die Elben stehen sehr früh auf und arbeiten bis tief in die Nacht, dafür verschlafen sie oft die Mittagshitze. Sicher hat Valerian bis gerade ein Nickerchen gemacht.

»Ich denke, dass Mutter und die anderen mittlerweile den Speisesaal verlassen haben. Bring ihn dorthin, ich komme sofort nach.«

Der Elb verbeugt sich und zwinkert Fyrion zu, bevor er den Raum wieder verlässt.

»Tut mir leid, das Haus erwacht wieder zum Leben. Die Mittagsruhe ist wohl vorbei.« Fyrion blickt mich mit Bedauern in den Augen an.

»Schlaft ihr wirklich alle um die Mittagszeit?«, frage ich und Fyrion schüttelt mit einem Lächeln den Kopf.

»Nein. Nicht immer und nicht alle. Aber, das muss ich gestehen, es ist ganz angenehm, die größte Hitze einfach zu verschlafen. Auch wenn man Runen hat, die einen davor bewahren, dass die Sonne die Haut verbrennt.«

»Dann möchte ich, dass wir das morgen machen.«

Fyrion legt den Kopf schief. »Warum?«

»Hmh«, brumme ich. »Vielleicht, weil ich dann die Gelegenheit habe, meinen Mann an mein Herz zu drücken, statt irgendwo zu sein und allein zu schwitzen.«

Fyrion lacht. »Versprechen kann ich dir nichts, aber ich werde versuchen, es einzurichten.«

»Ich muss mich schließlich an die Gepflogenheiten meines Volkes anpassen.« Mit einem Grinsen senke ich die Stimme. »Muss ich für heute Abend etwas wissen?«

Er schüttelt den Kopf. »Du musst nur da sein und zustimmen, wenn du gefragt wirst.«

»Das bekomme ich hin.«

»MAJESTÄT!« Erneut wird die Tür aufgestoßen und Cirus eilt hinein. »Hyan führt ein Heer aus Südosten kommend auf Glutwacht zu. Sie tauchen nach und nach hinter den Dünen auf.«

Während ich vor Angst wie erstarrt bin, reagiert Fyrion sofort. Valerian erscheint neben Cirus und sieht seinen König abwartend an.

»Cousin, du führst die Königin und die anderen Frauen in den Schutzraum und bewachst sie mit deinem Leben. Hörst du? Ich vertraue dir das Liebste an, was ich habe.«

»Ja, Majestät.« Einen Herzschlag später ist Valerian an meiner Seite und packt mich am Arm. Fyrion schaut mich flehend an.

»Bleib bei ihm, hör auf ihn. Du beschützt in erster Linie dich und den ungeborenen Erben. Es werden weitere Frauen, Kinder und Gebrechliche aus Glutwacht zu euch stoßen. Beruhige sie und sei für sie da.«

Ich nicke und Fyrion presst seine Lippen auf meine.

»Alles wird gut«, verspricht er, dann schnappt er sich Cirus und eilt mit ihm zur Tür hinaus.

»Komm, Naida.« Valerians Stimme klingt ruhig, was mich ein wenig aus meiner Starre holt. »Wir holen deine Mutter und die anderen.«

»Mutter und Narissa sind bestimmt schon nach Aqua aufgebrochen!«, bringe ich heraus.

»Das überprüfen wir.«

Als ich die Leiter hinuntersteige, sind schon andere Elben in dem unterirdischen Kellerraum. Er ist groß und mit Betten bestückt. Zu meinem Erstaunen kommt ein vertrautes Gesicht auf mich zu.

»Majestät.« Nahjem wirkt erleichtert, mich zu sehen. Sein Blick geht zu Valerian, der von oben Mutter und die anderen nach unten geleitet. Mama ergreift sofort meine Hand und sieht sich um. Ängstliche Augen starren uns an und ich würde sie so gerne beruhigen, doch ich zittere selbst noch am ganzen Leib. Ich muss mich sofort beruhigen und meiner Aufgabe nachkommen. Doch wie soll ich das, wenn ich selbst komplett aufgewühlt bin? Nahjem und Valerian führen uns in die hinterste Ecke des nur mit Öllampen beleuchteten Raumes und ich lasse mich auf einem der Betten nieder. Meine Gedanken sind bei Fyrion, als sich Hella neben mich setzt und meine Hand ergreift.

»Es wird bald vorbei sein und dann wird wieder Frieden in Ignis herrschen. Vertrau auf Fyrion. Ignis hat noch nie zuvor einen so versierten Krieger gesehen. Hyan hat keine Chance.«

Ich atme tief durch und nicke. »Du hast recht.« Ich lasse meinen Blick schweifen. Der Raum hat sich mit weinenden Frauen und Kindern gefüllt. Hier und da sieht man auch einen Mann.«

»Wo ist Zahreba?«, frage ich und Hella lacht.

»Die kämpft. Glaub mir, ihr Hass auf Hyan wird sie dadurch bringen.«

»Und du?«, frage ich. »Du bist doch auch Soldatin?«

»Ja, aber jetzt auch deine Hofdame und Fyrion will mich bei dir haben.«

»Ich dich auch«, gestehe ich und sehe zu Mutter und Narissa. Ich weiß nicht, ob ich glücklich oder traurig sein soll, dass die beiden noch nicht aufgebrochen waren. Sie hätten auf dem Rückweg in den Kampf geraten können. Andererseits hätten sie sich von der anderen Seite Glutwacht genähert und da draußen, besonders in Wellenruhs Territorium, wären sie sicher gewesen.

»Westlicher Schutzraum voll und verriegelt!«, ruft Nahjem und zieht noch einmal an der Tür der Bodenluke, durch die wir gestiegen sind. Sie scheint fest verschlossen.

»Das hier war vor drei Wochen noch ein Fleischlager«, sagt Valerian und er wirkt immer noch so ruhig und besonnen, dass ich versuche, meine Energie an seine anzupassen. »Haben wir gut hinbekommen, oder?«

»Auf jeden Fall«, sagt Mutter und kommt zu Hella und mir herüber. »Kind, wie geht es dir?«

»Besser.«

»Die Leute brauchen dich«, erinnert sie mich und ich nicke. Nur noch einen Moment ... ich muss noch ein paar Mal tief durchatmen. Die merkwürdige Stille wirkt erdrückend. Ein kleiner Junge beginnt bitterlich zu weinen und seine blinde Mutter tastet verzweifelt nach ihm. Ich erhebe mich und gehe zu ihnen.

»Hey du, wie heißt du?«, frage ich das Kind, das immer noch dicke Tränen weint.

»Sein Name ist Fynn«, antwortet die Mutter.

»Du sprichst mit der Königin«, sagt Nahjem mit freundlichem Ton und die Elbin weitet die Augen. Eine Reaktion, die ihr das Fieber nicht genommen hat.

»Verzeiht, Majestät.« Sie verneigt sich und angelt nach ihrem Kind, um es ebenfalls hinunterzuziehen.

»Naida. Jetzt und hier bin ich einfach nur Naida.« Ich greife nach einer ihrer Hände und drücke sie, während ich den kleinen Fynn anlächele. »Hast du Angst, Schatz?«

Er nickt.

»Das musst du nicht. Der König wird uns alle bald befreien.«

Von draußen hört man laute Rufe und der Junge drückt sich an seine Mutter, die selbst am ganzen Leib zittert.

»Wer war das?«, will sie wissen.

»Soldaten rufen sich etwas zu«, sage ich. »Wir sind hier in Sicherheit.« Ich sehe wieder zu Fynn. »Möchtest du ein Märchen aus Aqua hören? Es geht um einen kleinen Fisch im Silberspiegel.«

»Wie ist der Fisch in einen Spiegel gekommen?«, fragt Fynn und ich lache leise.

»Das ist der Name eines Sees. Morgens, wenn die Sonne noch ganz schwach ist, sieht er aus wie ein silberner Spiegel.«

»Wow«, staunt Fynn. »Kann man sich da kämmen?«

Ich nicke schmunzelnd. »Siehst du die Nymphe da vorn?«

»Ja.«

»Das ist eine enge Freundin meiner Mutter und sie wohnt am Silberspiegel. Manchmal badet sie dort morgens und danach kämmt sie sich ihr Haar, wir sollten sie nachher fragen.«

»Ist das Wasser ganz glatt?«

»Ja. Wenn es stillsteht, wie in einem Teich oder See, dann kann man sich darin sehen. Das kennst du doch bestimmt aus der Waschschüssel.«

Der kleine Kerl überlegt. »Weiß ich nicht. Erzählst du es mir jetzt?«

»Wenn du das möchtest.«

»Ja.« Er drückt sich an seine Mutter, deren Tränen langsam versiegen. Ich atme tief durch und erinnere mich an die Geschichte, die mir damals so gut gefallen hat.

»Pass auf, bei der Geschichte musst du mir helfen. Kannst du das?«

Er nickt und zuckt zusammen, als wieder Krach von draußen zu hören ist. Ich lenke seinen Blick auf mich.

»Immer wenn ich den kleinen Finger hebe und eine Erzählpause mache, musst du laut rufen: *Pitsch, pitsch, patsch, Fische sind doch nass!* Verstanden?«

»Pitsch, pitsch, patsch, Fische sind doch nass!«

»Prima!« Ich lächele den kleinen Kerl an und beginne meine Geschichte. Es dauert nicht lange, dann kommen weitere Kinder dazu. Ein Mädchen fasst meine Flügel mit staunenden Augen an und ich lasse sie gewähren. Mein Herz wird schwer, wenn ich meinen Gedanken erlaube, kurz zu Fyrion zu schweifen. Hoffentlich hat sich auch Skylar irgendwo in Sicherheit gebracht. Bitte, Göttin, lasse ihn nicht zu Fyrion fliegen.

Fyrion ...

Ich erinnere mich selbst an Hellas Worte. Mein Elb ist tapfer, flink und stark. Er wird als Sieger aus diesem Kampf hervorgehen.

Kapitel 23

Die Stille macht mich wahnsinnig. Anfangs waren da wenigstens noch vereinzelt ein paar Soldaten zu hören, die zum Kampf liefen oder andere in Sicherheit brachten. Aber die Nacht über ist es in diesem Teil der Stadt totenstill. Unter der Erde ist es schwer zu sagen, wie spät es genau ist, aber die Männer und Frauen aus Glutwacht verteidigen schon viel zu lange ihre Heimat. Sicher graut schon der Morgen. Mittlerweile werden sich Hunger, Durst und Müdigkeit eingestellt haben und auch wenn ich vom Kämpfen keine Ahnung habe, so weiß ich doch, dass das nicht gut sein kann. Ich frage mich, ob Fyrion das Pulver eingesetzt hat? Selbst wenn es mehr Angreifer als Verteidiger sind, müsste das doch irgendwie geholfen haben? Mit jeder Sekunde, die vergeht, sinkt meine Zuversicht. Die Kinder schlafen, der Göttin sei Dank. Aber die Erwachsenen sind wach und ich sehe die Angst in ihren Gesichtern. Ich weiß nicht mehr, was ich noch sagen soll. Mein Kopf ist wie leer gefegt und das Nichtstun fällt mir schwer. Ein Poltern an der Bodenluke erklingt und lässt uns alle zusammenfahren. Leise Gespräche verstummen und Elben setzen sich hier und da auf. Nahjem eilt zu dem einzigen Ausgang.

»Wer ist da?«, ruft er und für die Dauer eines Herzschlags hoffe ich, Fyrions Stimme zu hören. Doch es ist eine Frau, die antwortet.

»Zahreba!«

Der Göttin sei Dank, sie kommt uns holen. Ist es vorbei? Ich erhebe mich und eile zu Nahjem, der die Bodenluke entriegelt. Wie glücklich ich bin, die Elbin wohlbehalten wiederzusehen, vermag ich kaum zu sagen, doch die Freude erstirbt sofort auf meinem Gesicht.

»Fyrion hat die Evakuierung angeordnet«, ruft die Elbin in den Raum und sieht mich mit einem Blick an, der das Blut in meinen Adern zu Eis gefrieren lässt. »Ihr könnt euch Hyan ergeben oder fliehen«, spricht sie weiter mit den Fae um mich herum. Zahreba tritt ganz nah an mich heran. Ich kann ihren Schweiß riechen und auch etwas Blut.

»Es sind zu viele, Naida«, flüstert sie. »Hyan hat Fiebernde in den Kampf geschickt, weshalb sie alle vermummt sind.«

Das Pulver ist nutzlos.

Und das Fieber wird sich nach dieser Schlacht rasend in Ignis ausbreiten.

Was hat Hyan nur getan?

»Wir verlieren also?«, höre ich Mutters Stimme und meine Hände ballen sich zu Fäusten. Das kann und will ich nicht akzeptieren.

»Kind, wir müssen nach Aqua.«

»Denk an das ungeborene Leben in deinem Bauch«, höre ich Hella sagen. »Fyrion hat dir befohlen, dich und das Kind zu beschützen.«

»Hat Fyrion sich ergeben?«, frage ich Zahreba und sie schüttelt den Kopf.

»Der Kampf dauert an, aber es sind schon die ersten Feinde nach Glutwacht durchgedrungen.«

Ich werde nicht kampflos aufgeben.

Wenn Fyrion seinem Bruder unterliegt, ist ohnehin alles verloren.

»Ich fliege zur Göttin«, sage ich und spüre sofort den festen Griff von Valerian an meinem Arm.

»Nein, Majestät. Sie ist gefährlich. Ihr habt sie noch nie gesehen. Wenn Ihr sie bittet, Fyrion zu helfen, wird sie Euch das Leben nehmen. Sie verlangt immer ein Opfer und je größer die Bitte, desto brutaler erscheint die Gegenleistung. Das kann ich nicht zulassen.«

»Doch, das wirst du«, sage ich und schaue ihn entschlossen an.

»Du bist nicht mal eine Elbe. Vielleicht zerquetscht sie dich schon, bevor du dein Anliegen zu Ende vorgetragen hast.« Valerian schüttelt den Kopf. »Du wirst sie nur wütend machen.«

»Das Risiko gehe ich ein.«

»Majestät, nehmt doch Vernunft an!«, erhebt Valerian seine Stimme.

»Es ist unsere einzige Chance. Ich werde Fyrion und Ignis nicht einfach diesem Monster überlassen!« Ich sehe dem Soldaten tief in die Augen. »Fyrion hat mich zu seiner Königin gemacht. Jetzt muss ich auch so handeln.«

»Ich begleite dich«, entscheidet Mutter, doch das kann ich nicht verantworten.

»Nein. Du und Narissa fliegt nach Quellblüte und wartet auf weitere Anweisungen. Eure Flügel schaffen den Weg durch die Wüste nicht.«

»Meine schon«, höre ich Lunas Stimme und sehe sie kopfschüttelnd an, doch sie hebt nur die Augenbrauen und nickt. Nun gut, ich kann sie nicht davon abhalten. Eine ihrer zierlichen Hände öffnet eine meiner Fäuste und legt sich in sie hinein.

»Ich begleite die Königin«, höre ich Luna sagen, während ich Valerian eindringlich anschaue. Er muss mich gehen lassen, doch sein Griff an meinem Arm ist immer noch fest und unerbittlich.

»Lass mich los«, befehle ich ihm. Er zögert, das sehe ich genau. Aber da ist auch ein Funke Hoffnung in seinem Blick.

»Ich muss Fyrion und die Elben retten. Die Göttin ist unsere einzige Chance. Ich verspreche dir, dass ich vorsichtig sein werde.«

Schließlich löst er sich von mir. »Sie wird dich töten, Naida.«

»Wenn nicht sie, dann Hyan.«

»Hoffentlich werde ich das nicht bereuen«, sagt er und sieht aus, als hätte er Schmerzen. »Fyrion würde mir das niemals verzeihen.«

»Wenn ich es nicht versuche, wird Fyrion den Tag nicht überleben«, sage ich und schlucke gegen einen dicken Kloß in meinem Hals an. Valerian nickt und presst die Kiefer dabei aufeinander. Ich sehe zu Luna.

»Schnell, wir haben keine Zeit zu verlieren.«

Wir klettern durch die Luke nach draußen und heben sofort ab. Kurz muss ich mich orientieren, dann schlage ich kräftig mit den Flügeln und fliege Richtung Wüste. Luna ist direkt hinter mir. Auch wenn ich plötzlich am ganzen Körper zittere, kann ich nicht anders, als ihren Mut zu bewundern.

»Ich denke, das ist die richtige Richtung!«, rufe ich Luna zu und wir steigen noch etwas höher. Als wir über den Schauplatz des Kampfes fliegen, sind wir zu hoch, um Genaueres zu erkennen. Ich kann Fyrion jedenfalls bei bestem Willen nicht ausmachen. Die Elben sind nur lauter gesichtslose Punkte unter mir. Luna und ich schlagen beide kräftig mit den Flügeln und erreichen schon bald die großen Dünen. Der Wind ist unerbittlich, aber wir haben das große Glück, dass er uns in den Rücken bläst. Der Sonnenaufgang brennt uns mit leicht rötlichem Schein entgegen und ich frage mich, ob wir die Göttin einfach so finden werden. Was ist, wenn sie sich im Feuer befindet? Ich weiß nur, dass die Elben ihr Opfer an einer großen, rötlichen Steinstatue erbringen. Vielleicht hätten wir besser etwas mitnehmen sollen. Dafür ist es jetzt zu spät. Ich weiß nicht, wie lange wir schon fliegen, als die Muskeln am Ansatz meiner Flügel zu schmerzen beginnen. So schnell wie heute bin ich noch nie geflogen und mir fehlt es allgemein an Übung. Luna nähert sich mir vorsichtig und zieht mich sanft an der Hand in einen Windstrom hinein, indem ich kurz einfach nur gleiten kann. Dankbar lächele ich sie an. Ich bin so froh, dass sie an meiner Seite ist.

Halte durch, Glutwacht.

Bitte, Fyrion. Stirb mir jetzt nicht weg.

Wir sind fast da.

Am Horizont taucht die riesige Statue auf. Ich spüre nicht nur große Ehrfurcht und Nervosität in mir, sondern auch Zweifel. Letzteren verbiete ich mir kurzerhand. Fyrion kämpft seit Stunden um unser aller Zukunft. Da ist jetzt in meiner Brust kein Platz für Angst. Luna und ich steuern auf die imposante Figur zu, als ein Geräusch erklingt, das mir durch Mark und Bein fährt. Es hört sich an wie das Schlagen von …

… riesigen Flügeln.

Luna schreit und mir bleibt der Atem weg.

Ich muss mich daran erinnern, weiter zu flattern, um nicht wie ein Stein zu Boden zu gehen, als wir stoppen und uns aneinander festhalten.

Ein riesiger, bräunlich-roter Drache steigt vor uns in die Luft.

Die Göttin.

Luna und ich flattern langsam gen Boden, kämpfen jedoch gegen den Gegenwind an, den das Schlagen der Flügel der Göttin verursacht. Zusammen mit dem Wind aus dem Rücken, werden wir ordentlich in der Luft umhergewirbelt, bevor wir schließlich landen. Als auch die Klauen der Göttin den Boden berühren, erbebt der Sand und wir halten uns aneinander erschrocken fest. Gelbe Augen mit geschlitzten Pupillen starren mich an, als die Göttin Rauch aus ihren Nüstern bläst. Hustend löse ich mich von Luna.

»Flieh, warte in einiger Entfernung auf mich«, wispere ich ihr zu, doch sie schüttelt den Kopf und bleibt nah bei mir.

»Wellengeborene, ich habe dich erwartet«, erklingt die dunkle Stimme der Göttin. Sie scheint von allen Seiten zu kommen. Ihr Mund bewegt sich jedoch kaum.

Wellengeborene.

Wind und Wasser ergeben … Wellen.

Luna und ich gehen auf die Knie und senken ehrfürchtig den Blick. Meine verschwitzte Haut ist mit Sand überzogen, doch die feinen Härchen auf meinen Armen schaffen es trotzdem, sich aufzustellen. Hitze und Angst drohen, mich zu Boden zu drücken, doch ich räuspere mich und wünschte, ich hätte mir in Ruhe Wörter zurechtlegen können.

»Gütige Göttin, verzeiht, dass ich Euch störe und vergebt mir, dass ich beim ersten Mal direkt mit einer Bitte an Euch trete. Ich liebe und verehre euch, Mutter

Göttin. Gerne bin ich für den Rest meines Lebens Eure treue Dienerin, verlangt von mir, was immer Ihr wollt, nur bitte ... Prinz Fyrion und Prinz Hyan kämpfen vor den Toren von Glutwacht um den Thron. Bitte, Göttin. Beendet diesen Krieg.«

»Er wird bald von selbst enden.« Erneut erklingt das Geräusch ihrer Nüstern. »Das Gefüge ist grausam, Wellengeborene. Wie die offene See, wild und ungezähmt. Das sollte dir vertraut sein. Es kennt weder gut noch schlecht.«

»Hyan ist ein Monster!«, rufe ich. »Er darf nicht König von Ignis werden! Er schändet Frauen und schlachtet Unschuldige ab. Bitte, rettet Euer erwähltes Volk. Verlangt von mir, was immer Ihr wollt, nur ... beschützt die Elben vor Hyan.«

»Du bist selbstlos und wünschst, dass ich entscheide?«

Kurz überlege ich, weil mich etwas an ihrer Stimme stutzig macht. Doch dann rufe ich entschieden. »JA!«

Stille breitet sich aus und der Wind weht mir etwas Sand in den Mund, den ich hastig ausspucke. Ich wage, den Blick zu heben und schaue in die gelben Augen, die mich unentwegt angestarrt zu haben scheinen.

»Wenn ich das mache, dann verlange ich von dir, dass du dich meiner Entscheidung beugst.«

Mir wird übel ... meine Kehle zieht sich zusammen und ich muss mich übergeben. Es ist mir so unendlich peinlich, dass ich hastig Sand über das bisschen Wasser und Galle mit den Händen kehre.

»Das Feuer in dir begehrt auf«, höre ich die Göttin sagen und ich schaue sie wieder an.

»Ich werde Eure Entscheidung akzeptieren«, sage ich und habe gleichzeitig das ohnmächtige Gefühl, einen Fehler begangen zu haben.

Was ist, wenn sie sich für Hyan entscheidet?

Nein, wie könnte sie?

Was wäre sie für eine Göttin, wenn sie dieses Monster auf Ignis' Thron setzen würde?

»Dann soll es so sein.«

Was habe ich getan?

Ich sehe zu Luna, die sofort nach meiner Hand greift. Wir erheben uns, als plötzlich der Boden unter unseren Füßen bebt. Sand fließt wie Wasser umher und ich habe das Gefühl, mich um mich selbst zu drehen. Panisch klammern Luna und ich uns aneinander fest, als der Sand nach oben schießt und unsere Körper packt. Ich schließe die Augen und drücke mich an meine Freundin, als es so schnell wieder aufhört, wie es angefangen hat.

»HALTET SOFORT EIN!«, poltert die Stimme der Göttin wie ein Donnerschlag über uns hinweg. Ich öffne die Augen und hole erschrocken Luft.

Wir stehen auf dem Schlachtfeld ...

Vor Glutwacht!

Über uns hängt ein Flügel der Göttin und schirmt die Sonne von uns ab. Ich löse mich von Luna und sehe mich um. Mein Blick verschwimmt, als ich die ganzen verletzten ... und toten Elben auf dem Boden sehe. Nein. Nein. Nein. Zitternd knie ich mich neben eine viel zu junge Elbin, deren Feuer für immer erloschen ist.

»Göttin, nein«, wimmere ich und werde von Luna auf die Beine gezogen. Der Kampf wird eingestellt und um uns herum gehen überall Männer und Frauen auf die Knie.

»DIE PRINZEN ZU MIR!«, befiehlt der Drache und kurz setzt mein Herz aus, als nur Hyan hervortritt. Er scheint sich abseits des Kampfes aufgehalten zu haben und wirkt völlig unversehrt. Doch dann sehe ich Fyrion, der sich aus der Masse an knienden Elben löst und der Staudamm in meinem Herzen bricht.

»Die Wellengeborene hat mich aufgesucht, um diesen Streit zu beenden«, verkündet die Göttin und ich schlucke. Fyrion verbeugt sich sichtlich unter Schmerzen vor der Göttin. Der Feigling Hyan hatte sich bestimmt versteckt, während mein Elb regelrecht abgekämpft wirkt. Selbst aus der Distanz erkenne ich die Schrammen und Abschürfungen auf seiner Haut.

»Es scheint mir, als könnte dies nur geschehen, wenn einer von euch diese Welt verlässt«, sagt die Göttin und ich bin einer Ohnmacht nahe, klammere mich haltsuchend noch mehr an Luna, die mich mit all ihrer Kraft auf den Beinen hält.

Die Göttin will einen von ihnen töten?

Kann sie nicht einfach einen auswählen und dann herrscht Frieden?

Das Feuer lodert in mir und kurz spiele ich mit dem Gedanken, mir den Säbel eines Toten zu nehmen und ihn Hyan einfach ins Herz zu rammen. Luna rüttelt an mir, sie scheint meinen Protest gespürt zu haben. Warnend zischt sie und starrt mich mit aufgerissenen Augen an. Sie hat recht. Ich habe versprochen, die Entscheidung der Göttin zu akzeptieren. Wenn ich das jetzt nicht mache …

»Bitte«, flehe ich. »Bitte, Göttin. Es werden alle Eure Entscheidung akzeptieren, wenn Ihr einfach einen erwählt.«

Die Göttin ignoriert meine Worte. Nur Fyrion schaut mich an, doch er ist zu weit weg, als dass ich erkennen könnte, was in ihm vorgeht. *Vergib mir*, flüstere ich ihm in Gedanken zu. Wenn die Göttin Hyan erwählt …

»Wer mir zuerst vier Kinder bringt, eins aus jedem Land Pandoreas, soll die Krone von Ignis bekommen.«

Was?

Meine Augen weiten sich.

Habe ich das gerade richtig verstanden?

»Bryan, Ignis. Otis, Air, Hallem, Terra und Kaleb geht nach Aqua«, befiehlt Hyan und die vier Männer um ihn herum nicken.

»Haltet noch einen Moment ein«, sagt die Göttin und die Elben erstarren in der Bewegung, bereit jeden Moment loszurennen. Fyrion zeigt noch keine Regung.

»Was habt Ihr mit den Kindern vor, geliebte Göttin?«, fragt er schließlich und der Schatten über meinem Kopf verschwindet. Ich sehe zur Göttin … und traue meinen Augen nicht. Sie ist plötzlich ein Fae-ähnliches Wesen! Ihre Haut hat die Farbe ihrer Schuppen und ihre Augen scheinen mir immer noch Gelb zu sein, doch sie hat jetzt dickes, schwarzes Haar und trägt ein dunkelrotes Kleid, das irgendwie zu schimmern scheint.

»Mir ist langweilig, ich wünsche sie als Unterhaltung in meinem Heim«, sagt die Göttin.

Hyan schnaubt und sieht zu seinem Bruder. »Es heißt, ich sei der Dumme. Dabei hinterfragt er den Befehl der Göttin.« Seine Männer lachen und in mir breitet sich eiskalte Panik aus. Sie umklammert meinen Hals mit ihrer Hand und … drückt zu.

»Göttin, verzeiht mir, aber das würde nur das Elbenkind überleben«, sagt Fyrion. »Nymphe, Elf und Pixie würden elendig in Eurem Heim eingehen. Ich vermag willige Männer in einen Kampf für ihre Zukunft zu führen … aber ich kann unmöglich Eltern ihrer unschuldigen Kinder berauben und sie in den sicheren Tod schicken.«

Hyan lacht erneut. »Vertrauen hast du auch keins in unsere Göttin, was?«

Fyrion schaut kurz zu ihm und dann zu mir. Ich kann nicht mehr an mich halten und laufe zu ihm.

»Nein, nein … geh zurück«, fleht er mich an und kommt mir ein Stück entgegen. Ich falle in seine Arme und wir gehen gemeinsam im Sand zu Boden. Weinend presse ich mein Gesicht an seine Schulter und ich fühle seine Verzweiflung an der Art, wie er mich hält. Eine Hand krallt sich in meine Haare am Hinterkopf, während er heftig atmet.

»Vergib mir«, sagt er. »Ich kann nicht tun, was die Göttin von mir verlangt.«

»Ich weiß«, schluchze ich und drücke ihm einen kurzen Kuss auf die Lippen. »Ich weiß, Liebling. Vergib mir, ich war es, die sie geholt hat. Ich wusste nicht, dass sie einen von euch töten würde.«

»Es war ohnehin nur noch eine Frage der Zeit. Es waren zu viele. Die Kranken, die Angst vor dem Fieber. Das hat meine Männer entmutigt. Ich konnte es nicht auffangen. Nichts lief wie geplant.« Er küsst mich erneut. »Ich habe versagt. Gib dir keine Schuld.« Seine Augen wirken so unendlich erschöpft. Er riecht ähnlich wie Zahreba nach Schweiß und Blut. Seine Haut ist ganz klamm davon.

Die Göttin nähert sich.

Ich spüre ihre Energie und höre ein leises Klimpern, das von ihren Armbändern zu kommen scheint. Sie geht mit einem Lächeln auf Hyan zu und mir stockt der Atem.

Ich klammere mich an Fyrion.

Wie kann sie nur?

Wieso dieses Monster?

»Geh jetzt besser. Sieh nicht hin«, fleht Fyrion mich an.

»Nein!«, protestiere ich lautstark. »Ich gehe nirgendwo hin.«

»Naida, nein. Flieh, bitte. Schau dir das nicht mit an.«

»Schick mich nicht weg«, schluchze ich. »Lass mich hier nicht allein zurück. Ich will bei dir sein.«

Er drückt mich verzweifelt an sich und dreht den Kopf. Sicher schaut er zur Göttin. Ich löse mich so weit von ihm, dass ich das auch tun kann. Sie steht neben Hyan und beobachtet uns.

»Ich habe geschworen, Eure Entscheidung zu akzeptieren und daran werde ich mich halten. Aber bitte, ich will mit ihm gehen«, flehe ich. »Lasst mich nicht in einer Welt ohne ihn zurück.«

»Naida.« Mein Name aus Fyrions Kehle klingt rau und schmerzverzerrt.

Die Göttin jedoch ... lächelt. Sie wendet sich Hyan zu. Siegessicher begegnet er ihrem Blick, als sie sich vorlehnt und ... ihn küsst.

Wie kann sie nur?

Wie kann sie ein Monster Fyrion gegenüber bevorzugen?

Wie ...?

...

Hyans Haut wird ganz grau?!

Eine Windböe erfasst mich und obwohl sie heiße Luft mit sich trägt, erschauere ich am ganzen Körper.

Vor unseren Augen wird Hyan zu ... Asche.

Als die Göttin sich von ihm löst, trägt der Wind das, was von ihm noch übrig geblieben ist, davon.

»Ein König ist kein Soldat, der Befehle ausführt, ohne darüber nachzudenken«, erhebt die Göttin die Stimme. »Ein König beschützt sein Volk und ganz besonders die Schwachen.« Sie sieht uns wieder an. »Lang leben König Fyrion und Königin Naida.«

Mein ganzer Körper wird von Schluchzern durchgerüttelt und Fyrion zieht mich mit sich hoch, stabilisiert meinen Stand mit einem Arm um meine Taille. Die Göttin schaut derweil in den Himmel.

»Schon bald wird Rauch aus den Wellen aufsteigen. Das Wasser und der Wind haben das Feuer nicht erstickt. Nur noch wenige Monde. Schlamm, Asche, Staub … Funken und Wellen. Pandorea wird eins.« Die Göttin geht ein paar Schritte, als uns plötzlich eine Art Druckwelle von den Füßen reißt. Fyrion schafft es, meinen Fall etwas abzufangen, sodass ich nicht allzu hart aufschlage. Der riesige Drache schlägt mit den Flügeln und peitscht uns Sand ins Gesicht, den Fyrion versucht, mit seinem Körper von mir abzublocken. Als ich die Augen öffne, kann ich so gerade noch sehen, wie sie davonfliegt. Fyrion liegt halb auf mir und schaut mich an.

»Es ist vorbei«, sagt er, als könnte er es selbst kaum glauben. Die Tränen, die aus meinen Augen laufen, zeugen von Erleichterung und Glück.

»Ja, es ist vorbei«, bestätige ich. Fyrion rollt sich von mir herunter und bleibt erschöpft im Sand liegen. An meiner Kleidung und meiner Haut klebt sein Blut.

»Der König benötigt Hilfe!«, rufe ich, doch Fyrion hebt die Hand.

»Es geht mir gut!« Er setzt sich auf und nimmt sich einen Moment, in dem er sich über das Gesicht reibt. »Wir müssen uns um die Verletzten und Überlebenden kümmern. Die Kranken müssen ins Lager und wir müssen ein weiteres aufbauen. Für die, die sich angesteckt haben könnten.« Er schaut über seine Schulter zu einem mir unbekannten Elben. »Keiner, der nicht schon genesen ist, darf eine der Städte betreten.«

»Ja, mein König«, antwortet der Soldat und verschwindet.

Fyrion zischt leise und greift sich an die rechte Seite, wo eine große Schnittwunde zu sehen ist. Ich schiebe seinen Arm beiseite.

»Das ist nicht tief, aber großflächig.« Eine Menge Haut wurde aufgerissen.

»Nur ein Kratzer«, sagt er und kommt auf die Beine. Er reicht mir seine Hände und hilft mir hoch. Auch auf die Gefahr hin, dass ich ihm wehtue, falle ich erneut in seine Arme und drücke mich an ihn. Fyrion atmet immer noch schwer, sicher kämpft sein Körper darum, wach zu bleiben und zu funktionieren. Er ist bis in die Haarspitzen erschöpft, das sehe ich ihm an und spüre es ganz genau.

»Eure Majestät?« Eine fremde autoritäre Stimme lässt mich aufschauen. Ich löse mich von Fyrion, damit er dem Mann mit dem nötigen Respekt begegnen kann. Dieser zieht sich die Vermummung vom Gesicht und kniet sich in den Sand.

»Im Namen der Göttin unterwerfen wir uns ihrem Willen und Eurer Herrschaft. Wir hoffen, dass Ihr Gnade walten lasst. Wir sind nur unserem Gewissen und unserem Schwur gefolgt.«

»Erhebe dich, Merlyn. Ich danke dir.«

Der fremde Mann stellt sich auf und begegnet Fyrion mit stolzem Blick. Er ist ein ausgewachsener Elb mittleren Alters, der deshalb größer als der König ist.

»Du hast mein Versprechen, dass ich dich und deine Männer von jeder Art von Kriegsverbrechen freisprechen werde. Aber zuerst müssen wir dafür sorgen, dass dieser Kampf nicht noch mehr Opfer fordert. Auch unter unseren Frauen und Kindern in beiden Städten. Du warst der Kommandant meines Vaters und dann der von Hyan. Es tut mir leid, aber dieser Posten ist meinem engen Freund Cirus vorbehalten. Ich möchte, dass du zu ihm gehst und ihr gemeinsam dafür sorgt, dass die Fiebernden, die nicht sofort gefallen sind, in das Krankenlager gelangen. Wir brauchen ein zweites Lager für die, die in den kommenden Tagen erkranken könnten.« Fyrion seufzt und schaut mit verengten Augen über das Schlachtfeld, dessen Anblick mir bisher vor Angst größtenteils entgangen ist. »Die Toten müssen dem Feuer übergeben werden.«

Merlyn nickt. »Ich werde mit Eurem Kommandanten zusammenarbeiten. Ihr habt mein Wort.«

»Wenn sich der Rauch des Kampfes gelegt hat, komm zu mir. Ich werde eine neue Aufgabe für dich finden, die deiner Position gerecht wird.«

Merlyn verneigt sich und geht einige Schritte rückwärts, bevor er davon marschiert.

»Er ist ein sehr stolzer Mann«, flüstert mir Fyrion zu. »Ein guter Soldat und Anführer. Wir müssen ihm eine anständige Aufgabe geben.«

»Uns wird etwas einfallen«, sage ich und schaue mich um. »Wo ist das Krankenlager? Ich möchte dort helfen.«

Fyrion zieht mich an sich und küsst mich eindringlich. Ich schmecke ein wenig Blut von einer kleinen Wunde an seiner Unterlippe. Als er sich von mir löst, lehne ich mich in seine Umarmung.

Wir haben es geschafft.

Ignis wurde dank der Göttin befreit.

Cirus gibt mir das Zeichen, bei ihm zu landen. Staunend lasse ich meinen Blick noch einmal über die schwachen Lichter Incendias schweifen und komme mit meinen Füßen neben Fyrions Kommandanten auf. Vor unseren Augen erstreckt sich Ehrfurcht gebietend der mit Fackeln beleuchtete Palast. Ich schlucke und für einen kleinen Moment zweifele ich, dass ich der Sache gewachsen bin.

»Der König hat sich mit einigen Beratern in die heißen Quellen zurückgezogen«, sagt eine fremde Frau und verneigt sich ausgiebig vor mir. »Es ist mir eine Ehre, Eure Majestät.«

»Naida, das ist Feora. Sie ist für den Haushalt des Palastes zuständig«, erklärt Cirus. »Wenn du etwas benötigst, kannst du dich immer an sie wenden.«

Ich nicke und ringe mir ein Lächeln für die fremde Frau ab, die bis vor wenigen Stunden noch Hyan gedient hat. Was sie von mir hält, vermag ich aufgrund der Dunkelheit nicht zu sagen.

»Ich bringe Ihre Majestät zum König«, sagt Cirus und packt mich vorsichtig am Arm, um mich weiterzuziehen. Er lehnt sich zu mir herunter und senkt die Stimme. »Gib Ihnen etwas Zeit. Sie werden die Worte der Göttin ehren, aber du bist ihnen in jedweder Hinsicht fremd.«

»Das ist in Ordnung. Ich halte es ihnen nicht vor.« Hoffentlich kommen Yanik und die anderen über Nacht zurecht. Ich seufze beim Gedanken daran, wie sich das Lager immer weiter gefüllt hat. Aber ich muss auch nach Fyrion sehen. Hoffentlich hat sich jemand um seine Wunden gekümmert. Cirus führt mich vom Palast weg und in eine Gasse, deren Weg mit Steinen gepflastert ist. Das habe ich zuletzt in Wellenruh gesehen und kann nicht anders, als die bunten Steine im schwachen Schein der Fackel zu bewundern. Im hellen Tageslicht sind sie sicher viel schöner.

»Ich hatte gehofft, Fyrion hätte sich hingelegt.«

»Jetzt ist keine Zeit, um zu schlafen«, sagt Cirus. »Aber immerhin scheint er sich um die wunden Muskeln zu kümmern und tagt mit dem Rat an den Quellen.« Er seufzt mit Wonne. »Es gibt nichts Besseres, nach einem Tag voller körperlicher Anstrengung.«

Ich lächele und wünschte, ich hätte alles dabei, um Fyrion das Haar zu waschen.

»Was hast du?«, fragt Cirus.

»Ich dachte nur gerade, wie gerne ich Fyrions Haare waschen würde. Das würde mich entspannen.«

»Nymphen«, gluckst er. »Falls er nichts dabeihat, besorge ich dir etwas.«

»Danke, Cirus.«

»Alles, was Ihr wünscht, Eure Majestät.« Er zwinkert mir zu, das erkenne ich selbst im schwach flackernden Licht. Ich schaue mich um. Es ist schon spät, trotzdem kommt mir die Stadt ungewöhnlich ruhig vor. Aber nach so einem Kampf zieht man sich als Verlierer sicher erst mal zurück. Die ein oder andere Familie beklagt vielleicht auch den Tod eines geliebten Fae. Ich mag gar nicht daran denken, wie viel Trauer gerade hinter den Mauern dieser bunten Steinhäuser herrscht. Es scheint, als halten sie und die großen Stadtmauern sie hier gefangen. Hoffentlich wird die Zeit die Wunden heilen. Fyrion und ich werden uns anstrengen müssen. Schweigend hänge ich meinen Gedanken nach, bis sich die Luft plötzlich verändert. Sie ist warm, aber vertraut … feucht.

»Wir sind da«, sagt Cirus. »Sicher sind sie hinten durch, bei den heißesten Quellen.«

Wir passieren lauter kleine Becken, die von schwarzen Steinen umringt sind und aus denen im fahlen Mondlicht heißer Dampf emporsteigt. Das Wasser muss unfassbar warm sein. Staunend lasse ich mich von Cirus führen und flattere neugierig mit den Flügeln, bis ich eine vertraute Stimme höre.

»Schlamm, Asche, Staub … was war das noch?«, fragt Zahreba. »Wellen, Rauch.« Eine entfernt bekannte Stimme. Einer von Fyrions Beratern, aber mir fällt sein Name nicht mehr ein. »Funken. Was sie damit wohl meint?«

Fyrion sitzt mit dem Rücken zu mir und zischt leise vor Schmerz, als er sich anders hinsetzt. Die Runen der Elben glühen im Dunkeln, so heiß ist das Wasserbecken, in dem sie sitzen.

»Sie nannte Naida eine Wellengeborene«, grübelt Zahreba. »Schlamm könnte Aqua und Terra sein. Asche, … Terra und Ignis? Staub, Air und Terra … Funken, Air und Ignis.« Die Elbin brummt nachdenklich. »Wellen, Aqua und Air. Rauch, … Ignis und Aqua.« Zahreba gibt einen erstaunten Laut von sich. »Schon bald wird Rauch aus den Wellen aufsteigen. Sie muss den Erben meinen. Rauch … das heißt wohl, dass er Wasser und Feuer in sich haben wird?«

»Da bin ich mir sicher«, meint Fyrion, der bemerkt zu haben scheint, dass ich mich ihm nähere. Er dreht sich um und lächelt mich über Skylar hinweg an. Der Himmelsjäger hat es sich auf einem der großen dunklen Steine in der Nähe des Beckens bequem gemacht. Ich kraule sein Köpfchen, als ich an ihm vorbeigehe und mich am Beckenrand niederlasse. Zahreba und der andere Berater erheben und verbeugen sich vor mir. Cirus setzt sich zwischen die beiden in das dampfende Wasser.

»Wie läuft es im Krankenlager?«, will Zahreba von mir wissen.

»Es platzt aus allen Nähten, aber es sind alle Wunden versorgt und alle Bedürfnisse vorerst gestillt. Als ich die Heiler verließ, schliefen die meisten Patienten.«

»Danke, Naida. Für alles, was du heute getan hast.« Fyrion sieht erschöpft aus. Ich teste kurz das Wasser, das mir viel zu heiß ist und entscheide dann, mich hinter ihn, auf den Stein zu setzen, und nur meine Beine links und rechts neben Fyrion im Wasser baumeln zu lassen. Er bemerkt, was ich vorhabe und lehnt sich zurück. Ich streichele über seinen Kopf und beuge mich herunter, um seine vom heißen Wasserdampf ganz feuchte und warme Schläfe zu liebkosen. Meine Lippen berühren seine Haut und ich spüre, wie mein ganzer Körper zu prickeln beginnt. Fyrion im Wasser ... das lässt die Nymphe in mir erwachen. Kurz kralle ich mich besitzergreifend an ihn und der Feuergeborene gegenüber macht große Augen.

»Bevor du fragst, es ist das Wasser«, erklärt mein Elb lachend. »Ich bin in ihrem Element.«

»Ich will dich waschen«, raunt die Nymphe aus meiner Seele und greift in sein Haar. Zahreba reicht mir ein Stück Seife, das ich ihr dankend abnehme. Mit einem tiefen Atemzug beruhige ich diese uralte Kraft in meinem Blut und mache mich daran, die erste Strähne abzuteilen.

»Was ist mit der Hochzeit? Gedenkst du, sie bald nachzuholen?« Zahreba zeigt auf mich. »Dank der Göttin ist es jetzt keine Frage mehr, ob Naida an deiner Seite akzeptiert wird oder nicht. Dazu die Schwangerschaft. Ihr müsst diese Ehe auch in Ignis rechtskräftig machen.«

Fyrion brummt zustimmend. »Ich habe den Schreiber schon beauftragt, die Rechtmäßigkeit im Ausland geschlossener Ehen in Ignis anzuerkennen. Er wird mir noch heute einen Entwurf vorlegen. Demnach sind wir dann auch hier verheiratet.« Fyrion streicht im Wasser über meine Waden. »Wir werden in den kommenden Tagen aufbrechen, um Wellenruh, Steinthal und Ätheria zu besuchen. In Aqua können wir uns dann ganz offiziell als Ehepaar eintragen.«

Ich recke den Kopf, um Fyrion anschauen zu können. Wirklich? Die Freude in mir findet keine Worte, weshalb ich seine nasse Wange küsse. Als ich mich von ihm löse, hat er die Augen geschlossen und ein Lächeln auf den verletzten Lippen. Seine Finger finden meinen rechten Fuß und fangen an, ihn mit kräftigem Druck zu massieren. Ich stöhne, weil sich das so gut anfühlt und mache mich wieder daran, sein Haar zu waschen.

»Wenn wir zurück sind, werden wir uns trotzdem noch von der Obersten und vor dem Volk von Ignis trauen lassen. Allerdings erst, wenn die Epidemie zumindest wieder unter Kontrolle ist. Die Elben sollen diesen Tag mit Freude im Herzen feiern können. Genau wie wir.«

»Ich kann gar nicht ausdrücken, wie glücklich ich gerade bin«, sage ich und scheine damit bei Fyrion einen Punkt, tief in seinem Herzen getroffen zu haben. Er schaut zu mir auf und lächelt.

»Danke, Naida«, sagt er. »Du hast großen Mut bewiesen, indem du die Göttin kontaktiert hast.«

»Es war auch in hohem Maße leichtsinnig.« Zahreba schnaubt und schüttelt den Kopf. »Ich möchte mir gar nicht vorstellen, was alles hätte passieren können.«

»Es erschien mir als einzig richtiger Weg in dieser Situation«, sage ich.

»Du hast damit das ganze Land gerettet und geeint. Überall erzählt man, dass die Königin sich für die Elben opfern wollte.« Fyrion atmet tief durch. »Die von der Göttin verlangte Gegenleistung erscheint mir jedoch im Vergleich zu ihrer Tat dieses Mal winzig. Hoffen wir einfach, dass da nicht noch mehr kommt. Versprich mir, nie wieder ohne Rücksprache zu ihr zu gehen. Einen Wunsch zu äußern, hat Elben schon das Leben gekostet.«

»Versprochen.« Das fällt mir leicht, wenn ich an die Todesangst zurückdenke, die mein Handeln in mir hervorgerufen hat. »Es sind viele Elben in diesem

Kampf gefallen. Außerdem nahm sie das Leben eines Prinzen«, denke ich laut nach. »Vielleicht war der Göttin das schon Opfer genug, um zu handeln.«

»Das ist möglich.« Fyrion lehnt sich an meinen Oberschenkel und küsst ihn schließlich. Kurz habe ich das Gefühl, dass er mich sanft beißen wollte. Ich hätte nichts dagegen gehabt. Seine Finger wechseln zum anderen Fuß, als er sich wieder aufrichtet.

»Du duftest so gut«, sagt er. »Wie kann es sein, dass du selbst nach so einem Tag nicht stinkst.«

»Wonach rieche ich denn?«, frage ich amüsiert.

»Das kann ich hier nicht laut sagen.«

»Flusshyanzinthe wäre mir lieber gewesen.« Ich lache amüsiert auf und Fyrion schüttelt vorsichtig den Kopf, da ich sein Haar noch in meinen Händen habe. »Was geschieht jetzt mit dem Pulver? Das war wohl umsonst.«

»Nein, nicht wirklich. Es hat den Elben die Zuversicht geschenkt, dass wir es wirklich schaffen können. Wir hatten plötzlich eine Geheimwaffe. Unterschätze das nicht. Wie mutig ein Soldat ist, bestimmt über Leben und Tod.« Fyrion schnaubt amüsiert. »Außerdem wird Narissa dafür Verwendung finden.«

»Erinnere mich nicht daran«, klage ich und lege eine weitere eingeschäumte Strähne beiseite, um mir die nächste zu nehmen. Dieses lange Haar hat eine unglaublich entspannende Wirkung auf mich. Mir tun die Nymphen daheim leid, deren Männer deutlich kürzere Haare haben. Fyrion darf sie sich niemals kürzen lassen.

»Habe ich etwas verpasst?«, fragt Zahreba.

»Das willst du nicht wissen«, unterrichte ich sie, woraufhin sie, glaube ich, ein wenig schmunzelt. Es ist in der Dunkelheit schwer zu sagen. Ihre Runen verraten leider auch nicht jede Bewegung ihres Gesichts.

»Es wird ein Leben lang dafür reichen, Elben in ihrem Bett zu quälen«, sinniert mein Mann und es klingt, als trage er ein Grinsen im Gesicht.

»Fyrion!«, schimpfe ich und stupse seine heile, linke Seite mit dem Fuß an. »Still jetzt, sonst bewerfe ich dich damit.«

»Bitte nicht … das Zeug ist einfach nur widerlich.«

»Dann sei lieb«, warne ich ihn. »Ich weiß, wo ich die Blumen finde.«

»Oh-oh … drohst du mir, kleiner Wüstenfalter?«

Ich denke an das wunderschöne Tier, das sich heute Nachmittag ins Krankenlager verirrt hat. »Ja, das mache ich. Und lass dir gesagt sein, meine Worte bleiben nicht leer.«

Fyrion gibt ein knurrendes Geräusch von sich, was Zahreba dazu bringt, sich lautstark und mahnend zu räuspern.

»Verschwindet, alle drei«, sagt er zu seinen Beratern und Cirus, der sich mit geschlossenen Augen zurückgelehnt hat. Schläft er etwa? Schwer zu sagen, ich vermute es und das lässt mich leise lachen.

»Mir steht der Sinn danach, meine Frau hier und jetzt zu nehmen.«

»Es tut mir leid, aber dafür ist jetzt keine Zeit«, sagt Zahreba und das scheint ihr eine teuflische Freude zu bereiten. »Diese Aktivität musst du auf später verschieben. Wir sind noch nicht mit allen Punkten fertig, die zu klären sind. Was ist zum Beispiel mit deiner Mutter?«

»Wird in Glutwacht bleiben und dort das Leben einer Bürgerlichen führen. Sie steht unter Beobachtung und darf Incendia nur nach Aufforderung betreten.«

»Und was ist mit …?«

»Wir haben jetzt alle Zeit der Welt, alte Freundin«, sagt Fyrion und dreht sich zu mir um. »Wir werden Pandorea verändern. Morgen früh fangen wir an.«

Ich gebe ihn frei, sodass er kurz untertauchen kann. Als er klatschnass so weit aus dem Wasser auftaucht, dass er mich an sich heranziehen kann, kocht mein Blut. Wasser perlt von seinem Haar über sein Gesicht, dessen Augen mich hungrig mustern. Der Kuss, den er mir daraufhin gibt, lässt die Wunde an seiner Lippe aufgehen. Erneut schmecke ich heute sein Blut und schlinge meine Arme und Beine um seinen von der Quelle noch ganz aufgeheizten nassen Oberkörper.

Sein Blut gehört mir.

Sein Körper.

Sein Herz.

Er ist mein.

Und ich bin sein.

Für den Rest meines Lebens.

Epilog

Mit den braunen Augen seines Vaters schaut mich mein kleiner Junge an, nachdem er gesättigt meine Brust freigibt. Ich liebe dieses winzige Gesicht und kann nicht anders, als es zu küssen.

»Darf ich ihn klopfen?«, fragt Mutter und beugt sich in der Sänfte vor.

»Natürlich.« Ich streichele mit dem Finger über die Wangen und werde mit einem Lächeln belohnt. »Geh zu Oma«, sage ich und reiche ihr das Kind. Sie liebkost Ilian, bevor sie ihn an die Schulter legt, um ihm dabei zu helfen, die Luft loszuwerden, die er beim Trinken geschluckt hat. Ich verpacke meine Brust wieder in dem kostbaren Tuch, das ich eigens für diese Reise ausgewählt habe. Nervosität macht sich in mir breit, wenn ich daran denke, gleich Fornax wiederzusehen. Es ist jetzt schon mehr als ein Jahr her, dass ich in meiner Heimat gewesen bin. Ich lehne mich zurück und schaue durch die Tücher hinaus. Valerian grinst mich an, der an meiner Seite neben der Sänfte läuft. Von der Umgebung her kann es nicht mehr weit sein. Wir sind im Sumpf und ich bin mir sicher, dass wir bald den Silberspiegel passieren werden. Mutter und Narissa fliegen häufiger zum Baden hierher, aber mir war einfach nicht die Zeit geblieben. Jetzt bereue ich es und nehme mir vor, sie das nächste Mal zu begleiten. Ich lächele versonnen und lasse die Tücher wieder zufallen.

»Ich liebe dich so sehr, du kleines Wunder«, seufzt Mama und drückt ihr Gesicht an den Babykörper. Ich muss schmunzeln, weil ich genau weiß, wie es ihr geht. Ilian duftet fast noch besser als sein Vater. Das würde ich aber nie laut aussprechen.

»Du siehst heute besonders schön aus«, sagt Mutter und betrachtet mich. »Für Fornax oder um es den ganzen Nymphen zu zeigen, die dich all die Jahre drangsaliert haben?«

»Letzteres, denke ich«, gebe ich ehrlich zu.

»Dieser neue Armschmuck ist ganz bezaubernd.«

»Nicht wahr?« Ich schaue zu meiner Linken, wo ein filigraner Reif meinen Oberarm schmückt. Von ihm gehen viele, lange Ketten wie ein Ärmel nach unten.

»Sonst kennt man dich nur in praktischer Heiler-Kleidung.«

»Yanik verlangt das so. Ich weiß, dass die Elben mich gerne geschmückt sehen wollen; ich komme dem auch immer nach, so wie es gerade geht. Wenn ich aber einem brechenden Kind den Kopf halte oder eine Schulter einrenke, stört der Schmuck jedoch.«

Mutter lacht. »Yanik spricht in den höchsten Tönen von dir und ich denke nicht, dass das damit zu tun hat, dass du seine Königin oder meine Tochter bist.«

»Du hast ihn gerne, oder?«, frage ich das, was mir seit Wochen schon durch den Kopf geht. Es kommt selten vor, dass Mutter und ich mal in Ruhe reden können. Das ist aber nicht schlimm, wir gehen beide in unseren neuen Rollen auf.

»Er ... er erinnert mich an deinen Vater.« Sie zuckt mit den Schultern. »Das blonde Haar ... das unbeschwerte Lächeln. Ich denke, er ist ein guter Mann, oder?«

»Auf jeden Fall«, beeile ich mich zu sagen. »Yanik besitzt eine freundliche Seele.«

»Ich bin froh, dass du das sagst.« Sie schließt die Augen und kuschelt sich an mein Baby. »Ich habe Herzklopfen in seiner Gegenwart.«

»Du ahnst gar nicht, wie gerne ich das höre.«

Mama lächelt und ich glaube, sie schnuppert erneut an Ilian.

»Du wirkst glücklich«, stelle ich fest. Sie öffnet die Augen und nickt.

»Du aber auch. Ich bin wirklich stolz auf dich, Kind. Ja, es gibt immer noch Elben, die dich kritisch beäugen, aber auch sehr viele, die dich lieben. Allen voran dein Mann.«

»Das beruht auf Gegenseitigkeit«, sage ich schmunzelnd. Ilian stößt auf, als bringe es ihn jetzt schon zum Brechen, wenn er von der Liebe seiner Eltern hört. Mutter und ich lachen. Sie fängt das bisschen Milch, das mitgekommen ist, mit einem Tuch auf und drückt den Kleinen wieder an sich.

»Moment mal, ist heute nicht das Fischerfest?«

Ich nicke. »Genau. Ich werde Fornax Fyrions Anliegen vor allen Leuten vortragen.«

»Meinst du, er geht darauf ein? Ich meine, da muss seine Frau mitspielen und ich kann Kayla so schlecht einschätzen.«

Ich atme tief durch. »Mehr als Nein sagen kann er nicht. Ich mache mir eher Sorgen, dass er sauer ist, weil ich so lange gebraucht habe, um ihn zu besuchen. Sicher glaubt er, dass ich wütend sei, weil er sich von Kayla hat abhalten lassen, mich damals zu sehen.«

»Das lässt sich alles schnell aufklären. Es gibt noch keine offenen Grenzen. Auch wenn ihr mit den Königshäusern im Gespräch seid und es bald so weit sein wird, noch ist jeder Grenzübergang ein Verstoß. Nun ja, außer heute. Du hast für diesen Besuch eine Genehmigung, oder?«

»Ja, haben wir. Ich denke, dass deshalb bestimmt Wachen aus Wellenruh da sein werden. Vielleicht auch ein Vertreter des Königspaars. Ich hoffe nur, dass die nicht schon vorher mit Fornax gesprochen haben.«

»Das würde die Überraschung wirklich ruinieren«, sagt Mutter.

Kurz darauf halten wir an und Valerian schiebt die Vorhänge beiseite.

»Wir sind da, Majestäten«, sagt er und grinst das Baby an. »Soll ich den Prinzen nehmen?«

»Ja, das wäre gut.« Mutter reicht meinen Sohn an Valerian weiter, was Ilian ausgezeichnet zu gefallen scheint. Er liebt seinen Feuerwächter, den Fyrion für ihn bei der Feuertaufe bestimmt hat. Ich muss kurz daran denken, wie ich vor Freude geweint habe, als kräftig glühende Runen auf der Haut meines Babys aufgetaucht sind. Wenn Raze noch gelebt hätte, wäre sicherlich er Ilians Wächter geworden. Ich schiebe den Gedanken schnell von mir weg und erinnere mich lieber daran, wie sehr Zahreba sich gefreut hat, als ich sie bat, die zweite Feuerwächterin zu werden. Mutter steigt zuerst aus der Sänfte, dann reicht man mir eine Hand und hilft mir hinaus. Wie erwartet, schauen mich viele Gesichter fassungslos an. Die Elben haben uns direkt zum Ort der Feier gebracht. Rückversichernd sehe ich nach meinem Sohn. Die elbischen Männer knoten ihre Tücher immer auf eine ganz besondere Art und Weise, um die Kleinsten ihrer Kinder darin zu tragen. Als ich Fyrion so das erste Mal mit Ilian gesehen habe, habe ich vor Rührung geweint. Vermutlich lag das aber auch daran, dass die Geburt gerade mal wenige Stunden zurücklag. Jetzt muss ich lachen, was nicht nur an der Tatsache liegt, dass Ilian so bei Valerian an der Brust liegt, sondern auch daran, dass der Elb lustige Grimassen für den Kleinen zieht. Ich kann meinen Sohn glucksen hören, was auch mich zum Schmunzeln bringt. Es ist Merlyn, der auf mich zukommt und sich verbeugt.

»Es ist mir eine große Ehre, Eure Majestät«, sagt er und erhebt sich wieder. »Als ich das Schreiben des Königs bekam und las, was Ihr vorhabt, wollte ich es mir nicht nehmen lassen, Euch persönlich in Eurer Heimat zu begrüßen.«

»Danke, Merlyn. Sag, wie geht es dir als Botschafter in Wellenruh? Und deiner Familie und Kindern? Behandelt man Euch gut?«, frage ich und ignoriere die bekannten Gesichter um mich herum.

»Ja, Mutter des Feuers. Meine Frau fühlt sich sehr wohl und unsere kleinsten Kinder lieben die großen Wasserspiele vor den Toren der Stadt. Meine Älteste ist begeistert von der großen Bibliothek und dem immensen Wissen, das dieses Land angehäuft hat. Sie ist richtig aufgegangen, seit wir hier sind. Seine Majestät hat mir viel Verantwortung übertragen und ich hoffe, dass ich ihr gerecht werde.«

»Das tust du sicherlich. Die Öffnung der Grenze zwischen Aqua und Ignis ist so gut wie beschlossen. Fyrion und ich wissen, dass dies auch wesentlich dein Verdienst ist.« Ich lächele. »Und das mit deiner ältesten Tochter klingt doch schon so, als würde sie ganz nach ihrem Vater kommen und in seine Fußstapfen treten.«

»Ich danke Euch, Mutter des Feuers.« Er verbeugt sich erneut.

»Aber Merlyn, du weißt ... sollte euch doch das Heimweh packen. Kommt einfach nach Hause.«

»Das wissen wir. Meine Frau und ich tragen Ignis im Herzen und eines Tages werden wir zurückkehren.«

»Ist sie mit dir hergekommen?«

»Das wollte sie. Aber eins der Kinder ist krank. So gerne sie Euch gesehen hätte ... das Mutterherz war stärker.«

»Das verstehe ich sehr gut.« Ich blicke zu Ilian, von dem ich nur einen Arm sehe, der nach Valerian angelt.

»Ich höre, der Prinz wächst kräftig?«

»Ja, das Blut seines Vaters fließt in ihm.«

Merlyn nickt. »Das ist schön, zu hören.«

Etwas ... oder besser gesagt jemand, lenkt meine Aufmerksamkeit auf sich. Fornax hat sich durch die stumm starrende Masse zu mir durchgekämpft und schaut mich mit großen Augen an.

»Entschuldige mich, Merlyn.«

Der Botschafter nickt und tritt einen Schritt zur Seite. Ich lächele meinen besten Freund an, auf dessen Gesicht ein merkwürdiger Schatten liegt. Er lüftet sich ein wenig.

»Mein lieber Fornax«, sage ich. »Du hast mir gefehlt.«

»Naida ...«

Ich gehe auf ihn zu und wir umarmen uns. Erleichtert atmet er aus und ich merke, wie Anspannung aus ihm weicht.

»Dieser Besuch ist längst überfällig«, sage ich und löse mich wieder von ihm.

»Ich dachte, du wärst sauer auf mich. Es tut mir so leid, aber es wurde gefährlich. Wachen stellte Fragen und ... Kayla war schwanger und ...«

»Du bist Vater?«, unterbreche ich ihn und er nickt. Stolz glüht in seinen Augen auf, bevor er zur Seite schaut.

»Ich habe von der Geburt des Prinzen gehört.«

Ein leises Räuspern erklingt und ich sehe Kayla, im Arm ein kleines Mädchen, mit dem sie sich verbeugt.

»Bitte steh auf, meine Liebe. Es gibt keinen Grund, vor mir zu knicksen. Ich bin nicht deine Königin.« Ich gehe auf sie zu und schaue in die Augen des Kindes. »Sie hat deine Nase«, sage ich zu Fornax, der daraufhin seufzt.

»Ja, die arme Kaulquappe. Das Los hätte ich Nessa gerne erspart.«

Ich schüttele den Kopf und schnalze mit der Zunge. »Was redet dein Vater? Du bist bildschön, Nessa«, sage ich zu dem dösenden Mädchen, das mich müde betrachtet.

»Verzeiht mir, Eure Majestät«, sagt Kayla. »Ich wollte nur meine Familie beschützen, als ich Fornax dazu zwang, sich von Euch fernzuhalten.«

»Nein ... ich muss dich um Entschuldigung bitten. Ich habe ihn in Gefahr gebracht und zu viel von ihm verlangt. Er hätte im Gefängnis landen können ... oder Schlimmeres. Dazu hatte ich kein Recht. Leider ist mir das alles erst später bewusst geworden.«

Kayla nickt und scheint kräftig zu schlucken. Ich streiche ihr über den Oberarm und sehe zu Fornax.

»Mein Besuch hat einen Grund«, sage ich. »Der Botschafter aus Aqua ist letzte Woche abgereist, weil er die Temperaturen in Incendia nicht ertragen hat.«

Merlyn lacht leise hinter mir. »Der Mann war viel zu alt, um sich daran zu gewöhnen.«

»Da muss ich ihm recht geben«, sage ich und deute dabei auf den Elben. »Fyrion hat mit Wellenruh geschrieben und sie haben ihr Einverständnis gegeben, dass wir dir diesen Posten anbieten.«

Fornax reißt die Augen auf.

»Bitte antworte nicht sofort. Du müsstest ohnehin erst nach Wellenruh, denn immerhin würdest du in Incendia die Interessen von Aqua vertreten. Die Königin und der König wollen vorher mit dir reden.« Ich lächele Kayla an. »Natürlich nur, wenn deine Frau und du euch vorstellen könntet, am Hofe von Incendia zu leben.« Ich bekomme wässrige Augen, als ich an meine neue Heimat denke. »Es ist wunderschön dort, Fornax. Ja, es ist heiß, aber es gibt nicht nur den Juevo, sondern auch ober- und unterirdische Quellen. Das Stadtbild ist geprägt von Palmen und stacheligen Pflanzen mit bunten Blüten. Steinhäuser, die sich in allen erdenklichen Farben malerischen in schattigen Gassen aneinanderschmiegen. Und erst der Palast, der die ganze Stadt überragt ... Er besteht aus großen, weiten Räumen, die einem sogar das Fliegen erlauben.«

Merlyn atmet hinter mir tief durch. »Ihre Majestät wünscht wohl, dass ich Heimweh bekomme.«

Lachend schaue ich über meine Schulter. »Besucht uns doch einfach mal wieder für ein paar Tage. Fyrion würde sich sicher freuen.«

Merlyn nickt. »Ich werde sehen, was sich einrichten lässt.«

Ich schaue wieder zur Fornax. »Gerne könnt ihr uns auch erst einmal nur besuchen kommen und sehen, ob ihr euch das vorstellen könnt.«

»Ich ... ich weiß nicht.« Fornax schaut zu Kayla, die angestrengt nachzudenken scheint. »Das ist ein unfassbar spannendes Angebot, das gut durchdacht sein muss. Ich weiß gar nicht, ob ich das könnte, was da von mir verlangt wird.«

»Schriftverkehr mit Aqua führen und die Anliegen von Wellenruh vor dem Rat und Fyrion zu vertreten?« Ich verenge lächelnd die Augen. »Das könntest du, glaub mir.«

»Was wäre mit Kayla und Nessa? Ich meine, hier arbeitet meine Frau auf dem Reisfeld. Was müsste sie in Ignis machen?«

»Das, was sie wünscht. Ich hätte auch noch einen Platz unter meinen Hofdamen. Nessa wäre eine ausgezeichnete Spielgefährtin für Prinz Ilian. Sie sind im selben Alter und für mein Kind wäre es sicher schön, eine Nymphe als Freundin zu haben. Immerhin fließt das Wasser auch in seinen Adern.«

»Wir machen das, Fornax«, sagt Kayla plötzlich. Um ehrlich zu sein, überrumpelt mich das komplett. Ich hatte damit gerechnet, dass sie zum Problem wird.

»Ich meine, wenn es gar nicht geht, können wir immer noch zurückkehren, oder?«, fragt sie mich und ich nicke. »Überleg doch nur ... wir hätten sicher viel mehr Zeit für Nessa und sie könnte mit einem Prinzen groß werden. Wir können die Wüste sehen ... die ewigen Feuer ... die Göttin!«

Fornax schaut mich ernst an. »Wir haben von deiner Tat gehört. Wie ist sie? Die Göttin?«

»Angsteinflößend und wunderschön«, fasse ich zusammen und bekomme Gänsehaut. »Bevor ihr zu ihrer Wohnstätte pilgert, gilt es jedoch einiges zu beachten. Meine Tat mag im Nachhinein als heldenhaft angesehen werden, aber sie war auch dumm und unvorsichtig. Es hätte mich das Leben kosten können.«

Merlyn brummt zustimmend.

»Ich habe gelernt: Niemals zur Göttin ohne einen Elben an der Seite. Sie sind nicht umsonst von ihr auserkoren worden, ihre Heimat zu bewachen.«

Fornax tritt näher an mich heran. »Und wie sind die so?«

Mein Blick geht zu den Soldaten, die mich begleitet und beschützt haben. Einer davon lauscht gerade den Worten meiner Mutter.

»Sie nennen mich Mutter des Feuers«, sage ich. »Sie sind meine Flammen und Funken. Ich habe ihnen mein ganzes Leben gewidmet.«

»Lass es uns ausprobieren, Liebling«, sagt Kayla. »Für Nessa und für uns.«

»Nichts lieber als das«, sagt Fornax und ich strahle ihn glücklich an.

»Heißt das, ihr kommt nach Incendia?«

»Ja, Wasserspringer. Das heißt es.« Er grinst mich an und ich falle ihm um den Hals. »Wieso lasse ich mich von dir immer von einem Abenteuer ins Nächste ziehen?«, fragt er glucksend. Ich trete zurück und zwinkere ihm zu.

»Was wäre das Leben ohne ein kleines Abenteuer?«

Fornax zieht mich erneut in seine Arme und ich sehe, dass Coraline neben Kayla aufgetaucht ist. Sie flüstert ihr etwas ins Ohr und als sie meinen Blick bemerkt, geht sie sofort in die Knie.

Kayla lacht laut auf. »Ich denke nicht, dass sie ausgerechnet dich mit nach Incendia nimmt«, sagt sie und ich muss tatsächlich ein wenig grinsen. Schnell reiße ich mich am Riemen, weil ich nicht gehässig sein will. Das habe ich nicht nötig und so bin ich auch nicht.

»Du kannst dir Incendia anschauen, wenn die Grenzen offen sind«, sage ich. »Dann steht es jedem Nymph frei, sich in meinem Land zu bewegen.«

»M-majestät, i-ich …«, beginnt sie zu stammeln. Ich schaue sie aufmerksam an, doch plötzlich gehen alle um mich herum auf die Knie.

»Ich habe euch wohl knapp verpasst«, erklingt Fyrions Stimme und ich drehe mich überrascht zu ihm um.

»Liebling … ich dachte, du hättest Termine, die nicht verschoben werden können?«

Er grinst. »Nicht von mir. Aber es trafen andere Umstände ein und so bin ich euch nach.« Der König gibt mir einen Kuss und schaut dann zu Fornax. »Schön, dich wiederzusehen, alter Freund.«

Mein bester Freund erhebt sich und unterstützt Kayla mit Nessa im Arm dabei.

»Konntet ihr schon reden?«, fragt Fyrion und ich nicke glücklich. Er liest mir wohl schon vom Gesicht ab, dass das Gespräch gut gelaufen ist. Fyrion sagt etwas zu Fornax, doch ich bin abgelenkt. Die Nymphen um mich herum sind alle plötzlich ganz aufgeregt. Mir wird bewusst, dass sie damals den König nie zu Gesicht bekommen haben. Sie deuten auf Fyrion und … die Augen der Frauen leuchten. Es würde mich stören, wenn er mich nicht mit einem Arm um die Hüfte fest an sich ziehen würde. Er macht das unbewusst, während er mit Fornax über seine zukünftige Aufgabe spricht …

… doch mir bedeutet es die Welt.

Ich bin nicht mehr die Seltsame.

Ich bin die Königin von Ignis.

Die Mutter des Feuers.

»Majestäten?« Merlyn schaut uns mit gerunzelter Stirn an. »Ich erhielt soeben eine Nachricht aus Wellenruh. Der König und die Königin wünschen Euch zu sehen. Ein Brief aus Steinthal traf in der Nacht ein. Unter dem Weltenbaum wurde eine merkwürdige junge Frau gefunden. Sie behauptet, ein ... Mensch ... zu sein.«

Ein Mensch?

Noch nie gehört ...

Printed in Poland
by Amazon Fulfillment
Poland Sp. z o.o., Wrocław

60457391R00233